MARIANA ZAPATA

TODOS OS CAMINHOS ME LEVAM ATÉ VOCÊ

CB006510

Editora **Charme**

1ª Impressão 2024

Capa - Letitia Hasser with RBA Designs
Adaptação da capa e Produção Gráfica - Verônica Góes
Tradução - Aline Sant'Ana
Preparação - Fernanda Marão
Revisão - Equipe Editora Charme
Imagens internas - AdobeStock

Esta obra foi negociada por Agência Literária Riff Ltda, em nome de DYSTEL, GODERICH & BOURRET LLC.

CIP-BRASIL. CATALOGAÇÃO NA PUBLICAÇÃO
SINDICATO NACIONAL DOS EDITORES DE LIVROS, RJ

Z37t

    Zapata, Mariana
       Todos os caminhos me levam até você / Mariana Zapata ; tradução Aline Sant'ana. - 1. ed. - Campinas [SP] : Charme, 2024.
       22 cm.

    Tradução de: All rhodes lead here
    ISBN 978-65-5933-157-4

    1. Romance americano. I. Sant'ana, Aline. II. Título.

24-88268   CDD: 813
                  CDU: 82-31(73)

Gabriela Faray Ferreira Lopes - Bibliotecária - CRB-7/6643

MARIANA ZAPATA

TODOS OS CAMINHOS ME LEVAM ATÉ VOCÊ

TRADUÇÃO: ALINE SANT'ANA

Editora **Charme**

MARIANA ZAPATA

Dedicatória

Não sei como eu teria enfrentado o último ano sem você.

Obrigada por tudo, Eva.

Especialmente por sua amizade.

MARIANA ZAPATA

CAPÍTULO UM

Meus olhos ardiam. Eles não tinham parado de *queimar* desde que escurecera, algumas horas antes, mas mesmo assim estreitei as pálpebras para aguçar a visão. Mais à frente, bem no último lugar que os faróis do carro alcançavam, havia uma placa.

Inspirei fundo, muito fundo mesmo, e soltei o ar.

Então li mais uma vez, só para ter certeza de que não estava imaginando.

Eu estava *lá*. Finalmente.

Só tinha levado uma eternidade para chegar.

Tudo bem, uma eternidade que coube em um período de dois meses. Por oito semanas, dirigi devagar e parei em quase todos os pontos turísticos, hotéis duas estrelas ou aluguéis de temporada, por todo o caminho da Flórida até o Alabama, Mississippi e Louisiana. Passei um tempo no Texas e depois fui ao Arizona, onde explorei vilas e cidades que, no passado, não tivera tempo de conhecer. Até visitei um velho amigo e sua família. Durante a viagem, dei uma passada em Las Vegas, outra cidade que eu já tinha ido umas dez vezes, mas nunca tinha conhecido de verdade. Depois foram quase três semanas em Utah. Por último, mas não menos importante, reservei uma semana para conhecer o Novo México, antes de voltar a pegar a estrada rumo às montanhas. Para o Colorado. Meu destino final — pelo menos era o que eu desejava.

E tinha conseguido.

Ou estava prestes a conseguir.

Relaxando os ombros, me recostei contra o assento e descansei um pouco. De acordo com o GPS, ainda faltavam trinta minutos para chegar ao imóvel que eu tinha alugado do outro lado da cidade, na parte sudoeste do estado, da qual a maioria das pessoas nunca ouvira falar.

Seria a minha casa pelo próximo mês, ou até mais, se as coisas acontecessem como eu queria. Afinal, depois de tudo, eu tinha que me assentar em algum lugar.

Pelas fotos que vira on-line do imóvel, ele era exatamente o que eu estava procurando. Não era grande. Não era na cidade. Mas, principalmente, fiquei apaixonada pelo lugar porque me lembrava da última casa na qual morei com a minha mãe.

E levando em conta que eu o tinha reservado de última hora, bem no início do verão e da alta temporada turística, não havia muitas opções para escolher — na verdade, quase nada. A ideia de voltar para Pagosa Springs surgira duas semanas antes, no meio da madrugada, quando o peso de todas as escolhas que eu tinha feito nos últimos catorze anos afundara na minha alma — não pela primeira vez, estava mais para a milésima — e eu tive que lutar para não chorar. As lágrimas não eram porque eu estava sozinha em um quarto na cidade de Moab, sem ninguém que se importasse comigo em um raio de mil e seiscentos quilômetros. Elas eram porque tinha me lembrado da minha mãe e porque, da última vez que estivera naquela área, estávamos juntas.

E talvez a vontade de chorar tivesse só um pouquinho a ver com o fato de que eu não tinha noção de que merda ia fazer com a minha vida, e isso me apavorava.

Foi nesse momento que a ideia veio.

Volte para Pagosa.

Por que não?

Já tinha algum tempo que eu estava me questionando sobre o que eu queria, o que eu precisava. E não tinha mais nada para fazer sozinha pelos próximos dois meses. Pensei em criar uma lista, mas tinha parado com isso e com os horários; eu tinha passado a última década ouvindo outras pessoas me dizendo o que eu poderia ou não fazer. Estava cansada de fazer planos. Cansada de muitas coisas e de muitas pessoas, na verdade.

E assim que me veio à cabeça o lugar que um dia tinha sido meu lar, soube que era isso o que eu queria. Parecia *certo*. Estava cansada de ficar me deslocando, procurando algo que colocasse minha vida de volta aos trilhos.

Eu ia dar um jeito, estava decidida.

Ano novo, nova Aurora.

E daí se era junho? Quem disse que um ano novo tem que começar no dia primeiro de janeiro, não é? Minha nova vida tinha oficialmente iniciado em meio a muitas lágrimas numa quarta-feira à tarde, cerca de um ano antes. Já era hora de surgir uma nova versão da pessoa que eu tinha sido.

Era por isso que eu estava ali.

De volta à cidade na qual tinha nascido, depois de vinte anos.

A milhares de quilômetros de Cape Coral e de tudo e todos em Nashville.

Livre para fazer o que quisesse pela primeira vez em muito, muito tempo.

Eu poderia ser quem quisesse. Antes tarde do que nunca, certo?

Soltei um suspiro e sacudi os ombros, para tentar me manter acordada, sentindo a pontada de dor que havia se instalado neles e ficado lá desde o dia que puxaram meu tapete; a dor nunca foi embora. Talvez eu não tivesse *nenhuma* ideia do que faria a longo prazo, mas ia descobrir. Não encontrava dentro de mim traço algum de arrependimento quanto à decisão de viajar até Pagosa.

Me arrependia de muitas coisas na minha vida, mas não deixaria que aquela escolha fosse uma delas. Mesmo que eu não ficasse por muito tempo, o mês que passaria em Pagosa Springs não seria nada se comparado a toda a minha vida. Seria um trampolim para o futuro. Talvez um curativo para o passado. Um impulso para o presente.

Nunca é tarde demais para seguir um novo caminho, cantava minha amiga Yuki. Eu tinha feito toda aquela viagem até o Colorado por uma razão, e nada seria em vão — não poderia ser, ainda mais com a minha bunda doendo do jeito que estava, meus ombros doloridos, meu nervo ciático pinçando ou até mesmo meus olhos implorando por um cochilo.

Se eu também estivesse começando a sentir o início de uma dor de cabeça bem acima das sobrancelhas, então era apenas parte da jornada, um tijolo na construção da porra do futuro. Não existe vitória sem sacrifício.

E se eu não entrasse no carro por pelo menos um mês, isso também seria ótimo. A ideia de ficar atrás do volante por mais um minuto me dava vontade de vomitar. Talvez eu até comprasse outro carro. Eu tinha a merda do dinheiro para isso. Podia muito bem gastá-lo em algo que eu realmente fosse precisar, já que o meu carro nem tinha tração nas quatro rodas.

O agora. O novo. O presente.

O passado ia ficar onde estava, porque por mais que eu desejasse atear fogo e assistir a tudo queimar até o fim, isso não poderia acontecer.

Especialmente porque eu iria para a prisão por duplo homicídio, e a sociedade meio que desaprova esse tipo de coisa.

Então eu estava seguindo em frente sem ter ficha criminal, dando o meu próximo passo. Tchau, Nashville, e tudo o que ficara por lá. Te vejo depois, Flórida. Olá, Colorado e suas montanhas, a minha esperança de um futuro de paz e felicidade. Eu ia pensar nessa merda até que fosse verdade. Como Yuki também cantava, *se você* disser o que quer para o universo, talvez alguém te *ouça*.

A parte difícil tinha acabado. Aquele era o meu futuro. Mais um passo rumo aos próximos trinta e três anos da minha vida.

Eu deveria agradecer à família Jones por isso, sério. Talvez não por tirarem vantagem de mim, mas porque agora eu sabia no que tinha me metido — e o tipo de gente que me cercara. Pelo menos, eu tinha caído fora.

Estava livre.

Livre para voltar para a cidade onde tinha morado nos primeiros anos da minha vida, para estar onde vira minha mãe pela última vez. A mesma cidade que ela tanto amara e que remetia a tantas lembranças boas, como também as piores.

Eu ia fazer o que fosse preciso para superar e seguir com a minha vida.

E o primeiro passo foi dobrar à esquerda e entrar em uma estrada de terra batida que, tecnicamente, era chamada de estrada rural.

Segurando o volante com toda a força que eu tinha enquanto os pneus passavam por um buraco após o outro, visualizei a última turva memória que tinha da minha mãe, a imagem de seus olhos castanho-esverdeados — os mesmos que eu via todos os dias no espelho. O cabelo castanho não muito escuro, mas também não muito claro, era outra coisa que compartilhávamos — pelo menos, até eu começar a pintar o meu, coisa que ia parar de fazer. Eu só tinha começado a tingi-lo por causa da sra. Jones. Mas, principalmente, me lembrei de como minha mãe me abraçara, pouco antes de me dar permissão para ir até a casa da minha melhor amiga, ao invés de ir com ela fazer a trilha que planejara para nós duas. O jeito que mamãe me beijara antes de se afastar, se despedindo e dizendo *Te vejo amanhã, minha bebê Aurora!*.

A culpa, amarga e afiada, tão fina e mortal quanto uma adaga feita de gelo, atravessou meu estômago pela milionésima vez. E me perguntei, como sempre fazia quando aquela sensação familiar tomava conta de mim: *E se? E se eu tivesse ido com ela?* Como todas as outras vezes, disse a mim mesma que não importava, porque eu nunca saberia.

Então semicerrei os olhos para enxergar melhor, enquanto passava por um buraco gigante, xingando o simples fato de nenhuma dessas estradas ter iluminação pública.

Em retrospecto, eu deveria ter adiado o último momento da viagem para outro dia, para que não precisasse dirigir pelas montanhas no escuro.

Porque o problema não era apenas o sobe e desce da estrada. Eram os cervos, os coelhos e os esquilos. E também tatus e gambás. Todos eles tinham decidido, de repente, atravessar a estrada correndo, quase me matando de susto, tanto que enfiei o pé no freio com muita força, e dei graças a Deus por não ser inverno e pela estrada não estar cheia.

Tudo o que eu queria era chegar na minha casa temporária.

Ali eu encontraria uma pessoa chamada Tobias Rhodes, que estava alugando um apartamento construído acima da garagem por um preço razoável. Eu seria a primeira locatária. O pequeno loft ainda não tinha avaliação, mas era exatamente o que eu queria, então iria em frente.

Além disso, não havia outra escolha a não ser alugar um quarto na casa de alguém ou ficar em um hotel.

— Seu destino está à direita — o GPS avisou.

Apertei o volante e semicerrei os olhos um pouco mais, mal enxergando a garagem. Não saberia dizer se havia mais casas por perto, de tão escuro que estava. A propriedade era mesmo no meio do nada.

E era tudo o que eu queria: paz e privacidade.

Descendo o que supostamente seria a entrada para os carros, marcada por apenas uma sinalização luminosa, disse a mim mesma que tudo ia ficar bem.

Eu ia encontrar um emprego... de alguma coisa... e leria o diário da minha mãe para tentar fazer algumas das trilhas que ela descrevera. Pelo menos as favoritas. Era uma das principais razões pelas quais pensei que passar um tempo em Pagosa Springs seria uma boa ideia.

As pessoas choram quando as coisas terminam, mas às vezes é preciso chorar nos recomeços. Eu não ia esquecer o que deixara para trás. Mas eu ficaria animada — o quanto conseguisse — com esse novo começo, não importava como fosse terminar.

Um dia de cada vez, certo?

Uma casa surgiu à frente. Pelo número de janelas e luzes acesas, parecia pequena, mas isso não importava. Ao lado, a uma distância de seis metros ou talvez um pouco mais — a insistência boba de dirigir à noite ferrou meu astigmatismo —, havia outra estrutura que parecia ser uma construção separada. Vi um único carro estacionado em frente à casa principal, um velho Bronco, que só reconheci porque meu primo passou anos recuperando um modelo exatamente igual àquele.

Dirigi rumo ao imóvel menor e menos iluminado, avistando o grande portão da garagem. Ouvi o cascalho sendo esmagado sob os pneus, as pedrinhas atingindo a lataria do meu carro, e me lembrei mais uma vez do motivo de eu estar ali e que tudo ia ficar bem. Então, estacionei ao lado. Pisquei, esfreguei os olhos e peguei o telefone para reler a captura de tela com as instruções do check-in. No dia seguinte eu me apresentaria aos proprietários. Ou talvez apenas os deixaria em paz se eles me deixassem em paz também.

Em seguida, saí do carro.

Aquele era o primeiro dia do resto da minha vida.

E eu ia me esforçar do jeito que minha mãe me ensinara, do jeito que ela teria esperado de mim.

Usando a lanterna do celular, levei mais ou menos um minuto para encontrar a porta — eu tinha estacionado bem ao lado dela — e um pequeno porta-chaves com uma senha dependurado na maçaneta. O código que o proprietário enviara funcionou de primeira, e a única chave que eu ia precisar estava ali dentro. A chave encaixou e a porta rangeu quando a abri, revelando uma escada à esquerda com outra porta perpendicular a ela. Acendi a luz e abri a outra porta bem em frente àquela por onde tinha acabado de entrar, imaginando que fosse a entrada da garagem, e era isso mesmo.

Mas o que realmente me surpreendeu foi que não havia nenhum carro dentro.

As paredes estavam forradas de vários tipos de isolamento acústico, alguns do modelo de espuma que eu tinha visto em todos os estúdios de gravação em que já estivera e, em outras partes, tatames azuis e até alguns colchões velhos. No centro da garagem, havia uma grande caixa de som preta, quadrada, com um amplificador velho e surrado, dois banquinhos e um suporte com três guitarras. Também tinha um teclado e uma bateria básica para iniciantes.

Engoli em seco.

Então notei dois pôsteres colados nos tatames e soltei a respiração devagar. Um era de um jovem cantor de folk, e o outro era de uma grande *turnê de duas bandas de rock. Nada de música country. Ou pop.*

O mais importante: não havia necessidade de eu pensar demais sobre aquilo. Recuei do jeito que eu tinha entrado e dei de ombros, desligando a luz do estúdio e fechando a porta atrás de mim.

As escadas faziam uma curva e eu subi, acendendo mais luzes e suspirando aliviada. Era exatamente como as fotos haviam anunciado: um apartamento tipo loft. Havia uma cama de casal dobrável na parede à direita, um aquecedor que se parecia com um fogão a lenha no canto, um mesinha com duas cadeiras, uma geladeira meio velhinha com cara de ser dos anos 1990 (mas quem se importava?), um fogão que também parecia ser da mesma década, uma pia, um conjunto de portas que pareciam ser o guarda-roupa e uma porta fechada que eu esperava que desse para o banheiro que constava na descrição do imóvel. Não havia lavadora ou secadora no descritivo, e eu nem tinha me dado ao trabalho de perguntar. A cidade tinha uma lavanderia; eu tinha visto um pouco mais para cima da estrada. Era o suficiente.

O piso era de madeira rústica, e o pequeno pote de vidro sobre a mesa com flores do campo me fez sorrir.

Os Jones teriam chorado ao ver que aquele lugar não era o hotel Ritz, mas era perfeito. Tinha tudo de que eu precisava, e me lembrou da casa em que morei com a mamãe, as paredes revestidas de madeira e o... aconchego do lugar.

Era realmente perfeito.

Pela primeira vez, me permiti sentir uma empolgação genuína por ter tomado aquela decisão. E me senti *bem.* A esperança se acendeu dentro de mim como fogos de artifício.

Foram necessárias apenas três viagens para carregar as malas, as caixas e o *cooler.*

Era de se imaginar que encaixotar toda uma vida levaria dias, até semanas. Se a pessoa tivesse muitos pertences, poderia levar meses.

Mas eu não tinha muita coisa. Kaden tinha ficado com quase tudo. Eu mesma que deixara tudo, já que o advogado dele — um homem para quem eu enviara *cartões de Natal por uma década* — me dera um prazo de trinta dias para sair da casa que compartilhávamos; e isso apenas um dia depois que Kaden terminara o relacionamento. Ao invés de esperar os trinta dias, saí poucas horas depois, levando duas malas e quatro caixas.

Ótimo. Foi bom ter acontecido assim, e eu sabia disso. Doeu, foi uma dor filha da puta, e depois continuou doendo. Mas estava melhorando.

Só que, às vezes, eu ainda desejava ter enviado àqueles traidores uma torta feita de merda, como no filme *Histórias Cruzadas*. Eu não era tão boazinha assim.

Tinha acabado de abrir a geladeira para guardar o peito de peru fatiado, o queijo, a maionese, as três latas de refrigerante de morango e a única cerveja, quando ouvi um rangido no andar de baixo.

A porta. Era a porta.

Congelei.

Então peguei o spray de pimenta da bolsa e hesitei — porque os donos não iam simplesmente entrar, não é? Quero dizer, era propriedade deles, mas eu era a locatária, tinha assinado o contrato e enviado uma cópia, na esperança de que não pesquisassem meu nome, mas tudo bem se o fizessem. Em alguns dos quartos alugados em que fiquei, os proprietários entraram em contato para ver se eu precisava de alguma coisa, mas eles não foram entrando assim. Apenas um deles pesquisou quem eu era e fez perguntas desconfortáveis.

— Olá? — falei, meu dedo pronto para acionar o spray de pimenta.

A única resposta que recebi foi o som de passos na escada, daquele tipo pesado e abafado.

— Olá? — falei, um pouco mais alto dessa vez, tensa e me esforçando para ouvir as passadas na escada, agarrando o spray de pimenta com um pouco mais de força.

Prendi a respiração — porque *isso* me ajudaria a ouvir melhor — e vislumbrei o topo de uma cabeça e depois um rosto, uma fração de segundo antes de a pessoa ter subido mais dois ou três degraus em um pulo, porque havia mesmo pessoas *ali*.

Não *pessoas.* Um homem.

O proprietário?

Meu Deus, melhor que fosse.

Ele usava uma camisa cáqui enfiada em uma calça escura que poderia ser azul, preta ou outra cor, mas eu não conseguia distinguir por causa da iluminação.

Semicerrei os olhos e entrelacei as mãos atrás das costas para esconder o spray de pimenta, por precaução.

Ele carregava uma arma no quadril!

— Puta merda, pegue o que quiser, só não me machuque! — gritei e ergui as mãos.

A cabeça do estranho sacudiu antes de uma voz áspera e rouca bradar:

— *O quê?*

Ergui os braços ainda mais, os ombros na altura das orelhas, e apontei, com o queixo, para a minha bolsa na mesa.

— Minha bolsa está logo ali. Pode levar. As chaves do carro estão lá.

Eu tinha seguro. Tinha cópia da minha identidade no celular, que estava no bolso de trás da calça. Eu poderia pedir outro cartão de débito, reportar que o cartão de crédito tinha sido roubado. Não poderia me importar menos com o dinheiro. Nada daquilo valia a minha vida. Nada mesmo.

A cabeça do homem balançou de novo.

— Que merda é essa que você está falando? Não estou tentando te roubar. *O que você* está fazendo na minha casa? — O homem disparou cada palavra como se fossem mísseis.

Espera só um segundo.

Pisquei, ainda com os braços erguidos. O que estava acontecendo?

— Você é Tobias Rhodes? — Eu sabia o nome da pessoa com quem tinha feito a reserva. Lá no perfil tinha uma foto pequena, mas eu nem tinha me dado ao trabalho de ampliá-la.

— Por quê? — o estranho perguntou.

— Ah, porque eu aluguei este apartamento. Meu check-in foi hoje.

— Check-in? — ele repetiu, a voz baixa. Eu tinha certeza de que ele estava fazendo uma careta, mas o homem estava bem onde a iluminação não chegava, com o rosto coberto de sombras. — Este lugar se parece com um hotel para você?

Uau, que gênio difícil.

Assim que abri a boca para dizer a ele que, não, o lugar não se parecia com um hotel, mas eu ainda assim tinha feito uma reserva e pagado adiantado, um rangido alto veio do andar de baixo e, em meio segundo, outra voz, mais suave e mais jovem, gritou:

— Pai! Calma!

Concentrei-me no homem enquanto ele voltava sua atenção escada abaixo, a parte superior do corpo parecendo se expandir em um gesto protetor — ou talvez defensivo.

Aproveitando sua mudança de foco, percebi que ele era um homem grande. Alto e largo. E vi uma espécie de emblema na camisa. *Emblema tipo um policial?*

Meu coração começou a bater alto nos tímpanos enquanto meu olhar se concentrava na arma que estava em seu coldre, na altura do quadril.

— Eu... eu posso te mostrar a confirmação da minha reserva... — gaguejei, com a voz estranhamente alta.

O que estava acontecendo? Era algum tipo de golpe?

Minhas palavras fizeram sua atenção se voltar para mim no mesmo momento em que a outra pessoa deu um pulo ousado até chegar à escada. Era uma pessoa muito mais baixa e magra, mas era tudo o que dava para ver. O filho daquele cara. Ou a filha?

— Arrombar e entrar em propriedade particular é crime. — O homem grandão nem olhou para quem se aproximava ao dizer isso, o jeito de falar cheio de raiva; toda a linguagem corporal dele, na verdade.

— Arrombar e entrar? — arquejei, confusa, meu pobre coração ainda batendo descontrolado. O que era aquilo? *Que merda estava acontecendo?* — Mas eu peguei a chave com a senha que recebi na reserva. — Como ele não sabia disso? Quem era aquele homem? *Eu realmente tinha sido enganada?*

Fora do meu campo de visão, porque eu estava focada no grandão, a pessoa menor, na qual eu mal prestara atenção, murmurou algo, antes de basicamente sibilar:

— Pai — disse de novo, baixinho.

E *aquilo* fez o homem virar a cabeça em direção ao filho ou filha.

— Amos — ele resmungou no que soou muito com um aviso. Existia uma fúria dentro daquele homem, muito viva e esperando para transbordar.

Tive um pressentimento terrível.

— Preciso falar com você — a voz mais jovem pediu ao pai, quase entre os dentes, antes de se virar para mim. Congelou por um segundo e depois piscou, antes de murmurar tão baixo que tive que me esforçar para ouvir. — Oi, srta. De La Torre. Humm, desculpe pelo mal-entendido. Espere só um segundo, por favor.

E isso agora?

Como ele sabia o meu nome? Tudo era mesmo um mal-entendido?

Era bom... não? Que ele soubesse meu nome?

Meu otimismo durou mais ou menos um segundo, porque na penumbra do apartamento-estúdio, o homem começou a balançar a cabeça devagar.

— Eu juro, Amos, é melhor que isso não seja o que estou pensando — ele murmurou, parecendo puto da vida, e suas palavras fizeram meu estômago gelar.

As coisas não pareciam nada promissoras.

— Você anunciou que o apartamento estava para alugar quando eu te disse, palavra por palavra, umas cinquenta vezes, para não fazer isso? — o homem perguntou com uma voz que parecia controlada, porque não tinha subido o tom, mas não importava porque, de alguma forma, soou ainda pior do que se ele tivesse gritado. Até eu quis me esconder, e ele nem estava falando comigo.

Mas que merda era aquela que ele estava dizendo?

— Pai. — O mais jovem se moveu para baixo do ventilador de teto e a luz o iluminou, confirmando que era um menino; um adolescente entre doze e dezesseis anos, com base na voz. Ao contrário do homem enorme que aparentemente era seu pai, seu rosto era magro e anguloso, os braços longos e finos escondidos por uma camiseta pelo menos dois números maior do que o seu tamanho.

Um sentimento ruim, mas muito ruim *mesmo*, bateu em mim.

A lembrança de que não havia nenhum outro lugar para ir nos trezentos e vinte quilômetros ao redor acendeu como uma lâmpada sobre a minha cabeça.

Eu não queria ir para um hotel. Tinha passado boa parte da vida dentro de um. Só a ideia de viver daquela forma novamente me enjoava.

E alugar um quarto na *casa* de um estranho era o tipo de coisa que eu não queria experimentar de novo, não depois da última vez.

— Eu paguei. O dinheiro já saiu da minha conta! — quase gritei, entrando em pânico de repente. Eu queria ficar naquela casa. Já estava *ali*, exausta de tanto dirigir, e a vontade de sossegar em qualquer canto preencheu todas as células do meu corpo.

Eu queria recomeçar. Eu queria construir uma vida nova. Eu queria fazer isso tudo em Pagosa.

O homem olhou para mim. Tive a impressão de que sua cabeça até recuou um pouco por causa da força das minhas palavras, antes de ele se concentrar mais uma vez no adolescente, as mãos gesticulando como quem demonstra que já estava feito. Um sentimento de raiva explodiu pelo ambiente como uma granada.

Aparentemente, eu era invisível e o meu dinheiro não significava nada.

— O que é isso, Am? Uma piada? *Eu disse que não era para alugar*. Não apenas uma ou duas vezes, mas todas as vezes que você tocou no assunto — o homem soltou, furioso. — Não vamos ter uma estranha morando na nossa casa. Você está brincando comigo, cara? — Ele ainda estava usando aquela voz quase interna, de tão contida, mas cada palavra parecia um latido raivoso, duro e sério.

— Não é tecnicamente dentro da nossa casa — o garoto, Amos, murmurou, antes de olhar para mim por cima do ombro.

Ele acenou com a mão trêmula.

Para mim.

Não sabia o que fazer, então acenei de volta. Eu estava confusa, muito confusa, e começava a me preocupar.

Aquilo, de jeito nenhum, ajudou a acalmar os ânimos do homem puto da vida.

— A garagem ainda faz parte da casa! Não me venha com essa de tecnicamente, não — rosnou, fazendo um gesto desdenhoso com a mão.

Dei uma olhada, e o braço daquela mão era bem grande. Acho até que vi algumas veias saltando no antebraço. O que eram aqueles emblemas, hein? Tentei observar meio de soslaio.

— Não é *não* — continuou o estranho quando o garoto abriu a boca para argumentar. — Não consigo acreditar que você fez isso. Como teve coragem de agir pelas minhas costas? Você anunciou na internet? — Balançou a cabeça como se estivesse atordoado. — Estava planejando colocar uma esquisitona qualquer aqui enquanto eu estava fora?

Esquisitona?

Eu?

Sendo realista, nada daquilo era da minha conta.

Mas.

Não consegui manter a boca fechada.

— Humm, só para constar, não sou uma *esquisitona*. Posso te mostrar o comprovante da minha reserva. Eu paguei por um mês...

Merda.

O garoto estremeceu, e *isso* fez o pai dar um passo à frente e ficar sob uma iluminação melhor, e enfim consegui dar uma boa olhada no seu rosto. E no homem todo.

E que rosto era aquele?

Mesmo na época em que estava com Kaden, eu teria olhado duas vezes para aquele homem. O quê? Eu não estava morta. E ele tinha aquele tipo de rosto. Um tipo que já vi muito, eu sabia bem qual.

Eu não conseguia pensar em um único maquiador que não dissesse que seus traços formavam uma verdadeira escultura. Eram de uma beleza nada comum, muito masculina, um rosto praticamente esculpido, em que se destacava a boca, que formava uma carranca apertada, assim como as sobrancelhas grossas e retas, e os notáveis ossos da testa. Então havia uma mandíbula impressionante, tão bonita, e ele ainda tinha um pequeno furinho no queixo. Calculei que ele tinha uns quarenta e poucos anos.

Lindo e rústico, poderia ser a melhor maneira de descrevê-lo. Talvez até poderia dizer que ele era um absurdo de tão bonito, se não tivesse aquela expressão de quem estava prestes a matar alguém.

Nada como a aparência de milhões de dólares do meu ex, o cara que tinha feito milhares de mulheres desmaiarem.

E que arruinara nosso relacionamento.

Talvez eu devesse *mesmo* enviar a torta feita de merda. Eu deveria considerar essa possibilidade por mais algum tempo.

Basicamente, aquele homem discutindo com um pré-adolescente ou adolescente, com uma arma no coldre e usando o que me parecia ser algum tipo de uniforme policial era inacreditavelmente bonito.

E... ele tinha alguns fios grisalhos bem charmosos, confirmei, quando a luz atingiu seu cabelo de forma perfeita, só para mostrar que os fios que antes tinham sido marrons ou pretos, estavam misturados com alguns fios mais claros, uma cor impressionante.

E ele não deu a mínima para o que eu estava dizendo, mantendo o timbre no mesmo nível, o som da sua voz ficando naquele volume de ser apenas uma conversa, de forma que nunca ouvi ninguém conseguir fazer antes. Eu até poderia ter ficado impressionada, se não estivesse com tanto medo de me ferrar.

— Pai... — o menino tentou continuar. O garoto tinha cabelos escuros e um rosto suave, quase de bebê, a pele marrom-clara. Os longos braços estavam sob a camiseta preta quando ele se esgueirou para ficar entre mim e o pai, como se quisesse servir de escudo.

— Um mês inteiro?

É, pelo jeito, essa parte ele tinha ouvido.

— Você não permitiu que eu arranjasse um emprego. — O garoto nem vacilou ao responder, mas falou baixinho. — De que outra forma eu poderia ganhar dinheiro?

Uma veia apareceu no rosto do homem, e uma cor vermelha subiu ao longo das maçãs do rosto e orelhas.

— Eu sei para o que quer o dinheiro, Am, mas *você* sabe muito bem o que eu te disse. Sua mãe, Billy e eu concordamos. Você não precisa de uma guitarra de três mil dólares se a sua está funcionando bem.

— Eu sei que está *funcionando bem,* mas ainda assim quero...

— Mas você não *precisa*. Não é uma nec...

— Pai, por favor — Amos implorou. Então apontou para mim por cima do ombro. — Olhe para ela. Não é uma esquisitona. O nome dela é Aurora. De La Torre. Eu a procurei no Picturegram. Ela só posta fotos de comidas e animais. — O adolescente me lançou um olhar por cima do ombro, piscando uma vez, antes de sua expressão beirar o desespero, como se também soubesse que a conversa não estava indo nada bem. — Todo mundo sabe que sociopatas não gostam de animais, você disse isso, lembra? *E olhe para ela.* — Sua cabeça inclinou para o lado.

Ignorei seu último comentário e me concentrei na parte importante. O menino tinha pesquisado sobre mim... o que mais ele sabia?

Amos não estava errado. Além de algumas selfies e fotos com amigos — e com pessoas que eu costumava pensar que eram minhas amigas, mas não eram —, eu só postava fotos de comida e animais. Essa era a realidade, e as malas e caixas espalhadas pelo chão eram apenas mais um lembrete do quanto eu queria estar *ali*, e que eu tinha coisas a fazer em Pagosa.

Ou aquele garoto sabia demais ou realmente tinha acreditado na fachada que eu apresentava ao mundo. Todas as mentiras, as cortinas de fumaça, as máscaras que tive que colocar só para estar perto de alguém que amava. Eram um lembrete de que eu não tinha deletado as fotos do Picturegram de uma vida que eu costumava ter. Tive todo o cuidado de nunca tirar uma foto romântica — temia a fúria da sra. Jones.

Pensando bem, talvez eu devesse tornar meu perfil privado, só para a Anticristo não bisbilhotar. Eu tinha postado apenas algumas vezes no ano anterior e não colocara a localização de nenhum lugar em que estivera. Velhos hábitos são difíceis de mudar.

Os olhos do homem se dirigiram para mim por talvez um segundo antes de voltarem para o menino.

— E isso lá tem alguma importância? — o pai falou. — Ela poderia ser a Madre Teresa, e ainda assim eu não ia querer ninguém aqui. Não é seguro ter uma estranha perambulando perto da nossa casa.

Tecnicamente, eu não ficaria "perambulando". Ficaria no apartamento e jamais os incomodaria.

Vendo minha oportunidade desaparecer com cada palavra que saía da boca do homem, percebi que precisava agir rápido. Felizmente para mim, eu gostava de consertar as coisas e era muito boa nisso.

— Eu juro do fundo do meu coração que não sou uma psicopata. Só levei uma multa em toda a minha vida, porque excedi dezesseis quilômetros por hora, mas, em minha defesa, eu estava muito apertada para fazer xixi. Você pode ligar para os meus tios, se quiser referência, e eles dirão que sou uma boa pessoa. Você pode enviar mensagens de texto para os meus sobrinhos, se quiser, porque se ligar, eles não vão atender, mesmo se você explodir os telefones deles de tanto tentar.

O garoto espiou por cima do ombro novamente, olhos arregalados e ainda frenéticos, mas o homem... é, ele não estava sorrindo. Só me encarava por cima do ombro do filho. Na verdade, sua expressão era de pura indiferença, mas antes que ele pudesse dizer uma palavra, o garoto se adiantou para me defender. Sua voz, quando veio, soou baixa e meio desesperada. Pelo jeito, ele queria muito aquela guitarra de três mil dólares.

— Sei que o que fiz foi horrível, mas você ia ficar fora um mês inteiro, *e ela* é uma garota... — O que não faltavam eram mulheres assassinas em série soltas por aí, mas aquele não parecia o momento certo para trazer o fato à tona. — Então, imaginei que você não precisaria, tipo, se preocupar. Eu comprei um sistema de alarme para instalar em todas as janelas, e ninguém passaria pelas fechaduras das nossas portas.

O homem negou com a cabeça, e percebi que seus olhos estavam mais abertos do que normalmente estariam.

— Não, Amos. *Não*. Sua desculpa esfarrapada não me convence. Você só está me irritando cada vez mais, toda vez que escuto você dizer que mentiu para mim. *Que merda você* estava pensando? O que ia falar para o seu tio Johnny, quando ele viesse para ver como estavam as coisas enquanto eu estivesse fora, hein? Não estou acreditando que você ia agir pelas minhas costas, depois de tudo o que eu te disse. Tantas vezes. Estou tentando te proteger, cara. O que há de errado nisso?

Então aquele rosto intenso olhou para baixo, enquanto o homem balançava a cabeça, os ombros pendendo de forma tão triste que me senti uma intrusa por estar ali testemunhando a decepção tão aparente em cada traço do corpo do pai. A forma como ele estava ali, processando o ato de traição. O homem pareceu respirar fundo antes de olhar para trás e voltar a me encarar.

— Ele vai te reembolsar no segundo em que entrarmos em casa, e você não vai ficar. Não era para você ter um "comprovante da reserva", para começo de conversa — disse, rispidamente, de um modo que deixava clara a dor que sentia por causa das ações do adolescente.

Engasguei. Pelo menos, mentalmente. Porque *não*.

Não.

Abaixei as mãos sem perceber, saindo da posição em que estavam, ainda levantadas, e as espalmei na barriga, o spray de pimenta entre meus dedos, o resto do meu corpo consumido por uma mistura de preocupação, pânico e decepção.

Eu tinha trinta e três anos e, como uma árvore no inverno, perdera todas as folhas, muito de quem *eu* era; mas os meus galhos e as minhas raízes ainda existiam. E eu estava renascendo com um novo conjunto de folhas brilhantes, verdes e cheias de vida. Tinha que tentar. Eu precisava. Não ia encontrar outro lugar como aquele.

— Por favor — implorei, sem nem mesmo estremecer pela rouquidão com que aquela única frase saiu da minha boca. Eu tinha que arriscar. — Entendo que esteja chateado, e tem todo o direito de estar. Não te culpo por querer cuidar do seu filho, por não querer arriscar a segurança dele, mas... — Minha voz falhou e eu odiei isso, porém sabia que tinha que continuar, porque tive a sensação de ter apenas uma chance antes de ser expulsa. — Apenas... *por favor*. Prometo que não vou dar um pio ou incomodar. Eu comi uma vez um doce que tinha alguma substância ilícita no meio, eu tinha vinte anos, e fiquei tão louca que sofri um ataque de pânico, quase tive que chamar a ambulância. Tomei Vicodin depois que um dos meus dentes do siso foi removido, e vomitei tanto que nunca mais quis saber de analgésico. O único álcool que eu tomo é vinho branco Moscatel bem doce, e talvez uma cerveja de vez em quando. Eu nem vou olhar para o seu filho se você preferir, mas, *por favor*, por favor, me deixe ficar. Posso pagar o dobro do valor que foi pedido, transfiro agora mesmo, se quiser. — Inspirei fundo e olhei para o homem com o que eu esperava ser a maior súplica do mundo. — Por favor.

Sua expressão facial endurecida nem se mexeu, e mesmo de longe vi que o maxilar quadrado ainda estava tenso. Aquilo não era um bom sinal. Não era um bom sinal mesmo.

Suas próximas palavras fizeram meu estômago revirar. Ele estava olhando nos meus olhos, com aquelas sobrancelhas grossas e retas do seu rosto absurdamente bonito. Na hora pensei que ele tinha uma estrutura óssea que só seria possível encontrar em estátuas gregas. Dignas de um rei e tão bem definidas, suas feições não eram nada delicadas. A boca de lábios cheios — do tipo que as mulheres se inspiravam e procuravam os cirurgiões mais caros para tentarem replicar — se espremeu em uma linha fina.

— Sinto muito por suas expectativas tão altas, mas isso não vai acontecer. — Aqueles olhos duros se moveram em direção ao adolescente, enquanto ele rosnava em uma voz tão baixa que quase não pude escutar, mas eu tinha ouvidos ótimos e ele não sabia disso. — O problema não é o dinheiro.

O pânico cresceu dentro do meu peito em uma constante, e tudo o que vi foi a oportunidade desaparecer diante dos meus olhos.

— Por favor — repeti. — Você nem vai notar que estou aqui. Vou ficar quieta, não vou receber visitas — hesitei. — Que tal o triplo do valor?

— Não. — O estranho nem titubeou.

— Pai — o menino insistiu, mas o homem negou com a cabeça.

— Você não tem voz nessa discussão. Não vai opinar sobre nada por um bom tempo, fui claro?

O garoto engoliu em seco e meu coração começou a bater mais rápido.

— Você agiu pelas *minhas costas,* Amos. Se o pessoal não tivesse encontrado um substituto no último minuto, eu estaria em Denver agora, sem ter ideia de porra nenhuma do que você aprontou! — o homem explicou naquele tom assassino, a voz nem alta nem baixa. Honestamente... eu não poderia culpá-lo.

Eu não tinha filhos — eu quis, mas Kaden só adiava —, mas poderia imaginar como me sentiria se meu filho agisse pelas minhas costas... mesmo que eu entendesse os motivos. Amos queria uma guitarra cara, e imaginei que ele era jovem demais para trabalhar, e seus pais não iam deixar.

O garoto fez um barulho fraco e descontente de frustração, e eu soube que o meu tempo estava acabando.

Esfregando os dedos, pois de repente eles ficaram úmidos, tentei reprimir a sensação de pânico, porque ela era mais poderosa do que a minha força.

— Sinto muito por tudo isso. Sinto muito por tudo ter acontecido sem a sua permissão. Se algum estranho se mudasse para... bem, não tenho um apartamento na garagem, mas, se tivesse, não ia gostar nada disso. Valorizo muito a minha privacidade. Mas não tenho outro lugar para ir. Não há outra casa para alugar a curto prazo nas proximidades. Isso não é problema seu, eu sei. Mas, por favor, me deixe ficar. — Respirei fundo e encontrei seus olhos; eu não poderia dizer qual era a cor deles àquela distância. — Não sou viciada em drogas. Não tenho problema com bebida ou qualquer fetiche estranho. Juro. Fiquei no mesmo emprego por dez anos; eu era assistente. Eu... me divorciei, e estou recomeçando a vida.

Uma dose de ressentimento, amargo e em espiral, cresceu na minha nuca e se espalhou pelos ombros, como acontecia diariamente desde que as coisas desmoronaram. E como todas as outras vezes, eu não ignorei. Enfiei-o dentro de mim, bem perto do meu peito, e cuidei dele. Eu não queria esquecer. Queria aprender com aquilo e guardar a lição, mesmo que fosse desconfortável.

É preciso se lembrar dos momentos de merda para apreciar o que é bom.

— Por favor, sr. Rhodes, se for esse o seu nome — falei, com a voz mais calma que consegui. — O senhor pode fazer uma cópia da minha identidade, embora eu já tenha enviado. Posso conseguir referências com pessoas que me conhecem. Não sou capaz nem de matar uma formiga. Eu protegeria seu filho, se ele precisasse. Tenho sobrinhos adolescentes que me amam. Eles também vão te dizer que não sou uma esquisitona. — Dei um passo à frente e depois outro, mantendo nossos olhares conectados. — Eu ia ver se podia alugar aqui por mais tempo, mas vou embora depois de um mês, se você encontrar em seu coração uma chance para me dar. Talvez outro lugar fique disponível. Eu alugaria uma casa na cidade, mas não há nada a curto prazo, e não estou pronta para contratos mais longos. — Eu tinha dinheiro para comprar uma casa, se quisesse, mas ele não precisava saber disso; apenas criaria muitas perguntas. — Vou te pagar três vezes a diária e não vou te incomodar. E vou te dar uma avaliação de cinco estrelas também.

Talvez eu não devesse ter adicionado essa parte. Antes de qualquer coisa, ele simplesmente *não queria* alugar o lugar.

O olhar do homem se estreitou um pouco — tive certeza porque suas sobrancelhas não se moveram muito —, mas pensei ter notado uma diferença. Então, um vinco apareceu entre as sobrancelhas grossas e escuras, e o sentimento terrível se intensificou.

Ele ia me dizer não. Eu sabia. Eu ia me ferrar e teria que ficar em um hotel. De novo.

Mas o menino se aproximou e disse, falando um pouco mais alto, soando genuinamente animado com a perspectiva:

— Três vezes o preço! Você sabe o quanto de dinheiro isso seria?

O homem, talvez Tobias Rhodes, talvez não, ainda imóvel e com a expressão tensa, olhou para o filho, cheio de uma energia furiosa.

E me preparei para o pior. Para o *não*. Não seria o fim do mundo, mas... é, seria péssimo. Muito.

Porém, as próximas palavras que saíram da sua boca foram dirigidas ao adolescente.

— Não acredito que você mentiu para mim.

Todo o corpo do menino pareceu amolecer e cair, e ele disse bem baixinho:.

— Me desculpa. Eu sei que é muito dinheiro. — O garoto fez uma pausa e conseguiu falar ainda mais baixo. — Me desculpa.

O homem passou a mão pelo cabelo e pareceu murchar também.

— Eu tinha proibido. E disse que íamos dar outro jeito.

O garoto não respondeu, mas assentiu depois de um segundo, parecendo se sentir minúsculo.

— E isso não acabou — adicionou o pai. — Vamos conversar mais tarde.

 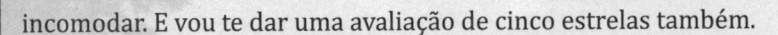

Não perdi o momento em que o garoto estremeceu, mas eu estava muito ocupada observando o homem se virar e me olhar. Ele ergueu a mão e coçou o topo da cabeça com os dedos longos e grossos. O homem, que agora eu tinha certeza de que poderia ser um tipo de guarda florestal, baseado nos emblemas que ficaram evidentes sob a luz, me encarou.

Pensei em acenar, mas não o fiz. Apenas perguntei:

— Por favor, eu posso ficar pelo triplo do valor?

Eu estaria mentindo se dissesse que não fiz questão de exibir meus dois antebraços de propósito, só para que ele pudesse ver que não tinham marcas de agulha. Não queria que ele pensasse que eu estava escondendo alguma coisa. Bem, eu estava escondendo os detalhes, mas realmente não eram da conta dele ou de qualquer outra pessoa. Esses detalhes não machucariam o garoto, não machucariam ninguém além de mim mesma. Então, ergui o queixo e não tentei esconder o desespero. Era a única emoção que parecia me favorecer.

Não que eu tivesse orgulho disso.

— Você está aqui de férias? — ele perguntou devagar, ainda quase rosnando, mas testando o peso de cada palavra que saía da sua boca.

— Não exatamente. Estou pensando em morar em Pagosa. Só preciso ter certeza, mas tem muita coisas que quero fazer enquanto estou aqui. — Muitas coisas mesmo, mas quero viver um dia de cada vez.

— O quê?

Dei de ombros e disse a verdade.

— Trilhas.

Uma sobrancelha grossa se ergueu, mas a irritação em seu rosto não sumiu. Era como andar sobre gelo fino.

— Trilhas? — perguntou, como se eu tivesse acabado de dizer orgias.

— Sim. Posso lhe mostrar a lista das que quero fazer. — Eu tinha memorizado os nomes das trilhas que estavam no diário da minha mãe, e poderia listar cada uma, se ele quisesse. — Não tenho emprego ainda, mas vou conseguir um, e tenho dinheiro. Veio do... acordo de divórcio. —

Eu poderia também dar todos os detalhes para que ele não fizesse mais perguntas ou pensasse que eu estava mentindo quanto à minha capacidade de pagar o aluguel.

O homem apenas continuou olhando para mim friamente. Os dedos da sua mão livre se abriram e fecharam. Até as narinas dilataram. Ele não disse nada por tanto tempo que seu filho olhou na minha direção por cima do ombro, os olhos bem abertos.

O garoto só queria meu dinheiro, e tudo bem. Na verdade, achei que era muito engraçado e inteligente da parte dele. Me lembrei da época que eu mesma era uma criança sem emprego e que queria poder comprar minhas coisas.

Por fim, o homem ergueu o queixo um pouco mais e suas narinas dilataram pela segunda vez.

— Você vai pagar o triplo? — perguntou, com uma voz que dizia que não estava convencido.

— Cheque, cartão, PayPal ou transferência para a sua conta agora. — Engoli em seco e, antes que pudesse me conter, acrescentei com um sorriso que usei muitas vezes para tentar resolver as situações mais difíceis. — Se me der um descontinho à vista, posso pagar em dinheiro. — Então me contive para não dar uma piscadinha. Ele provavelmente era casado, e ainda estava puto da vida. Com toda razão, eu precisava ser justa.

— Transferência é mais rápido, né? — O adolescente se voluntariou com uma solução, naquele timbre baixo e sussurrante.

Não pude me segurar; quase ri e precisei tampar a boca quando a risada quis escapar.

O homem olhou para o filho, a expressão confirmando que ainda estava tão bravo que não achou a sugestão nada engraçada. Ele se concentrou em mim e acho que até revirou os olhos, sem acreditar no que estava prestes a dizer.

— Dinheiro, amanhã. Do contrário, você cai fora. — Ele estava...? — Não quero te ver. Não quero lembrar que você está aqui, só quando me deparar com seu carro — declarou, ainda decepcionado, mas...

Ele deixou! Ele concordou! Talvez?

— Você terá o seu mês, mas tem que cair fora daqui depois disso — continuou, mantendo contato visual o tempo todo, tentando deixar bem explicado que ninguém o convenceria a me deixar ficar mais tempo, e que eu deveria estar grata por aquela chance.

Assenti. Ficaria por um mês, se isso era tudo que eu tinha, e não ia chorar ou fazer drama. Se ele me deixasse ficar ali por um mês mesmo, teria tempo para resolver a vida. Até de forma permanente, dependendo de como seria o andar da carruagem.

Eu não estava ficando mais jovem e, às vezes, só precisamos escolher um caminho e segui-lo. Era isso que eu queria. Seguir em frente.

Então... eu poderia começar a me preocupar com isso no dia seguinte.

Assenti e esperei para ver se ele ia dizer mais alguma coisa, mas tudo o que fez foi se virar para o adolescente e apontar para as escadas. Eles começaram a descer em silêncio, me deixando no apartamento.

E talvez eu não devesse chamar mais atenção, mas não pude evitar. Quando a única coisa visível sobre o homem era a parte de trás da cabeça grisalha, gritei:

— Obrigada! Você nem vai saber que estou aqui!

Eeeee ele parou de andar.

Soube disso porque ainda dava para ver a parte superior da sua cabeça. Ele não se virou, mas estava ali, e eu quase desejei que não dissesse uma palavra antes de bufar em alto e bom som (talvez, na verdade, tenha sido um grunhido) e balançar a cabeça.

— Acho bom! — gritou, no que eu sabia ser uma voz irritada, porque esse era o tipo de voz em que a minha ex-sogra era profissional.

Que rude. Mas pelo menos ele não tinha mudado de ideia! Por um segundo, o clima tinha voltado a ficar tenso. Por fim, soltando o ar com força, deixei todas as partes do meu corpo, que eu não sabia o quanto estavam enrijecidas, relaxarem.

Eu tinha um mês. Talvez ficasse mais tempo, talvez não. Mas tiraria o melhor proveito da situação.

Mãe, voltei.

CAPÍTULO DOIS

No dia seguinte, verifiquei o telefone pela vigésima vez e fiz o que eu já tinha feito nas outras dezenove vezes antes daquela.

Abaixei o celular.

Não tinha nenhuma novidade — não que eu recebesse muitas mensagens ou e-mails... não havia nada para verificar.

Como tinha aprendido na noite anterior, o único lugar em que havia sinal era quando eu ficava de pé perto da janela, ao lado da mesa e das cadeiras. Descobri isso quando me afastei e a ligação caiu no meio da conversa. Estava me ajustando, nada de mais. Algumas das cidades pequenas nas quais morei eram do mesmo jeito. Meu telefone captou o sinal de *um* roteador, com duas barrinhas, mas estava protegido por senha. Eu poderia apostar que era da casa da família e não havia a mínima chance de eu conseguir acessar. Sem problema. Acho que parte de mim queria que fosse uma coincidência e talvez a torre de sinal do celular tivesse sido derrubada, mas não parecia ser o caso.

Não havia nada que eu realmente *precisasse* ver. Eu já estava mesmo querendo usar menos o celular. Viver a vida ao invés de ficar on-line vendo as outras pessoas aproveitando a delas.

A única mensagem que chegara naquela manhã era da minha tia. Tínhamos conversado por uma hora na noite anterior. A mensagem dela me fez sorrir.

> **Tia Carolina:** Vá comprar o spray para ataques de ursos, **POR FAVOR.**

Só no caso de eu ter esquecido nas cinco vezes que ela insistira na mesma coisa durante nossa conversa. Tia Carolina tagarelou sem parar sobre ursos por pelo menos dez minutos, presumindo que eles matam pessoas à toa, só porque a vida é assim. Mas tentei levar em consideração que ela estava preocupada comigo e que eu tinha passado o último ano viajando sem parar. Eu tinha voltado para a casa dela com o coração dilacerado e me sentindo tão perdida que nenhuma bússola no mundo poderia me redirecionar.

Ir para a casa dos meus tios quando o meu mundo desmoronava era meio que a história da minha vida. Mas, por mais que fosse desastroso me separar da pessoa com quem achei que ficaria por toda a vida, sabia, no fundo do meu coração, que nada se comparava a ter perdido minha mãe. Isso ajudava a manter as coisas em perspectiva e me lembrava do que era importante.

Eu tinha muita sorte em ter a minha tia e o meu tio. Eles tinham me acolhido e me tratado como se eu fosse filha deles. Sendo honesta, ainda mais do que filha. Eles me protegeram e me amaram.

E como se ela tivesse lido a minha mente enquanto conversávamos, reclamou:

— O Leo — falou, citando um dos meus primos — veio aqui ontem e me ajudou a dar àquele ladrãozinho uma avaliação de apenas uma estrela para o novo álbum dele. Nós criamos uma conta para o seu tio e fizemos o mesmo. Havia várias avaliações ruins. Hehehe.

Eu amava tanto aqueles dois.

— Conversei com a Yuki uma semana atrás e ela disse que, no lugar das estrelas, as avaliações deveriam ser emojis gigantes de cocô — falei.

Ao fundo, meu tio, que não era muito falador, mas era um grande ouvinte, gritou:

— Aposto que ele e a mãe dele estão sem saber o que fazer agora que a galinha dos ovos de ouro foi embora.

Dei um sorrisinho.

Porque saber que tudo o que tinha acontecido era para o meu bem não significava que eu era uma boa pessoa e queria o melhor para o meu ex.

Ele ia pagar pelo que ele e a mãe tinham feito. Em algum momento. Eu sabia. Ele sabia. Era apenas questão de tempo até todo mundo perceber. Kaden poderia encontrar outra pessoa para escrever as músicas para ele... mas teria que vender um órgão para isso. Eu tinha feito tudo por amor. E de graça.

Tudo bem, não foi tão de graça, mas poderia ter sido.

Mas quem quer que o esteja ajudando, não vai deixar Kaden pegar todo o crédito pelo trabalho pesado. Não como eu fizera.

— Eu soube pela Betty. — Minha tia suspirou e pareceu hesitar antes de continuar. — Você lembra da Betty? Minha cabelereira? Ela disse que viu uma foto dele com aquela Tammy Lynn em um evento recente.

Algo ficou preso no fundo da minha garganta apenas com a imagem mental do homem com quem tive um relacionamento por quase metade da minha vida saindo com outra pessoa.

Agora ele podia tirar fotos com alguém. Aham. Tão conveniente.

Não era ciúmes o sentimento. Mas... era alguma coisa.

O gosto leve da amargura ficou comigo por todo o restante da conversa, enquanto minha tia voltava ao assunto do spray de urso, nevascas e ter que recorrer ao canibalismo, porque as pessoas não estavam preparadas nas montanhas para uma tempestade de neve.

Eu poderia tentar explicar a ela mais tarde o quão "suave" era o inverno em Pagosa Springs em comparação com a maioria dos outros lugares, para que minha tia não se preocupasse tanto.

Nesse ínterim, passei a manhã decidindo o que precisava fazer e qual seria a ordem mais proveitosa. Tinha que sacar o dinheiro para o aluguel, e por mais que minhas finanças estivessem bem, eu tinha outras coisas para fazer. Precisava visitar uma amiga.

Além disso, precisava fazer compras no mercado porque tinha comido minhas últimas fatias de peito de peru e queijo no café da manhã e não tinha nada para o almoço ou jantar. E já que eu ia ficar ali por um tempo, precisava fazer do lugar um lar. Seria bom começar a resolver as coisas que precisavam ser feitas o mais rápido possível.

Tipo sem demora.

Depois de descer as escadas, já lá fora, tive que parar ao lado da porta do meu carro. Eu tinha chegado tão tarde da noite que perdera a vista dos arredores, então não estava preparada para a paisagem à minha frente. As fotos do apartamento se concentravam no interior do imóvel; havia apenas uma da fachada externa.

Na época em que morava com a minha mãe em Pagosa, estávamos mais perto do centro, no meio dos enormes pinheiros que compunham grande parte da floresta nacional dentro e em volta da cidade. Mas eu me lembrava que nos arredores se parecia com um deserto. E era exatamente esse o tipo de paisagem que eu via naquele momento. O verde brilhante e as densas florestas eram predominantes em Pagosa, mas a beleza rochosa, por estar tão perto do Novo México e da área desértica, parecia única. Árvores de cedro e arbustos se espalhavam e preenchiam as colinas ao redor da casa.

Era incrível.

Fiquei ali parada por um bom tempo, então olhei ao redor. O SUV ainda estava estacionado lá. Aquele era o nome certo, em termos de veículos.

Tão rápido quanto olhei naquela direção, desviei os olhos. A última coisa que eu precisava era correr o risco de que aquele homem, o suposto sr. Rhodes, me visse olhando para a sua casa e pensasse que eu estava fazendo algo de que ele não gostava. Não queria ser enxotada dali. Caminharia até o meu carro de olhos fechados durante todo o mês, se fosse preciso.

Eu estava ali por uma razão e precisava agir rápido, pois não tinha certeza de quanto tempo realmente ficaria.

Não ficaria lá, a não ser que eu mesma me desse um motivo.

E foi isso que me fez entrar no carro e dirigir, sem ter certeza do que estava fazendo, mas ciente de que precisava fazer alguma coisa.

Esperei até estar bem longe na estrada rural para procurar indicações de trajeto até o banco. Eu sabia que havia uma agência na cidade; por segurança, eu tinha me certificado disso antes de viajar. Estar a cinco horas de Denver e quatro de Albuquerque era como estar no meio do nada, cercada por pequenas cidades que pouca gente tinha ouvido falar. Havia dois supermercados, alguns bancos locais e um principal, um cinema minúsculo e uma boa quantidade de restaurantes e cervejarias, levando em conta o tamanho da cidade.

Considerando o quão disputados estavam os aluguéis, eu deveria ter imaginado que a cidade estaria movimentada. Eu sabia que Pagosa Springs dependia do turismo. Quando criança, no auge do verão, minha mãe costumava reclamar do trânsito por causa dos turistas. Ela também ficava frustrada no supermercado, pois tínhamos que parar o carro na parte de trás do estacionamento.

Mas o restante das minhas lembranças de Pagosa eram nebulosas. Tanta coisa parecia diferente; havia muito mais prédios do que eu me recordava, mas algo na cidade ainda me parecia... familiar. O novo Walmart foi uma surpresa.

É, tudo muda com o tempo.

A esperança reacendeu no meu peito enquanto eu seguia pela estrada. Talvez não fosse exatamente como eu me lembrava, mas havia o suficiente ali que parecia... certo. Ou talvez eu apenas estivesse imaginando.

Mais do que tudo, a cidade representava um novo começo. Era isso que eu queria. Claro, uma das piores lembranças da minha vida acontecera em Pagosa, mas o restante delas — as melhores — superavam isso.

A vida em Pagosa tinha começado, e o tempo estava passando.

Banco. Supermercado. Talvez eu pudesse andar um pouco e visitar algumas lojas, perguntar se estavam contratando ou procurar um jornal para ver os anúncios. Eu não tinha um emprego normal há mais de uma década, e não havia muitas referências que estivesse disposta a oferecer. Talvez pudesse dar uma passadinha para ver se Clara estava trabalhando.

E, se eu tivesse tempo, poderia fazer login na minha conta e avaliar Kaden com só uma estrela também.

Na pequena placa branca em frente à loja, estava escrito em letras cor de laranja brilhantes: CONTRATA-SE.

Inclinando a cabeça para trás, li o nome da empresa. THE OUTDOOR EXPERIENCE. Espiando pela janela, vi uma multidão dentro da loja, araras com roupas e um grande balcão em L ao longo de duas paredes opostas. Lá dentro, uma mulher corria de um lado para o outro atrás do balcão, parecendo exasperada, enquanto ajudava todas as pessoas que conseguia, clientes que não paravam de apontar para as placas penduradas nas paredes. O máximo que consegui ler foi algo relacionado a aluguéis.

Eu realmente não tinha nenhuma expectativa quanto a que tipo de trabalho eu conseguiria, mas depois de passar duas horas entrando de loja em loja, fiquei feliz por não ter decidido por qualquer uma. Os únicos lugares com placas na porta indicando que estavam contratando tinham sido uma loja de artigos para pesca — eu não pescava há anos, então nem pensei em entrar —; uma loja de música que estava tocando uma canção que eu conhecia bem, então me virei e saí imediatamente; e uma loja de calçados na qual os funcionários estavam nos fundos discutindo tão alto que ouvi cada palavra, então foi mais um lugar em que nem me preocupei em pedir uma ficha de inscrição.

E ali estava eu, no extremo oposto da cidade em relação ao local onde estava hospedada.

Eu me lembrava que a The Outdoor Experience era uma loja relacionada ao ar livre, que vendia e alugava tudo o que as pessoas precisavam para atividades na natureza — pesca, acampamento, arco e flecha e muito mais. Dependia da época.

Só que eu não sabia nada sobre... nenhuma daquelas coisas. Não mais. Eu conhecia alguns diferentes tipos de pesca, como a pesca com mosca, a pesca de fundo... outros tipos... de pesca, mas era só isso. Eu sabia que existiam arcos e... bestas. Eu sabia o que era uma barraca e há muitos, muitos anos, até fora uma especialista em montar uma. Mas isso era tudo o que eu sabia sobre atividades ao ar livre. Pelo jeito, tinha morado em uma cidade com pessoas que quase nunca tinham contato com a natureza.

Mas nada daquilo importava porque eu estava ali por outro motivo. Não era para conseguir um trabalho ou para comprar alguma coisa. Para ser sincera, eu estava um pouco nervosa.

Fazia quase um ano que eu não procurava Clara, não desde que tudo dera errado, e, mesmo na ocasião, eu só mandara uma mensagem para ela, desejando feliz aniversário. Ela não sabia que eu tinha terminado com Kaden.

Bem, talvez ela soubesse, já que parecia que ele estava namorando outra pessoa e tirando fotos com ela.

É, ele ia ganhar aquela torta de merda em algum momento.

Ciente de que já tinha pensado nele o suficiente para toda a semana, empurrei Kaden para longe dos meus pensamentos e entrei.

Tinha procurado fotos da loja enquanto ainda estava em Utah, em uma noite em que me sentira entediada. Quando eu era mais jovem e ia para casa da Clara depois da escola, às vezes o pai dela nos levava para o trabalho com ele e brincávamos na loja se não houvesse clientes, ou nos abrigávamos nos fundos e fazíamos o dever de casa. Pelo que eu estava vendo, porém, a loja tinha sido reformada. O piso novo era de ladrilho e, ainda por cima, tudo parecia renovado e moderno. Estava incrível.

E muito, muito lotado naquele momento.

Perambulando pela loja, me concentrei na mulher atrás do balcão, observando a mesma cena que vira pela janela. Ela estava ajudando outra família. Ao seu lado, uma adolescente auxiliava um casal. Eu não tinha ideia de quem era a menina, mas a mulher eu sabia. Não nos víamos pessoalmente há vinte anos, mas mantivemos contato por todo esse tempo por sermos amigas no Facebook. Eu a reconheci.

Sorri e pensei que eu poderia muito bem esperar. Não havia pressa em voltar para o meu lar temporário. Esgueirando-me pelas prateleiras de roupas, caminhei em direção aos fundos da loja, onde havia uma grande placa pendurada escrito PESCA... e também menos gente.

Percebi saquinhos transparentes com todos os tipos de penas e miçangas pendurados em ganchos enfileirados na altura da cintura. Hein? Peguei um deles, com o que parecia ser algum tipo de pelo de animal ali.

Foi quando ouvi:

— Posso te ajudar com alguma coisa?

Não reconheci a voz da Clara, mas havia espiado pela vitrine o suficiente para saber que a pessoa que falava era ela ou a adolescente. E a voz de quem estava falando não era a de uma garota tão jovem.

Então eu já estava sorrindo quando me virei e fiquei cara a cara com uma pessoa que acompanhei ao longo dos anos pelas postagens no Facebook e no Picturegram.

De imediato, soube que ela não me reconhecera, pois sua boca formou o sorriso agradável e prestativo da proprietária de um negócio. Clara tinha ganhado alguns centímetros na altura e seu corpo curvilíneo parecia voluptuoso. Ela havia herdado do pai a preciosa pele negra e as maçãs do rosto proeminentes, e eu já podia dizer que ela ainda era tão fofa e doce quanto antes.

— Clara — eu disse, sorrindo tanto que minhas bochechas doeram.

Suas sobrancelhas subiram um pouco.

— Oi. Você...? — Sua voz soou firme. As pálpebras se estreitaram rapidamente, e sua cabeça balançou um pouco antes de seus olhos castanho-escuros observarem todo o meu rosto. Lentamente, acrescentou: — Eu te conheço?

— Sim, muito. Éramos melhores amigas no ensino fundamental e no ensino médio.

As sobrancelhas da minha velha amiga, aqueles arcos finos e escuros, se uniram por um momento, até seu rosto de repente relaxar, a boca se abrir e ela falar:

— Ah! Você parou de pintar o cabelo!

Um pequeno lembrete da vida que deixara para trás. A sra. Jones me convencera a pintá-lo de loiro "Porque você fica tão bem assim". Mas deixei a lembrança entrar por um ouvido e sair pelo outro enquanto assentia.

— Voltei à minha cor natural. — Eu tinha me livrado da parte loira meses antes; e era por isso que meu cabelo estava mais curto do que nunca.

— Faz um ano que você não manda notícias, sua chata! — resmungou em um sussurro, me dando um soquinho no ombro. — Aurora!

E num piscar de olhos já estávamos no meio de um abraço.

— O que aconteceu? O que você está fazendo aqui? — sibilou, recuando depois de um momento. Tínhamos mais ou menos a mesma altura, e pude vislumbrar o pequeno espaço entre seus dois dentes da frente. — Mandei uma mensagem de texto para você alguns meses atrás, mas a mensagem voltou!

Outro lembrete. Mas estava tudo bem.

— É meio que uma longa história, mas estou aqui. Visitando. Talvez ficando de vez.

Seus olhos escuros se moveram sobre meu ombro, e ela pareceu se dar conta do que eu não dissera. Ela esperava ver a pessoa que deveria estar aqui comigo... se ele não fosse um cretino.

— Você está sozinha? — perguntou.

E com isso ela quis dizer *Kaden está com você?* Clara era uma das poucas pessoas que sabia sobre ele.

— Não, e não estamos mais juntos. — Sorri, pensando naquela torta de merda por um segundo.

Clara piscou e levou um tempo para assentir, mas ela o fez, e sorriu.

— Bom, espero que me conte a longa história, quando der. O que você está fazendo aqui?

— Fui dar uma volta pela cidade. Cheguei em Pagosa ontem à noite. Estava andando olhando as lojas e procurando um emprego, e pensei que poderia passar na loja e ver você.

Embora não estivéssemos presentes fisicamente na vida uma da outra havia muito tempo, estávamos sempre em contato. Tínhamos trocado mensagens de Ação de Graças, Natal e aniversário por duas décadas.

Mas desde que me separara do Kaden... eu meio que desaparecera da face da Terra. E não tinha vontade de dizer mais do que já havia dito.

— Você está planejando ficar de verdade? — perguntou.

— Sim. Esse é o plano, pelo menos — respondi, e Clara pareceu surpresa.

Eu sabia como isso soava. Não me admirava em nada o seu olhar tão chocado.

Mas eu teria que explicar que não tivera escolha, mesmo sabendo que tinha sido o melhor que poderia ter me acontecido.

Ela piscou de novo e então sorriu com um pouco mais de alegria antes de apontar para o balcão, onde estava a menina, olhando para nós com uma expressão curiosa. O rabo de cavalo que prendia seu cabelo estava torto e a adolescente parecia tão cansada quanto Clara. Eu sabia que ela não tinha filhos, então talvez fosse apenas uma funcionária. Elas pareciam estar trabalhando a todo vapor o dia inteiro. Com base no tempo, os clientes provavelmente voltariam em breve para devolver os itens alugados.

— Vamos para o meu escritório — sugeriu Clara. — Podemos conversar um pouco. Só preciso ficar de olho caso alguém tenha alguma dúvida... e de você quero saber *tudo*.

Abri um sorriso e fiz um gesto com a cabeça, assentindo, e fui me dirigindo para o espaço ao lado do balcão, onde a adolescente estava. A garota se inclinou e observou Clara contornar a bancada e ficar de frente para a loja.

— Aurora, esta é minha sobrinha, Jackie. Jackie, esta é Aurora. Éramos unha e carne nos tempos de escola.

Os olhos da adolescente ficaram um pouco arregalados, e me perguntei por que, mas ela me cumprimentou com um gesto.

— Oi. — Acenei de volta.

— Onde você está hospedada? Você disse que chegou na cidade noite passada? — Clara questionou.

— Estou perto de Chimney Rock. — Um monumento nacional no extremo oposto da cidade. — E, sim, cheguei ontem à noite. Hoje vim para a cidade para comprar comida e visitar algumas lojas. Achei que poderia vir te dizer um oi, já que estava perto.

Tudo o que eu sabia sobre Clara era que, cerca de um ano antes, seu pai ficara muito doente e ela voltara a morar em Pagosa, vinda de... alguma parte do Arizona, talvez? Ela se casara, mas o marido morrera de forma trágica em um acidente de carro ao dirigir bêbado. Isso já tinha uns oito anos. Fiquei sabendo por causa de um post que ela publicara na época, e mandei flores para o funeral.

— Estou feliz que veio — disse ela, ainda com um sorriso largo. — Ainda não consigo acreditar que você está aqui. Ou que está ainda mais bonita pessoalmente do que nas fotos. Eu meio que esperava que fosse por causa dos filtros dos aplicativos, mas não é. — Clara balançou a cabeça.

— Não fiz nada pela minha aparência. Mas quero saber como você está. E o seu pai?

Nos últimos tempos comecei a me sentir muito sintonizada ao sofrimento das pessoas, então percebi que ela estremeceu bem de leve.

— Estou bem. Trabalhando muito. E o meu pai está... o papai está bem. Assumi o controle da loja por tempo integral. — Seu rosto ficou tenso. — Ele não vem mais aqui com frequência. Mas tenho certeza que vai querer te ver, se você estiver planejando ficar por mais tempo.

— Estou, e adoraria me encontrar com ele também.

O olhar de Clara se desviou para a sobrinha antes de voltar para mim com as pálpebras semicerradas.

— Que tipo de trabalho está procurando?

— Para que tipo de trabalho você está contratando? — perguntei, brincando. O que eu sabia sobre atividades ao ar livre? Nada. Apenas caminhar pela seção de pesca tinha sido chocante.

Mamãe ficaria muito chateada com isso. Ela costumava me levar para pescar o tempo todo. Às vezes só nós duas e outras vezes, pelo que lembrava, os amigos dela iam conosco.

Ainda assim, pescaria naquele momento parecia uma atividade de outro mundo.

Sem exagero. Não estava reconhecendo metade das coisas vendidas na loja. Acho que mais do que a metade.

Os vinte anos sem a minha mãe tinham me transformado em uma garota muito urbana. Eu não tinha acampado sequer uma vez desde que saíra de Pagosa. Tinha ido pescar algumas vezes com meu tio em seu barco, mas pelo menos quinze anos já haviam se passado desde a última vez. Eu nem tinha certeza se poderia nomear dez espécies diferentes de peixes se precisasse.

A parte surpreendente foi que Clara pareceu... bem, ela pareceu interessada.

— Não brinque comigo, Aurora... ou agora prefere ser chamada de Ora?

— Qualquer um dos dois. — Pisquei. — Mas eu estava brincando. Não sei nada sobre atividades ao ar livre. — Apontei para a placa atrás de mim. — Se soubesse, teria me inscrito.

Seu olhar continuava enigmático, como se estivesse tramando algo. Ela então inclinou o queixo um pouco para cima.

— Você não sabe nada?

— Demorei um segundo para lembrar que as moscas e iscas artificiais de pesca lá atrás não são chamadas de "coisinhas de pesca". — Sorri. — Isso é péssimo.

— O último cara que desistiu de trabalhar aqui dizia aos clientes que podiam pescar salmão em San Juan — Clara falou, secamente.

— Não... pode?

Clara sorriu com os olhos brilhando, e eu tive que sorrir também.

— Não, não pode. Mas ele também chegava atrasado todos os dias... e nunca ligava para avisar quando ia faltar... — Ela balançou a cabeça. — Desculpa. Estou querendo jogar esse emprego para cima de você. É que preciso de ajuda e algo me diz que já contratei todas as pessoas da cidade que estavam em busca de trabalho.

Ah.

Bem.

Fechei a boca e processei o que ela tinha acabado de dizer. O que aquilo poderia significar. Trabalhar para alguém com quem eu tinha um relacionamento. Sabíamos o que tinha acontecido da última vez.

Ótimo até não ser mais, mas é a vida.

Eu tinha certeza de que poderia encontrar outro emprego, mas também tinha confiança de que Clara e eu poderíamos nos dar bem. Nos últimos anos acompanhara tudo o que ela publicava nas redes sociais e suas postagens eram alegres e otimistas — o que poderia ser apenas uma estratégia de marketing, mas eu duvidava. Mesmo quando o marido falecera, Clara tinha sido gentil em meio ao luto. E nós sempre nos demos muito bem on-line.

O que eu tinha a perder? Além de me fazer parecer idiota, já que não sabia nada?

— Não, não peça desculpas — falei, com bastante cautela. — Eu só... não sei nada sobre acampar ou pescar, mas... se você quiser... posso tentar. Aprendo rápido e sou boa em fazer perguntas — soltei de uma vez, observando suas feições irem de receptivas para calculistas. — Sou pontual, esforçada e quase nunca fico doente. E não fico mal-humorada por qualquer coisa.

Clara ergueu a mão e tocou o queixo com o dedo indicador, seu rosto agradável e pensativo, mas foram os olhos ligeiramente arregalados que revelaram que continuava interessada.

Mas, ainda assim, queria que Clara entendesse a extensão do que estaria lidando ao me contratar, para que não houvesse surpresas ou que eu a decepcionasse.

— Faz muito tempo que não trabalho com comércio, mas costumava lidar com muitas pessoas no meu, ãhn... — imitei as aspas com os dedos — ... "último emprego".

Sua boca franziu, os olhos deslizando em direção à adolescente, Jackie, antes de voltarem para mim. Ela assentiu apenas uma vez.

Clara não ia falar sobre Kaden na frente de Jackie, eu acho, e, de verdade, isso seria ótimo para mim. Quanto menos pessoas soubessem, melhor. Os Jones acreditavam que eu manteria minha promessa de que não falaria para ninguém sobre o nosso relacionamento, e eles estavam certos.

Mas eu só não queria falar sobre ele porque não queria ser a ex-namorada de Kaden Jones pelo resto da vida, não tinha necessidade disso. Porra, eu esperava que a minha ex-quase-sogra tivesse ondas terríveis de calor da menopausa naquela noite.

— Quero apenas que você esteja consciente da minha total falta de entendimento da área.

A boca de Clara se contorceu.

— O penúltimo contratado durou dois dias. O último trabalhou por uma semana e depois me deu um chá de sumiço. Com os últimos dez antes dele foi quase a mesma história. Tenho dois funcionários que são amigos do meu pai e que trabalham por meio período, mas só aparecem uma ou duas vezes por mês. — Clara ergueu o queixo e juro que estremeceu. — Se você puder aparecer no horário que combinarmos e fazer *qualquer coisa*, eu vou te ensinar o tanto que quiser aprender.

Sim, o sentimento que florescia no meu peito era esperança. Trabalhar com uma velha amiga? Fazendo algo que a minha mãe amava? Talvez não fosse uma ideia tão ruim.

— Eu amo aprender — disse com toda honestidade.

Passei tanto tempo da minha vida vendo rostos esperançosos e cautelosamente otimistas que reconheci a expressão dela: era isso.

A disposição dela em me contratar mostrava que ela devia estar mesmo desesperada, sendo uma antiga amiga ou não.

— Então... — Suas mãos agarraram o balcão. — Você quer mesmo trabalhar aqui? Fazendo diferentes tipos de trabalho ao mesmo tempo?

— Contanto que você não ache que vai ser estranho. — Fiz uma pausa e tentei dar um sorriso cheio de animação. — Eu sou ótima em ouvir as pessoas; sei que negócios são negócios. Mas se você se cansar de mim, promete que vai me dizer? Vai me avisar se eu não estiver trabalhando direito? Falando sério, reservei um lugar para morar por um mês, e, se tudo correr bem, ficarei mais tempo, mas ainda não tenho certeza.

Clara olhou para a adolescente que estava muito ocupada me encarando com intensidade, antes de assentir.

— Você pode ficar pelo tempo que quiser, e se sentir que é a hora de ir embora, pelo menos pode me avisar um pouco antes?

— Prometo.

— Preciso dizer que não posso pagar muito pela hora.

Ela me disse uma quantia que não era muito acima do valor do salário mínimo, mas já era alguma coisa.

E com alguém que eu gostava e me conhecia no passado, era a porra do destino me dando um belo tapa na cara.

Quando o destino nos coloca em situações assim, nosso dever é ouvir. Eu estava pronta para escutar. Meu futuro era uma página em branco. Eu não tinha ideia do que queria fazer, mas aquela oportunidade era alguma coisa. Era um passo. E a única maneira de seguir em frente era dando o primeiro passo e, às vezes, a direção não é tão importante, desde que a gente ande.

— Posso te ensinar a usar a máquina registradora e podemos pensar em outras coisas para você fazer. Aluguéis. Não sei. Mas ainda assim não dá para tirar muito dinheiro. Preciso que entenda isso. Tem certeza de que não tem problema?

— Eu nunca quis ser milionária — falei cautelosamente, sentindo algo que se parecia muito com alívio rastejando sob a minha pele.

— Quer começar amanhã?

Um pouco mais daquela esperança fez a primavera florescer no meu peito.

— Amanhã está ótimo. — Eu tinha exatamente nada para fazer.

Estendi a mão. Ela deslizou o dela para a frente também, e nós selamos o acordo de forma desajeitada.

Então, devagar, nós duas sorrimos e Clara assentiu, deixando a boca se contrair com suavidade, os olhos escuros brilhando, e perguntou:

— Agora que estamos com *isso* resolvido, me conte tudo. O que tem feito?

Seu rosto murchou, e eu sabia o que tinha surgido em sua mente, a mesma coisa que pairava nos pensamentos de quase todas as pessoas que sabiam o que acontecera com a minha mãe.

Não queria falar sobre a minha mãe ou Kaden, então troquei o assunto.

— O que *você* tem feito?

Felizmente ela mordeu a isca e me contou tudo o que tinha acontecido em sua vida.

Naquela noite dirigi de volta para o apartamento me sentindo absolutamente fantástica. Tinha ficado duas horas com Clara e Jackie. A garota de quinze anos ficara o tempo todo quieta, mas muito atenta, absorvendo tudo o que Clara contava, com grandes olhos arregalados que já me fizeram gostar dela.

Aquelas últimas horas tinham sido o auge dos últimos dois meses da minha vida — até mais do que isso. Era tão bom estar perto de alguém que *me conhecia*. Conversar com uma pessoa que não era uma completa estranha. Estive em tantos parques nacionais legais, nos principais destinos turísticos e tantos outros lugares que só tinha visto em revistas e blogs de viagens, que nem tinha como me arrepender de como gastei o tempo antes de chegar a Pagosa. Era o que eu precisava naquele momento, e tinha plena consciência de que o tempo livre que tive para isso era um privilégio.

Mesmo que fosse uma bênção, eu tinha pagado muito caro por ela.

Catorze anos desperdiçados e dois meses fazendo tudo o que eu queria. E ainda tinha dinheiro o bastante na minha conta bancária para que eu não precisasse trabalhar por... um tempo. Mas eu sabia que essa coisa de tempo tinha acabado.

Não tinha sentido nenhum esperar mais para colocar a vida de volta aos trilhos.

Mas conversar com minha antiga amiga me deu esperança de que talvez... houvesse algo para mim em Pagosa. Ou, pelo menos, se ficasse por um tempo, poderia fazer algo por mim mesma. Havia esperança naquela cidade, e isso era mais do que eu poderia dizer sobre qualquer outro lugar dos Estados Unidos que não fosse Cape Coral ou Nashville.

Mas por que não em Pagosa? O pensamento passou pela minha cabeça mais uma vez.

Se minha mãe morara naquela cidade sem família e só com alguns amigos, por que eu não conseguiria?

Estacionei o carro na garagem como o GPS me instruiu e vi dois veículos na frente da casa. O Bronco e uma caminhonete com os dizeres "Parques e Vida Selvagem" nas laterais. Através das grandes janelas, pude ver as luzes acesas na casa principal, e me perguntei o que pai e filho estavam fazendo.

Então ponderei se havia uma namorada, esposa ou a mãe ali com eles. Talvez uma irmã. Ou muitos irmãos. Descartei essa possibilidade, porque se o garoto tivesse pensado em alugar o apartamento, teria sido ainda mais difícil com irmãos para dedurá-lo.

Eu entendia dessas coisas. Meus primos me pagavam para que eu não contasse aos meus tios sobre as artes que aprontavam. Mas quem ia saber?

Eu poderia bisbilhotar à distância. Era uma idiota quando se tratava de coisas bonitas — geralmente isso se aplicava a cachorros fofos ou filhotinhos, mas, de vez em quando, se aplicava a seres humanos. Não seria um esforço terrível dar uma olhada no meu locador.

Estacionei ao lado do apartamento, peguei o envelope com o dinheiro que saquei e saí do carro. Não querendo ser vista pelo pai gostoso que não queria saber da minha existência, praticamente corri até a frente da casa, bati à porta e enfiei a metade do envelope sob o capacho antes que me vissem.

Peguei as sacolas com a comida que comprei depois da visita a Clara e Jackie, achei a chave certa e corri para a minha porta.

O que era para ser um pulinho ao supermercado acabou levando quase uma hora, já que não fazia ideia de onde ficava nada na cidade, mas consegui comprar tudo que eu precisava para fazer sanduíches e também mais algumas coisas como cereais, frutas, leite de amêndoas e o necessário para cozinhar um jantar rápido quando quisesse. Ao longo da última década, me tornara expert em cozinhar refeições rápidas e fáceis em uma única panela pequena — na maioria das vezes, preferia comer a minha própria comida a ir a um restaurante por quilo ou self-service. Aquelas comidinhas tinham sido uma mão na roda ao longo dos últimos dois meses, quando enjoei de comer fora.

Fechando a porta com o quadril, olhei para a casa e vi um rosto familiar através da janela.

Um rosto jovem.

Parei por um segundo e, em seguida, acenei.

O menino, Amos, ergueu a mão de forma tímida. Eu me perguntei se ele ficaria de castigo pelo resto da vida. Pobre criança.

Já no andar de cima da minha casa temporária, guardei as compras, cozinhei e engoli depressa o jantar. Depois, tirei o diário da minha mãe da mochila, colocando o objeto de couro ao lado do caderno espiral que comprara no dia seguinte à decisão de ir a Pagosa. Encontrei com facilidade a página que já havia memorizado, mas estava com vontade de lê-la de novo.

Eu tinha passado em frente da nossa antiga casa depois do supermercado, e aquilo me deixara com uma sensação parecida com uma indigestão no coração. Não era uma indigestão, claro. Estava tão acostumada com a sensação que sabia exatamente o que era. Eu só estava sentindo uma saudade ainda maior dela.

Tinha sorte porque conseguia me lembrar bem dela. Eu tinha treze anos quando minha mãe desaparecera, e me recordava com clareza de muita coisa, mais do que de outras. O tempo suavizara detalhes e diluíra algumas recordações, mas uma das lembranças mais vivas da minha mãe era o seu amor incondicional pelo ar livre. Ela teria matado para trabalhar na The Outdoor Experience e, pensando nisso... bem, acho que foi o emprego mais perfeito que eu poderia ter conseguido. Eu já estava mesmo planejando fazer suas trilhas.

Talvez não soubesse nada sobre pesca, acampamento ou arco e flecha, mas costumava fazer algumas dessas coisas com ela, e tinha certeza de que se eu odiasse a natureza, não teria esquecido. Precisava levar isso em consideração.

Outra coisa de que me lembrava era o quanto ela adorava escrever sobre tudo o que fazia. Isso incluía seu passatempo favorito: as caminhadas. Ela costumava dizer que eram a melhor terapia que já encontrara — mas só fui entender o significado daquilo quando fiquei mais velha.

O problema era que ela não havia escrito na ordem da mais fácil para a mais difícil. Tudo era desconectado e, nas últimas duas semanas, eu tinha feito o trabalho pesado de descobrir as classificações de dificuldade e duração de cada trilha.

Como não estava acostumada com a altitude e ainda não sabia quanto tempo realmente ficaria, começaria com a mais fácil e que levava menos tempo e evoluiria a partir daí. Eu sabia exatamente qual caminhada faria primeiro. Clara e eu não havíamos conversado sobre os horários e dias de trabalho, mas, ao sair, vi que a loja fechava às segundas-feiras. Provavelmente seria meu dia de folga, óbvio. Só teria que ver qual outro dia eu poderia folgar. Se o trabalho fosse apenas meio-período, isso seria bom. Seria perfeito.

Meu plano era começar a pular corda no dia seguinte para exercitar os pulmões e me preparar. Eu já estava caminhando e correndo quase todos os dias, quando não estava dirigindo para algum lugar novo, mas não queria me prejudicar logo na primeira semana por causa da altitude — pelo menos, era o que todos os fóruns de viagens advertiam. Na vizinhança não havia nenhum lugar para caminhar, e a única solução seria ir até a cidade caminhar em alguma pista ou usar o acostamento, o que não parecia muito seguro.

De qualquer forma, coloquei os dois cadernos à minha frente e reli a anotação da minha mãe. O que eu procurava estava no meio do diário. Mamãe só escrevia sobre novas trilhas, mas repetia as favoritas. Ela começara aquele diário depois do meu nascimento. Havia alguns cadernos mais antigos, nos quais ela anotara caminhadas radicais que fizera em outros lugares em que morou, antes de eu nascer.

19 de agosto

Piedra Falls

Pagosa Springs, CO

Fácil. 15 minutos de ida. Trilha em boas condições.

Volte no outono para entrar no rio!

Eu faria de novo. ♥

Havia um coração desenhado ao lado da última frase.

Então li mais uma vez, embora já tivesse lido pelo menos cinquenta vezes e tivesse memorizado.

Havia uma fotografia da mamãe e eu fazendo essa caminhada quando eu tinha cerca de seis anos de idade em um dos álbuns de fotos que conseguira guardar. Foi uma caminhada fácil e curta, um pouco mais de 400 metros para ir e 400 metros para voltar, então achei que seria um bom jeito de começar. No dia seguinte eu falaria com Clara sobre os dias de folga para ter certeza e me organizar... se ela não me demitisse uma hora depois porque eu não tinha ideia de porra nenhuma do que estava fazendo.

Arrastei meu dedo pela parte externa do diário; não passei os dedos sobre as palavras porque tinha medo de borrar ou estragar, e eu queria o caderno dela comigo por todo o tempo que fosse possível. A caligrafia era pequena e não muito boa, mas parecia muito com ela. Aquele diário era precioso e foi uma das poucas coisas que nunca saiu do meu lado.

Depois de um tempo, fechei o diário e me levantei para tomar banho. Fiz uma anotação mental para levar meu tablet para a cidade e ir a algum lugar com wi-fi para baixar alguns filmes ou programas de TV. Talvez Clara tivesse wi-fi na loja. Parando na janela, que eu não tinha aberto mesmo com o calor que fazia no apartamento — tinha esquecido que a maioria dos lugares naquela região não tinha ar condicionado —, eu olhei para a casa principal de novo.

Estava ainda mais iluminada do que quando cheguei. A luz irradiava por todas as enormes janelas da frente e das laterais. Porém, a caminhonete de Parques e Vida Selvagem havia sumido.

Pela segunda vez, me perguntei como seria a parceira do meu locador.

Humm.

Quer dizer, eu já estava ali mesmo, onde tinha sinal. Além disso, não tinha mais nada para fazer. Peguei o celular e voltei para a janela.

Digitei "TOBIAS RHODES" no campo de pesquisa do Facebook.

Havia apenas alguns Tobias Rhodes, mas nenhum deles morava no Colorado. Apareceu um com uma foto de perfil que parecia um pouco antiga — talvez de dez anos antes ou mais, tirada por um celular antigo —, com um garotinho ao lado de um cachorro. A informação era que ele vivia em Jacksonville, Flórida.

Não sei muito bem o que me deu, mas abri esse perfil. Alguém chamado Billy Warner tinha feito um post com o link de algum artigo sobre um novo recorde mundial de pesca e o marcado. Também havia uma postagem com a foto de perfil atualizada de um menino ainda mais novo e do cachorro. O post tinha dois comentários, então cliquei neles.

A primeira era do mesmo Billy Warner, e dizia:

Am puxou a mim.

O segundo comentário foi uma resposta, e ela era de Tobias Rhodes:

Bem que você queria.

Am? Tipo... Amos? O menino? O tom de pele era idêntico.

Voltei para as postagens e rolei para baixo. Não havia quase nada. Três publicações, na verdade.

Havia uma foto de perfil ainda mais antiga, apenas do cachorro grande e branco. E era uma postagem de dois anos antes do post anterior.

A outra postagem era do mesmo Billy, com outro link de pesca, e tinha comentários também.

Sendo o mais cuidadosa possível, porque eu ia morrer se acidentalmente curtisse uma postagem antiga — com certeza eu teria que deletar minha conta e mudar meu nome —, cliquei para ver os comentários. Havia seis.

O primeiro era de alguém chamado Johnny Green:

Quando vamos pescar?

Tobias Rhodes respondeu:

Quando quiser vir me visitar.

Billy Warner replicou com:

Johnny Green, Rhodes está solteiro de novo. Bora lá.

Johnny Green:

Você terminou com a Angie? Porra, cara, vamos pescar.

Tobias Rhodes:

Convide o Am.

Billy Warner:

Ele vai comigo.

Quem era Angie, eu não fazia ideia. Podia ser uma ex-namorada ou talvez até uma namorada atual? Eles poderiam ter voltado. Talvez ela fosse a mãe do Amos?

Também não fazia ideia de quem eram Billy e Johnny.

Não havia mais informação na página dele, porém, eu não confiava em mim mesma para fuxicar os perfis dos outros sem descobrirem.

Humm.

Saí da página antes de clicar em alguma coisa sem querer.

Depois ia bisbilhotar o Picturegram e ver o que poderia encontrar. Parecia um bom plano. No pior dos cenários, talvez eu tivesse que investir em binóculos para espioná-los.

Concluí que aquela era uma boa ideia, e fui tomar banho. O dia seguinte seria agitado.

Eu tinha que começar a construir uma vida.

MARIANA ZAPATA

CAPÍTULO TRÊS

Quatro litros de água mesmo que fosse uma trilha de menos de um quilômetro? Confere.

Botas de caminhada novinhas que só tentei amaciar andando pelo apartamento e que provavelmente me causariam bolhas? Confere.

Duas barras de cereal, mesmo que eu tenha acabado de tomar café da manhã? Confere.

Dois dias depois da minha chegada, eu estava pronta para a trilha. Era o meu primeiro dia de folga desde que Clara me contratara, e seria o meu momento de desbravar a curta caminhada até as cachoeiras. Tinha bebido tanta água na noite anterior para evitar o mal da altitude, que acordei três vezes só para fazer xixi. Eu não queria ter sintomas parecidos com os de uma ressaca.

Além disso, queria que a caminhada me fizesse esquecer o quão inútil eu era naquela loja.

Só de pensar nisso, parei de cantarolar baixinho a música das Spice Girls.

Meu primeiro e único dia tinha sido tão ruim quanto temi que seria, do jeito que eu avisara Clara que poderia acontecer. A vergonha de olhar para um cliente após o outro, sem conseguir responder pergunta alguma, chegava a doer. De verdade, aquilo machucava. Eu não estava acostumada a me sentir incompetente, a ter que fazer uma pergunta seguida da outra porque não tinha ideia do que os clientes estavam pedindo ou se referindo.

Miçangas? Chumbada para pesca? Alguma sugestão? Só de pensar em como o dia tinha sido ruim, sentia vontade de me encolher.

O que eu precisava fazer era achar uma solução, principalmente se planejava ficar na cidade por mais tempo. Em alguns momentos — especialmente quando os clientes eram gentis comigo por eu não conhecer as coisas, quando eram quase condescendentes e me diziam coisas como *"não esquente essa linda cabecinha, querida"* (este tipo de frase me deixava muito puta) — pensei em desistir e deixar Clara encontrar alguém que soubesse mais sobre qualquer item da loja do que eu. Mas só de olhar para as manchas escuras de exaustão sob seus olhos, eu soube que não faria isso. Ela precisava de ajuda. E mesmo que tudo o que eu pudesse fazer fosse receber as pessoas quando entravam na loja e dar a Clara uns dois minutos, já era alguma coisa.

Eu acho.

Precisava engolir o choro e aprender mais rápido. De alguma maneira. Eu me preocuparia com isso mais tarde. O estresse e a preocupação por ter estragado tudo já tinham roubado boa parte do meu sono.

Desci as escadas e saí, parando para trancar a porta, e dei a volta para chegar ao meu carro. Pelo canto do olho, vi algo se movendo perto da casa principal.

Era Amos.

Ele se sentou em uma das cadeiras de praia que ficavam na varanda da casa, com um controle de videogame nas mãos.

— Oi — eu disse, acenando para ele.

Ele congelou, como se eu o tivesse surpreendido, e levantou a mão em resposta.

— Oi. — Não foi um oi muito empolgado, mas não pareceu maldoso também. Estava quase certa de que Amos só era tímido.

Além disso, eu não deveria estar falando com ele. Invisível. Eu deveria ser invisível.

— Te vejo mais tarde! — gritei, antes de entrar no carro e dar a ré.

Pelo menos, seu pai não me pegou no flagra.

Quase cinco horas depois, eu estava voltando para o apartamento e mostrando para mim mesma o dedo do meio.

— Idiota do caralho — me xinguei, ao menos pela décima vez, enquanto estacionava o carro e tentava ignorar a queimadura em meus ombros.

Ia começar a doer em breve. Muito, muito em breve. E por minha culpa.

Eu sabia que estava mais bronzeada do que estivera nos últimos anos, por conta de todo o tempo ao ar livre em Utah e Arizona. Mas eu não tinha levado em consideração a mudança de altitude. Quanto mais no alto, mais intensos são os raios UV.

Ao longo da curta caminhada de ida e volta para as cachoeiras, eu me queimei, mesmo com a blusa de proteção térmica. Meus ombros estavam doloridos e febris, como se eu estivesse no inferno. Tudo isso porque a burra aqui tinha se esquecido de aplicar protetor solar e ficado muito tempo sentada em uma pedra, conversando com um casal de idosos, que não estava se sentindo bem.

O lado positivo é que a estrada em direção às cachoeiras era de uma beleza extraordinária, me obrigando a parar várias vezes para apreciar a natureza, sem irritar os carros atrás de mim. Eu também aproveitei essas paradas para fazer xixi.

Era mágico. Espetacular. A paisagem parecia ter saído de um filme. *Como eu tinha me esquecido daquilo?* Eu tinha uma vaga lembrança de ter feito aquele passeio com a minha mãe, nada real e concreto, mas, ainda assim, o suficiente.

No entanto, nada que tinha visto no caminho se comparava ao poder e ao sentimento que as cachoeiras causaram. Não eram muito altas, mas caía tanta água, foi incrível testemunhar tanta exuberância. Fiquei maravilhada, de verdade. Só a Mãe Natureza consegue nos fazer sentir assim tão pequenos. A trilha e as cachoeiras estavam lotadas, e tirei fotos para uma família e dois casais. Também enviara algumas fotos para o meu tio quando consegui sinal no celular. Ele respondera com dois emojis de joinha, e minha tia já foi logo ligando para perguntar se eu estava fora de mim por ter atravessado o rio sobre uma enorme tora de madeira que cruzava de um extremo a outro.

— Ai, ai, ai! — reclamei assim que saí do carro e o contornava. Peguei a mochila e a garrafa d'água, e fechei a porta com o quadril, sentindo a temperatura da minha pele subir enquanto gemia.

Como uma bela idiota, me distraí e coloquei a alça da mochila no ombro. Tão rápido quanto coloquei, aquela desgraçada tocou as minhas costas e eu gritei como se estivesse sendo assassinada.

— Você está bem? — uma voz, que soou apenas um *pouquinho* familiar, indagou.

Me virei e vi Amos sentado em uma cadeira diferente daquela em que o vira pela última vez na varanda, segurando o controle do videogame em uma mão, enquanto a outra pairava acima dos seus olhos semicerrados, bloqueando o sol, para observar melhor a minha atuação no papel de uma lagosta.

— Oi. Estou bem, só fiquei muito tempo no sol e me dei de presente uma queimadura de segundo grau, acho. Nada de mais — brinquei, gemendo quando meu ombro pulsou de dor pelo contato com a alça da mochila.

— Temos aloe vera plantada bem ali. — Quase não o ouvi dizer, de tão baixinho que falara. Eu estava prestes a derrubar a mochila. — Pode pegar, se quiser.

Amos não precisou oferecer duas vezes. Coloquei a mochila no chão, peguei o canivete suíço e caminhei em direção à casa. Subindo as escadas, fui até onde ele estava. Com uma camiseta esfarrapada e uma calça de moletom ainda mais surrada, com alguns buracos, ele apontou para o lado, e pude ver a planta de aloe vera de tamanho médio em um vaso laranja simples, ao lado de um cacto e também de alguma planta que um dia esteve viva.

— Obrigada — disse a ele enquanto me ajoelhava ao lado do vaso e pegava uma folha bonita e grossa. Lancei um olhar para o garoto e o peguei me observando. Ele desviou a atenção. — Você teve problemas por causa do apartamento? — perguntei.

Ele ficou quieto por alguns instantes.

— Sim — respondeu, hesitante, ainda murmurando.

— Um problemão?

Outra pausa.

— Fiquei de castigo. — Ele ficou mais um tempo em silêncio. — Você foi fazer uma trilha?

Olhei para ele e sorri.

— Sim. Fui para Piedra Falls. E me queimei.

Para mim ficara a impressão de que o percurso todo tinha bem mais do que oitocentos quilômetros. Eu começara a reclamar cinco minutos depois do início, pensando no quanto estava com sede e no quanto me arrependia de ter colocado uma parte da água em uma garrafinha velha que estava no chão do meu carro só para evitar carregar quatro litros de água durante a caminhada. A dificuldade para respirar tinha sido maior do eu esperava, mas era falta de prática. Então não iria me culpar por ter ficado ofegante e suada ao passar por um dossel de árvores ao longo da trilha.

Mas decidi que teria que começar a fazer mais exercícios cardio porque, puta merda, eu ia morrer se fosse fazer uma das trilhas de dezesseis quilômetros que pretendia — se eu ficasse e pudesse.

Depois do show de horrores no trabalho, eu não tinha certeza se ia dar certo ficar na cidade... mas eu desejava muito que sim.

Ninguém *realmente* sentia a minha falta na Flórida. Todos ali me amavam, mas já tinham se acostumado com a minha ausência, já que eu tinha morado longe por tanto tempo. Deu para perceber como estranharam quando voltei. Meus tios estavam bem sozinhos, mas mesmo assim me acolheram de braços abertos e cuidaram de mim até que o meu coração se curasse. Quer dizer, até que ficasse quase bom.

Meus primos tinham suas próprias vidas para cuidar.

E os meus amigos se importavam comigo, mas também tinham milhares de coisas para fazer.

— Como você se queimou? — perguntou, depois de mais um momento de silêncio.

— Um casal ficou tonto no pico mais alto da trilha e eu fiquei com eles até que se sentissem bem o suficiente para caminharem de volta ao carro deles — expliquei.

O menino não disse nada, mas pude ver seus dedos batendo ao redor do controle Nintendo, enquanto eu terminava de cortar a folha.

— Me desculpe. — Ele estava concentrado em seu controle. — Por meu pai ter ficado tão bravo. Eu deveria ter contado para ele, mas sabia que ele não ia deixar.

— Tudo bem. — Na verdade, não estava tudo bem, mas o pai dele provavelmente já tinha dado um sermão, eu tinha certeza. Algo *poderia* ter acontecido com Amos se tivesse alugado o lugar para a pessoa errada. Mas eu não era a mãe do garoto, e o plano sorrateiro dele tinha me possibilitado encontrar um lugar para ficar do qual eu gostava, então não poderia ser hipócrita e tornar as coisas ainda mais difíceis para ele. — Vai ficar de castigo por muito tempo?

O "sim" que ele disse foi tão desapontado, que me senti mal.

— Sinto muito — falei.

— Ele depositou o dinheiro na minha poupança. — Enfiou o dedo em um dos buracos da calça de moletom. — Não vou poder gastar tão cedo.

Me encolhi.

— Espero que seus pais mudem de ideia.

A careta que fez enquanto olhava para o controle denunciou que Amos não tinha esperança nenhuma de que isso fosse acontecer.

Pobrezinho.

— Não quero irritar ainda mais o seu pai, então vou te deixar voltar para o jogo. Obrigada por me deixar pegar a aloe vera. Grite se precisar de alguma coisa. Eu sempre deixo as janelas abertas.

Ele olhou para mim e assentiu, observando-me descer da varanda e atravessar o cascalho em direção ao apartamento.

Pensei em Kaden e na sua nova namorada por uma fração de segundo.

Então dei de ombros, afastando a lembrança daquele idiota.

Eu tinha coisas melhores para pensar. Começando com a queimadura e terminando com... qualquer outra coisa.

Uma semana passou num piscar de olhos.

Tinha trabalhado — ou tentado, porque falhara miseravelmente — e, devagarzinho, fui voltando a conhecer a Clara. Sua sobrinha, Jackie, ajudava em alguns dias por semana. Ela era legal, mas meio reservada, e ouvia quieta minhas conversas com Clara quando tínhamos um tempo entre os clientes. Fiquei preocupada que Jackie não gostasse de mim, embora eu tivesse levado um frappuccino para ela e até compartilhado alguns salgadinhos. Não achava que ela era tímida, pela maneira como falava com os clientes, mas eu ainda estava tentando entendê-la.

Clara, no entanto, era uma boa chefe e trabalhava mais do que a maioria das pessoas e, até onde eu podia dizer, eu era péssima e só continuava tentando porque ela precisava de ajuda. Ninguém tinha se candidatado para a vaga enquanto eu estava lá, ou seja, desistir não ia ajudar.

Também tinha começado a pular corda, aumentando um pouquinho o tempo de exercício a cada dia.

Quando eu estava em "casa", se não estivesse ocupada no meio da leitura de um livro ou assistindo qualquer coisa que baixara no tablet, espiava meus vizinhos. Algumas vezes Amos me via e cumprimentava com um aceno, mas, na maior parte do tempo, escapei de ser pega no flagra. Pelo menos era o que eu achava.

O que descobri foi que o pai dele — que confirmei *ser* o sr. Rhodes, porque usei binóculos e li o seu nome no bordado da camisa do uniforme — passava mais tempo na rua do que em casa. Seu carro nunca estava na porta quando eu saía pela manhã, e ele em geral não voltava para casa antes das sete da noite. O adolescente, Amos, nunca saía de casa, e eu só o via na varanda; imaginei que era por causa do castigo.

Desde que me instalara no apartamento, pouco mais de uma semana antes, não tinha visto nenhum outro carro na porta.

Ali moravam apenas o sr. Rhodes e seu filho, tive certeza. No dia em que confirmara o nome do pai do Amos, *talvez* eu também tenha apontado o binóculo para a mão dele, só para verificar que não tinha uma aliança de casamento lá.

Falando em Amos, eu o considerava meu segundo amigo na cidade, embora a gente apenas acenasse um para o outro. Ele dirigira a mim mais ou menos umas dez palavras desde o dia em que me salvara da queimadura, oferecendo a aloe vera. Mesmo conversando bastante no trabalho e fazendo muitas perguntas para tentar descobrir o que os clientes queriam, já que não entendia a lógica do que pensavam — o fato de usarem tabletes purificadores de água, ao invés de comprarem uma garrafa com filtro dentro, ia além do meu poder de compreensão —, eu não tinha feito amigos ainda.

Eu me sentia um pouquinho solitária. Todos os clientes tinham sido gentis comigo e não ficaram nervosos por eu não conseguir responder suas perguntas, no entanto, eu receava o dia em que aborreceria a pessoa errada, e, nessas circunstâncias, sorrir e tentar contar uma piada, como eu sempre fazia, não resolveria.

Ninguém fala como é difícil fazer amizades quando já se é adulto. Mas é muito difícil. Muito difícil mesmo.

Eu ia dar um jeito. Qualidade é mais importante do que quantidade.

Nori, irmã da Yuki e minha amiga também, me enviara uma mensagem. Yuki ligara. Meus primos também tinham enviado mensagens perguntando quando eu ia voltar. (Nunca.)

As coisas estavam... acontecendo.

Eu tinha esperança.

Estava me vestindo para o trabalho, fazendo um planejamento mental de ir ao supermercado à noite, quando meu telefone apitou com um novo e-mail. Parei um segundo para espiar a tela.

O e-mail era de um K.D. Jones.

Balancei a cabeça e mordi minha bochecha por dentro.

O e-mail não tinha assunto. Não deveria perder o meu tempo, mas... eu era fraca. Cliquei na mensagem e me preparei.

E ele foi curto e direto.

Roro,

Eu sei que você está brava, mas me ligue de volta.

K

Kaden sabia que eu estava brava?

Eu? Brava?

Hahahahahahahaha

Se eu tivesse uma chance, atearia fogo no Rolls-Royce dele e ainda ia dormir bem tranquila.

E foi pensando em todas as milhares de coisas que poderia fazer com ele sem sentir uma gota de culpa que entrei no carro e tentei ligá-lo.

Nem um clique. Nem o som da partida. Nada.

Era o carma. Era o carma, eu tinha certeza, por pensar em coisas tão negativas. Pelo menos era o que Yuki diria... se fosse qualquer outra pessoa, e não Kaden, o motivo do meu surto.

Fechei os olhos com força, envolvi os dedos ao redor do volante e tentei sacudi-lo.

— Ah, vai se fodeeeeeer, seu merdaaa! — gritei. Então, sacudi de novo. — Porra!

Estava tão ocupada gritando com o volante que mal ouvira a batida à janela. O sr. Rhodes estava parado ali, com as sobrancelhas ligeiramente arqueadas.

É, ele tinha me escutado. Tinha ouvido tudo. Pelo menos, as janelas estavam fechadas. Eu não tinha prestado atenção e não tinha notado que ele ainda estava em casa.

Com calma, soltando o volante que eu estrangulava com os dedos, engoli a frustração e fui abrindo a porta devagar, dando-lhe um tempo para se afastar. Ele deu um único grande passo para trás, permitindo que eu visse o *cooler* vermelho em uma mão e uma caneca térmica de café na outra. Me dei conta de que, sob a luz do sol, ele era ainda mais bonito.

Eu já achava que sua mandíbula e sobrancelhas eram uma obra de arte quando o espreitava de longe, mas ali, a poucos passos de distância, elas eram ainda melhores, e a suave covinha em seu queixo também entrou para a lista.

Aposto que se ele estivesse em um calendário anual de guardas florestais, esgotaria todos os anos.

— ... não está ligando? — perguntou.

Eu pisquei e tentei descobrir do que ele estava falando desde que me perdera em pensamentos. Não fazia ideia.

— O quê? — indaguei, tentando me concentrar.

— Mandar o seu carro se foder não o fez ligar? — questionou naquele mesmo timbre, a voz dura de uma semana atrás, as sobrancelhas grossas ainda levantadas.

Ele estava... fazendo uma piada? Pisquei.

— Não, pelo jeito o carro não gosta desse tipo de intimidação — respondi, impassível.

Uma das sobrancelhas subiu um pouco mais.

Eu sorri.

Ele não sorriu, mas deu um passo para trás.

— Abra o capô — falou o sr. Rhodes, fazendo um gesto com a mão como quem diz "vamos". — Não tenho o dia todo.

Ah. Eu procurei dentro do carro e puxei a alavanca, enquanto ele colocava o *cooler* no chão e a térmica com café, ou o que quer que estivesse dentro daquela caneca, em cima. Ele se curvou para ver o motor e eu saí do carro, dei a volta e fiquei perto dele.

Como se eu soubesse o que estava procurando.

— Quantos anos tem a sua bateria? — indagou, enquanto mexia em algo e puxava para fora. Era uma vareta. Para verificar o óleo. Havia óleo, sim. Eu sempre trocava no tempo certo. Não poderia ser isso.

— Hum, não sei. Uns quatro anos? — Mais provável que cinco; era a bateria original. Os Jones me encheram muito o saco por não trocar de carro todos os anos, como eles faziam. Felizmente para mim, no entanto, a sra. Jones não queria que eu dirigisse um carro com o sobrenome da família, caso eu fosse jogada para escanteio, então eu comprei um por minha conta. Foi e sempre tinha sido todo meu.

Ele ficou balançando a cabeça, como quem está analisando alguma coisa, a atenção focada no meu motor. Deu um passo para trás.

— Os terminais de bateria estão corroídos e precisam de uma limpeza. Eu vou tentar te dar uma carga e ver se isso vai fazê-lo funcionar até você conseguir arrumar.

Corroídos? Inclinei-me para ficar ao lado dele, a apenas alguns centímetros de distância, e espiei lá dentro.

— É aquela coisinha branca?

Ele demorou um pouquinho para responder.

— Sim.

Olhei para ele. Era uma voz muito boa... quando não estava soltando as palavras como se fossem um chicote.

Assim, tão perto, acho que ele poderia ter... um metro e noventa ou um metro e noventa e três. Talvez mais.

Por que aquele cara não era casado? Onde estava a mãe de Amos? Por que eu era tão intrometida?

— Então vou dar uma limpada neles — avisei, animada, me concentrando, antes que ele se irritasse comigo por não tirar os olhos dele. Eu faria no dia seguinte e dentro de casa.

O sr. Rhodes não disse mais uma palavra e foi em direção à caminhonete. Ele estacionou perto do meu carro, foi até o porta-malas do dele e retirou os cabos para recarregar a bateria. Ele os prendeu no meu carro e depois abriu o capô da caminhonete, fazendo o mesmo.

Se eu tivesse a expectativa de que ele ia ficar ali conversando comigo, teria ficado decepcionada. O sr. Rhodes se sentou na sua caminhonete... mas eu estava quase certa de que estava me olhando através do para-brisas.

Sorri.

Ou ele fingiu que não viu ou só não quis sorrir de volta.

Fiquei ali, olhando para o motor do meu carro, como se entendesse alguma coisa. Depois de um tempinho, me inclinei e tirei uma foto dos cabos conectados à bateria, apenas no caso de eu ter que fazer algo semelhante sozinha. Seria bom comprar um kit de emergência, pensei. Eu também precisava de um spray contra ataques de urso.

O que poderia ter sido apenas alguns minutos depois, ele colocou a cabeça para fora da janela.

— Tente ligar o carro.

Assenti e entrei, fazendo um apelo rápido para o carro não aprontar aquela merda de novo comigo, e virei a chave.

O motor gritou para a vida, e eu comemorei com um soquinho no ar.

O sr. Rhodes saiu da caminhonete, e depressa desfez as conexões dos cabos das nossas baterias. Então voltou para seu veículo no tempo que levei para fechar o meu capô, e jogou seus cabos em algum lugar no banco de trás. Ergui o braço para tentar fechar o capô da caminhonete, mas não consegui alcançar. Ele me deu uma olhada enviesada enquanto levantava o braço e fechava o capô com força.

Abri outro sorriso. Sua camisa de trabalho de cor cáqui abraçava a linha larga dos seus ombros e afunilava na calça azul-acinzentada. Aquele cabelo dele era mesmo uma coisa também... o tom prateado com os fios castanhos...

Ele realmente era muito atraente.

— Muito obrigada.

Ele grunhiu. Então se agachou, me fazendo congelar porque seu rosto ficou perto do meu ombro, por toda a lateral do meu corpo, mas se aprumou rapidinho, já com o *cooler* e a caneca térmica nas mãos. Ele voltou para a caminhonete e entrou. Por um segundo, hesitou.

O sr. Rhodes assentiu e deu a ré tão rápido que fiquei impressionada.

Ele tinha me ajudado.

E não tinha me despejado, mesmo que parecesse que preferia que eu estivesse em qualquer lugar do mundo, menos na casa dele.

Bom, já era alguma coisa.

E eu precisava ir trabalhar.

MARIANA ZAPATA

CAPÍTULO QUATRO

Os próximos três dias da minha vida passaram em um piscar de olhos.

Tudo bem, não tão rápido assim. Eu diria que em um lento piscar de olhos, como se estivesse com conjuntivite.

Acordei e, como nos dias anteriores, tentei pular corda. Eu tinha que parar a cada dez segundos e depois começar de novo, já que meu condicionamento físico estava no subsolo do fundo do poço. Então tomei o café da manhã, fui para o banho e depois saí para trabalhar.

O trabalho era... uma parte dele era legal. Os momentos em que conseguia conversar com a Clara eram os meus favoritos. Reconstruir nossa amizade era como respirar. Não exigia esforço. Ela era tão engraçada e amorosa quanto eu esperava.

Mas não conseguíamos conversar muito. Quando eu chegava pela manhã, ela estava ocupada tentando deixar tudo organizado antes da loja abrir. Eu a ajudava o máximo que podia, e Clara espremia uma pergunta pessoal ou outra no meio de suas explicações sobre o abastecimento da loja e o que vendia. Entre esses questionamentos, estava o imaginável e inimaginável.

Eu tinha colocado silicone? Não, eles tinham o mesmo tamanho desde os quinze anos, quando pararam de crescer, sendo sustentados durante quase toda a vida pelos sutiãs Wonderbra.

Havia feito clareamento nos dentes? Não, eu só uso canudos o tempo todo e escovo os dentes três vezes ao dia.

Eu já havia feito Botox? Porque ela estava pensando em fazer, mas não tinha certeza. Não, mas eu conhecia muitas pessoas que tinham feito e eu não sabia se faria. Também disse a Clara que ela não precisava.

Eu teria perguntado várias coisas também, mas ela dera tantos detalhes no primeiro dia que nos encontramos, que não havia muito mais o que saber ou que eu me sentisse confortável em questionar tão cedo.

Tinham sido muitos anos separadas, e, nesse ínterim, Clara cursara enfermagem em uma faculdade ao norte do Colorado, mudara-se para o Arizona com o namorado, casara-se e, infelizmente, enviuvara logo depois. Então, ela havia voltado para ajudar a cuidar do pai que estava adoentado, como também para administrar os negócios da família — neste ponto ela foi vaga, talvez porque sua sobrinha estivesse ouvindo — e, logo depois disso, Jackie se mudara para morar com ela. O irmão mais velho de Clara conseguira um emprego como caminhoneiro de longos percursos e precisava de um lugar seguro e estável para Jackie morar.

Por eu já ter trabalhado com pessoas que amava e me importava, sabia como seguir suas instruções sem que isso afetasse a mim ou o meu orgulho. E Clara era ótima. Realmente ótima.

Estávamos planejando sair para algum lugar depois do trabalho, mas ela tinha que arranjar uma pessoa para ficar com o pai, porque ele não podia ficar sozinho por muito tempo, e as enfermeiras e auxiliares que geralmente ficavam com ele durante o dia já trabalhavam horas demais porque Clara ficava na loja o tempo todo, por não ter uma ajuda fixa na empresa.

Eu me lembrava do pai dela e queria vê-lo; ela dissera que ele adoraria me ver também, já que contara a ele que eu estava na cidade. E isso só me fez querer ajudá-la mais, mesmo que eu tivesse quase certeza de que estava a um passo de ser como os antigos funcionários de merda que ela já tivera. A única coisa que salvava era que, embora eu fosse inútil e precisasse fazer oitenta perguntas por dia, os clientes eram gentis e pacientes. Um ou dois foram amigáveis demais para o meu gosto, mas eu infelizmente estava acostumada com isso, e era boa em ignorar certos tipos de comentários.

Quando Clara não estava correndo pela loja atendendo a clientela, falávamos sobre a empresa. Quanto às perguntas sobre a minha vida, contei algumas partes, pequenos fragmentos que não se juntavam de propósito, deixando buracos do tamanho do Alasca na história, mas felizmente a loja sempre lotada fazia com que ela se distraísse com frequência. Ela ainda não tinha perguntado mais detalhes sobre Kaden, mas tive um pressentimento de que sabia que eu queria evitar o assunto.

Essa parte do meu novo começo em Pagosa era ótima. A parte da Clara. A esperança que isso gerava no meu coração. A possibilidade de criar novas conexões.

Mas, realmente, o trabalho na loja...

Aceitara o emprego sendo realista. Não tinha ideia de que merda eu estava fazendo trabalhando em uma loja de equipamentos para atividades ao ar livre. Nos primeiros dez anos depois que me mudara do Colorado, o mais perto que chegara de aventuras na natureza tinham sido os passeios no barco do meu tio. Nos últimos dez anos tinha ido à praia algumas vezes, mas ficáramos em resorts de luxo que serviam bebidas bonitas, ridículas e mega caras.

Pensando bem, acho que minha mãe teria me deserdado.

Eu nunca me sentira uma impostora em toda a minha vida, mas era assim que me sentia trabalhando naquela loja.

Um cliente me perguntou o que eu achava de algo cujo nome era *wade trip*, e eu fiquei parada olhando para as pessoas sem demonstrar qualquer reação por tanto, *tanto* tempo, tentando entender do que eles estavam falando, até que me disseram para eu não me preocupar.

Pescaria. Eles estavam conversando sobre algum tipo de viagem de pesca, Clara me explicou, dando um tapinha nas minhas costas.

Uma hora depois, alguém pediu recomendações de tipos de barracas. Havia diferentes tipos de barracas?

Eu tive que pedir a Clara para ajudá-lo, por mais que ela estivesse ocupada com outro cliente.

Que tipo de peixe tem nessa região? Peixes pequenos? Eu não fazia ideia.

Qual trilha uma mulher de sessenta e cinco anos poderia fazer? As curtas, talvez?

A temporada ainda estava propícia para se aventurar no rafting? Como eu ia saber?

Nunca me senti tão inútil e tão burra na minha vida. A situação toda ficou tão péssima que Clara me pediu para ficar no caixa e ajudar Jackie no estoque — uma garota de quinze anos que claramente era mais capaz do que eu — e pegar alguns produtos no depósito.

E aquela ficou sendo minha nova função, ficar ali parada atrás da máquina registradora, pronta para atender alguém, qualquer pessoa, enquanto Jackie ajudava um cliente a alugar algumas varas de pescar e Clara indicava equipamentos para uma família acampar — eu estava prestando atenção a tudo, pensando em arranjar um caderno para fazer anotações —, quando meu celular tocou no bolso, e eu o peguei.

A notificação não era de uma chamada telefônica perdida, ou mensagem de texto, mas de um e-mail.

Então arrepios subiram pelo meu corpo.

Porque não era apenas um e-mail de spam ou um boletim informativo de uma empresa qualquer.

O nome do remetente era K. D. Jones.

O homem que costumava me chamar de esposa quando estávamos só nós dois ou perto de pessoas que ele amava.

O homem que tinha prometido que um dia *se casaria comigo de verdade,* quando sua carreira estivesse *perfeita e o nosso relacionamento não magoaria seu grupinho de fãs. "Você sabe como é isso, né, linda?",* me dizia o tempo todo.

Aquele filho da puta.

Apague, uma parte do meu cérebro disse imediatamente. Apague e finja que não viu. Você não deseja ouvir nada do que ele tem a dizer.

O que era verdade.

O último e-mail dele era um exemplo disso.

Não havia nada que eu precisasse ouvir de Kaden. Nada que me beneficiasse. Talvez uma confissão de que ele só tinha chegado onde chegou, pelo menos em parte, graças a mim. Mas, sendo sincera, seria muito mais satisfatório ouvir isso da boca da mãe dele do que dele.

Tudo o que precisava ser dito entre nós dois fora falado havia quase um ano.

Eu não tinha recebido notícias de Kaden desde então.

Catorze anos juntos e ele me descartara como se eu fosse comida estragada.

Mas a parte filha da puta e intrometida do meu cérebro martelava: *leia ou você vai ficar se perguntando o que ele queria.* Talvez ele estivesse com uma maldição no pênis que o deixara impotente e estava me procurando para saber se tinha sido praga minha e se eu poderia desfazer. (Não mesmo.)

Então, a voz presunçosa dentro de mim, a que se divertia com as péssimas avaliações de seus dois últimos álbuns, ergueu o rosto satisfeito e disse: *Fala sério, você sabe o que ele realmente quer.* Eu sabia muito bem qual era a coisa mais importante da vida dele. A voz da minha cabeça tinha razão. Eu *sabia.* Imaginei que isso aconteceria; ainda estávamos juntos quando Kaden começou a se afastar. Foi quando a mãe dele decidiu — eu tinha certeza disso — que pouco a pouco começaria a me colocar de escanteio.

Eles não tinham ideia do que tinham feito, do que quase tiraram de mim, mesmo que eu não tenha ficado de luto por causa disso.

Deletar.

Ou... ler e depois apagar?

Talvez ficar brava se ele estivesse sendo um babaca? Se fosse esse o caso, eu não me surpreenderia, seria apenas mais um lembrete de que eu estava bem melhor agora. Eu tinha vencido de qualquer maneira, certo?

Eu estava ali. Longe de pessoas que não me faziam feliz há muito tempo. Eu tinha um futuro inteiro pela frente, pronto e esperando que eu o vivesse.

Havia muitas coisas que eu queria e nada me impedia de conquistá-las, exceto pela paciência e o tempo.

Mas...

Antes que eu me convencesse do contrário, cliquei na mensagem e me preparei, já me autoirritando para que nada naquela mensagem me deixasse ainda mais puta da vida.

Mas havia apenas três palavras no e-mail.

Roro,

Me ligue.

E por um milissegundo, pensei em responder. Dizendo não. Mas...

Não.

Porque a melhor maneira de deixá-lo irritado seria simplesmente não responder.

Kaden *odiava* ser ignorado. A mãe o mimara e fazia praticamente tudo o que ele pedia, e tudo o que não pedia também. Ele estava acostumado a ser o centro das atenções. O bonitinho que todas bajulavam e faziam o impossível para agradar.

Então, ao invés de deletar o e-mail, já sabendo que não ficaria tentada a respondê-lo, deixei a mensagem na caixa de entrada porque tia Carolina me pediria para ver. Yuki ia querer dar uma olhada só para gargalhar. Nori me diria para guardar e reler quando estivesse triste, para que eu pudesse olhar e rir da queda do Todo Poderoso. Então coloquei o telefone de volta no bolso.

Ele não estava pedindo para que eu ligasse porque não conseguia encontrar o cartão do seguro social ou porque tinha uma maldição no pênis, eu sabia disso.

Sorri para mim mesma.

— E esse sorriso? — Clara sussurrou, enquanto contornava o balcão do caixa.

A família que ela estava atendendo acenou enquanto saía.

— Vamos pensar sobre isso, obrigada! — uma das duas mães disse.

Clara respondeu que poderiam ligar se tivessem mais perguntas, e esperou até que saíssem antes de se voltar para mim.

Não pude deixar de sorrir mais uma vez e dar de ombros.

— Kaden acabou de me enviar um e-mail, pedindo que eu ligasse para ele.

Pensei nessa possibilidade várias e várias vezes e, desde que me reaproximara de Clara, concluí que falar a verdade era a única saída.

Ela sabia do meu relacionamento com Kaden porque contei antes de ele ficar famoso, na época em que eu podia postar fotos de casal nas redes sociais, antes da mãe dele inventar que Kaden deveria parecer um solteirão invicto. Antes que os dois me pedissem de forma tão doce, tão gentil, para *por favor* deletar todas as fotos em que estávamos juntos.

Na época, Clara percebeu a ausência das fotos.

Ela entrou em contato para saber se tínhamos terminado, e eu disse a verdade. Não contei sobre o "plano", mas falei que estávamos juntos ainda e que as coisas estavam indo bem. Mas foi tudo o que Clara pôde saber.

Eu sabia que teria que explicar tudo direitinho para ela, já que planejava ficar em Pagosa.

Mentiras são frágeis e têm perna curta. Eu precisava de segurança.

Clara arqueou uma sobrancelha e apoiou o quadril contra o balcão enquanto ajeitava no corpo a camisa polo verde-escura com o nome da empresa acima do peito. Ela me dera uma camisa velha e prometera encomendar uniformes novos.

— Você vai ligar?

Balancei a cabeça, negando.

— Não, porque eu sei que não ligar vai incomodá-lo ainda mais. De todo jeito, não há nada que ele precise me dizer.

Clara franziu o nariz, transparecendo o questionamento em seus olhos, mas ainda havia muitos clientes por perto.

— Ele tentou te ligar?

— Ele não pode. — Eis uma informação que estava na lista "Coisas Que Clara Pode Saber". — A mãe dele mandou desligar o meu celular assim que o Kaden disse que o nosso relacionamento não estava mais dando certo. — Não me deu sequer um aviso ou qualquer coisa. Eu estava fazendo as malas quando aconteceu. — Ele não tem o meu número novo.

Clara estremeceu.

— Minha família e amigos nunca dariam meu número para Kaden; todo mundo odeia o cara — adicionei.

Nori disse que conhecia uma pessoa que conhecia outra pessoa que aplicava vodu em bonecos. Eu não fui adiante, mas até que pensei a respeito.

Clara ainda parecia preocupada, mas assentiu com seriedade, lançando um olhar ao redor da loja com rapidez, como uma boa empresária.

— Que bom para você. E que idiota. A mãe dele, quero dizer. Ele também. Depois de todo o tempo que passaram juntos. Quantos anos mesmo? Dez?

Verdade. Só a verdade.

— Catorze.

Clara fez uma careta assim que a porta se abriu e um casal da terceira idade entrou.

— Espera, vou ali ajudá-los. Já volto.

Assenti, e estava agarrada à esperança de que a mãe dele estivesse suando para manter a carreira de Kaden, quando meu olhar encontrou o de Jackie, que me encarava de forma estranha.

Muito, muito estranha.

E assim que fizemos contato visual, ela sorriu um pouco radiante demais e desviou o olhar.

Hum.

Passei boa parte do caminho de volta para o apartamento pensando em tudo o que tinha dado errado no meu relacionamento. Como se eu já não tivesse feito isso o suficiente e jurado não fazer de novo todas as outras vezes que pensara no assunto. Mas alguma parte minha não conseguia superar. Talvez meu subconsciente estivesse incomodado por eu ter sido tão cega.

Não que eu não tivesse percebido os sinais antes dessa história de que *o relacionamento não estava mais dando certo.* O ponto alto daquela conversa derradeira foi quando ele olhou para mim seriamente e disse: *Você merece coisa melhor, Roro. Eu estou te impedindo de conseguir o que você realmente precisa.*

Ele estava certo pra caralho, eu merecia coisa melhor. Mas fiquei em negação, pedindo que Kaden ficasse comigo, que não jogasse fora os catorze anos juntos. E ainda dizendo a ele que o amava muito. *Não faça isso comigo,* implorei de uma forma que teria deixado minha mãe horrorizada.

No entanto, ele fez.

Com o tempo e a distância, agora eu percebia do que tinha me livrado. Eu só queria que minha mãe megaindependente me perdoasse por eu ter me humilhado tanto para manter por perto uma pessoa que obviamente não queria ficar comigo. O amor tem mesmo a capacidade de nos levar à loucura. E eu teria que passar o resto da minha vida com aquela vergonha.

Enfim, meio que pensando *de novo* sobre o assunto, segui o GPS com cuidado até o apartamento, porque ainda não tinha memorizado todas as curvas, e a entrada da casa não era bem sinalizada. Algumas noites antes, tinha tentado voltar sem usar o GPS e andara quase quinhentos metros a mais, o que me obrigara a parar na frente da garagem de alguém e dar ré. Depois daquela curva final na estrada de terra, o barulho do cascalho sob os pneus soou como uma música com a qual eu estava pouco a pouco me familiarizando. Por um breve momento, tive a impressão de que uma palavra queria se formar na minha língua, mas a sensação desapareceu subitamente. Sem problema.

Estreitei o olhar quando a casa principal apareceu no meu campo de visão.

Porque, sentado nos degraus, estava o garoto Amos.

O fato em si não era nada de mais — o dia estava lindo, especialmente no final da tarde, quando o sol não estava bem acima da nossa cabeça, cozinhando a vida sob seus raios —, mas Amos estava curvado, os braços cruzados na barriga, e não era preciso ser uma vidente para perceber que alguma coisa estava errada. Eu o tinha visto na varanda no dia anterior, jogando videogame.

Observei o garoto enquanto estacionava o carro ao lado do apartamento, escondendo-o o máximo que dava, para que seu pai não me achasse inconveniente.

Peguei minha bolsa e saí do carro, ciente de que o locador, sr. Rhodes, não queria ser lembrado de que eu estava ali...

Mas, assim que dei a volta no carro, vi que o menino estava com a testa pressionada contra os joelhos, curvado a ponto de se transformar em uma bola, ou o máximo que uma pessoa que não é contorcionista consegue fazer.

Será que ele estava bem?

Era melhor deixá-lo em paz.

Era o que eu realmente deveria fazer. Foi sorte de não ter sido pega no flagra no dia em que o garoto deixara que eu colhesse aloe vera ou nos outros momentos em que acenamos um para o outro. Deixá-los em paz tinha sido a única coisa que seu pai exigira de mim e eu só queria ficar no apartamento sem ser expulsa antes da hora e...

O garoto soltou um gemido de puro sofrimento.

Merda.

Dei dois passos para longe da minha entrada, dois passos mais perto da casa principal, e, hesitante, pronta para me esconder nos fundos do terreno se a caminhonete da guarda florestal despontasse na entrada, gritei:

— Oi! Você está bem?

Não foi exatamente uma resposta o que recebi.

Amos não olhou para cima ou se moveu.

Dei mais dois passos à frente, e chamei o garoto mais uma vez.

— Amos?

— Beeem — o garoto engasgou de forma tão atrapalhada que eu mal o entendi. Parecia que estava chorando. Ah, não.

Me aproximei ainda mais.

— Normalmente, quando alguém me pergunta como estou e respondo só "beeem", é porque não estou nada bem. — Esperei que ele entendesse que eu não queria ser inconveniente, mas, poxa, ele estava todo curvado e tinha alguma coisa errada.

Já estivera naquela situação, já tinha feito algo parecido, mas torcia que as razões dele fossem diferentes das minhas.

Ele não se movia. Não dava nem para ter certeza de que estava respirando.

— Você está meio que me assustando. — Fui sincera, observando-o enquanto o pavor crescia dentro de mim.

Amos *estava* respirando. Cheguei um pouco mais perto e percebi que ele estava muito ofegante.

O garoto grunhiu, arrastado e baixinho, e levou mais de um minuto para responder, com a voz incompreensível:

— Tô bem. Tô esperando meu pai.

Quando teve pedras nos rins, meu tio dissera que estava "bem" com o rosto coberto de lágrimas e sentado em sua poltrona reclinável, ignorando nossas súplicas para que fosse ao médico.

Urrando de dor, meu primo dissera que estava "bem" depois de pular de uma caminhonete em movimento (vai saber no que ele estava pensando, nem me pergunte) e ter uma fratura exposta daquele osso que fica na canela.

O que eu deveria fazer era cuidar da minha vida, dar meia-volta e entrar no apartamento. Eu sabia disso. Minha estadia naquela propriedade era como estar na beira de um precipício, mesmo que o sr. Rhodes tivesse sido decente e prestativo ao me ajudar com a bateria (naquele momento, lembrei que ainda não tinha resolvido o problema da oxidação e que precisava fazer isso na próxima folga).

Infelizmente, nunca na minha vida conseguira ignorar alguém que precisasse de ajuda e estivesse sentindo dor. Em especial, porque eu nunca tinha sido ignorada em meus dias difíceis.

Em vez de seguir o instinto de fugir, dei mais dois passos em direção ao adolescente que agiu pelas costas do pai e me deu a oportunidade de alugar o apartamento. Tinha sido uma atitude maluca e ardilosa... mas eu admirava Amos por isso, principalmente se a intenção era comprar uma guitarra.

— Você comeu alguma coisa estragada?

Ele tentou dar de ombros, mas ficou tenso, de uma forma tão violenta, que gemeu muito alto, e fiquei sem resposta.

— Quer que eu pegue alguma coisa para você? — perguntei, olhando-o de perto, os sinais de alerta piscando dentro da minha cabeça por causa dos sons que ele fazia. Amos estava com outra camiseta preta enorme, jeans escuros e tênis brancos da Vans. Nada daquilo me preocupava. A aparência da sua pele, sim, era preocupante.

— Tomei um antiácido — ofegou e eu podia jurar pela minha vida que começou a choramingar enquanto abraçava ainda mais a barriga.

Ah, foda-se. Fui até lá e parei bem na frente dele. Eu já tinha sentido dor de estômago na vida, e era uma droga, mas aquilo... não parecia a mesma coisa. Amos estava me assustando de verdade.

— Você vomitou?

Eu mal ouvi o seu *"não"*. E não acreditei nele.

— Está com diarreia?

Ele fez que não com a cabeça, mas não disse nada.

— Não tem problema dizer, todo mundo já passou por uma diarreia na vida — falei.

Ok, quem — especialmente um menino adolescente — iria querer falar sobre diarreia com uma pessoa que conhece há menos de um mês?

Talvez só eu.

— Sabe, tive uma intoxicação alimentar há um mês por causa de um sanduíche que comprei em um posto de gasolina em Utah. Passei a noite toda em Moab porque não conseguia sair do banheiro. Juro que gastei uns dez dólares só usando o banheiro...

O garoto fez um som engasgado que não sei se foi uma risada ou um gemido de dor, mas soou menos agitado quando murmurou:

— Não tive. — E fez aquele som selvagem e doloroso outra vez.

A apreensão agarrou a minha nuca enquanto o garoto se curvou ainda mais para frente, um segundo antes de começar a respirar pela boca.

Tudo bem.

Agachei na frente dele.

— Onde está doendo?

Ele fez um gesto em direção ao estômago... com o queixo?

— Você peidou?

Aquele som engasgado escapou da sua garganta novamente.

— Dói à esquerda, à direita ou no meio? — continuei.

— Meio que para a direita — resmungou entre os dentes.

Peguei meu telefone e soltei um palavrão quando vi que só tinha uma barra no sinal do celular. Não era o suficiente para usar a internet, mas esperava que fosse o bastante para fazer uma ligação. Havia o wi-fi, mas... eu não ia perguntar a senha para o garoto naquele estado.

Liguei para Yuki, lembrando que ela era a única pessoa que eu conhecia que ficava sempre com o telefone por perto, e felizmente ela atendeu no segundo toque.

— Ora-Ora-Bo-Bora! O que você está fazendo? Eu estava pensando em você! — ela atendeu parecendo estar bem animada. Yuki era uma das minhas melhores amigas. E claro que era para ela estar animada. Seu álbum tinha alcançado o primeiro lugar nas paradas semanas atrás e permanecia no topo.

— Yuki — falei. — Preciso da sua ajuda. De que lado fica o apêndice?

Ela deve ter ouvido a angústia em minha voz, porque a alegria desapareceu.

— Só um pouquinho, deixe-me ver aqui. — Sussurrou algo que poderia ser para a sua empresária ou assistente, antes de colocar o telefone de volta na orelha. Depois de alguns minutos, falou de novo. — Está dizendo que é no meio do abdômen, no lado direito inferior, por quê? Você está bem? *VOCÊ ESTÁ COM APENDICITE?* — começou a gritar.

— Porra — murmurei para mim mesma.

— ORA, VOCÊ ESTÁ BEM?

— Estou bem, mas meu vizinho está suando tanto e parece que vai vomitar, e está abraçando a barriga. — Parei. — Ele não teve diarreia.

O garoto soltou outro barulho sufocante que eu não tinha certeza se poderia estar relacionado ao apêndice. Mais provável que tivesse a ver com voltar a falar de diarreia. Eu tinha sobrinhos e sabia que adolescentes, por mais toscos que fossem, se sentiam tímidos em relação às funções do próprio corpo. E a maneira como Amos falara com o pai algumas semanas antes, como conversara comigo também, me fez sentir que, talvez, ele tivesse uma personalidade tímida.

— Ah! Graças a Deus. Pensei que era você. — Ela suspirou de alívio. — Leve-o para o pronto-socorro se ele está se sentindo mal. Ele está com gases?

Afastei o telefone da orelha um pouquinho.

— Você está com gases?

Amos assentiu antes de choramingar e esconder o rosto entre os joelhos.

Claro que isso aconteceria comigo. Eu ia ser despejada por ter me aproximado do garoto, e eu nem teria como me arrepender.

— Ele está, sim. Olha, Yuki, te ligo mais tarde. Obrigada, amiga!

— Me ligue mesmo! Estou com saudades. Boa sorte. Tchau! — Ela desligou imediatamente.

Coloquei o telefone de volta no bolso com uma mão, e com a outra toquei o joelho do menino bem de leve.

— Olha, não tenho certeza, mas pode ser apendicite. Não sei, mas, sendo sincera, você não está bem, e acho que está com muita dor para isso ser, sei lá, uma coisa simples. — Como um desarranjo intestinal, a famosa diarreia, mas eu acho que ele estava de saco cheio de me ouvir dizendo a palavra que começa com *D*.

Tive quase certeza de que ele tentou balançar a cabeça e concordar, mas gemeu de uma forma que fez minhas axilas começarem a suar.

— Seu pai está vindo?

— Ele não está atendendo. — Ele deixou outro gemido sair. — Hoje ele está no Lago Navajo.

Eu sabia que o lago não ficava longe de Pagosa, mas o serviço telefônico era horrível em todo o estado do Colorado, como eu estava começando a aprender. Era por isso que ele estava achando que o pai estava a caminho? Por estar na estrada?

— Tem mais alguém que podemos chamar? Sua mãe? Outro parente? Um membro da família? Vizinho? A ambulância.

— Meu tio... Ai, *porraaaa!* — Ele começou a chorar de um jeito que atingiu meu coração e cérebro na hora.

Não podia mais hesitar. Aquilo não era bom. Meu instinto dizia que não era. A única coisa que eu sabia sobre o apêndice era que, se rompesse, poderia levar à morte. Talvez não fosse nada. Mas talvez fosse. E eu não estava disposta a arriscar.

Especialmente se o pai não estava atendendo ao telefone e não poderia dizer o que fazer.

Levantei-me e me inclinei para fazer carinho nas suas costas.

— Está tudo bem, ok? Vou te levar ao hospital. Você está me assustando pra caramba. A gente não pode esperar mais.

— Eu não preciso de... *ai, merda!*

— Prefiro te levar e descobrir que não tem nada errado a correr o risco do seu apêndice estourar, tá bom? — Seria preferível que o pai dele me expulsasse por ter falado com o filho do que acontecer algumas coisa terrível com o garoto, ou ele morrer.

Meu Deus. *Ele poderia morrer.*

Nada disso. Hora de ir.

— Você está com sua carteira? Identidade? O cartão do seguro social?

— Estou bem. Vai pas... *Merda. Puta merda!* — ele grunhiu alto e profundamente, e todo o seu corpo tensionou com aquele lamento, arrancando outro pedaço do meu coração.

— Eu sei. Você está bem, mas vamos mesmo assim, tá bom? Não quero que o seu pai me veja lutando com você para te colocar dentro do carro, pensando que estou te sequestrando. E vou tentar ligar para o seu tio no caminho, ok? Você disse algo sobre ligar para o seu tio, não foi? — falei, tocando seu ombro. — Você não pode morrer aqui, Amos. Juro que não vou conseguir viver comigo mesma se você fizer isso. Você é tão jovem. Tem muito o que viver. Não sou tão jovem quanto você, mas tenho pelo menos mais quarenta anos pela frente. Por favor, não deixe o seu pai me matar.

Ele inclinou a cabeça e olhou para mim com seus olhos grandes, cheios de pânico.

— *Eu vou morrer?* — choramingou.

— Não sei! Não quero que você morra! Vamos para o hospital só para garantir que não aconteça, tudo bem? — sugeri, sabendo que eu parecia fora de mim, e provavelmente estava assustando o garoto pra caralho, mas ele estava me assustando pra caralho também, e eu não era tão adulta quanto a minha identidade dizia que eu era.

Amos ficou sem se mexer por tanto tempo que me pareceu que ele continuaria teimando, e eu teria que ligar para a emergência. Mas no intervalo de algumas inspirações e expirações minhas, ele deve ter tomado uma decisão, porque lentamente tentou ficar de pé.

Graças a Deus, graças a Deus, graças a Deus.

Seu rosto estava repleto de lágrimas.

Ele gemeu.

Grunhiu.

Urrou.

E eu vi mais lágrimas escorrendo por seu rosto suado. Ele estava começando a ficar com os traços do pai, só que mais esguio, jovem, sem aquela maturidade áspera. Um dia ele iria, no entanto. *Ele não* podia romper esse apêndice *bem ali comigo. Não mesmo.*

O adolescente se encostou em mim com quase todo o peso do corpo, choramingando, mas tentando o seu melhor para não o fazer.

Os quinze metros até o meu carro pareceram vinte quilômetros, e me arrependi de não ter pegado o carro e ido até ele. Ajudei o garoto a se sentar no banco do passageiro e me inclinei sobre ele para afivelar o cinto. Então, dei a volta e me enfiei atrás do volante, dando partida e depois parando.

— Amos, você pode me emprestar o seu telefone? Posso tentar ligar para o seu pai de novo? Ou para o seu tio? Ou sua mãe? Qualquer pessoa? Alguém mais?

Ele praticamente jogou o telefone em mim.

Tudo bem.

Então murmurou alguns números, que descobri ser a senha da tela de bloqueio.

Amos se encostou na janela. Seu rosto estava em um tom bronze descorado que beirava o verde. Ele parecia estar prestes a vomitar.

Porra.

Liguei o ar-condicionado, peguei uma velha sacola de compras debaixo do meu assento e a coloquei em sua perna.

— Isso é para o caso de você sentir vontade de vomitar, mas não se preocupe se não conseguir mirar aqui. Já estava mesmo pensando em vender o carro.

Não disse nada, mas mais uma lágrima desceu por sua bochecha e, de repente, eu quis chorar também.

Mas eu não tinha tempo para aquela merda.

Desbloqueando seu telefone, fui direto para as chamadas mais recentes. Com certeza, a última ligação tinha sido para o pai, cerca de dez minutos antes. Havia sinal para apenas chamadas de serviço, então tentei de novo. A chamada tocou e tocou, e aquela era a minha chance.

Lancei um olhar para o garoto quando a mensagem padrão veio: *"A pessoa que você está ligando encontra-se indisponível no momento"*. Esperei a gravação terminar e, então, o bipe.

Eu teria que fazer aquilo. Não tinha escolha.

— Oi, sr. Rhodes. Aqui é a Aurora. Ora, tanto faz. Estou levando Amos para o hospital. Não sei qual. Há mais de um em Pagosa? Acho que ele pode estar com apendicite. Encontrei-o do lado de fora da casa com dores abdominais. Eu vou te ligar assim que souber para onde estamos indo. Estou com o celular dele. Ok. Tchau.

A falta de detalhes poderia ser um problema para mim depois, mas não queria perder tempo explicando. Precisava ir para um hospital que eu ainda tinha que saber onde era. Sem perder tempo.

Dei a ré e fui para a estrada, onde o sinal estava pegando. Abri o GPS e procurei o centro médico mais próximo — havia um hospital e um pronto-socorro — e adicionei a rota do aplicativo. Peguei o celular de Amos de novo e olhei para a pobre criança, que estava abrindo e fechando as mãos e tremendo de leve com o que parecia ser dor.

— Qual é o nome do seu tio?

— Johnny. — Ele não olhou para mim.

Trêmula, girei o botão do ar-condicionado para a temperatura mais gelada possível porque vi uma quantidade imensa de gotas de suor na sua têmpora. Aquilo não era calor, ele estava realmente passando mal. Merda.

Então pisei fundo no acelerador e dirigi o mais rápido que pude.

Eu queria perguntar a Amos se ele estava se sentindo um pouco melhor, mas ele nem estava levantando a cabeça, deixando-a pender contra a janela enquanto alternava entre gemer e grunhir.

— Estou indo o mais rápido que posso — assegurei, enquanto descíamos a colina em direção à rodovia. Por sorte, a casa dos Rhodes era próxima do hospital.

Um dos dedos do Amos se ergueu em reconhecimento. Talvez.

No semáforo, percorri os contatos do celular e encontrei o nome "Tio Johnny". Apertei para ligar e coloquei no viva-voz, segurando-o com a mão esquerda enquanto girava a direção para a direita.

— Am, meu garoto — sua voz veio clara através do telefone.

— Oi, é o Johnny? — respondi.

Houve uma pausa longa.

— Humm, sim. Quem é?

É, eu não tinha a voz de uma adolescente, entendi.

— Oi, eu sou a Aurora. Eu, ãhn, sou a vizinha do Amos e do sr. Rhodes.

Silêncio.

— Amos está passando mal e o pai dele não está atendendo ao telefone — falei. — Estou levando o garoto ao hospital e...

— *O quê?*

— Ele está com dor abdominal, acho que pode ser apendicite, mas eu não sei que dia o Amos faz aniversário ou o cartão do seguro social e...

O homem do outro lado soltou um palavrão.

— Ok, *ok.* Encontro você no hospital. Não estou tão longe, vou chegar o mais rápido possível.

— Ok, ok. Obrigada — respondi.

Ele desligou.

Olhei para Amos de novo quando ele soltou um longo e baixo gemido. Xinguei e dirigi ainda mais rápido. O que eu deveria fazer? O que eu poderia fazer? Tirar seus pensamentos da dor? Eu tinha que tentar. Cada som que saía da sua boca estava cada vez mais difícil de lidar.

— Amos, que tipo de guitarra você quer comprar? — perguntei, porque foi a primeira coisa que me veio na cabeça, esperando que uma distração ajudasse.

— O quê? — choramingou.

Repeti a pergunta.

— Uma *guitarra* — respondeu com um grunhido que mal consegui ouvir.

Se essa fosse qualquer outra situação, eu teria revirado os olhos e suspirado. Uma *guitarra*. Não era a primeira vez que alguém presumia que eu não sabia nada sobre música ou instrumentos musicais. Mas ainda me deixava chateada.

— Mas de que tipo? Multiescala? Headless? Multiescala e headless? Com braços duplos? — perguntei.

Se ele ficou surpreso por eu estar perguntando algo tão específico sobre uma guitarra enquanto ele se esforçava para não vomitar de dor, não demonstrou, mas me respondeu com a respiração curta.

— Uma... uma headless.

Ah, muito bom. Era um assunto que eu conhecia. Pisei no acelerador e continuei insistindo.

— Quantas cordas?

Dessa vez ele não demorou tanto para responder.

— Seis.

— Já sabe qual tipo de corpo você quer? — continuei, sabendo que poderia estar irritando o garoto, forçando-o a falar, mas desejando que aquilo o distraísse da dor. E por não querer que Amos pensasse que eu não tinha ideia do que estava falando, fui mais específica. — Uma madeira maple clássica? Ou a quilted?

— Quilted! — arfou com violência, fechando a mão em um punho, socando o joelho.

— Quilted é ótima — concordei, cerrando os dentes e fazendo uma oração silenciosa para que o menino ficasse bem. Meu Deus. Mais cinco minutos. Tínhamos cinco minutos, talvez quatro, se eu conseguisse me livrar dos motoristas lerdos que surgiram na nossa frente. — E o braço? — joguei.

— Não sei — ele praticamente começou a chorar.

Eu não podia chorar também. Eu não podia chorar também. Eu sempre chorava quando outras pessoas choravam; era uma maldição.

— A maple olho de pássaro pode ficar perfeita com uma quilted — quase gritei, como se estivesse a ponto de romper em lágrimas mais altas que as dele, mas elas não saíram. — Me desculpa, eu estou gritando, mas você está me deixando apavorada. Juro que estou dirigindo o mais rápido que consigo. Se você parar de chorar, eu conheço uma pessoa que conhece uma pessoa, e talvez eu consiga um desconto para a sua guitarra, ok? Por favor, pare de chorar.

Uma tosse fraca saiu da sua garganta... parecia tanto com uma risada. Uma risada destruída, sofrida, mas uma risada.

Olhei para ele com o canto dos olhos e vi que as lágrimas ainda escorriam por suas bochechas, mas talvez...

Virei à direita e entrei no estacionamento do hospital, dirigindo direto para a entrada da emergência.

— Estamos quase lá — avisei. — Estamos quase lá. Você vai ficar bem. Você pode ficar com o meu apêndice. Eu acho que ele funciona. Acho.

Ele não disse que queria, mas acho que fez um sinal de positivo quando estacionei em frente às portas de vidro e o ajudei a sair do carro, com meu braço em suas costas, apoiando seu peso. O pobre menino estava derretendo como uma gelatina. Seus joelhos estavam até dobrados, e precisava fazer um esforço enorme para dar um passo de cada vez.

Eu nunca tinha ido a um pronto-socorro, e acho que minha expectativa era que alguém viesse correndo com uma maca para nos ajudar, ou pelo menos uma cadeira de rodas, mas a mulher atrás do balcão nem ergueu uma sobrancelha.

Amos se jogou na cadeira, grunhindo.

Eu mal tinha começado a falar para a mulher o que estava acontecendo, quando senti uma presença ao meu lado. Encontrei um par de olhos castanho-escuros e um rosto nada familiar.

— Você é a Aurora? — o estranho perguntou.

Era outro homem.

E, meu Deus, como era bonito. Sua pele tinha um tom incrível e bronzeado, maçãs do rosto altas e redondas, cabelo curto em um tom de preto profundo. Devia ser o tio do Amos.

Assenti, desviando a atenção do seu corpo para focar em seus olhos.

— Sim, Johnny?

— Isso mesmo. — Assentiu, antes de se virar para a mulher e deslizar o celular sobre a bancada. — Eu sou o tio do Amos. Tenho todos os dados dele e poder legal para tomar decisões quando o pai não está — disparou, rapidamente.

Dei um passo para o lado e fiquei observando o homem responder as perguntas da mulher e em seguida preencher informações em um tablet. Descobri, enquanto estava lá, que o nome de Amos era Amos Warner-Rhodes. Ele tinha quinze anos e seu contato de emergência era o pai, embora, por alguma razão, seu tio tivesse autorização para tomar decisões médicas. Guardei essa informação e fui me sentar perto de Amos, que estava na mesma posição que o encontrara ainda em casa: gemendo e suando, pálido e horrível.

Quis fazer carinho em suas costas, mas mantive as mãos quietas.

— Oi, seu tio está aqui. Acho que os médicos vêm te buscar em um segundo — falei.

O "tá bom" que ele respondeu soou como vindo de um lugar profundo e obscuro.

— Quer o seu celular de volta?

Ele baixou a cabeça em direção aos joelhos e gemeu.

Foi bem nessa hora que alguém de jaleco apareceu com uma cadeira de rodas. Eu ainda estava segurando o celular do Amos quando eles o levaram para longe da sala de espera, seu tio o seguindo.

Eu deveria... ir embora?

Poderia demorar horas até que soubessem o que estava errado, mas... eu o levara até lá. Queria ter certeza de que Amos estava bem; caso contrário, ficaria acordada a noite toda preocupada. Me lembrei de ir estacionar direito o carro antes que fosse rebocado, depois me sentei na sala de espera.

Uma hora se passou e nada do tio ou do pai de Amos. Quando fui perguntar na recepção se poderiam me dar alguma informação atualizada, a pessoa me olhou feio e perguntou se eu era parente do garoto. Então voltei para a sala de espera, me sentindo uma perseguidora. Mas eu podia esperar. Eu iria esperar.

Quase duas horas depois de chegar ao hospital, eu tinha acabado de sair do banheiro e estava indo me sentar novamente quando as portas do pronto-socorro se abriram e um homem grande invadiu o hospital como se fosse uma tempestade.

A segunda coisa que notei foi o uniforme que ele usava, que parecia encaixado em um monte de músculos e estrutura óssea impressionantes. O cinto estava apertado na cintura. Alguém merecia um assobio.

Eu não fazia ideia do que tinha nos homens de uniforme, mas fiquei com água na boca.

Sob a iluminação branca do hospital, os ombros do sr. Rhodes pareciam mais largos e os braços, mais robustos do que sob o amarelo quente do apartamento. A carranca o fazia parecer ainda mais feroz. Realmente, ele era um pedaço de mau caminho. Meu Deus.

Engoli em seco.

E aquilo foi o suficiente para que seu olhar se voltasse para mim. Ele me reconheceu.

— Oi, sr. Rhodes — falei, me lembrando de mover as pernas, e comecei a caminhar em sua direção.

— Onde ele está? — perguntou o homem com quem eu só tinha falado duas vezes, soando tão agradável como sempre. E por agradável, eu quis dizer nada agradável. Mas, pelo menos daquela vez, seu filho estava no hospital, então não podia culpá-lo.

— Amos está lá dentro — respondi, ignorando suas palavras e o tom de voz ríspido. — O tio dele está aqui... Johnny, né? Está com o Amos.

Com apenas um passo daqueles pés enormes calçados com botas, ele se aproximou de mim. Suas sobrancelhas grossas e escuras se juntaram, e as finas linhas de expressão cruzaram a testa larga. Sua boca formava uma expressão amarga e funda; as linhas pareciam tão raivosas que, se ele soltasse fogo pelas narinas, ia queimar minhas sobrancelhas. Mas eu já estava acostumada com cara feia; meu tio sempre fazia essa cara quando alguém o contrariava.

— O que você fez? — inquiriu, naquele timbre mandão, a voz nivelada.

Perdão?

— O que eu fiz? Eu trouxe Amos até aqui, deixei a mensagem de voz...

Ele deu mais um passo na minha direção. Jesus, ele era realmente alto. Parecia que ele ia engolir meus um metro e sessenta e sete.

— Fui bem específico quando te disse para não falar com o meu filho, não?

Ele estava me zoando?

— Está brincando comigo? — Ele tinha que estar.

Aquele rosto bonito chegou ainda mais perto, o cenho franzido e mal-humorado.

— Eu te dei *duas* regras.

A indignação queimou no meu peito e ergui as sobrancelhas. Até o meu coração estava batendo mais rápido pelo que ele estava tentando insinuar.

Está bem, eu não sabia o que o sr. Rhodes estava tentando insinuar, mas ele estava me dando uma bronca por levar seu filho ao hospital? *Sério?* E ele estava tentando fazer parecer que eu tinha feito algo para seu filho estar ali?

— Ei! — uma voz não familiar chamou.

Nós dois nos viramos na direção da voz. Era Johnny. Ele estava perto dos elevadores, com uma mão no topo da cabeça.

— Por que caralho você não atende o telefone? Acham que ele está com apendicite, mas estão esperando o resultado dos exames — explicou rapidamente. — Ele já foi medicado para a dor. Vamos.

Tobias Rhodes nem olhou para mim uma segunda vez e já foi rapidamente em direção a Johnny. O tio de Amos acenou para mim antes de conduzir o outro homem em direção aos elevadores. Eles conversaram baixinho.

Brutamontes.

Mas posso considerar que evoluímos?

MARIANA ZAPATA

CAPÍTULO CINCO

Talvez isso tenha feito de mim uma pessoa bizarra, mas depois daquela tarde passei os dois dias seguintes sentada o mais perto que pude da janela. A loja estaria fechada na segunda-feira, já que Clara precisava fazer um inventário do estoque. Ela veio me avisar disso toda envergonhada, porque não poderia me pagar para ajudá-la. Isso só me fez querer ajudá-la ainda mais, porém eu sabia que Clara não se sentiria bem se eu me oferecesse para trabalhar de graça. Então fiquei quieta e não me ofereci. Pelo menos daquela vez.

De qualquer maneira, eu estava distraída, preocupada com Amos, querendo saber se ele estava bem ou não. Claro, eu não o conhecia, mas me sentia responsável. Ele ficara curvado na varanda, esperando por alguma ajuda, e...

Isso me fez lembrar de quando minha mãe não fora me buscar na casa da Clara, naquele dia horrível. Das centenas de ligações que eu fizera para casa porque ela não aparecera na hora que havíamos combinado. Lembrei que eu me sentara na varanda da casa dos pais da Clara para esperar minha mãe chegar desejando ouvir uma desculpa de que ela tivera uma emergência. Mamãe nem sempre era pontual, mas acabava chegando.

Uma pequena lágrima deslizou pelo meu rosto quando a lembrança dos dias após o desaparecimento dela despontou.

Como em todas as outras vezes, sequei a lágrima e segui com minhas coisas.

Meu plano original para o dia era praticar caminhada em um local que vi próximo a Bayfield, a cidade perto de Pagosa, mas ter certeza de que Amos estava bem parecia mais importante. Até Yuki mandara uma mensagem pedindo uma atualização. Não tinha nenhuma novidade desde que deixara o hospital, e foi o que contei a ela.

Eu estava com o telefone dele, que ficou um tempo vibrando, ligando e desligando, até que a bateria por fim morreu.

Estava lendo um livro que pegara no supermercado, já quase sem esperança de que ele voltaria para casa, quando o som de pneus no cascalho adentrou a minha janela aberta. Me levantei e avistei a caminhonete com os dizeres Parques e Vida Selvagem seguida por um carro hatch.

Uma silhueta familiar saiu da caminhonete e, do outro carro, um homem alto apareceu. Ambos contornaram o outro lado do carro e, depois de um momento, ajudaram uma pessoa menor a sair. Eles carregaram o garoto e desapareceram para dentro da casa, e eu estava certa de que os ouvi discutir enquanto faziam isso.

Era o Amos.

O alívio fez cócegas no meu peito.

Queria ir lá e perguntar se ele estava bem, mas esperaria.

A não ser que o sr. Rhodes viesse falar comigo para me expulsar. Pelo menos eu ainda não tinha desempacotado todas as minhas coisas. Alguns dias atrás eu tinha ido à lavanderia e voltara com a mala cheia de roupas limpas.

Na casa principal, todas as luzes pareceram acender.

Pela décima vez, fiquei me perguntando onde estava a mãe ou a esposa. Ninguém tinha ido até a casa. Minhas janelas estavam sempre abertas e eu não estava dormindo muito bem; eu teria escutado se alguém se aproximasse da garagem. Amos também não tinha pedido para ligar para a mãe.

Mas seu pai não tinha mencionado a mãe no primeiro dia?

De qualquer maneira, Amos tinha sorte por ter um pai e um tio que corriam até o hospital para ficar com ele; esperava que ele soubesse disso. Talvez o pai fosse severo... e talvez não fosse a pessoa mais amigável do planeta, mas o sr. Rhodes o amava. Amava-o o suficiente para me culpar pelo que acontecera. Para se preocupar de verdade com a segurança do filho.

Funguei e me senti um pouco triste de repente. Peguei o telefone para ligar. Depois do primeiro toque ela atendeu a chamada.

— Ora! Alguma notícia?

Havia uma razão pela qual eu amava tanto Yuki e a irmã dela. Elas eram pessoas boas com o coração gigante. Sabia o quão ocupada Yuki sempre estava, mas isso não a impedia de estar a uma ligação ou uma mensagem de distância.

— Ele acabou de voltar para casa. O tio e o pai o ajudaram a entrar, mas ele estava andando sozinho.

— Ah, que bom. — Ela fez um barulho do outro lado, antes de dizer. — Você comentou que é o seu vizinho, é isso?

Inspirei fundo, a solidão já desaparecendo apenas com o som da sua voz.

— Sim. É o filho do cara que me alugou o apartamento.

— Ahhhh! Minha assistente encomendou um cristal para ele. Estou enviando para o endereço da caixa postal que você me mandou no outro dia. Diga para colocar ao lado esquerdo do corpo. Espero que ele fique melhor.

Viu? Ela tinha um coração enorme.

— Como você está? Se adaptando? Como está o Colorado? — perguntou.

— Estou bem. Me acostumando. É muito bom aqui. Me sinto bem.

— Então você está feliz? — Sem dúvida, havia esperança na voz dela.

Yuki, assim como minha tia e meu tio, tinha me visto no meu pior momento. Fiquei com ela por um mês logo depois que *me avisaram* que o meu relacionamento havia acabado. Em parte porque ela morava na mesma rua, mas principalmente porque Yuki era uma das minhas melhores amigas. Ela também estava enfrentando um pé na bunda na época, e aquele mês acabou sendo um dos mais produtivos da minha vida. E da dela.

Nós escrevemos um álbum inteiro juntas... e ainda ouvimos Alanis,

Gloria e Kelly tão alto que acho que perdemos boa parte da audição.

Mas é claro que valeu a pena.

— Sim. Arranjei um emprego com uma amiga da época em que eu morava aqui.

— Fazendo o quê?

— Trabalho na *The Outdoor Experience*.

Yuki ficou em silêncio por um instante.

— O que é isso?

— Eles alugam e vendem equipamentos de pesca, acampamento... essas coisas.

Outra pausa.

— Hum, Ora, sem querer ofender, mas... — ela falou devagar.

— Eu já sei o que você vai dizer — gemi.

Sua risada doce me lembrou de como era a sua voz cantando. Linda.

— O que você está fazendo trabalhando nesse lugar? O que sabe sobre essas coisas? Faz quanto tempo que te conheço? Doze anos? A única atividade ao ar livre que te vi fazer foi... ficar embaixo das tendas em festivais.

Eu ri, mas me encolhi, porque ela tinha razão.

— Ah, dá um tempo. Quem ia acampar comigo? Kaden? Consegue imaginar a mãe dele fazendo isso? *Você?* — gargalhei e ela começou a rir muito também, só de imaginar.

A sra. Jones era muito estressada, o que era engraçado, porque eu tinha visto a casa em que Kaden havia crescido. O pai era encanador e a mãe, dona de casa. Eles tinham três filhos e mais dinheiro do que a gente, na época em que minha mãe estava comigo, mas nunca foram muitos prósperos. Mas nos últimos dez anos, desde que a carreira dele decolara, ela se transformara em um monstro esnobe que zombava de hambúrgueres que não fossem feitos de wagyu ou Kobe beef.

— Você tem razão — Yuki concordou quando parou de rir.

— Falando sério, não sei nada sobre essas coisas. Nunca me senti tão burra em toda a minha vida, Yu. Os clientes me fazem tantas perguntas, e eu apenas olho para eles como se estivessem falando grego. É péssimo.

Ouvi seu "awwwn", mas ela voltou a rir.

— Mas a minha amiga precisava de ajuda, e eu não podia dar uma referência para encontrar um emprego melhor. — Eu nem sabia o que eu queria fazer, para começo de conversa. Esse emprego era... alguma coisa. Até eu decidir. Um passo.

Isso a fez parar de rir.

— Me use. Vou dizer que você trabalhou para mim e que é a melhor funcionária que eu já tive. Não estaria mentindo. Você trabalhou para mim, e foi a minha melhor funcionária. Eu te paguei. E vou continuar pagando.

A gravadora da Yuki insistira em me dar crédito pelo trabalho para que eu não os processasse no futuro. Eles iriam me enviar dinheiro a cada trimestre. *Se eles não* te pagarem, significa que vão ganhar ainda mais dinheiro, Ora. Aceite. E ela tinha razão. Melhor eu do que a gravadora.

Honestamente, eu não tinha pensado nisso: pedir a Yuki que mentisse por mim. Mas, agora que ela tinha mencionado... não seria uma péssima ideia ter algo desse tipo no currículo assim que encontrasse outro trabalho em que eu não fosse tão ruim.

Mas só de pensar em deixar Clara me fazia sentir horrível. Ela estava sobrecarregada, e eu não tinha certeza de quem poderia ajudá-la quando Jackie voltasse para a escola. Eu precisava melhorar e aprender mais antes que a menina fosse embora. Aquele emprego era apenas para garantir. Algo para o futuro. Eu não estava planejando sair dali tão cedo.

— Tem certeza? — perguntei.

Ela suspirou dramaticamente.

— Você precisa de uma limpeza espiritual, ursinha. Acho que Kaden te passou a idiotice dele.

Eu ri.

— Besta. — Ouvi Yuki gargalhar do outro lado. — Se chegar nesse ponto, vou falar que trabalhei com você. Não tinha pensado em fazer isso.

— Claro, por causa da idiotice contagiosa do Kaden. Eu vou te mandar um pouco de sálvia. — Escutei o suspiro dela, enquanto eu gargalhava. — Estou com saudades, Ora. Quando vamos nos ver de novo? Eu gostaria que você voltasse e morasse comigo. Você sabe, *mi casa es tu casa.*

— Sempre que nos encontrarmos em algum lugar ou quando você vier aqui. Também sinto saudade. E como está a sua irmã?

— Aff... a Nori. Acho que ela também precisa de um pouco de sálvia.

Bufei.

— Acho que ela precisa mais do que eu. Falando de pessoas que precisam de limpeza espiritual, adivinhe quem me mandou um e-mail?

— O fruto do Anticristo?

O fato de ela chamar a sra. Jones de Anticristo nunca perdia a graça.

— Sim. E pedindo para ligar para ele. Duas vezes.

— Aham. Provavelmente porque o álbum dele *flopou* e agora todo mundo está falando o quanto ele é ruim. — Yuki ficou pensativa por uns instantes, e eu sorri. — Você está melhor sem ele. Sabe disso, não sabe?

— Eu sei. — E sabia mesmo. Se tivesse ficado com ele... nunca teríamos nos casado, nem quando ele estivesse com mais de quarenta anos. Nem teríamos filhos. Eu viveria na sombra dele para o resto da vida. Nunca teria sido prioridade para o homem que eu tinha apoiado com cada centímetro da minha alma.

Nunca deveria me esquecer disso. Não iria. Eu estava muito melhor sem ele.

Conversamos por mais alguns minutos e eu estava encerrando a ligação quando ouvi a porta de um carro batendo, e olhei para além da janela.

O Bronco restaurado estava saindo; eu só tinha visto isso acontecer duas vezes. O outro carro ainda estava lá, o hatch, que devia pertencer ao tio de Amos, Johnny. Não consegui ver o banco do motorista, mas tive a sensação de que era o sr. Rhodes na direção. *Tobias.* Não que fosse chamá-lo assim em voz alta. Ele não queria que o chamasse de qualquer nome, pelo jeito que agira dois dias antes.

Foi errado levar o menino para hospital só para garantir que ele estava bem? Claro que não foi, né?

Com o celular de Amos e o meu nos bolsos, peguei a lata de canja de galinha pronta que eu tinha comprado há tempos. Desci escada abaixo e atravessei o cascalho que levava à casa principal, olhando o tempo todo para a entrada da propriedade para ter certeza de que o SUV não voltaria de repente. Não fiquei nem um pouco envergonhada com a rapidez com que corri até a varanda e bati à porta, duas vezes, esperançosa.

— Só um segundo! — Ouvi lá de dentro e, talvez, três segundos depois, a porta se abriu e o homem que conheci no hospital estava parado, com um leve sorriso, que ficou ainda maior.

— Oi — o homem bonito disse.

Ele não era tão alto quanto o sr. Rhodes... mas será que era um sr. Rhodes também? Eles não eram parecidos, nem um pouco. As feições, a cor da pele e os cabelos eram totalmente diferentes. Assim como as estruturas físicas. Na verdade, Amos parecia uma versão misturada dos dois.

Talvez ele fosse parente da mãe de Amos?

— Oi — cumprimentei, de repente me sentindo tímida. — Nos conhecemos no hospital, lembra? Amos está bem? — Mantive a latinha comigo um pouco mais de tempo. — Não é caseira, mas eu trouxe uma lata de sopa.

— Quer perguntar a ele você mesma? — O homem deu um sorriso tão largo que não pude deixar de retribuir.

Sim, ele e o sr. Rhodes definitivamente não eram parentes.

Fiquei me perguntando *de novo* se eu ia descobrir qual era a situação da mãe do Amos. Talvez ela fosse militar e estivesse em missão. Será que eram divorciados e moravam longe? O sr. Rhodes não tinha mencionando o nome de outro homem quando o assunto sobre a mãe surgira? Eu tinha tantas perguntas e estava pensando em coisas que não eram da minha conta.

— Posso? — questionei, hesitando, sabendo muito bem que eu deveria voltar para o apartamento antes que me metesse em problemas. O pai de Amos não ficara nada feliz em me ver da última vez.

Nem na última, e nem na primeira.

Ou nunca. Ele nunca ficou feliz em me ver.

Johnny recuou, assentindo. Seus olhos pareceram checar a área atrás de mim, e uma ruga se formou entre suas sobrancelhas, como se estivesse confuso. Mas o que quer que ele estivesse pensando talvez não fosse tão importante porque o homem pareceu dar de ombros antes de indicar que eu deveria seguir em frente.

— Entre. Ele está no quarto.

— Obrigada. — Sorri, e ele fechou a porta um segundo depois.

A casa era o epítome do rústico e do fofo. Pisos de cor clara levavam à antessala, passando por uma porta rachada que, com uma rápida olhada, percebi ser um lavabo. Bem à frente, o teto abobadado se abria sobre uma área que consistia em uma sala de estar e uma cozinha à direita. Na sala de estar havia uma única namoradeira cinza e duas poltronas reclináveis de couro, com a lareira no canto. Um engradado de madeira fazia as vezes de uma mesinha de canto, apoiando um abajur. A cozinha era pequena, com bancadas cobertas por um azulejo verde e armários do mesmo tom amadeirado de um chalé de madeira. Sobre a bancada de madeira, vi eletrodomésticos pretos. Havia uma vasilha de plástico ao lado de uma cafeteira, um pote velho com açúcar e mais coisas pelas bancadas.

O lugar era muito, muito limpo e organizado. Estava bem arrumadinha para uma casa em que moravam dois caras, ou talvez eu só tivesse conhecido homens bagunceiros. Aquilo fez eu me sentir uma porcalhona que deixava roupas espalhadas por todo o apartamento, penduradas em portas e cadeiras.

Era aconchegante, agradável, um lar.

Gostei, de verdade.

Acho que, de certa forma, me lembrou de pessoas e coisas que já me trouxeram conforto. E amor. Porque eram basicamente a mesma coisa, ou pelo menos deveria ser.

— Aurora, certo? — Johnny perguntou, me fazendo olhar para ele.

— Sim — confirmei. — Ou Ora, se preferir.

Ele me deu um sorriso cheio de dentes brancos que era... uma coisa.

— Obrigado por me ligar e avisar sobre o Am — disse, e indicou o caminho além da sala de estar, em direção a outro corredor curto. Havia três portas. De uma delas vinha o som da máquina de lavar ligada. Do outro lado havia uma porta de madeira lascada e estava muito escuro.

— Obrigada por me deixar entrar. Eu estava preocupada com o garoto. Esperei no hospital o tempo que consegui, mas não vi mais você ou o sr. Rhodes depois que subiram juntos, então vim para casa.

Eu tinha ficado lá até nove horas da noite.

Paramos do lado de fora de outra porta entreaberta.

— Ele está acordado. Falei com ele há pouco tempo. — Johnny bateu.

— O quê? — soou uma voz rouca através da porta.

Tentei não bufar diante da saudação tão calorosa com o tio. Johnny revirou os olhos e abriu a porta.

Espreitei a cabeça para dentro e encontrei Amos na cama, de cueca boxer e uma camiseta verde-escura com uma estampa que dizia "Orquídea Fantasma". Ele ergueu os olhos do controle que estava segurando e gritou, se apressando para tentar cobrir a virilha, o rosto ficando vermelho.

— Ninguém se importa com o que você tem aí embaixo além de você mesmo, Am. — Johnny riu e pegou um travesseiro do chão, que eu não tinha visto, jogando-o para ele. O garoto o colocou em cima do colo, os olhos arregalados.

Eu sorri.

— Realmente não me importo, mas posso cobrir os olhos, se isso te deixar mais confortável. — Dei um passo curto para frente e não cheguei mais perto. — Eu só queria saber notícias suas. Você está bem?

O menino abaixou o controle do videogame e o apoiou no travesseiro com as feições ainda mostrando surpresa.

— Sim — murmurou, naquele tom quieto, a voz tímida, que eu achava que era apenas parte da sua personalidade.

— Era o apêndice?

— Sim. — Desviou os olhos para o tio e depois para mim.

— Sinto muito. Torci para que fossem apenas gases ou coisas assim.

Ele fez uma careta.

— Eles tiraram o apêndice ontem — murmurou.

— Ontem? — Voltei a olhar para o tio, a cabeça inclinada para o lado, como se não fizesse sentido também para Johnny que Amos tivesse sido liberado tão depressa. — E já te deram alta? Isso está certo? — Amos deu de ombros. — Nossa. Se eu tivesse passado por uma cirurgia como essa, acho que teriam que me tirar do hospital enrolada no cobertor como um bebê — completei.

Amos manteve o rosto neutro. Ele era tão adorável. Aposto que se transformaria em um homem lindíssimo no futuro.

É, com um pai tão atraente, é claro que se tornaria.

— Trouxe uma canja de galinha — continuei. — Seu tio ou seu pai podem esquentá-la para você. A menos que seja vegano ou vegetariano, aí posso te trazer outra coisa.

— Não sou. — Tive a impressão de que ele suspirou, por um momento movendo a atenção para além do meu ombro.

— Ah, ótimo. Eu fiquei com o seu celular também. Está sem bateria. — Dei um passo à frente e coloquei o aparelho sobre a cômoda perto de mim, onde havia palhetas de guitarra e vários pacotes de encordoamento. — Se precisar de qualquer coisa, sabe onde estou. Você pode gritar bem alto, eu estarei em casa pelo resto do dia, e amanhã saio às nove da manhã e chego às seis da tarde. — Ele ainda estava me fitando, com olhos grandes e redondos. — Vou deixar você descansar. Espero que se sinta melhor logo!

Seu *"tchau"* foi quase um sussurro, mas, olha, foi melhor do que nada.

De acordo com os meus primos, um dos seus filhos passou por uma fase em que ficou um mês sem falar com ninguém além de grunhidos e acenos, então, acho que isso é normal.

Com a missão cumprida, dei um passo para trás e quase tropecei em Johnny. Ele sorriu e fiz um gesto em direção ao corredor. Johnny me seguiu tão de perto que ficou meio que esbarrando no meu cotovelo.

— Você disse que é a vizinha? — perguntou, de repente.

— Alguma coisa assim. Estou hospedada no apartamento que fica na garagem.

— Como assim? — O jeito que ele falou me fez olhá-lo.

Johnny pareceu muito confuso com aquele vinco entre as sobrancelhas.

— É uma longa história e acho que Amos pode te explicar melhor que eu.

— Ele não vai dizer nada. Amos diz cerca de dez palavras por dia, se tivermos sorte.

Isso era a mais pura verdade. Eu ri.

— Para encurtar a história, Amos colocou o apartamento para alugar sem falar com o pai, e eu fiz a reserva. O sr. Rhodes descobriu e não ficou nada feliz, mas me deixou ficar quando ofereci pagar a mais. — Isso foi mais rápido do que eu esperava. — Ficarei por mais duas semanas.

— *O quê?*

Assenti e, em seguida, fiz uma careta.

— O sr. Rhodes realmente não ficou feliz. E vai ficar menos feliz ainda quando souber que entrei na casa dele, mas eu estava preocupada com o Amos.

— Eu estava mesmo imaginando de quem era o carro desconhecido lá fora. — Sua risada veio do nada e me pegou de surpresa. — Tenho certeza que ele não ficou feliz. Nada feliz mesmo.

— Ele estava muito, muito bravo, mas eu entendo — confirmei. — Não quero irritá-lo ainda mais, mas diga a ele que eu fiquei a dois metros do filho dele e que você estava por perto o tempo todo. Por favor.

Johnny abriu a porta da frente com um sorriso.

— Dois metros de distância, você trouxe canja para ele e devolveu o celular. Sem problemas.

Saí para a varanda e Johnny ficou na porta da entrada.

O céu escurecera nos dez minutos em que estivera lá dentro, então peguei minha pequena lanterna do bolso. Que Deus me livrasse de tropeçar em uma pedra, quebrar a perna, ninguém ouvir meus gritos e ser comida por ursos sedentos por carne e ter os olhos roubados por pássaros. Exatamente o cenário que minha tia tinha imaginado quando nos falamos dias antes.

— Você é da Flórida? — perguntou assim que liguei a lanterna e apontei o feixe de luz para a garagem. Ela era fraca. Eu precisava comprar uma mais potente.

— Quase isso. Eu morava aqui, mas me mudei há muito tempo. — Desci os degraus e acenei. — Obrigada por me deixar ver o Amos. Foi bom te ver de novo.

Ele estava apoiado no batente da porta.

— Obrigado por levá-lo ao hospital.

— Sem problema. — Acenei de novo e fiz o caminho curto de volta.

Não queria dizer que corri até a garagem, mas eu andei bem rápido.

E assim que enfiei a lanterna sob a axila para iluminar a maçaneta, ouvi estalos de pneus no cascalho e fiquei em pânico. *Onde estava a chave?* Contando que eu não visse o sr. Rhodes, ele não poderia me expulsar, certo? Enfiando a mão no bolso, tentei encontrar, mas não consegui. Que droga! Bolso de trás! Bolso de trás!

Os faróis me alcançaram assim que meus dedos sentiram a chave fria.

E eu a deixei cair.

— Tudo bem aí? — Ouvi Johnny gritar.

Ele estava me observando. Provavelmente rindo do meu pânico. Ele sabia o que eu estava fazendo?

— Estou bem! A chave caiu! — gritei, parecendo irada e em pânico, *porque era* como eu me sentia, enquanto apalpava o chão.

Assim que encontrei a maldita chave de novo, percebi que os faróis não estavam mais se movendo. Ouviu a porta do carro abrir e fechar, enquanto eu estava girando a maçaneta.

— Oi — a voz rouca me chamou à distância.

Fique calma. Tudo estava bem. Ele estava em dívida, certo? Eu tinha salvado a vida do filho dele. Tipo isso.

— Oi — respondi, resignada. *Pega no flagra.*

As luzes formaram uma silhueta quando o meu locador atravessou a frente do seu Bronco.

— Aurora, certo? — o homem perguntou. Tobias. Sr. Rhodes.

Eu me virei totalmente, e fui desligando a lanterna quando ela o atingiu no peito. Ele estava de camisa. Seus faróis ligados iluminaram o contorno do seu corpo, mas era ótimo porque eu não tinha que olhar para a cara dele.

Ele estava bravo? Ele ia me chutar para fora do apartamento?

— Eu mesma. — Engoli em seco. — Posso ajudar com alguma coisa?

— Quero te agradecer pelo que fez. — Sua resposta me pegou desprevenida.

Ah.

— Não foi nada — eu disse à parte sombreada da sua frente. Ele parou apenas alguns metros longe de mim, com braços cruzados sobre o peito, eu tinha quase certeza.

O sr. Rhodes *não parecia* louco de raiva. Aquilo era uma coisa boa. Mas, na verdade, ele não tinha ideia de que eu tinha acabado de sair da sua casa.

Ele deu mais um passo à frente, mas eu ainda não conseguia vê-lo tão bem, apenas os traços gerais do seu corpo, tão largo em cima e estreito nos quadris. Ele fazia academia? Havia uma na cidade. Ele tinha que fazer. Ninguém conseguia ser assim naturalmente.

O profundo suspiro do homem me fez tentar espiar seu rosto.

— Olha... — Pareceu lutar para encontrar as palavras, seu tom tão severo quanto da primeira vez que eu o ouvira. — Te devo uma. Am me contou o que aconteceu. — Sua expiração foi alta, mas constante. — Não tenho como te agradecer — ecoou, com a voz dura.

— Não tem de quê. — Quanto menos eu dissesse, melhor seria.

Expirou de novo.

— Eu te devo. Devo muito.

— Você não me deve nada.

Outro suspiro.

— Devo, sim.

— Não, juro que não — respondi. — Por favor, sério, você não me deve nada. Eu estou feliz que pude ajudar e que Amos está bem.

Ele ficou quieto por tanto tempo que achei que ia ficar por isso mesmo, mas o que ele fez foi dar outro passo à frente, e depois outro, até que chegou mais perto, os braços soltos ao lado do corpo, tão perto que eu poderia dar outra boa olhada naquele rosto incrível. Os traços nitidamente definidos do seu rosto estavam tensos. Ele estava de jeans e a camiseta tinha a estampa de um peixe.

Ele devia ter uns trinta e tantos anos. *No máximo* uns quarenta.

Era uma beleza de homem de quase quarenta ou talvez quarenta e poucos anos. Podia apostar que começara a ficar grisalho quando ainda era novo. Acontece. Conheci um cantor que ficou totalmente grisalho aos vinte e sete.

E a idade do sr. Rhodes não era da minha conta.

Havia outras coisas com as quais eu precisava me preocupar, e era melhor acabar logo com isso. Ele ia descobrir de qualquer maneira, e se o sr. Rhodes naquele momento estava sentindo que me devia alguma coisa, talvez me perdoasse e não me chutasse porta afora. Só me restava a esperança.

— Passei rapidinho na sua casa, e Johnny me deixou entrar. Eu só queria ver como o seu filho estava. Eu o vi da porta do quarto e fiquei por apenas dez minutos, com Johnny todo o tempo ao meu lado. Por favor, não fique bravo.

Mais uma vez, ele não respondeu rápido o suficiente para que eu me sentisse calma. Ele apenas olhou para mim. Não dava para ver a cor dos seus olhos, mas podia ver os fios brancos nas têmporas.

Isso é o que dá ser honesta, acho. Estremeci.

— Não estou bravo — meu locador falou devagar, antes de soltar o ar mais uma vez. Sua voz soou como um resmungo rude, mas algo em sua expressão pareceu suavizar um milímetro o que ele ia dizer. — Eu te devo. Sou grato pelo que fez. Não sei como vou retribuir, mas vou dar um jeito. — Ele respirou fundo outra vez, e eu congelei. — Eu... peço desculpas por ter lidado tão mal com o fato de você estar aqui.

Ele estava se desculpando. Comigo. Alguém chame uma ambulância.

— Está tudo bem — garanti. — Se eu precisar de alguma coisa, te digo. — Então, foi a minha vez de hesitar. — Se vocês dois precisarem de alguma coisa também, me avisem. — Eu estaria lá até que eu... até que não estivesse. Então, me lembrei. — Posso fazer uma pergunta? É só para eu saber mesmo. Quantas pessoas moram com vocês?

Percebi que o sr. Rhodes me observou cuidadosamente antes de responder.

— Somos apenas Amos e eu.

Exatamente o que pensei.

— Ah, legal.

Pelo menos ele não me despejou. Já que não aconteceu, eu ia aproveitar a deixa.

Estendi a mão em direção a ele, e uma mão grande e fria tocou a minha, com um movimento lento e firme. Um balançar.

Sorri. Ele não sorriu, mas tudo bem.

Antes que ele pudesse mudar de ideia e me expulsar, recuei.

— Boa noite — falei meio alto demais e me enfiei dentro do

apartamento, acendendo as luzes e trancando a porta antes de subir as escadas.

Pela janela, observei o sr. Rhodes estacionar seu Bronco no lugar de sempre, em frente à casa. Ele abriu a porta do passageiro e tirou duas sacolas brancas com o nome de um dos dois lugares de fast-food da cidade, percebi pela logomarca. Fiquei olhando até ele entrar.

É, eu ainda estava no apartamento.

Pelo menos por mais duas semanas.

Ou por todo o tempo que conseguisse.

CAPÍTULO SEIS

— Deus te abençoe, querida, você não precisa se desculpar — o senhorzinho disse, com um sorriso tão doce que ia me fazer ter cárie.

O amigo do homem, que Deus o abençoe, piscou.

— Como poderíamos ficar bravos com um rostinho tão simpático, certo, Doug?

Todo o meu corpo ficou rígido diante de palavras tão gentis. Palavras ditas por dois clientes muito legais que eu estava tentando ajudar, mas não conseguia. Eu soube, desde o momento em que eles caminharam até o balcão segurando duas varas de pesca, que iam me perguntar alguma coisa que eu não saberia responder, então, de certa forma, eu estava preparada.

Cacete, a primeira coisa que saiu da minha boca foi:

— Vou chamar uma pessoa para ajudá-los com qualquer pergunta que tiverem sobre as varas.

Eu estava tentando, estava decidida a evitar ficar parada no caixa como uma idiota. Decorei a maioria dos preços e o nome dos modelos das varas. Queimei os meus neurônios até memorizar algumas marcas também, mas foi tudo o que consegui. Quais eram as diferenças entre as varas, ou por que deveriam levar a mais longa ao invés da mais curta, ou até mesmo para que tipos de pesca — ou pesca esportiva, como alguns clientes chamavam — serviam, isso eu *não* fazia ideia.

Então, quando o homem, que devia estar na casa dos cinquenta anos, ignorou minhas palavras, foi em frente e perguntou *"Qual é a diferença entre estas? Por que uma delas é o dobro do preço?"*, me senti derrotada.

Se estivéssemos menos ocupadas, eu poderia ter gritado e pedido a ajuda de Clara, que estava do outro lado da loja, atrás do balcão de peças para alugar, conversando com uma pequena família. Jackie estava na parte de trás fazendo um intervalo, e um daqueles funcionários temporários que Clara comentara — que naquela manhã aparecera na loja pela primeira vez desde que eu começara a trabalhar ali — tinha acabado de sair depois de ter ficado só umas duas horas dizendo que "mais tarde voltaria". Clara e eu nos entreolhamos de longe e de repente eu entendi, até mais do que antes, o quão problemática era a relação dela com os funcionários.

Só para constar, ele não voltou.

Os dois homens continuavam ignorando minha tentativa de levá-los até Clara.

Estava grata e aliviada por não terem sido maus ou impacientes, mas não pude evitar a sensação de tristeza. Eu *sabia* que tinha me livrado de mais problemas do que poderia enumerar porque as pessoas me achavam atraente e também porque eu tinha uma personalidade bem amigável. Apesar de ter sido parada pelo menos dez vezes no trânsito, nunca recebi uma multa, embora alguns dos meus amigos costumassem dizer que eu dirigia como uma maluca. É que eu não gostava de desperdiçar tempo. O que tinha de errado nisso? Meus primos me zoavam o tempo todo pela forma como as outras pessoas me tratavam, só que isso não era culpa minha.

Ao mesmo tempo, minha genética era uma espécie de maldição. Alguns homens tendiam a ser misóginos. Às vezes, eu era tratada como se fosse uma cabeça-de-vento. E muitas vezes recebia mais atenção do que desejava, especialmente o tipo desconfortável de atenção.

Eu ouvia e dava o meu melhor em quase tudo, e tinha um bom coração — contanto que não me ofendessem. E tudo isso era muito mais importante para mim do que aparência.

Eu não queria ser tratada como se fosse um bebê. Isso me deixava desconfortável.

Levei um momento para me recompor e sorrir com doçura para os homens bem-intencionados.

— Vou chamar a minha chefe e ela vai ajudar vocês. Eu sou nova aqui, não me familiarizei com tudo ainda.

O homem com o cabelo mais grisalho dos dois desviou o olhar na direção dos meus seios bem rapidinho, achando que eu não notaria.

— Não se preocupe, linda.

Eu quis suspirar, mas apenas sorri mais uma vez.

E foi aí que a porta se abriu e vi a última pessoa que eu esperava que entrasse ali.

Bem, não a *última*, mas uma delas.

Aquele uniforme, naquele corpo alto e forte, atraiu minha atenção.

Ele já estava olhando para mim. E eu não saberia dizer se estava surpreso, por causa dos óculos escuros. Isso e o fato de que os clientes resolveram continuar falando bobagens.

— O que uma coisinha bonita como você está fazendo trabalhando aqui? Por que não trabalha em uma loja de roupas? Ou talvez em uma joalheria? Aposto que em qualquer um desses lugares você venderia tudo.

Havia tantos tipos de emprego, mas eram esses que estavam sugerindo.

Eu estava tentando. Realmente estava. Mas tinham se passado apenas algumas semanas.

Voltei minha atenção para o homem menos grisalho.

— Não sou ligada a moda, e não uso joias.

Com o canto do olho, vi o sr. Rhodes caminhar pela loja, mas eu podia dizer que ele ainda estava olhando para mim.

— Um dos meus amigos tem um escritório de advocacia na cidade; acho até que talvez ele esteja procurando uma nova secretária, se eu falar bem de você — o homem com o cabelo mais grisalho falou.

O cara estava insinuando que daria uma dica para o amigo demitir a atual secretária só para me contratar?

Balancei a cabeça e tentei dar a ele outro sorriso.

— Tudo bem, eu gosto daqui.

Quando eu não estava fodendo com tudo, claro. E quando as pessoas não estavam passando a mão na minha cabeça, dizendo que não tinha problema eu não saber nada.

Felizmente, eles se decidiram por uma vara por contra própria, e eu registrei a compra e fiz o melhor para ignorar a maneira que ambos insistiam em olhar para os meus peitos e o meu rosto. Quando um deles pegou o recibo e a vara da minha mão, sorri de leve e só me permiti suspirar quando eles já estavam longe.

Mas assim que a porta se fechou, surgiu o lembrete de que se eu estava planejando ficar — e sim, eu não *amava* tudo sobre o trabalho, mas era só olhar para como Clara estava cansada, que eu sabia que não iria embora tão cedo —, então eu precisava me recompor. Por ela. Precisava aprender e responder as perguntas por mim mesma e não me sentir um lixo por ser tão inútil.

Olhei em volta e avistei *aquele* homem perto dos acessórios de pesca, e aí a ideia surgiu.

Quem saberia mais sobre atividades ao ar livre do que um guarda florestal?

Ninguém.

Tá bom, talvez outra pessoa, mas eu conhecia pouca gente na cidade, e não podia pedir a Clara que me ensinasse. Mal tínhamos tempo de conversar na loja, e ela estava sempre ocupada depois do trabalho. Fizéramos planos para sair para jantar por duas vezes, e Clara desistira nas duas porque algo dera errado e ela teve que ficar com o pai.

Claro que o sr. Rhodes também não parecia ter muito tempo livre, considerando que eu só via a caminhonete na frente da casa depois das sete da noite, mas...

Eu *salvei* a vida do Amos, não salvei?

E ele disse que estava em dívida comigo, embora eu não planejasse aceitar a oferta dele, certo?

Quanto mais pensava sobre a ideia, mais pedir a ajuda dele fazia sentido. O que o sr. Rhodes me diria? Que ele tinha coisas melhores para fazer? Ou me lembraria de que só me restavam duas semanas no apartamento?

O que me fez lembrar de que eu precisava decidir se ficaria na cidade, e que para isso teria de procurar outro lugar para alugar.

Ou não.

Atendi mais alguns clientes no caixa enquanto pensava no assunto, e quando ele chegou perto, depois de dizer algo para Clara e Jackie que eu não consegui ouvir — como ele as conhecia, eu não fazia ideia, mas queria descobrir —, o sr. Rhodes colocou dois carretéis de linha sobre o balcão. Eu realmente tinha que descobrir qual era o sentido de um fio ser mais grosso que o outro.

— Olá, sr. Rhodes — cumprimentei-o, com um sorriso.

Ele tirou os óculos escuros e os colocou no espaço entreaberto dos botões da sua camisa do uniforme.

— Oi. — Seus olhos acinzentados se fixaram em mim e a voz tinha aquele mesmo timbre desinteressado e severo que eu já conhecia.

Peguei o primeiro pacote de linha de pesca e passei no caixa.

— Como está sendo o seu dia?

— Bom.

Repeti o processo com o próximo pacote e pensei que poderia falar logo, já que não tinha ninguém por perto.

— Você se lembra daquela vez que disse que tinha uma dívida comigo?

Mais conhecida como "ontem".

Ele não respondeu, e eu lancei um olhar para ele.

Suas sobrancelhas não podiam falar, mas elas se movimentaram de um jeito que me fez perceber o quão desconfiado o sr. Rhodes estava.

— Que bom que se lembra, ótimo. Bem — baixei a voz —, eu ia te perguntar se eu poderia usar esse favor.

Os olhos cinzentos continuaram semicerrados.

Estávamos indo bem.

Olhei ao redor para ter certeza de que ninguém estava ouvindo.

— Quando não estiver ocupado... poderia me ensinar sobre todas essas coisas? Mesmo que seja só um pouco? — falei rapidinho.

Isso o fez piscar no que eu tinha certeza que era surpresa. Ele também baixou a voz, o que achei bem justo, e perguntou devagar, provavelmente confuso:

— Que coisas?

Inclinei a cabeça para o lado.

— Tudo o que tem na loja. Pesca, acampamento, sabe, conhecimento geral para que eu possa trabalhar e ter ideia do que estou fazendo.

Ele piscou de novo.

Segui em frente.

— Só quando você não estiver muito ocupado. Por favor. Se puder, claro, se não puder, não tem problema. — Eu apenas ia chorar até cair no sono. Nada importante.

Na pior das hipóteses, eu poderia ir à biblioteca nos meus dias de folga. Ficar no estacionamento do supermercado e acessar o Google. Eu poderia fazer aquilo dar certo. Eu faria, do jeito que fosse.

Cílios escuros, grossos e pretos baixaram sobre seus belos olhos, e sua voz saiu baixa e uniforme:

— Você está falando sério? — Ele estava achando que eu estava zoando.

— Muito sério.

Sua cabeça virou para o lado, me dando uma boa visão dos cílios curtos e muito bonitos.

— Você quer que eu te ensine a pescar? — perguntou como se não pudesse acreditar, como se eu tivesse pedido a ele para... não sei, me mostrar a sua salsicha.

— Você não precisa me ensinar *a* pescar, mas eu não ia reclamar se o fizesse. Não pesco há anos. Mas é mais todo o restante. Por exemplo, qual é o sentido de existir dois tipos diferentes de linha? Quais são as funções de cada tipo de isca? E as que são chamadas de moscas? É mesmo necessário comprar tantos apetrechos para acender uma fogueira? — Continuei, aos sussurros: — Tenho um milhão de perguntas aleatórias e não ter internet dificulta pesquisar. A propósito, sua compra deu 40,69 dólares.

Meu locador piscou pela centésima vez àquela altura, e eu tinha certeza de que ele estava confuso ou chocado enquanto pegava a carteira e passava o cartão na maquininha, com o olhar fixado em mim a maior parte do tempo, daquele jeito longo e vigilante que era completamente diferente da maneira como os clientes anteriores me olharam antes. Não de forma sexual ou com interesse, mas mais como se eu fosse um guaxinim e ele não tivesse certeza se o bichinho era portador do vírus da raiva ou não.

De um jeito estranho, eu preferia isso.

Sorri.

— Não tem problema se não puder — falei, entregando a sacola com suas compras.

O homem alto pegou a sacola da minha mão e deixou os olhos vagarem para um ponto à minha esquerda. O pomo de adão subiu e desceu; então ele deu um passo para trás e suspirou.

— Ok. Hoje à noite, às sete e meia. Tenho trinta minutos e nem um segundo a mais.

O quê?

— Você é o meu herói! — Suspirei.

Ele olhou para mim e piscou.

— Vou chegar na hora, prometo.

O homem soltou um resmungo e, antes que eu pudesse agradecê-lo novamente, saiu de lá tão rápido que nem tive chance de checar sua bunda naquela calça.

De qualquer forma, aquilo me deixou aliviada.

Tinha sido melhor do que eu esperava.

Eu ainda estava em choque com o fato de que teria aulas particulares quando o celular disparou o alarme às sete e vinte e cinco.

Configurei o despertador para que tivesse tempo suficiente para terminar o que estava fazendo — que era montar um quebra-cabeça que comprei na loja de um dólar — e fui até o outro cômodo.

Era muito idiota eu estar nervosa? Talvez. Não queria dizer nada errado que o fizesse me chutar para fora de lá antes do tempo.

E eu odiava ferrar as coisas.

Odiava estar em uma posição em que me sentia despreparada.

Acima de tudo, não gostava de me sentir burra. No entanto, era exatamente assim que me sentia todos os dias na loja. Estava ciente de que não havia nada de errado em *não saber* — porque tinha certeza de que sabia mais do que a maioria. Eu gostaria de ver as pessoas trabalhando em uma loja de música. Pessoalmente, eu ia arrasar. Passara a última década da minha vida ao redor de músicos. A quantidade de conhecimento aleatório que absorvi era surpreendente. Eu sabia acompanhar o ritmo e tocava três instrumentos até que de forma decente.

No entanto, nada daquilo me servia agora. Eu nem sentia vontade de escrever depois daquele mês com Yuki. Minha inspiração tinha acabado, certeza. Aquela parte da minha vida tinha acabado. E não sabia o que queria fazer dali em diante. Sem pressão, certo?

Enquanto me decidia, poderia muito bem ajudar uma velha amiga.

E se eu ia fazer isso, queria que fosse bem-feito. Minha mãe não fazia nada pela metade, e nunca fui esse tipo de pessoa também. Ela teria me dito para estudar, para não desistir.

E foi isso que me levou escada abaixo e pela entrada de cascalho, segurando um pote de muffins de mirtilo que comprei no supermercado depois do trabalho e o caderno em que anotava as trilhas que pretendia fazer. Pensei na caixa cheia de cadernos que eu não tinha aberto no último ano, mas empurrei o pensamento para longe.

Olhei para a caminhonete do sr. Rhodes enquanto passava, e eu sabia que ele era o cara certo para isso.

Esperava que sim.

Bati à porta e dei um passo para trás. Três segundos depois, a sombra de uma pessoa apareceu no corredor e as luzes se acenderam. Observei o tamanho da sombra. Não tinha como ser Amos.

Esse pensamento por si só me fez sorrir. Assim que abriu a porta, ele fez um gesto com a cabeça indicando que eu entrasse, sem dizer uma palavra.

— Oi, sr. Rhodes — falei, enquanto cruzava a soleira e abria um sorriso radiante.

— Você chegou na hora — notou, como se isso o surpreendesse, e fechou a porta atrás de nós. Eu esperei que ele andasse na frente para que pudesse me dizer onde sentar. Ou ficar em pé.

Talvez tivesse sido melhor pesquisar as dúvidas no Google. Ou ter ido à biblioteca. Mas eu ainda não era uma moradora permanente da cidade, então dificilmente me deixariam ter o cartão da biblioteca.

— Fiquei preocupada que se eu chegasse um minuto atrasada você não abriria a porta. — Fui sincera.

Ele me lançou um longo olhar com aquele rosto duro e pétreo, enquanto dava a volta e se dirigia para o corredor. Eu tinha certeza que ele até disse *"hum"* como se não discordasse. Que rude.

Dei uma olhada na casa enquanto mudávamos de cômodo, e estava tão limpa quanto da última vez. Não havia um único copo d›água ou xícara de café espalhado. Nem mesmo uma meia suja ou guardanapo.

Era melhor que eu limpasse o apartamento antes que ele tivesse uma desculpa para entrar e visse a reconstituição de uma zona de guerra que estava acontecendo lá.

O sr. Rhodes acabou nos levando em direção à mesa na cozinha, uma peça que estava muito arranhada. Eu entendia o suficiente sobre reformas para saber que precisava ser lixada para tirar uma ou duas camadas daquelas manchas. Não sabia que técnica seria necessária, só sabia que precisava. Mas o que me pegou desprevenida foi a maneira como ele andou pela parte de trás, puxou uma cadeira e se acomodou na mais próxima dela.

Eu me sentei rapidinho e na hora percebi que aquela era a cadeira mais firme que eu já sentara em toda a minha vida. Movi as pernas para ver se ia mexer; não mexeu. Até chutei uma das pernas da cadeira. Nada instável.

Vi que o sr. Rhodes me observava da mesma maneira mais uma vez. Aquela expressão de que me via como um guaxinim doente estava de volta. Aposto que ele estava se perguntando o que eu estava fazendo com seus móveis.

— Isso é bom — falei. — Você que fez?

Isso o tirou daquele olhar.

— Não. — Ele puxou a cadeira para mais perto, colocou as duas mãos grandes, com dedos longos e grossos e unhas curtas e aparadas, em cima da mesa, e nivelou nossos olhares, o dele pesado e sério. — Você tem vinte e nove minutos. Faça suas perguntas. — As sobrancelhas dele se ergueram um pouquinho. — Você disse que tem um milhão delas. Podemos resolver cerca de dez ou quinze.

Merda. Devia ter comprado um gravador. Puxei minha cadeira para mais perto.

— Não chega a ser um milhão. Talvez duzentas. — Sorri e, como eu esperava, não recebi nenhum sorriso de volta. Tudo bem. — Você sabe muito sobre pesca?

— O suficiente.

Suficiente a ponto de amigos e familiares postarem artigos sobre pesca na página do Facebook dele. *Beleza.*

— Quais são os tipos de peixe que conseguimos pescar por aqui?

— Depende. No lago ou no rio?

— Ah, merda. — Eu realmente não queria ter soltado um palavrão... Mas soltei. *Depende?*

Suas sobrancelhas formaram uma linha fina.

— Você sabe o que está fazendo?

— Não, é por isso que estou aqui. Qualquer informação é melhor do que nada. — Alisei a página em branco e tentei dar o meu sorriso mais encantador. — Então, ãhn, quais são os tipos de peixe que podemos encontrar nos rios e lagos de Pagosa? — tentei de novo.

Não funcionou. O suspiro do sr. Rhodes me disse que estava se perguntando em que merda *ele mesmo* tinha se enfiado.

— Tivemos um inverno seco e o nível das águas está muito baixo, o que dificulta a pesca em condições que já não são ideais. Tem isso, e os turistas provavelmente já pescaram a maior parte do que tinha nos rios. Alguns dos lagos ainda têm peixes, então é para onde a maioria das pessoas vai...

— Quais lagos? — perguntei, tentando tirar toda a informação que eu podia.

Ele então citou os nomes de um monte de lagos e reservatórios da área.

— Que peixes encontramos lá?

— Bass, truta. Você pode encontrar perca também... — O sr. Rhodes citou alguns outros tipos diferentes de peixe dos quais eu nunca tinha ouvido falar, e pedi que repetisse todos. Ele o fez, recostando-se na cadeira e cruzando os braços sobre o peito, aquele jeito de me olhar como se eu fosse um guaxinim doente voltando para a sua expressão.

Sorri, me sentindo muito satisfeita comigo mesma por deixá-lo cauteloso, embora não quisesse que o sr. Rhodes me achasse esquisita. A verdade é que é bom quando as pessoas não sabem o que esperar de você. Elas não podem se aproximar sorrateiramente para te assustar se não souberem para qual lado você irá olhar.

Perguntei a ele se ainda havia uma boa pescaria de robalo e recebi uma resposta longa que era muito mais complicada do que eu esperava. Suas pupilas pareciam lasers apontados para o meu rosto. O tom grisalho do seu cabelo era bem incrível. Parecia até um tom de lavanda, às vezes.

— Quanto custam as licenças e como as pessoas podem comprá-las? — questionei.

Tentei ignorar a maneira como seus olhos se arregalaram com esta pergunta, como se o fato de eu não saber essas informações fosse falta de bom senso.

— As pessoas podem comprar on-line, e o preço depende se a pessoa é de fora do estado ou residente. — Ele então me disse os valores das licenças e o valor da multa se alguém fosse pego sem ela.

— Você prende muitas pessoas que não têm licença?

— Realmente quer gastar seu tempo perguntando sobre o meu trabalho? — perguntou, devagar e sério.

Foi a minha vez de piscar. *Que rude*. Como assim? Eu tinha feito três ou quatro perguntas no máximo.

— Sim, de outra forma, não teria pedido ajuda — murmurei. Eu realmente tinha coisas melhores para perguntar, mas essa porra de atitude dele... Jesus.

— Sim, prendo. — Uma das suas sobrancelhas se ergueu, e ele manteve a resposta simples, naquele tom de pura informação.

Tudo estava indo bem com o sr. Amigável e tal.

Que péssimo para ele que eu conseguia ser gentil por nós dois.

— Quais são os diferentes tipos de linha que você usa para pescar?

Ele imediatamente balançou a cabeça.

— Muito difícil explicar sem mostrar.

Meu ombros caíram, mas entendi.

— Quais dos lagos que você citou ainda recomenda?

— Depende... — e foi falando, enquanto eu anotava todas as informações que conseguia.

Ele estava no meio da explicação quando ouvimos outra voz:

— Ei, pai... Ah!

Lancei um olhar sobre o ombro enquanto o sr. Rhodes focava na mesma direção, e ali estava Amos, parado no meio do caminho da sala de estar, com um saco de batatas chips na mão.

— Oi — cumprimentei o garoto.

— Oi. — Seu rosto ficou vermelho, mas ele ainda assim conseguiu responder. Ele tirou a mão de dentro do saco e o braço pendeu ao lado corpo. — Ãhn, eu não sabia que tinha mais alguém em casa.

— Seu pai está me ajudando com algumas dúvidas que tenho sobre pesca — tentei explicar. — Por causa do meu trabalho.

O menino se aproximou, dobrando o saco da batata e fechando. Ele parecia muito melhor. Estava caminhando bem, e o tom da sua pele estava normal.

— Como está o seu apêndice perdido? — perguntei.

— Bem. — Ele se aproximou para ficar ao nosso lado, os olhos indo direto para o caderno no qual eu estava escrevendo.

Dei um espaço para que ele pudesse ver o que eu tinha escrito.

— Eu queria te dizer que você pode tocar... música... na garagem quando quiser. Não vai me incomodar de forma alguma.

O menino olhou para o homem que estava ao meu lado.

— Estou de castigo — admitiu. — Mas meu pai disse que eu posso ir para a garagem em breve, se não for problema para você.

— Por mim, sem problema algum. — Sorri. — Eu trouxe alguns muffins, se você quiser um. — Indiquei o pote no centro da mesa.

O sr. Rhodes me interrompeu de repente.

— Você só tem mais cinco minutos.

Merda. Ele estava certo.

— Então... podemos terminar com o que você não recomenda?

Ele respondeu e eu escrevi tudo o que ele disse. Quando terminou de falar, abaixei a caneta, fechei o caderno e sorri para os dois.

— Obrigada pela ajuda. Muito obrigada mesmo. — Empurrei a cadeira para trás e fiquei de pé.

Ambos apenas me olharam em silêncio. Tal pai, tal filho. Mas o sr. Rhodes não parecia ser tímido — apenas mal-humorado ou cauteloso demais, eu não sabia dizer o quê exatamente —, mas Amos era.

— Tchau, Amos. Espero que continue se recuperando bem — eu disse enquanto me afastava. — Obrigada de novo, sr. Rhodes.

O homem severo desfez os braços cruzados, e tive certeza de que ele suspirou novamente antes de murmurar, soando tão relutante em dizer as próximas palavras que, quando saíram, me surpreenderam muito.

— Amanhã, mesmo horário. Por trinta minutos.

O quê?

— Você vai me ajudar mais um pouco?

Ele assentiu, mas sua boca estava tensa nos cantinhos, de uma forma que denunciava que já estava repensando o que acabara de dizer.

Recuei um pouco mais, pronta para correr antes que ele mudasse de ideia.

— Você é o melhor, obrigada! Não quero abusar mais da sua hospitalidade, mas obrigada, obrigada! Boa noite para vocês! Tchau! — gritei, antes de basicamente correr em direção à porta, fechando-a atrás de mim.

Não ia me tornar uma expert do dia para a noite, mas estava aprendendo.

Pensei até em ligar para o meu tio só para surpreendê-lo com tudo o que eu aprendera. Já estava torcendo para que no dia seguinte alguém entrasse na loja e perguntasse alguma coisa sobre pesca que eu pudesse responder corretamente. O quão incrível isso seria?

CAPÍTULO SETE

No dia seguinte, durante um dos raros momentos de pouco movimento na loja, Clara veio para o meu lado e disse:

— E aí?

Levantei o queixo.

— E aí o quê?

— O que está achando de Pagosa até agora?

— É bom aqui — respondi, com cuidado.

— Você deu uma volta pela cidade? Foi visitar alguns dos pontos turísticos mais uma vez?

— Dei umas voltinhas de carro.

— Você foi na Mesa Verde?

— Não desde aquela viagem, meio século atrás.

Ela enumerou os nomes de mais algumas atividades turísticas para as quais tínhamos panfletos em cada canto da loja.

— Já esteve no cassino?

— Ainda não.

Ela franziu a testa e encostou o quadril no balcão.

— Então o que tem feito nos seus dias de folga?

— Pelo visto, não tenho ido para nenhum lugar divertido. Fiz um pouco de trilha — não o suficiente —, mas foi só isso.

Sua expressão ficou um pouco assustada com a menção da palavra com

T, e eu sabia que seus pensamentos tinham ido para o mesmo lugar que os meus. Minha mãe. Desde que nos reencontramos na internet, nunca tínhamos falado realmente sobre... o que tinha acontecido. Era um assunto meio proibido. Tudo o que poderia nos levar ao tema do seu desaparecimento era evitado. Isso era uma constante. Meus tios evitavam de propósito qualquer filme ou programa de TV sobre pessoas desaparecidas. Toda vez que passava aquele filme do homem que ficou com o braço preso em uma escalada e teve que cortá-lo para sobreviver, eles mudavam de canal tão rápido, que levou dias até eu entender o que estavam fazendo.

Eu me sentia grata por isso, claro. Em especial, nos primeiros dez anos depois do que aconteceu. E toda vez que eu estava tendo um dia difícil.

Mas não queria que as pessoas de quem eu gostava tivessem que pisar em ovos por minha causa. Eu tinha aprendido a lidar com o assunto, pelo menos na maior parte do tempo. Conseguia falar a respeito sem que o mundo desabasse aos meus pés. A terapia tinha me ajudado a chegar a esse nível.

Ela pareceu perceber que eu tinha reagido, porque sua expressão mudou depois de um segundo, antes de desviar o assunto.

— Não sou boa com trilhas ou acampamentos, mas Jackie até que gosta quando está de bom humor. Você precisa aproveitar enquanto o tempo ainda está bom e visitar alguns lugares.

— Comecei agora com as trilhas e não acampo há vinte anos.

A expressão dela mudou mais uma vez, e eu soube que Clara estava pensando na minha mãe de novo, mas rapidamente se recuperou.

— Vamos fazer alguma coisa juntas? O que vai fazer na segunda-feira? Eu não visito Ouray há algum tempo.

Ouray, Ouray, Ouray... era uma cidade não muito distante, eu tinha quase certeza.

— Nada — admiti.

— Está marcado, então. Contanto que eu não tenha que cancelar. Quer que eu te busque ou nos encontramos aqui?

— Melhor aqui? — Eu não conseguia imaginar o sr. Rhodes feliz ao me ver levando Clara até sua propriedade, e não queria irritá-lo, mesmo que não fosse ficar muito mais tempo por perto.

Ela abriu a boca para me dizer algo, mas então assobiou. Virei para olhar, como fiz nas últimas semanas, as grandes e transparentes janelas.

— Você viu aquilo? — perguntou enquanto dava a volta no balcão e se inclinava para frente.

Eu fiz o mesmo. Havia uma caminhonete lá fora, uma caminhonete que parecia terrivelmente familiar... E ao lado dela estava um homem ao telefone e um outro cara parado ao lado dele usando o mesmo uniforme.

Clara voltou a assobiar ao meu lado.

— Sempre tive uma queda por homens de uniforme. Você sabia que meu marido era policial?

Às vezes... às vezes eu me esquecia que não era a única pessoa que tinha perdido alguém que amava.

— Não, eu não sabia disso — falei.

Uma expressão melancólica surgiu em seu rosto, e isso fez meu coração doer só de imaginar o que ela poderia estar pensando. Esperava que não fosse os "e se". As realidades alternativas. Aquelas eram as piores.

— Policiais são fofos, mas eu sempre tive uma queda por bombeiros — eu disse depois de uma pausa.

Sua boca se abriu em um pequeno sorriso.

— Com aquelas calças apertadas e os capacetes?

Olhei para Clara.

— Gosto dos suspensórios. Eu ia querer dar uma estaladinha vez ou outra.

A risada dela me fez sorrir, mas só por um segundo, porque o homem do outro lado do vidro tinha virado de costas, e por fim consegui minha confirmação de que a bunda do sr. Rhodes era perfeita naquela calça do uniforme.

— Você o conheceu no outro dia, quando ele esteve aqui?

— Qual dos dois? — Eu sabia exatamente a quem ela estava se referindo mesmo olhando para o outro homem com o mesmo tipo de uniforme. Ele tinha quase a mesma altura do meu locador, mas era mais magro. No entanto, não dava para ver seu rosto. Pude ver sua bunda, e era uma bunda boa.

— O da direita. Rhodes. Ele vem aqui às vezes. Esteve aqui ontem. Ele namorou minha prima um milhão de anos atrás. O filho dele é o melhor amigo da Jackie.

Porra, sério? Eu quis contar a verdade para Clara, mas ela continuou falando.

— Meu pai disse que Rhodes voltou para cá quando se aposentou da Marinha para ficar mais perto do filho e... Ah, ele está prestes a entrar na caminhonete. Vamos mudar de lugar antes que ele nos veja e fique um clima estranho.

Ele esteve na Marinha? Essa era outra peça do quebra-cabeça. Não que importasse.

E, na verdade, agora fazia total sentido a maneira como ele se comunicava. Aquela voz mandona. Dava para imaginá-lo dando ordens para as pessoas e encarando todo mundo como fazia comigo. Não é de admirar que ele fosse tão bom nisso.

— Ele é o meu locador — contei para Clara, enquanto nos afastávamos da janela antes de sermos pegas espiando.

Sua cabeça girou tão rápido que fiquei surpresa por ela não ter sofrido um torcicolo.

— É ele?

— É.

— É dele o apartamento que você está alugando?

— Aham.

— Ele *deixou* você alugar?

— Você não é a primeira pessoa a ficar chocada. Mas não, é toda uma história com Amos agindo pelas costas do pai. Por quê?

— Nada de mais. Ele é um bom pai. Ele é... quieto e reservado, só isso. — Seus olhos se arregalaram. — Agora tudo faz sentido. Foi por isso que Amos ficou de castigo.

Então, Jackie tinha contado. Era por essa razão que a garota me olhava de um jeito estranho quando achava que eu não estava olhando?

— Sim.

Foi só quando voltamos para o balcão que ela perguntou bem baixinho:

— Você já o viu sem camisa?

Sorri.

— Ainda não.

Ela retribuiu com um sorriso muito sacana.

— Se tiver chance, tire uma foto.

Cheguei antes do horário combinado. Dois minutos adiantada, e com um prato cheio de cookies Chips Ahoy nas mãos. Eu ia fingir que eu mesma os tinha feito, a não ser que um dos dois perguntasse. Era a intenção que importava, certo?

Meu caderno estava debaixo do braço, o cristal que Yuki enviara para Amos no outro, e eu tinha uma caneta enfiada no bolso de trás da calça jeans, junto com o celular e a chave. Tinha anotado um monte de perguntas enquanto jantava e marquei-as na ordem em que deveria perguntar, dependendo de quanta informação eu ia conseguir.

Esperava que muita.

Tive apenas uma chance de usar o que eu tinha aprendido, mas estava tão orgulhosa de mim. Ajudou a driblar o nervosismo que sentia cada vez que tinha que incomodar a Clara ou passar um cliente para ela. Clara sabia tudo e eu a admirava muito por isso. Claro, ela cresceu dentro do negócio do pai e morou na área por muito mais tempo do que eu, mas isso não tornava seu conhecimento menos impressionante. Ela havia se mudado; qualquer outra pessoa teria esquecido boa parte do que sabia.

Nos meus sonhos, o sr. Rhodes me convidaria para mais uma sessão na noite seguinte, mas eu não ia criar expectativas. Pensei na aparência do sr. Rhodes de uniforme quando o vira mais cedo, do outro lado da rua.

Com certeza não era nada difícil pensar nele.

Ele era divorciado? Saía com muitas pessoas? Algo me dizia que ele não tinha namorada, já que eu não tinha visto ninguém aparecer além do tio Johnny, mas isso também não queria dizer muita coisa. De tudo que eu sabia sobre ele, o sr. Rhodes era superprotetor com o filho quase-crescido. Talvez ele tivesse uma namorada, mas nunca a levava para casa.

Se fosse isso, seria broxante.

Não que eu devesse me importar.

Eu realmente precisava começar a sair com uns caras. O tempo estava passando, e eu sentia falta de ter alguém para conversar. Alguém que fosse... meu.

Ser solteira era legal e tudo, mas eu sentia falta do companheirismo.

E do sexo.

Mais uma vez pensei que queria conseguir sair com caras e só ficar com eles por uma noite ou ter um "amigo com benefícios".

Por um breve segundo, meu coração sentiu falta da facilidade e da falta de esforço que tinha sido me relacionar com Kaden. Ficáramos juntos por tanto tempo e sabíamos tudo um sobre o outro; nunca pensei que teria que encontrar outra pessoa para se tornar meu novo melhor amigo. Alguém para me conhecer e me amar.

Eu sentia muita falta disso.

Mas não estávamos mais juntos e nunca mais voltaríamos a ficar juntos.

Sentia falta de ter alguém na minha vida, mas não sentia falta dele.

Às vezes, talvez até mais do que só às vezes, uma pessoa fica bem melhor sozinha. Às vezes só é preciso aprender a ser sua própria melhor amiga. E a se colocar em primeiro lugar.

Uma pequena lágrima se acumulou no meu olho, um lembrete de que eu estava recomeçando e da magnitude do que estava à minha frente. De repente, a porta se abriu. Eu nem tinha percebido que a luz do corredor não tinha sido acesa. O sr. Rhodes estava bem ali, com uma mão segurando a porta, o corpo ocupando o espaço vazio. Ele pousou o olhar no meu rosto e fez uma careta, as linhas de expressão franzidas na testa larga.

Deixei a lágrima onde estava e forcei um sorriso.

— Olá, sr. Rhodes.

— Pontual de novo — afirmou, antes de dar um passo para trás.

Acho que era um convite para eu entrar.

— Não quero ter problemas com um homem da lei — eu disse, lançando um olhar para ele, brincando.

Sua expressão não mudou.

Não deixei isso me afetar enquanto ele fechava a porta e seguia pelo corredor em direção à sala de estar, apontando direto para a mesa. Deixei o prato com os cookies no meio, o presente para Amos ao lado, e o vi pegar a mesma cadeira em que me sentara na noite anterior, colocando-a perto de mim, para que eu me acomodasse.

Talvez ele não fosse o sr. Acolhedor, mas o sr. Rhodes tinha boas maneiras.

Sorri enquanto me sentava e apoiava o caderno sobre a mesa, puxando a caneta do bolso da calça.

— Obrigada por me deixar vir de novo.

— Tenho uma dívida com você, certo? — falou, de olho no objeto redondo e embrulhado em papel de seda branco.

Eu poderia falar para ele o que era? Claro. Eu ia? Não, a menos que perguntasse.

— Isso é o que você diz... mas com certeza eu preciso da sua ajuda, então vou aproveitar. — Dei uma piscadinha antes que conseguisse me conter, e felizmente ele não franziu a testa, apenas fingiu que eu não fizera nada.

Alisando a página na qual havia parado com minhas anotações no dia anterior, deslizei a cadeira um pouco mais perto.

— Eu tenho um milhão de outras perguntas.

— Você tem vinte e nove minutos.

— Obrigada por cronometrar — brinquei, sem deixar que ele me desmotivasse.

Ele apenas continuou olhando para mim com aqueles olhos em um tom de cinza quase violeta enquanto cruzava os braços sobre o peito.

Ele realmente tinha uns bíceps e antebraços impressionantes. A que horas ele malhava?

Parei de pensar nos seus braços.

— Ok, então... acampar. Você sabe o que é uma barraca suspensa?

— Uma barraca suspensa? — O sr. Rhodes nem piscou e eu assenti. — Sim, sei o que é uma barraca suspensa. — Ele usou aquele tom de voz de "isso é tão óbvio".

Olhei para os cookies por um segundo e peguei um.

— Como se usa uma barraca assim? Em que tipo de árvores podemos amarrá-las? São práticas? — Fiz uma pausa. — Você acampa?

Ele não respondeu se acampava ou não, mas respondeu todas as outras questões.

— Você monta a barraca suspensa, que nada mais é do que uma junção de uma rede e uma barraca de acampamento, amarrando-a em duas árvores com troncos robustos — explicou. — Na minha opinião, não são práticas. Há muita vida selvagem na floresta. A última coisa que você quer é acordar com um urso farejando o seu acampamento, porque a maioria das pessoas não sabe guardar a comida de forma adequada e, mesmo com um saco... — *Que saco? O de dormir?* — ... faz muito frio para acampar em uma barraca dessas. Há apenas dois meses que daria para usá-las. Depende de para onde a pessoa vai também. Já subi quatro mil metros em junho com muitas camadas de roupa no início da manhã.

— Em junho? — Engoli em seco.

Aquele queixo com seu lindo furinho desceu enquanto assentia.

— Onde?

— Em algumas trilhas entre montanhas, outras vezes no pico mais alto delas.

Eu precisava dos detalhes. Talvez mais tarde, quando estivesse saindo.

— Então barracas suspensas não são boas?

— Acho desperdício de dinheiro. Eu diria para comprar uma barraca normal, e um bom colchonete de camping. Mas se a pessoa tem dinheiro para jogar fora, vá em frente. Como eu disse, os ursos são curiosos. Eles vão correr, mas vão correr atrás de você, e garanto que vão se assustar pra caralho um com o outro.

Eu realmente precisava comprar o spray contra ataques de ursos. E nunca permitir que minha tia descobrisse sobre os tais ursos curiosos. Ela tinha começado a me enviar textos sobre leões-da-montanha há pouco tempo.

— Que tipos de ursos encontramos na região?

— Urso-negro, mas nem sempre são dessa cor. Por aqui tem muitos de pelagem marrom e canela.

Engoli em seco.

— Urso-pardo?

Ele piscou e eu acho que vi sua boca tremer um pouco.

— Não aparecem desde a década de 1970.

Não era minha intenção, mas assobiei de alívio e depois ri.

— Então as barracas suspensas são inúteis, a menos que você realmente queira usá-las e tem dinheiro para gastar, além de estar disposto a colocar sua vida em risco. Entendi. — Anotei tudo, embora duvidasse que fosse esquecer. — Sobre os outros tipos de barracas...

Ele suspirou.

— Ok, não precisamos falar sobre as barracas se não quiser — adicionei. — Onde você recomenda ir acampar? Para alguém que queira ver os animais.

O sr. Rhodes deslizou a mão pelo cabelo curto e mesclado de castanho e grisalho uma única vez, antes de voltar a cruzar os braços sobre seu peito largo, realçando como os músculos peitorais ficavam apertados naquele tórax definido.

Quantos anos ele tinha?

— Estamos no sudoeste do Colorado. Se acampar no seu quintal, poderá ver uma raposa.

— Mas, além do quintal, onde? Em até uma hora daqui?

Ele deslizou a mão pela bochecha, e esfregou a barba por fazer. Aposto que ele tinha que se barbear duas vezes ao dia, não que fosse da minha conta.

O sr. Rhodes fez uma descrição de várias trilhas que ficavam perto de fontes de água. Ele parou para pensar algumas vezes, e um pequeno vinco se formou entre suas sobrancelhas enquanto ele fazia isso. Ele era bonito.

E era meu locador. Do tipo mal-humorado ou desconfiado que não me queria andando pelo terreno dele e só estava sendo legal porque levei o filho dele ao hospital. Enfim, há piores jeitos de conhecer pessoas.

Ele disse uma palavra que fez minha mão pairar sobre o papel.

— Essa trilha não é bem sinalizada, e muito difícil, mas para alguém que tem experiência, é possível.

Um nó se formou na minha garganta e tive que olhar para o caderno assim que o desconforto me atingiu, direto no peito. A flecha linda e perfeita com a ponta irregular.

— Precisa que eu soletre para você? — indagou, quando não respondi.

Apertei meus lábios e balancei a cabeça antes de olhar para cima, focando em seu queixo. Não em seus olhos.

— Não, eu sei como se escreve. — Mas ainda não tinha anotado o nome. Ao invés disso, perguntei: — Todas as outras estão perto da água, as que disse antes? — Ele tinha falado exatamente isso, mas foi a primeira coisa que pensei para mudar de assunto.

Ele não ia querer saber quão bem eu conhecia aquela trilha.

— Sim — confirmou, parecendo empurrar a palavra para fora de um jeito estranho.

— Você e Amos acampam muito? — questionei, mantendo o olhar abaixo do seu.

— Não — respondeu, e minha atenção ficou focada no suave furinho do seu queixo. — Amos não é muito da natureza.

— Algumas pessoas não são — falei, embora fosse um pouco engraçado que Amos morasse em uma das cidades mais lindas do mundo e não se importasse com isso. — Então...

— Por que você está aqui?

Congelei, surpresa por ele estar curioso. Eu quis lançar um olhar para o meu relógio — eu realmente ainda tinha um monte de dúvidas —, mas já que ele estava perguntando... bem, eu responderia.

— Eu morava aqui quando era criança, muito tempo atrás, mas tive que me mudar. Me divorciei e não tinha outro lugar para ir, então decidi voltar. — Sorri e dei de ombros, como se tudo o que tinha acontecido não fosse grande coisa, quando na verdade foram os dois maiores eventos da minha vida. Foram duas dinamites que explodiram e reestruturaram a minha existência.

— Denver faz mais o estilo das pessoas.

— Para a maioria, claro, mas não quero morar em uma cidade grande. Minha vida foi agitada por muito tempo, e prefiro a calmaria. Tinha me esquecido do quanto amo a natureza. O ar limpo. Minha mãe amava essa cidade. Quando penso em "lar", este é o lugar que vem a minha cabeça, mesmo vinte anos depois — falei com toda honestidade, antes de jogar o resto do cookie na boca e mastigá-lo depressa. Quando terminei, continuei: — Não sei se vou ficar aqui para sempre, mas gostaria de tentar. Se não der certo, paciência. Enquanto isso, vou me esforçar ao máximo. — O que me fez lembrar de que eu precisava procurar outro lugar para morar. Não tivera sorte com a procura até aquele momento, e parte de mim estava torcendo para que alguém cancelasse uma reserva de última hora.

Passei muito tempo da minha vida acreditando que eu tinha muita sorte. Minha mãe costumava dizer o tempo todo o quão sortuda eu era. Em todas as ocasiões. Mesmo quando as coisas davam errado.

Ela via o melhor em tudo. Um pneu furado? *Talvez ele tivesse nos poupado de sofrer um acidente.* Uma carteira roubada? *O ladrão precisava mais do dinheiro que nós, e pelo menos ela tinha um emprego e poderia ganhar mais.* E os momentos bons eram sempre tão bons. Porém, nos últimos tempos, de forma mais frequente do que nunca, em especial quando estava desanimada, eu me sentia como se estivesse amaldiçoada. Ou talvez minha mãe tenha levado com ela toda a minha sorte.

O sr. Rhodes permaneceu recostado na cadeira, com a testa franzida, me observando, ainda sem ser daquela forma que todas as outras pessoas olhavam e eu tentava ignorar. Permanecia aquela expressão de "esse-guaxinim-tem-doenças-ou-não"?

— Você é daqui? — perguntei, por mais que Clara tivesse me dito antes.

Tudo o que disse foi "sim", e eu sabia que era tudo o que ele diria. Aquela conversa não ia me fazer descobrir a idade dele. Ah, certo. Talvez eu pudesse perguntar para Clara de uma maneira bem sutil, despretensiosa.

— Vamos voltar a falar de acampamentos, então. Alguns desses lugares têm atividade para pesca?

— Acabou o tempo — ele anunciou às oito em ponto, olhando para o dorso da sua mão direita, que estava descansando sobre a mesa.

Como ele sabia que horas eram? Eu o observei; ele não tinha olhado para o relógio pesado que estava no seu pulso esquerdo ou para o telefone. Eu nem sabia onde estava o celular dele. Não estava sobre a mesa.

Sorri enquanto fechava o caderno e prendia a caneta na capa. Peguei outro cookie e abocanhei a metade.

— Muito obrigada pela ajuda — agradeci, enquanto empurrava a cadeira para trás.

Ele grunhiu, ainda parecendo que preferia estar fazendo qualquer outra coisa ao invés de me ajudar. Mas foi escolha dele.

— Oi, Aurora — outra voz soou de repente.

Por cima do meu ombro, notei Amos entrando na cozinha, com um vaso cheio de flores nas mãos, e vestido com uma camiseta gigante que ia até a metade do seu short de basquete.

— Oi. Como você está?

— Bem. — Ele parou ao lado da cadeira em que seu pai estava. Não perdi o rápido olhar que Amos lançou para o homem antes de focar em mim de novo. — E como você está? — perguntou lentamente, como se isso o fizesse se sentir esquisito.

O que só me fez gostar ainda mais de Amos. Sorri.

— Estou bem. Seu pai estava me ajudando de novo. — Olhei para o buquê de flores roxas e cor-de-rosa. — São lindas.

Amos as estendeu para mim.

— São para você. Da minha mãe e do meu pai. Obrigado por me levar ao hospital.

— Ah! — Peguei o vaso e fiquei surpresa com o quão pesado era. — Muito obrigada. São muito bonitas. Não precisava fazer isso, sr. Rhodes.

Não vi o rosto do sr. Rhodes ou de Amos porque estava muito ocupada olhando o buquê, mas foi o adolescente quem disse:

— Não, são do meu outro pai.

— Ahhh. — Olhei para Amos. *Onde eles estavam?*, me perguntei. A mãe e o outro pai? — Agradeça a eles por mim. Amei as flores. Diga que não me deu trabalho algum te levar. Eu diria que posso fazer isso quantas vezes fosse preciso, mas espero que nunca mais aconteça.

Eles não disseram nada.

Mas me lembrei do que Clara havia me contado antes, enquanto colocava o vaso sobre minhas coxas, e olhei para Amos.

— Na verdade, eu também tenho algo para você. — Peguei o cristal de cima da mesa e entreguei nas mãos do adolescente. — Você estava muito fora de si para se lembrar, talvez. Mas eu liguei para a minha melhor amiga antes de irmos ao hospital e, enfim, ela te mandou isso. Disse que promove a cura e que você deve usá-lo à sua esquerda. Ela espera que te faça se sentir melhor.

Suas sobrancelhas foram se erguendo a cada palavra que saiu da minha boca, mas ele terminou com um aceno de cabeça, e não desembrulhou o presente. Imaginei que fosse fazer isso na privacidade do seu quarto, talvez.

— Ah, você sabe que eu trabalho com a Jackie? — perguntei. Amos assentiu, ainda segurando o presente e testando o peso. — Não sabia que vocês se conheciam. Clara disse que vocês dois são melhores amigos. — Fiz uma pausa.

— É — respondeu, naquela voz calma antes de colocar o presente no bolso. — Nós fazemos um som juntos.

— Sério? — indaguei. Jackie não dissera nada sobre isso, mas, de qualquer forma, nós só conversávamos sobre trabalho, e isso quando conversávamos. Falamos duas vezes sobre filmes, mas foi o máximo. Ela sempre parecia muito hesitante perto de mim, e eu não sabia bem o porquê.

— Ela toca guitarra também — acrescentou, quase timidamente.

— Eu não fazia ideia.

— Nós tocamos na garagem quando não estou de castigo. — Ele lançou a seu pai um olhar afiado, que o sr. Rhodes não viu. Precisei me esforçar para manter uma cara neutra para que ele não pudesse perceber também.

— Ele toca blues — o sr. Rhodes adicionou. — Mas Amos não gosta de tocar na frente de outras pessoas.

— Pai — o menino deu uma bronca, as bochechas ficando vermelhas.

Tentei abrir um sorriso encorajador.

— É difícil tocar na frente de outras pessoas se você ficar pensando em como elas estão te julgando. A melhor coisa a se fazer é não se importar com o que os outros pensam ou se você vai errar. Todo mundo erra. Sempre. Não tem como ser perfeito, e a maioria dos músicos tem certa deficiência auditiva referente ao tom certo, e não consegue ouvir uma nota bemol se você tocar para eles.

O garoto deu de ombros, obviamente ainda envergonhado por seu pai ter falado, mas eu achei fofo.

O sr. Rhodes talvez não fosse dizer nada, mas pelo jeito o que eu dissera era um ponto em que ele queria insistir.

— Exatamente, Am. Quem dá a mínima para que os outros vão pensar? — o sr. Rhodes incentivou, me surpreendendo de novo.

— Você sempre me corrige toda vez que nos ouve tocar — Amos murmurou, ainda corado.

Reprimi um sorriso.

— Conheço muitos músicos e, honestamente, a maioria deles... não todos... mas a maioria gosta quando as pessoas são honestas e os corrigem. Eles preferem saber se estão fazendo algo errado, para que possam melhorar e não cometer o mesmo erro repetidas vezes. É assim que todo mundo melhora, mas eu sei que é uma droga. É por isso que estou aqui incomodando o seu pai. Porque estou cansada de errar no trabalho.

Amos não fez contato visual, mas deu de ombros.

Encontrei o olhar do sr. Rhodes e ergui as sobrancelhas, sorrindo para ele. Sua expressão continuou estoica, sem mudar quase nada, mas eu estava certa de que seus olhos se arregalaram um pouco, só um pouquinho.

Amos, em um gesto de quem não queria mais ser o centro da conversa ou bater papo, colocou a mão nas costas da cadeira do pai e passou as unhas ao longo dela, focando nisso, e perguntou:

— Você vai... fazer outra trilha?

— Acho que da próxima vez vou fazer uma trilha ao longo do rio.

Os olhos do garoto piscaram.

— Onde?

— Em Piedra River.

Era, sem dúvida, a mais popular da área.

Bati as pontas dos dedos contra o vaso.

— Bom, vou deixar vocês em paz. Obrigada novamente pelas lições da noite, sr. Rhodes. Continue se recuperando, Amos. Boa noite para vocês. — Dei-lhes mais um aceno e saí; eles não me seguiram para trancar a porta logo que fui embora.

Eram apenas oito horas da noite e eu ainda não estava muito cansada, mas tomei um banho, apaguei as luzes e me enfiei na cama com uma bebida, pensando na maldita trilha que o sr. Rhodes tinha comentado em nossa conversa.

A trilha na qual minha mãe desaparecera.

A trilha que a matara.

Pelo menos, tínhamos quase certeza de que era para onde ela tinha ido. Algumas testemunhas disseram à polícia que viram minha mãe quando estavam indo embora, e que ela estava subindo a trilha. Contaram que parecia bem e que perguntou como eles estavam.

Foram as últimas pessoas a vê-la.

A dor pequena e amarga se esticou no meu coração, e tive que soltar uma respiração profunda, muito profunda.

Ela não tinha me abandonado, lembrei a mim mesma pela milionésima vez nos últimos vinte anos. Eu nunca me importei com o que tentavam insinuar. Minha mãe não tinha me deixado de propósito.

Peguei o tablet e comecei a ver um filme que tinha baixado no dia anterior, e assisti distraída, aconchegando-me no único lençol sob o qual dormia. Em algum momento devo ter adormecido porque quando dei por mim acordei com o tablet no peito e uma vontade imensa de fazer xixi.

Normalmente, eu tentava parar de beber líquidos algumas horas antes de dormir para não ter que acordar com vontade de ir ao banheiro; eu tinha esse medo de fazer xixi na cama, embora isso não acontecesse há uns trinta anos. Só que eu tinha bebido uma latinha de refrigerante de morango enquanto assistia ao filme.

Acordei na escuridão do apartamento, gemendo pela pressão na bexiga, e me sentei.

Levou um segundo para eu tatear ao redor e encontrar meu telefone carregando sob o travesseiro. Bocejei quando o tirei da tomada e toquei na tela enquanto me levantava, ligando a lanterna para entrar no banheiro. Bocejei de novo, sem acender a luz para não me despertar além do necessário, fiz um xixi que parecia ser um galão de água sendo esvaziado, depois lavei as mãos.

Voltei todo o caminho para a cama bocejando, piscando para a luz fraca do relógio do micro-ondas e me ajustando ao luar que entrava pelas janelas constantemente abertas.

E foi então que um *vuuup* passou sobre a minha cabeça.

Bocejei novamente, confusa, e levantei o braço, tentando apontar a lanterna do celular para o teto.

Com o canto do olho, vi alguma coisa voar.

Eu me *encolhi*.

A coisa voadora fez uma curva *e veio direto para cima de mim*.

Eu me joguei no chão gritando e, juro por Deus e pela minha vida, senti a coisa passar centímetros acima da minha cabeça.

Bem ao lado da cama, puxei o cobertor fino que deixava aos meus pés porque estava quente demais para me cobrir completamente. Cobri a cabeça enquanto piscava e tentava procurar o que tinha certeza que era um morcego porque um maldito pássaro não poderia ser tão rápido.

Ou poderia? Será que tinha entrado enquanto eu abria e fechava a porta? Eu não teria visto? Tinha uma tela na janela, então não poderia ter entrado por ali.

Rastejei de quatro em direção à parede onde estava o interruptor.

— Caralho! — Gostaria de pensar que disse isso baixinho, mas tenho certeza de que gritei quando levantei a mão apenas o suficiente para sentir o interruptor e ligá-lo, as luzes do teto iluminando o ambiente.

E confirmando meu pior pesadelo.

Sim, era a porra de um *morcego*.

— Merda! — Apertei ainda mais as costas contra a parede.

Que porra de brincadeira era aquela?

Eu tinha dormido naquela droga de quarto com um bicho *todas as noites?* Será que o morcego tinha pousado no meu rosto? Ou tinha feito cocô em mim? Como era o cocô de um morcego? Eu tinha visto algumas formas escuras no chão, mas presumi que fossem a sujeira dos meus sapatos.

O morcego desceu enquanto ainda voava... e veio mais uma vez direto na minha direção, ou pelo menos pareceu que vinha.

Eu ficaria desapontada comigo mesma no futuro, mas, era a droga de um morcego e eu gritei.

E depois disso, ficaria ainda mais desapontada comigo mesma pelo fato de ter descido as escadas rastejando e de quatro depois de pegar as chaves e enfiá-las dentro da minha regata.

Foda-se!

E em uma cena que podia muito bem representar toda a minha vida até o momento, abri a porta de lado e saí correndo para fora de meias, regata e calcinha — total e completamente despreparada — e vi outro morcego voar bem na frente da minha cara, desviando de volta em direção ao infinito céu escuro... onde ele pertencia.

Eu ainda me esquivei.

Acho que gritei de novo, e berre "Caia fora!", mas não tenho tanta certeza.

O que é certo é que choraminguei sobre o cascalho, segurando o celular em uma mão como uma lanterna e prendendo o cobertor que eu tinha passado ao redor da minha cabeça embaixo do meu queixo com a outra. E que praticamente me joguei dentro do meu carro no segundo em que cheguei perto o bastante.

Eu estava suando muito. O banho que tomara tinha ido para o inferno. Mas o que mais eu deveria fazer? Não suar? Havia a porra de um morcego no meu quarto!

Demorou muito tempo para eu parar de ofegar e tive que secar embaixo das axilas com a ponta do cobertor depois de trancar as portas do carro.

Eu precisava de água.

Mais do que isso, eu tinha que fazer alguma coisa. Tinha mais uma semana pela frente. Não achava que o morcego fosse abrir a porta e se retirar do recinto.

Merda, merda, *merda*.

Era fazer alguma coisa ou não fazer nada... e, naquele momento, a única coisa que eu poderia fazer era dormir no carro, porque de jeito nenhum eu voltaria para lá. Nada de água. Nada de cama. Eu faria xixi na velha garrafa de água, se fosse preciso. Os morcegos eram noturnos, não eram? Deus, eu precisava de internet.

Estremeci e apertei o cobertor debaixo do queixo com mais força.

Mamãe e eu tivemos morcegos em nossa casa? Ela cuidou deles sozinha?, me perguntei.

Em que merda eu tinha me metido?

MARIANA ZAPATA

CAPÍTULO OITO

Na manhã seguinte, fui até a loja e encontrei Clara parada ao lado do carro dela — um novo Ford Explorer — conversando com um homem muito alto. Jackie estava do outro lado, mexendo no celular.

Demorei um pouco para me dar conta do motivo da pele cor de bronze e a constituição física me parecerem meio familiares.

Era Johnny. Tio do Amos.

Estacionando no lado oposto da rua, localizei o Subaru atrás da loja. Peguei minha bolsa do banco do passageiro e saí do carro.

— ... sem problema. Apenas me traga o dinheiro amanhã — Clara dizia, naquele tom de voz suave e firme dela.

— Não sei dizer o quanto te agradeço por isso, Clara — o tio de Amos respondeu.

Vi que ele estava sorrindo para ela de um jeito doce e fácil.

— Oi, Ora. — Jackie olhou por cima do ombro e sorriu firmemente.

Ela era a única pessoa a me chamar assim em Pagosa. Até Clara só me chamava de Aurora. Provavelmente porque foram meus tios que começaram a me chamar de Ora.

— Oi — cumprimentei. — Você vai com a gente?

Ela piscou, e seu sorriso vacilou só um pouquinho.

— Tudo bem se eu for?

Abri um sorriso grande em resposta, odiando que, por algum motivo, ela pensasse que eu não a queria por perto, especialmente porque as coisas estavam bem entre nós, mas um pouco estranhas.

— Sim, claro. — Assenti.

Ela sorriu de volta de forma tímida, mas radiante.

Johnny acabou desviando a atenção e fez contato visual comigo.

— Aurora — Clara me chamou olhando por sobre o ombro. — Este é Johnny, o tio do Amos.

— Nos conhecemos no hospital. — Ainda não tinha contado a história toda daquela tarde fatídica para ela.

Dei a volta no carro e parei ao lado de Clara, que sorriu para mim.

— É bom te ver de novo, Aurora — o homem falou, devagar.

— É bom te ver também.

Naquele momento, pensei que eu gostaria de ter feito uma maquiagem melhor antes de sair de casa. Nem tinha pensado nisso pela manhã porque estava muito cansada, graças ao caos da noite, e não tive exatamente uma boa noite de sono. E obviamente Clara ou Jackie não se importavam com minhas olheiras.

— Rhodes te encheu o saco naquela noite?

Sorri e neguei, balançando a cabeça. Ele devia estar se referindo à noite em que eu fui visitar Amos.

— Não. Ele me agradeceu. Foi tudo bem.

A maneira como ele inclinou a cabeça mostrou que concordava.

— Aproveitem o passeio. Clara disse que vocês estão indo para Ouray. É muito bonito lá. Te vejo por aí?

— Claro. — Assenti, pensando que provavelmente o veria na loja, já que não estaria no apartamento por muito mais tempo.

Clara deu-lhe um abraço rápido, Jackie e eu acenamos, e então entramos no Explorer da minha amiga, enquanto Johnny voltava para o carro.

Um pequeno suspiro me fez me inclinar entre os dois bancos da frente — Jackie estava no banco do passageiro — para observar Clara.

Aquilo era uma expressão sonhadora ou o quê? Olhei para Jackie e vi que ela sorria. Eu não estava imaginando coisas.

Clara olhou para nós e franziu a testa imediatamente.

— Sim?

Nenhuma de nós disse nada, então ela suspirou e ligou o carro.

— Ele é um amor, ok? E lindo — foi falando enquanto manobrava.

— Lindo mesmo. — Me recostei no banco de trás e pus o cinto de segurança.

— Johnny terminou com a namorada há cerca de um mês... — Clara parou o carro.

— Tia Clara quer arrancar as roupas dele — Jackie disse do nada.

— Jackie! — Clara brigou.

Eu dei risada.

— Ele é lindo — Clara confirmou, embora não soasse como se estivesse feliz com isso. — Mas não estou dizendo que quero me casar com o cara ou... arrancar as roupas dele. Eu nem sei se ia querer sair com Johnny. Ainda não estou pronta para estar com outra pessoa, mas posso olhar.

Algo no meu peito se revirou ao perceber que ela estava admitindo suas próprias dificuldades. Nós duas estávamos dando pequenos passos, tentando chegar a algum lugar.

Acho que a parte boa era que talvez houvesse uma linha de chegada que deveríamos alcançar em algum momento, mas não sabíamos quando.

— E, Jackie, chega de falar do Johnny — Clara continuou falando.

— Foi *você* que disse que sexo não era uma coisa tão problemática. — A adolescente comeu uma framboesa.

— E não é mesmo para muita gente, mas só quando você estiver pronta. Algumas pessoas acreditam que é uma transferência de energia, e você não quer captar a energia ruim de ninguém. E o que *eu* disse foi que você pode fazer sexo com quem quiser quando tiver dezoito anos.

— Você é tão estranha.

— Por que eu sou estranha?

— Porque deveria dizer para eu esperar até casar! — Jackie argumentou.

— Você não tem que amar todos os homens com quem vai dividir a cama. Certo, Ora? — Clara disse, me espiando por cima do ombro.

Eu *havia* amado todos os caras com quem já estivera. Os três. Dois foram paixões de adolescente, mas o último... é, tinha sido um amor bem real. Até que foi queimado vivo e reduzido a cinzas. Mas esse não era o ponto que Clara estava tentando salientar.

— Exatamente. Ninguém diz para um cara esperar por alguém especial. Meu tio costumava implorar aos meus primos que usassem camisinha. Um garoto magrinho de dezesseis anos com acne não vai ser o seu príncipe encantado. Pelo menos espere até ter certeza de que o menino não é um idiota imaturo.

— Isso mesmo. E namorados só trazem problemas — Clara continuou, gesticulando para mim para que eu continuasse.

Considerando que nenhum dos meus relacionamentos anteriores deu certo... ela não estava errada.

— Eu não tive muitos namorados, mas sim, eles são um pé no saco.

Jackie se virou para me espiar.

— Você não teve muitos namorados? — perguntou, e eu neguei com a cabeça. — Você aparenta ter tido muitos.

Clara tentou abafar a risada, ao mesmo tempo em que eu gargalhava.

— Obrigada?

Jackie empalideceu.

— Não quis dizer isso! É porque... você é tão linda. Parece uma princesa! Tipo, foi a segunda coisa que Amos me disse sobre você, e ele nunca fala coisas assim.

Amos me achava bonita? Que menino fofo.

— Eu fiquei com meu ex por muito tempo. E meus outros dois

namorados foram da época do ensino médio.

Depois meio que mantive contato com um deles. Ele me mandava mensagens no Facebook em todos os aniversários e Natais, e eu respondia. Ele ainda era solteiro e aparentemente algum tipo de engenheiro viciado em trabalho. A última vez que ouvi falar do outro, aquele entre o cara com quem perdi a virgindade e Kaden, vi que estava casado e tinha quatro filhos. Pelo menos, foi o que descobri quando o procurei on-line em um dia de tédio.

— E você é tão bonita, Jackie, e é muito inteligente. Isso é muito mais importante e útil do que aparência.

De repente, senti falta de Yuki e Nori. Costumávamos animar umas às outras quando estávamos tendo dias ruins. Quando Yuki terminou com o namorado, cerca de um mês antes de Kaden me deixar, sentamos na sala dela (Kaden estava em turnê) e a enchemos de elogios. *Você é linda! Você trata as pessoas com respeito! Você negociou com sua gravadora por mais dinheiro! Você vendeu cem milhões de cópias de discos porque VOCÊ trabalhou muito! Você tem uma bunda gostosa! Você faz o melhor macarrão com queijo que já comi!*

Elas fizeram o mesmo por mim no mês seguinte, quando fiquei na casa de Yuki. Tente ficar triste quando pessoas que te amam te enchem de elogios. Impossível.

A adolescente, que só falava comigo sobre trabalho na maior parte do tempo, resmungou:

— Meninos não gostam de garotas inteligentes.

Pela visão periférica, pude ver Clara balançando a cabeça.

— É por isso que estamos dizendo que eles são pura dor de cabeça.

— Está mais para uma enxaqueca. Mas sim, dor de cabeça serve também — eu disse, e então nós três começamos a rir.

E foi bem naquela hora que o meu telefone começou a tocar.

Não era exatamente uma ligação, percebi depois de um momento, mas sim uma chamada pelo Messenger.

Reconheci o rosto na tela antes mesmo de olhar o nome.

Reconheci aquele cabelo. O rosto com cerca de dez camadas de maquiagem que ela nunca tirava. Caralho, acho que ela já saía do banheiro de manhã com a cara cheia de base. Não que fosse errado, mas dava uma ideia do quanto se importava com aparência.

HENRIETTA JONES piscou na tela.

A mulher que havia sido minha quase-sogra.

Olhando para cima, notei que Clara e Jackie conversavam entre elas, e meu dedo hesitou sobre a tela. A última coisa que eu queria fazer era falar com aquela mulher mais uma vez. Metade da culpa por eu e Kaden termos nos separado era dela. O resto era tudo culpa dele. Kaden não precisava terminar o relacionamento ou desejar mais fama e dinheiro. Eu nunca tinha me importado com isso. Eu teria sido feliz...

Não. Eu não teria sido feliz. Nada daquilo importava e nunca mais ia importar.

E por mais que adorasse a ideia de ignorar A Marca da Besta, se eu não respondesse, a faria pensar que estava me escondendo. Que eu era fraca. Ou pior, ela continuaria a ligar.

Ela tinha me jogado de escanteio, e ali estava ela. Me ligando. Um ano depois.

Eu ri e toquei na tela antes de colocar o celular na orelha.

— Sim? — eu disse. Pelo menos, não era uma videochamada.

— Aurora — falou a mulher cuja voz eu poderia ter reconhecido em um show lotado, soando tão pomposa como nos últimos dez anos. — É a Henrietta.

Seria muito mesquinho da minha parte se eu perguntasse...

— Quem? — Seria, mas fiz mesmo assim. Porque foda-se essa senhora que cancelou o número do meu celular depois de um dia que o filhinho dela desistiu do nosso relacionamento. A mulher que disse aos seus funcionários, pessoas que presumi serem meus amigos, que ela os demitiria se soubesse que estavam falando comigo.

— Henrietta, Aurora. Jones. — Ela fez uma pausa. — A mãe de Kaden...

Ah, você está só querendo me irritar, não é? — falou, percebendo que eu estava zoando com ela. — Onde você está?

Onde eu estava?

Soltei mais uma risada zombeteira e continuei observando Jackie e Clara conversarem. Não pesquei o que elas estavam dizendo, mas parecia ser algo bacana, pelo modo como gesticulavam. Elas estavam rindo muito de alguma coisa.

— Nos Estados Unidos, senhora. Estou muito ocupada e não posso ficar no telefone por muito tempo. É uma emergência?

Eu sabia do que ela precisava. Claro que sabia. Tia Carolina me enviara uma captura de tela naquela manhã de outra crítica negativa que o último álbum de Kaden recebeu. A Rolling Stone havia usado a palavra "atrocidade".

— Não é uma emergência, mas Kaden precisa falar com você. Ou eu posso falar também. Ele tentou te enviar um e-mail e você não respondeu. — Houve uma pausa, e ela pigarreou. — Ficamos preocupados.

Eu não consegui segurar a risada de desprezo. Fazia um ano desde a última vez que eu tinha me comunicado com ambos. Um ano inteiro desde que eu fora descartada da vida deles como uma muda de roupa velha. Fui jogada para fora da *família*.

E agora eles estavam preocupados? Ha. Ha. Ha.

Jackie começou a rir e Clara falou, quase sem ar:

— Você é nojenta!

— Aurora? Você está ouvindo? — a sra. Jones reclamou.

Revirei os olhos ao mesmo tempo em que senti o odor do peido e comecei a rir também.

— Droga, Jackie, o que você comeu? Demônios no café da manhã?

— Me desculpa! — ela choramingou, virando para o lado da janela, se fazendo de envergonhada.

— Duvido que esteja tão arrependida — Clara acusou, sacudindo a cabeça e abrindo os vidros do carro.

— Aurora? — A voz da sra. Jones soou do outro lado da linha novamente, mais aguda dessa vez, irritada, eu tinha certeza, por não ter colocado a minha vida em espera só para falar com ela. Ela era esse tipo de pessoa.

E quer saber? Eu só tinha uma vida, e não ia desperdiçá-la com essa mulher. Pelo menos não mais do que já havia desperdiçado.

— Sra. Jones, estou muito ocupada. Até diria para você mandar um oi para Kaden, mas eu realmente não me importo...

— Você não quis dizer isso. — Ela engoliu em seco audivelmente.

— Tenho certeza que eu quis dizer, sim. Não sei o que ele tem para me falar, mas não tenho nenhum interesse em conversar com ele. Muito menos com a senhora.

— Você nem ouviu o que ele tem a dizer.

— Porque não me importo. Olha, eu realmente tenho que desligar. Tenho certeza de que ele pode falar com Tammy Lynn. — Eu não queria ir por esse caminho, mas valeu a pena.

— Aurora! Você não entende. Tenho certeza, eu *sei*, que você ia gostar de ouvir o que Kaden tem a dizer.

Baixei minha janela também porque o cheiro do peido de Jackie não tinha ido embora rápido o bastante.

— Não, eu não ia gostar. Eu queria desejar boa sorte, mas vocês vão continuar ganhando dinheiro em cima do meu trabalho de qualquer maneira, então não preciso desejar sorte para vocês. Por favor, nem se incomode em me ligar de novo. — Encerrei a ligação e fiquei lá, olhando fixamente para a tela escura, surpresa e ao mesmo tempo nada surpresa.

Precisava ligar para a tia Carolina e contar tudo para ela. Ela ia adorar ouvir. Eu conseguia imaginá-la esfregando as mãos com entusiasmo.

Era óbvio que Kaden ia pedir para a mãe ligar e quebrar o gelo. Será que eles realmente achavam que eu era tão burra ou tão fácil assim? Que eu conseguiria, ou iria, esquecer ou perdoar o que eles tinham feito comigo? A forma como me machucaram?

Cobri o rosto com a mão e o esfreguei, soltando um suspiro e balançando a cabeça. Guardei e deixei de lado todos os pensamentos e sentimentos relacionados à família Jones. Não tinha exagerado. Já não importava de verdade se ele queria conversar, se ela queria que Kaden falasse comigo ou o que fosse.

— Você está bem aí atrás? — Clara perguntou.

Levantei o rosto e encontrei seu olhar através do espelho retrovisor.

— Sim. Só acabei de receber uma ligação da Encarnação do Mal.

— Quem?

— Minha ex-sogra.

Pelo espelho retrovisor, Clara ergueu uma sobrancelha.

— Ela é má?

— Digamos apenas que deve existir, em algum lugar, um tipo de feitiço que a faça voltar ao submundo.

— Fazia muito tempo que eu não tinha um dia tão bom assim — eu disse, horas depois, enquanto estávamos a caminho da cidade. Ainda não tinha escurecido completamente, mas eu estava quase certa de que minha vida tinha passado diante dos meus olhos pelo menos umas vinte vezes. A estrada da pequena cidade montanhosa e pitoresca era... talvez a palavra certa fosse "rudimentar".

Achei que já tinha dirigido por alguns lugares assustadores a caminho de Pagosa Springs, mas vivemos um momento específico na estrada que não teve comparação. Eu não sabia, até sairmos da loja, que Clara atrás do volante era um perigo para a sociedade. Fiquei aliviada por estar no banco de trás quando passamos pelas curvas fechadas, assim podia me agarrar à porta e na beirada do banco com força, sem deixá-la nervosa.

Mas tinha valido totalmente a pena.

Ouray estava lotada de turistas, mas eu havia me apaixonado pela pequena cidade porque me lembrava de algo vindo direto dos Alpes ou de um conto de fadas. Não que eu já tivesse ido aos Alpes, mas tinha visto fotos. No Natal em que os Jones se organizaram para viajar para lá, eu adoecera e eles foram sem mim, alegando que as passagens eram intransferíveis. E ainda Kaden ficou dizendo que se ele não fosse com a mãe, ela ficaria muito triste. Não preciso dizer que Yuki, sendo a amiga que é, enviou seu guarda-costas para me buscar cinco minutos depois que eles foram para o aeroporto e cuidou de mim em sua casa durante a semana.

Naquela época, eu já deveria ter percebido que nunca seria importante o suficiente.

Eles realmente mereciam aquela torta de merda.

Enfim.

Por mais legal que fosse a cidade, foram as companhias que tornaram a viagem tão boa.

Fazia muito tempo que eu não ria tanto. Provavelmente desde o mês que passei com Yuki, quando ficamos bêbadas boa parte do dia. Algo bem raro para nós duas.

— Eu também — Clara concordou.

Ela encheu a viagem com histórias de alguns dos clientes regulares que eu estava conhecendo na loja. Uma das mais engraçadas foi a de um homem chamado Walter. Ele havia encontrado um saco cheio de algo que pensara serem ervas, mas era maconha. O homem havia tomado chá com aquilo por meses, até que alguém lhe disse que aquilo não era o que ele pensava. Quando Clara não me enchia dessas histórias, ela e Jackie tentavam me dar todos os motivos pelos quais eu deveria ficar em Pagosa, o que me surpreendeu, porque eu realmente não tinha certeza se a menina gostava muito de mim, para começo de conversa. Elas pontuaram muitas coisas interessantes, mas principalmente disseram: *você* está em casa.

E eu estava. Em casa.

— Estou vendo você sorrindo também, Jackie — disse Clara.

Eu tinha percebido que Jackie estava toda sorridente.

O celular de Jackie apitou naquele momento, e a garota pegou o aparelho, lendo o que quer que estivesse na tela.

— Aff! Pensei que fosse o vovô. Mandei uma mensagem para ele quando estávamos em Durango, e ele ainda não respondeu — falou ela.

Clara ficou em silêncio, e a vi olhando para a sobrinha, com uma expressão pensativa.

— Você se importa se fizermos uma parada rápida antes de deixá-la em casa, Aurora? — perguntou, de repente.

— De jeito nenhum.

— Obrigada — murmurou Clara, parecendo preocupada enquanto virava o volante para a direita. — Não é do feitio do meu pai não responder, e ele não atende o telefone fixo. Meu irmão deveria estar lá...

— Faça o que precisar. Eu também não me importaria de fazer uma visitinha, se ele estiver disposto e se não for problema entrar na sua casa — disse.

Clara concordou, distraída, ligando os faróis enquanto dirigia em direção à cidade. Eu me lembrava que eles moravam perto de um dos lagos. Não ia para lá havia muito tempo, mas sabia que era mais perto da cidade do que onde o sr. Rhodes vivia.

— Ele quer te ver também. Podemos ser bem rápidas. Nós ainda precisamos ir ao supermercado.

Alguns minutos depois, ela parou do lado de fora de uma pequena casa térrea com dois carros estacionados na frente. Uma minivan branca... e um Bronco restaurado. Quais eram as chances de existir dois imaculados Brittany Broncos naquela área *com a mesma placa?*, me perguntei quando Clara estacionou ao lado da van.

— O que o sr. Rhodes está fazendo aqui? — Jackie confirmou o que eu tinha pensado. — Onde está o carro do tio Carlos?

— Não sei... — Clara desligou o carro com uma expressão séria.

Desafivelei o cinto de segurança no mesmo instante que meu telefone avisou que eu tinha recebido uma mensagem.

Era da minha tia.

Hesitei por um segundo. Não parecia o tipo de pergunta que eu deveria responder. Eu não precisava que a minha tia se preocupasse com coiotes também.

Saindo do carro, eu segui Jackie e Clara em direção à porta da frente. A casa era pequena e mais antiga do que a maioria das casas na cidade. O chão era revestido de pastilhas pequenas marrons ou verdes, e a maioria dos móveis eram bem antigos. Exatamente como eu me lembrava. Costumava passar a noite ali a cada duas semanas. Eu tinha muitas lembranças boas daquela casa.

— Pai! — Clara gritou. — Cadê você?

— Na sala! — uma voz profunda respondeu.

— Você está de calça? — perguntei, sorrindo.

— Adivinha!

Isso me fez rir.

Clara virou rapidamente à esquerda, entrando em uma pequena sala de estar. A primeira coisa que notei foi uma tela plana sobre um rack, com cerca de trinta e poucas polegadas. A segunda coisa que vi foi o homem sentado em uma grande e confortável poltrona voltada para a TV. Seu cabelo era uma mistura de cinza e branco, com uma trança caindo em um dos ombros, e no sofá de dois lugares ao lado dele estava o meu locador, de braços cruzados. E na televisão um jogo de futebol passando.

Clara e Jackie se apressaram em beijar os dois lados do senhor.

— Trouxemos a Aurora, papai.

Os olhos escuros do homem se moveram e pousaram em mim e, no momento em que pisquei, se arregalaram.

Ignorei o sr. Rhodes e me apressei a cumprimentar o pai de Clara, abaixando-me e beijando sua bochecha.

— Oi, sr. Nez. Calças são superestimadas, não são?

Sua risada alta e repentina me pegou desprevenida enquanto ele se inclinava para frente e encostava sua bochecha na minha, apertando minhas mãos. Ele se afastou e piscou seus grandes olhos escuros.

— Aurora De La Torre. Como você está, criança?

Sua risada era exatamente a mesma. O rosto estava mais enrugado e ele estava muito mais magro. Mas o sr. Nez era exatamente o mesmo homem em tudo o que o fazia ser quem era. O brilho em seus olhos me disse isso, mesmo que o tremor em suas mãos tentasse contar uma história diferente.

Eu fiquei bem em frente a ele.

— Estou bem. E você?

— Muito bem. — Ele balançou a cabeça e sorriu, exibindo a falta de dois dentes. Era um homem bonito, com a pele negra, olhos brilhantes e um rosto marcante. — Clara disse que você tinha voltado e eu não acreditei. — Ele apontou para o assento mais próximo dele, que era o lugar vago no sofá em que estava o sr. Rhodes. — Venha aqui, sente-se. Mas primeiro. — Ele apontou para Rhodes. — Aurora, Tobias. Tobias, esta é Aurora. Ela costumava morar na minha casa durante o verão todos os fins de semana.

Não pude deixar de rir enquanto olhava para o homem com quem eu tinha conversado na noite anterior.

— Já o conheço, sr. Nez — expliquei, sorrindo.

O sr. Rhodes só resmungou.

O sr. Nez franziu a testa.

— Como?

— Ela está alugando o apartamento que fica na garagem dele — foi Clara quem respondeu. — Onde está o Carlos?

O velho ignorou a pergunta, riu e bateu na coxa.

— Não me diga. Você é a mulher que levou Amos ao hospital?

— Sim, sou eu — confirmei, espiando o sr. Rhodes, que ainda estava sentado ali com os braços cruzados e me observando com uma expressão muito engraçada que fez eu me sentir ainda menos bem-vinda ali do que no apartamento que eu alugava.

— Você se parece tanto com a sua mãe — disse o pai de Clara, chamando minha atenção de volta para ele. A testa franzida e a expressão de surpresa derreteram em um semblante preocupado. — Eu disse a mim mesmo que não traria o assunto à tona na primeira vez que te visse, mas tenho que dizer...

— Você não precisa dizer nada — interrompi.

— Preciso, sim — insistiu o sr. Nez, parecendo a cada segundo mais chateado. — Convivo com essa culpa há vinte anos. Sinto muito por termos perdido o contato. Sinto muito por não termos te procurado depois que te levaram embora.

Um nó se formou na minha garganta em um passe de mágica.

— Espere, quem foi levado embora? — perguntou Jackie, de onde estava. Ela estava sentada no chão em frente à televisão. Agora ela também fazia uma careta.

A falta de resposta tornou o ambiente tenso, pelo menos foi o que senti.

Mas eu não quis deixar a garota no vácuo, mesmo sentindo o olhar do sr. Rhodes ainda fixo em mim.

O nó na garganta permaneceu exatamente onde estava.

— Eu, Jackie. Lembra que Clara disse que eu morava aqui? E que éramos amigas? O serviço social me levou. Foi a última vez que vi a sua tia e o seu avô, há vinte anos.

CAPÍTULO NOVE

— Ok, mas alguém explica isso melhor? — Jackie murmurou, parecendo confusa.

O sr. Nez ignorou a todos, exceto a mim, e disse:

— A última vez que soube de você, me disseram que o governo te levou para uma casa de acolhimento temporária enquanto procuravam seu pai.

Bem, eu realmente não queria falar sobre aquilo na frente de todo mundo, mas não tinha escolha. O sr. Nez sabia. Clara também não queria tocar no assunto, mas ambos mereciam saber o que tinha acontecido, mesmo que fosse fora de ordem.

— Meu tio acabou me abrigando — expliquei.

Dar detalhes sobre o meu pai não faria sentido.

— Tio? Lembro de sua mãe contar que ela era filha única.

— Foi o meio-irmão dela. Mais velho. Eles não eram próximos, mas ele e sua esposa ficaram com a minha guarda. Me mudei para a Flórida para morar na casa deles. Depois do que aconteceu.

As sobrancelhas do homem foram se erguendo a cada palavra que saía da minha boca, sua expressão cada vez mais devastada.

— Não sei do que vocês estão falando, e quero saber — Jackie disse.

— Jackie — Clara a chamou da cozinha, onde tinha se enfiado. — Se você ficar quieta, vai conseguir juntar as peças.

— Eles não nos contaram o que aconteceu depois que o serviço social levou você. Disseram que não éramos da família, mas estávamos tão preocupados... — o homem murmurou, suavemente. — Foi um alívio quando você e Clara voltaram a entrar em contato.

— Sr. Rhodes, sabe o que está acontecendo? — Jackie perguntou.

O sr. Nez suspirou e olhou para sua neta por um segundo antes de se concentrar em mim.

— Você se importaria se eu explicasse?

— Não — eu disse a ele, honestamente.

— Aurora e sua mãe moravam aqui em Pagosa, você já sabia disso?

A adolescente assentiu, olhando na minha direção.

— E algo aconteceu e os seus tios te acolheram, Ora?

Concordei com a cabeça.

— Quando eu tinha treze anos, minha mãe foi fazer uma trilha e nunca mais voltou.

Foi então que o sr. Rhodes se inclinou para frente, finalmente decidindo falar.

— Agora sei por que o seu sobrenome me parecia tão familiar. De La Torre. Azalia De La Torre. Ela desapareceu.

Ele sabia?

Havia mais naquela história. Outras questões sobre a minha mãe e o mistério, mas aquelas eram as informações básicas. Não tive coragem de trazer à tona as outras partes. Partes que algumas pessoas comentavam a respeito, mas que nunca foram realmente confirmadas.

Por exemplo, por muito tempo, teve quem dissesse que ela tinha me abandonado ao invés de ter se machucado e não ter conseguido voltar para casa.

Ou que ela estava lutando contra uma depressão e que, talvez, o que quer que tenha acontecido não fora um acidente.

Ou que eu deveria ter ido com ela, mas não fui e, talvez, se tivesse ido, ela ainda estaria viva.

A sensação de culpa esmagadora que eu achava ter superado pesou no meu peito; na minha alma, na verdade. Eu sabia que minha mãe nunca me abandonaria. Ela me amava. Me adorava. Ela me queria.

Algo tinha acontecido e minha mãe não voltara.

Ela não tinha sido perfeita, mas não fizera as coisas das quais fora acusada.

— Isso é tão triste — Jackie murmurou. — Eles nunca encontraram o corpo dela?

— Jesus Cristo, Jackie — Clara gritou da cozinha. — Você não poderia ter feito uma pergunta pior?

— Me desculpe! — ela choramingou. — Eu não perguntei por mal.

— Eu sei — assegurei.

Eu já tinha ouvido a mesma pergunta de tantas formas diferentes, formas que eram ainda mais dolorosas. E estava tudo bem. A garota só estava curiosa.

— O que te fez voltar para cá? — perguntou o sr. Nez, com uma expressão pensativa.

Aquela não era a pergunta de um milhão de dólares?

Dei de ombros.

— Estou recomeçando. Parecia certo fazer isso aqui.

Não precisava olhar para o sr. Rhodes para saber que ele estava me encarando fixamente.

— Estamos felizes que você esteja em casa. Você tem uma família aqui conosco, Aurora — o sr. Nez disse gentilmente.

Provavelmente, aquilo tinha sido a coisa mais legal que eu ouvira em muito, muito tempo.

Tinha acabado de sair do meu carro quando ouvi o som de pneus esmagando o cascalho da entrada. Suspirei, me preparando para o que estava por vir.

Sabia que eu não tinha me livrado de nada; e também não estava tentando fugir. Tinha sentido o calor do olhar do sr. Rhodes o tempo todo na casa do sr. Nez. Ele se aquietara depois de confirmar que sabia sobre o caso da minha mãe, mas sua atenção tinha ficado toda focada em mim. Quase dava para ouvir as engrenagens girando em sua cabeça enquanto ele processava minha conversa com o pai de Clara.

Não descobri como ele conhecia o sr. Nez, e não queria perguntar diretamente a Clara, pelo menos não na frente de Jackie. Não confiava que ela não iria contar para Amos e então ele poderia comentar algo, e o próximo passo seria o sr. Rhodes imaginando que eu estava espionando a vida dele.

Eu só estava... curiosa.

Tinha muitas perguntas. E não parava de pensar nelas.

De qualquer forma, não corri para o apartamento quando avistei o Bronco parando no estacionamento da casa. Fui fazendo as coisas no meu tempo, abaixando-me no banco do passageiro para tirar a bolsa e uma pequena sacola de compras de doces e guloseimas de uma loja em Ouray. Eu tinha acabado de fechar a porta do carro com o quadril quando ouvi o "Ei" do sr. Rhodes.

Suspirei e me virei em direção à voz, já pronta para sorrir para ele.

— Olá, sr. Rhodes.

Meu locador parou a poucos metros de distância, colocando as mãos nos quadris. Olhando para o rosto dele, notei que não parecia irritado ou bravo por termos passado o final do dia no mesmo lugar. Isso era uma coisa boa, não era? Eu ainda ficaria algum tempo ali.

Parte de mim estava esperando que ele ficasse irritado por termos nos encontrado por acaso. Ele não tinha dito mais do que cinco palavras depois que o sr. Nez mencionara minha mãe e perguntara o que eu tinha feito naqueles anos todos. Acabei falando rapidamente sobre Nashville e os meus anos na Flórida, até que Clara saiu da cozinha e perguntou se eu estava pronta para ir embora.

Naquele momento, porém, a boca do sr. Rhodes torceu para um lado e ele me perfurou com aquele olhar cinzento, quase lilás.

No que ele estava pensando?

— Você já encontrou algum outro lugar para ficar? — questionou em sua voz rouca e séria.

— Ainda não.

Aqueles olhos continuaram a me queimar até que ele soltou um suspiro tão forte que eu não tive certeza se o que vinha a seguir era bom. Então ele me surpreendeu novamente. Realmente me chocou.

— Se você quiser, fique no apartamento.

Eu não tinha a intenção de puxar o ar com tanta força, mas ofeguei mesmo assim.

— *Sério?*

Ele não fez um único comentário relacionado à minha empolgação, mas suas mãos foram para aquela cintura estreita escondida sob a camiseta e o jeans, e o sr. Rhodes inclinou o queixo.

— O aluguel é metade do que pagou até agora. Sem visitas. Você tem que aceitar Amos tocando guitarra na garagem.

Sim!

— Não vou permitir que ele toque até tarde, mas ele gosta de ir para lá depois da escola e ficar até anoitecer — continuou meu locador. Seu rosto pareceu tão decidido que eu soube na hora que ele estava falando sério, me deixando plenamente consciente de que até aquele momento não era intenção dele me deixar ficar, mas que estava indo contra sua intuição e fazendo o convite... por algum motivo.

Eu sabia exatamente o quanto uma decisão podia custar. Não era fácil.

E foi por isso que eu disse a mim mesma que deveria dar um passo à frente e abraçá-lo. Eu o abracei ao redor dos cotovelos, que estavam apontados cada um para um lado, prendendo seus braços fortes contra suas costelas, porque eu o surpreendi e não lhe dei a chance de se preparar.

Minhas palmas se encontram em algum lugar de suas costas. Eu o abracei. Abracei aquele homem que mal me suportava.

— Muito obrigada. Adoraria ficar. Vou pagar direitinho todo mês e não vou convidar ninguém para me visitar. Meus únicos amigos na cidade são a Clara e o sr. Nez — eu disse.

Todo o seu corpo se enrijeceu sob os meus braços.

Aquela era a minha deixa. Pulei para trás imediatamente e comemorei socando o ar duas vezes.

— Obrigada, sr. Rhodes! — *Sim!* — Você não vai se arrepender!

Acho que não estava imaginando que seus olhos se arregalariam da forma como aconteceu, mas não esperava tensão em sua voz quando respondeu:

— De... nada?

— O que você prefere? Depósito? Dinheiro? Cheque?

Seu rosto alarmado não mudou. Nem o tom firme.

— Tanto faz.

— Muito obrigada. Vou te pagar no dia anterior do final deste período de aluguel e continuar pagando no mesmo dia. — *Espere.* — Por quanto tempo eu posso ficar?

Seus cílios curvados e grossos desceram sobre seus olhos. Ele não tinha pensado nisso ainda e ponderou por um momento.

— Até que o acordo pare de dar certo ou até você quebrar as regras — decidiu.

Aquela não era uma resposta concreta, mas eu poderia viver com aquilo.

Eu tinha acabado de abraçá-lo, mas estendi a mão para selar o combinado. Ele observou minha mão estendida e a segurou, me olhando de volta. O aperto foi firme e desengonçado, sua mão sem um pingo de suor.

E grande.

— Obrigada — agradeci de novo, alívio pulsando dentro de mim.

Ele baixou o queixo coberto por uma barba por fazer.

— O aluguel vai ser para o Amos.

A ideia que eu tivera quando Amos e eu estávamos no meu carro a caminho do hospital veio à tona, e eu hesitei por um segundo, debatendo se deveria ou não fazer a oferta, mas acabei fazendo, porque parecia a coisa certa a dizer.

— Olha, é provável que eu consiga um desconto para a guitarra dele, dependendo do que ele decidir comprar. Não posso prometer, mas posso tentar. Me avise.

Um vinco se formou entre suas sobrancelhas e sua boca se inclinou para o lado de novo, mas ele assentiu.

— Obrigado pela oferta. — Exalou, dessa vez uma expiração mais suave e normal, e eu olhei para sua boca de lábios cheios. — Ainda estou com raiva dele por ter alugado o apartamento pelas minhas costas, e ele vai ficar de castigo por alguns meses, mas se você estiver por perto depois disso... — Inclinou a cabeça para o lado.

Eu sorri.

— Amos me disse a guitarra que quer. Eu vou ajudar, é só me avisar.

Sua expressão ficou desconfiada, mas ele assentiu.

Abri o sorriso mais largo.

— É o melhor dia da minha vida. Muito obrigada por me deixar ficar, sr. Rhodes.

Ele abriu a boca e então a fechou novamente, inclinou a cabeça e olhou para longe. Tudo bem. Dei um passo para trás.

— Até mais tarde. Obrigada mesmo.

— Eu te ouvi da primeira vez — resmungou.

Deus, como ele era rabugento. Aquilo me fez rir.

— É que estou muito grata. Boa noite.

Ele se virou para ir embora, e grunhiu por cima do ombro:

— Noite.

Eu não conseguiria colocar em palavras o quão aliviada me sentia. Eu ia ficar. Talvez as coisas estivessem começando a dar certo para mim.

Talvez. Só... talvez.

Bom, as coisas meio que não estavam dando tão certo assim.

Meus olhos se abriram no meio da noite como se meus sentidos de morcego estivessem sendo ativados.

Segurando a respiração, olhei fixamente para o teto e esperei, escutei, observei. Eu tinha me convencido de que o morcego tinha saído do apartamento, para que não me preocupasse com isso durante o dia todo.

Mas eu ouvi. Meus olhos se ajustaram quando ele começou a voar, e eu coloquei uma parte do cobertor na boca.

Eu não ia gritar. Eu não ia gritar...

Talvez ele realmente tivesse ido embora. Eu tinha procurado em todo o apartamento naquela manhã, e tinha dado mais uma olhada naquela noite, depois que o sr. Rhodes tinha estendido minha estadia. E não havia nada. Talvez ele tivesse...

O bicho passou bem perto do meu rosto — talvez não fosse *bem perto* do meu rosto, mas parecia — e eu gritei.

Sem chance. Cobrindo o rosto com o cobertor, rolei para fora da cama toda embrulhada e comecei a engatinhar. Por sorte tinha deixado as chaves no mesmo lugar o tempo todo e meus olhos se ajustaram o suficiente para que eu pudesse enxergar o balcão da cozinha. Estendi a mão apenas o suficiente para agarrá-las.

Então continuei rastejando em direção à escada. Pela segunda noite consecutiva. Nunca poderia contar isso para a minha tia. Ou ela ia começar a pesquisar vacinas antirrábicas.

Não estava orgulhosa de mim mesma, mas desci as escadas de bunda e com o cobertor apertado e enrolado na cabeça.

Enfiei o celular no meu sutiã em algum momento e, no final da escada, escorreguei meus pés para dentro dos tênis que eu tinha deixado ali, mantendo-me o mais abaixada possível. Por fim, saí do apartamento, ainda enrolada no cobertor.

Pequenos ruídos animalescos sussurraram quando fechei a porta atrás de mim e a tranquei. Fui correndo em direção ao carro, torcendo e rezando para que nada acontecesse comigo, me enfiei lá dentro e bati a porta. Depois reclinei o assento e, empurrando-o para trás o máximo que pude, me acomodei, ainda com o cobertor até o pescoço. Como acontecera na noite anterior, me perguntei — apesar de toda felicidade que sentira quando o sr. Rhodes me deixou ficar — que merda eu estava fazendo ali. Escondida no carro.

Talvez eu devesse voltar para a Flórida. Os insetos de lá também eram do tamanho de pequenos morcegos, claro, mas eu não tinha medo deles. Tá bom, na verdade, eu tinha.

É só um morcego, minha mãe teria dito. Eu tinha pavor de aranhas, mas ela me ajudou a vencer o medo. Tudo era um ser vivo que respirava, precisava de comida e água como eu. Eles tinham órgãos e sentiam dor.

Tudo bem sentir medo. Era bom ter pavor das coisas.

Eu realmente queria voltar para a Flórida? Eu amava a minha tia, o meu tio e o restante da família. Mas eu *sentira* saudade do Colorado. De verdade. Por todos aqueles anos.

Isso aliviou um pouco o aperto que sentia por causa do medo.

Se eu fosse ficar, precisava resolver a situação do morcego, porque não tinha jeito, mesmo que eu parasse de entrar em pânico e o aceitasse voando enquanto eu dormia. Eu não podia continuar me comportando assim, e ninguém apareceria para me salvar. Eu já era uma mulher adulta, e poderia lidar com essa situação.

Eu pensaria a respeito disso no dia seguinte.

Depois de outra noite no meu carro.

Eu ia tirar aquele maldito morcego da casa de alguma forma, caralho.

Eu poderia fazer isso. Eu era capaz de qualquer coisa, certo?

CAPÍTULO DEZ

Na manhã seguinte, nem precisei de um espelho para saber que minha aparência estava tão horrível quanto me sentia.

Meu pescoço estava doendo por ter tentado dormir em todas as posições imagináveis dentro do carro pela segunda noite consecutiva. Estava certa de que tinha conseguido umas duas horas de sono ininterrupto. Mas era melhor do que dormir um total de zero horas se tivesse ficado dentro de casa.

Esperei o sol nascer completamente antes de entrar.

Mas congelei quando vi Amos olhando para mim através da janela da sala.

E eu sabia que não era por causa da minha beleza incrível, porque, felizmente, eu havia conseguido me cobrir com o cobertor da mesma forma que fizera na noite anterior, embrulhada da cabeça aos pés como se fosse uma capa de chuva. Sem que Amos dissesse uma palavra, eu sabia que ele estava se perguntando que merda eu estava fazendo. Não dava para fingir que eu tinha ido à loja ou corrido logo cedo, porque estava caminhando na ponta dos pés com meus tênis mal cobrindo os dedos.

— Bom dia, Amos — gritei, tentando parecer animada, mesmo que eu sentisse como se tivesse sido atropelada. Sabia que ele ia conseguir me ouvir porque as janelinhas retangulares, as que ficavam acima das grandes para manterem a casa arejada, estavam abertas.

— Bom dia — respondeu com uma voz sonolenta. Aposto que ele nem tinha ido para a cama ainda. — Você... está bem? — perguntou depois de um segundo.

— Sim!

É, ele não tinha acreditado em mim.

— E você? Está se sentindo bem? — devolvi a pergunta, torcendo para que ele não questionasse que merda eu estava fazendo.

Amos encolheu os ombros ossudos, ainda prestando muita atenção em mim.

— Você tem certeza de que está bem?

Respondi da mesma forma que ele, dando de ombros. Eu queria contar a Amos sobre o morcego? Sim. Mas… eu era a mulher adulta e ele era a criança, e eu não queria lembrar ao pai dele de que eu estava no apartamento da garagem mais do que precisava, então decidi que lidaria com tudo sozinha.

— Preciso me vestir para o trabalho, mas tenha um bom dia — resmunguei. Quem eu queria enganar? — Tchaaau — gritei, antes de voltar a dar pulinhos pelo cascalho.

— Tchau — respondeu o garoto, parecendo confuso.

Não poderia culpá-lo por suspeitar de mim.

E esperava que ele não contasse isso para o pai, porque eu não queria que o sr. Rhodes mudasse de ideia. Pois é.

E como se eu tivesse sido traumatizada, meu coração começou a bater mais rápido assim que destranquei a porta e subi as escadas devagar, acendendo todas as luzes e olhando para cada parede e cada canto do teto como se a porcaria do morcego fosse voar e me atacar. Meu coração acelerou, e eu não estava orgulhosa disso também, mas sabia que precisava de um plano; só não sabia qual.

Parte de mim esperava ver o meu arqui-inimigo agarrado em algo e de cabeça para baixo, mas não achei nenhum sinal dele.

Porra, por favor, não esteja debaixo da cama, implorei antes de ficar de quatro, verificando lá embaixo também. Eu não tinha cogitado essa possibilidade até aquele momento.

Nada.

E mesmo suando, amaldiçoando o fato de eu não ter aplicado desodorante antes de ir para a cama, verifiquei todos os lugares que pude pensar nos quais meu amigo poderia ter se escondido. Mais uma vez.

Debaixo da mesa.

Debaixo da pia do banheiro — porque fui burra e deixei a porta aberta quando fugi para salvar minha vida.

Embaixo de cada cadeira.

No armário, embora a porta estivesse fechada.

Mas ele não estava em lugar algum.

Já que eu estava paranoica, voltei a procurar por todos os lados, dedos trêmulos, coração acelerado e tudo o mais.

Não achei nada.

Filho da puta.

Apesar de ter dormido apenas duas horas, quando a noite chegou, eu estava de vigia.

Tinha pensado em comprar uma rede, mas vendêramos todas as unidades da loja. Verifiquei no Walmart e estava em falta também, então peguei um saco de lixo, e teria que ser o bastante.

Dez horas da noite, e nenhum sinal dele.

Merda.

Naquela manhã, até Clara notou como eu aparentava cansaço. Tive vergonha de contar a ela o motivo de ter passado a noite em claro. Eu precisava lidar com aquilo sozinha.

Não sei como aconteceu, mas apaguei e dormi sentada no colchão, com o diário da minha mãe aberto, e a cabeça apoiada na cabeceira, as luzes ainda acesas.

Tudo o que eu sabia era que, no momento em que meu pescoço começou a doer, eu despertei.

E gritei de novo porque *o filho da puta estava de volta.*

E voava de forma errática, como se estivesse bêbado; ele poderia muito bem ter um metro e oitenta de largura, pelo jeito que nos aterrorizava, a mim e à casa em que eu morava.

Ela deu um rasante e eu gritei, me jogando para fora da cama e descendo correndo as escadas, gritando de novo, e atravessando a maldita porta.

Como o destino quis, a lua estava brilhante e alta no céu, iluminando outro morcego que voava ao redor. Senti como se ele estivesse sobrevoando a minha cabeça, mesmo que estivesse a uns seis metros do solo.

— Porraaaa! — gritei mais uma vez. Com toda a força dos meus pulmões.

Eu deixei as chaves! Com o morcego! E o cobertor também!

Ok, Ora, está tudo bem, pense.

Eu ia conseguir. Eu ia...

— *O que está acontecendo?* — uma voz alta explodiu, direto da escuridão.

Eu meio que conhecia aquela voz.

Era o sr. Rhodes e, pelo som dos cascalhos sob seus pés, ele estava se aproximando. Provavelmente irado. Eu o tinha acordado.

Mais tarde, eu ficaria muito decepcionada mais uma vez comigo mesma por ter balançado o dedo em direção à garagem.

— Morcego! — eu disse.

Eu não podia vê-lo. Não tinha certeza se ele fez uma careta, revirou os olhos ou o quê, mas eu sabia que ele estava cada vez mais perto. Dava para saber pelo tom da voz dele. Eu podia até ouvi-lo revirando os olhos enquanto caminhava para mais perto.

— *O quê?* — bradou, com o mesmo timbre que usara no dia em que nos conhecemos.

— Tem um morcego no apartamento!

Vi a silhueta do seu corpo parando a alguns metros de distância, e ouvi o aborrecimento em sua voz.

— *O quê?* Você está berrando por causa de um *morcego?*

Berrando por causa de um morcego? Ele tinha que perguntar assim? Como se não fosse grande coisa?

Ele estava brincando comigo?

E como se o morcego do lado de fora soubesse que estávamos falando da sua espécie, ele mergulhou em direção à luz, acima da porta da garagem, e eu puxei a blusa sobre a cabeça e me encolhi, tentando me tornar tão pequena quanto possível, para que ele não pudesse me pegar.

Ok, na verdade, o sr. Rhodes era bem maior do que eu, então, entre um de nós, o alvo seria ele, já que o homem tinha mais corpo.

Acho que ouvi um "merda" sendo resmungado pouca coisa antes de ouvir seus passos, como se ele estivesse caminhando de novo.

Me deixando sozinha para lutar pela minha vida.

Era isso ou o morcego tinha crescido uns duzentos quilos, e estava vindo me matar.

Esperei um segundo e espiei para ver... nada.

O morcego tinha ido embora. Pelo menos o do lado de fora.

Ou talvez estivesse apenas sentado, me esperando em algum lugar. Esperando para me caçar de novo.

— Para onde o morcego foi? — perguntei em uma fração de segundo antes de avistar o que tinha certeza que eram pés descalços se movendo pelo chão de cascalho como se não doesse.

Para onde o sr. Rhodes estava indo?

— Ele voltou para casa, para a caverna dele — resmungou, parecendo genuinamente descontente enquanto se afastava.

O sr. Rhodes estava me deixando ali. Abandonada à própria sorte. Porque a situação não era grande coisa para ele.

Então me lembrei de que estávamos falando de um morcego e que praticamente qualquer pessoa gritaria. Não era culpa minha se o meu locador era um mutante sem medo de nada.

Certo. Eu precisava me acalmar e manter a compostura. *Pensar*.

Ou me mexer. Me mexer parecia uma boa ideia.

Levantei-me, olhando para o céu mais uma vez, e então corri atrás de Rhodes, que estava... indo até a sua caminhonete?

Foda-se, eu era uma intrometida.

— Tem uma caverna por aqui?

— Não.

Franzi o cenho, lembrando naquele momento que eu não estava usando calças, mas resolvi que não me importava e continuei seguindo-o.

Ele olhou por cima do ombro enquanto abria a porta.

— O que você está fazendo? — perguntou.

— Nada — sussurrei, trêmula, mas, realmente, só conseguia pensar que estaria mais segura se estivesse em maior número.

Mesmo no escuro, eu sabia que o sr. Rhodes estava fazendo uma careta.

— E o que você está fazendo? — indaguei.

Ele pode ter revirado os olhos, mas estava de costas para mim, então eu nunca saberia com certeza.

— Indo até a minha caminhonete.

— Para quê?

— Para pegar uma rede e não ter que ficar ouvindo você gritar a plenos pulmões enquanto estou tentando dormir.

Meu coração parou.

— Você vai tirar o morcego do apartamento?

— Você vai continuar gritando se ele ficar lá? — questionou, por cima do ombro, enquanto vasculhava ao redor do seu banco de trás. Um segundo depois, ele saiu, batendo a porta e cruzando o cascalho como se não estivesse furando seus pés feito cacos de vidro.

Eu fiz uma careta, mas disse a verdade.

— Sim.

Ele abriu a parte de trás da caminhonete e começou a mexer na caçamba.

— Você já capturou um? — perguntei.

Ele fez uma pausa e respondeu:

— Já.

— Jura?

Ele grunhiu.

— Uma ou duas vezes.

— *Uma ou duas vezes?* Onde? *Aqui?*

Rhodes grunhiu novamente.

— Eles aparecem de vez em quando.

Eu quase desmaiei.

— Com que frequência?

— Principalmente durante o verão e o outono — explicou. Eu não quis ofegar, mas aconteceu. — Camundongos são o verdadeiro problema durante os períodos de seca.

Os pelos da minha nuca se arrepiaram e todo o meu corpo ficou rígido enquanto eu o observava mexendo nas coisas da caçamba, em pé ali com sua calça de moletom e uma regata branca.

— Você também tem medo de ratos? — indagou, irritado. Ele estava bravo.

Algumas pessoas ficam realmente quietas quando estão irritadas. Eu estava começando a ver que o sr. Rhodes não era uma dessas pessoas.

— Ãhn... sim?

— Sim?

— Em quais épocas do ano eles aparecem?

— Primavera. Verão. Outono. — Sim, ele estava com raiva.

Uma pena, porque eu sempre estava pronta para conversar. Soltei mais um grunhido.

— Este é um ano de seca?

— Sim.

Nunca mais eu dormiria.

Eu precisava comprar armadilhas.

Mas, então, imaginar ter que pegar as armadilhas com o rato ali me fez querer vomitar.

— Achei — ele murmurou para si mesmo, ficando em pé, segurando uma rede de tamanho médio em uma mão e o que parecia ser um par de luvas grossas em outra, antes de fechar a caçamba.

Eu tremi e o observei caminhar em direção à porta do apartamento.

— Quer que eu espere aqui fora? Sabe, para que possa abrir a porta para você? — Eu era muito covarde e isso me envergonhava, mas não o suficiente para engolir o medo e ajudá-lo.

Eu o ajudaria se ele gritasse.

Só torcia para que não acontecesse.

Seu corpo rígido e irritado passou direto ao meu lado.

— Faça o que quiser — ele disse.

Era isso ou me trancar no meu carro até que o sr. Rhodes terminasse, mas gritar até enlouquecer já tinha sido o suficiente. Ele já estava puto da vida por ter que lidar com a situação. Lidar *comigo*.

E sim, isso também era constrangedor. Eu precisava me recompor. Engolir o choro.

Orgulhar minha mãe.

Eu havia pesquisado durante o dia como se tirava morcegos de casa, mas ainda não tinha descoberto qual era o melhor plano de ação. Eu tinha plena consciência de que os morcegos eram maravilhosos por muitas razões diferentes. Entendia que eles não estavam tentando me atacar mesmo quando davam seus rasantes. Eu sabia que os morcegos tinham tanto medo de mim quanto eu deles. Mas o medo não é racional.

Avancei apressada, abri a porta e a deixei entreaberta depois que ele entrou. Então, agachei e esperei. Não sei se fiquei ali por cinco ou trinta minutos, até que o ouvi descendo as escadas.

Abri a porta ainda mais quando ele estava a alguns passos de chegar no térreo. Ele segurava a rede em uma mão e se movia pelos degraus rapidinho, com seus pés grandes e descalços. Meu Deus, o que eram aqueles pés? Tamanho 44? 45?

Desviando o olhar, abri a porta o máximo possível, esperei-o cruzar o batente e a fechei para garantir que o Senhor da Noite não pudesse voltar para mais uma visita.

E me esforcei para ficar em silêncio enquanto me movia para ficar atrás do sr. Rhodes. Ele parou perto de um arbusto, fez algo com a rede e se afastou.

Eu só peguei um vislumbre do morcego pendurado em um galho antes que ele voasse, e soltei um gritinho do qual iria me arrepender mais tarde. O sr. Rhodes não esperou nem ficou para ver para onde ele foi, apenas começou a se mover em direção à casa principal sem me dizer uma palavra.

Eu fiquei atrás dele enquanto ele jogava a rede na caçamba da caminhonete, e depois subia até a varanda. Só parei um pouco para olhar para o céu, só para ter certeza de que não havia outro morcego surgindo do nada.

Ele já estava na porta da sua casa quando gritei:

— Obrigada! Você é o meu herói! Eu vou te dar uma avaliação de dez estrelas, se um dia quiser!

Ele não disse nada e fechou a porta atrás de si, mas isso não significava que ele não era mais o meu herói.

Eu estava em dívida com ele. E muito.

MARIANA ZAPATA

CAPÍTULO ONZE

Uma semana depois, eu estava de folga, então só queria saber de dormir até tarde, relaxar, talvez fazer algumas atividades turísticas por perto ou uma das trilhas mais fáceis da minha mãe. Já que eu ia continuar em Pagosa, não estava mais com toda aquela pressa para fazer tudo de uma vez. Meus pulmões precisavam de mais condicionamento. Eu teria até outubro, pelo menos.

Era o que eu achava. Os acontecimentos noturnos de uma semana antes poderiam ter feito o sr. Rhodes reconsiderar quanto tempo me deixaria ficar. Eu não o conhecia, mas sabia que não tinha a mínima chance de ele ter superado aquela merda ainda.

O morcego, porém, não voltou. Meu cérebro, por outro lado, estava em negação, porque eu ainda não estava conseguindo dormir a noite toda sem acordar, paranoica.

Foi por isso que despertei quando os sons vindos lá de fora começaram.

Resignada de que não voltaria a dormir, levantei e saí da cama, lançando um olhar para a tela do celular, que confirmou que eram sete e meia da manhã, e imediatamente espiei pela janela.

Havia um som monótono e repetitivo vindo de fora.

Era o sr. Rhodes.

Cortando lenha.

Sem camisa.

Isso mesmo: *sem camisa.*

Esperava algo agradável debaixo de suas roupas pela maneira como elas eram preenchidas por seu corpo, mas nada poderia ter me preparado para a visão... dele. A realidade.

Se eu não tivesse certeza de que havia uma baba escorrendo pela minha cara, com certeza haveria uma depois de cinco minutos vendo... *aquilo* pela janela.

Uma pilha de toras de meio metro estavam espalhadas ao redor dos seus pés, com outra pequena pilha que ele obviamente já tinha cortado, ao lado. Mas foi o restante que realmente chamou minha atenção. Pelos escuros salpicavam a parte de cima dos seus músculos peitorais. Os pelos não escondiam os gomos duros do seu abdome; ele era largo em cima, estreito na cintura e, cobrindo tudo aquilo, estava aquela pele firme e bonita.

Os bíceps eram grandes e torneados. Ombros arredondados. Os antebraços eram incríveis.

E mesmo que seu short roçasse os joelhos, eu podia dizer que a parte de baixo era tão agradável e musculosa quanto os braços.

Ele acabaria com qualquer pai gostoso que você possa imaginar.

Meu ex estava em boa forma. Ele malhava várias vezes por semana na academia de casa com um personal trainer. Ser atraente era parte do trabalho dele.

O físico de Kaden não se comparava com o do sr. Rhodes.

Minha boca começou a salivar ainda mais.

Eu assobiei.

E pelo jeito o som saiu muito mais alto do que eu pensava, porque sua cabeça imediatamente se ergueu e seu olhar pousou em mim quase de imediato.

Fui pega no flagra.

Acenei.

E, por dentro... por dentro, eu morri.

Ele levantou o queixo.

Me afastei, tentando fingir normalidade.

Talvez ele não tirasse nenhuma conclusão daquilo. Talvez só pensasse que eu assobiei... para dizer oi. Claro, com certeza.

Uma garota pode sonhar.

Recuei um pouco mais e senti minha alma murchar enquanto preparava o café da manhã, certificando-me de ficar longe da janela. Tentei me concentrar em outras coisas. Sabe como é, para que eu não tivesse que lidar com a vergonha.

Eu estava cansada? Com certeza. Mas havia coisas que eu queria fazer. Que precisava fazer. Entre elas, fugir do sr. Rhodes até que minha alma voltasse para o corpo, mas não era só isso.

Então, uma hora depois, com um plano em mente, um sanduíche, algumas garrafas d'água e meu apito na mochila, desci as escadas, esperando e rezando para que o sr. Rhodes estivesse dentro de casa.

Não tive tanta sorte.

Ele tinha vestido a camiseta, mas essa era a única diferença.

Merda.

Era uma camiseta azul desbotada com um logotipo que não consegui identificar. Ele estava parado ao lado da pilha de madeira organizada sobre uma lona azul. Amos, vestido com uma camiseta vermelho-clara e jeans, estava com ele e tinha uma expressão como se estivesse implorando ou discutindo com o pai.

Ao som da porta se fechando, os dois me olharam.

O sr. Rhodes te pegou espiando. Aja com naturalidade.

— Bom dia! — gritei.

Eu não perdi a cara engraçada que Amos fez ou o jeito que olhou da minha mochila para o seu pai e de volta para mim. Eu já tinha visto aquela expressão no rosto dos meus sobrinhos. Não tinha certeza se significava uma coisa boa.

Mas o adolescente pareceu tomar uma decisão rápida, porque me respondeu.

— Oi.

— Bom dia, Amos. Você está bem?

— Tudo bem. — Ele pressionou os lábios. — Você está indo fazer uma trilha?

— Sim. — Sorri, percebendo o quão cansada eu estava. — Por quê? Quer ir comigo? — provoquei. O pai não dissera que Amos não gostava de atividades ao ar livre?

O garoto sempre discreto se animou de uma forma sutil.

— Posso?

— Ir comigo?

Ele assentiu.

Ah.

— Se estiver tudo bem para o seu pai e você quiser — falei, soltando uma risada, surpresa.

Amos olhou para o pai com o canto de olho, deu um sorriso muito sorrateiro e assentiu.

— Dois minutos! — o adolescente gritou dez vezes mais alto do que o volume normal da sua voz, me surpreendendo ainda mais, e saiu correndo para subir a varanda e desaparecer dentro da casa.

Me deixando parada ali, piscando. E o pai também.

— Ele disse que vai comigo? — perguntei, quase em transe de tão surpresa.

O sr. Rhodes balançou a cabeça em descrença.

— Essa é uma coisa que eu não esperava — murmurou mais para si mesmo do que para mim, pelo jeito como ainda estava olhando para a porta. — Eu disse a Amos que ele ainda não podia sair com os amigos, já que está de castigo, mas que se quisesse sair com um adulto, tudo bem.

Mas que espertinho. Entendi.

— Ele te pegou de jeito, hein? — eu disse, rindo.

Isso fez a atenção do sr. Rhodes se voltar para mim, ainda parecendo que tinha levado um golpe do filho.

Engoli a risada.

— Eu posso retirar o convite, se você quiser. Juro que me lembrei do que você disse outro dia, que Amos não gosta de atividades ao ar livre, e foi por isso que perguntei. — Eu ia me sentir péssima se tivesse que dar para trás, mas faria isso se o pai estivesse incomodado. — A menos que você queira vir também. Sabe, para que ele não saia impune. Não me importo de qualquer maneira, mas não quero que você se sinta estranho com o fato de eu sair com o seu filho. Não sou uma pervertida nem nada disso, eu juro.

O olhar do sr. Rhodes deslizou em direção à porta da frente e ficou lá, como se estivesse pensando com toda intensidade como sairia da brecha que, de forma inconsciente, dera para o filho ainda de castigo.

Ou talvez estivesse se perguntando como me dizer que ele não estava, de forma alguma, confortável com o fato de eu levar o filho dele para uma trilha. Eu não o culparia.

— Pode ser uma tortura para Amos ficar comigo por algumas horas — falei. — Eu juro que não vou fazer nada com ele. Eu convidaria a Jackie, mas sei que ela e Clara estão indo fazer compras em Farmington. Seria ótimo ter companhia. — Fiz uma pausa. — Mas depende de você. Juro que só sinto atração por homens adultos. Ele parece um dos meus sobrinhos.

Aqueles olhos acinzentados vieram na minha direção com uma expressão que dizia que ele ainda estava considerando.

O garoto irrompeu pela porta da frente, com a alça de uma garrafa de aço inoxidável enrolada em um dedo e o que parecia ser duas barras de granola na outra mão.

— Você não se importa se ele for? — foi a pergunta baixinha do sr. Rhodes que chegou até mim.

— De forma alguma — confirmei. — Se você estiver bem com isso.

— Vai fazer apenas a trilha?

— Sim.

Eu o vi hesitar antes de soltar outra de suas respirações profundas.

— Só preciso de um minuto — murmurou, assim que Amos parou na minha frente.

— Estou pronto.

Ele... o sr. Rhodes ia também?

O homem desapareceu para dentro de casa ainda mais rápido do que o filho, com movimentos e passos largos e fluidos, considerando o quão musculoso ele era.

Eu precisava parar de pensar naqueles músculos. Como fizera mais cedo. Eu já sabia como eles eram, não é? Sutil? Eis uma coisa que eu não estava sendo.

— Para onde ele está indo? — Amos perguntou, também observando o pai.

— Não sei. Ele me disse para esperar um minuto. Será que ele vai com a gente...? — considerei.

O garoto soltou um suspiro frustrado que me fez olhar de soslaio para ele.

— Mudou de ideia? — indaguei.

Ele pareceu pensar sobre isso por um segundo antes de negar balançando a cabeça.

— Não. Desde que eu saia de casa, não me importo.

— Obrigada por fazer eu me sentir tão especial — brinquei.

O adolescente olhou para mim e disse do jeito discreto de sempre.

— Desculpe.

— Tudo bem. Só estou brincando com você. — Sorri.

— Meu pai disse que não posso sair com meus amigos, então...

— Você está passando um tempo com o seu apêndice fantasma? — Eu só podia imaginar o tipo de relacionamento que ele tinha com o pai, talvez não estivesse acostumado a ouvir brincadeiras. — Estou só brincando com você, Amos. De verdade. — Dei uma cutucadinha nele com o cotovelo, bem de leve.

Ele não me cutucou de volta, mas deu de ombros.

— Tem certeza de que não tem problema? — perguntou baixinho, hesitante. — Que eu vá com você, quero dizer.

— Tenho certeza. Eu gosto de companhia — garanti. — Sério, você está melhorando o meu dia. Tem horas que me sinto muito solitária. Desacostumei a fazer as coisas sozinha.

A verdade é que, nos últimos anos da minha vida, eu estivera cercada por pessoas quase 24 horas por dia, sete dias por semana. Naquele tempo, o único momento em que ficava realmente sozinha era... quando ia ao banheiro.

O menino pareceu se remexer no lugar.

— Sente falta da sua família?

— Sim, mas no caso que estou te falando eu estava com outra família. A família do meu... ex-marido, e ficávamos juntos o tempo todo. Os últimos dias estão sendo o tempo mais longo que já passei sozinha. Então é sério, você está fazendo um favor para mim ao vir. Obrigada. E vai me ajudar a ficar acordada. — Pensei um pouco sobre o passeio. — Você já está liberado para atividades ao ar livre?

— Sim. O médico já liberou. — Os mesmos olhos cinzentos do sr. Rhodes percorreram meu rosto brevemente, e ele piscou. — Você parece cansada.

Me lembre de nunca dizer algo na frente de um adolescente que ele possa transformar em um insulto.

— Não tenho dormido muito bem.

— Por causa do morcego?

— Como você sabe disso?

Ele olhou para mim.

— Papai disse que você gritou como se fosse morrer.

Em primeiro lugar, eu não *gritei como se fosse morrer.* Foram apenas cinco gritinhos. No máximo.

Mas antes que eu pudesse discutir com ele sobre a semântica, a porta da frente se abriu novamente e o sr. Rhodes saiu, carregando uma pequena mochila em uma mão e uma jaqueta preta e fina na outra.

Uau. Ele não estava brincando. Ele resolveu ir mesmo.

Olhei para o garoto ao meu lado, que soltou um suspiro.

— Tem certeza de que quer sair?

Sua atenção focou em mim.

— Achei que você gostasse de companhia.

— Eu gosto, só quero ter certeza de que você não vai se arrepender. — Porque o pai dele iria conosco. Para passar tempo com ele? Para não deixar o menino sozinho comigo? Quem ia saber?

— Qualquer coisa é melhor do que ficar em casa — murmurou assim que seu pai chegou perto.

Muito bem. Assenti para o sr. Rhodes, e ele retribuiu o gesto.

Pelo jeito, eu seria a motorista.

Entramos no meu carro com o sr. Rhodes no banco da frente, e dei ré. Olhei para os dois o mais sorrateiramente possível, me sentindo feliz por estarem comigo... mesmo que nenhum dos dois falasse muito. Ou que realmente gostasse de mim.

Mas um deles estava desesperado para sair de casa e o outro queria passar um tempo com o filho ou mantê-lo em segurança.

Eu já saí com pessoas que tinham intenções piores. Pelo menos, não estavam sendo falsos.

— Para onde vamos? — a voz mais profunda do carro perguntou.

— Surpresa — respondi secamente, espiando pelo espelho retrovisor.

Amos mantinha a atenção para fora da janela.

O sr. Rhodes, por outro lado, virou a cabeça para me olhar. Se eu já não soubesse que ele tinha servido a Marinha, teria descoberto naquele instante. Porque não tive nenhuma dúvida de que o olhar profissional e furioso que ele estava me dando havia sido lançado para outras pessoas.

Muitas delas, muito provavelmente, considerando o quão bom ele era naquilo.

Mas mesmo assim eu sorri enquanto o olhava de relance.

— Ok, tudo bem — admiti. — Vamos visitar uma cachoeira. Vocês deveriam ter perguntado antes de entrar no carro. Só estou dizendo. Eu poderia estar sequestrando vocês.

— Qual cachoeira? — o sr. Rhodes perguntou naquele tom áspero e sem inflexão.

Pelo jeito, ele não tinha gostado da minha piada.

— Treasure Falls.

— Essa é péssima — Amos opinou lá de trás.

— É? Eu olhei algumas fotos, e pareciam bonitas.

— Não nevou o suficiente no último inverno. Vai ser apenas uma quedinha d'água — explicou. — Certo, pai?

— Sim.

Senti meus ombros murcharem.

— Ah, que pena. — Pensei nas próximas cachoeiras da minha lista. — Eu já fui a Piedra Falls. O que acham de Silver Falls?

O sr. Rhodes se acomodou no assento, cruzando os braços sobre o peito.

— Seu carro tem tração nas quatro rodas?

— Não.

— Então não.

— Merda — gemi.

— Este carro é muito baixo. Não tem como chegar lá com ele.

Meus ombros caíram ainda mais. Aquilo era mesmo uma merda.

— O que acha de uma trilha mais longa? — o pai de Amos sugeriu após um momento.

— Por mim, tudo bem — respondi.

Quanto "mais longa" significava em tempo? Eu não queria me acovardar, então apenas concordei. Não conseguia pensar em uma trilha da lista da minha mãe que poderíamos fazer, mas meus planos já estavam arruinados, então ia aproveitar a companhia.

Eu sabia me virar sozinha, mas não estava mentindo para Amos quando disse que me sentia solitária. Mesmo quando Kaden saía para uma pequena turnê ou para algum evento, alguém ficava comigo, tipo uma funcionária da casa. Disse a ele que não precisávamos, mas a mãe dele insistia porque era *inadmissível que alguém com a reputação do Kaden fizesse a própria comida e limpasse a própria casa.* Aff, me encolhi só de pensar em como isso soara esnobe na época.

— Eu te explico o caminho — informou meu locador, saindo da névoa das minhas lembranças com os Jones.

— Parece bom para mim. Pode ser, Amos? — perguntei.

— Sim.

Tudo bem, então. Fui dirigindo em direção à rodovia, imaginando que o sr. Rhodes me daria instruções quando chegasse lá.

— Você morava na Flórida? — Amos indagou de repente.

Assenti e falei a verdade.

— Morei por dez anos. Depois morei em Nashville. Mas voltei a Cape Coral, na Flórida, no ano passado, antes de vir para cá.

— Por que saiu da Flórida e veio para Pagosa? — o adolescente zombou, como se isso não fizesse sentido.

— Você já esteve na Flórida? É quente e úmido. — Eu sabia que o sr. Rhodes tinha morado lá, mas não ia agir como se soubesse. Eles não precisavam saber que eu andara xeretando.

— Meu pai já morou na Flórida.

Tive que fingir que ainda não sabia. Mas então sua escolha de palavras me fez entender. Amos dissera *que o pai* tinha morado na Flórida, não ele. Onde Amos morava nessa época?

— Você morou lá, sr. Rhodes? — perguntei lentamente, tentando entender. — Onde?

— Jacksonville — foi Amos quem respondeu em seu lugar. — Foi uma merda.

O homem no assento ao meu lado bufou.

— Foi mesmo — insistiu o adolescente.

— Você... morava lá também, Amos?

— Não. Eu só visitava.

— Ah — falei como se fizesse sentido, mas não fazia.

— A gente ia para lá todos os verões — continuou dizendo. — Fomos para a Disney. Universal. Era para termos ido para Destin, mas meu pai teve que cancelar a viagem.

Com o canto do olho, vi o sr. Rhodes se remexer no assento.

— Não tive escolha, Am. Não cancelei a viagem porque eu quis.

— Você estava no exército ou algo assim? — eu quis saber.

— Sim — foi tudo o que sr. Rhodes disse.

Mas Amos não me deixou sem resposta.

— Na Marinha.

— Marinha... — repeti, mas não fiz mais perguntas, porque se o sr. Rhodes não estava disposto a me dizer a carreira militar que seguira, imaginei que não ia querer me falar mais nada. — Olha, não é tão longe assim. Talvez um dia você possa ir.

No banco de trás, o garoto fez um som que pareceu muito com um grunhido, e eu me arrependi de ter tocado no assunto. E se o pai não o levasse? Eu precisava ficar quieta.

— É verdade que a sua mãe sumiu em algum lugar por aqui nas

montanhas? — Não pisquei, mas o sr. Rhodes se virou para trás.

— Am!

— O quê?

— Você não pode perguntar as coisas assim, cara. É sério — o sr. Rhodes brigou, balançando a cabeça, incrédulo.

— Me desculpe, Aurora — Amos murmurou.

— Eu não me importo de falar sobre ela. Foi há muito tempo. Sinto falta dela todos os dias, mas pelo menos não choro mais o tempo todo.

Muita informação?

— Me desculpe — Amos repetiu, depois de um segundo de silêncio.

— Tudo bem. As pessoas nunca querem falar disso — contei a ele. — Mas, para responder a sua pergunta, ela desapareceu, sim. Fazíamos trilhas o tempo todo. Era para eu ter ido com ela, mas não fui. — A dor da culpa, que nunca superei e dormia em minhas entranhas, segura, quente e gigante, abriu um olho. Mesmo que eu não me importasse de falar da minha mãe, havia algumas coisas que eram difíceis de compartilhar com todo mundo. — Enfim, ela foi para a trilha e nunca mais voltou. Encontraram o carro dela, mas só isso.

— Encontraram o carro e não conseguiram achar a sua mãe?

— Talvez seu pai saiba mais detalhes do que eu. Demorou alguns dias para encontrar o carro. Ela tinha me dito que ia fazer determinada trilha, mas mamãe sempre mudava de ideia no último minuto e desistia se não estivesse muito a fim ou se houvesse muitas pessoas na entrada. Foi o que pensaram que aconteceu. O carro dela não estava onde ela disse que estaria. Para piorar, choveu muito naqueles dias, e as pegadas sumiram.

— Mas eu não entendo como eles não a encontraram. Pai, você não tem que fazer buscas e resgates de vez em quando? Você sempre encontra as pessoas.

Ao meu lado, o grande homem se mexeu um pouco, mas mantive minha atenção à frente.

— É mais difícil do que parece, Am. Só a Floresta Nacional de San Juan tem oitocentos mil hectares. — O sr. Rhodes parou de falar por um segundo, como se estivesse escolhendo as palavras. — Sendo uma trilheira experiente e em forma, ela poderia ter ido para qualquer trilha, especialmente se não era do feitio dela ficar em apenas um lugar. — Ele fez outra pausa. — Me lembro do arquivo do caso dela, dizia que era uma boa alpinista também.

— Minha mãe era uma ótima alpinista — confirmei.

Ela era ousada e aventureira. Nada a deixava com medo.

Costumávamos ir a Utah sempre que possível. Eu me lembro de ficar sentada em um canto enquanto ela fazia algum tipo de escalada com os amigos e eu ficava maravilhada ao ver o quão forte e ágil ela era. Costumava chamá-la de Mulher-Aranha, de tão incrível que ela era. — Ela pode ter desaparecido em qualquer lugar — o sr. Rhodes confirmou.

— Fizeram muitas buscas — contei para Amos. — Foram meses. Helicópteros. Diferentes equipes de busca e salvamento. Depois fizeram mais buscas ao longo dos anos, mas não encontraram nada. Até encontraram restos mortais, mas não os dela.

O silêncio foi denso, mas Amos o quebrou quando resmungou:

— Isso é uma droga.

— É, é, sim — concordei. — Sempre penso que ao menos ela estava fazendo algo que amava, mas ainda assim é uma droga. — Outra onda de silêncio invadiu o carro, e eu sentia a atenção do sr. Rhodes em mim.

Lancei um olhar para ele e sorri de leve. Eu não queria que ele pensasse que Amos tinha me chateado, apesar que talvez ele não se importasse.

— Qual trilha ela fez? — Amos perguntou.

O sr. Rhodes disse o nome, me lançando um olhar como se ele se lembrasse de ter falado dela em nossas aulas.

Houve outra pausa e eu olhei para o espelho retrovisor mais uma vez. O menino me observava, pensativo e preocupado. Parte de mim acreditou que ele ia desistir de falar, mas continuou:

— Você está fazendo as trilhas para encontrá-la?

O sr. Rhodes murmurou algo que me pareceu uma série de palavrões. Ele esfregou o centro da testa.

— Não — respondi a Amos. — Não tenho nenhum interesse em particular. Ela tinha um diário em que anotava as trilhas favoritas. Resolvi fazer porque minha mãe adorava tanto, então quero fazer também. Não sou tão atlética e aventureira como ela era, mas quero fazer o que eu conseguir. É isso. Sei que nos divertimos muito, e só quero ir para... me lembrar dela. Essas trilhas são algumas das melhores lembranças da minha vida.

Os dois ficaram em silêncio por tanto tempo que comecei a me sentir um pouco estranha. Algumas pessoas ficavam desconfortáveis com o luto. Outras não conseguiam sequer entender o amor.

E tudo bem.

Mas eu nunca iria diminuir o quanto amava minha mãe, o que estava disposta a fazer para me sentir mais perto dela. Vivi no piloto automático por tantos anos, que tinha sido fácil... não enterrar o luto... e jogá-lo por cima do ombro e continuar.

Por um longo tempo após o desaparecimento dela foi difícil me forçar a sair da cama e continuar tentando viver aquela nova vida.

Quando isso passou, fui para a faculdade, Kaden apareceu na minha vida, e eu apenas continuei, continuei, continuei.

Por todo aquele tempo, carreguei a memória e o legado da minha mãe comigo, encobrindo-os com distrações e a vida que levava. Mas depois, quando me livrei de todo o restante, me concentrei no que eu tinha enterrado por tanto tempo.

Estava pensando nisso quando o sr. Rhodes perguntou, em seu áspero tom de voz:

— O que há na lista dela?

De trilhas?

— Provavelmente são muitas. Eu quero fazer todas, mas depende de quanto tempo vou ficar aqui. — O que era mais tempo do que eu esperava algumas semanas antes, desde que o sr. Rhodes me deixara continuar alugando o apartamento dele. Se eu continuasse sendo uma boa inquilina, então quem sabe por quanto tempo ele ia permitir que eu ficasse?

Pensamento positivo. Aí eu teria que decidir se iria alugar ou comprar um lugar, mas tudo dependia de como as coisas iam acontecer em Pagosa. Se nela eu encontraria motivos suficientes para ficar... ou se seria outra cidade sem raízes para me segurar.

— Ela fez todas as trilhas quando morávamos aqui, mas tenho certeza de que a de Crater Lake está lá.

— Essa é difícil. Dá para fazer em um dia, organizando bem e começando cedo.

Ahh. Ele estava me dando sugestões e informações? Talvez o sr. Rhodes *tivesse* superado o incidente com o morcego.

Citei outra das trilhas do caderno.

— Difícil também. Você tem que estar muito em forma para fazer em um dia. Indico passar a noite ou estar preparada para sentir dor.

Estremeci.

Ele deve ter percebido, porque perguntou:

— Você não quer acampar?

— Sinceramente, tenho um pouco de medo de acampar sozinha, mas talvez eu faça isso.

Ele resmungou, provavelmente pensando que eu era boba por ter medo.

Enfim. Tinha visto um filme sobre o Pé Grande que dizia que ele era imortal e sequestrava pessoas nas regiões mais selvagens. E o sr. Rhodes dissera que havia quase um milhão de hectares de floresta nacional? Ninguém podia saber *de fato* o que tinha por lá. Quando eu acampava com minha mãe, um milhão de anos atrás, era divertido. Nunca me preocupava com a possibilidade de um assassino carregando um machado aparecer na barraca e cortar todo mundo. Eu nunca nem esquentei a cabeça com o Pé Grande ou gambás ou qualquer coisa assim.

Será que mamãe se preocupava?

Falei outra trilha da lista.

— Difícil.

Exatamente o que eu tinha lido on-line.

— Devil Mountain?

— Difícil. Não sei se vale a pena.

Olhei para ele.

— Ela fez algumas anotações divertidas sobre essa trilha. Vou deixar no topo da lista, caso me sinta entediada.

— Quando você voltou para cá, nós não fomos para essa trilha com o buggy? — Amos perguntou.

Quando você voltou para cá. Com quem Amos tinha morado? A mãe e o padrasto?

— Sim. E o pneu do carro furou — confirmou o sr. Rhodes.

— Ah — o menino disse.

Citei mais trilhas de cabeça e, felizmente, ele disse que eram intermediárias, e que pareciam mais viáveis.

— Você já fez alguma dessas? — perguntei para Amos, querendo incluí-lo na conversa.

— Não. Nós não fazemos nada. Meu pai trabalha o tempo todo.

Ao meu lado, o homem pareceu tenso.

Eu suspirei.

— Meus tios, que me criaram, trabalhavam o tempo todo também. Eu praticamente só dormia na casa deles. Estávamos sempre no restaurante que eles tinham — tentei suavizar, pensando nas coisas que me deixavam louca quando tinha a idade de Amos. E, o fato de que naquela época eu estava muito triste por causa do desaparecimento da minha mãe não ajudara em nada.

Mas, olhando para trás, acho que eles me mantiveram ocupada

daquele jeito de propósito. Caso contrário, era muito provável que eu teria me enfurnado no quarto que dividia com o meu primo e ficaria o tempo todo na cama. E por dizer o tempo todo na cama, eu quis dizer chorando como um bebê.

Ok, eu chorei como um bebê mesmo assim, mas em banheiros, no banco de trás de qualquer carro em que eu estivesse... em todos os segundos que eu ficasse livre.

— Você faz muitas trilhas a trabalho? — perguntei ao sr. Rhodes.

— Para buscas e durante a temporada de caça.

— Quando é?

— Começa em setembro. Caça com arco e flecha.

Já que todo mundo estava fazendo perguntas....

— Há quanto tempo você é oficialmente um guarda florestal? — indaguei.

— Há um ano só — Amos respondeu.

— E você estava na Marinha antes disso? — questionei, como se não soubesse.

— Ele se aposentou da Marinha — o menino revelou de novo.

Agi como se estivesse surpresa, como se não tivesse ligado os pontos.

— Uau, isso é impressionante.

— Não acho — o adolescente murmurou.

Eu ri.

Adolescentes. Sério. Meus sobrinhos me queimavam o tempo todo também.

— Não é mesmo. Ele nunca ficava em casa — continuou o garoto. Ele estava olhando pela janela com uma expressão estranha, de um jeito que eu não conseguia decifrar.

A mãe dele também se sentira assim? Era por isso que ela não estava por perto? Ela tinha se cansado de ver o marido sempre longe e o deixara?

— Então você voltou para cá para ficar com Amos?

— Sim — o sr. Rhodes respondeu, sucintamente.

Assenti, sem saber o que dizer e sem fazer um milhão de perguntas que provavelmente ninguém responderia.

— Você tem mais parentes em Pagosa, Amos?

— Apenas o vovô, meu pai e Johnny. Todo o restante está espalhado por aí.

Todo o restante.

Humm.

Eu gostaria de acreditar que a viagem até o início da trilha não tinha sido a mais estranha da minha vida, mas ficaria difícil, já que os dois passaram o resto do tempo sem falar uma palavra.

Com exceção dos meus *"awn"* para quase tudo o que eu via.

Eu não tinha vergonha. Não me importava. Fiz o mesmo quando estava nas outras trilhas, sozinha, só que nelas não tinha visto tantos animais.

— Uma vaca!

— Um bezerro!

— Um cervo!

— Que árvore enorme!

— Vejam todas essas árvores!

— Olhem aquela montanha!

(Não era uma montanha, era uma colina, Amos corrigiu com um olhar quase divertido.)

O único comentário além da correção de Amos foi uma pergunta do sr. Rhodes:

— Você sempre fala tanto assim?

Que rude. Mas eu não ligava. Então eu disse a ele a verdade:

— Sim. — E não ia me desculpar.

A viagem em si foi linda. O mundo parecia maior e mais verde, e eu não me importei ou fiquei incomodada por meus acompanhantes serem tão silenciosos. Eles nem mesmo reclamaram quando tive que parar para fazer xixi — duas vezes.

Depois de estacionar, Amos nos conduziu pela trilha de aparência enganosa que começava em um estacionamento muito decente, dando a ilusão de que seria fácil.

Então eu vi o nome na placa e minhas entranhas congelaram.

A trilha Fourmile.

Dizem que não existe pergunta burra, mas eu sabia que isso não era verdade porque eu fazia perguntas burras o tempo todo. E perguntar ao sr. Rhodes se a trilha Fourmile[1] tinha mesmo seis quilômetros me fez entender o que *de fato* era uma pergunta burra.

E parte de mim honestamente não queria *saber* se eu iria caminhar seis vezes mais do que estava acostumada. Eu não parecia estar fora de forma, mas as aparências enganam. Minha resistência cardiovascular tinha melhorado depois que começara a pular corda, mas não o suficiente.

Seis quilômetros. P-o-r-r-a.

Olhei para Amos só para ver se ele estava chocado, mas ele apenas me lançou um olhar quando vimos a placa, e começou a caminhar.

Seis quilômetros e quatro cachoeiras, dizia a placa.

Se ele podia fazer aquilo, eu podia também.

Por duas vezes tentei dizer alguma coisa, mas acabei perdendo o fôlego e desisti. Também não era como se eles estivessem animados para falar comigo. Enquanto eu seguia atrás de Amos, com seu pai atrás de nós, fiquei feliz por não estar sozinha. Havia muitos carros estacionados, mas não

---

1   Levando em consideração que a unidade de medida dos Estados Unidos é a milha, ao invés do quilômetro, Fourmile, em tradução literal, seria Quatro Milhas. O nome da trilha já demonstra o tamanho do percurso, e na conversão seria o equivalente a seis quilômetros. (N.T.)

dava para ver nada ou ouvir ninguém. Era lindamente quieto.

Estávamos no meio do nada. Longe da civilização. Longe de... tudo.

O ar estava limpo e fresco. Puro. E era... espetacular.

Parei e tirei algumas selfies. Chamei Amos para que virasse e eu pudesse tirar uma foto dele, e ele acatou de má vontade. Cruzou os braços sobre o peito magro e angulou a aba do boné para cima. Tirei a foto.

— Quer que eu te mande a foto depois? — sussurrei para o sr. Rhodes quando o menino voltou a andar.

Ele assentiu.

— Obrigado — murmurou, e eu podia jurar que devia ter precisado de um esforço hercúleo dele para me agradecer.

Sorri e deixei para lá, observando cada passo, e quando rapidamente um quilômetro se transformou em dois, comecei a me arrepender de estar ali. Eu deveria ter esperado e feito outras trilhas do mesmo tipo antes de tentar lidar com aquela.

Mas, se mamãe tinha conseguido, então eu conseguiria.

E daí se ela sempre esteve muito mais em forma do que eu? O único jeito de entrar em forma era rasgando alguns músculos e se esforçando. Eu só tinha que aguentar e continuar.

Então, foi isso que fiz.

E estaria mentindo se dissesse que não me senti um pouco melhor quando Amos começou a desacelerar a passada. A distância entre nós foi ficando mais e mais curta.

E quando pensei que estávamos indo para o fim da porra do mundo e as tais cachoeiras não existiam, Amos parou por um segundo, virou para a esquerda e começou a subir.

O resto da trilha fiz com um enorme sorriso no rosto.

Por fim encontramos outros trilheiros, que nos cumprimentaram dizendo "bom dia" e "como você está?". Eu respondi a todos, os outros dois não. Tirei mais fotos. E depois mais ainda.

Amos parou depois da segunda cachoeira e disse que esperaria ali, embora cada uma fosse tão épica quanto a anterior.

E me surpreendendo pra caralho, o sr. Rhodes seguiu comigo, ainda mantendo a distância e o silêncio.

Fiquei muito feliz por ele ter me seguido porque após a última das quatro cachoeiras, a trilha ficou meio confusa e eu virei no lugar errado, mas felizmente ele percebeu e tocou na minha mochila, fazendo um gesto para que eu o seguisse.

Eu fui atrás dele — de olho nos tendões das suas pernas e nas panturrilhas.

Mais uma vez fiquei imaginando a que horas ele malhava. Antes ou depois do trabalho?

Tirei mais selfies, porque com certeza não ia pedir para o sr. Rhodes tirar fotos minhas. E quando me virei e o vi caminhando para o alto, esticando as pernas enquanto subia a trilha de cascalho solto, apontei a câmera em sua direção e gritei:

— Sr. Rhodes!

Ele virou e eu tirei a foto, fazendo um sinal de positivo depois para ele.

Se ele ficou irritado comigo por eu ter tirado uma foto, que pena. Não ia compartilhar com ninguém. Talvez com a minha tia e o meu tio. E Yuki, se ela visse minha galeria de fotos um dia.

Amos estava exatamente onde o havíamos deixado, à sombra das árvores e nas pedras, jogando no celular. Ele parecia muito aliviado por estarmos indo embora. Sua água tinha acabado, e percebi que a minha estava quase no fim.

Precisava de um canudo, umas pastilhas para purificar a água, ou uma daquelas garrafas com um filtro. A loja que eu trabalhava tinha tudo isso.

Eu estava muito ocupada tentando recuperar o fôlego na caminhada de volta feita em silêncio total. Tomei goles minúsculos d'água ao longo do caminho, lamentando pra caralho que não levara mais.

O que pareceu ser uma hora depois, senti alguém tocando o meu cotovelo.

Olhei para trás e lá estava o sr. Rhodes, a apenas um passo de mim, segurando sua grande garrafa de aço inox na minha direção.

Pisquei.

— Não quero ter que te arrastar daqui quando você começar a ter uma dor de cabeça latejante — explicou, os olhos fixos nos meus.

Hesitei por apenas um segundo e então aceitei a oferta; minha garganta estava doendo e eu *estava* começando a sentir dor de cabeça. Levei à boca e bebi dois grandes goles — queria mais, queria tudo, mas não podia ser uma babaca gananciosa — e a entreguei de volta.

— Pensei que a sua tinha acabado também.

Ele deslizou seus olhos para mim.

— Enchi de volta na última cachoeira. Eu tenho filtro.

Sorri para ele muito mais timidamente do que eu esperava.

— Obrigada.

Assentiu, então se afastou.

— Am! Quer água?

— Não.

Olhei para o pai dele, e vi o homem quase revirar os olhos. Em algum momento, ele colocou um boné também, assim como o filho, puxando para baixo de forma que mal dava para ver seus olhos. Não sei onde estava a jaqueta, mas imaginei que ele a enfiara na mochila.

— Você também arrastaria o garoto ou o carregaria? — brinquei baixinho.

— Eu o arrastaria — ele disse, me surpreendendo.

Sorri e assenti.

— Amos está acostumado com a altitude. Você não — falou atrás de mim, como se estivesse tentando me explicar por que tinha me dado água. Só para que eu não entendesse errado.

Diminuí o ritmo da passada até que ele estivesse perto o bastante.

— Sr. Rhodes?

Ele grunhiu, e eu interpretei aquilo como um péssimo sinal.

— Alguém te chama de Toby? — perguntei.

Ele ficou um tempo quieto.

— O que você acha? — questionou, naquele tom que beirava uma bronca.

Eu quase ri.

— Acho que não. — Esperei um segundo. — Você tem mais jeito de Tobers — brinquei, olhando por cima do ombro com um sorriso, mas seus olhos estavam fixos no chão. Eu era muito engraçadinha. — Quer uma barra de cereais?

— Não.

Dei de ombros e olhei para a frente.

— Amos! Quer uma barra de cereais?

Ele pensou por um segundo.

— Qual você tem aí?

— Chocolate!

Ele se virou e estendeu a mão.

Joguei para ele.

Então inclinei a cabeça em direção ao sol, ignorando o quão cansadas minhas coxas estavam, e que eu estava começando a arrastar os pés porque cada passo estava ficando mais difícil. Eu já sabia que ia ficar cheia de dores. Cacete, eu já estava sofrendo. Minhas botas não tinham sido amaciadas o suficiente para aquela caminhada e os dedos dos meus pés e tornozelos estavam doloridos. Era mais do que provável que no dia seguinte eu mal conseguisse me mexer.

Mas ia valer a pena.

Já *tinha* valido a pena.

E eu disse baixinho, enchendo meus pulmões com o ar mais fresco que já sentira:

— Mãe, você ia gostar dessa trilha. É incrível.

Não sabia por que aquela trilha não estava nas anotações dela, mas estava feliz por tê-la feito.

E, sem pensar duas vezes, corri até Amos. Ele me encarou enquanto eu o abraçava pelos ombros rapidamente.

Ele ficou tenso, mas não rejeitou o abraço de um segundo.

— Obrigada por ter vindo, Am.

Tão rápido quanto o abracei, deixei Amos e me encaminhei direto para a próxima vítima.

Ela era grande e caminhava com o rosto sério. Como sempre. Mas, em um piscar de olhos, aquela expressão de quem não sabia se eu era um guaxinim doente ou não estava de volta.

Fiquei tímida.

Então ergui a mão em um sinal de "bate aqui" ao invés de dar um abraço.

Ele olhou para a minha mão, então me encarou, e depois olhou de volta para a minha mão.

E como se eu estivesse arrancando suas unhas ao invés de pedir um cumprimento, ele ergueu sua grande mão e eu levemente bati a minha palma na dele.

— Obrigada por vir — disse a ele baixinho; aquelas palavras eram importantes.

— De nada. — Sua voz veio firme, em um estrondo silencioso.

Sorri o caminho todo de volta até o carro.

CAPÍTULO DOZE

Alguns dias depois, Clara olhava boquiaberta para o meu rosto. Percebi que o corretivo que eu tinha usado sobre as feridas não tinha realizado o milagre esperado.

Quero dizer, eu *imaginara* que ficariam feias, mas não tinha previsto que seriam tão horríveis.

Pois então. Uma casinha de morcego caiu bem na minha cara....

Pelo menos eu não sofri uma concussão, não é?

— Ora, *quem fez isso com você*?

Sorri e estremeci na mesma hora, por causa da dor. Eu tinha colocado uma bolsa de gelo na bochecha e outra no nariz assim que parara de ver estrelas — e depois que finalmente tinha conseguido voltar a respirar, porque, deixe-me te falar, cair de uma escada *dói*. O gelo não tinha feito muito mais do que reduzir o inchaço. Mas era melhor do que nada.

— Eu mesma? — perguntei, tentando me fazer de boba, enquanto trancava a porta da loja atrás de mim. Ainda faltavam quinze minutos para abrir.

Ela piscou, colocando o dinheiro que estava contando no caixa.

— Parece que você levou uma surra — disse, de forma sombria.

— Não. Caí da escada e uma casa de morcego caiu em cima de mim.

— Você caiu da escada?

— E a casa do morcego despencou na minha cara.

— O que você queria com uma casa de morcego? — Ela estremeceu, engolindo em seco.

Levara dias, pelo menos cinco horas de pesquisa e muita análise da propriedade do sr. Rhodes, até que eu criasse um plano para lidar com aqueles morcegos de merda. Para ajudar, o pedido tinha atrasado até finalmente chegar.

O problema foi que eu nunca tinha me considerado uma pessoa que tivesse medo de altura, mas... no segundo em que subi na escada e me inclinei contra a árvore pela qual havia passado inúmeras vezes, percebi o motivo de me sentir estranha.

Nunca subira em um lugar mais alto do que a ilha de uma cozinha.

Porque a realidade foi que, assim que me vi a cerca de um metro do chão, meus joelhos tremeram e eu comecei a passar mal.

Não adiantou nada tentar me encorajar ou me lembrar de que o pior que poderia acontecer seria quebrar um braço.

Comecei a suar e os meus joelhos tremeram mais ainda.

E para conseguir o que queria, eu precisaria subir o máximo possível — de três a seis metros, de acordo com as instruções.

E tudo o que eu precisava para subir naquela escada era a lembrança do morcego voando sobre a minha pobre cabeça indefesa durante a noite... e a realidade de que eu não tinha dormido mais do que trinta minutos seguidos desde que o sr. Rhodes me salvara, porque eu tinha ficado paranoica. Subi na escada em forma de letra A, mesmo que eu estivesse tremendo tanto a ponto de fazer a escada sacudir comigo, piorando tudo.

Mas era isso ou subir em uma árvore próxima à propriedade dos Rhodes — escondida, porque sinceramente eu não queria que ele me visse, já que eu tinha a sensação de que ele reclamaria — ou pegar a escada maior na lateral da casa principal, e subir mais alto para encontrar de que buraco do inferno o morcego estava vindo.

Escolhi a opção A porque, se eu caísse da escada maior, provavelmente desmaiaria e quebraria o pescoço.

Mas, ainda assim, ferrei com tudo.

E caí, gritando como a porra de uma hiena, quase desmaiando, e tendo algo que pesava menos de três quilos, mas que pareciam cinquenta, despencando no meu rosto enquanto eu lutava para recuperar o fôlego.

Minhas costas ainda doíam.

E agora eu estava no trabalho, com mais maquiagem do que o normal, e Clara me olhando horrorizada.

— Tem um morcego rodeando o apartamento e eu li que uma casinha apropriada o atrairia e o faria parar de tentar entrar — expliquei, contornando o balcão e colocando minha bolsa em uma das gavetas.

Quando me endireitei, Clara tocou meu queixo e o ergueu, seus olhos castanhos focados na minha bochecha.

— O que quer primeiro? A boa ou a má notícia?

— A má.

— Tivemos problemas com morcegos na casa do meu pai — começou a explicar, tremendo enquanto me olhava. — Mas você precisa primeiro saber de onde eles estão vindo, e então colocar a casinha do morcego no lugar. — Puta merda. — Você colocou um atrativo dentro da casinha?

— O que é isso?

— Você precisa colocar algo que os atraia para que comecem a entrar lá.

Franzi a testa, eu não ia conseguir fazer isso.

— Não li isso na internet.

— Mas precisa. Talvez tenhamos alguma coisa. Vou procurar. — Ela fez uma pausa. — Como você caiu?

— Um falcão deu um rasante, eu me apavorei e caí bem quando estava tentando pregar a casa do morcego.

Ela olhou para baixo antes que eu fechasse o punho e viu o hematoma na minha mão também.

— Eu nunca havia usado um martelo.

Eu tinha uma das amigas mais legais do mundo porque ela não riu de mim.

— É melhor usar uma furadeira.

— Furadeira?

— Sim, com parafusos de madeira. Vai segurar por mais tempo.

Suspirei.

— Merda.

Até o jeito que Clara assentiu foi com empatia.

— Tenho certeza de que você fez tudo o que pôde.

— Fiz o melhor que pude para me arrebentar no chão.

Isso a fez rir.

— Quer que eu vá te ajudar? — ofereceu. — Por que Rhodes não fez isso para você?

Soltei um riso de escárnio e a dor fez com que me arrependesse.

— Não tinha por que pedir para ele. Eu dou conta sozinha. Eu *devo* dar conta sozinha. E não quero pedir nada; ele já tirou um morcego do apartamento no meio da noite. Posso lidar com a situação.

— Mesmo que caia da escada?

Balancei a cabeça e apontei para o meu rosto.

— Isto não foi em vão. Eles não vão ganhar de mim.

Clara assentiu solenemente.

— Vou procurar algo atrativo para os morcegos. Mas tenho certeza de que se você der uma olhadinha no jornal vai encontrar alguém para ir até a casa e descobrir de onde os morcegos estão vindo, se mudar de ideia.

O problema era que a casa não era minha, mas...

— Vou ver — respondi, embora não quisesse.

A menos que eu realmente precisasse.

Eu queria acreditar que já era uma mulher adulta, mas quando me dei conta de que não tirava os olhos do teto, embora fosse apenas por volta das seis da tarde, tive vontade de chorar.

Eu odiava ser paranoica. Medrosa. Mas nada mudava, não importava o quanto dissesse para mim mesma que um morcego era apenas um bichinho fofo com asas...

Eu não estava acreditando. E não poderia sair e ir ficar em outro lugar. Não tinha feito amigos o suficiente ainda.

Estava me dando bem com a maioria das pessoas que conhecera, e a maioria realmente tinha sido muito amigável, especialmente os clientes da loja. Mesmo as pessoas mais mal-humoradas, eu as conquistava com o tempo. Na época em que estava com Kaden, conheci muita gente, mas, depois de um tempo, todo mundo queria algo dele, o que impossibilitava saber se a pessoa queria ser minha amiga por minha causa ou porque queria a amizade dele.

E isso porque o mundo não sabia que estávamos juntos. O relacionamento era mantido em segredo sepulcral. As pessoas próximas assinavam contratos de confidencialidade se comprometendo a não falar do nosso relacionamento; se o fizessem, os Jones poderiam ferrá-las com um processo. Não poder contar para as pessoas sobre Kaden acabou ficando tão natural quanto respirar.

E era por isso que gente como Yuki e até Nori também não tinham muitos amigos.

Porque nunca dá para saber o que uma pessoa realmente pensa da gente, a menos que seja amiga do tipo que avisa se estamos com alface no meio dos dentes.

Peguei o telefone, pensando em ligar para minha tia ou meu tio, e ouvi o portão da garagem ser aberto. Um instante depois, o zumbido do amplificador veio do primeiro andar.

Deixei o celular de volta onde estava, fui em direção ao topo da escada, e escutei alguém, que supus ser Amos, dedilhando um acorde e depois o outro. Ele ajustou o volume e repetiu tudo de novo.

Sentei no degrau mais alto da escada, apoiando as mãos nos joelhos, e escutei enquanto Amos afinava a guitarra. Depois de alguns minutos, ele começou a tocar os acordes de uma música.

Ele então cantou com a voz calma e suave, tão baixo, que eu tive que me inclinar para frente e me esticar para ouvir.

Sua voz não subia de tom, o que me fez concluir que Amos estava cantando daquele jeito para que eu não o ouvisse, mas eu podia. Eu tinha ótimos ouvidos. Cuidei da minha audição ao longo dos anos usando fones de proteção auricular de última geração. Tinha deixado meus fones intra-auriculares de três mil dólares na casa em que morava com Kaden quando fui embora, mas ainda tinha um ótimo conjunto da marca Hearos, que talvez fosse usar de novo algum dia. Quando visitasse Yuki.

Desci furtivamente alguns degraus, parei e me esforcei ainda mais para ouvir.

Então desci mais um lance de escada.

E mais outro.

Antes que me desse conta, estava parada bem em frente à porta que separava o apartamento da garagem. O mais silenciosamente que consegui, abri a porta que dava para a área externa e a fechei, movendo-me como um caracol para fazer o mínimo de barulho.

Parei.

Porque sentado no último degrau que dava para a varanda estava o sr. Rhodes. De calça jeans escura, camiseta azul-bebê e cotovelos apoiados nos joelhos. Ele também estava ouvindo.

Eu só o vira de relance e poucas vezes desde o dia da trilha para as cachoeiras.

Ele me viu primeiro, acho.

Coloquei o dedo em riste contra os lábios para mostrar que eu sabia que teria que ficar quieta e comecei a me mover devagar para me sentar no tapete do lado de fora da minha porta. Não queria incomodá-lo ou invadir sua privacidade.

Mas sua expressão vazia lentamente foi substituída por uma careta.

Ele fez um sinal para eu me aproximar mais, mesmo que sua carranca fosse ficando mais profunda a cada segundo.

De pé novamente, atravessei o cascalho o mais quieta possível, aliviada porque Amos começara a tocar mais alto, sua voz flutuando, envolvendo as notas que saíam da guitarra.

Quanto mais eu me aproximava do sr. Rhodes, mais profunda se tornava a sua expressão. Os cotovelos escorregaram dos joelhos para as coxas, e ele se sentou ereto, aqueles lindos olhos cinzentos arregalados, a fisionomia aflita.

Meu sorriso foi se desmanchando aos poucos.

O que estava...?

Ah. Claro.

Como eu pude me esquecer de que tinha passado o dia todo sendo bajulada pelos clientes por causa dos hematomas no meu rosto? Um dos clientes, um antigo morador da cidade na casa dos sessenta anos chamado Walter, que eu já tinha encontrado algumas vezes, até tinha saído da loja e voltado mais tarde com um pão caseiro que sua esposa tinha assado. *Porque ia fazer eu me sentir melhor.*

Eu quase chorei quando o abracei.

— Está tudo bem — já fui falando, antes que o sr. Rhodes perguntasse.

Suas costas não poderiam estar mais eretas, e eu tive certeza de que sua expressão nunca esteve tão sombria.

— Quem fez isso com você? — perguntou com a voz lenta, muito lenta.

— Ninguém — tentei explicar.

— Alguém brigou com você? — o sr. Rhodes questionou, arrastando cada uma das palavras.

— Não, eu caí.

Meu locador se levantou ao mesmo tempo em que uma daquelas mãos grandes e ásperas tocava o meu ombro, envolvendo-o com os dedos.

— Você pode me dizer. Eu vou te ajudar.

Fechei a boca e pisquei, lutando contra a vontade de sorrir. E a vontade de chorar.

Ele podia não gostar muito de mim, mas, cara, ele era um homem decente.

— É muito gentil da sua parte, mas ninguém me machucou. Na verdade, eu me machuquei. Deixei uma caixa cair na minha cara.

— Você deixou uma caixa cair na sua cara?

Ele não estava acreditando.

— Sim.

— Quem fez isso com você?

— Ninguém. Fui eu mesma que fiz, juro.

Seu olhar se estreitou.

— Eu juro, sr. Rhodes — continuei. — Eu não mentiria sobre uma coisa dessas, mas agradeço por perguntar. E por se oferecer para me ajudar.

Aqueles lindos olhos pareceram absorver um pouco mais as minhas feições, e tive certeza de que o alarme que disparou dentro da sua cabeça se abrandou um pouquinho.

— Que tipo de caixa você deixou cair?

Eu caí direitinho na armadilha que eu mesma armei, não foi?

Abri um sorriso, embora doesse.

— Uma casinha... de morcego...?

Vincos profundos se formaram em sua testa.

— Explique.

Que mandão. Um calor subiu para o meu rosto.

— Li que as casas de morcego ajudam. Pensei que se eu conseguisse um novo lar para eles, não continuariam tentando se esgueirar e me atacar. — Engoli em seco. — Peguei a sua escada emprestada, me desculpe por não ter te pedido, e encontrei uma árvore que tinha um galho bem resistente no final da sua propriedade. — *Para que ele não pudesse achar.* — E eu tentei pregá-la ali.

O galho não era tão resistente quanto eu esperava e, de acordo com Clara, os pregos não eram bons, o que teria feito a casa de morcego... cair sobre mim. Por isso os olhos roxos e o nariz inchado.

Ele tirou a mão pesada do meu ombro e piscou. Os cílios curtos e grossos subiram e desceram sobre aqueles olhos incríveis ainda mais devagar. Os cantos dos olhos exibiam algumas linhas de expressão, mas, juro, só o deixavam mais atraente. Quantos anos ele tinha? Estava no final dos trinta?

— Me desculpe por não ter pedido permissão — murmurei, pega no flagra.

Ele olhou para mim.

— Me diga que não usou a escada de dois metros e meio.

— Não usei a escada de dois metros e meio — menti.

Ele levou a mão grande ao rosto e passou pelo queixo antes de novamente mirar a atenção em mim. Enquanto isso, a música lá dentro da garagem mudou para uma coisa diferente, algo que não reconheci. Era um som lento e melancólico. Quase obscuro. Eu gostei. Eu gostei muito.

— Não se preocupe, não vou te dar uma avaliação negativa de uma estrela ou qualquer coisa do tipo, foi tudo culpa minha — tentei brincar.

As íris acinzentadas, da mesma cor de um cachorro da raça Weimaraner, me encararam.

— Desculpe, foi só uma brincadeira... mas a verdade é que tudo foi culpa minha. Eu não sabia que tinha medo de altura até subir a escada e... — falei, e vi que ele ergueu a cabeça e encarou o céu. — Sr. Rhodes, só de você se preocupar comigo já me fez ganhar o dia, e eu sinto muito por ter xeretado a sua propriedade e por não ter pedido permissão, mas é que não consigo ter uma noite completa de sono há duas semanas, e não queria que os meus gritos te acordassem de novo. Mas, principalmente, não quero continuar dormindo no carro.

Ele me deu um olhar enviesado, e eu não pude deixar de rir, a dor me forçando a parar na hora. Jesus Cristo. Como os boxeadores lidam com essa merda?

O olhar dele não se desviou.

E aquela expressão me fez rir ainda mais, mesmo que estivesse doendo.

— Eu sei que é idiota, mas continuo vendo a casa caindo na minha cara e... — Fiz uma careta de dor.

— Consigo imaginar. — Ele baixou a cabeça. — Onde está a casinha de morcego?

— No apartamento.

Aqueles olhos cinzentos me encaravam novamente.

— Quando Amos terminar, deixe-a na garagem. — Sua boca torceu para o lado. — Esqueça, não precisa. Eu vou pegar quando você estiver no trabalho, se não se importar. — Concordei, e ele continuou: — Vai estar muito escuro quando Am terminar de tocar, mas eu vou instalar a casa o quanto antes — ele disse naquele timbre sério, sem inflexão.

— Ah, você não precisa...

— Eu não preciso, mas vou. Quero entrar lá e ver o que posso calafetar também. Morcegos conseguem se espremer em espaços muito pequenos, mas farei o possível. — Meu locador me encarou com um olhar intenso. A esperança nasceu dentro de mim de novo. — Mas você não vai mais subir aquela escada. Você poderia ter caído, quebrado uma perna, a coluna...

Ele era um pai tão superprotetor. Eu amava aquele jeito dele. Só o deixava ainda mais atraente. Mesmo com aquele rosto sério e assustador. Mesmo que ele não gostasse realmente de mim.

Semicerrei os olhos.

— Você está me pedindo para eu não fazer isso de novo ou está exigindo? — perguntei.

Ele me encarou.

— Tá bom, tá bom. Não vou. Só estava morrendo de medo e não queria te incomodar.

— Você está pagando o aluguel, não está?

Assenti porque, sim, eu estava.

— Então é minha responsabilidade cuidar de problemas como este — explicou firmemente. — Am me contou que achou ter te visto dormindo no carro, mas pensei ele estava imaginando coisas ou que você estava bêbada.

Soltei uma risada.

— Já disse, não bebo tanto assim.

Eu não tinha certeza se ele acreditava em mim.

— Vou cuidar disso. E se houver outro problema com o apartamento, me diga. Não preciso ou quero que você me processe.

Isso me fez franzir a testa... mesmo que doesse.

— Eu nunca te processaria, ainda mais sendo culpa da minha própria burrice. E também não vou te dar uma avaliação ruim.

Nenhuma reação. E eu me achando a pessoa mais engraçada do mundo.

— Pode deixar, avisarei se tiver mais problemas com qualquer coisa relacionada ao apartamento. Juro de mindinho.

Ele não pareceu muito encantado com a minha oferta de uma promessa de mindinho, mas tudo bem. O que ele fez foi assentir justo quando a voz de Amos ultrapassou a porta da garagem, alcançando onde estávamos. O garoto cantou alto até perceber que elevara a voz e baixar o tom.

Não pude fazer outra coisa além de sussurrar:

— Ele sempre canta desse jeito?

O homem ergueu uma daquelas sobrancelhas severas e grossas.

— Como se tivessem partido o coração dele e ele nunca mais fosse amar de novo?

Por acaso o sr. Rhodes acabara de... fazer uma brincadeirinha?

— Sim — respondi, e o sr. Rhodes assentiu. — Ele tem uma linda voz.

Então aconteceu.

Ele sorriu.

Um sorrisão orgulhoso e largo, de quem sabia quão bonita era a voz do filho e como aquele fato o enchia de alegria. Eu não poderia culpá-lo; me sentiria da mesma forma se Am fosse meu filho. Ele realmente tinha uma bela voz. Havia algo no timbre que soava atemporal. A parte mais rara era o tom grave que muitos meninos da idade dele não tinham. Era fácil perceber que Amos teve algum treinamento vocal, porque ele podia projetá-la... quando se esquecia de ficar quieto.

— Amos não acredita. Ele acha que estou mentindo toda vez que digo — admitiu meu locador.

Neguei com a cabeça.

— Você não está mentindo. Ele me deixou toda arrepiada, consegue ver? — Ergui o braço só para que ele pudesse ver os pequenos pontos de arrepio na minha pele.

Minha regata deu a ele uma visão clara do meu braço inteiro. Eu tinha esquecido que estava usando uma blusa de alças finas que tinha um belo de um decote — e que mostrava tudo. Ok, não tudo, mas dava para ver alguma coisa. É que eu não tinha planejado me encontrar com ninguém pelo resto do dia, mas a voz de Amos me envolvera como se eu fosse um ratinho seguindo o flautista de Hamelin, me tirando do apartamento.

E eu não era a única, ou seu pai não estaria quietinho na varanda para ouvi-lo também.

O sr. Rhodes olhou para o meu braço por cerca de uma fração de segundo e desviou a atenção com a mesma rapidez. Ele se agachou e se sentou novamente no degrau mais alto da escada, esticando as longas pernas e plantando os pés no degrau de baixo. Cansado da nossa conversa, talvez. Tudo bem.

Fiquei onde estava e me esforcei para ouvir a voz doce de Amos cantarolando sobre uma mulher que ele amava e que não retornava suas ligações.

Lembrei-me de um homem que amei cantando sobre algo muito semelhante. Mas aquelas palavras eu sabia de cor. Porque as escrevera.

Só aquele álbum tinha vendido mais de um milhão de cópias. A canção foi considerada por muitos seu grande sucesso. Eu a tinha escrito quando tinha dezesseis anos e queria que minha mãe me ligasse de volta.

Metade do sucesso de Kaden era por mérito dele mesmo. As mulheres amavam o visual dele... o que não era bem um mérito, porque ele não tinha escolhido a própria aparência. Fizera questão de deixar seu corpo em forma para ser um "símbolo sexual" para as fãs e eu quase fiz a mãe dele calar a boca quando ela usou esse termo. Ele aprendera a tocar guitarra sozinho, claro, mas a mãe o incentivara a estudar também. Ele nascera um artista. E tinha sido abençoado geneticamente com uma voz rouca e áspera.

Mas, como aprendi nos últimos dois anos, a pessoa pode até ter uma ótima voz, mas se a música dela não for boa ou cativante, não será o suficiente para vender álbuns.

Ele tinha e eu não fui usada. Dei tudo a Kaden voluntariamente.

A voz de Amos aumentou um pouco, seu vibrato ecoando no ar, e eu balancei a cabeça enquanto minha pele se arrepiava mais.

Virei ligeiramente a cabeça e vi a mandíbula perfeita e bem desenhada do sr. Rhodes enquanto ele ouvia atentamente, olhando para frente, com um sorriso leve de puro deleite nos lábios rosados.

Seus olhos acabaram me encontrando e se fixando nos meus.

— Uau. — Movi os lábios.

Aquele homem rude e reservado não tirava o sorriso dos lábios.

— Uau — murmurou de volta, ainda sorrindo.

— Você canta? — perguntei antes que pudesse me conter e me lembrar de que ele não queria falar comigo.

— Não desse jeito. — A resposta me surpreendeu. — Isso ele puxou do lado da família da mãe dele.

Outra pista da mãe de Amos. Eu queria saber. Eu queria tanto saber.

Mas não ia perguntar.

Então ele continuou falando e me surpreendeu ainda mais:

— É o único momento em que ele sai do casulo, e só canta perto de algumas pessoas. Isso o deixa feliz.

Com certeza aquele foi o diálogo mais longo que já tínhamos compartilhado, mas percebi que não era nada além do que um pai orgulhoso do talento do filho.

Nenhum de nós disse uma palavra quando as cordas da guitarra mudaram de ritmo e Amos emudeceu, enquanto ele só tocava. Era como se estivesse compondo, testando as notas e tentando de novo. Então decidi falar:

— Se vocês precisarem de algo, me avisem, ok? Eu vou deixar você ouvi-lo em paz. Não quero que Amos me veja aqui e fique chateado.

O sr. Rhodes olhou para mim e assentiu, sem concordar comigo, mas também sem me mandar para o inferno. Atravessei a entrada da garagem ao som de uma música familiar que eu sabia que tinha sido produzida por Nori.

Mas tudo em que conseguia pensar era que eu desejava que algum dia o sr. Rhodes aceitasse a minha oferta.

E essa foi provavelmente a razão pela qual fui pega no flagra.

— Aurora? — Amos gritou e eu congelei.

Pega *de novo*?

— Oi, Amos — gritei, me xingando por ser tão desleixada.

Houve um silêncio, e então...

— O que você está fazendo? — Ele tinha que soar como se suspeitasse e soubesse exatamente o que eu estava fazendo? E eu tinha que ser uma péssima mentirosa? A minha melhor saída seria bajulá-lo.

— Ouvindo a voz de um anjo?

Meu corpo inteiro ficou tenso no silêncio. Tive certeza de que ele largara a guitarra e caminhava para perto de mim. Sua cabeça despontou atrás de uma quina da entrada da garagem.

— Oi. — Acenei e torci para que seu pai tivesse sumido.

O garoto olhou para mim e congelou.

— O que aconteceu com a sua cara?

Toda hora eu esquecia que estava assustando as pessoas.

— Nada de ruim, ninguém me machucou. Estou bem, e obrigada por se preocupar.

Os olhos da mesma cor dos de seu pai passearam ao redor do meu rosto, e eu não tive certeza se Amos me escutara.

— Estou bem — garanti. — Juro.

A explicação foi o suficiente para ele, porque sua expressão ficou um pouco ansiosa.

— Eu... te incomodei?

Fiz uma careta e aquilo me fez estremecer de dor.

— Você está brincando comigo? Claro que não.

O pai estava certo, ele não acreditava. Eu podia *sentir* que até a sua alma revirou seus olhos espirituais.

— É sério. Você tem uma puta voz — acrescentei. Ele ainda não estava acreditando. Eu tinha que fazer o elogio sob outra perspectiva. — Reconheci algumas das músicas que você tocou, mas havia uma no meio delas... qual era?

Isso fez o seu rosto ficar vermelho.

Segui minha intuição.

— É sua? Você que criou? — perguntei.

Ele meio que foi para longe e me aproximei para olhar dentro da garagem. Amos tinha dado apenas alguns passos para trás. Seus olhos estavam fixos no chão.

— Se a música é sua, é incrível, Amos... Eu... — Merda. Não tinha planejado contar sobre a minha vida, mas, já que estava ali... — Eu já compus algumas músicas.

Ele não olhou para mim.

Ah, cara. Eu tinha que ser mais sutil.

— Estou falando sério. Não gosto de magoar as pessoas, mas se eu não achasse que a sua voz é boa, a sua voz e a música que cantou, eu não traria o assunto à tona. É incrível. Você é muito talentoso.

Amos levantou o dedão do pé, dentro de um dos seus tênis.

E eu me senti péssima.

— Estou falando a verdade. — Pigarreei. — Eu, ãhn, algumas das minhas músicas foram gravadas... — A ponta do outro tênis subiu. — Se você quiser... eu poderia te ajudar. A escrever, quero dizer. Te dar conselhos. Não sou a melhor do mundo, mas não sou tão ruim assim. Eu tenho um bom ouvido, e geralmente sei o que dá certo e o que não dá.

Ele me deu uma espiada com o canto dos olhos acinzentados.

— Se você quiser. Eu já fiz algumas aulas de canto também — ofereci.

Mais do que algumas, para ser honesta. Eu não tinha uma voz naturalmente incrível, mas não errava o tom. Se eu cantasse, os gatos não miavam e as crianças não saíam correndo e chorando.

Sua garganta se moveu, e eu esperei.

— Você escreveu músicas que outras pessoas cantaram? — perguntou, em pura descrença.

Não seria a primeira vez.

— Sim.

Ambos os dedões dos pés subiram e ele ficou quieto por mais um segundo.

— Eu tive um professor de canto, mas isso já faz um tempão. — Tentei não sorrir pensando no que era "um tempão" para ele. — Mas foi só isso. Estou no coral da escola.

— Imaginei.

Ele lançou um olhar como se eu estivesse falando bobagem.

— Não sou tão bom.

— Eu acho que você é, mas tenho certeza de que Reiner Kulti se cobrava a ponto de pensar que tinha que ser ainda melhor.

— Quem é esse?

Foi minha vez de olhar para ele.

— Um jogador de futebol famoso. Mas o que quero dizer é que eu te acho talentoso. Uma vez, disseram a um... amigo... que mesmo os atletas que nasceram para o esporte precisam de treinadores e treinamento. Sua voz e seu talento para composição são instrumentos que deve praticar. Só se você quiser, claro. Geralmente fico entediada lá no apartamento, então não me importaria, de verdade. Mas você teria que pedir permissão ao seu pai e a sua mãe primeiro.

— Mamãe me deixaria fazer o que eu quisesse com você. Ela disse que te deve a vida dela.

Eu sorri, mas ele não viu porque voltou a se concentrar em seus tênis. Isso significava que ele iria pensar a respeito?

— Tudo bem, apenas me avise. Você sabe onde me encontrar.

Um outro par de olhos cinzentos encontrou o meu e, juro, havia um pequeno, minúsculo sorriso no rosto dele.

Havia um sorriso no meu também.

MARIANA ZAPATA

CAPÍTULO TREZE

— O que há de errado nisso?

Na garagem do sr. Rhodes, sentada com as pernas cruzadas em uma cadeira de acampamento, eu olhei para o filho dele. Amos estava sentado no chão com uma almofada que pegara em algum lugar e com um caderno apoiado nos joelhos. Fazia uma hora que eu estava dando conselhos de escrita para ele, e não ia dizer que estávamos discutindo, porque Amos era muito respeitoso comigo, mas era quase isso. Ele tinha revirado os olhos também.

Era a nossa quarta aula e, honestamente, ainda estava atordoada por ele ter batido à minha porta, cerca de duas semanas atrás, perguntando se eu estava ocupada — não estava — e se poderia *dar uma olhada em algo que ele estava trabalhando.*

Não me lembro de já ter me sentido tão honrada na minha vida.

Nem mesmo quando Yuki se deitara ao meu lado, na cama do quarto de hóspedes da sua casa, e sussurrou: "Não consigo fazer isso, Ora-Bora. Você vai me ajudar?". Eu não tinha certeza se conseguiria, mas meu coração e cérebro me provaram que eu era capaz sim, porque escrevemos doze músicas juntas.

Além disso... ele era um garoto tímido, e isso me deixou emocionada.

Absolutamente ninguém conseguiria me impedir de ajudar o Amos.

Então foi o que fiz. Por duas horas naquele dia.

Por quase três horas, dois dias depois.

Por duas horas quase todos os dias depois disso.

No primeiro dia ele ficou tão tímido, só me ouvindo divagar na maior parte do tempo, depois deslizando o caderno em minha direção para que eu opinasse e ele pudesse alterar. As aulas para mim eram algo muito sério. Sabia exatamente o que era mostrar uma coisa que a gente fez para as pessoas desejando que não a odiassem.

De verdade, fiquei surpresa que ele tenha dado aquele passo.

De forma lenta, mas segura, Amos começou a se abrir. Nós discutimos. Ele fez perguntas! Mas, principalmente, a gente conversava.

E eu amava conversar.

O que era exatamente o que ele estava fazendo: me questionando por que eu achava que escrever uma canção profunda sobre o amor parecia algo fora da sua realidade. Não tinha sido a primeira vez que eu tentara insinuar isso, mas foi a primeira vez que fui direta e disse que talvez não fosse uma boa ideia.

— Não tem nada de errado em querer escrever sobre *o amor*, mas você tem quinze anos e não quer ser o próximo Justin Bieber, estou certa?

Amos espremeu os lábios e balançou a cabeça um pouco rápido demais, considerando que o Justin era zilionário.

— Acho que você deveria escrever sobre coisas que estão mais próximas de você. Por que não algo sobre o amor, mas não do tipo romântico? — sugeri.

Ele franziu a testa e pensou um pouco. Ele tinha me mostrado duas músicas. Ambas não estavam prontas; ele deixara isso claro uma dúzia de vezes. Eram canções não obscuras, mas também não eram o que eu esperava.

— Tipo sobre a minha mãe?

A mãe dele. Eu dei de ombros.

— Por que não? Não há amor mais incondicional do que esse, se você tiver sorte.

A carranca de Amos se manteve.

— Só estou te dizendo que é mais sincero se você sentir, se você vivenciar. É como escrever um livro; mostre, mas não conte.[2] Por exemplo... conheci um produtor que escreveu muitas canções sobre sucesso e amor... Ele foi casado oito vezes. Ele se apaixona e se desapaixona em um piscar de olhos. É um canalha? Sim. Mas ele é muito, muito bom no que faz.

— Um produtor? — perguntou, como se duvidasse disso.

Assenti. Ele ainda não acreditava em mim, e isso me fez querer sorrir. Ainda assim, eu preferia que Amos não soubesse. Para não criar expectativas.

— Talvez seja por isso que você esteja lutando tanto para escrever suas próprias músicas, Stevie Ray Junior.

É, ele não estava me levando a sério. Mas descobri que ele gostava quando eu o apelidava com nomes de músicos. Eu sentia falta de apelidar pessoas, e ele era um garoto tão legal.

— Ok, me diga, quem você ama?

Amos fez um som de escárnio como se eu estivesse pedindo para ele tirar fotos pelado e enviar para a garota de quem gostava.

— Sua mãe, certo? — insisti.

— Sim.

— Seus pais?

— Sim.

— Quem mais?

Ele relaxou e pareceu pensar sobre isso.

— Eu amo as minhas avós.

— Tudo bem, quem mais?

— Tio Johnny, eu acho.

— Você acha? — Isso me fez rir. — Quem mais?

Ele encolheu os ombros.

---

2   "Mostre, não conte" é uma técnica de escrita em que o leitor experimenta a história por si mesmo, sem que o escritor narre todas as cenas de forma descritiva, mas sim que o leitor possa sentir através do subtexto e das ações dos personagens. (N.T.)

— Bem, pense nisso. Sobre como eles fazem você se sentir.

Seu desdém ainda estava lá.

— Mas *minha mãe*?

— Sim, a sua mãe! Você não a ama mais do que tudo?

— Eu não sei. O mesmo tanto que amo os meus pais?

Eu ainda não tinha avançado muito na compreensão da coisa toda sobre os "pais".

— Só estou dando ideias.

— Você já escreveu músicas sobre a sua mãe? — perguntou.

Eu tinha ouvido uma delas tocando no supermercado uma semana antes. Fiquei com uma dor de cabeça bem atrás dos olhos depois que a música acabou, mas não contei isso a Amos.

— Praticamente todas.

Aquilo era meio que um exagero. E eu não escrevera nada novo desde o mês que passara com Yuki. Não aconteceram muitas coisas para me inspirar desde então nem senti necessidade de compor. Escrever costumava ser tão fácil para mim. Muito fácil, de acordo com Yuki e Kaden. Tudo o que eu tinha que fazer era me sentar e as palavras simplesmente… vinham.

Meu tio dizia que minha tagarelice era por causa disso. Sempre havia muitas palavras pulando dentro da minha cabeça e elas tinham que sair de alguma forma. Havia hábitos piores para se ter.

Mas eu não ouvia mais as palavras que me acompanharam desde sempre. Não sabia dizer o que isso significava ou o que dizia sobre mim, já que a ausência delas não me assustava. Não quando eu tinha certeza de que, em algum momento no passado, essa ausência teria me aterrorizado.

Olhando para trás, percebi que elas foram diminuindo ao longo dos anos. Fiquei pensando se isso era um sinal.

— Acho que minhas melhores músicas foram as que escrevi entre a sua idade e os meus vinte e um anos. A inspiração não vem mais tão fácil para mim. — Encolhi os ombros, sem querer dar mais detalhes.

Em parte, pensei, era por ser mais jovem e inocente. Meu coração era mais... puro. Minha dor mais raivosa. Eu sentia tanto, tanto naquela época. Mas depois... depois entendi que o mundo era dividido em cinquenta-cinquenta por cento, não setenta-trinta, entre babacas e pessoas boas. Minha dor, que me consumiu por muito tempo, tinha diminuído ao longo dos anos.

Fui mais talentosa entre os vinte e um e vinte e oito anos, quando estava vivendo o auge do amor. Quando as coisas eram ótimas (não tão boas, na verdade, o que só percebi depois que refleti sobre tudo o que foi feito e dito e eu havia ignorado). Mas naquela época eu tinha certeza de que tinha achado o parceiro da minha vida. É, as palavras não vinham mais tão fácil, mas eu ainda as sentia ali, deitadas embaixo do meu coração, prontas.

Naquela época, eu ainda acordava no meio da noite com as letras querendo escapar da ponta da língua.

Exceto pelo único álbum que escrevi com Yuki, enquanto lamentava o fim do meu relacionamento, com o vazio em ter que aceitar que algumas coisas não duram para sempre, em que tive que arrancar as letras de dentro de mim. Criamos aquele álbum em um mês, ambas de coração partido.

Era um dos meus projetos favoritos.

Nori havia escrito algumas músicas conosco, mas ela era uma máquina de criar *hits* e transformava qualquer porcaria em uma obra de arte: com algumas palavras, ela deu vida às canções. Eu era os ossos e ela era os tendões e as unhas postiças cor-de-rosa. Foi incrível. Um presente de Deus.

Mas eu não deveria nem poderia contar nada disso a Amos. Não ainda. Não era mais tão importante.

Tudo o que tinha sobrado daqueles tempos era uma caixa cheia de cadernos antigos.

— Eu estava pensando, sobre as aulas... — ele começou a dizer, e foi difícil não torcer o nariz.

Eu não queria convencê-lo a desistir do que queria fazer, mesmo que para mim não fizesse sentido. Escrever canções não era como aprender matemática ou física; não havia uma fórmula para seguir. Ou a pessoa conseguia ou não conseguia.

E eu sabia que Amos era capaz porque as duas músicas que ele havia me mostrado, cantarolando baixinho durante nossa última sessão, eram lindas e tinham tanto, tanto potencial.

— Por que não? — eu indaguei sem compartilhar meu pensamento, abrindo um sorriso para que ele não lesse minha mente. — Talvez você aprenda alguma coisa.

Ele me deu mais um de seus olhares cheios de dúvida.

— Você acha que eu devo fazer?

— Se você realmente quiser.

— Você faria?

Eu estava tentando encontrar uma maneira educada de dizer não, quando Amos se endireitou e arregalou os olhos.

Ele estava olhando para algo atrás de mim.

— O que foi? — perguntei.

Sua boca mal se moveu.

— Não faça movimentos bruscos.

Eu quis levantar e correr, porque o rosto dele pareceu muito sério.

— Por quê?

Devo me virar? Eu deveria me virar.

— Um falcão — Amos falou antes que eu me virasse.

Ajustei a postura.

— Tem um falcão atrás de você.

— Um o quê?

— Um falcão — ele continuou sussurrando. — Bem ali. Atrás de você.

— Falcão? Tipo um pássaro?

Deus abençoe a doce alma de Amos; ele não fez um comentário sarcástico. Apenas respondeu com calma, parecendo muito com o pai, deixando bem claro quão sério estava falando.

— Sim, o falcão é um tipo de pássaro. Não os conheço como o meu pai. — Sua garganta fez um movimento de engolir. — Que imponente.

Lentamente, tentei olhar para trás. Com o canto do olho, vi a pequena figura do lado de fora da garagem. Ainda mais devagar, virei o restante do corpo, girando a cadeira um pouco mais. Como Amos avisara, havia um falcão *bem ali*. No chão. Passeando. Ele estava olhando para nós dois. Talvez apenas para mim, mas mais provavelmente para nós dois.

Semicerrei os olhos.

— Am, ele está sangrando?

Ouvi um resmungo, e senti que Amos rastejou para se sentar no chão ao meu lado.

— Acho que sim — Amos sussurrou. — O olho dele parece meio inchado.

Um olho parecia maior que o outro.

— Sim. Você acha que ele está ferido? Quero dizer, ele não ia ficar passeando por aí assim, certo? Andando a pé?

— Acho que não.

Sentados juntos e em silêncio, observamos o pássaro nos encarar. Minutos se passaram e ele não voou para longe. Ele não fez nada.

— Devemos tentar fazê-lo voar para longe? — perguntei baixinho. — E assim saberemos se ele está machucado?

— Acho que sim.

Começamos a nos levantar, mas a razão me atingiu. Dei um tapinha no ombro do Amos para ele se manter abaixado.

— Não, eu vou — disse Amos. — Talvez ele seja um falcão tão durão quanto um SEAL da Marinha e está pouco se fodendo para nós. Se o assustarmos, ele pode nos atacar. E você pode me levar ao hospital, se ele me bicar.

Pensei um pouco sobre as considerações dele.

— Sabe dirigir?

— Meu pai me ensinou muito tempo atrás.

Olhei para ele.

— Você tem carteira de motorista?

A expressão dele me disse tudo. Ele não tinha.

— Droga.

Estava quase certa de que Amos riu um pouco, e isso me fez sorrir.

Eu me levantei sem estardalhaço, nem muito rápido nem muito devagar. Dei um passo à frente e o pássaro não se importou comigo.

Dei outro passo e mais outro e, ainda assim, ele não se moveu.

— Com você tão perto, ele já deveria estar voando — Am sussurrou.

Isso era o que me preocupava. Pronta para cobrir a cabeça se ele decidisse enlouquecer e pular em cima de mim, continuei chegando cada vez mais perto, mas ele não deu a mínima. Sem dúvida, o olho estava inchado, e dava para ver a descoloração do sangue em sua cabeça.

— Ele está machucado.

— É?

Afastei-me um metro do falcão.

— Sim, ele tem um corte na cabeça. *Awn*, pobre bebezinho. Talvez a asa também esteja machucada, já que ele não vai embora.

— Ele já teria ido embora... — Am sussurrou.

— Temos que ajudá-lo — falei. — O certo seria ligar para o seu pai, mas o sinal do meu celular não pega aqui.

— O meu também não.

Eu queria perguntar a Amos o que fazer, mas eu era a adulta ali. Tinha que descobrir sozinha. Já assistira a programas de TV sobre guardas florestais. O que eles fariam?

Colocá-lo em uma gaiola.

— Por acaso você tem uma gaiola ou caixa de transporte de animais na sua casa?

Amos pensou um pouco.

— Acho que sim.

— Você pode ir lá pegar?

— O que vai fazer?

— Vou colocá-lo lá dentro.

— *Como?*

— Eu só tenho que conseguir pegá-lo, eu acho.

— Ora! Ele vai arrancar um pedaço da sua cara! — sibilou, mas eu estava muito ocupada me concentrando em Amos preocupado com a minha segurança para pensar em outra coisa.

Estávamos nos tornando *amigos*.

— Olha, eu prefiro levar alguns pontos a deixar o falcão ser atropelado por um carro, caso saia por aí sozinho — eu disse.

Amos ponderou.

— Vamos ligar para o meu pai e pedir que ele venha buscá-lo. Ele saberá o que fazer.

— Claro que sim, mas vai saber onde o seu pai está, ou se vai conseguir atender ao telefone. Vá buscar a caixa de transporte, e então ligamos para perguntar o que fazer, combinado?

— É uma ideia burra, Ora.

— Provavelmente, mas eu não vou conseguir dormir se o falcão se machucar. Por favor, Am, pegue a caixa para mim.

O adolescente xingou baixinho e passou bem devagarinho ao redor do pássaro — que não se mexeu — antes de sair correndo em direção à casa dele. Fiquei de olho no majestoso pássaro ali parado, apenas passando o olhar afiado e vidrado de um lado a outro, com aqueles movimentos insanos que sua espécie faz com o pescoço.

Dando uma boa olhada nele, vi que o falcão era enorme. Tipo gigante. Aquilo era normal? Ele usava anabolizantes?

— Ei, amigo — falei. — Espere aqui por um segundo, ok? Vamos te ajudar.

Ele não respondeu, óbvio.

Por qual razão o meu coração começou a bater mais rápido, eu realmente não entendi. Quer dizer, acho que sabia, sim. É porque eu ia ter que pegar aquele enorme filho da puta. Se a memória não me falhava de todos os programas que eu tinha visto sobre zoológicos e o único sobre guardas florestais, era preciso meio que... agarrar eles.

Eles farejavam o medo? Como os cães? Olhei para o meu novo amigo e torci pra caralho para que ele não conseguisse.

Dois segundos depois, a porta da casa se abriu e Amos apareceu com uma grande caixa de transporte de animais que deixou no chão da varanda antes de correr de volta para dentro. Ele voltou um segundo depois, colocando algo em seus bolsos e, em seguida, pegou a caixa de novo. Ele desacelerou quando chegou mais perto da garagem e contornou o pássaro, que ainda estava no mesmo lugar. Amos pareceu ofegante quando, devagar, colocou a caixa entre nós. Depois tirou luvas de couro dos bolsos e as entregou para mim.

— Foi o melhor que consegui achar — falou, com os olhos arregalados e o rosto tenso. — Você tem certeza de que quer fazer isso?

Coloquei as luvas e soltei um suspiro trêmulo antes de dar a ele um sorriso meio murcho.

— Não. — Meio que ri de nervoso. — Se eu morrer...

Isso o fez revirar os olhos.

— Você não vai morrer.

— Invente uma história legal dizendo que salvei a sua vida, tudo bem?

Ele me encarou.

— Talvez seja melhor esperar o meu pai.

— Nós deveríamos? Sim. Vamos? Não, temos que pegá-lo. Ele deveria estar voando nas alturas, e nós dois sabemos disso.

Amos amaldiçoou baixinho de novo, e eu engoli em seco. Era melhor acabar logo com aquilo. Cinco minutos enrolando não iam mudar nada.

Minha mãe teria feito.

— Ok, eu consigo — tentei me motivar. — É como pegar uma galinha, certo?

— Você já pegou uma galinha?

Olhei para Am.

— Não, mas eu vi a minha amiga pegando. Não pode ser tão difícil.

Estava torcendo por isso.

Eu consigo.

É como pegar uma galinha. É como pegar uma galinha.

Abrindo e fechando minhas mãos com as grandes luvas, balancei os ombros e movi o pescoço de um lado para o outro.

— Vamos lá, falcãozinho.

Me aproximei do pássaro, desejando que o meu coração desacelerasse.

Por favor, que ele não consiga farejar o medo. Por favor, não o deixe farejar o medo.

— Tudo bem, amoreco, amiguinho, menino lindão. Seja bonzinho, ok? Seja legal. Por favor, seja gentil. Você é tão lindo. Estou apaixonada por você. Só quero cuidar de você, tá bom? Por favor, fique tranquilo. — Me abaixei e gritei. — *Ahh!* Peguei! Abra a caixa! Abra a caixa! Am, abra logo! Merda, ele é pesado!

Com o canto do olho, vi Amos correr até a caixa, pegá-la, abrir a grade e a colocar no chão.

— Vai logo, Ora!

Prendi a respiração enquanto me mexia, segurando o que eu tinha certeza que era um pássaro que tomava esteroides — e que não estava lutando contra mim, honestamente — e o coloquei na caixa o mais rápido possível, de costas para mim. Amos bateu a grade com força, assim que tirei os braços dali, para que eu não fosse assassinada.

Nós dois demos um pulo para trás e então espiamos além da grade de metal.

Ele estava tranquilo. Estava bem. Pelo menos era o que parecia; não era como se o pássaro estivesse fazendo caretas.

— Conseguimos! — Levantei a mão e Am bateu a sua na minha.

 O adolescente sorriu.

— Vou ligar para o meu pai.

Batemos nossas mãos de novo, animadíssimos.

Amos correu para dentro da casa, e eu me agachei para olhar mais uma vez para o meu amigo falcão. Ele era muito bonzinho.

— Bom trabalho, lindão — elogiei.

Acima de tudo, eu tinha conseguido! Eu o colocara lá dentro! Sozinha.

Quem diria, hein?

Uma hora depois, assim que ouvi o som do carro lá fora, desci correndo as escadas. Amos me dissera que seu pai voltaria para casa o mais rápido possível. Depois de ele me dar essa informação, nós nos separamos, ambos agitados pela adrenalina para conseguirmos voltar ao trabalho; Amos foi jogar videogame, e eu fui para o apartamento. Eu tinha planejado dar uma volta na cidade para visitar umas lojas e encontrar alguma coisa para enviar para a Flórida, mas antes eu tinha que saber o que ia acontecer com o meu novo amigo.

Quando abri a porta da garagem, o sr. Rhodes já havia saído da caminhonete e vinha na minha direção. Ele estava de uniforme, já que estava trabalhando naquele fim de semana, e eu estaria mentindo se dissesse que não babei naquelas coxas musculosas delineadas pela calça. Mas minha parte favorita era como ele colocava a camisa para dentro da calca com cinto.

Ele era gostoso pra caramba.

— Oi, sr. Rhodes.

— Oi — ele realmente respondeu, aquelas pernas longas reduzindo a distância entre nós.

Eu fui direto para a caixa de transporte.

— Olha só o que a gente encontrou.

Ele tirou os óculos escuros e seus olhos cinzentos pousaram em mim brevemente, as sobrancelhas subindo apenas um pouco.

— Teria sido melhor se tivessem me esperado — falou, parando na frente da caixa, se inclinando um pouco. Depois quase imediatamente se endireitou, olhou para mim, e se agachou de vez, a perna dos óculos escuros dentro da camisa. — Você que o pegou? — Sua voz saiu estranha e tensa... ele não parecia bravo... apenas estranho.

— Sim, eu acho que ele usa esteroides. É muito pesado.

Ele pigarreou e encarou a caixa, antes de erguer a cabeça para mim.

— Com suas próprias mãos? — perguntou lentamente.

— Usei luvas de couro.

Ele espiou dentro da caixa de novo, e ficou olhando para dentro dela por muito, muito tempo. Na verdade, provavelmente um minuto, mas eu senti que tinha passado muito tempo. Ele só disse mais uma coisa, naquele mesmo timbre estranho:

— Aurora...

— Am disse que seria melhor esperar, mas eu não queria que o meu amiguinho aqui fugisse e fosse para estrada. Ele poderia ser atropelado. Ou qualquer outra coisa. Veja como ele é majestoso. Eu não podia deixar que ele se ferisse — divaguei. — Eu não sabia que falcões eram tão grandes. Isso é normal?

Ele pressionou os lábios.

— Não são.

Por que sua voz pareceu tão irregular?

— Fiz alguma coisa errada? Eu o machuquei?

Ele levou uma grande mão ao rosto e alisou da testa ao queixo antes de negar com a cabeça. Sua voz ficou suave quando seu olhar voltou para mim; ele encarou meus braços e o meu rosto.

— Ele não te machucou?

— Me machucar? Não. Ele nem se importou comigo. Ele foi muito educado. Eu disse ao falcão que a gente ia ajudá-lo, então talvez ele pôde sentir que eu não faria mal algum. — Eu tinha visto vários vídeos de animais selvagens que se acalmavam quando sabiam que estavam recebendo ajuda.

Levou um momento para eu entender o que estava acontecendo.

Os ombros dele começaram a tremer. Então, seu peito. A próxima coisa que percebi foi que o sr. Rhodes começou a rir.

Então começou a gargalhar, de um jeito desarmonioso que soava como um motor de carro lutando para ligar, de tão sufocado e áspero.

Mas eu estava muito perturbada para apreciar o momento porque... porque ele estava rindo de mim.

— O que é tão engraçado?

Ele mal conseguiu falar.

— *Angel...* isso não é um falcão. É uma águia-dourada.

Levou uma vida para que ele parasse de rir.

Quando finalmente se acalmou, começou a gargalhar de novo, risadas altas aliadas a o que eu tinha certeza que eram lágrimas que suas mãos o ajudaram a se livrar.

Acho que eu estava muito impressionada para apreciar de verdade aquele som rouco e incomum.

Na segunda tentativa de parar de rir, ele explicou, enquanto enxugava as lágrimas, que iria levar o meu amigo para uma clínica de recuperação licenciada e que voltaria em seguida. Assoprei um beijo para o meu amigo através da grade, e o sr. Rhodes voltou a rir.

Não era assim *tão* engraçado. Os falcões eram marrons. Meu amigo era marrom. Foi um erro de boa-fé.

Exceto que, aparentemente, as águias eram muito maiores do que os seus primos pequenos.

Fui para a cidade, comprei alguns presentes para minha família e fiz compras no supermercado. Quando cheguei em casa, a caminhonete de Parques e Vida Selvagem estava de volta. Mais importante, porém: havia uma longa escada encostada na lateral do meu apartamento e, bem no último degrau estava um homem enorme segurando uma lata, observando concentrado o que parecia ser uma fenda entre o telhado e o revestimento.

Estacionei no lugar de sempre e saí, deixando as sacolas do banco de trás para ver o que estava acontecendo.

— O que você está fazendo? — gritei, caminhando em direção à escada.

O sr. Rhodes estava no ponto mais alto que poderia alcançar, com o braço estendido o mais longe possível do restante do corpo.

— Preenchendo os buracos.

— Precisa de ajuda?

Ele não respondeu antes de estender a mão um pouco para o lado e aparentemente preencher outro buraco.

Por causa dos morcegos.

Ele estava enchendo os buracos por causa dos morcegos.

Já que não recebera outra visita, esquecera completamente que ele ia fazer isso.

— Só mais um e já termino — avisou, antes de deslizar um pouco para o lado e preencher outro espaço. Ele enfiou a lata no bolso de trás da calça e lentamente começou a descer.

Não é motivo de orgulho, mas fiquei olhando para as coxas e a bunda dele o tempo todo.

Ele tinha trocado o uniforme pelo combo jeans e camiseta. Eu queria assobiar, mas me controlei. Quando terminou de descer a escada, se virou para mim e pegou a lata de onde a havia colocado.

— Obrigada por fazer isso — falei, olhando para o cabelo grisalho misturado com o tom castanho. Combinava tanto com ele.

As sobrancelhas do sr. Rhodes se ergueram um pouco.

— Não queria que você me desse aquela avaliação de uma estrela — disse de forma impassível, me deixando em choque.

Primeiro, mais cedo, ele rira de mim; agora ele estava brincando? Aquele homem tinha sido abduzido por alienígenas? Ele finalmente tinha entendido que eu não era uma esquisitona? Não dava para saber, mas não importava. Eu ia aproveitar o momento. Não sabia quando ele estaria amigável assim de novo.

— Acho que agora daria umas três estrelas.

Um canto da sua boca subiu apenas um pouco.

Aquilo era um sorriso?

— A próxima coisa que vou fazer é instalar a casa de morcego que quase te matou.

Ele estava brincando comigo. Me zoando pela primeira vez. Eu nem sabia como responder porque estava surpresa. Enquanto eu pegava o meu queixo que tinha caído no chão, a voz da minha mãe soou baixinho nos meus ouvidos, e eu relaxei os ombros.

Era minha vez de falar sério.

— Você se importaria de me ensinar como faz? — Fiz uma pausa. — Eu realmente gostaria de aprender.

Ele se elevou sobre mim, vigilante, como se talvez pensasse que eu estava brincando. Mas viu que eu estava falando sério, porque assentiu.

— Tudo bem. Vamos pegar luvas e o que mais vamos precisar.

Senti o meu corpo inteiro se iluminar.

— Sério?

Ele desviou sua atenção de um dos meus olhos para o outro.

— Se você quer aprender, eu te mostro.

— Realmente quero. Só no caso de eu ter que fazer isso de novo. — Eu esperava que não.

Ele assentiu.

— Já volto.

Enquanto ele entrava para pegar as luvas, tirei as sacolas do carro e as levei para cima. Quando voltei, o sr. Rhodes havia reduzido o tamanho da escada e a movido de volta para onde ela pertencia, do outro lado do apartamento. Depois trouxe a escada que tinha tentado me matar e entrou para pegar a casa de morcego, que ele havia descido para o primeiro andar em algum momento.

— Pegue a casa — ordenou, segurando-a em seus braços.

Pegue a casa, *por favor?* Ahh.

Sorri e estendi a mão para pegá-la. Nós nos dirigimos para a mesma árvore que eu tentara usar. Como ele sabia, eu não fazia ideia. Talvez eu tivesse deixado ali a marca de um corpo humano caído.

— Você teve um dia cheio? — perguntei.

Ele não olhou para mim.

— Passei a manhã toda em uma trilha porque uma pessoa encontrou alguns restos mortais. — Ele pigarreou. — Depois disso, levei a águia-dourada para uma reabilitadora...

Gemi.

— Era realmente uma águia?

— Uma das maiores que a reabilitadora já viu. Ela disse que pesava quase sete quilos.

Parei de andar.

— Sete quilos?

— Ela deu uma boa gargalhada quando soube que você pegou a águia e a colocou na caixa como se fosse um periquito.

— É tão bom saber que estou levando alegria para a vida das pessoas.

Tive certeza de que ele sorriu, ou pelo menos fez aquele movimento que só seria considerado um sorriso para ele, aquela coisa de torcer a boca.

— Não é todo dia que alguém pega um predador e o chama de lindão — falou.

— Amos te disse isso?

— Ele me contou tudo. — Ele parou. — Vou montar a escada ali mesmo.

— Ele vai ficar bem?

— *Ela* vai ficar bem. A asa não parecia quebrada e a reabilitadora não viu fratura no crânio. — Ele se moveu ao meu redor e perguntou: — Já usou uma furadeira?

Eu nem tinha usado um martelo até duas semanas antes.

— Não.

Ele assentiu.

— Segure firme e aperte o botão. — Ele me mostrou, segurando o botão preto e verde de ligar. Os olhos do sr. Rhodes encontraram os meus. — Vamos fazer assim. Pratique aqui. — Ele apontou para um lugar na árvore antes de colocar um parafuso na ponta.

Assenti e peguei a furadeira da mão dele. Consegui aparafusar em uma fração de segundo.

— Acertei em cheio! — Olhei para ele. — Peguei o jeito?

Não recebi aquele sorriso parcial, mas seria pedir demais.

— É só um parafuso — disse, apontando para cima. — Suba. Eu vou te dando as coisas e te ensinando ao mesmo tempo. Não vou conseguir ficar lá em cima com você porque vai exceder a capacidade de peso.

Aposto que sim. Ele devia pesar uns noventa quilos, fácil.

Assenti e comecei a subir, até sentir um toque no meu tornozelo que me fez parar e olhar para baixo.

— Se não conseguir segurar alguma coisa, solte. Não deixe cair em cima de você, entendido? — perguntou. — Apenas solte. Não impeça o objeto de cair usando o seu rosto, não importa se for quebrar.

Parecia bem simples.

— É só subir e resolver.

Eu consigo.

Sorri e comecei a subir. Ele cuidadosamente entregou a broca e os parafusos antes de me dar um tubo que não reconheci. Cola? Meus joelhos começaram a tremer e tentei ao máximo ignorá-los... e a escada pareceu sacudir um pouco demais, embora o sr. Rhodes a estivesse segurando.

— Vá com cuidado. Você consegue... — incentivou enquanto eu respirava fundo. — Você está indo bem.

— Estou indo muito bem — repeti, enquanto limpava a mão suada na calça jeans e pegava o parafuso.

— Agora encaixe o parafuso. Está vendo aquele tubo que te entreguei? Está aberto. Coloque uma gota no parafuso, apenas o suficiente para mantê-lo fixo — instruiu lá de baixo.

— Entendi. — Eu fiz o que ele disse e então gritei: — Se eu deixar cair, corra, ok?

— Não se preocupe comigo, *Angel*. Chegou a hora de aparafusar.

— Aurora — eu o corrigi, soltando um suspiro trêmulo. Não era a primeira vez que ele me chamava pelo nome errado.

— Muito bom! Você só vai precisar de um parafuso. Não precisa ficar perfeito — falou, antes de me dar mais instruções, que segui com as mãos escorregadias. — Você está indo muito bem.

— Estou — concordei, depois de verificar de novo se o parafuso estava firme o suficiente para manter a casa de morcego. Meu braços estavam tremendo. Até o meu pescoço estava tenso. Mas eu estava conseguindo.

— Aqui — disse ele, erguendo uma garrafa o mais alto possível. Reconheci que ela continha o atrativo. Clara tinha me mostrado o que era na tela do celular, porque o da loja estava fora da validade.

Desviando o rosto para longe, borrifei.

— Mais alguma coisa?

— Não, agora me passe a furadeira, a cola e desça.

Espiei.

— Por favor? — brinquei.

E seu rosto sério e pétreo estava de volta.

Muito melhor.

Fiz o que ele pediu, os joelhos ainda tremendo, e comecei a descer.

— Eu não sou tão... ai, merda. — Meus dedos do pé erraram um passo, mas consegui me segurar. — Estou bem, escorreguei de propósito. — Olhei para ele de novo.

Sim, seu rosto duro ainda estava lá.

— Aposto que sim — murmurou, me divertindo muito mais do que ele pretendia.

Terminei de descer os degraus e entreguei para ele os parafusos que sobraram.

— Obrigada pela ajuda. E por ter preenchido os buracos. E por ser tão paciente.

Enquanto ele ficava ali, vi seus lábios cheios em uma linha fina. O sr. Rhodes me observava, seu olhar movendo-se pelo meu rosto.

O sr. Rhodes pigarreou e todas as pequenas brincadeiras que eu tinha visto antes desapareceram.

— Eu fiz isso por mim. — Sua voz séria tinha voltado, e seu olhar se moveu para um ponto atrás de mim. — Não quero acordar com você gritando a plenos pulmões no meio da noite.

Meu sorriso vacilou, mas o contive, lembrando a mim mesma que não era como se eu não soubesse que ele não gostava de mim. Tudo aquilo era só... ele sendo o proprietário do terreno e um homem decente ao mesmo tempo. Tinha perguntado a ele como se fazia, e ele tinha me ajudado. Só isso.

Mas ainda assim me chateava, embora eu soubesse que parecia idiota. Precisei dar tudo de mim para manter o rosto neutro.

— Mesmo assim, obrigada — disse a ele, percebendo o quão esquisita soei, mas dei um passo para trás. — Não quero tomar mais do seu tempo, obrigada mais uma vez. — Os lábios dele se separaram enquanto eu acenava de qualquer jeito. — Tchau, sr. Rhodes.

Fui para dentro do apartamento agarrada às vitórias do dia, sem que ele tivesse tempo de dizer alguma coisa. Queria manter as coisas boas comigo. Não seu humor volátil.

Eu havia salvado a porra de uma águia e aparafusado a casa de morcego sozinha. Aprendi a usar uma furadeira. Eram muitas vitórias em todos os sentidos. E aquilo *era* alguma coisa. Uma coisa grande e linda.

Se houvesse uma próxima vez, eu pegaria os morcegos com as minhas próprias mãos. Ok, isso nunca iria acontecer, mas, naquele momento, sentia que poderia fazer qualquer coisa.

Exceto fazer o meu locador gostar de mim, mas tudo bem.

Sério, tudo bem mesmo.

MARIANA ZAPATA

CAPÍTULO CATORZE

Acordei com batidas à porta.

Altas, frenéticas, fortes.

— *Ora!* — uma voz extremamente familiar gritou lá de fora.

Eu pisquei e me sentei.

— Amos? — gritei de volta, pegando meu telefone do chão onde o tinha deixado carregando. Ao olhar para a tela, percebi que eram sete da manhã.

Na minha folga. Domingo.

Que merda Am estava fazendo acordado tão cedo? Ele me disse, ao menos três vezes, que ficava a noite toda jogando videogame e só acordava depois da uma da tarde, exceto quando o pai estava em casa. Isso me fez rir.

Sentei de lado na cama, pronta para levantar.

— Amos? Você está bem? — perguntei.

— *Oraaaa! Sim! Venha aqui!* — respondeu enquanto eu pegava um moletom que tinha deixado jogado sobre uma das cadeiras e o vestia.

Fazia calor durante o dia, mas algumas noites eram frias.

Que porra estava acontecendo? Bocejei e vesti o short de dormir que tinha tirado durante a noite, deslizando-os pelas minhas pernas ainda no topo da escada antes de descer correndo o mais rápido possível. Amos não era um garoto dramático. Tínhamos passado tanto tempo juntos no último mês que eu saberia. Na verdade, ele era sensível e tímido, embora estivesse saindo um pouco da bolha perto de min dia após dia.

Ao menos, um dos Rhodes estava.

Já destrancando e abrindo a porta, observei o garoto.

Ele ainda estava de pijama, uma camiseta velha e amassada do colégio e short de basquete (poderia apostar que eram herdados do pai). Havia uma mancha de baba em sua bochecha, e até mesmo os seus cílios pareciam um pouco colados... mas todo o resto estava bem desperto. Alarmado até.

Por que ele parecia tão apavorado?

— O que aconteceu? — perguntei, tentando não parecer preocupada.

Ele segurou minha mão, o que deveria ter sido um sinal, porque ele mal suportara as raras ocasiões em que o abracei, e Amos nunca tinha tomado a iniciativa de me tocar antes. Ele começou a me puxar porta afora.

— Espere — falei, parando para calçar as botas que estavam ali no meio do caminho, arrastando meus pés atrás dele. — O que está acontecendo?

O garoto nem olhou para mim enquanto continuava me levando em direção a sua casa.

— Sua... sua amiga está na minha casa — tropeçou nas palavras.

— Minha amiga?

Qual amiga? Clara?

Ele me lançou um olhar e vi que sua expressão beirava o pânico.

— Sim, *sua amiga.* — Vi o movimento de engolir na sua garganta. — Você tinha me falado dela, mas eu não tinha acreditado *completamente* em você.

— Isso é grosseiro. — Bocejei, não entendo para onde a conversa estava indo.

Amos me ignorou.

— Mas ela está lá dentro. Bateu à porta e perguntou por você. E ela está sem a peruca, mas é ela.

Peruca?

Tropeçando na escada e andando atrás dele, ainda estava sonolenta demais para usar o meu cérebro. Uma das minhas botas saiu do pé, e eu tive que apertar a mão dele para fazê-lo parar, para que eu pudesse calçá-la direito.

— Ela falou que vai preparar o café da manhã para todo mundo, então eu corri para te buscar — continuou, falando sem parar, mais rápido do que nunca. Ele abriu a porta e continuou me puxando. — Posso contar a Jackie? Papai disse que ela pode vir visitar e ficar umas duas horas, lembra? Ela vai chorar.

— Dormi tarde ontem à noite porque estava terminando um livro, Am. Quem está aqui? Clara? Por que Jackie choraria?

Ele me levou direto para a sala de estar e parou de repente.

— É *ela* — sussurrou, sem parecer muito reverente, mas mais como... dizendo o impensável.

Estreitei os olhos em direção à cozinha, com mais um bocejo, e vi o cabelo preto e o corpo magro de pé na frente do fogão, mexendo alguma coisa dentro de uma tigela.

Não consegui ver as feições da mulher, mas bastou um...

— *Ora!* — Para eu saber quem era.

Vencedora de oito Grammys.

Uma das minhas melhores amiga no mundo.

Uma das minhas pessoas favoritas no mundo.

E, sem dúvida, uma das últimas pessoas que eu imaginaria ver na casa do sr. Rhodes.

— Yuki? — questionei, ainda assim.

Ela largou a tigela segundos antes de correr e jogar os braços ao meu redor, me abraçando com tanta força que eu mal conseguia respirar. Ainda em choque, a abracei com o mesmo entusiasmo.

— O que você está fazendo aqui? — perguntei, tomando cuidado para respirar sobre a cabeça dela, porque eu não tinha escovado os dentes ainda.

Ela me abraçou ainda mais apertado.

— Consegui um dia de folga! Então ontem, depois do show, pensei em vir te visitar. Tentei te ligar, mas caiu direto na caixa postal. Estou com tanta saudade, docinho. — Yuki se afastou um pouco. — Você se incomoda? Lembro que você comentou que não trabalharia nesse domingo. — Antes que pudesse dizer qualquer coisa, ela continuou: — Eu posso ir embora mais cedo, se for melhor.

Revirei os olhos e a abracei de novo.

— Sim, está tudo bem. Eu tinha planos, mas...

— Nós podemos fazer tudo o que você precisar fazer juntas! — ofereceu, se afastando, me dando um momento raro em que não a via maquiada e com perucas extravagantes. Yuki Young, uma pessoa que eu amava tanto, e que pintava as minhas unhas uma vez por semana quando morei em sua mansão de quase dois mil metros quadrados em Nashville.

Olhando para ela do jeito que estava, soube que apenas um superfã a reconheceria. Era muito, muito raro. Sempre que a gente saía, o guarda-costas ia junto... mais parecia um namorado.

— Eu não ia mesmo te dar a chance de escolher, Yu. — Ri, me sentindo tão cansada, mas tão feliz em vê-la.

Sério, ela encheu meu coração de tanta alegria que eu poderia ter chorado, se meus olhos conseguissem, mas eles ainda estavam com preguiça.

O único plano que eu tinha para aquele dia...

Ah, merda. Virei a cabeça, e encontrei Amos parado no mesmo lugar. Suas mãos estavam na barriga, a boca aberta, e parecia que uma garota tinha acabado de contar para ele que estava grávida de dois meses.

— Amos — falei com cautela, tudo de repente fazendo sentido. — Essa é minha amiga, Yuki. Yuki, esse é o meu amigo, Amos.

Ele gemeu.

— Amos, você tem certeza de que posso usar a sua mistura pronta de panquecas? — Yuki perguntou com um sorriso sincero, muito acostumada a receber esse tipo de reação das pessoas.

— Aham — o menino sussurrou.

Eu, por outro lado, não tinha tanta certeza disso. Principalmente porque eu conhecia o pai dele e sabia como era protetor.

— Am, posso pegar emprestado o telefone fixo e ligar para o seu pai rapidinho?

Ele assentiu, o olhar ainda preso na amiga que eu conhecia há dez anos. Para quem não era fã da música dela — ele mesmo dissera quando a mencionei casualmente durante nossas aulas, só para sondá-lo —, sem dúvida, Amos parecia muito fascinado. Mas não deixava de ser uma pessoa famosa que, em um passe de mágica, aparecera na casa dele e estava fazendo panquecas, vestida como... é, como a Yuki normal. As perucas coloridas que ela usava não estavam ali e nem as roupas exageradas, muito menos as maquiagens que os fãs tentavam imitar.

Ela estava ali, em uma pequena cidade do Colorado, seu cabelo preto e liso cortado ainda mais curto do que antes, na altura do queixo, vestindo jeans e uma camiseta velha do NSYNC... que tinha sido minha e ela roubara, e eu só estava percebendo naquele momento.

Eu a amava. Ladra ou não.

Mas, primeiro, eu precisava ligar e deixar uma mensagem. Peguei o telefone fixo que encontrei no balcão, e me deparei com um sorriso enorme de Yuki, que, reparando melhor, me pareceu estar exausta, e então pedi para Amos me dizer o número do seu pai. Eu meio que estava esperando que o sr. Rhodes não atendesse — quase rezando —, e fiquei surpresa quando ouvi a voz do outro lado.

— Está tudo bem? — foi a primeira coisa que ele disse, soando alarmado.

Eram sete da manhã, e ele devia estar se perguntando o que seu filho estava fazendo acordado tão cedo, já que não tinha aula.

— Bom dia, sr. Rhodes, é a Aurora — falei, xingando mentalmente. Claro que ele ia atender. — Não se preocupe, está tudo bem com o Am.

Houve uma pausa.

— Bom dia — me cumprimentou, a voz cautelosa. — Algum problema?

— Não, de forma alguma.

— Você está bem? — perguntou lentamente com uma voz rouca que me fez pensar a que horas ele tinha acordado.

Não tínhamos feito mais do que acenar um para o outro, o que na verdade consistia em eu acenar e ele levantar dois dedos ou o queixo em resposta, desde que me ajudara com a casa dos morcegos. O sr. Rhodes não tinha sido extrovertido ou gentil novamente, estava mais para... voltar a aturar minha existência orbitando a vida dele. E tudo bem. Pelo menos, Amos me fazia companhia. Eu não ia me iludir.

— Nós dois estamos bem — respondi, esperando que ele não ficasse muito bravo por não apenas eu, mas também uma pessoa estranha, estar em sua casa. — Só estou ligando para dizer que uma amiga apareceu para me fazer uma visita surpresa e, sem querer, acabou indo parar na sua casa primeiro, e nós duas estamos... aqui.

— Sem problema...

Sem problema?

Esse era o mesmo cara que tinha mencionado pelo menos umas dez vezes que eu não poderia receber visitas?

— Ela está fazendo panquecas — avisei, tremendo os dentes.

Ele soltou outro "sem problema" que soou tão arrastado e engraçado como o primeiro.

Andei em direção ao corredor onde ficava o quarto de Amos, para que eles não me ouvissem, e baixei a voz.

— Por favor, não fique bravo com o Amos; ele estava apenas sendo educado. Eu gostaria de ter avisado que ela viria ou teria ido para um hotel, mas ela quis fazer uma surpresa — tentei explicar só por precaução. — Sinto muito por estarmos na sua casa.

Ele soltou um suspiro irritado?

— A gente vai embora o mais rápido possível. Minha amiga é uma das melhores pessoas do mundo e eu vou ficar de olho no Amos, prometo — murmurei, olhando para Amos enquanto ele caminhava em direção a Yuki, que estava ocupada despejando a massa na frigideira já aquecida.

Ouvi outro suspiro.

— Eu...

Merda.

— Sei que vai cuidar dele, Buddy. Está tudo bem — falou.

Buddy? De onde veio aquilo? Não que eu fosse reclamar, mas... pigarreei e voltei para o meu timbre normal.

— Certo. Obrigada.

Silêncio do outro lado da linha.

Tudo bem, então.

— Ok, te vejo mais tarde, talvez.

Mais silêncio.

— Devo voltar para casa por volta das duas.

— Tudo bem.

Pensei em avisá-lo quem era a minha amiga, mas resolvi não dizer. Com base nas poucas vezes em que o vi escutar música no carro, quando estava com as janelas da sua caminhonete ou do Bronco abertas, ele não ia saber quem era Yuki ou não daria a mínima.

Eu o ouvi suspirar.

— Tchau — falou.

— Tenha um bom dia no trabalho. — Desliguei a chamada, confusa, porque ele agira de forma estranha.

Desviei a atenção e encontrei minha velha amiga me encarando fixamente da cozinha, com o quadril encostado na bancada.

De forma intensa demais.

Em especial, porque ela estava sorrindo com malícia.

Ao lado dela, Amos ainda a encarava.

Pelo menos, até se dirigir a mim.

— Ora...? — perguntou Amos.

Caminhei até ele.

— Sim?

— Jackie vem para cá umas onze da manhã. Para... você sabe.

Eu sabia. Fiquei surpresa por ele se lembrar também, até porque Amos estava muito ocupado se sentindo fascinado pela Yuki.

Por um breve momento, pensei em perguntar a Yuki se ela se importaria se a amiga dele viesse... mas isso não era do feitio dela. E Yuki não era esse tipo de pessoa.

— Claro que sua amiga ainda pode vir. Podemos até aproveitar e pedirmos ajuda para a srta. Cento e Vinte e Sete Milhões de Álbuns Vendidos aqui.

Ele virou a cabeça na minha direção, com olhos arregalados e alarmados.

— Essa é a amiga que te enviou o cristal para colocar no seu quarto — continuei.

Juro que a cor da sua pele mudou. Então, ele tossiu.

— Quem precisa de ajuda? — Yuki interrompeu. — Como posso ajudar?

Sorri para ela.

— Te amo, Yu. Você sabe disso?

— Eu sei — respondeu. — Também te amo. Mas quem precisa de ajuda?

— Falaremos sobre isso mais tarde.

Amos tossiu novamente, e ele começou a ficar envergonhado com o que eu estava insinuando, pedindo "ajuda" a Yuki, porque naquele dia trabalharíamos em sua performance. Eu tinha implorado para que ele *tentasse* cantar na minha frente. Tínhamos adiado e adiado até que Amos finalmente concordara... contanto que Jackie estivesse lá também. Teve que pedir uma exceção ao pai, já que ainda estava de castigo. Eu tinha descoberto recentemente que Amos começaria as aulas de direção durante o verão, mas, por causa da história do apartamento, teve que esperar até sair do castigo.

— Yu. — Olhei para ela. — Como você chegou até aqui?

Ela ficou de costas para virar as panquecas.

— Roger. — Ele era o seu principal guarda-costas, que estava com ela há quase uma década. Ele era apaixonado pela Yuki, e todos nós tínhamos certeza de que ela não fazia ideia disso. — Ele me trouxe para cá direto depois do show em Denver. Agora ele foi para o hotel dormir um pouco.

Notei as olheiras de Yuki antes de desviar meu foco para Am, só para ter certeza de que ele não tinha desmaiado. Ele ainda estava quieto em seu próprio mundinho, apavorado ou chocado, provavelmente os dois. Tinha certeza de que ele não estava prestando atenção na conversa.

— Está tudo bem? — perguntei devagar, colocando o telefone de volta na bancada e me aproximando dela.

O suspiro que ela soltou saiu do fundo da alma, e ela ergueu um dos ombros.

— Você sabe que eu não deveria reclamar.

— Só porque você não deveria, não quer dizer que não tem o direito.

Yuki mordeu o lábio inferior, e percebi que tinha alguma coisa acontecendo. Ou talvez apenas os estresses normais da turnê.

— Estou cansada, Ora. Só isso. Estou exausta. A sensação que tenho é que os últimos dois meses foram os mais longos e... você sabe. *Você* sabe.

Eu sabia. Ela estava esgotada. Era por isso que Yuki tinha me procurado. Apenas para ser... quem ela era. Uma pessoa normal. Não a persona que criou para o mundo inteiro. Ela era doce e sensível; críticas ruins de seus álbuns arruinavam o seu mês inteiro. Isso me fazia querer matar as pessoas para protegê-la.

Às vezes, quando olhamos para alguém, podemos pensar que ela já tem tudo, mas não sabemos o que há mais para querer. Não vemos o que está fazendo falta. Na maioria das vezes, são coisas que para todo mundo é o básico. Como a privacidade e o tempo.

Ela estava cansada e tinha me procurado.

Então, eu a abracei novamente, e Yuki encostou a testa no meu ombro, suspirando.

No dia seguinte eu ligaria para sua mãe ou irmã e pediria que ficassem de olho nela.

Depois de um minuto, Yuki se afastou e deu um sorriso murcho.

— Ora, onde consigo a água da marca Voss por aqui?

Eu a encarei bem. E fiquei encarando um tempo.

Ela ergueu a espátula com a mão.

— Tudo bem — murmurou. — Esquece. Eu vou beber água da torneira.

Às vezes eu esquecia que Yuki era multimilionária.

Quase quatro horas depois, Yuki e eu estávamos na garagem, sentadas nas duas cadeiras de acampamento do sr. Rhodes, e Amos estava sentado no chão, parecendo enjoado. Para chegarmos a esse momento, a gente só precisou de uma pilha de panquecas, que comemos à mesa (Amos em completo silêncio), e de uma rápida conversa com o mesmo garoto, que implorou para que tirássemos o dia de folga, mas insisti que não deveríamos folgar. Chegamos a discutir o assunto por um segundo, o que foi bem surpreendente e engraçado. Consegui ter uma conversa particular com Yuki enquanto me vestia, ocasião em que perguntei como estava indo a turnê, e ela me respondeu que estava "indo bem".

Jackie chegaria a qualquer instante.

— Podemos fazer isso outro dia — insistiu o adolescente, ainda envergonhado.

Normalmente eu não gostava de forçar as pessoas a fazerem coisas que não queriam, mas Yuki estava ali, e ela tinha a alma mais gentil do mundo.

— E se você ficar de costas e fingir que não estamos aqui? — sugeri, e ele balançou a cabeça, negando. — Não seremos maldosas com você, e eu já te ouvi cantar. Não precisa ficar com vergonha, Am, muito menos por causa da srta. Cento e Vinte e Sete Milhões de Álbuns Vendidos aqui presente.

Yuki resmungou da sua cadeira, as pernas cruzadas, segurando uma xícara de chá que havia, de alguma forma, conseguido preparar no meu apartamento. Conhecendo-a, ela provavelmente levara alguns sachês na bolsa.

— Quer parar de me chamar assim?

— Não depois de você perguntar onde encontraria água Voss aqui. — Ergui as sobrancelhas. — Ou você prefere srta. Tenho Oito Grammys?

— Não! — Yuki disse.

Amos empalideceu.

— Você está deixando Amos ainda mais nervoso — argumentou.

Mas havia um objetivo por trás da minha aparente insanidade.

— E que tal... srta. Eu Vomito Antes Dos Shows?

Yuki pareceu pensar sobre isso por um segundo, mas assentiu, jovial.

E isso fez Amos perguntar baixinho:

— O quê?

— Eu vomito antes das apresentações — Yuki confirmou, séria. — Eu fico tão nervosa. Tive que ir ao médico por causa disso.

Os olhos cinzentos do garoto se moveram de um lado para o outro como se ele estivesse processando o comentário dela e tendo dificuldade em entender.

— Ainda acontece?

— Não consigo evitar. Eu tentei terapia. Eu tentei... de tudo. Nos bastidores fico bem, mas subir no palco é tão difícil. — Ela descruzou as pernas e voltou a cruzá-las. — Você já se apresentou para uma plateia?

— Não — ponderou. — Minha escola tem um show de talentos em fevereiro... eu estava... eu estava pensando em participar.

Era a primeira vez que eu escutava sobre este show.

— Subir lá é difícil — ela confirmou. — É muito difícil. Eu sei que algumas pessoas se acostumam com o tempo, mas parece que tenho que lutar contra todos os meus instintos de sobrevivência para não sair correndo.

— Como você faz, então? — perguntou, os olhos bem abertos.

Ela balançou a xícara, pensando.

— Eu vomito. Digo a mim mesma que já fiz isso antes e que posso fazer de novo, lembro a mim mesma que amo ganhar dinheiro e me transformo na Lady Yuki. Não na Yuki que eu sou, mas na Lady Yuki, e ela consegue fazer tudo o que eu não consigo. — Deu de ombros. — Meu terapeuta diz que é instinto de sobrevivência e que não é saudável, mas resolve. — Ela pousou a xícara sobre a coxa. — A maioria das pessoas tem medo de se colocar na posição de receber críticas. Você não deve se importar com o que os outros pensam, já que eles não têm coragem de fazer o que você faz. Você também tem que se lembrar disso. A única opinião que realmente importa é a sua e as das pessoas que você respeita. Todo mundo tem medo de alguma coisa, e a perfeição não é uma possibilidade real. Somos humanos, não robôs. Quem se importa se você desafinar um pouco ou se tropeçar ao vivo em um programa de TV?

Isso tinha acontecido com Yuki. A irmã dela tinha gravado e rido disso por pelo menos um ano. O semblante de Amos pareceu muito pensativo.

— Então... — cortei o assunto para dar a Amos tempo de refletir sobre o conselho dela. — Você escreveu algo novo?

— Você está escrevendo uma música? — Yuki interrompeu.

— Sim — respondi por ele. — Ainda estamos tentando descobrir que tipo de história ele quer contar através das canções.

Ela entendeu e franziu o nariz.

— Sim. Você tem que descobrir isso. Amos, você tem a melhor pessoa do mundo aqui para te ajudar. Você não tem ideia do quão sortudo é.

Apertei o maxilar, esperando que ela não dissesse muito mais, mas o garoto fez uma careta.

— Quem? *Ora?*

Isso me fez rir.

— Droga, Am, não aja como se fosse maluquice. Eu te contei que escrevi algumas músicas.

Ele só não sabia que algumas delas tinham feito... sucesso.

Foi a vez de Yuki fazer uma careta.

— Algumas?

Eu havia contado a ela, enquanto estávamos lá em cima, que eles não sabiam nada sobre Kaden, e que só sabiam sobre a Yuki, pelo menos eu tinha jogado umas indiretas para o Amos com pequenas dicas. Tudo o que sabiam era que eu tinha me "divorciado".

— Músicas da Yuki? Você escreveu músicas para *ela*? — Amos arfou, chocado.

Yuki assentiu, entusiasmadíssima. Eu abri um sorriso neutro para ele, e dei de ombros, como se não fosse nada.

A confusão — e a surpresa — permaneceram no rosto do garoto, mas quando ele ainda parecia pensar no que responder, um carro começou descer pela entrada, fazendo o contorno, e do veículo ainda em movimento desceu uma adolescente. A janela abaixou, e o rosto familiar de Clara apareceu.

— Oi e tchau! Estou atrasada! — Clara falou. E então ela foi embora, enquanto Jackie, com a mochila em uma das mãos, caminhava para onde estávamos.

Foi Am quem levantou a mão em um gesto de pare.

— Jackie, não surte...

E foi aí que ela parou de andar. O sorriso que tinha foi sumindo enquanto seu olhar pousava na pessoa sentada ao meu lado.

Ela despencou como a porra de uma árvore.

Tão forte que foi um milagre que sua cabeça não tenha batido no alicerce de concreto quando desmaiou.

— Bem que eu disse — Am resmungou, enquanto todos nós corremos para perto dela, agachando ao seu lado.

Assim que seus olhos se abriram, ela gritou:

— Estou bem! Estou bem!

— Você está bem? — Yuki perguntou, ajoelhando-se ao lado dela.

Os olhos de Jackie se arregalaram novamente, e seu rosto ficou tão pálido quanto o de Amos quando eu disse a ele que iríamos ter a ajuda de Yuki.

— Meu Deus, é *você*! — ela gritou, com a respiração ofegante.

— Oi.

Oi. Eu quase comecei a rir.

— Jackie, você está bem? — indaguei.

Os olhos de Jackie se encheram de lágrimas, e percebi que Amos e eu ficamos invisíveis de repente.

— Ai, meu Deus, é *você*.

Minha amiga nem hesitou; ela ficou de joelhos.

— Você quer um abraço?

Os olhos de Jackie se encheram de lágrimas e ela fez que sim freneticamente.

— Eu não fiquei assim, fiquei? — Amos sussurrou ao meu lado enquanto a mulher e a adolescente se abraçavam, e ainda mais lágrimas escorriam pelas bochechas de Jackie.

Ela soluçava. Jackie estava soluçando de verdade.

— Quase. — Encontrei os olhos de Amos e sorri.

Ele me olhou com frieza, o que me lembrou muito de seu pai, e eu ri.

Mas quando me virei de volta, acabei percebendo nos olhos de Jackie, quando ela se afastou do abraço de Yuki, uma coisa muito parecida com culpa.

O que era aquilo?

Por fim, depois que Jackie se acalmou e parou de chorar — o que acabou levando quase uma hora, porque toda vez que ela tentava se controlar explodia em lágrimas de novo —, a gente conseguiu se sentar. Amos e Jackie nos deixaram ficar nas cadeiras, e eles se sentaram no chão. O garoto parecia enjoado e mal-humorado e ela... se a minha vida fosse um anime, Jackie teria corações nos olhos.

— Então... — eu disse, mirando Amos.

Ele olhou para o teto, mas eu o vira me espiando um segundo antes.

Eu não ia colocá-lo em uma situação desconfortável, se ele realmente não quisesse. Amos poderia querer cantar, assunto que ainda não tínhamos explorado, ou compor. Ele poderia apenas compor para si mesmo.

Amos tinha uma voz linda, mas era decisão dele o que fazer com seus dons. Mantê-los só para si, compartilhá-los com o mundo ... a escolha era dele.

Mas eu queria que Yuki ouvisse o que ele havia escrito, pelo menos uma música. Porque talvez ele não admirasse o trabalho dela, mas, sem dúvida, eu tinha a sensação de que qualquer elogio que Yuki fizesse seria bom para a alma de Amos.

E se para isso eu tivesse que cantar, tudo bem.

— Am, você se importa se eu mostrar para a Yu um trecho da sua outra música? A mais sombria?

Ele me olhou novamente, a vergonha tomando conta.

— Você não vai me obrigar a cantar, vai?

— Eu gostaria que cantasse, porque você sabe como me sinto em relação à sua voz, mas a decisão é sua. Eu só quero que ela conheça a música. Mas só se estiver tudo bem para você.

Ele baixou a cabeça, e percebi que estava ponderando.

Amos assentiu.

Enquanto ele entregava seu caderno, apontei para o violão apoiado em um suporte, e ele me passou o instrumento, junto com a palheta. Ignorei a sobrancelha levantada do Amos. Aquele garoto nunca tinha fé em nada.

Ao meu lado, Yuki entrelaçou os dedos.

— Ai, amo quando você canta!

Eu gemi, apoiando o violão no colo e suspirando.

— Não sou boa em cantar e tocar ao mesmo tempo — avisei aos dois adolescentes, enquanto um me encarava intensamente e a outra eu tinha certeza de que não tinha ouvido uma palavra que saíra da minha boca, porque estava ocupada demais olhando para Yuki. — Então, é apenas uma ideia de como é... — continuei, mesmo que já tivéssemos trabalhado juntos o suficiente para saber que tudo era apenas uma ideia, até que tivesse chance de ser ajustado no último segundo.

— Você vai cantar? — Amos perguntou lentamente.

Mexi as sobrancelhas.

— A menos que você queira.

Isso o fez parar de falar, mas ainda conseguia ver a descrença em seu semblante.

— E você, Jackie? Quer tentar? — indaguei para a minha colega de trabalho.

Isso a fez voltar a si. Jackie olhou para mim e balançou a cabeça.

— Na frente da Yuki? Não.

Com o caderno apoiado no joelho, fechei um olho e sussurrei as palavras para acertar o tempo delas. Pigarreando, ouvi o som distinto de pneus na entrada.

Lembrei-me dos acordes que Amos tocara junto com a letra no dia em que seu pai e eu o ouvimos cantar. Os acordes eram simples o bastante para eu tentar, já que não era talentosa o suficiente para dedilhar notas difíceis e cantar ao mesmo tempo; tinha que ser uma coisa ou outra.

Achando que era o melhor que poderia conseguir, comecei. Não estava nervosa. Yuki sabia que eu não era a Whitney ou a Christina. Mas, é, ninguém era a Whitney ou a Christina. E eu também não era a Lady Yuki.

Ontem encontrei um livro
Com histórias que não posso contar
Vazias e ocas
As palavras são apenas sombrias

Ok, a coisa estava indo bem. Sorri para Am, cuja boca estava ligeiramente aberta, antes de continuar. Não havia muito mais escrito.

Talvez exista um mapa
Para encontrar a felicidade em mim
Não deixe
Que eu afunde nos destroços

Fui direto para o refrão, porque ele já o tinha escrito, já que não o convencera a esperar um pouco mais para escrevê-lo.

Nós emergimos e afundamos com a maré
Não posso ser levado
Não há onde me esconder
O fogo deve ser alimentado

Yuki pegou o ritmo e começou a bater o pé, sorrindo amplamente.

— Cante de novo! — Ela aplaudiu.

Eu sorri e assenti, fazendo o refrão mais uma vez e voltando para o começo, me acostumando com a música, batendo o pé no chão para não errar o tempo. Yuki pediu que eu cantasse novamente, e, desta vez, sua voz doce se juntou à minha, mais clara, alta e penetrante.

Algumas pessoas tinham esse talento no DNA, o que as tornava muito especiais, e Yuki Young era uma delas.

Era a mesma energia que eu sentia quando ouvia Amos cantar. Essa capacidade de fazer o meu corpo se encher de arrepios.

Então, sorri enquanto ela cantava as partes que tinha memorizado e olhei para os dois adolescentes sentados no chão, que nos encaravam. E quando cheguei ao final do refrão, sorri para Yuki.

— É boa, não é?

Yuki já estava assentindo e sorrindo tanto que senti que não teria como amá-la mais do que naquele segundo, com ela sendo tão doce com o meu novo amigo.

— Ele escreveu isso? Você escreveu isso, Amos?

O menino assentiu com rapidez, desviando o olhar dela para mim.

— Que maravilha, fofucho. Simplesmente incrível, você fez um ótimo trabalho. Esse trecho sobre não ser abandonado afundando nos destroços... — Assentiu de novo. — Isso é muito bom. Memorável. Eu amei.

Os olhos de Amos voaram na minha direção, e assim que ele abriu a boca, outra voz muito mais profunda falou atrás de mim:

— Caramba.

Me virei para olhar por cima do ombro e vi o sr. Rhodes parado dentro da garagem. Vestido com aquele uniforme incrível, os braços cruzados no peito, os pés bem separados, ele estava sorrindo.

Um sorrisinho leve, mas com certeza estava ali.

Provavelmente porque ouvira a linda voz da Yuki.

Mas era para mim que ele estava olhando. Era para mim aquele sorriso suave.

Sorri também.

— Não sabia que você cantava! — Jackie gritou do nada.

Voltei minha atenção para ela.

— Já tive muitas aulas de canto. Eu não sou tão ruim, mas não sou tão boa.

Ao meu lado, Yuki bufou. Nem sequer olhei para a minha amiga.

— O quê? Eu queria que minha voz fosse rouca como a sua.

Isso me fez piscar para ela.

— Você não consegue alcançar quatro oitavas?

Yuki piscou de volta.

— Apenas aceite o elogio, Ora.

De pé, entreguei o violão para Amos, que ainda me observava de soslaio, e coloquei o caderno ao lado do travesseiro no qual ele estava sentado. Minha velha amiga também se levantou e eu toquei no ombro dela antes de apontar para o meu locador.

— Yuki, este é o sr. Rhodes, pai do Amos e proprietário da casa. Sr. Rhodes, esta é minha amiga, Yuki.

Ela instantaneamente estendeu a mão.

— Prazer em te conhecer, oficial.

As sobrancelhas do sr. Rhodes se ergueram debaixo dos óculos escuros.

— Eu sou guarda florestal, e também é um prazer te conhecer. — Eu não tinha notado, até então, que ele estava carregando várias sacolas nas mãos. Ele transferiu a da direita para a esquerda e apertou a mão de Yuki rapidamente, tão rapidamente que mal percebi quando voltou sua atenção para... mim. — Não tenho certeza se você quer vir almoçar conosco, mas trouxe comida para as crianças. Tem o suficiente para todos.

Que tipo de jogo estranho era aquele? Ele tomava algum tipo de pílula da felicidade de vez em quando? Meu pequeno coração ficou apertado, confuso.

— Ãhn, bem...

O telefone de Yuki começou a tocar muito alto e ela xingou antes de se afastar, atendendo com um "Sim, Roger?".

— Eu vou perguntar para ela — garanti, inclinando a cabeça na direção em que Yuki tinha saído. Então, falei a primeira coisa que me veio à mente. — Como foi o trabalho hoje?

— Bom. Apliquei várias multas.

Ele realmente respondeu.

Ah.

— Muitas pessoas fingindo que não sabiam de nada? — perguntei, sem esperar outra resposta.

— Metade delas.

Eu dei uma risadinha, e os cantos da sua boca se ergueram um pouco, suavemente.

— Vou levar as crianças — falou. — Se decidirem que querem almoçar conosco, você sabe onde estamos.

O convite era sério. Queria perguntar por que ele estava sendo tão amigável, mas não tinha certeza se era bom saber. Parecia que o melhor era aceitar.

— Ok, obrigada.

Mas o sr. Rhodes não se afastou. Ele ficou ali, todo grande e musculoso. Todo se fazendo de casual.

— Como foi hoje? — indagou ele.

— Muito bom. Eles já conheciam a minha amiga — respondi.

— As crianças? — Mas ele não perguntou como ou por que eles já a conheciam.

— Sim.

Assentiu, mas havia algo muito casual na maneira como ele o fez que não parecia certo na minha cabeça, mas eu não tinha certeza do porquê.

— Sua amiga vai passar a noite aqui? — questionou o sr. Rhodes.

— Eu não faço ideia, provavelmente não. — Ela tinha um show em Utah no dia seguinte, então duvidava muito. Eu nem tinha perguntado.

Ele assentiu, mais uma vez, todo casual.

— Pai, podemos comer agora? — Amos pediu já do lado de fora da garagem.

O homem respondeu assim que eu me virei e vi Jackie perto dele. Percebi, no entanto, que ela estava olhando para mim. De novo. Com aquela expressão esquisita. O pequeno Rhodes e o sr. Rhodes saíram da garagem, sem trocar uma palavra entre eles, o que me fez rir.

Jackie não os seguiu, no entanto.

— Você está bem? — perguntei, ouvindo Yuki circular em algum lugar da casa, ainda ao telefone.

— Humm, não? — resmungou.

Dei um passo para perto de Jackie.

— O que aconteceu?

— Preciso te dizer uma coisa — falou, muito séria.

Jackie estava começando a me assustar, mas eu não queria acuá-la.

— Certo. Me conte.

— Por favor, não fique brava.

Eu odiava quando as pessoas diziam isso.

— Vou me esforçar para refletir sobre o que você quer me dizer e tentar receber de coração aberto, Jackie.

— Prometa que não vai ficar brava — insistiu, seus dedos finos batucando as laterais do seu corpo.

— Ok, tudo bem, eu prometo não ficar brava, mas talvez me sinta frustrada ou talvez fique magoada.

Ela pensou por um segundo e assentiu.

Esperei-a dizer... o assunto que estava apavorada para contar.

E então ela falou:

— Eu *sei* quem você é. — As palavras foram apressadas e tão rápidas que quase não consegui entender a frase, então semicerrei os olhos.

— Eu sei que você sabe, Jackie.

— Não, Aurora, *eu sei quem você* é do tipo EU SEI QUEM VOCÊ É.

Não tinha ideia do que Jackie estava falando.

Ela deve ter percebido, porque jogou a cabeça para trás e fechou os olhos com força.

— Eu sei você era a namorada do Kaden Jones... ou esposa... ou qualquer coisa do tipo.

Arregalei os olhos.

— Eu não queria dizer nada! — continuou. — Eu... eu vi as suas mensagens para a Clara há muito tempo... então, eu... eu fiz umas buscas. Seu cabelo não é mais loiro, mas te reconheci na primeira vez que te vi. Tinha um site inteiro com todas as mulheres com quem Kaden já tinha sido visto, e havia fotos de vocês dois juntos, fotos antigas, eu vi uma ou duas delas, antes de excluírem.

— Oraaa — Yuki me chamou de repente. — Roger está acabando com a minha festa, ele está vindo me buscar.

Precisava perguntar para Yuki se havia um cristal para clarear os pensamentos.

— Eu não vou contar a ninguém, tá bom? Eu só... eu só queria que você soubesse. Por favor, não fique brava.

— Não estou — garanti, atordoada. Assim que abri a boca para dizer mais alguma coisa, Yuki se aproximou, bufando.

— Queria passar mais tempo com você — disse, soando exasperada.

Jackie hesitou. Ela deu um único passo para trás, e se preparou para falar muito rápido.

— Eu te amo muito. Hoje foi, tipo, o momento mais incrível de toda a minha vida. Nunca vou me esquecer. — Então, no tempo que levei para piscar, Jackie se aproximou, beijou-a na bochecha e saiu correndo antes de parar de repente, e se virar. — Sinto muito, Aurora! — gritou, e voltou a correr. Yuki ficou olhando a garota disparar com um leve sorriso em seu rosto.

— Ela está bem? — Yuki perguntou.

Engoli em seco.

— Ela acabou de admitir que sabe sobre mim e Kaden e que não vai contar a ninguém.

A cabeça de Yuki virou bruscamente para mim.

— O quê? Como?

— Algum site de fã.

Ela fez uma careta.

— Quer que eu pague pelo silêncio dela?

De todas as coisas que poderiam ter feito com que eu caísse na gargalhada, acabei rindo daquilo.

— Não! Vou falar com ela mais tarde. Mas o que você estava dizendo? Roger vem te buscar?

Ela explicou que sua empresária teve um ataque e queria que Yuki fosse para Utah à noite, então ela havia fretado um voo que estava programado para partir dentro de uma hora no aeroporto local.

— Ele disse que chega aqui em quinze minutos — explicou.

— Isso é uma droga. Mas estou tão feliz que passamos um tempinho juntas.

Ela assentiu, e sua expressão se tornou engraçada.

— Antes que eu me esqueça, por que você não me contou sobre o sr. Alto, Grisalho e Bonitão?

Eu comecei a rir.

— Ele é lindo, não é?

— Quantos anos ele tem? — sussurrou.

— Acho que está no começo dos quarenta.

Yuki assobiou.

— O que é esse homem? Ele deve ter o quê? Um metro e noventa e três? Uns cem quilos?

— Por que você é tão doida? Está sempre medindo as pessoas.

— Preciso medi-las quando estou contratando seguranças. Maior não quer dizer melhor… mas, na maioria das vezes, é.

Foi a minha vez de erguer as sobrancelhas.

— Quem me dera. Eu mexo com ele o tempo todo, mas não acho que goste de mim, a não ser quando está de bom humor.

Yuki franziu a testa.

— Como assim ele não gosta de você? Se eu sentisse atração sexual por mulheres, estaria caidinha por você.

— Você sempre diz as coisas mais legais, Yu.

Ela ergueu as sobrancelhas.

— Mas é verdade! Quem perde é ele se não te quiser, mas juro que o vi te olhando do mesmo jeito que namoro os cupcakes em um buffet, como se eu quisesse tanto um, mas as minhas roupas me dissessem que não posso.

— Você é perfeita, e pode comer um cupcake se quiser — assegurei.

Ela riu, e os próximos minutos passaram em um borrão. A próxima coisa que me lembro foi de ver o pequeno SUV entrando na garagem e estacionando, e um homem um pouco maior que o sr. Rhodes sair. Roger, o guarda-costas da Yuki, me deu um abraço, disse que estava com saudades e praticamente empurrou Yuki em direção ao banco do passageiro. Foi só nesse momento que percebi que, antes, ela tinha subido as escadas para pegar a bolsa e falar ao telefone... como Yuki conseguira serviço? Eu tinha que mudar de provedor.

Ela abaixou a janela enquanto o grande ex-fuzileiro naval dava a volta no carro.

— Ora-Bora.

— Sim? — respondi.

Colocou o antebraço na moldura da janela e apoiou o queixo ali.

— Você sabe que sempre pode vir em turnê comigo, não é?

Eu tive que pressionar meus lábios antes de assentir e sorrir.

— Não sabia, mas obrigada, Yu.

— Vai pensar sobre isso? — perguntou, com seu guarda-costas já pronto para partir.

— Eu vou, mas estou feliz aqui por enquanto. — Fui honesta.

Eu não queria mais viver em hotéis. Essa era a verdade. A ideia de morar em um ônibus de turnê com a minha melhor amiga já não me deixava tão alegre ou emocionada, mesmo que ela deixasse a viagem suportável e divertida.

Eu queria criar raízes. Mas isso era algo cruel de dizer para Yuki, pois eu sabia que, cada vez que ela saía de casa, se sentia mal. Era difícil ficar em turnê por tantos meses, longe dos entes queridos, longe da paz e da privacidade.

— Tchau, Ora! — Roger gritou.

E o pequeno sorriso que Yuki abriu... era como se ela soubesse exatamente no que eu estava pensando.

Se eu tivesse que correr para os braços de alguém, seria para ela.

Mas eu não iria.

— Te amo — gritou, parecendo muito melancólica. — Compre um carro novo antes do inverno! Você vai precisar!

Decidi que ia mandar uma mensagem para a mãe e a irmã dela o mais rápido possível enquanto gritava:

— Também te amo! Vou comprar!

E ela se foi. Em um rastro de poeira. Partindo para voar alto e manter sua carreira feita de lágrimas e coragem.

E, de repente, eu realmente não queria ficar sozinha.

O sr. Rhodes não tinha me convidado para almoçar?

Meus pés me levaram até a casa, enquanto eu pensava na visita agridoce da minha amiga, que tinha levantado o meu ânimo e me feito ganhar o dia. Bati à porta e vi uma figura através do vidro vindo até mim. Pela altura, soube que era Amos.

Assim que abriu a porta, ele gesticulou para que eu entrasse, e consegui dar um sorrisinho para ele.

— Ela foi embora? — perguntou baixinho, enquanto caminhávamos lado a lado em direção à sala de estar.

— Sim, ela me pediu para te dizer tchau — falei.

Senti o olhar enviesado em mim.

— Você está bem?

O sr. Rhodes e Jackie estavam sentados à pequena mesa da cozinha, devorando pratos cheios de comida chinesa. Ambos ergueram os rostos ao som das nossas vozes.

— Estou bem, é que já estou com saudades — contei, sinceramente. — Fiquei feliz que ela veio. Só é difícil não saber quando vou vê-la de novo.

A cadeira ao lado do sr. Rhodes se movimentou, e demorei um segundo para entender que ele a empurrara com o joelho e não tinha sido movida por mágica. Ele apontou para uma pilha de pratos no balcão ao lado dos talheres. Peguei um prato, me sentindo um pouco tímida, e coloquei um pouco de tudo — não com tanta fome, mas, por alguma razão, querendo comer.

— Como conheceu a Yuki? — Amos perguntou, enquanto eu me servia.

Minha mão parou por um momento, mas falei a verdade.

— Nos conhecemos em um grande festival de música em Portland cerca de... onze anos atrás. Nós duas tivemos insolação nos bastidores e estávamos na tenda da enfermaria, e acabamos nos dando bem.

Torci para que eles não perguntassem como eu chegara aos bastidores e eu precisasse explicar... mas ninguém perguntou.

— Eu deveria saber quem ela é? — o sr. Rhodes indagou do nada, sentado lá, enquanto comia de forma rápida, mas educada.

Amos cobriu o rosto com a palma da mão e gemeu, e Jackie começou uma explicação comprida que eu tinha certeza que faria o sr. Rhodes se arrepender.

Eu não tinha certeza da razão pela qual ele decidira ser tão gentil em me convidar para almoçar, mas eu realmente estava grata.

Ele era um homem decente.

E eu não poderia ter uma amiga melhor do que a Yuki.

CAPÍTULO QUINZE

— Espere um segundo, espere um segundo... — eu disse.

Clara sorriu enquanto entregava o recibo para o cliente.

Arrumando a pilha de folhetos no balcão sobre excursões de caça, fiz uma careta.

— Por que as pessoas pescam o coitadinho desse peixe se não é para comer? — perguntei.

Walter, um dos meus clientes favoritos (porque ele era um doce e também porque passava na loja quando estava entediado, ou seja, sempre, já que havia se aposentado recentemente), pegou o pequeno recipiente de plástico com iscas de moscas que acabara de comprar.

— Ele não é tão gostoso, Aurora. Nem um pouco. Não lutam muito quando são puxados, e há muitos nos reservatórios por aqui. Os guardas florestais reabastecem.

Fiquei imaginando quem faria isso.

O homem mais velho piscou de um jeito amigável.

— Já é hora de eu ir. Ótimo dia para vocês, senhoritas.

— Tchau, Walter — Clara e eu gritamos enquanto ele se dirigia para a porta. Ele acenou para nós por cima do ombro.

— A gente deveria ir um dia — falou Clara, quando a porta se fechou atrás dele.

— Pescar?

— Sim. Meu pai comentou outro dia que está querendo sair de barco.

Já faz um tempo que ele não pesca e o clima anda bom. Ele tem se sentido bem e não se acidentou mais ao se locomover.

Eu nem precisava pensar.

— Eu topo, vamos nessa.

— Nós podemos...

Ela parou de falar no mesmo instante em que avistei um homem na entrada, segurando o celular na frente do rosto.

Era Johnny, tio de Amos.

— Você que vai atendê-lo — sussurrei para Clara.

Ela riu com escárnio.

— Vai você.

— Por quê?

— *Porque* ele namorou a minha prima, e é sério quando digo que não estou pronta para namorar. Eu gosto dele, mas não para *isso* — explicou. Clara apontou na direção dele. — Você atende. Também é solteira.

Bufei.

— Vou ver se ele precisa de alguma coisa.

Eu já estava na metade do caminho quando ele parou em frente a uma prateleira para olhar uma jaqueta impermeável. Nossos olhos se encontraram. Levou um segundo, e ele abriu um sorrisão.

— Eu te conheço.

— Conhece, sim. Oi, Johnny. Precisa de ajuda?

— Oi, Aurora. — Ele colocou a jaqueta de volta na prateleira e me olhou de cima a baixo, do meu rosto até os sapatos, e subiu de novo. Ignorei, como eu tinha feito com os outros dois caras que entraram na loja mais cedo.

— Como você está? Posso te ajudar a encontrar alguma coisa?

Descobri que era muito mais fácil lidar com o trabalho quando eu perguntava primeiro o que os clientes estavam procurando. Eu conseguia encontrar produtos na loja sem problemas. Mas ainda não era profissional o suficiente pera responder perguntas complicadas e específicas, embora estivesse compreendendo mais a respeito das atividades ao ar livre. As horas que eu tinha passado com o sr. Rhodes me ajudaram, mas segui pesquisando e incomodando Clara, ainda mais com o movimento de clientes reduzido. Boa parte da temporada turística havia terminado.

— Eu vim comprar chumbada — começou a dizer, e agora eu sabia que era o peso usado na pesca. — Então me distraí com essa jaqueta. — Ele me olhou de novo, e os cantos dos seus lábios subiram um pouco mais.

— Temos pesos de chumbo lá na parte de trás, naquele mostruário ali, mas se não tivermos o que você está procurando, tenho certeza de que podemos encomendar.

Johnny assentiu, aquele sorriso bobo e satisfeito ainda em sua boca.

— Tudo bem, eu vou lá ver em um minuto. — Fez uma pausa. — Você realmente trabalha aqui?

— Não. É que roubei uma camisa da loja e, quando não tenho nada para fazer, venho para cá ficar com a Clara.

Ele sorriu.

— Foi uma pergunta burra, não foi?

Encolhi os ombros.

— Acho que burra é uma palavra muito forte.

Ele riu, e isso me fez sorrir.

— É que você não... não consigo te ver trabalhando aqui. Fui grosseiro. Me desculpe.

— Sem problema. Estou aprendendo à medida que trabalho. — Dei de ombros de novo. — Se você precisar de mais alguma coisa, me avise, estarei por aqui.

Ele assentiu, e tomei isso como um sinal para me afastar. Voltei para Clara, que estava olhando para o telefone dela, mas eu tinha certeza de que era apenas um disfarce e que ela estivera de olho em nós dois.

Não tinha me enganado.

— O que ele disse? Ele já quer parir os seus bebês?

Uma gargalhada violenta, alta e escandalosa explodiu na minha garganta, e eu tive que me inclinar para frente e pressionar a testa no balcão para não cair no chão.

— Espere um pouco. Homens não podem ter bebês — Clara adicionou.

— Não que eu saiba. — Eu ainda estava rindo, olhando para o chão.

Nós duas começamos a rir pra caralho. Quando fui olhar para Clara, ela tinha desaparecido atrás do balcão. Acho que estava deitada no chão, porque podia ouvi-la, mas não vê-la.

Ergui as sobrancelhas.

— Preciso trazer alguns dos meus livros picantes para você aprender algumas coisinhas com eles — avisei.

— Eu sei das coisas.

— Na sua idade, deveria saber mais.

— Nós temos a mesma idade!

— Exatamente.

Clara riu, e vi o topo da sua cabeça começando a espreitar e em seguida desaparecer de repente, em uma fração de segundo.

— Vou levar isso aqui.

Era o Johnny.

Eu me virei para ele, enxugando as lágrimas que tinham caído de tanto rir.

— Claro. — Contornei o balcão onde estava a caixa registradora e a destranquei. Johnny entregou os dois pequenos pacotes e os registrei rapidinho.

— Então... Aurora...

Ergui a sobrancelha.

— Sim?

— Muitos planos para esta noite?

Eu tinha esquecido que era sexta-feira.

— Claro, tenho um encontro com o meu iPad e vou fazer uma sangria para nós dois.

Sua risada foi deliciosa, o que me fez falar o valor total da conta sorrindo. A porta da loja se abriu e Jackie entrou.

Fizemos contato visual e sorri para ela. Ela retribuiu com um pequeno sorriso. As coisas tinham sido... eu não gostaria de dizer estranhas, mas um pouco tensas desde que ela admitira que sabia do meu relacionamento com Kaden. Eu não estava com raiva dela, nem um pouquinho. Nós não tínhamos conversado sobre o assunto desde que Yuki nos interrompera para avisar que já tinha que ir embora porque viajaria naquela noite para Utah.

Eu não estava chateada, brava ou preocupada. Apenas imaginei que... é, se ela quisesse contar a Amos e ao sr. Rhodes, já teria feito. Meu segredo estava seguro com ela.

Mas, em algum momento, eu precisaria falar com Jackie.

E, pelo menos, contar para Amos.

Johnny cumprimentou a garota quando ela passou por ele e enfiou a mão no bolso de trás, tirando a carteira e me entregando o cartão de crédito.

— Você quer o recibo?

— Não. — Pigarreou, pegando seus dois pacotes e hesitando. — Você gostaria de dar um perdido no seu iPad e ir jantar comigo? Tem um lugar mexicano que eu gosto muito e que aposto que servem sangria.

Eu não estava esperando por aquilo. O convite foi tão surpreendente que eu nem soube o que dizer.

Ir a um encontro?

— Quer dizer, não sei se você está saindo com alguém — adicionou, rapidamente.

— Não estou — admiti muito depressa, ainda pensando no convite.

Seu sorriso se tornou sedutor.

— Eu perguntaria sobre o Rhodes, mas ele é estranho quando se trata de mulheres bonitas.

Gemi e fiz uma careta, mas...

O que eu tinha a perder? Clara dissera que não estava interessada nele, certo? Eu poderia confirmar com ela.

E com certeza não era como se eu fosse dormir com ele.

Claro, eu achava que o sr. Rhodes era o homem mais gostoso de todos, mas isso não queria dizer muita coisa. Ele mal falava comigo. Pela maneira como frequentemente olhava para mim, eu tinha certeza de que às vezes ele se arrependia de ter me deixado ficar. Em um minuto ele era legal, e depois mudava de comportamento. Eu não entendia, mas não queria pensar demais a respeito.

Eu tinha me mudado para Pagosa para seguir em frente com minha vida, e parte disso incluía... sair com uns caras. Eu não queria ficar sozinha. Gostava da estabilidade. Queria ter por perto alguém com quem eu me importasse e que se importasse comigo.

Aquele não tinha sido o primeiro convite para sair desde que começara a trabalhar na loja, mas foi a primeira vez que realmente cogitei a possibilidade.

Foda-se.

— Vamos, sim. Claro. Pelo menos você vai conversar comigo, ao contrário do meu iPad, certo?

Seu sorriso ficou ainda maior, e eu poderia dizer que ele estava lisonjeado. Isso fez eu me sentir bem.

— Vou conversar com você, prometo. — Ele abriu um sorriso ainda mais largo. — Quer que eu te busque?

— Te encontro lá? No restaurante?

— Tudo bem — ele concordou. — Às sete da noite fica bom para você?

— Sim. Combinado.

Ele me deu o nome de um restaurante que eu sabia que ficava perto do rio que atravessava boa parte da cidade.

— Te encontro na frente do restaurante.

Eu sabia que aquilo era um passo, como Clara havia dito. Era alguma coisa. E alguma coisa era melhor que nada, especialmente se significasse um começo.

— Vejo você mais tarde, então — falou Johnny com aquele grande sorriso ainda no rosto. — Obrigado.

— Não precisa agradecer. Te vejo mais tarde — eu disse.

E foi só porque a loja estava vazia que Clara gritou:

— Você foi convidada para um encontro?

— Puta merda, fui sim! — gritei também. — Tem certeza de que tudo bem por você? Se você gosta dele, eu não vou.

Ela negou com a cabeça, e percebi, pelo jeito que agiu, que dizia a verdade.

— Vá. Eu realmente não me interesso por ele desse jeito. — Fez uma pausa. — Você tem algo para vestir?

Devo ter pensado por muito tempo, porque ela fez uma careta.

— Acho que já sei o que vou fazer no horário de almoço.

Ergui as sobrancelhas.

— O quê?

Clara apenas sorriu.

Depois de uma última olhada no espelho do banheiro, percebi que não teria como ficar melhor do que aquilo.

Fiz o melhor que eu pude.

Eu não tinha exagerado na maquiagem, mas também não tinha usado pouca. Bem adequada para um encontro. Boa o suficiente para esconder as marcas da pele, mas não o bastante para parecer uma pessoa diferente.

Algumas vezes, no passado, tinha sido maquiada por profissionais e acabara lavando o rosto em seguida, porque não tinha gostado. Eu não era do tipo que surtava se ficasse sem base. Tanto fazia para mim se as pessoas vissem a espinha que de repente surgiu de manhã.

Felizmente, Clara tinha ido para casa durante o horário do almoço e trouxera para mim uma saia que estava apertada nela e uma blusa fofa que resolveu me dar. Eu não tinha sapatos de salto e meus pés eram maiores do que o tamanho trinta e sete da Clara, então tive que me contentar com uma sandália que felizmente combinava com a saia e a blusa verde-esmeralda.

Achei que eu estava bonita. Pelo menos eu me sentia bonita.

Eu não esperava nada daquela noite, exceto uma companhia agradável. Até pagaria a minha parte do jantar, só para constar.

Peguei a minha bolsa — e, por algum motivo, me lembrei das vinte bolsas de mão que eu tinha deixado na casa de Kaden, presentes que recebera ao longo dos anos —, catei as chaves e comecei a descer as escadas para sair da garagem. Então, parei.

Eu não tinha ouvido a porta da garagem abrir, mas estava escancarada. Amos e o sr. Rhodes estavam no meio, olhando para o motor que fazia o portão eletrônico funcionar.

— Oi, pessoal. — Acho que eles também não tinham me ouvido, porque assim que ouviram minha voz, Amos pulou e acho que o sr. Rhodes tremeu um pouco.

O que eu tive certeza foi que os olhos do sr. Rhodes se estreitaram. E que talvez ele tenha dado uma olhada nas minhas pernas.

— Está tudo bem?

— Oi, Ora. O sistema eletrônico da garagem não está funcionando. Meu pai está consertando — Amos respondeu.

Parte de mim estava surpresa por ele não sair logo falando da Yuki mais uma vez. Ele exigira saber por que eu não tinha contado para ele que a conhecia. Que eu era *amiga* dela. *Melhor amiga.*

Da minha parte, ainda estava chateada por Amos ter ficado tão surpreso quando ela dissera que eu era uma boa compositora.

Tínhamos trocado inúmeros olhares enviesados desde então.

— Boa sorte. — Sorri para o meu amigo adolescente. — Se precisar de alguma coisa lá de cima, é só buscar. Mais tarde estou de volta.

— Para onde você está indo? — meu locador perguntou, do nada.

Lancei um olhar surpreso para o sr. Rhodes.

Ele estava... franzindo a testa?

Falei o nome do restaurante. Então fiquei pensando se deveria ou não dizer que ia encontrar o tio do Amos lá.

Mas antes eu dissesse qualquer coisa, Amos soltou:

— Você está indo a um encontro?

— Mais ou menos. — Deixei um suspiro escapar. — Acha que estou apresentável? O que me diz? Já faz tanto tempo que estive em um. — Kaden e eu não podíamos sair, a menos que fosse para uma reunião familiar ou para um quarto privado reservado.

Me encolhi com o pensamento.

Eu tinha sido tão idiota por aguentar aquilo por tantos anos. Cara, se eu pudesse voltar no tempo, queria dizer para a Aurora mais jovem não ser tão burra e não se acomodar.

Queria acreditar que eu tinha aguentado todos aqueles segredos e os subterfúgios porque o amava demais. Mas tinha uma parte de mim que pensava que aquilo tudo tinha sido desespero para ser amada, para ter alguém, mesmo que custasse quem eu era.

Talvez o amor tivesse um preço, mas não deveria ser tão alto.

— Não. — A garganta de Amos se mexeu, me trazendo de volta ao presente. — Quero dizer, você está muito, ãhn, bonita — gaguejou.

— Ahh, Amos, obrigada. Você me fez ganhar o dia. Espero que seu tio pense assim também, caso contrário, vai ser um péssimo encontro para ele.

O sr. Rhodes fez uma cara feia.

— Você vai jantar com o Johnny?

Por que ele fez parecer como se eu estivesse cometendo um crime?

— Vou. Ele passou na loja hoje e me convidou. Até perguntou se deveria vir me buscar, mas eu não queria que ficasse um clima estranho. Prometi que ninguém viria e não quero passar dos limites — divaguei rápido, enquanto a expressão do sr. Rhodes se mantinha a mesma. — Tudo bem para vocês? É só um jantar.

Aqueles olhos lilás-acinzentados passaram por mim novamente.

A mandíbula dele apertou?

Ele estava... bravo?

— Não é da nossa conta — falou muito devagar, mas seu timbre discordou.

Até Amos olhou para ele.

— Talvez tenhamos que desligar a energia, mas estará religada quando você voltar — continuou o sr. Rhodes, a voz apertada.

Ok...? Alguém esqueceu de tomar o calmante?

— Pode fazer o que precisar. Boa sorte de novo. Até mais. Boa noite para vocês.

— Tchau — Amos disse no que se tornou seu novo tom de voz normal. Mais confortável, não tão silencioso. O sr. Rhodes, no entanto, não disse nada.

Bem, se ele estava chateado comigo por sair com o seu parente ou o que quer que ele fosse... problema dele. Não ia voltar com o homem para casa. Seria apenas um jantar. Apenas um encontro com uma boa companhia.

E eu estava empolgada.

Um pequeno passo para Aurora De La Torre. Um grande salto para o resto da minha vida.

Não ia deixar ninguém arruinar meu passeio. Nem mesmo o sr. Guarda Florestal Rabugento.

— Então — Johnny perguntou, tomando um gole da única cerveja que ele disse que beberia naquela noite —, como você ainda está solteira?

Eu ri enquanto apoiava a taça de sangria na mesa e dei de ombros.

— Provavelmente pelo mesmo motivo que você. Minha obsessão por bonecas assustadoras atrapalha um pouco.

Meu *primeiro* encontro desde muito tempo e já estava arrancando umas risadas. Quando cheguei, Johnny estava esperando por mim dentro do restaurante. Ele estava sendo educado e curioso, perguntando todos os tipos de coisas sobre o meu trabalho na loja.

E perguntou a minha idade. Ele tinha quarenta e um anos. Era dono da sua própria empresa de mitigação para radônio e parecia realmente gostar do trabalho.

Ele era muito bonito também.

Mas em menos de quinze minutos concluí que, por mais fácil que ele fosse de conversar e interagir, pelo menos até aquele momento, eu não tivera aquele... aquele sentimento, eu acho. Sabia a diferença entre gostar de alguém e *gostar* de alguém.

Pelo jeito que ele checou a bunda da garçonete e da hostess, percebi que Johnny não estava sentindo nenhuma química também. Era isso ou ele achava que eu era muito ingênua. De qualquer maneira... foi um fracasso.

Não fiquei chateada.

E paguei metade da conta.

Estacionando perto da garagem não muito tempo depois, fiquei surpresa ao ver que a porta ainda estava aberta. Assim que fechei a porta do carro uma sombra cobriu o cascalho e, pelo tamanho da pessoa, sabia que era o sr. Rhodes.

— Oi — cumprimentei.

— Oi — ele respondeu, parando à direita, no piso de concreto.

Eu me aproximei, meus dedos dos pés no limite do concreto, e dei uma olhada na garagem.

— Conseguiu consertar o sistema eletrônico?

— Vamos ter que pedir um novo — contou, permanecendo onde estava. — O motor queimou.

— Que merda. — Olhei para ele.

O sr. Rhodes enfiou as mãos nos bolsos do jeans escuro.

— Era tão velho quanto esse apartamento — explicou.

Sorri de leve.

— Amos te abandonou?

— Ele voltou para casa cerca de meia hora atrás, dizendo que tinha que usar o banheiro.

Isso me fez abrir um sorriso.

— Você voltou cedo — acrescentou, do nada, com aquela voz séria.

— Só jantamos mesmo.

Embora estivesse escuro, senti o peso do seu olhar.

— Estou surpreso por Johnny não ter te convidado para beber depois do jantar.

— Não. Quero dizer, ele até convidou, mas eu disse que acordei às cinco e meia da manhã.

Ele tirou as mãos dos bolsos e cruzou os braços sobre o peito.

— Vão sair juntos de novo?

Alguém estava meio tagarela naquela noite.

— Não.

As linhas no centro da sua testa ficaram mais profundas.

— Ele ficou olhando para a bunda de uma garçonete toda vez que ela passava — expliquei. — Disse a Johnny que ele precisa melhorar esse comportamento para a próxima vez que for a um encontro.

O sr. Rhodes se moveu sob a luz o suficiente para eu vê-lo piscar.

— Você disse isso?

— Aham. Tirei sarro da cara dele e só falei disso na última meia hora do jantar. Até me ofereci para pegar o número do telefone dela — falei.

Sua boca se contraiu e, por apenas uma fração de segundo, tive um vislumbre do que poderia ser um sorriso deslumbrante.

— Eu não sabia que vocês eram melhores amigos de infância — falei.

E isso tinha sido tudo o que Johnny dissera sobre Rhodes e Amos. Não quis pressionar. Mas a informação por si só já era interessante.

Ele inclinou a cabeça para o lado.

— E você? Tem ido a encontros? — investi.

— Não!

O jeito que ele respondeu foi como se eu tivesse acabado de perguntar se já tinha cogitado cortar o próprio pênis. Devo ter me assustado com o tom da sua voz, porque ele o suavizou quando continuou falando, olhando direto para dentro de mim. Com um olhar muito intenso.

— Não tenho tempo para isso.

Assenti. Não era a primeira vez que eu ouvia alguém dizer aquilo. E como uma pessoa que nem mesmo tinha sido a segunda opção de alguém, era justo. Era a coisa certa a dizer e a se fazer. Pelo bem do outro. Melhor saber e aceitar quais são suas prioridades do que desperdiçar o tempo de uma pessoa.

Ele trabalhava muito. Eu o via chegar bem tarde e sair bem cedo quase todos os dias. Não estava exagerando quando dizia não ter tempo. E com Amos... havia um senso de prioridade muito maior. Quando não estava trabalhando, ele estava em casa. Com o filho. Como tinha que ser.

Pelo menos, eu não tinha expectativas com aquele gostosão. Ele era do tipo "olhe, mas não toque".

Com isso em mente...

— Bem, eu não quero te prender. Tenha uma boa noite, sr. Rhodes.

Seu queixo baixou, e pensei que era tudo que eu ia conseguir, então comecei a andar em direção à entrada, mas, depois de apenas dois passos, a voz dura e firme dele soou entre nós.

— Aurora.

Lancei um olhar sobre o ombro.

Sua mandíbula estava apertada de novo. As linhas profundas em sua testa também estavam marcadas.

— Você está linda — disse o sr. Rhodes, naquela voz cautelosa e sombria depois de uma pequena pausa. — Ele é um idiota de olhar para qualquer outra mulher.

Juro por Deus que, por um segundo, meu coração parou de bater. Talvez por três segundos.

Todo o meu corpo congelou enquanto eu sentia suas palavras se enterrarem no fundo do meu coração, me deixando completamente atordoada.

Ele se moveu em direção ao meio da garagem até o lado de fora, aquelas mãos grandes agarrando a porta.

— É muito, muito gentil da sua parte dizer isso — falei, ouvindo a minha própria voz soar estranha e ofegante. — Obrigada.

— Só falei a verdade. Boa noite — respondeu, e torci para que ele estivesse alheio à destruição que causou quando atirou aquela granada verbal direto dentro do meu peito.

— Boa noite, sr. Rhodes. — Minha voz saiu trêmula.

— A partir de agora, me chame só de Rhodes — disse, enquanto fechava a porta.

Eu fiquei ali, congelada, por muito tempo, absorvendo cada palavra que ele dissera, enquanto ele caminhava em direção à casa principal. Então, quando comecei a me mexer e a subir as escadas, me dei conta de três coisas:

A certeza de que ele tinha dado mais uma boa olhada em mim.

O pedido para que eu o chamasse de Rhodes, não sr. Rhodes.

E que ele esperou na varanda até que eu entrasse no apartamento e trancasse a porta, e só então entrou na casa dele.

Não ia nem tentar analisar a situação toda, muito menos pensar demais naquilo, ainda mais considerando que nos últimos dias ele me chamara de *Buddy* e *Angel*.

Eu não sabia o que pensar.

MARIANA ZAPATA

CAPÍTULO DEZESSEIS

Mesmo que tenha me obrigado a acordar de madrugada, eu estava bem animada para fazer aquela trilha.

Ainda estava pulando corda algumas vezes na semana, ficando melhor a cada dia, e até pulava carregando uma mochila leve para adicionar mais peso. Estava pronta para o Monte Everest? Nem nesta vida e nem na próxima, a não ser que eu desenvolvesse muito autocontrole e parasse de ter medo de altura, mas finalmente tinha me convencido de que poderia tentar fazer uma caminhada mais difícil. A de seis quilômetros tinha sido classificada como intermediária, e eu tinha sobrevivido. Tudo bem, mal sobrevivi, mas quem estava regulando?

No diário da minha mãe, a trilha que eu ia fazer tinha uma estrelinha e um símbolo de ondas do lado. Eu esperava que isso significasse algo bom, já que a informação era bastante direta, sem outras anotações.

Todos os dias, eu podia sentir meu coração crescendo. Podia sentir que estava crescendo ali, naquele lugar.

A verdade era que eu amava o cheiro do ar. Amava os clientes da loja, que eram todos tão legais. Amava Clara e Amos, e até Jackie voltou a fazer contato visual comigo... mesmo que não falássemos muito. E o sr. Nez me deixara tão feliz nas poucas vezes em que tinha conseguido visitá-lo.

Eu estava indo muito bem no trabalho. Eu tinha instalado a casa de morcegos. Eu tinha ido a um encontro. Estava fazendo tudo isso. Estava me assentando.

E, por fim, ia fazer uma caminhada difícil.

Naquele dia mesmo.

Não apenas pela minha mãe, mas por mim também.

Eu estava tão motivada que até cantei um pouco mais alto do que o normal enquanto me preparava, cantando para o mundo o que eu realmente, realmente queria.

Certificando-me de que tinha separado todas as coisas necessárias — um canudo, uma garrafa com um filtro de água embutido, oito litros de água para começar, um sanduíche de peru e cheddar sem mais nada para não ficar encharcado, muitas castanhas, uma maçã, um saco de balas e um par extra de meias —, saí, verificando mentalmente minha lista para ter certeza de que não tinha esquecido nada.

Estava tudo lá.

Olhando para cima quando cheguei no meu carro, vi Amos caminhando de volta para casa, com os ombros baixos e parecendo exausto. Achei que ele tinha se esquecido de levar o lixo para a rua, e seu pai o acordara para fazer isso. Não seria a primeira vez. Ele já tinha reclamado disso antes.

Levantei a mão e acenei.

— Bom dia, Amos.

Ele levantou a mão preguiçosamente. Mas percebi que Amos notou o que eu estava vestindo; ele já tinha me visto sair de casa várias vezes para fazer trilhas e reconheceu os sinais: as calças escuras e a camiseta branca de mangas compridas, ambas com proteção solar FPU, que eu comprei na loja, uma regata por cima, a jaqueta em uma mão, botas de caminhada e um boné quase dependurado no topo da cabeça.

— Para onde você vai? — perguntou, pausando em sua jornada de volta para a cama.

Eu disse o nome da trilha.

— Me deseja boa sorte?

Ele não desejou, mas assentiu.

Acenei mais uma vez e entrei no carro, exatamente quando Rhodes saiu de casa, vestido e pronto para o trabalho. Alguém estava mais atrasado do que de costume.

Mal tínhamos nos visto nas últimas semanas, mas, de vez em quando, eu me lembrava das palavras dele no dia do encontro com Johnny. Kaden costumava falar que eu era linda o tempo todo. Mas, saindo da boca de Rhodes... pareceu diferente, mesmo que ele tivesse dito casualmente, como se fosse apenas uma palavra sem significado.

Por isso buzinei, só para irritá-lo, e notei seus olhos se estreitarem antes que ele levantasse uma mão.

Estava bom para mim.

Então fui para a minha aventura.

Minhas esperanças foram em vão, reconheci horas depois, quando meu pé escorregou em uma parte íngreme e cheia de cascalho solto.

Acho que minha mãe tinha colocado a estrela ao redor do nome da trilha para simbolizar as estrelas que ela viu depois de ter sofrido uma concussão ao chegar no ponto mais alto.

Ou talvez uma estrela significasse que a pessoa tinha que ser um alienígena para terminar aquela trilha, porque eu não estava pronta. Não estava pronta mesmo.

Quinze minutos depois de começar, eu deveria ter percebido que não estava em boa forma física para fazer a trilha em um dia. Eram oito quilômetros para ir e mais oito para voltar. Talvez devesse ter ouvido o conselho do Rhodes quando ele sugeriu que eu acampasse, mas ainda não tinha me convencido a passar a noite na floresta sozinha.

Mandei uma mensagem para o tio Mario para avisar onde eu estava e aproximadamente a que horas voltaria. Prometi mandar outra mensagem quando terminasse, para que alguém soubesse. Clara não ficaria preocupada, a menos que eu não aparecesse na loja no dia seguinte, e Amos poderia não notar minha ausência até que não visse meu carro por muito tempo, e quem sabe o que era muito tempo para ele.

A gente não tem ideia do que é estar sozinho até perceber que não temos pessoas que notariam se desaparecêssemos.

Além da falta de fôlego e das cãibras nas panturrilhas, o que me obrigava a parar a cada dez minutos para fazer uma pausa de cinco minutos, tudo estava indo bem. Eu estava arrependida, claro, mas ainda não havia desistido da esperança de que conseguiria terminar a caminhada.

Pelo menos até chegar ao maldito topo.

Realmente tentei manter o equilíbrio na descida, mas caí com força no chão.

Primeiro os joelhos.

Depois as mãos.

E os cotovelos por último, e nesse momento minhas mãos falharam e eu caí de cara.

No cascalho.

Porque havia cascalho por toda parte. Minhas mãos doíam, meus cotovelos doíam e havia uma chance do meu joelho estar quebrado.

Será que é possível quebrar o joelho?

Virando-me para sentar no chão com cuidado, para não escorregar mais para fora da trilha e em direção às rochas pontiagudas abaixo, soltei um suspiro.

Então olhei para mim e soltei um grito agudo.

O cascalho deixara minhas mãos em carne viva. Havia pequenas pedras *enterradas na minha pele.* Gotas de sangue começaram a surgir nas minhas pobres mãos.

Dobrei os braços para tentar verificar os cotovelos... o suficiente para ver e imaginar que eles estavam iguais às minhas palmas.

Foi só então que reparei nos meus joelhos.

O tecido da calça de um deles estava totalmente rasgado, mostrando o joelho arranhado. O tecido do outro estava intacto, mas eu sabia que aquele joelho estava fodido também, porque ele queimava pra caramba.

— Aiii — gemi sozinha, olhando para as mãos e os cotovelos, negligenciando a dor que disparou na direção dos ombros enquanto eu dobrava os braços como uma galinha e que ricocheteou para os joelhos.

Estava doendo. Tudo estava doendo pra caralho.

E eu não tinha levado um kit de primeiros socorros. Como eu conseguia ser tão burra?

Tirando a mochila dos ombros, deixei-a cair no chão ao meu lado e espiei minhas mãos uma vez mais.

— Aiiii! — Funguei e engoli em seco antes de olhar para o caminho de onde eu viera.

Tudo estava doendo muito. E eu amava aquela calça.

Uma pequena trilha de sangue descia do meu joelho para a canela, e a vontade de chorar aumentou. Eu teria dado um soco no cascalho se pudesse fechar a mão, mas nem isso consegui. Choraminguei mais um pouco, não pela primeira vez desde que me mudara para Pagosa, aquele lugar no meio do nada, me perguntando que porra eu estava fazendo.

O que eu *estava fazendo* com a minha vida?

Por que eu estava lá? Por que estava fazendo tudo aquilo? Fazendo trilhas sozinha (com exceção de uma vez). Todo mundo tinha a própria vida para cuidar. Ninguém sabia que eu tinha me machucado. Eu não tinha nada para limpar as feridas. Provavelmente morreria de alguma infecção estranha. Ou ter uma hemorragia.

Apertei meus olhos fechados e senti uma pequena lágrima aparecer, e eu a enxuguei com as costas da mão, o que me fez estremecer.

Frustração pura, misturada com a dor latejante, fez uma peso surgir no meu peito.

Talvez eu devesse voltar para a Flórida, ou para Nashville, não havia nenhuma chance de eu ver o sr. Garoto de Ouro circulando pela cidade. Ele raramente saía de casa. Aquele merdinha se achava grande coisa para sair por aí com pessoas normais.

Que porra eu estava fazendo?

Lamentando.

E minha mãe nunca *lamentava*, uma pequena parte do meu cérebro me lembrou naquele momento.

Abri meus olhos, lembrando a mim mesma de que eu estava *em Pagosa*. Que eu *não queria* morar em Nashville, com ou sem Yuki. Que gostava da Flórida, mas lá era um lugar em que nunca me sentira em casa porque parecia mais uma lembrança do que tinha perdido, da vida que tive que viver por causa das circunstâncias. De certa forma, aquilo era até maior do que a tragédia em Pagosa Springs.

E eu *não queria* me mudar de Pagosa. Mesmo se tudo que eu tivesse fosse apenas alguns amigos, mas olha, algumas pessoas nem amigos têm.

Pouco antes, quando não estava me sentindo tão patética, estava pensando que tudo estava dando certo. Eu estava chegando em algum lugar. Estava me acomodando.

E bastou uma coisinha pequena dar errado para eu querer desistir? Quem eu era?

Respirando fundo, aceitei que teria que voltar. Eu não tinha nada para cuidar das minhas mãos, meus joelhos doíam pra caralho e meu ombro estava doendo mais a cada segundo. Eu tinha certeza de que sentiria uma dor inacreditável se ele estivesse deslocado, então provavelmente só tinha machucado um pouco.

Eu tinha que cuidar de mim mesma, e tinha que fazer isso imediatamente. Eu poderia voltar e fazer esta caminhada outras vezes, sempre que quisesse. Eu não estava desistindo. *Não estava.*

Escolhendo a mão que parecia pior, coloquei-a com a palma para cima na coxa, cerrei os dentes e comecei a tirar os cascalhos que decidiram morar na minha pele, sibilando, gemendo e me encolhendo, enquanto murmurava *"Ai, meu Deus. Merda!"* toda vez que tirava uma pedra que doía pra caramba... o que eram todas.

Chorei.

E quando terminei aquela mão e ainda mais sangue se acumulou nas pequenas feridas e minha palma latejava ainda mais, comecei a tirar da outra.

Eu estava cuidando de mim.

Quando já estava quase terminado a outra mão, me lembrei de que havia um pequeno kit de primeiros socorros na minha bolsinha de emergência. Ele viera de brinde quando comprei o spray contra ataques de urso. Não tinha muita coisa, mas era melhor do que nada. Uns poucos curativos para me ajudar a sobreviver a toda a viagem de duas horas e meia para casa, além do tempo que levaria para caminhar até o carro.

Meu Deus. Eu ia chorar de novo.

Mas eu podia chorar enquanto desenterrava as pedrinhas dos meus cotovelos. E foi exatamente o que fiz.

Depois de três horas e meia, muitos palavrões e lágrimas, minhas mãos ainda doíam, assim como meus cotovelos, e, a cada passo que eu dava, as articulações dos meus joelhos e a pele dolorosamente esticada que os cobria queimava. Se eu não estivesse usando calças pretas, tenho certeza de que pareceria que eu tinha lutado com um filhote de urso e perdido. Feio.

Sentindo-me derrotada, mas fazendo o meu melhor para não desistir, engoli uma inspiração após a outra, forçando meus pés a continuarem até chegar à porra do estacionamento.

No caminho, eu havia passado por períodos de pura raiva em relação a tudo. A trilha, em primeiro lugar. Estar ali. O sol brilhando. Minha mãe, por ter me enganado de que aquela trilha era legal. Eu estava irritada até com minhas botas e eu as teria tirado e jogado nas árvores, mas isso seria considerado crime ambiental e além disso o chão era cheio de pedras.

Aquelas botas filhas da puta, escorregadias demais, eram as culpadas de tudo. Eu ia doá-las na primeira chance que tivesse, decidi pelo menos dez vezes. Talvez eu as queimasse.

Ok, eu não faria isso porque era ruim para o meio ambiente e ainda havia uma proibição de atear fogo, mas tanto faz.

Botas de merda.

Virei em uma curva rosnando e parei de repente.

Porque, vindo em minha direção, de cabeça baixa, alças da mochila grudadas em seus ombros largos, respirando de forma constante pelo nariz e pela boca, estava um corpo que reconheci por cerca de uns dez motivos diferentes.

Eu conhecia o cabelo prateado escapando sob o boné vermelho.

Aquela pele de bronze.

O *uniforme.*

O homem ergueu os olhos, piscou uma vez e parou também. Uma carranca tomou conta daquele rosto que, sem dúvida, eu conhecia. E definitivamente reconheci a voz rouca que perguntou:

— Você está *chorando*?

Engoli em seco e choraminguei.

— Um pouquinho.

Aqueles olhos cinzentos se arregalaram e Rhodes se endireitou ainda mais.

— Por quê? — indagou muito, muito lentamente enquanto seu olhar me varreu do rosto até os dedos dos pés, antes de voltar para cima. Então aqueles olhos desceram até meus joelhos e ficaram lá. — O que aconteceu? O quanto você se machucou?

Dei um passo, que mais pareceu um mancar, para frente.

— Eu caí. — Funguei. — A única coisa que quebrei foi o meu espírito. — Limpei o rosto com os antebraços suados e tentei sorrir, mas falhei nisso também. — Que bom te ver aqui.

Seu olhar voltou para os meus joelhos.

— O que aconteceu?

— Escorreguei pelo cume e pensei que ia morrer, perdi metade do meu orgulho no caminho também — contei, limpando a minha cara de novo. Estava tão exausta. *Além* da exaustão. Só queria ir para casa.

Os ombros dele pareceram relaxar um pouco a cada palavra minha, e então ele se moveu de novo, colocando de lado seus dois bastões de caminhada, que eu não tinha percebido que ele estava usando, e tirando a mochila das costas antes de parar na minha frente e se ajoelhar. Sua palma foi até a parte de trás do meu joelho com a calça rasgada, e ele gentilmente levantou minha perna. Eu o deixei fazer isso, muito surpresa para conseguir fazer qualquer coisa além de ficar ali, tentando me equilibrar, enquanto ele, com a respiração assobiando baixinho, inspecionava a minha pele.

Rhodes me olhou por baixo daqueles cílios grossos e curvados. Ele colocou minha perna de volta para baixo e tocou na parte de trás da minha outra panturrilha.

— Essa também? — perguntou.

— Sim — respondi, ouvindo o tom amargo que eu estava tentando esconder da minha voz.

— E minhas mãos.

Funguei de novo.

— E os cotovelos.

Rhodes continuou ajoelhado enquanto pegava uma das minhas mãos e a virava, instantaneamente fazendo uma careta.

— Jesus Cristo, como foi essa queda?

— Não tão brusca quanto parece — expliquei, deixando-o olhar as palmas das minhas mãos. Suas sobrancelhas se uniram em uma expressão dolorosa antes de ele pegar minha outra mão e inspecioná-la também.

— Você não limpou a ferida? — indagou, enquanto levantava um pouco o meu braço, franzindo a testa de novo. Eu tinha tirado a camiseta de proteção solar uns trinta minutos antes de cair. Minha pele poderia ter sofrido menos se eu estivesse com ela. Tarde demais.

— Não — respondi. — É por isso que estou voltando. Não trouxe nada de primeiros socorros. Ai, isso doeu.

Ele abaixou meu braço lentamente e pegou o outro, levantando-o para checar o cotovelo e ganhando um outro "ai" quando fez o meu ombro doer.

— Acho que machuquei o ombro quando tentei me segurar na queda.

Seu olhar encontrou o meu.

— Você sabe que essa é a pior coisa que pode fazer quando cai?

Eu o encarei.

— Vou me lembrar disso da próxima vez que cair de cara no chão — resmunguei.

Acho que sua boca torceu um pouco quando se levantou. Rhodes me deu um único aceno de cabeça.

— Vamos, eu vou te acompanhar e cuidar dos seus machucados.

— Sério?

Ele me lançou um olhar antes de pegar seus bastões de caminhada e a mochila, deslizando as alças pelos ombros, e manobrando as duas varas para trás, enfiando-as nas cordas cruzadas, para que ficasse com os braços livres. Finalmente, com o corpo posicionado em direção à trilha, me estendeu a mão.

Eu hesitei, mas coloquei o antebraço na sua palma aberta, e vi uma emoção, que não reconheci, se esboçar em seu rosto.

— Estou pedindo a sua mochila, *Angel*. Vou levá-la para você. A trilha não é larga o bastante para andarmos lado a lado — falou, sua voz soando estranhamente rouca.

Talvez, se eu não estivesse com tanta dor e tão mal-humorada, estaria com vergonha. Mas eu não estava, então, balancei a cabeça, dei de ombros e tentei tirar a mochila dos ombros com cuidado. Eu mal tinha começado a tirar uma alça quando ele aliviou o peso para mim, livrando-o das minhas costas.

— Você tem certeza?

— Positivo — foi tudo o que respondeu. — Vamos. Temos meia hora para alcançar o início da trilha.

Meu corpo inteiro murchou.

— Meia hora? — Eu achava que faltavam, no máximo, dez minutos.

Meu locador apertou os lábios em uma linha fina e assentiu.

Ele estava tentando não rir? Não deu para saber, porque ele se virou e começou a descer o caminho à minha frente. Mas acho que vi seus ombros chacoalhando um pouco.

— Me avise quando quiser água.

Foi uma das poucas coisas que disse durante a descida.

A outra foi:

— Você está cantando o que eu acho que está cantando?

— Sim. *Big girls don't cry*.[3] — Não tinha vergonha de admitir.

Eu tropecei duas vezes e ele se virou nas duas, mas dei a ele um sorriso tenso e agi como se nada tivesse acontecido.

Como ele previra, trinta minutos depois, quando eu praticamente estava ofegando e ele tão tranquilo como se tivesse caminhado por uma trilha pavimentada, avistei o estacionamento e quase chorei.

Conseguimos.

Consegui.

Minhas mãos doíam ainda mais com os cortes, que tinham secado, os meus cotovelos pareciam ruins do mesmo jeito, assim como a pele dos meus joelhos, mas a dor nas articulações era tão forte que não me surpreendia não haver espaço para sentir qualquer outra coisa.

Comecei a caminhar em direção ao meu carro, mas Rhodes deslizou os dedos ao redor dos meus bíceps e me guiou até a caminhonete dele. Ele não disse uma palavra sequer enquanto a destrancava e abaixava a tampa da caçamba, me lançando um olhar por cima do ombro enquanto batia de leve na lataria, antes de seguir para a porta do motorista.

Fui direto para a caçamba e fiquei olhando para ela, tentando descobrir como me sentar ali sem usar as mãos para me impulsionar.

Foi assim que ele me encontrou: olhando para a caçamba, pensando

---

3   Em tradução livre, "garotas maduras não choram", música da cantora Fergie. (N.T.)

que, se eu fosse de frente, poderia me arrastar pela barriga, virar de costas e por fim me sentar.

— Eu só estou tentando entender como eu faço...

Ok.

Ele me pegou no colo, um braço sob a parte de trás dos meus joelhos, o outro na parte inferior das minhas costas, e me colocou na parte de trás da caminhonete. Sentada. Como se não fosse nada. Eu sorri.

— Obrigada.

Eu teria descoberto sozinha, mas o que vale é a intenção.

O gesto não mudava o fato de que ele me confundia, mas eu não ia ficar pensando muito naquilo. Eu ainda não tinha superado a vez que ele tinha me chamado de linda. Provavelmente não superaria.

Ele tirou uma bolsa vermelha de debaixo do braço e a colocou ao lado do meu quadril. Sem dizer nada, aquelas grandes mãos foram direto para um dos meus pés, e eu fiquei observando enquanto ele desamarrava o cadarço e puxava a bota pelo calcanhar.

— É melhor prender a respiração, Rhodes. Estou suando e gostaria de acreditar que meus pés não estão cheirando mal, mas é bem provável que estejam.

Aquele olhar subiu por um segundo, e ele o baixou novamente, fazendo o mesmo com a outra bota.

Suspirei de alívio. Cara, aquilo era bom. Mexi meus pobres e atormentados dedos e suspirei novamente assim que ele começou a dobrar minha calça, parando logo acima do joelho. Suas mãos foram gentis enquanto verificavam o estado dos meus joelhos.

E eu o observei, silenciosamente, enquanto ele segurava minha panturrilha e estendia a perna, a lateral pressionada contra o seu quadril. Ele inclinou a cabeça e a examinou um pouco mais antes de fazer o mesmo com o outro joelho. Ele estava começando a mexer na sua bolsa de primeiros socorros quando perguntei:

— O que você está fazendo aqui?

Ele não me olhou quando tirou alguns pacotes de lá e os colocou em cima da minha coxa.

Não na caçamba. Na minha coxa.

— Recebemos uma denúncia de caça ilegal. Vim checar se descobria alguma coisa — respondeu, pegando uma pequena garrafa também.

Observei-o calçar as luvas descartáveis, depois girar a tampa da garrafa e abri-la.

— Mas a temporada de caça já começou?

Ele continuava sem olhar para mim, então levantou minha perna novamente em um ângulo para esguichar o líquido no meu joelho. Era gelado e ardeu um pouco, principalmente porque a pele estava ralada. Eu esperei.

— Não começou ainda, mas isso não quer dizer muita coisa para algumas pessoas — explicou, focado no que estava fazendo.

Fazia sentido.

Mas quais eram as possibilidades...?

Amos contara que eu estava lá?

Ele fez o mesmo com o outro joelho, que estava apenas com alguns arranhões e não tão machucado quanto o outro.

— Você vai ter problemas se não voltar para lá? — questionei com um assobio, porque estava doendo.

Ele balançou a cabeça, colocando a garrafa de lado e pegando algumas tiras de gaze pré-cortadas que usou para enxugar as feridas. Rhodes trabalhou em mim um pouco mais, depois pegou mais gaze e as colocou sobre as feridas tratadas.

— Obrigada — disse a ele quase num sussurro.

— De nada — respondeu, encontrando meu olhar brevemente. — Mãos ou cotovelos primeiro?

— Cotovelos. Preciso me preparar mentalmente para as mãos. Elas vão doer.

Ele assentiu de novo, pegando meu braço e recomeçando todo o processo com a solução. Ele estava secando as feridas, quando perguntou baixinho:

— Por que veio sozinha?

— Porque não tenho quem venha comigo.

Como ele estava com a cabeça abaixada, eu tinha uma ótima visão daquele cabelo incrível. O cinza e o marrom se misturavam perfeitamente. Desejei que meus cabelos ficassem grisalhos de um jeito parecido.

Aqueles olhos quase lilases se voltaram para mim uma segunda vez, assim que aplicou algo no meu cotovelo.

— Você sabe que não é seguro ir para uma trilha sozinha.

Ali estava o pai e o guarda florestal que habitavam seu ser.

— Eu sei. — Porque eu sabia. Mais do que qualquer pessoa, diga-se de passagem. — Mas não tive escolha. Mandei uma mensagem para o meu tio e disse a ele onde eu estaria. Avisei a Clara também. — Olhei para Rhodes. — Encontrei com Amos esta manhã e ele perguntou para onde eu estava indo. Ele sabia também.

Seu semblante não demonstrou nenhuma reação. Amos com certeza contara para ele. Certo?

Mas depois o quê? Ele tinha ido até lá... só para ver se eu estava bem? Dirigira duas horas e meia... por minha causa?

Ah, é, claro.

— Você deu meia-volta no cume, então? — perguntou, enquanto cobria meu cotovelo com um curativo gigante.

— Sim — respondi, tímida. — Foi muito mais difícil do que eu esperava.

Ele grunhiu.

— Eu te disse que essa era difícil.

Ele lembrava?

— Sim, eu sei que você me avisou, mas achei que tinha exagerado.

Ele soltou um som suave que poderia ter sido um riso pelo nariz, se viesse de qualquer outra pessoa, e eu sorri. Ele não viu. Felizmente.

— Preciso treinar mais antes de tentar de novo.

Rhodes segurou meu outro cotovelo. Suas mãos eram gentis e quentes, dava para sentir mesmo através das luvas.

— É uma boa ideia.

— Sim. Ai!

Seu polegar roçou logo abaixo da ferida do meu cotovelo, e seus olhos piscaram quando miraram em mim.

— Está tudo bem?

— Sim, só estou choramingando feito um bebê. Isso dói.

— Uhum. Você se machucou feio.

— Parece que... *aaaaai*!

Ele riu pelo nariz. *Aquilo* definitivamente era uma risada.

O que estava acontecendo? Ele tinha tomado a pílula da felicidade de novo?

— Obrigada por fazer isso — falei gentilmente, quero dizer, com *ternura*, quando Rhodes colocou o curativo gigante no outro cotovelo.

Pegou a minha mão, virando a palma para cima e colocando-a em cima da minha perna.

— Como planejava dirigir até em casa? — perguntou, suave.

— Com as mãos — brinquei e fiz uma careta quando a ponta do seu dedo indicador roçou uma das feridas latejantes. — Realmente, não vi alternativa. Planejei chorar e sangrar por todo o caminho até em casa.

Aqueles olhos acinzentados se moveram até acharem o meu rosto.

Sorri, enquanto ele pegava o soro fisiológico para limpar minhas mãos. Depois roçou as pequenas feridas com o polegar, como se estivesse se certificando de que não havia mais fragmentos na minha pele, e derramou um pouco mais. Cerrei os dentes e tentei afastar o pensamento do que ele estava fazendo. Então, fiz o que era natural para mim: conversei.

— Você gosta do seu trabalho? — perguntei, fazendo uma careta que ele não viu.

Suas sobrancelhas se uniram enquanto ele continuava trabalhando.

— Claro. E gosto mais agora.

Isso ia me distrair.

— Por quê?

— Trabalho sozinho — ele realmente respondeu.

— Não trabalhava antes?

Ele me olhou de soslaio.

— Não, ainda era novato.

Ele ficou em silêncio por tanto tempo, que achei que não fosse adicionar mais nada.

— Não gostava das pessoas me encarando e mandando em mim, como era antes.

— Eles realmente te trataram como um novato? Na sua idade?

Isso fez com que ele erguesse a cabeça, mostrando a expressão mais engraçada do mundo em seu rosto bonito.

— Na minha idade?

Pressionei os lábios e dei de ombros.

— Você não tem vinte e quatro anos.

A boca de Rhodes torceu antes que ele baixasse o olhar mais uma vez.

— O pessoal ainda me chama de Rhodes, O Novato.

Fiquei olhando para seus dedos na minha palma.

— Você... comandava muitas pessoas? Quando era militar?

— Sim.

— Quantas pessoas?

Ele pareceu pensar a respeito.

— Muitas. Eu me aposentei como Mestre-Chefe Suboficial.

Não sabia o que era aquilo, mas soou bonito e importante.

— Você sente saudades?

Ele pensou um pouco enquanto, com gentileza, colocava outro curativo sobre a minha ferida, seus dedos escorregando pelas bordas para que aderisse bem.

— Sinto. — Apertou os cantos da boca enquanto pegava minha outra mão. As dele eram muito maiores, e os dedos longos e grossos deixavam as luvas esticadas. Eu poderia dizer que eram mãos muito fortes e capazes, só de olhar para elas.

Não era da minha conta, mas não conseguia evitar. Era o máximo que ele já tinha falado comigo... desde sempre.

— Então, por que se aposentou?

Seus lábios ficaram em uma linha fina.

— Amos te contou que a mãe dele é médica?

Ele não tinha me contado muita coisa.

— Não. — Eu apenas me contentei em imaginar a linda mulher que Rhodes tinha amado.

— Por anos, ela desejou trabalhar para um programa como o Médicos Sem Fronteiras, e foi aceita. Billy não queria que ela fosse sozinha, mas Am não quis ir com ela, então Amos perguntou se poderia ficar comigo. — Ele me olhou. — Eu perdi muitos anos da vida do meu filho por causa da carreira. Como eu poderia negar o pedido?

— Impossível. — Pelo jeito, a ex não era apenas muito deslumbrante, mas também inteligente. Nenhuma surpresa aí.

— Exato — concordou. — Eu não queria estar em missão caso ele precisasse de mim. Estava pronto para me realistar, mas acabei me aposentando — explicou. — Eu sei que ainda sou um pai ausente, mas seria pior se eu estivesse na Marinha.

— Não tem como ficar em casa o dia todo em qualquer trabalho que tiver — tentei fazê-lo se sentir melhor. — E é provável que você o deixasse maluco se ficasse em casa o tempo todo.

Ele respirou suavemente.

— Fico triste por você sentir saudade da Marinha — adicionei.

— Foram vinte anos de dedicação. Com o tempo, vai melhorar — tentou explicar. — Se fosse para eu estar em qualquer lugar, estou grato por estar com o Amos aqui. É a melhor cidade para uma criança crescer.

— Você não vai voltar para a Marinha quando ele começar a faculdade? Se ele for fazer uma?

— Não, eu quero que Amos saiba que estou perto. Não no meio do oceano ou a milhares de quilômetros de distância.

Algo acendeu em mim. O quanto ele estava tentando. O quanto amava o filho, a ponto de abrir mão de outra coisa que amava e sentia falta.

Toquei seu antebraço com as costas da minha outra mão, apenas um toque rápido contra seus pelos macios e escuros.

— Ele tem sorte de você amá-lo tanto. — Rhodes não disse nada, mas senti seu corpo relaxar um pouco enquanto ele finalizava os curativos. — Ele também tem muita sorte em ter a mãe e outro pai.

— Tem — concordou, quase pensativo demais.

Quando ele terminou e já estava guardando as coisas de volta na mochila, com seu quadril tocando o meu joelho direito, eu me aproximei. Inclinei-me para a frente, coloquei os braços ao seu redor frouxamente e o abracei.

— Obrigada, Rhodes. Te agradeço muito por tudo.

Com a mesma rapidez, soltei o abraço.

— De nada — disse em voz baixa, meio envergonhado. Ele deu um passo para trás e encontrou os meus olhos. As linhas em sua testa estavam profundas. Se eu não o conhecesse bem, acharia que estava mal-humorado. — Vamos. Vou te seguir até em casa.

Eu não fiquei *emburrada* o caminho todo para casa, mas talvez tenha feito beicinho por uma boa parte do trajeto. Minhas mãos doíam. Meus joelhos — por dentro e por fora — também estavam machucados e eu bati o cotovelo sem querer no console central, o que me fez mandar metade da família Jones para o inferno... porque não havia mais ninguém com quem eu tivesse desavenças.

Eu nem me dera ao trabalho de colocar as botas. Só as calçara o suficiente para mancar até o carro e entrar. Rhodes fechara a porta para mim, dando uma batidinha no teto, e eu as tirara e colocara no banco do passageiro.

Parei uma vez em um posto de gasolina para fazer xixi, e Rhodes estacionou a caminhonete e esperou que eu voltasse.

A frustração pulsava no fundo do meu peito, mas tentei não me concentrar nisso. Eu tinha tentado fazer a trilha. E tinha falhado. Mas, pelo menos, tinha tentado.

Ok, mentira. Eu odeio falhar, mais do que qualquer coisa. Tudo bem, quase mais do que qualquer coisa.

Então, quando avistei a entrada da propriedade, suspirei aliviada. Havia um carro estilo hatch, meio familiar, estacionado na frente da casa principal que eu vagamente lembrava pertencer a Johnny. Eu não o tinha visto desde o nosso encontro fracassado. Rhodes foi estacionar em seu lugar de sempre, e eu também. Deixando no meu carro o que eu não ia precisar de imediato, que era basicamente tudo, exceto o celular e as botas, que eu calçara de qualquer jeito, saí do carro e vi meu locador já fechando a porta da sua caminhonete, o olhar fincado no chão, enquanto eu batia a minha porta.

— Rhodes...

— Quer entrar e comer pizza com a gente?

Ele estava me convidando? Sério? De novo?

Meu coração deu um sobressalto.

— Claro. Se não for problema para você.

— Vou pegar uma bolsa de gelo para você colocar no ombro — respondeu.

Ele me observou enquanto eu cambaleava, resmungando um "porra" para mim mesma, porque a cada passo que eu dava, doía.

— Tem certeza de que não vai ter problemas por sair mais cedo do trabalho? — perguntei, enquanto subíamos as escadas da varanda.

Ele abriu a porta e fez um gesto para que eu entrasse.

— Não, mas, se alguém perguntar, eu estava ajudando uma pessoa que tinha se ferido.

— Diga a eles que fiquei muito machucada. Porque estou mesmo. Tive que dirigir com os pulsos. Se eu pudesse te dar uma avaliação, seria dez estrelas, fácil.

Ele parou no meio do caminho de fechar a porta e olhou para mim.

— Por que você não me disse sobre os pulsos quando paramos no posto de gasolina? Poderia ter deixado o seu carro lá.

— Porque não pensei nisso. — Dei de ombros. — E porque eu não queria ser uma bebê chorona. Você já me ouviu reclamando o suficiente.

Ele franziu a testa.

— Obrigada por cuidar de mim. — Fiz uma pausa. — E por me ajudar. E por me seguir até aqui. — Isso o fez voltar a andar, mas segui falando. — Sabe, se você continuar sendo legal comigo, vou pensar que gosta de mim.

Aquele corpo enorme parou exatamente onde estava e suas íris cinzentas me encontraram por cima do ombro.

— Quem disse que eu não gosto de você? — respondeu, naquela voz rouca e séria.

Desculpa, o quê?

Ele acabou de dizer...?

Mas tão rapidamente quanto parou, ele começou andar de novo, me deixando lá. Processando. Enquanto tentava me recuperar.

— A pizza está pronta? — Rhodes questionou.

Não tinha percebido que a televisão estava ligada, até chegar à sala de estar e ver a parte de trás da cabeça de Amos acima do encosto do sofá.

— Ei, mini John Mayer — cumprimentei, esperando não soar estranha e sem fôlego por causa do que acabara de ouvir. Ou era mais o que ele insinuara? Teria que avaliar a questão mais tarde.

— Oi, Ora. — Uma pequena expressão de satisfação que Amos tentou ao máximo esconder cruzou suas feições. Então, ele franziu a testa. — Você estava chorando?

Ele percebeu?

— Chorei um pouco — contei a ele, me aproximando e estendendo a mão com o punho fechado, já que as costas dos meus dedos eram a única coisa que não estava machucada.

Ele deu um soquinho, mas deve ter visto os curativos nas minhas palmas, porque sua cabeça se movimentou um pouco.

— O que aconteceu?

Mostrei a ele minhas mãos, os cotovelos e levantei o joelho com a calça rasgada.

— Quase caí do topo da montanha. Vivendo o melhor que a vida tem a oferecer.

Ouvi um risinho vindo da área da cozinha e me recusei a levar muito a sério.

O adolescente não pareceu divertido ou impressionado.

— Incrível, não é? — brinquei, fraca.

— O que aconteceu? — perguntou outra voz. Era Johnny vindo do corredor, limpando as mãos nas calças caqui engomadas. Ele parou de andar quando me viu. O bonitão sorriu abertamente. — Ah, oi.

— Oi, Johnny.

— Ela vai jantar com a gente! — Rhodes gritou de onde estava na cozinha, procurando algo no freezer.

Johnny sorriu, exibindo os dentes brancos e brilhantes, o que me lembrou do motivo pelo qual havíamos saído, e então começou a vir na minha direção. Ele estendeu a mão e eu mostrei a ele minha palma brevemente antes de fechar o punho e estendê-lo. Ele deu uma batidinha com o punho fechado no meu.

— Você caiu?

— Sim.

— Então não chegou ao lago, Ora? — Amos perguntou.

— Não. Aconteceu bem naquela passagem mais perigosa, e tive que voltar — falei a verdade. — Aparentemente, ainda não tenho condicionamento físico para fazer aquela trilha em um dia. Vomitei duas vezes enquanto estava subindo.

O garoto fez uma cara de nojo que me fez rir.

— Eu vou escovar os dentes, não se preocupe.

Aquela expressão de nojo continuou, e Amos meio que se afastou de mim. Nós tínhamos avançado tanto em nossa relação. Eu amava aquilo.

— Você está bem? — Johnny perguntou.

— Vou sobreviver.

Uma bolsa de gelo azul foi empurrada na frente do meu rosto, e eu inclinei a cabeça para trás para ver Rhodes segurando-a, o furinho em seu queixo parecendo ainda mais adorável naquele momento.

— Coloque isso no seu ombro por dez minutos.

Eu a peguei e sorri para ele.

— Obrigada.

Tive a impressão de que ele murmurou um "de nada" junto com a respiração.

Amos moveu a almofada ao lado dele, me dando um olhar sugestivo, e eu ocupei o lugar, posicionando a bolsa de gelo entre a clavícula e o ombro, e fazendo uma careta, porque estava bem gelada. Johnny pegou uma das duas poltronas reclináveis.

— A pizza fica pronta em dez minutos — falou para quem eu imaginei que fosse Rhodes, que não respondeu verbalmente. Pelo som, ele estava fazendo algo na cozinha. — Qual trilha você tentou fazer?

Eu disse o nome.

O sorriso de Johnny foi radiante.

— Eu não fiz essa.

— Pensei que você tinha dito que não gostava muito de trilhas.

— Não gosto.

Ele estava tentando flertar de novo?

— Mantenha a bolsa de gelo mais perto das costas.

Olhei por cima do ombro e vi o homem que falou da cozinha colocando a louça na máquina de lavar. Observei sua calça se esticar em suas coxas e bunda enquanto ele se inclinava.

De repente, minhas mãos não doíam tanto.

— Am, não se esqueça de que é aniversário do seu pai amanhã. Ligue para ele ou o cara vai chorar — Johnny avisou, fazendo com que eu voltasse minha atenção para eles.

— É aniversário do Rhodes? — perguntei.

— Não, do Billy — Johnny respondeu.

— Ah, seu padrasto?

Amos franziu a testa, com uma expressão que me lembrou exatamente a de Rhodes.

— Não, ele também é o meu pai de verdade. — Tentei não demonstrar, mas deve ter ficado óbvio que eu não tinha ideia do que ele estava falando quando Am continuou. — Eu tenho dois pais.

Franzi os lábios e continuei tentando processar.

— Mas um deles não é o seu padrasto?

Amos negou com a cabeça.

— Tudo bem. — Aquilo não era da minha conta. Eu sabia disso. Não precisava pedir esclarecimentos. Mas eu queria saber. — E você é tio dele pelo lado... da mãe? — perguntei a Johnny.

— Sim.

Eles estavam em um relacionamento poliamoroso? Um relacionamento aberto? Talvez não soubessem quem era o pai biológico? Johnny não se importava com o fato do melhor amigo ter um relacionamento com a sua irmã?

— Billy é o nosso outro melhor amigo — Rhodes falou da cozinha. — Nos conhecemos desde crianças.

Os dois amigos do Johnny ficaram com a irmã dele? Aquilo não fazia sentido. Eu olhei para Am e Johnny, mas nenhum dos dois tinha uma expressão que me desse alguma pista de como aquele relacionamento funcionava.

— Então... vocês todos estavam... juntos?

Amos se engasgou e Johnny gargalhou, mas foi Rhodes quem falou.

— Vocês não estão ajudando. Billy e Sofie, mãe de Am, queriam ter filhos, mas Billy tinha... problemas.

— Ele não podia ter filhos — Am explicou. — Então ele pediu um favor para o meu pai. Rhodes. O pai Rhodes. Em vez de usarem um doador.

As coisas estavam começando a fazer sentido.

— Meu pai Rhodes disse sim, mas também queria ser pai e não apenas... doador. Todo mundo concordou. Agora estou aqui. Faz sentido? — Am perguntou bem tranquilo.

Assenti. Eu não esperava por *aquilo*.

E, de repente, meu pequeno coração se encheu. O melhor amigo de Rhodes e sua esposa queriam ter um filho, mas não podiam, e ele concordou em ajudá-los, mas insistiu em fazer parte da vida do bebê. Ele também queria ser pai. Será que achava que nunca teria filhos por conta própria? Com outra pessoa?

Aquilo era... lindo.

E a minha menstruação devia estar perto de vir, porque meus olhos se encheram de lágrimas.

— Essa é uma das coisas mais bonitas que já ouvi.

Dois rostos horrorizados olharam para mim, mas foi Rhodes quem falou com a expressão de sempre:

— Você está chorando de novo?

Como ele sabia?

— Talvez. — Funguei e virei minha atenção para Amos, que parecia não ter certeza se deveria me confortar ou se afastar. — É sobre esse tipo de amor que você tem que escrever.

Isso fez com que ele me desse a mesma cara cética que me deu quando sugeri que ele escrevesse uma música sobre a mãe.

— Você não acha esquisito?

— Está brincando comigo? Não. O que poderia ter de estranho nisso? Você tem um pai e uma mãe que queriam você, mas não podiam tê-lo. Você tem três pessoas que te amam para sempre, sem contar o seu tio e quem sabe mais quem. Não é todo mundo que tem essa sorte.

— A última namorada do papai achou que era bizarro.

Última namorada? Então ele dava suas saidinhas. Mantive uma expressão neutra.

— Am, dá um tempo — Rhodes resmungou. — Isso foi há dez anos. Eu não sabia que a garota era religiosa demais, nem divórcio ela aceitava. — Ouvi isso junto com o som dos pratos em movimento. — Terminei com ela por causa disso. Eu disse que sentia muito.

Amos revirou os olhos.

— Foi há *oito* anos. E ela era um pé no saco também.

Apertei meus lábios, absorvendo a interação e as informações.

— Você não conheceu nenhuma outra mulher desde então, Am.

— É, minha mãe diz que você precisa tingir o cabelo para conseguir uma namorada, e você não tinge.

— Você está falando muita merda, sabia? Pode puxar a mim e começar a ter fios grisalhos quando estiver na casa dos vinte, cara — Rhodes respondeu, parecendo bastante incrédulo.

Amos soltou uma risadinha desdenhosa.

E antes que eu dissesse a mim mesma para não me intrometer, eu o fiz.

— Não concordo, Am. Eu gosto desses fios grisalhos no cabelo do seu pai. São muito legais. — O que era verdade, embora eu não devesse ter dito isso, então voltei atrás. — E não sei das outras pessoas, mas acho lindo o que seus pais fizeram. Não há nada de errado em altruísmo e amor.

Ele mordeu a isca, embora ainda não acreditasse em mim.

— E o seu pai? — o adolescente perguntou de repente, tentando mudar de assunto, eu acho. — Você nunca fala sobre ele.

É, ele me pegou.

— De vez em quando a gente se encontra. Conversamos de vez em quando. Ele mora em Porto Rico. Ele e minha mãe tinham se separado há bastante tempo, e quando me tiveram ele alegou não estar pronto para ter um relacionamento. Eles mal se conheciam, na verdade. Ele me ama, eu acho, mas não como seus pais amam você.

Amos franziu o nariz.

— Por que você não foi morar com ele depois que sua mãe...?

— Ele não está oficialmente na minha certidão de nascimento e eu já estava com meus tios quando ele descobriu o que aconteceu. Era melhor eu ficar com eles.

— Isso é complicado.

— Tantas coisas tristes aconteceram na minha vida, que isso não está nem no top dez, Am — falei, com um dar de ombros.

Percebi que tinha deixado o clima meio estranho quando os grilos imaginários cantaram em meio ao silêncio. Então fiquei além de surpresa quando uma mão se estendeu e deu um tapinha no meu antebraço. Era Amos.

Sorri para o menino e olhei para a cozinha, dando de cara com outro par de olhos em nossa direção.

Rhodes tinha um sorriso quase imperceptível no rosto.

CAPÍTULO DEZESSETE

Eu sabia que Jackie estava tramando algo quando a vi — pela terceira vez — me espiando e então desviando o olhar imediatamente quando era pega.

Ainda não havíamos conversado sobre minha história com Kaden. Nós apenas continuamos fingindo que tudo estava do mesmo jeito, o que tecnicamente deveria ser. Ela já sabia desde o começo.

Depois que tive tempo para pensar melhor sobre o assunto, concluí que Jackie não havia dito nada a ninguém porque Clara descobriria que ela havia bisbilhotado suas redes sociais. E eu não estava disposta a jogá-la para os leões ou metê-la em problemas. Realmente, não era tão importante para mim.

Então, fiquei um pouco surpresa quando ela se aproximou.

— Aurora? — me chamou devagar, e docemente.

— O que está rolando? — perguntei, enquanto folheava uma das revistas de pesca que vendíamos na loja. Havia um artigo sobre as truta-arco-íris que eu queria ler. Quanto mais eu aprendia sobre os peixes, mais os achava interessantes, de verdade.

— O aniversário de Amos está chegando.

O quê?

— Sério? Quando?

— Quarta-feira.

— Quantos anos ele vai fazer? Dezesseis?

— Sim... e eu estava pensando...

Olhei para ela e sorri para encorajá-la.

Ela sorriu também.

— Posso usar o seu forno para assar um bolo de aniversário para ele? Eu quero surpreendê-lo. Ele diz que não gosta e que não quer, mas é o primeiro aniversário sem a mãe por perto, e não quero que Amos fique triste. Ou que fique bravo comigo. Eu pensei em encomendar da confeitaria, mas é caro — confessou, apertando as mãos. — Então eu poderia assar no dia anterior e levar para ele depois, para que fosse surpresa.

Eu nem precisei pensar no assunto.

— Claro, Jackie. Parece ótimo.

Pensei em me oferecer para comprar o bolo, mas Jackie pareceu tão animada para cozinhar que eu não quis estragar o momento.

— Sim?

— Sim — concordei — Venha na terça-feira. E o deixaremos na geladeira até chegar a hora de buscá-lo.

— Oba! Obrigada, Aurora! — Sua voz ficou estridente.

— De nada.

Ela sorriu antes de desviar o olhar.

Achei que teria que acabar com o mal-estar de uma vez por todas. Clara estava nos fundos.

— Você sabe que está tudo bem entre nós, certo?

Jackie olhou para mim com um sorriso pequeno e apertado.

Toquei seu braço.

— Não tem problema você saber — continuei. — Tive que manter o relacionamento em segredo, mas não preciso mais fazer isso. Eu só não gosto de ficar contando para as pessoas, a não ser que eu precise. Não estou brava. Estamos bem, Jackie. Tá bom?

Ela assentiu, mas hesitou.

— Você vai contar para o Amos? — perguntou.

— Vou contar, mas gostaria de ser eu a pessoa a dizer para ele. Mas se fizer isso por acidente, ou se não se sentir confortável guardando o que você sabe do meu passado, vou entender também.

Ela pareceu pensar sobre o assunto.

— Não, é uma coisa da sua vida. Sinto muito por não ter conversado antes com você.

— Não tem problema.

Pareceu que Jackie estava ponderando mais alguma coisa, então esperei.

— Posso te perguntar uma coisa?

Eu estava certa. Assenti.

Jackie pareceu tímida de repente.

— Você realmente escreveu músicas para ele? — sussurrou.

Não era isso o que eu esperava que Jackie fosse perguntar. Pensei que talvez ela quisesse saber se ele era bonito pessoalmente ou a razão pela qual terminamos. Não... isso.

Mas eu disse a verdade.

— A maioria. Mas nenhuma das músicas dos dois últimos álbuns.

Não ia levar o crédito por aquelas porcarias.

Seus olhos se arregalaram.

— Mas as que você escreveu renderam os melhores álbuns dele!

Dei de ombros mentalmente... é, eram músicas legais.

— Eu fiquei me perguntando o que tinha acontecido nesses dois últimos álbuns, mas agora *tudo* faz sentido — afirmou ela. — Estão péssimos.

Talvez eu estivesse me importando cada vez menos com ele, sua carreira e sua mãe. Fazia semanas que não pensava nos Jones. Mas...

Ainda era divertido de ouvir.

Otários.

Jackie seguiu o plano. Como as aulas tinham voltado, ela foi depois da escola até a loja e foi para casa comigo, para que Amos não soubesse que ela estava lá. Eu a escondi o tempo todo. Assamos as duas camadas de bolo nas formas que ela levara da casa de Clara, deixando-as esfriar por uma hora enquanto Jackie me ajudava a montar um novo quebra-cabeça. Depois, decoramos o bolo para parecer uma bolacha Oreo gigante, com uma cobertura grossa de baunilha entre as camadas, e pedacinhos do biscoito salpicados por cima.

Ficou *incrível*.

Jackie tirou milhares de fotos.

E, quando chegou a hora de ir embora, ela me perguntou baixinho se no dia seguinte eu poderia deixar o bolo na parte de baixo do apartamento, e eu concordei.

E foi assim que aconteceu. Fiquei escondida em um canto vendo Jackie caminhar até a casa principal, equilibrando aquele bolo com tanto cuidado que daria para pensar que ela estava carregando algo inestimável. Só voltei para dentro quando Rhodes abriu a porta, e sorri para mim mesma, desejando que Amos tivesse amado o bolo, porque Jackie colocara muito esforço e empolgação para criá-lo.

Ele era um bom garoto. Tinha certeza de que adoraria.

Falando nele...

Tínhamos nos visto alguns dias antes, e ele não dissera uma palavra sobre seu aniversário. Ainda assim, eu tinha comprado um cartão de felicitações. Ia entregá-lo na próxima vez que conversássemos.

Eu estava começando a escrever no cartão quando alguém bateu à porta.

— Pode entrar! — disse, achando que era a Jackie.

Mas o som de passos mais pesados do que o normal me deixou paralisada, e quando os ouvi perto de mim, me virei. Era Rhodes. Não Jackie ou Amos.

Nós tínhamos nos visto desde o dia em que ele me encontrara na trilha. De passagem. Em uma das vezes acenei para ele do apartamento, e em outra ele deu uma passada na garagem enquanto Amos e eu estávamos lá. Nesta ocasião, Rhodes checou meus cotovelos e mãos, depois sentou-se por cerca de meia hora para ouvir o filho cantar. Muito, muito timidamente, Amos cantou *na nossa frente*, o que foi um milagre. Fiquei achando que Amos estivesse falando sério sobre o show de talentos que contara para Yuki. A vida parecia... boa.

E tentei não ficar confusa com os pequenos comentários que Rhodes já soltara. Especificamente ao me chamar de *Buddy*.

Ou aquela coisa de *"Quem disse que eu não gosto de você?"*.

E lá estava ele, parado a poucos metros de distância de mim, usando jeans, camiseta e chinelos pretos. Mas foram os olhos arregalados que mais me interessaram.

— Que porra aconteceu aqui? — perguntou, olhando para as roupas jogadas por toda parte e os sapatos chutados em cantos opostos da sala. Eu tinha certeza de que Rhodes estava parado a cerca de trinta centímetros de uma calcinha, só para completar.

Não limpava a minha casa há... um tempo.

Fiz uma careta quando seu olhar encontrou o meu.

— Acho que foi um vendaval — respondi.

Rhodes piscou. Os cantos da sua boca se apertaram por um segundo antes de voltarem ao normal e ele olhou para o teto. Em seguida, olhou para mim e disse, naquele tom seco e mandão:

— Vamos.

— Para onde?

— Para a casa — respondeu calmamente, me observando com suas íris intensas e acinzentadas.

— Por quê?

Suas sobrancelhas se ergueram.

— Sempre faz tantas perguntas quando alguém está tentando te fazer um convite?

Pensei um pouco e sorri.

— Não.

O homem inclinou a cabeça para o lado e sua boca de lábios cheios se fechou em uma linha fina. Ele estava tentando esconder um sorriso? Ele colocou as mãos nos quadris.

— Vamos para a minha casa comer pizza e bolo, Buddy.

Hesitei por um segundo.

— Tem certeza?

Sua boca apertada derreteu, e ele apenas olhou para mim. Por um segundo. Por dois. Então, murmurou, quase suavemente:

— Sim, Aurora. Tenho certeza.

Sorri. Talvez fosse melhor perguntar se ele tinha *certeza mesmo*, mas não queria que ele retirasse a oferta. Então levantei um dedo.

— Me dê um minuto. Na verdade, estava escrevendo um cartão de aniversário.

Rhodes baixou aquele queixo fofo e a sua covinha antes de voltar a atenção para o desastre no apartamento. Não estava tão ruim, mas estivera na casa dele tempo suficiente para saber que as nossas interpretações de "limpeza" eram bem diferentes. Eu não tinha uma pia cheia de pratos ou latas de lixo transbordando, mas, em algum momento, minhas roupas pararam de encontrar o caminho até a mala...

Voltei minha atenção para o cartão e escrevi para o meu amigo.

Feliz Aniversário, Amos!

Estou tão feliz por sermos amigos. A única coisa que supera o seu talento é o seu lindo coração.

Abraços,

Ora

P.S. Diarreia

Achei interessante mencionar o momento em que nossa amizade começou, ou pelo menos o segundo momento.

Gargalhei um pouco antes de enfiar algum dinheiro dentro do cartão dobrado. Então, olhei de volta para o meu locador, que não tinha se movido um centímetro.

— Estou pronta. Obrigada pelo convite.

Ele apenas olhou para mim, e nós começamos a andar na direção da casa.

— Teve um dia bom hoje? — perguntei, dando uma olhada na silhueta do seu corpo.

Sua atenção estava voltada para a frente, mas as sobrancelhas estavam franzidas, como se estivesse preocupado.

— Não. — Soltou um suspiro pesado antes de balançar a cabeça. — Houve um acidente com uma garotinha e o pai quando eu estava a caminho do escritório.

— Foi muito grave?

Rhodes assentiu, sua atenção voltada para frente, os olhos um pouco emocionados.

— Eles foram levados de helicóptero para Denver.

— Que terrível. Sinto muito — eu disse, tocando seu cotovelo bem de leve.

Ele engoliu em seco, e senti que ele nem sequer percebeu o meu toque.

— É difícil não imaginar que poderia ter sido com o Am.

— Eu sei.

Ele me encarou e aquele olhar lacrimejante ainda estava lá, assim como as linhas profundas em sua testa.

— Acho que não ajuda o fato de que hoje é o aniversário dele.

Eu apenas assenti, sem saber o que dizer para tranquilizá-lo ou confortá-lo. Então, esperei um segundo até que decidi perguntar a primeira coisa que me veio à mente.

— Quando é o seu aniversário?

Se ele ficou surpreso com minha pergunta, não demonstrou.

— Março.

— Que dia de março?

— Dia 4.

— Quantos anos você vai fazer?

— Quarenta e três.

Quarenta e três. Ergui as sobrancelhas. E então processei o número na minha cabeça.

Se não fosse pelos fios grisalhos, Rhodes aparentaria ser mais jovem. Ele era o homem de quarenta e dois anos mais gostoso que eu já vira, e isso não era nada ruim. Não mesmo.

— E você? — perguntou do nada. — Vinte e seis?

Eu sorri ao mesmo tempo que ele desviou o olhar para baixo.

— Trinta e três.

Sua cabeça de fios prateados se ergueu.

— Não, você está brincando.

Pisquei.

— Juro. Seu filho tem uma cópia da minha carteira de habilitação.

Aqueles olhos acinzentados vagaram pelo meu rosto por um segundo, então ele voltou a olhar para baixo. As linhas profundas da sua testa voltaram.

— Você tem trinta e três anos? — questionou, parecendo totalmente incrédulo.

— Vou fazer trinta e quatro em maio — confirmei.

Ele olhou para mim de novo, e eu tive certeza de que seu olhar pairou nos meus seios por um segundo a mais do que antes. Um segundo bem longo. Hum.

Subimos os degraus para a varanda e entramos na casa em silêncio. Johnny estava na cozinha, segurando uma lata de cerveja e com os olhos grudados na TV. Amos e Jackie estavam sentados no sofá, assistindo TV também. Um filme de ação estava passando. Havia três caixas de pizza na ilha da cozinha. E todas as três cabeças giraram para me olhar — e a de Rhodes também — assim que paramos entre a cozinha e a sala de estar.

— Olá, aniversariante — cumprimentei meio alto, um pouco mais tímida do que eu esperava. — Oi, Jackie. Oi, Johnny.

— Olá, Ora — Amos disse, enquanto Jackie se levantava do sofá para me abraçar, e Johnny murmurava um cumprimento.

Jackie e eu nos dávamos bem, mas ela nunca tinha me abraçado de verdade antes, provavelmente por causa do constrangimento. Segredos e mentiras podiam fazer isso com as pessoas.

De canto de olho, notei que Amos se levantara e também vinha em nossa direção, não parecendo totalmente confortável com a situação, mas resignado. Eu estava conquistando aquele garoto aos poucos, com certeza. Assim que Jackie se afastou, ele me deu um daqueles sorrisos sutis que eu só poderia supor que ele tinha aprendido com o pai.

— Obrigado por ajudar com o bolo — Amos falou.

— De nada. Quer um abraço de aniversário?

Ele encolheu os ombros, e dei um passo à frente e o abracei, sentindo seus braços finos subirem atrás de mim, me dando tapinhas gentis e desajeitados nas costas.

Ele era tão precioso.

Quando se afastou, eu entreguei o cartão.

— Isso foi o melhor que pude fazer em cima da hora, mas feliz aniversário.

Ele nem olhou direito para o cartão antes de pegá-lo e depois olhar para Jackie. Amos o abriu, seu olhar passou pelo interior e suas íris cinzentas voltaram para mim. Então, Amos me surpreendeu pra caralho.

Ele sorriu.

Naquele momento, eu soube que assim que Amos atingisse a próxima curva de crescimento, ele teria o mesmo efeito que o seu pai tinha na humanidade.

Alguém precisaria protegê-lo das predadoras malucas.

Por outro lado, se ele desenvolvesse a carranca do pai, talvez não.

Por enquanto, ele era apenas um menino doce.

E aquele sorriso permaneceu em seu rosto enquanto ele contava as notas de cinco e de um.

— Espere.

Foi para o quarto e voltou de mãos vazias. Seus lábios estavam apertados, mas suas palavras a seguir soaram claras:

— Obrigado, Aurora.

— De nada.

— O que é? Eu não posso ver? — seu tio perguntou.

— Não — Amos respondeu.

Eu ri e olhei para Rhodes, que estava contorcendo a boca.

— Por quê? — questionou o tio.

— Porque é meu.

— Posso ver? — Jackie pediu, saltando na ponta dos pés.

— Depois.

Johnny riu.

— Que rude.

— Agora que a Ora chegou, podemos comer? — o aniversariante disse.

Aparentemente, a resposta era sim. Já havia uma pilha de pratos no balcão. Peguei um e fui para o lado de Johnny, que me olhou de cima a baixo e sorriu.

— Oi — cumprimentou.

— Oi — respondi. — Como você está?

— Ótimo e você?

— Muito bem também. E no que deu aquele dia? Você saiu com a garçonete?

Ele riu.

— Ela nem me ligou de volta.

— Você checou a bunda de outra pessoa no seu encontro com ela ou...?

Ele começou a rir.

— Se vocês dois terminaram de flertar, que tipo de pizza você quer, Buddy? — A voz de Rhodes veio afiada.

Estávamos flertando? Sério que ele achava isso? Eu só estava brincando. Johnny arregalou os olhos e eu levantei os ombros, impotente. *Tá bom, então.*

Não percebi naquele instante, mas ninguém reagiu ao "Buddy", só eu.

Peguei duas fatias de pizza, salpiquei um pouco de parmesão e me encaminhei para a mesa. Sentei-me ao lado de Jackie e, em seguida, Johnny sentou-se em frente a mim, com Rhodes ao lado do filho.

De onde as cadeiras extras vieram, não sei dizer.

Jackie estava perguntando a Amos se o seu avô viria visitar naquele fim de semana ou no seguinte, e a próxima coisa que eu soube foi que o aniversariante se concentrou em mim e indagou:

— Você vai fazer outras trilhas antes que comece a nevar?

Eu tinha acabado de colocar uma enorme fatia de pizza na boca e tive que mastigá-la rapidamente antes de conseguir falar.

— Sim, mas preciso começar a verificar o clima.

— Quais são as opções? — Rhodes questionou.

Eu disse a eles os nomes das duas trilhas fáceis que rendiam menos de três quilômetros de ida e volta. Honestamente, eu ainda estava um pouco traumatizada. Eu tinha cicatrizes nas palmas das mãos e nos joelhos, merda.

— Por que você está perguntando? Quer ir comigo? Provavelmente irei no sábado. Clara vai fechar a loja ao meio-dia para limpar os tapetes.

— Eu quero ir — Jackie se ofereceu.

Três pares de cabeças se viraram para olhar para ela. Jackie franziu a testa.

— O quê?

— Você fica sem fôlego caminhando desta casa até a garagem — Amos murmurou.

— Não, eu não fico.

— Fomos para Piedra River, e você parou depois de oitocentos metros e se recusou a andar mais — continuou.

— Tá, e daí?

— Uma das trilhas tem quase dois quilômetros e a outra três — Rhodes explicou com cuidado, mas firme.

A garota fez uma careta, e tentei o meu melhor para conter um sorriso.

— Eu te aviso quando for fazer uma trilha mais curta. Se eu fizer.

Quero dizer, se eu ainda estiver aqui no ano que vem.

Eu estava sorrindo quando fiz contato visual com Rhodes.

A mandíbula dele ficou apertada. E, pelo canto do olho, vi que Amos fez uma cara estranha. Por que eles estavam me olhando daquele jeito?

Antes que eu conseguisse pensar muito sobre isso, Jackie começou a falar sobre como eles estavam sendo injustos, porque ela costumava fazer caminhadas o tempo todo, e eu me concentrei nisso por um tempo, pelo menos até a vontade de fazer xixi chegar à minha bexiga como uma bomba.

— Volto logo, preciso usar o banheiro — falei, empurrando a cadeira para trás.

Fui direto para o lavabo, que eu me lembrava de ter visto em minhas outras visitas. Fiz xixi e lavei as mãos, olhando para baixo enquanto pegava a toalha. Foi quando vi algo pequeno e marrom correr pelo assoalho. Congelei.

Inclinando-me um pouco, espiei ao redor do banheiro e o vi novamente.

Dois olhos pequenos.

Um cauda sem pelos.

Com uns cinco centímetros de comprimento.

Ele disparou, desaparecendo atrás da lixeira.

Não estava orgulhosa de mim mesma... mas eu gritei. Não alto, mas ainda era um grito.

Então, dei o fora dali.

Sinceramente, não sei se corri tão rápido assim até o corredor, mas estava grata por ter visto o bicho *depois* de fazer xixi, vestir a calça e fechar o zíper. Fui para o mais longe possível do banheiro. O que seria a cozinha.

Rhodes estava parado ao lado da ilha, pegando papéis-toalha, quando me notou chegando. Na hora a expressão dele ficou cheia de dúvidas.

— O que...

— Tem um camundongo no banheiro! — guinchei e passei correndo por ele, praticamente pulando no banquinho que ficava ao lado do balcão e saltando dali para o encosto do sofá com um rápido movimento de cabeça, para ter certeza de que não estava sendo seguida.

Com o canto do olho, notei que Amos se levantou tão rápido que a cadeira em que ele estava caiu para trás, e a próxima coisa que eu soube foi que ele pulou no sofá e acabou ao meu lado, sua bunda na parte do encosto, as pernas bem longe do chão. Johnny e Jackie ou não se importaram ou ficaram tão atordoados com a cena que não se moveram da mesa.

— Um rato? — Rhodes perguntou de onde estava.

Neguei com a cabeça, ofegante, tentando respirar para diminuir os batimentos cardíacos.

— Não, um camundongo.

Suas sobrancelhas subiram alguns milímetros, mas eu notei.

— Você está gritando por causa de um camundongo?

Ele tinha que perguntar assim, tão devagar?

Engoli em seco.

— Sim!

Ele piscou. Ao meu lado, Amos de repente soltou uma risada do fundo de sua garganta, como se não tivesse derrubado a cadeira por causa disso também. Então, notei que o peito de Rhodes estava tremendo.

— O quê? — indaguei, olhando para o chão.

Seu peito estava tremendo ainda mais, e ele mal conseguia respirar, os olhos fechados e apertados.

— Eu... eu não sabia que você praticava parkour — ele falou.

Amos soltou mais uma gargalhada, abaixando as pernas e firmando os pés no chão.

— Você deu uma cambalhota... — Rhodes engasgou.

Ele estava gargalhando. O filho da puta estava tremendo porque queria estourar de rir!

— Não, eu não fiz isso! — argumentei, começando a me sentir um pouco... tola. *Eu não tinha feito aquilo.* Eu não sabia dar um mortal para trás.

— Você pulou da ilha para o sofá — Rhodes continuou, colocando a mão em frente à boca e cobrindo o nariz.

Ele mal conseguia falar.

— Sua cara... Ora, você estava tão lívida — Am disse, o lábio inferior tremendo.

Apertei meus lábios e encarei meu traidor favorito.

— Minha alma deixou meu corpo por um segundo, Am. E você pulou também, tá bom?

Rhodes, que determinara que *aquilo* era o que ele acharia hilário, quase engasgou.

— Parecia que você tinha visto um fantasma.

Amos explodiu uma risada.

Então Rhodes gargalhou junto.

Uma rápida olhada confirmou que Johnny estava rindo também, Jackie era a única que só sorria. Fiquei feliz por alguém ter um coração.

Eles estavam rachando de rir, mal se aguentando.

— Sabe, espero que o rato entre na boca de vocês, só por serem tão maus comigo — murmurei, brincando.

Mais ou menos.

Rhodes deu um sorriso tão largo, se aproximou e deu um tapa nas costas do filho enquanto os dois continuavam rindo.

De mim.

Mas juntos.

E talvez eu não conseguisse dormir naquela noite, preocupada que o camundongo tivesse me seguido, mas valeria a pena.

MARIANA ZAPATA

CAPÍTULO DEZOITO

Estava sentada à mesa lendo quando ouvi o som familiar de pneus no caminho de entrada.

Fiquei atenta.

Na noite anterior, enquanto discutíamos quantas rimas são aceitáveis em uma música, Amos mencionara que o seu avô, pai de Rhodes, viria passar o fim de semana. Eu esquecera completamente que Jackie havia levantado o assunto no jantar de aniversário de Amos. O menino, que tinha acabado de completar dezesseis anos, dissera que estava pensando em fingir estar doente para ter uma desculpa para ficar escondido no quarto.

A questão era que eu não havia percebido até então que ninguém nunca mencionava os pais de Rhodes. Amos mencionava seus outros quatro avós de vez em quando, mas só isso. Imaginava que meus próprios sobrinhos não falassem de mim, então, tentei não pensar que era estranho... mas era estranho, sim.

Eu tinha a sensação de que havia alguma coisa estranha naquela história, em especial porque Am comentara que seu avô, pai de Rhodes, morava em Durango, uma cidade a cerca de uma hora de distância. Eu estava com eles há meses. O avô não deveria tê-los visitado? Rhodes e Am raramente saíam juntos de casa. Talvez parte disso fosse porque Amos ainda estava de castigo, mas o momento mais rigoroso já havia passado. Eu achava aquilo bem bizarro.

Fiquei quieta no meu lugar, dizendo a mim mesma para não ser intrometida e ficar na janela.

Mas se eu conseguisse ouvi-los de longe, era diferente. Não estaria bisbilhotando *de verdade* se eles estivessem falando tão alto que desse para eu ouvir a conversa, certo?

Então, foi assim que fiz. Mantive os olhos nas páginas do livro. Mas também mantive as orelhas atentas. Eu já havia passado muito tempo olhando da janela para o meu carro novinho em folha. Eu o tinha comprado depois do trabalho no dia anterior. O SUV era maior do que eu havia planejado, mas foi amor à primeira vista. Amos e Rhodes o examinaram e aprovaram minha compra. O inverno estava chegando, e tudo indicava que eu estaria ali para vê-lo.

Estava pensando nisso quando tive certeza de ter ouvido uma porta se fechando, seguida do murmúrio de Amos.

— Por que ele tem que ficar aqui?

— É apenas por um fim de semana — respondeu seu pai, não soando exatamente como se achasse que dois dias fossem tão curtos assim, mas tentando se convencer.

— Tudo o que ele vai fazer é reclamar e ficar falando de tudo o que ele acha que você fez de errado, pai, como sempre — disse Amos, o que me fez franzir a testa. — Ele nem gosta muito da gente. Poderia vir só para passar o dia — continuou Amos.

— É só a gente não levar o que ele diz a sério, cara. É entrar por um ouvido e sair pelo outro — falou Rhodes.

Espiei e deixei meus olhos vagarem em direção à janela. Qual era o problema com o vovô Rhodes? Para Rhodes falar para Am para não se importar com o que ele dizia...

— Não faz sentido. Por que ele te enche tanto o saco por não ter se casado se ele foi casado com uma pessoa que o maltratava?

— Já chega, Am. A gente sabe como ele é, e felizmente ele só vem umas duas vezes por ano...

— Mesmo que a gente more a uma hora de distância?

O garoto tinha um ponto.

— Eu sei, Am — Rhodes o acalmou gentilmente. — Ele é de outra geração. E eu te disse antes, ele tem muitos arrependimentos, e precisei de muito tempo para aceitar que esse jeito dele é a sua forma de se importar.

O garoto resmungou.

— Podemos convidar a Ora? Para distraí-lo?

Eu ri baixinho, desejando que eles não me ouvissem.

— Não, não vamos fazer isso com ela. — Ele ficou em silêncio e me pareceu que Rhodes riu. — Embora seja uma boa ideia. Então não haveria um silêncio constrangedor... e seria engraçado ver a cara dele.

— Sim, aposto que ela conseguiria fazê-lo contar por que demorou tanto para se divorciar da sua mãe.

A porta do carro bateu, e um segundo depois, uma voz que eu não conhecia, surgiu.

— Sei de uma empresa que pode vir refazer o cascalho da sua entrada, Tobias. Só de vir por esse trecho, já estou com dor de cabeça.

Eu pisquei.

— A entrada está boa do jeito que está, senhor — Rhodes respondeu com uma voz que eu não ouvia há meses. Sua Voz da Marinha, como Amos a nomeara uma vez quando conversamos sobre o dia em que nos conhecemos e Rhodes estava irado.

E quem chama o próprio pai de "senhor"?

— Bem-vindo — Rhodes continuou.

Bem-vindo?

Tive que tapar a boca para não rir; eu só conseguia imaginar como devia estar a cara do Amos. Me perguntei se ele estava ficando envergonhado.

Ouvi passos na entrada.

— Amos — a voz desconhecida disse —, como está sua mãe? E Billy?

— Bem.

— Você não conseguiu ganhar peso? Ainda não pratica nenhum esporte?

O silêncio foi *ensurdecedor*. Esmagador. Meus ouvidos estavam apitando todos os sinais de alerta.

— Amos é perfeito do jeito que ele é — Rhodes falou com aquela mesma voz cuidadosa e nítida da Marinha, que exalava o controle cuidadoso que ele construiu ao longo dos vinte anos que passara nas forças armadas.

Meu sexto sentido me disse que aquilo não ia dar certo.

Meio que... de verdade, não ia dar certo.

Principalmente porque eu queria bater no avô por falar do meu Amos daquele jeito. Meu amigo doce e tímido devia estar morrendo por dentro naquele momento. Eu sabia que ele tinha consciência de sua constituição magra, e aquele maldito estava...

— Talvez Amos tivesse ganhado peso se o tivesse inscrito em algumas atividades quando ele era mais novo — respondeu o velho. — Ele poderia comer um ou dois cheeseburgers.

Resmunguei e fechei lentamente o livro.

— Amos se inscreveu nas coisas que o interessavam — Rhodes rebateu, sua voz soando mais áspera a cada sílaba. — Ele come mais do que o suficiente.

Soltei um aff de reprovação.

Meu Deus, aquele homem me lembrava... a sra. Jones.

— Um pouco de músculo seria bom se ele quiser arrumar uma namorada. Você não quer ficar solteiro para sempre como o seu pai, quer? — perguntou o velho idiota.

Eu levantei tão rápido que fiquei surpresa por não ter derrubado a mesa.

Aqueles dois iam incendiar a casa se eu não fizesse nada. Não tinha certeza se já tinha presenciado uma conversa piorar tão depressa, e olha que já tinha lidado com muita coisa.

Amos e Rhodes eram novatos.

Felizmente para eles, eu tinha doutorado em lidar com familiares passivo-agressivos e muito agressivos. E aquele homem não era a mulher que eu tinha considerado minha sogra. Eu sabia que não precisava passar o resto da minha vida bajulando o cara para ser feliz.

Eu devia isso a eles. E era uma coisa que eu podia fazer.

Fui para as escadas o mais rápido que pude e tinha acabado de sair quando ouvi a voz tensa de Rhodes:

— Ele pode se parecer como quiser, *senhor*.

Sim, a casa ia pegar fogo.

E meu apartamento ia junto.

Mais tarde, eu diria a mim mesma que estava fazendo aquilo tanto por mim quanto por eles, e foi por isso que gritei, soando como um maníaca sem fôlego por descer as escadas correndo:

— Rhodes, você pode me ajudar...? Ah, desculpe! Oi.

Os olhos de Amos se arregalaram, surpresos, e vi que ele estava processando o que eu estava fazendo.

Ao lado de uma Mercedes G-Wagen, o sr. Rhodes mais velho parecia ser mais baixo que o filho, mas havia semelhanças de inúmeras maneiras. O mesmo furinho no queixo. A forma das bochechas. A construção corpulenta. Especialmente o formato severo da boca.

E ele estava me encarando.

Eu tinha que usar os meus superpoderes para o bem.

Concentrando-me em Rhodes, vi sua expressão pensativa... uma leve confusão. As rugas se aprofundaram em sua testa. Sua boca ficou em uma linha reta, mas duvidei que fosse por minha causa.

— Do que você precisa, *Angel*? — Rhodes me perguntou, enquanto eu ainda olhava para ele.

— Nada que não possa esperar, desculpe — falei, querendo soar arrependida de verdade e não ter me ferrado por causa da improvisação. Ele me chamara pelo nome errado de novo, mas tudo bem.

— Este é o seu pai? — perguntei, usando uma voz doce, para que ele não tivesse a ideia errada.

— Sim. Este é Randall. Pai, essa é Aurora... nossa melhor amiga — Rhodes disse suavemente.

Melhor amiga?

Isso era mais épico do que ser a namorada dele, sinceramente. Dane-se, eu até diria que isso era ainda mais honroso do que ser a esposa de alguém. *Juro!*

Um sorriso enorme e espontâneo tomou conta da minha boca e provavelmente de todo o meu rosto também, enquanto eu considerava se não havia cometido um erro.

Eu estava prestes a suavizar o máximo possível para eles. Desde que Rhodes não me desse um olhar cortante do tipo "sai fora". Eu reconheceria o olhar se ele me desse.

— Muito prazer, Randall — cumprimentei, ficando frente a frente com o homem, que estava parado na varanda.

Então segui em frente, exagerando ao máximo, porque matar pessoas com gentileza era muito satisfatório. Joguei os braços ao redor dos ombros dele e o abracei.

Acho que ouvi Amos engasgar, mas não tenho certeza.

Randall Rhodes ficou tenso sob meus braços, e eu o apertei com ainda mais força antes de dar um passo para trás e estender a mão.

O homem olhou para o filho com uma expressão surpresa, talvez até descontente por ter sido tocado por uma estranha, antes de lentamente estender a mão e pegar a minha. A dele não era muito firme e nem muito suave, mas eu havia aprendido a não ser o lado mais fraco, a menos que fosse do meu interesse, então apertei com vontade.

— É realmente um prazer te conhecer — disse a ele, cheia de energia.

O homem mais velho me encarou como se não soubesse o que pensar e lançou um olhar de volta para Rhodes.

— Você não disse que estava saindo com alguém.

— Não estamos juntos — corrigi, imaginando, por um segundo, um mundo em que Rhodes não me matasse por fingir ser sua namorada.

Porque eu fingiria.

Mas ele me mataria, eu tenho certeza, então íamos nos ater à verdade.

— Mas quem me dera! Sabe o que quero dizer, não é, sr. Randall? — Ri, brincando.

O homem mais velho piscou, e reparei no longo olhar investigativo que ele me deu. Não era o olhar de um velho pervertido, mas curioso. Vivo. Talvez um pouco confuso, acima de qualquer coisa.

Troquei olhares com Amos, e ele arregalou os olhos, me dizendo com o olhar que ele estava tendo o melhor dia da sua vida.

— Peço desculpas — falou Randall Rhodes, parecendo enigmático e ainda confuso. — Meu filho não me conta nada.

Tiros sendo disparados.

Eu sorri tão doce quanto possível.

— Vocês dois são tão ocupados, que acabam não se falando muito. Acontece. — Ele não ia colocar toda a culpa em cima do filho.

O velho deixou a expressão do seu belo rosto totalmente neutra. Ou talvez estivesse cauteloso.

Sim, amiguinho. Eu conheço seu jogo.

— Vou colocar sua mala dentro de casa e depois podemos sair para jantar — Rhodes falou, antes de inclinar o corpo na minha direção.

Eles estavam indo para um jantar para o qual eu não fora convidada. Consegui entender a indireta.

— Nesse caso, foi legal conhecê-lo, sr. Randall. Eu vou...

A mão de Rhodes pousou no meu ombro, a ponta do seu mindinho tocando de leve a minha clavícula nua.

— Venha conosco.

Levantei a cabeça para encontrar seus olhos cinzentos. Ele estava com o semblante sério, e eu tinha certeza de que usara a Voz da Marinha comigo, mas eu não estava prestando atenção o suficiente, porque estava distraída por causa do seu dedo.

— Tenho certeza de que vocês três querem passar um tempo juntos... — Me tirei da reta devagar, sem ter certeza se ele queria que eu fosse ou... não?

— Venha com a gente, Ora — Amos disse. Mas não era com ele que eu estava preocupada.

A grande mão de Rhodes deu um aperto suave no meu ombro, e eu tive quase de certeza de que seu olhar adoçara, porque sua voz tinha suavizado.

— Venha conosco.

— Está me convidando ou me avisando que eu vou? — sussurrei. — Porque você está sussurrando, mas ainda está meio que usando aquela voz mandona.

Sua boca torceu, e ele baixou a voz para responder.

— As duas coisas?

Eu sorri. Quer dizer, não tinha problema eu ir. Não estava em uma parte empolgante do livro, e também não tinha jantado.

— Tudo bem, então. Claro, se nenhum de vocês se importar.

— Não — Am murmurou.

— De jeito nenhum — respondeu o sr. Randall, ainda me olhando com desconfiança.

— Vou esperar aqui fora enquanto vocês guardam as coisas.

— Eu vou entrar. Quero lavar as mãos antes de sairmos — Randall disse, fungando.

Rhodes me deu outro aperto antes de se afastar e se dirigir para a traseira da Mercedes do pai. Ele puxou uma mala do porta-malas, e os dois entraram na casa. Amos ficou do lado de fora comigo, e assim que a porta se fechou, suspirei.

— Sinto muito, Am. Eu ouvi a grosseria dele, e vocês estavam tentando ser educados. Mas senti que seu pai estava prestes a perder a cabeça. Eu só quis ajudar.

O garoto deu um passo à frente e passou os braços em volta de mim, hesitou por um segundo, depois deu um tapinha nas minhas costas de forma desajeitada.

— Obrigado, Ora.

Ele me abraçou. Porra, ele me abraçou. Parecia o meu aniversário.

Eu o abracei bem forte e tentei não deixar que ele visse a lágrima no meu olho, para que eu não ferrasse com tudo.

— Obrigado por quê? Seu pai vai me matar.

Eu o senti rir antes que ele deixasse cair os braços e desse um grande passo para trás. Ele estava sorrindo de forma tão fofa; um sorriso tímido que ele raramente compartilhava.

— Ele não vai.

— Tenho cinquenta por cento de certeza de que pode acontecer. E depois de me matar, ele vai me enterrar em algum lugar onde ninguém nunca vai me encontrar, e eu sei que ele é capaz disso. Na verdade, tenho certeza de que Rhodes tem uma lista de lugares que, se precisasse, poderia esconder qualquer coisa e se safaria. — afirmei e fui mudando de assunto. — Mas por que o seu avô é tão malvado?

Amos sorriu um pouco.

— Meu pai diz que é porque os pais do meu avô foram muito maus com ele. Depois meu avô se casou com a minha avó, que era igualmente malvada, mas o meu avô não soube disso até que fosse tarde demais, porque ele passou a vida toda dedicado a ganhar dinheiro, porque não tinha nada quando era criança.

Isso explicava muita coisa. Com certeza. E eu queria perguntar sobre a mãe/avó malvada, mas imaginei que não teríamos tempo para isso.

— Tudo bem — ele tentou me tranquilizar. — Você está fazendo um favor para o meu pai.

Eu o encarei.

— Como?

— Porque ele não fala, mas você fala, e vai salvá-lo do pai dele.

Fiz uma careta.

— Tem certeza de que eu deveria ir ao jantar? Eu não quero...

O garoto gemeu e revirou os olhos.

Eu ri e revirei os olhos para ele também.

— Se você diz. Olha, se ele tentar me levar para algum lugar para me desovar, eu quero pelo menos um enterro decente, Am. E eu preciso da minha bolsa.

— Eu pego para você. Volto já.

Ele já estava indo, mas parou de repente.

— Obrigado, Ora.

Então ele saiu correndo.

Amos *saiu correndo*.

Torci para que tudo desse certo.

Se eu não tivesse vivido a tensão do dia em que Amos, Rhodes e eu fizemos a trilha de seis quilômetros para ver as cachoeiras, teria passado por um verdadeiro choque com o nível de constrangimento que o jantar com os dois e o sr. Randall alcançou.

Mas todo o meu relacionamento com Kaden — tendo que lidar com a Anticristo — tinha sido uma preparação para situações daquele tipo. Em outra vida, eu teria considerado meu relacionamento com aquela mulher como um treinamento para lidar não apenas com o sr. Randall, mas com todas as pessoas difíceis que eu encontrasse.

Não é de admirar que Amos e Rhodes não tenham me mandado embora quando fui correndo até eles. As reclamações e críticas começaram antes mesmo de entrarmos no Bronco de Rhodes com o sr. Randall.

— Podemos ir na minha Mercedes para ficarmos mais confortáveis — disse Randall, misturando desprezo e sugestão.

Eu mantive a boca fechada, mas Rhodes — que com certeza já tivera a mesma discussão outras vezes — disse:

— O Bronco serve.

Estávamos apenas começando.

Eu tinha observado o sr. Randall com o canto do olho enquanto ele subia no banco da frente e eu fui no banco de trás com Amos. Cinco minutos depois, ele começou de novo:

— Não acho que nenhum de nós reclamaria se você dirigisse acima do limite de velocidade.

Rhodes sequer olhou para ele.

— Não vou acelerar. Sou um cara da lei. Como fica se eu levar uma multa?

— Um cara da lei? — zombou de uma maneira que dizia que ele não gostava do trabalho do filho. — Você é um guarda florestal.

Na minha cabeça, aquela era a hora de eu entrar em cena, então falei lá do banco de trás:

— Um ótimo guarda florestal. Uma vez, Amos e eu estávamos na garagem e o senhor nunca vai adivinhar o que encontramos.

Silêncio. E aquele silêncio continuou mesmo depois de eu ter tampado a boca e feito uma careta para Amos, que olhou para o teto e pressionou os lábios para não rir.

— Tá bom, não precisa adivinhar. Eu vou te contar. Nós achamos que era um falcão, mas não era... — E então continuei falando por uns bons cinco minutos, contando sobre a águia-dourada, de como Rhodes rira de mim e que a águia ainda estava se reabilitando para voltar para a natureza, mas se esperava que fosse liberada em breve. (Rhodes tinha me atualizado sobre como estava a minha amiga majestosa há poucos dias.)

Em algum momento, Rhodes estacionou paralelamente à rua principal e saímos do carro, seguindo-o até o restaurante mexicano com vista para o rio onde tinha sido meu encontro com Johnny. Randall Rhodes suspirou porque tivemos que esperar dois minutos inteiros para conseguir uma mesa, e eu decidi perguntar a Amos sobre a escola — tendo cuidado para não mencionar a música, porque não queria que o velho criticasse. Se isso acontecesse, eu que seria a responsável por enterrá-lo em algum lugar. Os dois homens apenas ficaram parados, cada um olhando para um lado e sem se falarem, uma tensão sufocante.

No caminho para a mesa, fiquei para trás, porque encontrei alguns clientes da loja e parei para cumprimentá-los, sempre com Amos ao meu lado. Quando nos aproximamos, Rhodes e seu pai já estavam sentados, e eu com certeza não imaginava que Am me empurraria para o lado do pai dele, deslizando graciosamente para a cadeira mais próxima ao seu avô e se sentando.

— A dama se senta primeiro, Amos. Como Billy não te ensinou isso? — O menino ouviu essa ainda.

— Meus primos diriam que não sou realmente uma dama — tentei brincar, enquanto parava ao lado de Rhodes, já que foi para lá que seu filho me direcionou. Sorri para ele, sem saber se tinha feito a coisa certa.

Ele puxou a minha cadeira.

Muito bem, então. Me sentei.

Nenhum deles disse uma palavra enquanto víamos o cardápio. Eu dei uma olhada sorrateira para Rhodes, e ele deve ter sentido, porque seus olhos miraram os meus. Sua boca se contorceu um pouco.

Entendi como um sinal. Quanto mais eu falasse, menos chances o sr. Randall teria de ser rude. E foi isso que fiz pelas próximas horas.

Contei uma história atrás da outra sobre algo que tinha acontecido na loja. Amos foi o único que riu, mas peguei a boca de Rhodes torcendo um pouco uma ou duas vezes. Seu pai, por outro lado, se limitou a se concentrar nas tortilhas com molho e a me olhar como se não tivesse certeza do que pensar. Mesmo tentando disfarçar, percebi que seu olhar pulava entre mim e o seu filho com muita frequência, como se ele não tivesse certeza também sobre nós.

O sr. Randall se levantou para ir ao toalete, mas vi que na verdade ele estava pagando a conta (eu tinha ido ao toalete também). Ele fizera isso para evitar discutir com Rhodes? Não sei, mas agradeci a ele na caminhada até o carro e ele simplesmente assentiu.

A viagem de volta para casa foi silenciosa, e eu me sentia esgotada, então fiquei quieta. Amos ficou usando o telefone o tempo todo, e eu aproveitei a oportunidade, já que havia serviço de celular fora da estrada principal, para finalmente verificar o meu pela primeira vez naquela noite. Havia mensagens de Nori e da minha tia. Abri a da minha amiga primeiro.

> Nori: Acertou em cheio [foto de arroz con gandules]
>
> Eu: [emoji babando] Por favor, faça essa comida para mim.

Ela digitou uma mensagem imediatamente.

> Nori: Primeiro venha me visitar. Yu ainda está falando do quanto ela se divertiu.

Isso me fez sorrir, e fui abrir as mensagens da minha tia.

> Tia Carolina: A Anticristo acabou de me mandar um e-mail pedindo o número do seu telefone. Ela se ofereceu para pagar pela informação!
>
> Tia Carolina: [imagem em anexo de uma captura de tela do e-mail]

Ampliei a imagem e li. E sim, a sra. Jones tinha perdido a cabeça. Ela estava oferecendo dinheiro para a minha tia dar meu número de telefone. Uau. Aquela mulher literalmente não ouvia a palavra "não" há anos. Foi até bom saber que ela estava desesperada, já que eu também a bloqueara no Facebook.

Eu: Nunca me senti tão honrada. 500 dólares! UAU!

A sra. Jones gastava quinhentos dólares em um *jantar*. *Sério*. Para ela, não era nada.

Fiquei pensando nisso durante toda a volta. Como uma pessoa pode descartar outra e depois decidir que a quer de volta? Por motivos egoístas? Não porque ela gostava tanto de mim ou achava que eu poderia fazer seu filho feliz. Como poderiam pensar que eu iria perdoar e esquecer? Aquilo não era o filme *Como se fosse a primeira vez*. Eu não esqueceria o que tinham feito. E eles realmente me tinham por tão pouco? Pensavam tão pouco da minha *família*? Que me entregariam por quinhentos dólares? Por dez mil, com certeza entregariam.

Mas então eles me diriam para trocar o número do telefone e depois sairíamos para comer e dar boas risadas.

Fiquei remoendo aquela merda por tempo demais enquanto Rhodes dirigia o Bronco, que até que estava bem restaurado, já que eu finalmente estava vendo o interior. Assim que chegamos, todos nós saímos do carro, e Am se dirigiu à porta da frente, arrastando os pés. Rhodes ficou perto do Bronco, e o sr. Randall foi até o carro dele, resmungando sobre algo que havia deixado lá dentro.

E eu simplesmente fiquei ali.

— Tchau, Amos. Tchau, Rhodes. Vejo vocês amanhã. Obrigada pelo convite! — Não sabia quais eram os planos para o dia seguinte, mas só podia torcer para que desse tudo certo.

Rhodes, porém, se virou e me encarou com o rosto sério, cheios de traços e ossos marcantes. Ele estava bem perto de mim, e baixou a voz para que só eu pudesse ouvi-lo.

— Obrigado por vir conosco. — Pude sentir o calor emanando do corpo dele.

— De nada. — Sorri.

— Te devo uma.

Balancei a cabeça.

— Não deve, mas se quiser me dar alguma dica de esqui ou caminhada com raquetes de neve, eu aceito.

Aqueles olhos cinzentos e incríveis varreram meu rosto, e foi a sua vez de balançar a cabeça.

— Você entendeu.

Ficamos lá, olhando um para o outro, o silêncio entre nós dois pesado e denso.

Ao baixar o meu olhar, notei seus punhos fechados ao lado do corpo.

Forcei-me a dar um passo para trás.

— Boa noite. Boa sorte. — Então, dei outro passo. — Boa noite, sr. Randall. Obrigada de novo pelo jantar.

— De nada. Boa noite. — O homem mais velho já estava em seu carro com a porta do motorista aberta. Pareceu estar de pé, mas não se virou para me responder.

Rhodes e Am desapareceram na casa. Eu estava a meio caminho do apartamento, quando o sr. Randall falou novamente:

— Eles me odeiam?

Eu parei e o vi de pé entre a porta aberta e o banco do carro. O brilho fraco da luz do teto o iluminava por trás, me dizendo que ele estava olhando em minha direção. Eu hesitei. Eu hesitei muito.

— Você pode me dizer a verdade, eu aguento — continuou o sr. Randall, sua voz como aço.

E ainda assim, eu hesitei. Então, pressionei meus lábios por um segundo.

— Não acho que eles te odeiam. Eu nem sabia, até cerca de uma semana atrás, que você... estava por perto.

— Eles me odeiam.

— Se é isso que o senhor pensa, sr. Randall, eu não entendo por que está me perguntando. Eu disse a verdade. Não acho que eles te odeiam, mas...

— Devo ir embora? — perguntou de repente.

— Olha, eu sei muito pouco sobre a situação de vocês. Como eu disse, eu não sabia, até uma semana atrás, que Rhodes, Tobias, seja lá como o chama, tinha um pai. Eu moro aqui desde junho e nunca o vi antes.

Como o filho e o neto, ele caiu em silêncio.

— Você *quer* que eles te odeiem? — indaguei.

— O que você acha? — retrucou.

— Que você está me fazendo uma pergunta e agora está sendo meio rude — respondi. — E que você foi grosseiro com Am e Rhodes, Tobias, e agora está tentando mudar as coisas e parecer a vítima.

— *O quê?*

Ah, cara. Era muito mais fácil quando eu não tinha que pisar em ovos, preocupada com um futuro relacionamento com alguém, que claramente estava sendo um idiota.

— Você criticou o Amos. Você falou mal do filho do seu filho. Meu tio tem três filhos, e todos eles acham que ele é o melhor pai do mundo. Eu acho que o meu tio é o melhor. Meu pai mal estava por perto quando eu estava crescendo, e às vezes eu gostaria que ele tivesse sido mais presente. Mas, ainda assim, meu pai parecia ser um cara decente.

"Como eu disse, não sei qual é a sua situação, qual é a sua história, mas conheço Amos e meio que conheço Rhodes. E Rhodes ama o filho, como um bom pai deve amar. Eu sei que Am sabe disso, mas não sei até que ponto, porque Amos não vê a maneira como o pai cuida dele. Rhodes continua tentando, mesmo que eles sejam praticamente opostos, exceto por terem o mesmo olhar e a mesma quietude.

"O que estou dizendo é que, se está preocupado com o que eles pensam de você a ponto de *me* perguntar, acho que você se importa. E se você se importa, talvez deva fazer um esforço positivo. Você é um homem adulto, não estaria aqui se não quisesse ter uma boa relação com eles, não é?"

Ele não disse nada.

Ele não disse nada por muito tempo, enquanto ficávamos lá nos olhando. Ou, pelo menos, tentando nos olhar, considerando que estava escuro e a luz do carro se apagara.

E quando já tinha se passado um tempinho sem ele dizer mais nada, eu imaginei — tive esperança — de que ele estava pensando no que eu dissera. Ainda assim, acrescentei:

— Não podemos escolher como as pessoas que amamos se tornarão ou quem elas serão, mas podemos escolher ficar por perto, se quisermos que elas saibam disso, que são pessoas dignas da nossa presença e do nosso apoio. Enfim, até mais, sr. Randall. Seu filho e neto são incríveis. Boa noite.

Só depois, quando já estava no apartamento, me lembrei de que eu tinha notado uma coisa, mas não havia prestado atenção suficiente.

Eu não tinha ouvido a porta da frente se fechar quando Amos e o pai entraram.

Rhodes tinha ficado ali o tempo todo.

MARIANA ZAPATA

CAPÍTULO DEZENOVE

— Muito obrigada. Estarei aí daqui a pouco — avisei ao telefone, antes de desligar.

Minhas veias se encheram de empolgação, enquanto eu pegava a água e a comida para o dia. Eu tinha acabado de preparar dois sanduíches quando o som de um carro partindo chegou até o apartamento, me fazendo parar por um segundo. Me perguntei para onde eles estavam indo. A noite anterior não tinha sido o pior momento da minha vida, mas também não tinha sido o melhor.

Boa sorte para eles.

Eu tinha acabado de guardar minhas coisas na mochila quando ouvi uma batida forte à porta.

— Ora!

Era o Am.

— Entre! — gritei de volta um instante antes da porta ranger e seus passos me avisarem de que ele estava subindo.

Tinha acabado de fechar o zíper quando ouvi o suspiro de Am.

— Posso ficar aqui?

Eu já estava sorrindo quando olhei para cima e o vi se aproximar, pisando duro em direção à mesa.

— Claro que pode. — Fiz uma pausa e pensei um pouco. — Achei que você fosse passar o dia com o seu avô.

Amos bufou antes de se jogar em uma das cadeiras ao redor da pequena mesa.

— Meu avô foi embora depois que ele e meu pai discutiram. — Ele se inclinou para a frente e pegou uma das peças de um quebra-cabeça que eu mal tinha começado a montar. — Meu pai está puto da vida, e não quero ficar perto dele.

Puxa. O que será que aconteceu? Não perguntei enquanto pegava a mochila e a colocava no ombro.

— Isso é um saco, Am. Sinto muito. Eu vou sair um pouco, quer vir comigo? Se o seu pai deixar.

Ele ainda estava inclinado sobre o quebra-cabeça.

— Para onde você vai? — perguntou.

— Vou alugar um buggy.

O adolescente balançou a cabeça.

— Não.

Dei de ombros.

— Tudo bem, então. Divirta-se com o quebra-cabeça, se quiser.

Amos concordou sem nem olhar para cima, e eu ri baixinho ao sair, imaginando que merda tinha acontecido com Rhodes e o pai. Eu tinha acabado de abrir a porta da rua quando avistei o pai de Amos fuçando no banco de trás da caminhonete.

O que ele...?

— Oi, Rhodes! — gritei.

Os músculos das suas costas se contraíram antes de Rhodes se levantar e fixar o olhar em mim.

Sim, Amos não estava brincando. Ele estava de mau humor.

Algo que devia ser afeto beliscou o meu coração, e eu não consegui evitar um sorriso, mesmo enquanto o homem franzia a testa. Rhodes era bem bonito, mesmo quando estava bravo.

— Oi — respondeu, sem se mexer.

— Eu vi que seu pai saiu — falei, me aproximando dele.

Rhodes resmungou.

Que merda tinha acontecido?

— Am está no apartamento... — Ele estava tão *mal-humorado* e talvez não fosse uma boa ideia pedir um favorzinho, mas talvez não fosse um problema. Rhodes tinha insinuado que não *desgostava* de mim, então... — Eu ia te convidar, mas acho que vou apenas te avisar que você vem comigo.

Aqueles cílios grossos caíram em seus olhos lilás-acinzentados. Sorri, e depois inclinei a cabeça em direção ao meu carro.

— Acho que hoje eu não seria uma boa companhia — resmungou.

— Isso é subjetivo, mas você deveria vir mesmo assim. Nem precisa conversar se não quiser. Mas talvez te ajude a desestressar um pouco.

O homem rosnou e começou a balançar a cabeça.

— Não, não é uma boa ideia.

Eu sabia com o que podia lidar, e Rhodes de mau humor não era nada de mais.

— Ok, então. Eu volto à tarde. — Dei um passo para trás. — Me deseje sorte.

Ele começou a se virar de volta para a caminhonete quando de repente parou e olhou para mim de novo. Uma ruga de suspeita pareceu espreitar sua fisionomia ranzinza.

— Tchau — falei.

— Para onde você vai? — perguntou e eu disse a ele o nome da loja em que ia alugar o buggy. — Vai fazer trilha? — questionou, devagar.

— Não. — Estendi as duas mãos para a frente e dirigi um volante imaginário. — Aluguei um buggy Razorback. — Ergui a mão antes que ele fizesse outra pergunta. — Tudo bem, vejo você mais tarde!

— Você sabe o que está fazendo?

— *Alguma pessoa* nesse mundo realmente sabe o que está fazendo? — brinquei.

Não houve nem um segundo de hesitação antes de ele inclinar a cabeça para o céu e soltar um suspiro.

— Me dê um segundo — resmungou.

Eu parei e tentei manter a expressão neutra.

— Então você vai comigo?

Ele já tinha batido a porta do carro e estava se movendo em direção à casa.

— Espere um pouco.

Olhei para o apartamento e vi Amos na janela. Sorri e mandei um sinal de positivo para ele. Tive quase certeza de que ele sorriu.

Fiel à sua palavra, talvez um ou dois minutos depois, Rhodes estava de volta com uma mochila e o que pareceu ser duas jaquetas.

Ele ainda parecia bastante irritado, mas não levei para o lado pessoal. Talvez Rhodes me contasse o que acontecera a ponto de fazer seu pai sair sozinho e arruinar o seu humor, mas talvez ele não me dissesse nada. Com sorte, talvez, apenas talvez, eu pudesse ajudar a melhorar um pouco o seu dia. Pelo menos, esse era o objetivo. Mesmo que ele não conversasse comigo, tudo bem.

Sua boca formava uma linha fina enquanto ele se dirigia para a porta do passageiro. Antes de entrar no carro, ele gritou:

— Vou dar uma saída com a Aurora, Am! Não saia de casa. Voltaremos logo.

— Ok! — Am respondeu.

O garoto pareceu muito animado com a ideia de ficar sozinho em casa. Eu contive um sorriso enquanto entrava no carro e assistia a Rhodes fazer o mesmo. Só quando estávamos bem longe, entrando na rodovia principal, foi que Rhodes perguntou:

— Você ia fazer isso sozinha?

Mantive minha atenção na estrada.

— Sim, eu tenho sonhado com isso há semanas.

Ele murmurou algo baixinho enquanto se remexia no banco da frente do carro. Alguém estava realmente de mau humor.

— Eu teria convidado a Clara e a Jackie, mas sei que elas tinham planos com os irmãos da Clara, e eu perguntei ao Amos, mas ele disse que não queria, e não conheço nenhum cliente da loja bem o suficiente para convidar — expliquei. — Acho que estou *quase* fazendo amigos, mas ainda não a esse ponto.

O "aff" do Rhodes me fez morder o lábio para conter o sorriso. Fiquei pensando se ele aceitara ir comigo porque não tinha mais nada para fazer — o que eu duvidava —, mas tive a sensação de que ele estava me acompanhando para ter certeza de que eu não faria nenhuma idiotice.

— Sabe, se você quiser falar sobre o que está te incomodando, eu sou uma boa ouvinte. Nem sempre falo muito. — Esperei até chegarmos mais perto do área de camping para dizer.

Ele estava com os braços cruzados sobre o peito e com os joelhos abertos o máximo que podiam. Eu ainda podia sentir a tensão saindo do seu corpo, então não fiquei surpresa quando ouvi o homem resmungar:

— Acho que vir foi uma má ideia.

— Talvez, mas não vou te levar de volta para casa agora, então se esforce um pouco se quiser. Ou não — eu disse.

Não perdi o olhar que ele me lançou, parte surpreso com o que eu falara e talvez até um pouco irritado.

Não foi nem um pouco chocante que ele tenha ficado em silêncio pelo restante do caminho enquanto eu cantarolava uma música da Yuki. Quando chegamos, depois de estacionar o carro, encontramos uma grande caminhonete com um trailer ainda maior no início da trilha de buggy, e acenei para o cliente que conhecera na loja e me contara tudo sobre seu negócio de buggy.

— Oi, Ora — o homem me chamou, já segurando uma prancheta com os papéis que ele havia me avisado que precisariam ser assinados.

— Oi, Andy — cumprimentei, apertando sua mão quando ele a

estendeu. Rhodes parou bem ao meu lado, a lateral do seu braço roçando no meu. — Esse é Rhodes. Rhodes, esse é Andy.

Foi Andy quem estendeu a mão primeiro.

— Você é o guarda florestal da região, não é? — perguntou.

Meu locador assentiu, dando-lhe um aperto de mão firme.

— Já fiz um trabalho com seu sócio — falou Rhodes, ainda com um tom bastante irritado.

Andy fez uma cara engraçada, cujo significado não entendi, antes de se concentrar de volta em mim.

— Vamos resolver essa papelada para você começar, o que acha?

— Vamos! — Sorri.

O braço ao meu lado roçou de novo, e eu sorri para Rhodes também, ganhando um leve inclinar do canto da sua boca. Mas não perdi o jeito como seus olhos foram dos meus para a minha boca e depois voltaram a me encarar, e não imaginei o suspiro suave que ele soltou antes de eu me virar de volta para o homem que estava alugando o buggy.

Em menos de dez minutos preenchi todos os formulários de consentimento e as documentações, e Andy nos explicou brevemente como usar o buggy. Eu tinha passado os dados do meu cartão de crédito por telefone, então o pagamento já estava feito. Andy parou para pensar por um segundo antes de tirar dois capacetes da parte de trás da sua caminhonete e sugerir que usássemos óculos escuros. Então ele entregou as chaves, e por fim olhei para Rhodes.

— Quer dirigir primeiro?

— Você pode ir — falou, naquela voz ranzinza.

Ele não precisava falar duas vezes. O que ele fez, no entanto, foi me entregar uma das jaquetas que tinha levado. Eu a vesti, fechando o zíper, prendi a mochila no banco de trás, e pulei no banco do motorista. Rhodes entrou também, com o rosto ainda carrancudo, e colocou o cinto. Foi então que ele se virou para mim.

— Você sabe para onde vai? — perguntou, sério.

Eu dei partida no buggy e sorri.

— Não, mas a gente vai descobrir.

E pisei no acelerador.

Talvez meia hora depois, Rhodes bateu as mãos no painel à frente do seu assento, e se virou para olhar para mim com os olhos arregalados — Em estado de choque? Alarmado? Em pânico? Tudo isso, talvez?

Para ser justa, ele não estava totalmente sem cor. O tom das suas bochechas estava levemente brilhante sob a barba castanha e cinzenta, mas ele não parecia assustado. Sinceramente, sua expressão era aquela de sempre: ele tentava entender se eu era um guaxinim doente.

Sorri.

— Divertido, não é?

Sua boca se abriu um pouco, mas as palavras não saíram.

Eu me divertira, pelo menos. O buggy tinha uma suspensão incrível, então eu tinha certeza de que não machucaria o cóccix ou qualquer coisa assim — já tinha acontecido isso comigo, e *não* fora divertido —, mas mesmo se isso acontecesse, teria valido a pena. O passeio tinha sido *maravilhoso*.

Em certo momento, as mãos de Rhodes ficaram fechadas em punhos cerrados e apoiadas em seu colo... isso quando ele não estava segurando as barras anti-intrusão por causa das curvas muito acentuadas.

Ou porque, quando pisei fundo, acelerei com vontade.

Ou pelo fato de que não usei os freios e continuei na mesma velocidade.

— Que... porra... foi... essa? — perguntou devagar, arrastando cerca de dois segundos entre uma palavra e outra.

Tirei o cinto de segurança e desliguei o veículo, decidindo que uma pausa para água seria bem-vinda. O para-brisa havia impedido que muita poeira entrasse, mas ainda assim um pouco deve ter escapado, e era por isso que minha boca e garganta estavam secas — isso ou o fato de que fiquei rindo boa parte do trajeto.

— Se divertiu? — questionei. — Quer água?

Rhodes balançou a cabeça com calma, os olhos ainda arregalados, os dedos ainda agarrados no painel.

— Sim, eu quero água. Mas primeiro quero saber *que porra foi essa*.

— Eu te assustei? — indaguei, de repente preocupada. — Eu te perguntei se você estava bem algumas vezes, mas você não disse nada... e eu te disse para confiar em mim logo que saímos. Desculpe se te deixei tenso.

— Você acabou de dirigir como uma... como uma...

— Piloto de rally? — sugeri.

Tenho quase certeza de que o homem de quarenta e dois anos me deu um olhar de desaprovação.

— Sim. Pensei que você ia dirigir devagar, mas eu vi... eu vi o velocímetro — ele acusou.

Franzi o cenho. Eu também tinha olhado o velocímetro.

— Onde você aprendeu a dirigir assim? — por fim perguntou, a boca ainda ligeiramente aberta.

Eu me inclinei contra o encosto do banco e lhe dei um sorriso contido.

— Com um piloto de rally.

Ele me encarou por um momento, então sua boca esticou no canto. Aqueles olhos cinzentos piscaram em direção ao teto do veículo, e sua expressão foi de irritada para reflexiva. Foi só nesse instante que ele decidiu falar, com sua atenção ainda voltada para o teto.

— Era para eu estar surpreso, mas de alguma forma não estou.

Isso foi ou não foi um elogio?

Sorri de novo, mas ele não viu.

— Minha amiga Yuki, lembra dela? A amiga que veio me visitar? Ela tem uma fazenda, e uma de suas irmãs estava namorando um piloto de rally que passou um final de semana conosco. Resumindo, ele nos ensinou algumas coisas. — Sorri antes de soltar uma risada. — Yuki capotou o buggy, mas, tirando isso, foi muito divertido. Ele disse que eu tinha um talento natural.

Seu olhar grudou em mim, e sua boca se torceu mais um pouco antes de ele baixar a cabeça e apertar os lábios.

— Talento natural?

Dei de ombros.

— Tenho medo de animais que transmitem doenças, medo de altura e de decepcionar as pessoas. Mas não tenho medo de morrer.

— Ah. — Foi tudo o que ele disse.

Ele parou de espremer os lábios. Caramba, aquele homem era lindo demais. E eu precisava parar de encará-lo.

— Vrum, vrum! Quer ir de novo? — perguntei.

Ele passou a mão pelo cabelo castanho com fios grisalhos e, após um momento, acenou com a cabeça. Mas havia algo em seu olhar... Diversão, talvez?

— Você é uma ameaça para a sociedade, mas não estou em serviço hoje — ele disse. — Me mostre o que você sabe.

Tomamos um gole de água e partimos.

Algum tempo depois, quando invertemos nossas posições e Rhodes assumiu a direção, paramos em uma pequena clareira. Entreguei a Rhodes um dos dois sanduíches que eu havia embalado, e nos sentamos na grama sob o sol. Mal tínhamos nos falado, ambos ocupados demais rangendo os dentes e dirigindo mais rápido do que era sugerido ou seguro, mas estávamos fora da temporada de turistas e não havia trailers pelo caminho, então fomos em frente. Pelo menos, foi o que imaginei quando estava na minha vez e Rhodes não me pediu para reduzir a velocidade.

Duas ou três vezes, ouvi Rhodes rir, e eu também sorri a cada vez que ele fez isso.

Pouco a pouco, a tensão em seus ombros e tórax foi diminuindo. Rhodes esticou as pernas, deixando uma mão atrás das costas e a outra segurando o sanduíche de presunto e queijo enquanto dava umas mordidas, e decidiu falar comigo.

— Obrigado por me trazer aqui.

Tive que esperar para responder porque minha boca estava cheia.

— De nada. Obrigada por vir comigo.

Nenhum de nós falou por um tempo, comendo um pouco mais do sanduíche, absorvendo os raios quentes do sol. O dia estava lindo. O céu estava na cor do meu azul favorito, um tom que eu não teria imaginado ser real até ver com os meus próprios olhos. O silêncio entre nós era confortável. E reconfortante. O barulhinho dos pássaros nas árvores era um lembrete de que havia mais do que apenas nós no mundo. Que a vida continuava de maneiras que independiam da vida humana.

Mais do que eu jamais admitiria a ele, para que Rhodes não se sentisse estranho, estava feliz de não estar sozinha. Era bom ter aquele homem grandalhão e estoico ali comigo, e eu torcia para que estivesse tornando seu dia um pouco melhor. Era o mínimo que eu poderia fazer, já que tantas pessoas ao longo da vida fizeram o mesmo por mim: tentaram me animar quando as coisas estavam difíceis.

— Meu pai e eu discutimos antes de ele ir embora — contou de repente, relaxado, enquanto segurava o que sobrou do sanduíche.

Eu esperei, e dei outra mordida.

— Tinha esquecido o quanto ele me irrita.

Continuei esperando que falasse mais, e levou algumas mordidas para ele continuar.

— Eu sei que Am não se importa se ele fica ou vai, mas eu me importo. O trabalho sempre foi mais importante para ele do que qualquer outra coisa — Rhodes continuou falando, com a voz calma. — Acho que ele só se sentiu realmente culpado uma vez na vida, mas...

Eu não sabia como ele se sentia. Não de verdade. E acho que foi por isso que coloquei a mão sobre a dele. Mas eu sabia quão difícil era se decepcionar com alguém.

Seus olhos encontraram os meus e permaneceram comigo. Ainda havia frustração em seu semblante, mas era menos do que antes. Principalmente porque havia algo diferente ali. Alguma coisa que eu não tinha certeza se entendia ou reconhecia.

Movi meu polegar um pouco, a parte macia acariciando uma cicatriz elevada. Olhando para baixo, notei a linha enrugada e pálida com cerca de dois centímetros de comprimento. Eu a toquei novamente e, percebendo que ele poderia querer parar de falar sobre o pai, mudei de assunto.

— De onde essa cicatriz veio?

— Eu estava... abatendo um animal.

Devo ter feito uma careta, porque um canto da boca dele se curvou um pouco.

— Um alce — continuou. — Um alce macho, e a minha faca escorregou.

— Ai. Você teve que levar pontos?

Sua outra mão veio ao encontro da minha, pairando logo acima dela — e, *ah*, sua pele era tão quente —, antes que seu dedo indicador passasse na cicatriz também, roçando pela lateral do meu dedo.

— Não. Teria sido bom levar, mas não. Provavelmente foi por isso que cicatrizou tão mal.

Eu não queria tirar a mão, então estiquei o dedo mindinho e toquei uma pequena cicatriz no nó do seu dedo.

— E essa aqui?

Rhodes não moveu a mão dele também.

— Uma briga.

— Você entrou em uma briga? — perguntei, surpresa.

Sim, o canto da sua boca estava esticado, e subiu só mais um pouco.

— Eu era novo.

— Você ainda é novo.

Ele bufou.

— Mais novo, então. Johnny se meteu em uma briga quando estávamos no ensino médio, e Billy e eu entramos também. Nem me lembro do porquê. Tudo que sei é que os nós dos meus dedos espirraram sangue por todo o lugar. Levou uma eternidade para parar — contou, movendo o dedo só um pouco, roçando de novo no meu enquanto fazia isso.

Continuei sem me mexer.

— Você se meteu em muitas brigas quando era mais jovem?

— Algumas, mas não depois de mais velho. Eu tinha muita raiva naquela época, hoje não é mais assim.

Ergui o queixo e encontrei aqueles olhos cinzentos já fixos em mim. Sua fisionomia estava suave e uniforme, quase cuidadosamente neutra, e fiquei me perguntando no que ele estava pensando. Sorri, mas Rhodes não sorriu de volta.

— E você? — perguntou. — Brigava quando era mais nova?

— Não. De jeito nenhum. Eu odeio confrontos. Tenho que estar muito irritada para levantar a voz. A maioria das coisas não me incomoda mesmo. Não me ofendo facilmente — respondi. — Dá para resolver muita coisa apenas ouvindo o outro lado e também com um abraço. — Apontei para algumas manchas no meu rosto e nos braços. — Todas as minhas cicatrizes são por eu ser desajeitada.

Sua risada me pegou desprevenida. Pela expressão de Rhodes, acho que ele se surpreendeu consigo mesmo.

— Você está rindo de mim? — indaguei, sorrindo.

Seus lábios se mexeram, mas seus olhos brilharam pela primeira vez.

— Não de você. De mim.

Estreitei as pálpebras, brincando com ele.

Seu dedo roçou no meu enquanto ele me dava um sorriso completo.

Eu poderia ter me apaixonado naquele segundo se seu sorriso não tivesse durado apenas um piscar de olhos.

— Nunca conheci alguém como você.

— E isso é uma coisa boa?

— Conheci pessoas que não sabem o que é estar triste. Conheci pessoas resilientes. Mas você... — Balançou a cabeça, olhando para mim daquele jeito que não sabia se eu era um guaxinim doente. — Você tem essa faísca de vida que nada nem ninguém conseguiu tirar, apesar das coisas que te aconteceram, e eu não entendo como você ainda consegue... ser você.

Meu peito se incendiou, mas não de uma maneira ruim.

— Nem sempre estou feliz. Às vezes fico triste. Eu te disse, não me ofendo ou me machuco com facilidade, mas, quando acontece, realmente me ferem e ficam aqui dentro. — Deixei suas palavras se aprofundarem dentro de mim, aquele bálsamo reconfortante e quente que eu não sabia que precisava. — Mas, obrigada. Essa é uma das coisas mais legais que alguém já disse a meu respeito.

Aqueles olhos cinzentos passearam pelo meu rosto, deixando algo perturbador viajar rapidamente por seus olhos, tão breve que achei que pudesse ter imaginado. Porque a próxima coisa que ele disse foi normal. Mais do que normal.

— Obrigado pelo convite. — Fez uma pausa. — E por me dar mais alguns fios grisalhos, pelo jeito que estava dirigindo.

Ele estava brincando. Pare o mundo.

Sorri de maneira doce, tentando agir normalmente.

— Eu gosto do seu cabelo grisalho, mas se você quiser dirigir na volta, pode.

O jeito que ele bufou me fez sorrir, mas a maneira como o dedo dele roçou na minha mão me fez sorrir ainda mais.

MARIANA ZAPATA

CAPÍTULO VINTE

— O que você está fazendo?

Pulei de onde eu estava. Rhodes tinha acabado de me pegar ajoelhada no cascalho, protegida pelo meu casaco. Sorri para ele, que havia saído da casa tão silenciosamente que eu não ouvira a porta abrir ou fechar. Era quinta à noite, e ele não só tinha voltado mais cedo do trabalho, como também tinha trocado o uniforme por uma calça fina de moletom — *não olhe para o volume, Ora* — e outra camiseta velha que eu já tinha visto antes. A estampa desgastada quase desaparecendo era sobre algo da Marinha.

De verdade, Rhodes era o homem de quarenta e dois anos mais gostoso do planeta. Ele tinha que ser. Pelo menos, eu achava.

Algo mudara entre nós desde o dia que tivemos aquela aventura no buggy. Tínhamos, *por fim,* trocado números de telefone assim que voltamos. O que quer que isso significasse, era apenas um detalhe e o tipo de coisa que só eu notaria, mas parecia relevante. Não tivéramos muito tempo juntos desde então — ele estava fazendo horas extras —, mas nas duas vezes que o vira chegando em casa mais cedo, e Amos estava na garagem comigo, Rhodes me lançou alguns olhares longos e atentos que não eram tão cheios de dúvida como o olhar do guaxinim doente, e eram mais como... alguma outra coisa.

Fosse o que fosse, os pelinhos da minha nuca subiram. Não estava vendo coisas que não existiam. Era quase como uma consciência, como quando estamos no chuveiro, lavando o cabelo, e, por instinto, prendemos a respiração por algum tempo, então começamos a soltar o ar aos poucos e percebemos que, na verdade, não estávamos nos afogando.

Mas eu estava tentando não pensar muito nisso. Ele gostava de mim o suficiente para conseguir ficar por perto e não se sentir desconfortável, era isso que importava. Do jeito dele. Ele se preocupava com a minha segurança, tinha certeza disso. Rhodes tinha me chamado de melhor amiga durante a visita do seu pai.

E eu tinha uma sensação profunda de que aquele homem decente e quieto não usava o termo "amiga" com muita frequência ou de maneira leviana. E que ele não cedia seu tempo para qualquer um. E eu tinha um pouco do seu tempo naquele momento.

Então foi com esse conhecimento, com essa coisa no meu coração em relação a ele, que nada mais era que afeto por um homem tão reservado, que levantei o tecido e mostrei para ele.

— Estou tentando aprender a montar uma barraca — expliquei. — E não está dando muito certo.

Parando do outro lado de onde todas as peças estavam espalhadas, Rhodes se inclinou e inspecionou. Peças azuis e pretas se sobrepunham na bagunça.

— As peças não estão marcadas do jeito certo... derramei água em cima do manual e ainda não descobri qual peça vai com qual — contei. — Não me sinto burra assim desde o dia em que comecei a trabalhar na loja.

— Não é burrice não saber as coisas — ele disse, antes de se agachar. — Você tem a caixa ou uma foto da barraca?

Às vezes ele dizia as coisas mais gentis.

Contornei a lateral da propriedade, onde havia deixado a caixa próxima às latas de lixo que Amos arrastava e trazia de volta uma vez por semana, e a deixei ao lado dele.

Rhodes levantou o rosto e me encarou nos olhos por um breve momento enquanto segurava a caixa. Um vinco se formou entre suas sobrancelhas quando fitou a caixa de papelão, as pálpebras se semicerrando pouca coisa antes de assentir.

— Você tem uma caneta permanente?

— Tenho.

Seus olhos cinzentos voltaram para mim.

— Pegue. Podemos marcar quais peças encaixam umas com as outras.

Eu não ia desperdiçar aquela oportunidade. De volta ao andar de cima, peguei uma caneta prata na bolsa e levei para ele. Rhodes, com o rosto pensativo, já havia começado a empilhar as varetas e estacas da barraca.

Eu me agachei ao lado dele e entreguei a caneta permanente.

Seus dedos calejados roçaram nos meus enquanto a pegava, retirando a tampa com a mão oposta e fazendo um som pensativo com a garganta enquanto segurava uma peça.

— Sem dúvida, esta é uma das peças que vai por cima, está vendo? — ele disse.

Não.

— Esta aqui parece exatamente com aquela — explicou com paciência, pegando outra vareta e juntando com a primeira.

Tudo bem, eu conseguia entender aquilo.

— Ah, sim.

Depois de um momento, ele levantou a caixa para dar outra olhada, coçando a cabeça e trocando as coisas de lugar. Então olhou outra vez a caixa e pigarreou.

Observei o manual que sem querer tinha molhado, semicerrando os olhos, e dei de ombros. Acho que estava dando certo.

Por fim ele começou a conectar as peças, e, quando se afastou — depois de encaixar metade das coisas —, assentiu consigo mesmo.

— Onde vai acampar?

Eu me endireitei.

— Gunnison.

Ele coçou a cabeça, ainda concentrado nas peças da barraca que havia montado.

— Sozinha?

— Não. — Mexi no manual um pouco para ver se fazia mais sentido. Não fez. — Clara me convidou para ir com ela para Gunnison neste fim de semana. Vamos eu, ela, Jackie e uma das cunhadas dela. O irmão da Clara vai ficar com o sr. Nez. Ela ofereceu uma barraca emprestada, mas eu quis ser uma mulher adulta e comprar uma para mim, caso eu acampe novamente. Eu gostava de acampar quando era criança, mas não faço isso há muito tempo.

— Sim, essa peça vai bem aí — Rhodes disse, depois que conectei uma das hastes que peguei. — Há muito tempo? Quando você morava aqui?

— Sim, minha mãe e eu costumávamos acampar juntas — respondi, observando-o conectar outra vareta. — Estou muito animada, na verdade. Lembro que costumávamos nos divertir muito. Fazíamos *s'mores*.

— É proibido acender fogueiras nessa época.

— Eu sei. Vamos usar um fogareiro. — Olhei para algumas estacas com os olhos franzidos e as virei. — Talvez eu odeie dormir no chão, mas não vou saber a menos que tente.

Sem olhar para mim, ele pegou a peça que eu estava mexendo e encaixou onde realmente deveria ser.

— Você é bom nisso — falei, depois que o vi começar a encaixar mais e mais peças, que começaram a fazer sentido. — Você não acampa muito, então? Já que Amos não gosta?

Rhodes tirou a caneta permanente do bolso.

— Não com frequência. Só quando ia caçar ou treinar, mas só.

Ele silenciou, e pensei que fosse o fim da conversa quando o vi colocar a caneta entre os dentes e terminar de conectar as últimas peças. Mas Rhodes me surpreendeu e voltou a falar.

— Meu irmão mais velho costumava nos levar o tempo todo. É a única coisa divertida que me lembro dos velhos tempos.

Fiquei animada com a breve história que ele contara enquanto continuava marcando as peças com a caneta prata.

— Você tem mais de um irmão?

— Três. Dois mais velhos e um mais novo. Ter tantos irmãos nos permitia ficar longe de casa e também longe de problemas. — Seu tom estranho me disse que era mais do que isso.

— Onde seus irmãos moram?

— Colorado Springs, Juneau e Boulder — respondeu.

No entanto, nenhum deles, incluindo seu pai, ia visitá-lo. Colorado Springs e Boulder não ficavam exatamente na esquina, mas também não eram tão longe. O único irmão que era exceção morava no Alasca, pensei.

— Eles não vêm muito para cá. Não há motivo. — Como se pudesse ler minha mente, ele continuou falando. — Nos encontramos algumas vezes por ano. Eles costumavam me visitar quando eu estava na Flórida. Todo mundo gostava de visitar quando eu estava lá, principalmente pelos parques temáticos.

Sem motivo? Mesmo que o pai dele, que não era exatamente o Pai do Ano, estivesse a apenas uma hora de distância? E onde estava a mãe dele?

— Por que você e Amos não foram morar perto de um deles?

Ele continuava fazendo as marcações.

— Amos cresceu aqui. Viver na base, mesmo que fosse obrigação, não era para mim e não sinto falta de viver em grandes cidades. Quando me candidatei para o trabalho de guarda florestal, eles abriram o escritório em Durango. Eu não acredito em destino, mas para mim era como se fosse.

Para mim também.

— Sua mãe está por perto? — perguntei, antes que conseguisse me conter.

A caneta parou de se mover, e seu timbre ficou rude quando respondeu.

— Não. A última vez que ouvi falar dela foi quando soube que faleceu há alguns anos.

A última vez que ouviu falar. Aquilo era pesado.

— Sinto muito.

Embora Rhodes estivesse olhando para baixo, ele balançou a cabeça.

— Não tem porquê. Não perco uma noite de sono por causa dela. — Se aquele não foi a mais profunda demonstração de fúria, eu não sabia o que era. E ele deve ter se surpreendido consigo mesmo porque ergueu os olhos e franziu a testa. — Não tínhamos um bom relacionamento.

— Sinto muito, Rhodes. Desculpe por perguntar.

Aquele rosto bonito ficou rígido.

— Não. Você não fez nada de errado. — A atenção de Rhodes voltou para a barraca um pouco rápido demais, e ele soltou o ar com força. — Vamos desmontar e fazer de novo com as marcações, só para ter certeza de que os números combinam e que você entendeu como é.

Pelo jeito alguém tinha se cansado de falar sobre os pais. Eu já sabia que não devia fazer perguntas pessoais, mas nunca conseguia me segurar.

— Obrigada pela ajuda — soltei.

— Claro — ele respondeu.

Mas o tom da sua voz entregava mais.

Dois dias depois, eu estava sentada na beira da cama, balançando os pés e dando tudo de mim para não ficar decepcionada.

Mas não estava dando muito certo.

Eu estava realmente, *realmente* ansiosa para acampar.

Mas sabia que merdas aconteciam, e tinha sido esse o caso. Clara recebera uma ligação enquanto ainda estávamos na loja, prestes a fechar. O sobrinho dela havia quebrado o braço e ele e o irmão dela estavam a caminho do hospital.

Percebi que Clara estava bastante decepcionada pela forma como seus ombros murcharam e o suspiro que soltou.

E com esse imprevisto tão em cima da hora, ela não ia encontrar uma pessoa para ficar com o pai. O cuidador diurno do sr. Nez precisava ir a um funeral. Seus outros irmãos... não tenho certeza, mas apostaria que, se eles pudessem, ela teria pedido.

No entanto, conhecendo Clara, sabia que ela preferiria não pedir.

Trocamos os planos do acampamento para outro momento. Ofereci para ficar com o pai dela no dia seguinte, se ela quisesse sair de casa um pouco, mas uma coisa levou a outra, e Jackie se ofereceu. Então Clara e eu combinamos de fazer uma trilha, mesmo sabendo que Clara não era muito fã de caminhadas. Ela jurou de pé junto que conseguiria, e eu não ia dizer a ela o que conseguiria ou não fazer. Se tivéssemos que voltar, não seria o fim do mundo.

Era por isso que eu estava em casa em pleno sábado à noite, me sentindo *um pouco* decepcionada. Talvez se eu acampasse sozinha outro dia...

Não, eu não daria conta.

Uma batida à porta me deixou em alerta.

— Aurora? — Através da janela, a voz chamou lá de baixo.

Eu sabia quem era e me levantei.

— Rhodes? — respondi, antes de dar os passos mais rápidos que pude com apenas uma meia nos pés.

— Sou eu — falou assim que cheguei embaixo, destrancando e abrindo a porta.

Dei a ele o sorriso mais amigável que pude.

— Oi.

Eu sabia que ele tinha acabado de chegar em casa, tinha ouvido a caminhonete. Ele já tinha tirado o uniforme, e usava uma calça jeans escura com uma camiseta justa. Eu teria dado uma boa olhada se conseguisse fazer isso de forma sorrateira.

— Está um pouco tarde para sair, não? — perguntou.

Levei um segundo para entender do que ele estava falando.

— Ah, não vamos mais.

— Vão amanhã?

— Não, não neste final de semana. O irmão da Clara teve uma emergência e não pôde ficar com o pai, e o cuidador teve que ir a um funeral — expliquei, vendo-o me observar. Seus olhos passearam por todo o meu rosto conforme eu falava, como se ele estivesse analisando minhas palavras.

Sua bochecha direita se ergueu um pouco.

— Não vai ser desta vez — avisei. — O que vocês vão fazer neste final de semana?

— Nada. — Ele levou um tempo para responder. — Johnny pegou o Am, e eles vão sair juntos esta noite. — Sua bochecha inclinou de novo. — Eu vi a sua luz acesa e queria ter certeza de que estava tudo bem, já que tinha me dito que ia sair para acampar depois do trabalho.

— Ah, sim. Foi isso, estou aqui e estou bem. Clara e eu vamos tentar fazer aquela trilha da qual você me salvou... quando a minha pele decidiu comer o cascalho.

Ele assentiu e estreitou as pálpebras, pensativo.

Uma ideia surgiu na minha cabeça.

— Estava pensando em esquentar uma pizza, você quer a metade?

— Metade? — perguntou lentamente.

— Posso preparar uma inteira para você, se quiser. — Fiz uma pausa. — Na verdade, estou com fome, e poderia comer uma sozinha, mas eu tenho duas.

Por alguma razão, isso fez com que os cantos da sua boca se erguessem.

— O que foi? — questionei.

— Nada, eu não conseguiria imaginar você comendo uma pizza inteira se eu não tivesse te visto fazendo algo parecido no aniversário do Am.

Quase estremeci com a lembrança do show de horrores que aquele dia tinha sido. Nunca perguntei o que acontecera com o camundongo, e não ia perguntar agora. Dei de ombros e sorri.

— Comi salada no almoço. Equilibra tudo, eu acho.

— Esquente as duas pizzas. Compro outra para você da próxima vez que for ao mercado — falou, depois de um momento, olhando para o meu rosto de novo.

Ele precisava ser tão bonito?

— É mesmo? — perguntei, soando muito empolgada.

Ele fez que sim com a cabeça de forma moderada, mas ainda havia algo em seus olhos que demonstravam que Rhodes estava muito, muito contemplativo.

— Quanto tempo? Trinta minutos?

— Talvez. O tempo de aquecer o forno e esquentar as duas pizzas, acho que dá uns quarenta minutos.

Rhodes deu um passo para trás.

— Já volto, então.

— Está bem — falei, e ele deu outro passo para trás. Eu esperei um pouco antes de fechar a porta, e Rhodes correu de volta para a sua casa.

Não fazia ideia da razão para voltar correndo daquele jeito, mas tudo bem. Talvez ele tivesse que fazer cocô. Ou não tinha se exercitado ainda. Certa vez, Amos me disse que o pai acordava cedo e ia algumas vezes na semana em uma academia 24h. Outras vezes fazia flexões em casa. Amos me deu a informação de bandeja, e não reclamei.

De volta ao andar de cima, pré-aqueci o forno e me perguntei se ele estava planejando jantar comigo ou se ia levar a pizza para sua casa.

Também me questionei, por um segundo, se ele tinha planejado um encontro e era por isso que tinha me perguntado se eu estaria por perto, mas não devia ser isso.

A menos que ele estivesse planejando dividir a pizza....

Não, isso também não soava como algo que Rhodes faria.

Bem, não tinha problema, se ele quisesse comer comigo, ótimo. Se não ficasse, eu poderia assistir a um filme. Tinha um novo livro para ler. Poderia ligar para Yuki para saber como ela estava. Ou minha tia.

Mas quarenta e cinco minutos depois, Rhodes ainda não havia voltado e as pizzas queimariam mesmo no forno desligado.

Talvez eu só devesse cortá-las, colocar as fatias em um travessa e levar para lá?

Eu tinha acabado de começar a cortar as pizzas com uma faca de carne, porque não tinha um cortador, quando outra batida soou à porta e, antes que eu respondesse, ela rangeu.

— *Angel*?

Deus, eu não entendia aquele homem e como ele às vezes confundia o meu nome.

— Sim?

— As pizzas estão prontas?

— Sim! Quer que eu leve a sua para baixo? — gritei.

— Traga as duas.

Ele queria que jantássemos juntos?

— Está bem! — gritei de volta.

A porta fechou e eu terminei de fatiar as duas obras-primas supremas, empilhando-as em pratos e embrulhando-as com invólucros de cera de abelha que Yuki tinha me enviado pelo correio. Depois desci.

Consegui dar cerca de dois passos para fora antes de paralisar.

Havia uma elegante barraca armada entre o apartamento e a casa principal.

Ao lado, havia duas cadeiras de acampamento com um lampião entre elas. Rhodes estava sentado em uma delas. Havia um pequeno pacote sobre a outra.

— Não é Gunnison, mas também não podemos fazer fogueira aqui porque a proibição é estadual — disse ele, levantando-se.

Alguma coisa na minha caixa torácica se mexeu.

— Procurei sua barraca na garagem e no seu carro, mas não estava lá. Se quiser trazê-la, podemos montá-la em um minuto. Mas a minha é para duas pessoas. — Ele parou de repente, como se estivesse falando demais, e se inclinou para a frente, semicerrando os olhos para mim na escuridão. — Você está chorando?

Tentei pigarrear e optei pela verdade.

— Estou prestes a chorar.

— Por quê? — perguntou suavemente, surpreso.

Aquela coisa por trás dos ossos do meu peito se mexeu, deslizando para perto do meu coração, e tentei fazê-la parar.

A coisa não ouviu.

Ele tinha montado uma barraca.

Colocado cadeiras.

Para que eu pudesse acampar.

Apertei os lábios, dizendo a mim mesma: *Não faça isto. Não faça isso. Não faça isso, Ora.*

Tente não chorar. Tente não chorar.

Eu até pigarreei.

Não funcionou.

Comecei a chorar. Uma pequena torrente patética se soltou silenciosamente assim que o nó na garganta se desfez. Não emiti nenhum som, mas as lágrimas continuaram descendo por meus olhos. Pequenos riachos sazonais de sal, consequência de um ato de pura generosidade que nem em um milhão de anos eu teria esperado.

Rhodes se levantou, alarmado.

— Estou bem — tentei dizer, mas não saiu exatamente isso. Não saiu nada. Porque eu estava tentando tanto não chorar ainda mais.

— Buddy? — Rhodes disse com cuidado, o tom preocupado.

Espremi os lábios.

Ele deu mais um passo para a frente e depois outro, e então eu fiz o mesmo.

Fui direto em sua direção, ainda pressionando meus lábios, ainda me agarrando à minha pequena quantidade de orgulho.

E quando ele parou cerca de um passo ou dois de distância, coloquei os pratos no chão e continuei. Fui direto para ele. Minha bochecha encontrou o espaço entre seu ombro e a clavícula, me aconchegando ali e envolvendo os braços ao redor da sua cintura, como se eu tivesse esse direito. Como se ele quisesse isso.

Como se ele gostasse de mim e estivesse tudo bem.

Ele não empurrou os meus braços, uma vez que já estavam em volta da sua cintura. Já que eu estava toda pressionada contra seu corpo, sem chorar de soluçar, mas chorando a ponto de molhar sua camiseta.

— Essa é a coisa mais gentil que alguém já fez por mim — sussurrei contra seu peito, fungando.

O que devia ser a mão dele pousou bem no meio das minhas costas.

— Me desculpe — eu quase murmurei antes de tentar me recuperar e dar um passo para trás, coisa que não fiz. A mão dele apoiada na altura do fecho do meu sutiã me impediu. — Eu não quero ficar toda chorona ou derrubar lágrimas em cima de você. Não quero te deixar desconfortável.

Outra mão pousou baixo nas minhas costas, logo acima da costura do meu jeans.

E eu parei de tentar me afastar.

— Você não está me deixando desconfortável. Não tem problema — garantiu, sua voz tão gentil como eu jamais tinha ouvido.

Ele também estava me abraçando.

Ele também estava me abraçando.

Porra, era tudo o que eu queria. Então, abracei ainda mais aquele homem, minhas mãos descendo ainda mais por sua cintura. Ele era quente, e o corpo, sólido.

E, meu Deus, ele cheirava a sabão em pó dos bons.

Eu poderia me enrolar nele e viver ali para sempre. Os perfumes que se danassem. Não havia nada melhor do que o aroma de um bom sabão em pó.

Especialmente quando vinha de um homem como Rhodes. Aquele corpo grande e firme. Todo reconfortante.

Um cara que eu pensava, até não muito tempo atrás, que não suportava a minha presença.

E agora... bem, agora eu estava repensando tudo.

Por que ele estava fazendo aquilo? Por causa da apendicite de Amos? Por que eu o salvara quando seu pai veio visitar? Ou por causa da nossa aventura com o buggy?

— Você está bem? — perguntou enquanto sua mão hesitava no meio da minha coluna, antes de dar outra palmadinha.

Ele estava me dando tapinhas nas costas, como se estivesse tentando me fazer arrotar.

Meu sangue foi invadido por uma onda de afeto. Rhodes estava tentando me confortar, e eu nunca me sentira tão confusa em toda a minha vida, nem mesmo quando Kaden dissera que me amava e que não podíamos deixar ninguém descobrir.

— Sim — respondi. — Você está sendo tão legal. Por muito tempo eu achei que você não gostava de mim.

Rhodes recuou o suficiente para inclinar o queixo para baixo. Suas sobrancelhas se juntaram, sua atenção desviou de um dos meus olhos para o outro, e ele deve ter percebido que eu estava falando sério porque os traços do seu rosto vagarosamente suavizaram. A expressão séria assumiu o controle, e também a sua Voz da Marinha.

— Não tinha nada a ver com você, estamos entendidos? Você me lembrava alguém, e eu pensei que você fosse como ela. Demorei muito para me dar conta de que você não é. Me desculpe por isso.

— Ah — falei com um outro fungar, e então assenti. — Eu entendo.

Ele continuou olhando direto nos meus olhos antes de baixar um pouco o queixo.

— Quer voltar lá para o apartamento?

— Não! Me desculpe se fiquei tão emocionada. Muito obrigada. Isso significa o mundo para mim.

Ele assentiu, enquanto as mãos acariciavam brevemente as minhas costas. Depois deu um passo para trás. Então pareceu pensar duas vezes porque se aproximou novamente e limpou meu rosto com a manga do suéter que eu não tinha percebido que ele tinha vestido.

E antes que eu pudesse pensar duas vezes, me joguei em seus braços de novo e o abracei apertado, tão apertado que ele soltou um "uff" por um segundo antes de eu soltá-lo rapidinho, fungando e dando para ele um grande sorriso lacrimejante. Peguei os pratos com as fatias de pizza e estendi um deles para Rhodes.

— Vamos comer, se ainda estiver com fome. — Quase solucei.

Ele me observava muito de perto, as linhas na testa proeminentes.

— Você ainda está chorando.

— Eu sei, e é culpa sua — falei, pigarreando e tentando me manter firme. — Isso é, de verdade, a coisa mais gentil que alguém já fez por mim. Obrigada, Rhodes.

Seus olhos se voltaram para o céu noturno e ele me respondeu com a voz rouca:

— De nada.

Em silêncio, nos sentamos cada um em uma cadeira, tiramos a proteção de cima da pizza e começamos a comer, a luz do lampião nos iluminando o suficiente para que pudéssemos nos ver com clareza.

Terminamos as pizzas em silêncio, e ele estendeu a mão para pegar o meu prato, colocando os dois no chão.

— Encontrei um pacote de Chips Ahoy e alguns marshmallows que não me lembrava de ter comprado, mas que ainda estão na validade.

Meu lábio inferior começou a tremer e, naquele momento, eu me odiei por pensar em Kaden, e odiei ainda mais o fato de que ele não me entendia nem uma fração do que pensava que sabia.

Ele não me conhecia. Dava para ver isso olhando o cenário todo. Anos atrás, eu teria matado por um momento assim. E não pelas coisas que ele comprava para mim e que tomavam apenas três minutos do tempo dele para encontrar em algum site ou até menos porque ele salvava tudo em seu telefone. Me lembrei de todas as vezes em que sugeri visitarmos Pagosa, e Kaden mudara de assunto, sem me ouvir. Sem se importar. Tudo sempre era do jeito que ele queria. Tanto tempo desperdiçado...

— Você quer os biscoitos e o marshmallow? — Rhodes perguntou, absorto.

Meu "sim" foi o menor do mundo. Mas consegui passar a mensagem porque Rhodes me lançou um longo olhar antes de se levantar e entrar na barraca, trazendo uma sacola plástica de compras. Ele puxou o que pareceu ser metade de um pote de cookies com gotas de chocolate, um saco quase vazio de marshmallows, alguns espetos usados para kebab, luvas de cozinha e um isqueiro grande.

Me aproximei e começamos a dividir as tarefas; ele me entregou os espetos e um marshmallow de cada vez enquanto os enfiava no palito. Coloquei a luva, lançando um sorriso enquanto o fazia, e depois estendi os espetos com marshmallow para ele. Rhodes acendeu a chama e eu fiquei girando devagar os marshmallows antes de virá-los de cabeça para baixo e deixar a chama engoli-los. Fizemos isso duas vezes em cada um dos quatro espetos.

— Você já fez isso antes? — perguntei enquanto soprava a chama do último espeto.

Seu rosto estava ainda mais bonito sob a luz da lua e do lampião; sua estrutura óssea tinha algo a mais.

— Não, mas esperava que fizesse sentido... cuidado, não vá se queimar.

Tão protetor.

Amei.

Fui tirando os marshmallows com cuidado dos espetos e colocando-os por cima dos biscoitos. Depois coloquei outro biscoito por cima de cada um, formando sanduichinhos, e apertei as bolachas para esmagar os marshmallows e deixá-los se abrirem deliciosos e derretidinhos. Rhodes pegou dois, e eu fiquei com os outros dois. Eu não conseguia parar de sorrir, e não dava a mínima para isso.

— Tudo bem?

Eu não tinha certeza a que ele estava se referindo, então respondi de maneira geral.

— Mais do que bem, tudo isso é incrível — admiti.

— É?

— É, sim — confirmei. — A pizza, estar ao ar livre, a lua, os biscoitos.

— Am tem alguns filmes baixados em seu tablet. Eu peguei apenas no caso de você querer assistir lá dentro — disse ele, apontando para a barraca.

Ele estava falando sério. *O que mais tinha naquela barraca?*

— Devo pegar meu saco de dormir, já que o chão é duro?

— Tem dois lá dentro. Estão limpos. Nós lavamos depois da nossa viagem fracassada.

— O que aconteceu?

— Am foi picado três vezes por uma vespa. Ele não ficou muito feliz.

Fiz uma careta.

— Então, vocês foram embora?

Ele deu uma risada desdenhosa.

— Segunda e última vez que viajamos juntos.

— Isso é uma droga. Espero que haja outras coisas que gostam de fazer juntos.

Aqueles ombros largos se moveram.

— Estou aqui pelo Amos, não para fazer coisas sem ele.

Ouvir isso me fez sorrir. Rhodes era um bom pai. Um bom homem.

— Não precisamos assistir a nada se você não quiser — falou ele, quando achou que demorei demais a responder.

Não hesitei nem um pouco.

— Estou dentro, se você estiver.

— Eu trouxe tudo para cá, *Angel* — respondeu.

Ele trouxera mesmo.

— Sim, eu quero. Me dê cinco minutos para pegar uma bebida.

— Já trouxe duas garrafas d'água e refrigerante do tipo que você gosta — ele me interrompeu.

Eu não queria pensar que todo mundo tinha segundas intenções. Não parecia ser isso. Mas... *ele tinha o meu refrigerante favorito*? Que tipo de bruxaria estava acontecendo?

Me belisquei o mais sutilmente possível, e, quando percebi que eu já teria acordado se fosse um sonho, entendi que era real.

E eu ia aproveitar aquele homem lindo sendo tão legal comigo pela razão que fosse.

— Quero trocar de calça e pegar um suéter. Esses jeans não foram feitos para serem usados o dia todo.

Ele assentiu todo sério.

Dei um passo para trás e parei novamente. Eu queria ter certeza...

— Quer acampar aqui a noite toda?

— Só se você quiser.

Hesitei, observando a barraca para duas pessoas. A proximidade. A intimidade.

Uma barraca entre a casa dele e a minha — claro, na verdade as duas casas eram dele, mas isso não importava — e aquela pequena emoção preencheu toda a minha cavidade torácica.

Ele estava apenas sendo legal, eu disse a mim mesma. *Não* voe muito alto, coraçãozinho, implorei, surpresa com essas palavras que surgiram do nada.

Mas tão rápido quanto apareceram, elas se foram. Devo ter imaginado.

— Podemos ficar acampados até a hora que você quiser. Se mudar de ideia, você está a quinze passos de casa — emendou, depois de um momento.

Não era o que eu estava pensando, mas assenti, pois não queria dizer o que estava me deixando hesitante. Eu não podia esquecer que, com sorte, faria uma trilha com Clara na manhã seguinte e tinha de acordar cedo. Mas estar cansada valeria a pena.

— Combinado. Eu já volto.

E voltei. Troquei o jeans por uma calça de pijama solta de flanela que alguém tinha me dado de presente, fui ao banheiro e voltei para fora. Cheguei até a abertura da barraca e abri o zíper. Rhodes estava jogado em cima de um saco de dormir (que por sua vez estava em cima de um tipo de colchão de espuma que vendíamos na loja o tempo todo), grande e fisicamente perfeito. O tablet estava apoiado nos joelhos, a cabeça encostada em um travesseiro e no antebraço.

Eu não precisava olhar para saber que Rhodes estava me observando enquanto eu abria o restante do zíper, entrava e o fechava de volta.

Não tinha certeza do que eu imaginava como deveria ser uma barraca para duas pessoas, mas não era tão aconchegante assim.

Mas gostei.

E com certeza não ia reclamar.

— Voltei — eu disse, tão óbvia.

Ele indicou o saco de dormir em cima de outro colchão diretamente ao lado dele.

— Eu te reservei o mesmo lugar que um guaxinim tentou roubar um minuto atrás.

Congelei.

— Você está falando sério?

Ele estava me zoando.

Comecei a abrir o zíper da barraca de novo enquanto ele ria e eu acho que ele segurou um pedaço da minha calça. Eu puxei de volta, me surpreendendo mais uma vez com aquela mudança nele.

— Venha. — Sua voz estava tão quente.

— Tudo bem — murmurei, rastejando pelo chão e deitando bem ao lado dele. Havia um travesseiro para mim também, do tipo que usamos em casa, não do tipo inflável. Aquilo era tão, tão bom.

Bom demais.

Eu não estava entendendo nada.

— Temos três opções: *Além da imaginação*, dos anos 90, *Fogo no céu* ou um documentário sobre caçadores do Pé Grande que acabei de ver aqui. O que você acha?

Eu nem precisava pensar.

— Se eu assistir ao documentário do Pé Grande, nunca mais vou acampar na vida. Estamos ao ar livre, e a menos que você queira me ver chorando até dormir, *Fogo no céu* está fora de cogitação.

Sua risada me surpreendeu, toda profunda, rouca e perfeita.

— Vamos ver *Além da imaginação* — arrematei.

— É isso que você quer? — perguntou.

— Nós podemos assistir *Fogo no céu* se você não se importar de eu fazer xixi nas calças e você ter que sentir o cheiro depois.

Ele disse apenas uma palavra, mas definitivamente havia diversão nela:

— Não.

— Foi o que pensei.

Ele virou a cabeça para me observar.

Mas algo em mim se acalmou quando me aproximei, tão perto que seu braço roçou nos meus seios. Eu estava de lado, com uma mão entre a cabeça e o travesseiro, apoiando-a o suficiente para ter uma boa visão da tela.

No entanto, Rhodes não apertou play no filme e, quando o observei, vi que sua atenção estava fixa em um ponto ao longo da parede da barraca.

Eu não queria perguntar o que ele estava vendo.

E não precisei porque seus olhos cinzentos voltaram para mim, já sem o sorriso de um momento antes, e ele disse, com a voz firme:

— Você me lembrou a minha mãe.

A mãe que ele não gostava? Eu fiz uma careta.

— Desculpe.

Rhodes balançou a cabeça.

— Não, não se desculpe. Você não se parece fisicamente com ela e nem age como ela, *Angel*. Ela apenas... ela era bonita, como você. O tipo de mulher que a gente não consegue desviar o olhar, meu tio costumava dizer — explicou suavemente, como se ainda estivesse tentando processar os pensamentos. — Olhando para trás, tenho certeza de que ela era bipolar. As pessoas, incluindo meu pai, a deixavam se safar porque ela era muito linda. E foi um instinto ruim que me fez pensar que você poderia ser assim também. — Seu pomo de adão se moveu. — Me desculpe.

Algo realmente pesado se revirou no meu peito, e eu assenti.

— Está tudo bem. Eu entendo. Você não foi tão cruel.

As sobrancelhas dele arquearam um pouco.

— Tão cruel?

— Não foi isso que eu quis dizer. Você não foi cruel. Eu só... pensei que você não gostasse de mim. Mas, juro, não sou uma pessoa ruim. E não gosto de magoar os sentimentos da maioria das pessoas. Ainda sinto culpa pelo tempo em que estava na terceira série e escondi um doce de Halloween em vez de compartilhá-lo com a Clara.

Ele soltou um bufo suave e curto pelo nariz.

— Transtorno mental é difícil. Especialmente quando é com um dos nossos pais, eu acho — continuei. — Minha mãe lutou contra a depressão quando eu estava crescendo, e foi difícil para mim também. Ainda é, acho. Ela era muito boa em disfarçar, mas quando batia forte, ela ficava meio catatônica.

Eu achava que poderia consertar as coisas, mas não é assim que funciona, sabe? Esse tipo de situação gruda na gente. Eu fiquei me perguntando... o que tinha acontecido. Com ela, quero dizer. A sua mãe.

O modo como ele balançou a cabeça, como se estivesse revivendo algumas das situações que havia passado com ela, fez meu coração doer. Não conseguia imaginar o que ela poderia ter feito para deixar um homem como Rhodes daquele jeito. Talvez por isso o relacionamento com o pai fosse tão difícil. Eu não queria perguntar. Não queria reabrir feridas naquele momento em que ele estava sendo tão gentil. Então me contentei em tocá-lo no braço.

— Mas obrigada por se desculpar.

Seu olhar foi direto para o lugar onde meus dedos estavam. Aquela garganta grossa trabalhou, e lentamente — ah, tão lentamente — ele ergueu o olhar até encontrar o meu, e apenas me observou.

Pela primeira vez, eu não soube o que dizer, então não disse nada. Eu queria abraçá-lo e dizer que tem coisas que nunca superamos de verdade. Mas o que eu realmente fiz foi recuar a mão e esperar. E foi apenas com um suspiro profundo e alguns minutos depois que Rhodes falou de novo, sua voz soando apenas um pouco diferente, mais rouca talvez.

— Obrigado pelo que fez com o meu pai. Pelo que você disse.

Ele *tinha* me ouvido. Balancei a mão no ar.

— Não foi grande coisa, apenas disse a verdade.

— Foi, sim, grande coisa — argumentou com gentileza. — Ele ligou para perguntar quando poderia nos visitar de novo. E, como sei como ele é... te agradeço.

— Fico feliz que ele tenha levado a sério e, de verdade, não foi nada. Você devia conhecer a mãe do meu ex. Eu tenho muita experiência.

— E obrigado por tudo o que você faz pelo Am. — Sua voz soou baixa, e aqueles olhos cinzentos deslizaram para a minha boca.

— Ah, eu amo aquele garoto. Mas não de uma maneira estranha. Ele é só um menino bonzinho e doce, e eu sou uma velha solitária que Amos não odeia por completo. De verdade, acho que ele só sente falta da mãe, e eu devo ser velha o suficiente para ser uma figura materna meio esquisita, então ele me suporta.

— Não é isso — alegou, um sorriso puxando os cantos da sua boca.

Uma pergunta borbulhou na minha mente. Talvez porque ele parecia estar de bom humor e eu não tinha certeza de quando seria a próxima chance de perguntar. Ou era só provável que eu fosse uma bisbilhoteira e pensasse que não tinha nada a perder, exceto talvez receber um olhar feio de volta. Então, segui em frente.

— Posso te fazer uma pergunta pessoal?

Ele pensou por um momento antes de assentir.

Então vamos lá.

— Se não quiser responder, não precisa, mas... você não planeja se casar?

A expressão que ele fez mostrou que não ele esperava ouvir aquilo.

— Porque você teve o Amos de uma forma tão... pouco convencional — tentei explicar rápido. — Tão jovem. Você tinha o quê? Vinte e seis anos quando seu amigo e a esposa pediram para você ser o doador? Ou você só queria ser pai naquela época?

Ele entendeu e não precisou pensar.

— Nós tínhamos vinte anos, acho, quando Billy teve um acidente grave de mountain bike. Ele teve traumas nos...

— Testículos? — chutei.

Rhodes assentiu.

— A esposa do Billy é oito ou nove anos mais velha que a gente. — Fez uma pausa. — Sim, essa era a cara que todo mundo fazia na época. Levou um tempo para Johnny superar o fato de que o amigo e sua irmã mais velha estavam juntos. Mas, pela diferença de idade, queriam ter um bebê naquela época, se pudessem. Eu ficava muito na casa do Johnny quando era criança... porque eu não queria ficar na minha casa — explicou, com naturalidade. — Para responder a sua pergunta, eu nunca me vi casando.

Consigo me comprometer, mas a verdade é que a maioria das pessoas acaba te decepcionando.

Era compreensível. Embora eu soubesse que nem todo mundo era uma decepção.

Os olhos de Rhodes passearam pelo meu rosto, e ele continuou:

— Além de uma namorada na escola que terminou comigo depois de dois anos, e algumas mulheres com quem saí sem ter nada sério, eu não tive nenhum relacionamento de longo prazo. Tive que escolher entre me concentrar na minha carreira ou conhecer alguém, e escolhi a carreira. Pelo menos até Amos aparecer, e ele se tornar a única coisa mais importante que tudo.

Mais importante do que a carreira. Precisei de todas as minhas forças para não começar a chorar novamente.

— Sempre gostei de crianças. Eu achava que um dia seria um bom pai e, quando eles me sondaram, pensei que essa poderia ser minha única chance de ter uma família de verdade, caso eu nunca encontrasse uma pessoa. Aquela poderia ser minha única chance de saber que poderia ser um pai melhor do que os meus. Que eu poderia ser o que eu gostaria que eles tivessem sido. — Rhodes deu de ombros, mas foi como se ele tivesse socado o meu coração.

Então eu disse a única coisa que consegui pensar.

— Eu entendo. — Porque entendia mesmo.

Desde o que acontecera com a minha mãe, tudo o que eu sempre quis foi estabilidade. Ser amada. Amar. Eu precisava. Mas, ao contrário do Rhodes, pelo menos em um aspecto, eu tinha procurado no lugar errado. E ficara pelos motivos errados.

Tem algumas coisas na vida que precisamos provar para nós mesmos. Era por isso que eu estava em Pagosa. Eu entendia.

Rhodes se mexeu na minha frente e perguntou, do nada:

— Seu ex te traiu?

Não senti a pergunta como um soco na cara. Não daquela vez. Quando passei uma semana com um velho técnico de som de Kaden, em Utah, ele me fez a mesma pergunta... e na época não doeu também. Principalmente, acho, porque alguma parte de mim desejava que fosse simples assim. Tão fácil de explicar. Kaden teve mulheres se jogando nele desde sempre, e uma traição não teria surpreendido ninguém.

Felizmente, eu nasci com o que meu tio chamava de autoestima para dar e vender, mas minha tia acha que o fato era que eu confiava nos sentimentos de Kaden. Eu sabia como ele se sentia. Kaden não me trairia porque ele me amava — daquele jeito fácil dele. Eu nunca senti ciúmes, nem quando fui obrigada a ficar em um canto, enquanto as pessoas tocavam na bunda e no braço dele e enfiavam seus seios espetaculares na cara dele.

Até desejei, em mais de um momento, que Kaden tivesse me traído. Porque seria uma desculpa para sair do nosso relacionamento de forma mais fácil. As pessoas entendem o adultério e como ele impacta na maioria dos relacionamentos.

Mas não tinha sido isso.

— Não, ele não me traiu. Nós demos um tempo uma vez, e eu sei que ele beijou alguém, mas foi só isso.

Na verdade, foi mais ideia da mãe dele, e ele tentou me convencer: *"Mamãe acha que seria uma boa ideia que eu veja outras pessoas. Sair um pouco. Andaram postando algumas coisas sobre mim, você sabe... falando que me sinto atraído por homens. Ela acha que eu deveria sair com uma garota — só como amigos! Eu nunca faria isso com você. É só publicidade, linda. Só isso.*

Só isso.

Foi o primeiro pedaço do meu coração que ele quebrou. Uma coisa levou a outra, e durante a conversa perguntei se Kaden ficaria bem se eu fingisse sair com alguém. Ele ficou vermelho e disse que era diferente, e blá, blá, blá, eu não me importava mais. Terminamos a discussão quando eu disse que ele poderia fazer a merda que quisesse, mas que eu não ficaria por perto. Ele continuou insistindo que não era importante, mas, no frigir dos ovos... Ele fez exatamente o que queria. Ele saiu com a tal mulher, achando que eu estava blefando. Então, fui embora.

Passei três semanas com Yuki até que ele em procurou e implorou para eu voltar, me convencendo com aquele papinho de que nunca mais faria algo daquele tipo. E que estava tão arrependido. Que tinha beijado Tammy Lynn Singer e se sentira péssimo.

— Então por que você se divorciou? — Não imaginava que daria para a voz de Rhodes ficar ainda mais profunda.

A vontade de não mentir para ele era tão forte no meu coração que tive que pensar em como explicar sem entregar mais do que eu estava pronta.

— É bem complicado...

— A maioria das separações é.

Sorri para ele. Ele estava tão perto, eu tinha o melhor ângulo daqueles lábios cheios.

— Por muitas razões. Uma das mais significativas era que eu queria ter filhos, e ele só adiava o assunto, até que por fim percebi que ele ia arrumar desculpas pelo resto da vida. Era importante para mim, e eu tinha deixado meu desejo claro para ele desde o início do namoro. Eu deveria ter percebido que ele nunca ia se comprometer por completo com isso, já que insistia em usar camisinha mesmo depois de estarmos juntos por catorze anos, não é? Informação demais, desculpe. E havia a carreira dele. Eu não sou do tipo carente ou que precisa de muita atenção, mas o trabalho dele era o número um de dez da lista de prioridades da vida dele, e eu ia ser o número onze para sempre, e olha que eu ficaria feliz se fosse o número três ou quatro. Eu preferiria ser a segunda coisa mais importante, claro, mas me contentaria se ficasse em terceiro ou quarto lugar.

As linhas na testa dele apareceram novamente.

— E tem aquela série de outras coisas que se acumulam ao longo dos anos, né? A mãe dele é a Anticristo e ele era o filhinho da mamãe. Ela me odiava com todas as forças, a menos que eu pudesse fazer algo por ela ou por ele. No fim fomos nos tornando pessoas diferentes que queriam coisas diferentes... E agora, pensando bem, acho que não é tão complicado. Eu só queria um homem que fosse o meu melhor amigo, alguém bom e honesto que não me fizesse duvidar da minha importância. E ele nunca desistiria do trabalho e nem tentaria se comprometer. A sensação era que eu sempre tinha que dar, dar e dar, enquanto ele pegava, pegava e pegava.

Bufei e dei de ombros.

— No fim acho que sou um pouco carente, sim.

Seus olhos cinzentos percorreram meu rosto e, depois de um momento, ele ergueu as sobrancelhas e as abaixou, com uma sacudida de cabeça.

— O quê? — perguntei.

Ele riu.

— Ele parece ser a porra de um idiota.

Abri um sorriso suave.

— Eu gosto de pensar assim, mas tenho certeza de que algumas pessoas acham que ele foi bom demais para mim.

— Duvido.

Isso me fez sorrir.

— Já desejei que ele se arrependesse do fim do nosso relacionamento pelo resto da vida, mas quer saber? Não me importo mais, e isso me deixa muito feliz.

Dessa vez, foi ele quem tocou o meu braço. Seu polegar pareceu levar duzentos graus de temperatura para o meu pulso. As piscinas cinzentas dos seus olhos, tão perto de mim, eram profundas e hipnotizantes. Rhodes estava tão lindo naquele momento — muito mais do que o normal — com uma expressão meio fechada e todo o seu foco voltado para mim. Era fácil esquecer que não estávamos no meio da floresta, apenas nós dois, a sós.

— Ele era um idiota. Somente alguém que nunca falou com você ou te viu pensaria que você era a sortuda. — O olhar de Rhodes se desviou para a minha boca, e ele soltou um suspiro suave pelo nariz, suas palavras um sussurro rouco. — Ninguém em sã consciência permitiria que você fosse embora. Não uma vez, e de jeito nenhum duas vezes, *Angel*.

Meu coração.

Meus membros ficaram dormentes.

Nos olhamos por tanto tempo que a única coisa que dava para ouvir eram nossas respirações constantes. Mas, por fim, com aquele momento carregado de uma tensão tão forte entre nós dois, ele desviou o olhar primeiro. Abrindo a boca e olhando para o teto da barraca, pegou o tablet e tocou na tela, enquanto pigarreava.

— Pronta para assistir ao filme?

Não, eu não estava, mas de alguma forma, acabei respondendo que sim.

E foi isso que fizemos.

MARIANA ZAPATA

CAPÍTULO VINTE E UM

Esfreguei a parte de trás do pescoço enquanto enchia a última das minhas garrafas d'água. Através da janela acima da pia, o sol mal havia começado a aparecer. Se eu não tivesse planos para logo cedo, ainda estaria na barraca.

Somente minha mãe poderia me fazer sair da cama tão cedo. Tinha sonhado com ela na noite anterior. Não me lembrava bem o quê, mas toda vez que eu sonhava com a minha mãe acordava mais feliz. A felicidade geralmente se transformava em tristeza, mas não um tipo ruim de tristeza.

E imaginei que o sonho deveria ser algum tipo de presságio sobre a trilha que iria fazer naquele dia.

Afinal, eu estava ali por causa dela.

Mas alguma parte minha desejava que eu tivesse passado a noite na barraca com Rhodes.

Deitados nos sacos de dormir, eu de pijama, e basicamente alinhada ao longo daquele corpo incrível, assistimos a um filme e começamos outro. A noite tinha sido tranquila e confortável, com apenas os sons distantes dos carros que passavam pela estrada de vez em quando, interrompendo as vozes dos atores que vinham do tablet.

Honestamente, tinha sido a noite mais romântica da minha vida.

Não que Rhodes soubesse disso.

E enquanto enrolávamos os sacos de dormir e desmontávamos a barraca, ele me perguntou o que eu ia levar para fazer a trilha. Rhodes me deu algumas dicas, e depois, sentados nas cadeiras de acampamento, checamos o clima em seu telefone.

Foi exatamente por isso que me arrastei para fora da cama às cinco e meia da manhã. Eu precisava sair cedo de casa. Aquela poderia ser a minha última chance de fazer a Trilha do Inferno naquele ano. Em breve começaria a nevar e ficaria impossível.

E eu até poderia esperar o próximo ano, mas... eu precisava fazer aquilo.

Eu tinha que fazer.

O lembrete de como a vida era curta tinha florescido na minha cabeça e se instalado, e eu sabia que devia ao menos tentar concluir mais uma trilha, já que eu tinha tempo. Por que não? Quem não arrisca não petisca, e minha mãe tinha sido uma supernova de coragem e audácia. Eu tinha que fazer, por ela.

Me motivei a tentar concluir a trilha de uma vez por todas. A previsão do tempo era boa. Até achei um post de uma pessoa em um fórum dizendo que tinha feito a trilha dois dias antes e que tinha sido ótimo.

Então por que não? Eu tinha arrumado tudo o que precisava para ir. Queria provar para mim mesma que era capaz.

Pela minha mãe e por todos os anos que ela não viveu. Por todas as experiências que ela perdera. Pelo caminho que o curso da vida dela pavimentou para mim.

Eu estava ali, naquele lugar, com esperança no meu coração por causa dela. Era o mínimo que eu podia fazer.

Esses eram os pensamentos que me absorviam enquanto terminava de levar meus suprimentos para o carro, de tal forma que não percebi alguém se aproximando do outro lado da garagem.

— Você está bem? — Rhodes perguntou baixinho.

Por cima do ombro, tive um vislumbre de seu cabelo grisalho e sorri para o rosto bonito que me observava.

— Sim. Estou ótima, só pensando na minha mãe — respondi, antes de colocar a mochila no banco de trás.

— Pensamentos bons ou ruins? — indagou suavemente antes de cobrir a boca para bocejar. Ele já estava de uniforme, mas os botões de cima estavam abertos e ele não havia colocado o cinto.

Ele tinha ido até lá só porque me vira pela janela?

Virando-me devagar, observei suas feições marcantes, aquelas maçãs do rosto bem definidas, o furinho sutil do queixo. Ele parecia bem desperto, embora não devesse estar acordado há muito tempo.

— Os dois — respondi. — Bons porque estou aqui por causa dela e estou muito feliz por ter voltado e as coisas estarem indo bem, mas ruins porque...

Ele me observou com atenção. Rhodes era tão bonito que fazia o meu coração doer.

— Você ouviu falar que algumas pessoas duvidaram que ela realmente tenha se ferido e não conseguido voltar? — Eu nunca tinha falado aquelas palavras em voz alta. Eu as tinha ouvido da boca de outras pessoas, mas nunca da minha. No entanto, percebi que eu queria dizê-las.

A atenção de Rhodes alternou para um dos meus olhos, e então outro, mas ele não me enrolou. Ele deu um pequeno passo à frente e baixou um pouco a cabeça, ainda me observando.

— Havia algumas hipóteses de que ela... — Ele inspirou como se não tivesse certeza se queria dizer aquelas palavras também — se machucou de propósito.

Assenti.

— Ou que ela fugiu para começar uma nova vida — ele terminou, baixinho.

Essa ideia, especificamente, era a que mais me machucava. Que as pessoas pensariam que ela deixaria tudo para trás, *me* deixaria para trás, para começar de novo.

— Isso mesmo. Não tinha certeza do quanto você tinha ouvido por aí. Nunca acreditei que ela faria isso, nem mesmo por causa dos problemas financeiros que estava enfrentando e eu não sabia. Tipo que ela teve que declarar falência e que estávamos prestes a ser despejadas... nem nunca acreditei que ela poderia ter decidido... — As palavras borbulharam na minha garganta como se fosse ácido, e não consegui dizer a palavra que começa com a letra S. — ... não voltar de propósito — me contentei em falar dessa forma. — A polícia sabia que ela estava tomando remédios para a depressão.

Rhodes assentiu.

— E era nisso que eu estava pensando. Que ela foi fazer a trilha, e como essa decisão mudou a minha vida por completo. Eu não teria me mudado para a Flórida, conhecido a minha tia e o meu tio. Não teria ido para o Tennessee e, então, não teria vivido aquela vida lá... e, depois, voltado para Pagosa. A vida é estranha, eu acho, era nisso que eu estava pensando. Como uma decisão de uma pessoa pode afetar a vida de outra de forma tão dramática. — Fiz uma pausa. — Hoje acordei com mais saudade, eu acho, e aí fico querendo respostas. Queria saber o que de fato aconteceu — terminei, encolhendo os ombros de um jeito que fizesse parecer que estava tudo bem. Não era a primeira vez que eu tinha manhãs ou dias assim, e não seria a última.

Não dá para sobreviver à pancada de uma bola de ferro na nossa existência sem ter que lidar com milhares de fraturas pelo resto da vida.

Rhodes colocou a mão no meu ombro, apertando-o com os dedos.

— Foi um caso estranho e, talvez, se eu não te conhecesse, entenderia por que as pessoas pensariam assim. Mas agora que eu te conheço, Buddy, não acredito que ela teve intenção de ir embora. Já te disse, não sei como alguém poderia te deixar partir. Ou como alguém poderia te abandonar. Tenho certeza de que ela te amava muito.

— Ela amava — soltei, antes de apertar os lábios por um segundo e piscar. — Pelo menos é o que eu acho. — Engoli em seco e o encarei. — Posso ganhar um abraço de bom dia? Tudo bem para você? Se não quiser, não tem problema.

Ele nem mesmo abriu a boca.

Sua resposta foi abrir os braços e me envolver neles, depois de um passo à frente que dei.

E pensei comigo mesma que me encaixava tão bem ali.

A palma da mão dele, ao invés de dar tapinhas nas minhas costas, começou a acariciá-las. Minutos depois, quando meu coração estava batendo bem devagar e o cheiro do seu sabão em pó se fixara no meu nariz de um jeito que eu esperava que durasse o dia todo, ele perguntou:

— Você ainda vai fazer a trilha?

— Sim. Clara ainda não me mandou mensagem, mas vamos nos encontrar lá.

Ele se afastou apenas o suficiente para que nossos olhares se encontrassem. Os dedos nas minhas costas tocaram a alça do meu sutiã.

— Se você mudar de ideia e quiser esperar, estarei de folga no próximo domingo.

Ele estava se oferecendo para fazer a trilha comigo. Por que parecia um pedido de casamento? Tinha certeza de que Rhodes já havia feito a trilha algumas vezes antes — descobri isso na primeira vez que tentei — e ele sabia que eu sabia muito bem disso.

— Prefiro fazer uma nova em outro dia, para que você não fique entediado como quando fizemos a de seis quilômetros. Se quiser.

— Se *você* quiser — concordou. — E eu não estava entediado.

Sorri.

— E eu aqui pensando que você tinha se sentindo péssimo o tempo todo.

— Não. — Suas narinas se alargaram um pouco. — Se mudar de ideia, estarei por aqui hoje — contou baixinho. — Tenho alguns documentos de caça ilegal para analisar.

— Vou tentar fazer a trilha, já arrumei tudo. Quanto mais rápido eu terminar, mais rápido posso fazer outra. Talvez com você... se estiver livre. Talvez possamos levar o Am também. Talvez possamos suborná-lo com comida.

Foi a vez dele de concordar, mas antes verificou tudo o que eu estava levando: quantidade de água e comida; e suprimentos de emergência, como um cobertor pequeno, lona alcatroada, lanterna e kit de primeiros socorros. Eu tinha aprendido o que precisava e o quanto precisava. A trilha era longa e difícil demais para carregar muita coisa, mas eu também não queria passar fome. Ficava muito mal-humorada quando não comia. Minhas escolhas devem ter sido aprovadas por Rhodes, porque ele olhou de volta para mim e assentiu.

Então me estendeu uma peça embolada, de cor azul-escura.

— Leve a minha jaqueta. É corta-vento e impermeável. É mais leve do que a sua e será mais fácil de guardar e carregar. — Ele fez um gesto para eu pegá-la. — Vista sua calça com proteção solar. Há muita vegetação rasteira no caminho. Você tem bastões de caminhada?

Algo dentro de mim se acalmou, e eu assenti.

Seus olhos cinzentos estavam firmes e sérios.

— Me ligue quando chegar lá e quando terminar. — Ele fez uma pausa, pensando nas palavras antes de acrescentar: — Por favor.

Eu tinha acabado de estacionar na entrada da trilha quando meu telefone tocou. Era um milagre ter sinal, mas como eu aprendi nos últimos meses vivendo em uma cidade montanhosa, às vezes você tem sorte e encontra o lugar perfeito, se a altitude estiver certa. Talvez o fato de eu ter trocado a operadora para a mesma de Yuki tenha ajudado. E, com base na altitude registrada no meu relógio, eu estava no alto.

Rhodes tinha me alertado sobre o quão traiçoeira a subida de carro era, já que eu ia tentar fazer a trilha até o lago por uma entrada diferente, mas eu já deveria saber que Rhodes não dizia nada de forma exagerada. A estrada fora t-r-a-i-ç-o-e-i-r-a. Tive que segurar o volante com força durante parte do percurso, o chão estava muito esburacado e cheio de pedras pontudas. Eu devia ter perguntado quando tinha sido a última vez que Rhodes passara por aquela estrada, porque, embora eu achasse que ele confiava nas minhas habilidades de direção o suficiente para me mandar por aquele caminho, ao invés do que eu tinha usado da última vez, minha intuição dizia que o sr. Superprotetor teria insistido para que eu não fosse sozinha por ali, se soubesse a porcaria que estava.

Era isso ou ele realmente tinha muita fé em mim.

E só fui me arrependendo de ter teimado em fazer a trilha a cada trinta segundos.

Tive um mau pressentimento quando meu telefone tocou e CLARA apareceu na tela.

Segundo a mensagem que ela me enviara quando eu estava saindo da casa de Rhodes, Clara estava entrando no carro. Ela deveria estar em algum lugar por perto, talvez um pouco atrás de mim. E eu sabia que não era o caso, porque havia dois veículos na clareira que servia de estacionamento para o início da trilha, e nenhum era o dela.

— Oi — cumprimentei, relaxando a cabeça no encosto e sentindo a inquietação se acumular novamente no meu estômago.

— Aurora — Clara respondeu. — Onde você está?

— Estou na entrada da trilha — confirmei, observando o céu muito azul. — E você?

Ela xingou.

— O que aconteceu? — perguntei.

— Eu estava tentando te ligar, mas a chamada não completava. Meu carro não quer pegar. Liguei para o meu irmão, mas ele ainda não chegou. — Ela xingou novamente. — Sabe de uma coisa? Vou ligar para o serviço de reboque e...

Eu não queria que ela gastasse dinheiro com o reboque. Clara sempre demonstrava estar muito preocupada com dinheiro quando achava que eu não estava prestando atenção, mas a verdade era que os gastos com a casa e com o pai consumiam grande parte dos ganhos da loja.

Além disso, nós duas sabíamos que era muito provável que aquela seria a minha última chance de fazer a trilha naquele ano. Outubro estava chegando. A seca manteve o verão quente e o início do outono mais quente do que o normal, mas a Mãe Natureza estava ficando entediada. As temperaturas começariam a cair em breve e a neve se acumularia nas altitudes mais elevadas. Se eu não fizesse a trilha naquele dia, seriam oito meses antes de eu poder pensar em fazê-la de novo. Talvez ainda fosse possível na semana seguinte, mas era improvável.

— Não, não faça isso — eu disse a ela, tentando pensar no que falar. — Espere seu irmão. A viagem até aqui já foi difícil.

— Sério?

— Sim, a estrada parece um tanque de lavar roupas, sabe? Cheia de ranhuras horizontais e loucas. Parecia que eu estava dirigindo sobre um tanque. Surreal. — Refleti um pouco: facilmente levaria mais três horas até que ela chegasse, se o carro pegasse. Até lá, já seria final da manhã e estaríamos correndo contra o tempo até escurecer. E aquela maldita estrada na volta seria....

Eu não estava com medo de fazer a caminhada sozinha. Tinha mais medo dos seres humanos do que de encontrar animais no caminho. Além disso, eu estava mais preparada. Eu ia conseguir.

— Me desculpe — Clara pediu. — Merda. Não acredito que isso aconteceu.

— Tudo bem. Não se preocupe. Espero que o seu irmão chegue logo e que não seja nada sério.

— Eu também. — Ela fez uma pausa e disse algo longe do telefone antes de voltar. — Farei a trilha com você na próxima semana.

Mas eu já sabia o que ia fazer. Eu tinha que fazer. Era por isso que eu estava lá.

Tinha que fazer pela minha mãe. E por mim. Para saber do que eu era capaz.

Era apenas uma trilha — ela era difícil, claro, mas muitas pessoas faziam trilhas desafiadoras. Eu não ia acampar. E havia dois carros estacionados ali.

— Não, está tudo bem. Eu sei que você viria só para eu ter companhia, e já estou aqui.

— Aurora... — Ouvi a cautela em seu tom de voz.

— O tempo está bom. A viagem foi horrível. Vim cedo o bastante para terminá-la em sete horas. Tem dois carros aqui. Tenho condicionamento físico para fazer essa merda. É melhor eu fazer de uma vez, Clara. Vou ficar bem.

— É uma caminhada difícil.

— Você disse que tem um amigo que a fez sozinho, lembra? Eu vou ficar bem. Acho que termino antes do sol se pôr. Eu consigo.

Ela ficou quieta por um instante.

— Tem certeza? Me desculpe. Sinto que sempre te deixo na mão.

— Não se sinta mal. Está tudo bem. Você tem uma vida e muitas responsabilidades, Clara. Eu entendo, juro. E fiz outras caminhadas sozinha. Trate de começar a fazer polichinelos ou algo assim para podermos fazer uma caminhada de dezessete quilômetros só de ida no próximo ano.

— *Dezessete quilômetros* só de ida? — Ela fez um som que quase pareceu uma risada, mas mais como se achasse que eu estava louca.

— É, engole essa. E eu consigo fazer essa aqui. Você sabe onde estou, eu vou ficar bem. Não vou fazer como minha mãe e mudar a trilha sem contar a ninguém. Vou deixar meu telefone ligado; a bateria está totalmente carregada. Eu tenho meu apito e o spray de pimenta. Estou bem.

Clara deu um resmungo hesitante.

— Tem certeza?

— Sim.

Ela suspirou profundamente, ainda em dúvida.

— Não se sinta culpada — acrescentei. — Mas também não vá rir de mim se eu não conseguir andar amanhã, combinado?

— Eu não riria de você...

Eu sabia que ela não riria.

— Te mando uma mensagem se tiver sinal e quando eu terminar, tudo bem?

— Você vai avisar ao Rhodes também?

Isso me fez sorrir.

— Ele já sabe.

— Tudo bem, então. Me desculpe, Aurora. Juro, eu não sabia que isso ia acontecer.

— Pare de se desculpar. Está tudo bem.

Ela gemeu.

— Ok. Me desculpe. Me sinto péssima.

Fiz uma pausa.

— Você deveria mesmo. — Nós duas rimos. — Estou brincando! Vou só ligar para ele rapidinho antes de começar.

Ela me desejou boa sorte, e desligamos logo depois. Esperei um segundo e então liguei para Rhodes. O telefone tocou e tocou depois de um momento, e a caixa postal dele atendeu.

Deixei uma mensagem rápida.

— Oi. Estou na entrada da trilha. Clara teve problemas com o carro e não iria conseguir chegar por pelo menos mais três horas, então vou fazer a caminhada sozinha. Tem dois carros no estacionamento. As placas deles são... — Dei uma olhada nelas e falei as letras e os números. — O céu está azul e brilhante. A estrada estava *realmente* traiçoeira, mas consegui chegar. Vou fazer o mais rápido possível, mas ainda tentarei manter um ritmo tranquilo, porque sei que a volta pode ser difícil. Te vejo mais tarde. Tenha um bom dia no trabalho e boa sorte com aqueles caçadores ilegais e babacas. Tchau!

Comecei a caminhada com um sorriso, mesmo que minha alma estivesse um pouco mais pesada que o normal, mas não por razões ruins. Sentir falta da minha mãe me deixava triste, mas sentir saudade não era tão ruim. Eu só esperava que ela soubesse que eu ainda sentia falta e pensava nela.

Coloquei o celular no modo avião para que ele não começasse a procurar sinal e acabasse com a bateria. Aprendera isso da maneira mais difícil meses antes. Poderia verificar o celular assim que estivesse mais ao alto.

Apesar da temperatura fria, o sol brilhava com força e o céu estava bem azul, o mais azul que eu já vira na vida. Não poderia ter escolhido um dia melhor para aquela caminhada. Talvez minha mãe tivesse me dado um empurrãozinho para me animar.

Esse pensamento me fez subir cada vez mais alto.

Apesar da falta de fôlego nos primeiros quinze minutos e ter que parar muito mais vezes do que gostaria, segui em frente. Fui fazendo as coisas no meu tempo, precisei tirar a jaqueta depois de uns minutos, e fiquei de olho no relógio, mas tentando não me estressar com todas as paradas. A parte de trás da camiseta ficou encharcada de suor na parte em que a mochila ficava encostada, e isso também não era problema. Verifiquei o telefone a cada parada, mas não encontrei sinal. Apenas continuei. Um passo depois do outro, apreciando o incrível aroma da natureza porque a experiência era exatamente essa.

Eu estava completamente sozinha no meio de milhões de hectares de floresta e, por mais que eu gostasse de companhia, especialmente naquele dia, fazer a trilha desacompanhada me dava arrepios.

Imaginei minha mãe percorrendo a mesma trilha trinta e poucos anos antes, e isso me fez sorrir. As anotações dela não especificavam por qual rota ela havia começado — havia duas maneiras de chegar ao lago, uma delas era a trilha que eu estava seguindo agora e a outra era a que eu tinha feito na última vez —, mas, de qualquer forma, ela tinha passado por aquele lugar. Quis acreditar que aquelas mesmas árvores haviam dado a ela um pouco de paz.

Tinha quase certeza de que ela também percorrera aquela trilha sozinha, e isso me fazia sorrir mais. Seria ainda melhor se Clara estivesse comigo... e ainda melhor se Rhodes estivesse comigo ou Am, mas talvez fosse destino eu ter de enfrentar a trilha sem ninguém por perto. Fazer uma última viagem sozinha, como tinha começado. Eu queria que a mudança para o Colorado fosse uma reconexão com a minha mãe, e nada poderia ter me preparado para todas as mudanças que aconteceram desde então. Elas me deixaram mais forte. Melhor.

Mais feliz.

Claro, eu ainda gritaria se um morcego entrasse sorrateiramente em casa ou se visse um camundongo, mas saberia encontrar uma solução caso acontecesse. Talvez não seja preciso superar os medos para vencê-los. Talvez encará-los um pouco já valesse alguma coisa. Ou pelo menos era no que eu gostava de acreditar.

E, talvez, isso fosse um adeus a pelo menos uma parte do passado. Um encerramento de todos os capítulos abertos e não concluídos. Havia tantas coisas a meu favor. Tanta alegria me esperando. Como no fim do meu relacionamento, quando tive que deixar tudo para trás para começar de novo e enxergar novas possibilidades. Eu tinha encontrado pessoas que se importavam e se preocupavam comigo, e elas não ligavam se eu tinha contatos ou não, quanto dinheiro tinha na conta ou o que eu poderia fazer por elas.

Então, talvez fosse mesmo como eu tinha pensado. É possível recomeçar em qualquer dia da semana, em qualquer época do ano, em qualquer momento da vida, e tudo bem.

Mantive esse pensamento enquanto subia e mais uma hora se passou; minhas panturrilhas doíam, e parei um pouco para tomar alguns comprimidos de magnésio. Mesmo com todo o treino pulando corda, minhas coxas queimavam como se eu estivessem pegando fogo. Também estava consumindo mais água do que calculara, mas estava preparada para isso e poderia encher a garrafa em um riacho ou no lago, mesmo que a água tivesse gosto de bunda. Eu preferia suportar o gosto da água filtrada a sofrer do mal de altitude, então, paciência.

A paisagem mudava a cada instante, e eu me maravilhava com a beleza da vegetação ao redor. E talvez porque eu estava ocupada demais admirando tudo e pensando que a vida ia bem, não percebi a mudança no tempo nem vi as nuvens escuras se formarem. Até que um relâmpago e um estrondo de trovão cortaram o que antes tinha sido um céu claro, me assustando pra caralho.

Soltei um grito e corri em direção ao grupo de árvores mais próximo, me agachando um segundo antes de começar a chover. Por sorte, Clara havia me avisado para levar uma lona nas trilhas mais longas, e eu me cobri com ela, vestindo também a jaqueta de Rhodes para uma proteção extra. Ainda estava sentada ali quando começou a chover granizo.

Mas continuei otimista. Eu sabia que aquilo fazia parte. Já tinha enfrentado granizo uma ou duas vezes. Nunca durava muito, e dessa vez não foi exceção.

Voltei a andar e continuei avançando, ficando cansada, mas nada de mais. Não chovera tempo suficiente para ficar lamacento, apenas úmido.

Atravessei uma parte arriscada e o cume que tinha tentado me assassinar da última vez, que eu praticamente tive que escalar, e foi aí que soube que não faltava muito. Estava quase lá. No máximo uma hora. Verifiquei o celular, vi que tinha sinal e enviei algumas mensagens.

A primeira foi para Rhodes.

> **Eu: Cheguei ao cume. Está tudo bem. Vou te mandar mensagem na volta.**

Depois enviei uma para Clara que foi quase igual.

Foi quando chegou uma mensagem de Amos.

> **Amos: Você foi fazer a trilha sozinha?**
>
> **Eu: Siimm. Cheguei ao cume. Está tudo bem.**

Nem tive tempo de colocar o celular no modo avião de novo quando outra mensagem chegou.

> **Amos: Você ficou doida?**

Achei que poderia ficar ali mais um minuto. Eu poderia aproveitar a pausa. Então respondi a mensagem dele, me sentei na pedra mais próxima e pensei que cinco minutos de descanso não me matariam.

Eu: Ainda não.

Amos: Eu poderia ter ido com você.

Eu: Você se lembra de como ficou arrasado quando fez a trilha da outra vez?

Peguei uma preciosa barra de cereais e comi metade em uma mordida, espiando o céu. De onde aquelas nuvens tinham vindo? Eu sabia que elas chegavam sem serem chamadas, mas...

Outra mensagem chegou enquanto eu mastigava.

Amos: Você não deveria fazer isso sozinha!!!

Uma mensagem com *exclamações*.

Ele me amava mesmo.

Amos: Meu pai sabe????

Eu: Sabe. Liguei para ele, mas não me atendeu. Juro que estou bem.

Terminei a outra metade da barrinha com outra mordida, coloquei a embalagem em uma sacola de supermercado que estava usando para guardar o lixo e, vendo que não teria mais respostas de Amos, Clara ou qualquer pessoa, me levantei — a parte inferior do meu corpo chorou de frustração pelo cansaço — e segui em frente.

A próxima hora foi uma porra de experiência horrível. Eu achava que estava em forma, achava que aguentaria aquela merda.

Mas eu estava exausta.

Só de pensar na caminhada de volta meu entusiasmo desaparecia.

Mas eu estava fazendo aquilo pela minha mãe, e eu estava *lá* e, caralho, até parecia que eu não ia terminar aquela trilha. A porra do lago tinha que ser a coisa mais incrível que eu já vira em toda a minha vida.

Continuei e continuei.

Em determinado momento, percebi, ao longe, um lampejo brilhante e espelhado do que poderia ser o lago.

Mas, a cada passo que eu dava, as nuvens ficavam mais e mais escuras.

Começou a chover novamente e peguei minha lona molhada e me abriguei sob uma árvore com ela. Mas a chuva não parou após cinco minutos.

Ou dez.

Vinte ou trinta.

Foi uma tempestade. Depois veio o granizo. E choveu ainda mais.

Trovões sacudiam as árvores, meus dentes e minha alma. Tirei o telefone do bolso e verifiquei se tinha sinal. Não tinha. Comi a maior parte dos lanches que planejara saborear quando chegasse ao lago para economizar tempo. Eu teria que chegar lá, praticamente dar meia-volta e começar a voltar.

Depois de quase uma hora, a chuva finalmente se transformou em uma garoa e os últimos quatrocentos metros pareceram dez quilômetros.

Especialmente porque aquele lago de merda era a coisa mais decepcionante do mundo.

Quer dizer, era bonito, mas não era... não era o que eu esperava. Não brilhava. Não era azul cristalino. Era apenas... um lago normal.

Comecei a rir; e as risadas me levaram a gargalhar feito uma idiota, fazendo brotar lágrimas em meus olhos enquanto eu ria com ainda mais força.

— Ah, mãe, acho que entendi o que eram aquelas ondinhas.

Significava que o lago era bem mais ou menos. Só podia ser.

Achei que encontraria algumas pessoas por perto, mas não havia ninguém. Será que tinham continuado a caminhada? A Divisória Continental estava a quilômetros de distância, e partia de uma trilha diferente que se ligava a esta.

Ri ainda mais, de novo.

Então me sentei em um tronco molhado, tirei minhas botas e comi uma maçã, apreciando o sabor doce e a textura crocante. A porra do meu prêmio. Tirei o celular e fiz uma selfie com o lago idiota e ri de novo.

Nunca mais.

Tirei as meias e mexi os dedos dos pés, mantendo meus ouvidos atentos para animais e pessoas, mas não havia nada.

Dez minutos depois, coloquei as meias e as botas de volta, me levantei, fechei o casaco porque o tempo tinha esfriado com a chuva e não tinha mais sol, e comecei a porcaria da caminhada de volta.

Tudo doía. Parecia que todos os músculos das minhas pernas estavam dilacerados. Minhas panturrilhas estavam à beira da morte. Meus dedos dos pés nunca iriam me perdoar pelo que fizera com eles.

Eu tinha perdido o pique quando parei por causa da chuva, e outra olhada no meu relógio me disse que tinha perdido duas horas por causa do tempo e das minhas paradas. O que parecia difícil no caminho para o lago era umas cem vezes mais difícil na volta.

Porra, merda, caralho, puta que pariu, filho de uma puta. Xinguei tudo isso. Como alguém *poderia gostar* daquele percurso? Eis uma coisa que estava além da minha compreensão. Fui andando de volta, ainda que parando a cada dez minutos, já que me sentia tão cansada.

Duas horas depois, sem saber como sobreviveria às próximas três horas, e de olho nas malditas nuvens que estavam voltando, peguei meu celular e esperei, torcendo por algum sinal.

Não havia nenhum.

Tentei enviar algumas mensagens. A primeira foi para Rhodes.

> **Eu: Atrasada. Estou bem. Já estou voltando.**

Depois enviei outra para Clara com basicamente a mesma mensagem. E finalmente, Amos recebeu a minha terceira.

> **Eu: Estou voltando. Estou bem. Mas o tempo fechou.**

Não voltei o celular para o modo avião, esperando que em algum momento se conectasse a uma torre. A bateria estava em 80%, então achei que seria suficiente. Era o que eu achava.

O chão estava escorregadio, o cascalho, perigoso sob minhas botas, e isso me atrasava ainda mais. Não havia ninguém por perto. Eu não podia arriscar me machucar.

Eu teria que ir ainda mais devagar do que tinha planejado.

As nuvens se abriram ainda mais, e eu mostrei o dedo do meio para mim mesma por ser teimosa e idiota. Eu tinha que ser cuidadosa. Eu tinha que ir devagar.

Nem poderia pedir socorro porque não havia sinal, e não ia me envergonhar na frente do Rhodes de novo e me transformar naquele tipo de pessoa que precisa ser salva o tempo todo. Eu ia dar conta. Minha mãe dava. Mas...

Se eu saísse daquela trilha, nunca mais faria aquela merda sozinha. Eu já não tinha aprendido? Claro que eu tinha, caramba.

Eu era tão idiota.

Deveria ter ficado em casa.

Queria mais água.

Não ia fazer mais trilhas por um ano.

Nunca mais ia caminhar na vida.

Ai, meu Deus, e eu ainda tinha que dirigir *até em casa*.

Porra, porra, porra.

Eu não ia desistir. Eu podia. Eu conseguiria.

Mas estava decidido: nunca mais faria uma trilha difícil. Pelo menos não em um dia. Que se dane essa merda.

Fui me dirigindo para baixo devagar, um passo de cada vez. Parei. Me escondi sob a lona. A temperatura começou a cair, e eu não estava crendo que não tinha levado uma jaqueta mais grossa. Eu sabia que poderia esfriar.

Comecei a tremer e vesti a jaqueta de Rhodes sobre a blusa.

Eu tinha enchido a garrafa com a água do riacho, mas ela já estava esvaziando. Comecei a ter que dar pequenos goles cada vez que parava, porque não havia lugares para conseguir mais água.

Minhas pernas doíam cada vez mais.

Meu fôlego não se recuperava.

Eu só queria tirar uma soneca.

E queria um helicóptero para me salvar.

Meu celular ainda não tinha sinal.

Eu era tão idiota.

Caminhei e caminhei. Descendo e descendo, escorregando às vezes no cascalho molhado e fazendo de tudo para não cair.

Mas eu caí. Machuquei a bunda duas vezes e arranhei as palmas das mãos.

Duas horas se transformaram em três, eu estava indo tão devagar. Estava escurecendo. Eu estava com frio.

Chorei.

Então chorei mais.

Um medo genuíno se instalou. Será que minha mãe tinha sentido medo? Será que ela soube que tinha se ferrado? Eu desejava tanto que não.

Deus, eu desejava que não. Se eu estava com medo naquela situação, não conseguia imaginar...

Faltavam oitocentos metros, mas pareciam cinquenta quilômetros.

Peguei a lanterna e a coloquei na boca, segurando firmemente os bastões de caminhada; era muito provável que eu tivesse morrido sem eles.

Lágrimas grossas, desajeitadas e frustradas escorreram pelo meu rosto, e tirei a lanterna da boca para gritar "porra" algumas vezes.

Ninguém me viu. Ninguém me ouviu. Não havia ninguém ali.

Eu queria ir para *casa*.

— Porra! — gritei de novo.

Eu ia terminar aquela merda, e nunca mais faria aquela trilha medíocre. Tudo era um absurdo. O que eu queria provar? Minha mãe adorava as difíceis. Eu gostava de trilhas de dez quilômetros. Fáceis e intermediárias.

Não era brincadeira e eu ia conseguir. Já estava conseguindo. Estava terminando. Tudo bem ter medo, mas eu ia me tirar daquela situação. Eu *ia*.

Os últimos sessenta metros foram cheios de curvas e descidas íngremes, e eu estava com frio, molhada e suja de lama.

Que merda.

Olhei para o relógio e resmunguei quando vi a hora. *Seis da tarde.* Era para eu ter terminado muito antes. Eu ia ter que dirigir no escuro, o que significava que era na porra de uma escuridão total. Mal conseguia ver alguma coisa naquele momento.

Tudo bem. Estava tudo bem. Eu só teria que dirigir bem devagar. No meu tempo. Eu conseguiria. Eu tinha um pneu reserva. Já troquei um pneu. Eu sabia o que fazer.

Eu vou voltar para casa.

Tudo doía. Era quase certeza de que os dedos dos meus pés estavam sangrando. As cartilagens dos meus joelhos estavam detonadas.

Que merda.

Eu vou dar conta.

Um frio da porra.

Que bosta.

Mais algumas lágrimas desceram dos meus olhos. Eu era tão idiota por fazer a trilha sozinha, mas eu *tinha* conseguido. Granizo, um pouco de neve, chuva, trovões, desastres. Eu tinha conseguido. Eu tinha feito a maldita trilha.

Estava muito cansada. Mais algumas lágrimas saíram dos meus olhos, e me perguntei se eu tinha pegado o caminho errado e estava em uma trilha de animais em vez da trilha real, porque nada parecia familiar, mas estava escuro e eu mal conseguia ver além do alcance da minha lanterna.

Porra, porra, porra.

Então eu vi a grande árvore de galhos baixos pela qual passara logo no começo da trilha.

Consegui! Consegui! Eu tremia tanto que meus dentes batiam, mas eu tinha um cobertor de emergência na mochila e no carro, e um casaco velho e grosso de Amos que, de alguma forma, estava no carro também.

Consegui.

Mais lágrimas encheram meus olhos, e eu parei um pouco, inclinando a cabeça para cima. Parte de mim desejava que houvesse estrelas no céu para conversar, mas não havia. Estava muito nublado. Mas isso não me impediu.

Minha voz estava rouca por causa dos gritos e da falta de água, mas não importava. Ainda assim, falei. Palavras que ainda sentia.

— Mãe, eu te amo. Essa trilha foi horrível, mas eu te amo, sinto sua falta e vou sempre dar o meu melhor em tudo — falei em voz alta, sabendo que ela podia me ouvir. Porque ela sempre ouvia.

Em um surto de energia que eu não achava que tinha em mim, corri até o carro, meus dedos dos pés chorando, meus joelhos desistindo de viver e minhas coxas acabadas pelo resto da minha existência — pelo menos era assim que sentia naquele momento —, então vi que apenas meu carro estava ali.

O único.

Não sabia que rumo aquelas pessoas tinham tomado, mas eu estava sem energia para me perguntar como não tinha cruzado com elas.

Cretinas.

Exausta, bebi um quarto da minha garrafa d'água, tirei o casaco ensopado de chuva do Rhodes e o meu, e coloquei o de Amos. Tirei as botas e quase as joguei no banco de trás, mas não o fiz, caso eu precisasse sair do carro, então apenas as apoiei no chão do banco do passageiro. Queria olhar para os dedos dos pés e ver a extensão do estrago, mas me preocuparia com isso depois.

Verifiquei o sinal, mas ainda estava fora de área. Enviei uma mensagem para Rhodes e Amos mesmo assim.

> **Eu: Finalmente terminei, é uma longa história. Estou bem. Não achei sinal. Acho que a torre está fora do ar. Estou a caminho, mas vou ter que dirigir devagar.**

Então dei marcha à ré e comecei a viagem de volta para casa. Levaria cerca de uma hora para chegar assim que eu saísse da estradinha traiçoeira. No melhor dos casos, seriam duas horas para chegar à rodovia.

E a porra da estrada era tão ruim quanto eu me lembrava. Pior até. Mas eu não me importava. Segurei firme o volante, tentando lembrar o caminho que eu tinha tomado na subida, mas a chuva tinha apagado os rastros.

Eu consigo. Eu posso fazer isso, disse a mim mesma, dirigindo a três quilômetros por hora e apertando os olhos como jamais fiz e desejando nunca mais ter que fazer.

Minhas mãos estavam com cãibras, mas tive que ignorar e também deixei de lado a estranha sensação de dirigir descalça, porém não ia colocar aquelas botas de volta tão cedo.

Estava dirigindo com o rádio desligado porque precisava me concentrar.

Depois de percorrer talvez quatrocentos metros, dois faróis piscaram através das árvores em uma curva.

Que tipo de pessoa iria para aqueles lados tão tarde?

Foi a minha vez de xingar, porque o melhor caminho era bem o do meio, e a estrada não era larga o suficiente para dois carros.

— Porra — resmunguei, assim que as luzes desapareceram por um segundo antes de reaparecerem na reta, vindo em minha direção.

Era um SUV ou uma caminhonete. Um carro grande. E estava muito mais rápido do que eu.

Com um suspiro, dirigi até o acostamento, fechei o zíper da jaqueta do Amos até o queixo e depois coloquei o carro ainda mais para o lado. Do jeito que eu estava com sorte, meu carro ia atolar.

Não, não ia. Eu iria para casa. Eu iria...

Olhei bem para o carro que se aproximava.

O SUV parou bruscamente, e a porta do lado do motorista se abriu. Observei uma grande sombra saltar e parar no lugar por um segundo antes de começar a se mover. Em minha direção.

Tranquei as portas, depois semicerrei os olhos e percebi... que eu conhecia aquele corpo. Reconhecia aqueles ombros. Aquele peito. O boné que estava na cabeça de um homem.

Era Rhodes.

Não me lembro do momento em que abri a porta e peguei as botas, calçando-as pela metade antes de sair do carro. Mas me lembro de mancar para a frente com as botas penduradas nos dedos dos pés e observar Rhodes se aproximando também.

Seu rosto estava... ele parecia furioso. Por que aquilo me fazia querer chorar?

— Oi — eu disse quase sem forças enquanto uma bela dose de alívio percorria meu corpo. Minha voz se quebrou e eu disse a última coisa que queria. — Eu estava com tanto medo...

Aqueles braços grandes e musculosos me envolveram, e foram eles que me mantiveram de pé, uma mão segurando a parte de trás da minha cabeça. Meu cabelo estava molhado de suor — não da chuva —, mas, ainda assim, ele pressionou todo o corpo contra o meu. A presença dele e conforto eram tudo o que eu precisava e até mais.

Aquele corpo gigante e duro tremeu tão de leve que mal percebi.

— Você nunca mais vai fazer trilhas sozinha — sussurrou, rouco. — Nunca mais.

— Nunca mais — concordei, fraca. Tremi em seus braços, me apoiando quase por completo nele. — Choveu tanto... não sei de onde vieram as nuvens, mas elas foram muito cretinas, e eu tive que me abrigar.

— Eu sei. Pensei que algo tinha acontecido. — Fiquei com a sensação de que ele acariciou a curva da minha cabeça. — Pensei que tinha se machucado.

— Estou bem. Tudo dói, mas só porque estou cansada e essas botas são péssimas. Me desculpe.

Ainda abraçados, eu o senti concordar com a cabeça.

— Recebi sua mensagem e vim para cá o mais rápido que consegui. Tive que ir para Aztec e lá não tinha sinal. Amos me ligou desesperado. Ele queria vir, mas eu o fiz ficar, e agora ele está irritado. Cheguei aqui o mais rápido que pude. — A mão na parte de trás da minha cabeça desceu pela minha coluna, segurando a parte inferior das minhas costas, e não tinha como eu estar imaginando o fato de que ele me abraçava apertado. — Nunca mais faça isso, Aurora. Você me ouviu? Eu sei que você dá conta sozinha, mas não faça.

Naquele momento, eu só sentia que nunca mais faria uma trilha. Nunca. Outro arrepio percorreu o meu corpo.

— Estou tão feliz de te ver, você não faz ideia. Estava tão escuro, e eu fiquei com muito medo por um tempo — admiti, sentindo meu corpo começar a sacudir.

A mão na minha cabeça acariciou para baixo, me puxando para perto, e senti que se ele pudesse me colocar dentro dele, teria feito exatamente isso.

— Você está bem? Não se machucou? — perguntou.

— Nada que eu não vá superar. Não me machuquei como da última vez. — Pressionei a bochecha contra seu peito, saboreando seu calor. Sua firmeza. Eu estava bem. Estava segura. — Obrigada por vir. — Recuei um pouco e dei a ele um pequeno sorriso envergonhado. — Embora seria você que mandariam para me buscar se eu não voltasse, não é?

O rosto de Rhodes estava sério, com as pupilas dilatadas, me encarando e observando minhas feições com olhos escuros.

— Não estou aqui a trabalho.

Então, antes que eu reagisse, aqueles braços estavam mais uma vez em volta de mim, me envolvendo inteira. Um casulo humano em que eu poderia morar pelo resto da vida.

Aqueles músculos duros estremeceram, e isso não foi uma criação da minha mente cansada.

E eu com certeza não inventei a expressão ardente que ele me lançou quando se afastou novamente. Suas mãos se acomodaram na parte inferior das minhas costas.

— Você está bem para dirigir?

Eu assenti.

Uma daquelas mãos se moveu para apertar o meu quadril de um jeito que eu nem tinha certeza se ele sabia que estava fazendo, enquanto seu olhar percorreu o meu rosto.

— *Buddy?*

— Humm?

— Você precisa saber... acho que Amos vai querer te matar.

Aquela foi a única coisa que poderia ter me feito rir naquele momento, e eu ri. Então eu disse a ele a mais absoluta verdade:

— Tudo bem. Mal posso esperar.

CAPÍTULO VINTE E DOIS

Tudo doía.

Cada micropedaço do meu corpo doía de alguma forma. Desde meus pobres dedos dos pés, que pareciam estar sangrando, às minhas panturrilhas traumatizadas, às minhas coxas e nádegas exaustas. Se eu me concentrasse, era provável que sentisse dor até nos mamilos. Mas foram minhas mãos e os antebraços que mais sofreram na viagem de volta para casa.

Gastei os cento e vinte minutos agarrando o volante como se minha vida dependesse daquilo, prendendo o ar com mais frequência do que respirando.

Se eu não tivesse passado as últimas horas aterrorizada, teria sentido um medo real por causa da estrada esburacada. Foi só porque eu estava tão focada em seguir Rhodes e não passar sobre nada que furasse o pneu, que não perdi a cabeça enquanto seguíamos devagar. E se eu não estivesse tão cansada, talvez tivesse comemorado quando finalmente chegamos à rodovia.

Foi só então que consegui expirar, profunda e completamente, do fundo dos meus pulmões.

Eu tinha conseguido.

Eu realmente tinha conseguido.

Talvez tenha sido o alívio que me impediu de tremer por todo o resto do caminho. Mas, no momento em que desliguei o carro, processei o que acontecera. Foi como um tapa inesperado no meio da cara.

Expirei um segundo antes de o meu corpo inteiro começar a tremer. Em choque, com medo.

Inclinando-me para a frente, pressionei a testa contra o volante e tremi do pescoço até as panturrilhas.

Eu estava bem, e isso era tudo que importava.

Eu estava *bem*.

A porta à minha esquerda se abriu, e antes que eu pudesse virar a cabeça para o lado, uma mão grande pousou nas minhas costas e Rhodes falou com a voz áspera:

— Estou bem aqui. Vou te pegar. Você vai ficar bem, *Angel*.

Assenti, minha testa ainda colada no mesmo lugar quando outro calafrio intenso percorreu o meu corpo.

Sua mão acariciou mais abaixo na minha coluna.

— Venha. Vamos entrar. Você precisa de comida, água, descanso e um banho.

Concordei de novo, um nó se formando na minha garganta.

Rhodes passou a mão pelas minhas costas, e um instante depois, meu cinto de segurança afrouxou. Ele me guiou para que eu encostasse no banco, e tirou o cinto. Olhei bem quando ele se inclinou para a frente e, antes que eu percebesse o que estava acontecendo, seus braços deslizaram por baixo do meu corpo, um sob a parte de trás dos meus joelhos, o outro sob minhas escápulas, e ele me ergueu. Fiquei contra seu peito, envolvida.

— Oh — murmurei. — Rhodes, o que você está fazendo?

— Levando você lá para cima.

Ele fechou a porta com o quadril e começou a se mover, carregando-me como se não precisasse fazer esforço algum, seguindo para o apartamento. A porta estava destrancada, então bastou um rápido movimento do pulso para abri-la antes de subirmos.

— Se você me ajudar, eu posso subir as escadas sozinha — falei, observando os pelos faciais castanho-prateados que cobriam seu maxilar.

Seus olhos cinzentos pousaram em mim enquanto ele subia um degrau após o outro.

— Você pode subir sozinha, e eu ajudaria, mas é tranquilo para mim te levar. — E como se estivesse provando um ponto, ele me apertou mais ainda, mais próxima daquele peito largo que havia sido o maior alívio da minha vida quando eu o vira saindo do carro.

Ele tinha ido até a trilha. Por minha causa. Apertei os lábios e olhei para as minhas mãos, que apertei contra o meu peito, e senti mais lágrimas surgirem nos meus olhos. O mesmo medo que eu havia reprimido durante toda a viagem de volta se incendiou de novo dentro de mim.

Outro calafrio me percorreu, forte e potente, derramando as lágrimas.

Eu podia sentir o olhar de Rhodes fixo no meu rosto enquanto ele continuava a subir as escadas, mas ele não disse uma palavra. De alguma forma, ele me abraçou ainda mais, sua boca se aproximando também, e se eu não tivesse fechado os olhos, tenho certeza de que o teria visto roçar os lábios na minha têmpora. Em vez disso, tudo que fiz foi sentir o toque leve e provavelmente acidental.

Respirei fundo e segurei um soluço enquanto ele me abaixava na cama.

— Tome um banho.

Abri os olhos e o vi parado quase na minha frente. Uma carranca tomou conta da sua boca enquanto eu assentia.

— Estou fedendo, sinto muito — me desculpei, mal conseguindo pronunciar as palavras.

Sua carranca ficou ainda mais severa.

Espremi os lábios.

A cabeça de Rhodes inclinou-se para o lado ao mesmo tempo que seu olhar percorria meu rosto.

— Você levou um susto grande, *Angel* — disse, muito devagar.

Assenti, prendendo a respiração e tentando engolir a emoção que entalava minha garganta.

— Eu estava apenas pensando... — Funguei, as palavras roucas.

Rhodes continuava olhando para mim.

Cruzei os dedos no colo e senti o joelho tremer.

— Sabe aquela vez que te disse que não tinha medo de morrer? — Franzi a testa e senti uma lágrima escorrer pela minha bochecha. — Era mentira. Tenho medo, sim. — Mais algumas lágrimas escaparam, chegando na minha mandíbula. — Eu sei que não teria morrido, mas ainda assim pensei que fosse, por uma ou duas vezes...

Uma mão grande e forte passou por metade do meu rosto antes de fazer o mesmo com o outro lado, e no tempo que levei para perceber o que ele estava fazendo, eu estava de pé novamente, com os braços dele ao meu redor mais uma vez. Então me sentei em seu colo, com o ombro apoiado em seu peito, e fui eu que pressionei o rosto contra o pescoço dele enquanto outro calafrio percorria meu corpo.

— Senti muito medo, Rhodes — sussurrei em sua pele enquanto seu braço se enrolava em volta da minha cintura.

— Agora já está tudo bem — disse ele, rouco.

— Tudo que eu conseguia pensar, quando conseguia, era que ainda tinha muita vida pela frente. Tem tanta coisa que eu quero fazer, e sei que é besteira. Sei que estou bem. Eu sei que o pior que poderia ter acontecido era ter que me esconder debaixo de uma árvore com minha lona e um cobertor de emergência para descansar por um tempo, mas então comecei a imaginar que eu levaria um tombo e me machucaria sem que ninguém soubesse onde eu estava, ou sem poder me ajudar, e eu ficaria por conta própria. E por que fui sozinha? O que estava tentando provar e para quem? Minha mãe não gostaria que eu me sentisse assim, certo?

Ele balançou a cabeça, e enterrei o rosto ainda mais na pele macia do seu pescoço.

— Desculpe. Eu sei que estou cheirando mal e estou grudenta e nojenta, mas fiquei tão feliz de te ver. E estou tão feliz que você foi. Caso contrário... — Funguei, e mais algumas lágrimas se derramaram. Eu podia senti-las escorrendo entre minhas bochechas e a pele dele.

Rhodes me abraçou ainda mais forte.

— Você está bem. — Sua voz soou firme. — Está tudo bem, anjo lindo. Nada vai acontecer. Eu estou aqui, e Am está na casa ao lado, e você não está mais sozinha. Não mais. Está tudo bem. Respire fundo.

Respirei fundo, como ele sugeriu, e depois respirei novamente. Eu não estava sozinha. Eu tinha saído de lá. E nunca mais faria trilhas... embora pudesse mudar de ideia em algum momento, mas isso não vinha ao caso. Meus ombros foram lentamente se soltando, e senti meu estômago começar a relaxar; não tinha percebido que estava prendendo a respiração.

Uma das mãos nas minhas costas me acariciou pela lateral até o quadril, e a outra continuava me segurando.

Buscando coragem no fundo de mim, eu disse:

— Me desculpe.

— Não há nada pelo que se desculpar.

— Provavelmente estou exagerando.

Ele me acariciou.

— Não está.

— Mas parece que sim. Fazia muito tempo que não sentia tanto medo, e isso realmente mexeu comigo.

— As pessoas têm medo de morrer. Não há nada de errado nisso.

— E você? — Encostei a testa na pele morna e lisa do seu pescoço.

— Acho que tenho mais medo das pessoas que são importantes para mim morrerem do que da minha própria morte.

— Ah — eu disse.

O suspiro de Rhodes foi suave.

— Tenho um pouco de medo de não fazer todas as coisas que quero fazer, acho.

— Como o quê? — perguntei a ele, com a testa ainda encostada em seu pescoço. Eu podia sentir as batidas constantes do seu coração, e aquilo me acalmava.

— Ver o Am crescer.

Assenti.

A palma da mão dele se acomodou no topo da minha coxa.

— Eu não pensava nisso há anos, e talvez não tenha muito tempo, mas acho que gostaria de ter outro filho. — O peito dele subiu e desceu. — Não é bem que eu *acho*. Tenho certeza.

Algo dentro de mim congelou.

— Você quer mais filhos?

Ele concordou, sua barba fazendo cócegas na minha pele.

— Quero. Eu te disse o quanto me arrependo de todas as coisas que perdi com o Am. Eu gosto de crianças. Só não sabia se algum dia poderia ter outra, mas naquela época eu não achava que voltaria ao Colorado e sairia da Marinha, não...

— Não o quê? — perguntei a ele, prendendo a respiração.

A mão na minha coxa deslizou até o meu quadril, onde ficou.

— Não... aqui.

Eu não entendi o que ele queria dizer. Ou talvez estivesse apenas cansada demais para pensar, porque concordei como se entendesse quando não entendia, sentindo uma pequena pontada no peito com a ideia de ele querer outro filho, considerando que a criança precisaria ser concebida... Ele precisaria de uma mulher, já que a mãe de Amos não poderia ter outro.

— O que você ia querer? — perguntei. — Se pudesse escolher. Mais um menino ou uma menina?

Os braços em volta de mim apertaram só um pouquinho.

— Ficaria grato por qualquer um. — Sua respiração deslizou sobre minha bochecha, e percebi o quanto eu gostava da voz dele. A firmeza áspera. Era um deleite para os meus ouvidos. — Mas só tenho irmãos e sobrinhos, então talvez fosse divertido ter uma menina. Quebrar o ciclo.

— Meninas são divertidas — concordei, com uma exalação trêmula. — E tenho certeza de que você ainda tem tempo. Se quiser. Já ouvi falar de homens tendo filhos aos cinquenta e sessenta anos.

Senti seu "Uhum" através do peito enquanto sua mão deslizava pela minha coxa novamente.

— E você? — perguntou.

— Não me importo também. Eu os amaria de qualquer maneira. — Solucei. — Talvez eu tenha que me contentar com um filhote de cachorro, do jeito que estou indo.

— Não. — A risada dele foi um sopro suave, suas palavras quase um sussurro. — Acho que você não vai chegar a esse ponto.

Levantei a cabeça e olhei para o rosto bonito dele. De perto, a cor dos olhos era ainda mais incrível. Seus cílios eram grossos, sua estrutura óssea pronunciada. Mesmo as rugas no canto dos olhos e nas laterais da sua boca eram suaves, mas acrescentavam tanto às suas feições que eu apostaria que ele era mais bonito agora do que aos vinte anos. Mesmo que minhas bochechas estivessem tensas pelas lágrimas, consegui sorrir de leve.

— Neste ponto, acho que ficaria feliz em ter alguém com quem envelhecer para não ficar sozinha. Talvez tenha que ser a Yuki.

O rosto de Rhodes suavizou enquanto seu olhar, que senti até a ponta dos meus dedos, percorria o meu, e sua mão deslizou de volta pela minha perna até repousar na minha coxa. Ele a apertou.

— Acho que você também não precisa se preocupar com isso, Buddy. — Seu olhar se fixou no meu, e ele me abraçou de novo.

Por muito tempo.

E, depois, ele se afastou e disse:

— Recebi um comunicado e vou precisar ficar fora por algumas semanas.

— Está tudo bem?

Rhodes inclinou a cabeça, sério.

— Um colega no distrito de Colorado Springs sofreu um acidente e não poderá voltar ao trabalho por um tempo, então eles decidiram me enviar para lá. — A mão na minha coxa se contraiu. — Eles disseram duas semanas, mas eu não ficaria surpreso se for por mais tempo. Tenho alguns dias para resolver as coisas. Preciso ligar para Johnny e ver o que fazer sobre o Amos.

— Se eu puder ajudar em alguma coisa, é só dizer — garanti.

A boca dele se torceu, e tive que lutar contra a vontade de abraçá-lo.

— Tem certeza?

— Claro.

A boca dele torceu um pouco mais.

— Vou conversar com Am.

Eu assenti e me lembrei de algo.

— Ele ainda está de castigo?

— Tecnicamente. Ainda nego algumas coisas, para que ele não pense que tudo foi perdoado e esquecido, mas estou aliviado. Ele mal reclamou do castigo, então não vejo motivo para ser muito duro com ele.

Eu sorri.

Mas o torcer da sua boca desapareceu, e Rhodes disse, sério:

— Você vai ficar bem aqui.

— Eu sei.

— Am pode ficar aqui, mas pode ser que não fiquei. Ainda não pensei direito sobre como serão essas semanas, mas te direi assim que decidir. Você é bem-vinda na casa a qualquer momento que quiser. — Seu olhar pareceu cuidadoso. — Pode ser mais fácil lavar suas roupas lá de agora em diante.

De agora em diante? Isso me fez sorrir.

— Obrigada.

— Colorado Springs fica a apenas algumas horas de distância. Se precisar de ajuda, ligue para Am ou Johnny.

— Se você ou Am precisarem de algo, me diga. Eu falo sério. Qualquer coisa. Eu devo muito a você depois de hoje.

— Você não me deve nada. — A mão dele voltou para o meu quadril.

— Vou ficar fora por pouco tempo.

— Não estou planejando ir a lugar algum. Ficarei aqui — garanti, colocando a mão no antebraço dele. — O que você, Johnny ou Am precisarem, estarei aqui para ajudar.

Eu devia a ele. Pelo que fizera naquele dia e no anterior. Por tantas coisas, na verdade, independentemente se ele concordasse ou não. Eu não me esqueceria de nada.

Ele olhou bem dentro dos meus olhos.

— Eu sei, Aurora.

MARIANA ZAPATA

CAPÍTULO VINTE E TRÊS

As três semanas seguintes passaram praticamente em um borrão.

As cores das folhas estavam mudando, e algo dentro de mim mudara com elas. Talvez o catalizador tenha sido o medo intenso que eu experimentara na Trilha do Inferno, ou talvez fosse apenas alguma coisa no ar gelado, mas eu sentia que uma parte de mim estava amadurecendo. Assentando também. O lugar para onde eu havia voltado, no qual vivera alguns dos meus melhores momentos e também o pior momento da minha vida, se enraizava na minha pele a cada dia.

Eu queria *viver*. Aquele não era um pensamento novo, mas havia uma diferença entre *sobreviver e viver*, e eu queria o último. Queria isso mais do que qualquer coisa. Uma vida inteira podia mudar de um momento para o outro, com apenas uma ação, e, de certa forma, eu havia me esquecido disso.

Talvez nem todos os dias fossem perfeitos e era ingênuo querer isso, mas todos os dias poderiam ser bons.

Eu queria estar naquele lugar, e me vi abraçando aquela chance com ainda mais vontade do que antes. Aprofundei ainda mais a minha relação com a Clara e fiz amizade com clientes que começaram a parecer amigos de verdade. Eu também passei a apreciar ainda mais meus amigos adolescentes.

Na verdade, a única pessoa que eu ainda não havia compreendido era Rhodes.

Depois de duas semanas desde que havia partido, ele ainda não havia voltado para nos visitar. Pelo que entendera, ele estava de saída para Pagosa, mas tinha sido chamado de volta a Colorado Springs — que ficava a quatro horas de distância — devido a uma emergência. Eu via Amos todos os dias, quando descia do ônibus escolar e o tio o buscava. Ele me contara que o pai ligava para ele todos os dias e até mesmo — de forma nada sutil — mencionara que Rhodes perguntava sobre mim nesses telefonemas.

Mas Rhodes não me ligava nem mandava mensagens, e eu sabia que ele tinha meu número.

Eu achava que tudo o que havia acontecido conosco tinha sido uma espécie de ponto de virada, eu tinha *certeza* disso, mas... talvez ele só estivesse muito ocupado. E eu tentava não me preocupar com coisas que não podia controlar. E o que ele sentia por mim era uma dessas coisas.

Enquanto isso, eu estava apenas tentando continuar a viver minha vida e a me estabelecer. E foi exatamente por isso que, três semanas após a Trilha do Inferno, me deparei com um olhar cheio de dúvidas de Amos enquanto segurava meu capacete, tentando dar a ele um sorriso tranquilizador.

— Tem certeza? — perguntou, colocando as munhequeiras que eu tinha certeza de que Rhodes insistira para ele usar quando deu permissão para que o garoto fosse ao resort de esqui comigo. Dois dias antes, eu tinha falado para ele que queria ir. Eu nunca tinha praticado snowboard. Eu tinha ido esquiar com minha mãe, mas nada mais que isso. Ainda não havia nevado na cidade, mas algumas noites de neve nas montanhas possibilitaram abrir algumas partes do resort.

Dei uma boa olhada para o adolescente à minha frente usando jaqueta e capacete verdes combinando (ele explicou que a mãe e o outro pai haviam comprado o conjunto na temporada anterior).

— Sim, tenho certeza. Pode ir ficar com seus amigos. Vou descobrir como se faz isso.

Ele não acreditou em mim, e nem estava tentando fingir o contrário.

— Você se lembra do que falei? Que tem que usar os dedos dos pés e os calcanhares?

Assenti.

— E manter os joelhos dobrados?

Assenti novamente, mas sua expressão permaneceu relutante.

— Juro, está tudo certo. Pode ir. Seus amigos estão te chamando.

— Posso descer com você uma vez só para ter certeza. Sair do teleférico é meio complicado...

Era exatamente por isso que eu amava aquele garoto. Ele podia ser quieto, teimoso e carrancudo — assim como o pai —, mas também tinha um coração de ouro.

— Acabei de ver uma criança de quatro ou cinco anos fazer isso. Não pode ser tão difícil — garanti e Amos abriu a boca, mas eu o interrompi. — Olha, se estiver me saindo muito mal, eu te mando uma mensagem, combinado? Vá ficar com seus amigos. Eu dou conta.

— Ok. — Parecia que ele queria continuar discutindo, mas se conteve. Amos se virou para pegar o snowboard no suporte onde o tinha apoiado e murmurou de um jeito que me fez sentir que ele realmente achava que nunca mais me veria: — Tchau.

Bem, pelo menos não parecia um mau presságio.

Coloquei o capacete, puxei as luvas sobre as munhequeiras que eu tinha colocado enquanto esperava Amos comprar o ingresso, e caminhei até o teleférico que levaria ao topo da colina para iniciantes depois de pegar meu próprio snowboard alugado no suporte. Eu o alugara na loja com um belo desconto. Tinha passado a noite anterior assistindo a vídeos de como praticar snowboard, e não parecia tão difícil. Eu tinha equilíbrio. Tinha feito algumas aulas de surfe com Yuki, e tinha dado certo... pelo menos até a prancha de surfe bater no meu rosto e meu nariz ter começado a sangrar.

Eu tinha instalado uma casa para morcegos e agarrado uma águia. Eu tinha subido uma montanha nas piores condições. Com certeza ia dar tudo certo.

Não estava dando certo.

Foi exatamente o que eu disse a Octavio, o menino de nove anos que já tinha me ajudado a levantar quatro vezes.

— Tudo bem — ele tentou me tranquilizar enquanto me puxava para ficar em pé novamente. — Você só caiu de cara quatro vezes.

Tive que segurar um resmungo enquanto batia a neve da minha jaqueta e calças. Eu gostava muito de crianças. Especialmente as legais, como aquela que tinha se aproximado na segunda vez que eu descera a colina, e me ajudara depois que eu tinha engolido pelo menos um copo inteiro de neve. Eu já tinha dito à mãe dele, que não estava muito longe com outra menininha, a quem estava ensinando a praticar snowboard — e dando conta muito melhor do que eu — que ele era um menino muito legal.

Porque ele realmente era. Meu príncipe no cavalo branco de nove anos.

— Tavio! — a mãe dele chamou.

Meu pequeno amigo se virou para mim e piscou seus lindos olhos castanhos.

— Eu tenho que ir. Tchau!

— Tchau — respondi, observando enquanto ele ia até ela sem esforço.

Merda.

Respirando fundo, encarei a neve compactada que cobria a colina e suspirei.

Eu *tinha* que conseguir.

Flexionar os joelhos, manter o peso em equilíbrio, levantar os dedos dos pés, abaixar os dedos dos pés.

Senti que alguém se aproximava por trás de mim antes de ver quem era. Quando parou a apenas alguns metros de distância, observei o grande homem com um casaco azul escuro e calças pretas. Os óculos cobriam metade do rosto, um capacete cobria todo o cabelo... mas eu conhecia aquele queixo. Aquela boca.

— Rhodes? — indaguei quando o homem levantou os óculos e os prendeu no capacete.

— Oi — falou com um pequeno sorriso, as mãos indo para os quadris, o olhar percorrendo meu rosto.

Dei um sorriso radiante, e pode ser que até a minha alma tenha feito isso.

— O que você está fazendo aqui?

— Vim encontrar você e o Am — ele disse, como se estivéssemos nos encontrando em um restaurante em vez de no resort de esqui.

— Amos pegou um dos outros teleféricos, já que eles acabaram de abrir e ele realmente sabe o que fazer — contei, observando a barba áspera cobrindo suas bochechas. Ele parecia cansado.

Mas feliz.

Eu sentira falta de ter aquele mal-humorado por perto.

— Eu sei. Eu já o vi. Ele me disse que você estava aqui embaixo. — Seu pequeno sorriso se transformou em um maior, que fez cócegas no meu peito. — Achei que você tinha feito aulas com um profissional.

Ele estava brincando comigo. Eu gemi e balancei a cabeça.

— Eu tive a ajuda de um garoto de nove anos, isso conta?

Sua risada soou verdadeira, surpreendendo-me ainda mais.

Alguém estava de bom humor.

Ou talvez ele estivesse realmente feliz por estar em casa.

— É mais difícil do que eu pensei, e não consigo descobrir o que estou fazendo de errado.

— Vou te ajudar — ele disse, sem me dar escolha. Não que eu fosse dispensá-lo, óbvio.

Assenti com muito entusiasmo, feliz demais em vê-lo e sem tentar esconder isso. Ele pode não ter me chamado de amiga de novo, mas éramos amigos. Pelo menos disso eu tinha certeza.

Rhodes caminhou para mais perto, alheio ao que me fazia sentir, e parou bem ao meu lado.

— Vamos dar uma olhada na postura, anjo lindo. Vamos começar por aí.

Foram necessárias três descidas pela colina até que eu por fim conseguisse sem cair de bunda mais de uma vez. Pela forma como levantei o punho no ar, daria para pensar que eu tinha ganhado uma medalha de ouro, mas não importa.

E pelo jeito que Rhodes sorriu para mim, ele também não se importava.

Fiquei surpresa com a paciência dele como professor. Em nenhum momento levantou a voz ou revirou os olhos. Usou a Voz da Marinha apenas uma vez, com um adolescente que me derrubou. E riu em alguns momentos, como quando perdi o controle, entrei em pânico e caí de bunda no chão. Mas mesmo rindo de mim, foi ele quem me ajudou a sentar, limpou meus óculos com a mão enluvada e depois me ajudou a ficar em pé.

— Preciso de um descanso — falei, esfregando minha mão enluvada no quadril. — E ir ao banheiro.

Rhodes assentiu e se inclinou para soltar as botas do snowboard.

Me inclinei e fiz o mesmo.

Depois peguei meu equipamento e segui atrás dele. Havia um pequeno prédio que eu tinha visto quando chegamos, com uma placa indicando os banheiros e a lanchonete. Deixando nossos equipamentos em um dos suportes, fui ao banheiro e, quando voltei, encontrei Rhodes sentado a uma das mesas no pequeno deque ao redor da lanchonete com duas canecas à frente. Uma música suave saía pelos pequenos alto-falantes.

Mas foi a mulher sentada na cadeira à sua frente que me fez parar.

Ela era bonita, mais ou menos da minha idade, senão mais jovem... e, pelo sorriso dela, flertava descaradamente.

Ciúme — ciúme puro e simples — surgiu do nada dentro do meu estômago, e, sinceramente, aquilo me surpreendeu pra caralho. Meu peito ficou apertado. Até minha garganta ficou um pouco estranha. Eu poderia contar nos dedos de uma mão o número de vezes que senti ciúmes enquanto estava com Kaden. Uma dessas vezes foi quando ele foi a um encontro falso; a outra vez foi quando ele saiu com alguém um mês depois que terminamos. E as outras duas ocasiões foram quando a ex-namorada dele do ensino médio apareceu em seus shows, e isso só porque eu tinha descoberto que a sra. Jones gostava dela.

Mas, naquele momento, enquanto eu observava a mulher falando com o meu locador, a emoção tomou conta de mim como um furacão.

Ele não estava sorrindo para ela. Nem parecia que Rhodes estava falando com ela, já que seus lábios estavam pressionados juntos, mas... não mudava nada.

Eu estava com ciúmes.

Tia Carolina e Yuki ficariam chocadas, porque eu com certeza estava.

Ele não era meu namorado. Nós nem mesmo estávamos saindo. Ele poderia...

A mulher tocou o braço dele, e meus músculos da garganta tiveram que trabalhar muito para me fazer engolir.

Segurando um pouco a respiração, coloquei um pé na frente do outro e me forcei a me mover na direção deles, na mesma hora que a mulher sorriu mais e tocou Rhodes de novo. Eu estava a apenas alguns passos de distância quando aqueles olhos cinzentos que eu conhecia tão bem focaram em mim e, então, *então*, um pequeno sorriso surgiu em sua boca. E enquanto eu continuava a me aproximar, observei que ele puxou a cadeira ao lado dele para mais perto, em um ângulo em sua direção.

Ouvi a mulher falando em uma voz agradável e clara, mesmo quando seu olhar tentava descobrir para quem Rhodes estava olhando.

— ... se você tiver tempo — ela falou, praticamente ao mesmo tempo em que seu sorriso murchava um pouco.

Eu sorri para ela com cuidado e ocupei o assento que ele havia puxado, meu olhar indo dele para ela e depois para as bebidas fumegantes na mesa.

Ele empurrou uma delas na minha direção enquanto dizia:

— Agradeço o convite, sra. Maldonado, mas estarei em Colorado Springs.

Peguei a caneca e a levei à boca, espiando a mulher o mais discretamente possível. Ela estava olhando para Rhodes e para mim, tentando descobrir... o quê? Se estávamos juntos ou não?

— Posso ajustar algumas coisas, se você tiver tempo depois que voltar — ofereceu, aparentemente concluindo que não estávamos juntos. Talvez porque eu não estivesse lançando olhares ameaçadores.

Não podia culpá-la.

Eu também estaria dando em cima dele.

Só esse pensamento já me fez sentir mesquinha. Claro que as mulheres flertavam com ele. Ele era lindo e sua atitude carrancuda apenas o tornava ainda mais atraente para algumas pessoas. Eu devia ser a única idiota que se sentia atraída pelo bom pai que ele era.

Ou talvez não.

— Obrigado pelo convite — respondeu Rhodes naquela voz tensa que me lembrou de como era nossa relação alguns meses atrás. — Não terei tempo, mas vou avisar ao Amos que você perguntou por ele. Se tiver alguma dúvida, ligue para o escritório, e alguém vai ajudá-la.

Para dar crédito a ela, não desistiu mesmo enquanto empurrava sua cadeira para trás e me lançava um sorriso que não era nem amigável nem hostil.

— Se mudar de ideia, eles podem te dar o meu número na escola. — Se levantou. — Espero vê-lo lá, sr. Rhodes.

Eu fui a única que a observou se afastar, e eu soube disso porque senti seu intenso olhar no meu rosto. Foi confirmado quando olhei de volta para ele e o encontrei me encarando.

Ele a tinha dispensado. Educadamente, mas era isso.

— Oi, sorrateiro — eu disse, segurando a caneca de chocolate quente um pouco mais alto. — Desculpe interromper você e a sua amiga. — Eu tinha sido sarcástica ou estava exagerando?

— Ela não é minha amiga, e você não interrompeu nada — respondeu, pegando sua caneca e dando um pequeno gole. — Ela foi professora de inglês do Amos no ano passado.

Assenti antes de tomar outro gole. Então, ela havia esperado para dar o bote. Fazia sentido.

Os olhos de Rhodes se estreitaram um pouco enquanto ele tomava outro gole, a caneca parecendo pequena em sua mão.

— Eu tinha a sensação de que ela estava interessada, mas não tinha certeza até hoje.

Ergui as sobrancelhas e assenti.

— Ela provavelmente vai te convidar para sair de novo, de forma bem sutil, na próxima vez que te encontrar.

Ele fez uma expressão engraçada.

— Tenho certeza de que ela entendeu que não sinto o mesmo. — Ele se inclinou para frente e apoiou os cotovelos na mesa. Olhou firme no meu rosto e sussurrou: — Ela fala demais.

Recuei e ri.

— *Eu* falo demais! Você se lembra do que falou para mim? "Você sempre fala tanto assim?" Você se lembra, não é?

Um grande sorriso surgiu em sua boca de lábios cheios, e juro que ele estava mais bonito do que nunca.

— Mudei de ideia, e a diferença é que eu gosto de ouvir você falar. — Meu coração quase parou uma ou dez vezes. — Eu também não gosto de falar, mas você tem um jeito que me faz conversar.

Eu nem tentei reprimir a alegria que havia florescido no meu peito. Tinha certeza de que estava por todo o meu rosto também, enquanto sorria para ele, satisfeita. Muito satisfeita.

— É um dom. Minha tia diz que tenho um rosto amigável.

— Não acho que seja isso — argumentou suavemente.

Dei de ombros, ainda radiante por dentro e por fora.

— Então... — comecei a dizer, não querendo falar sobre a ex-professora flertadora. Aqueles olhos cinzentos capturaram e seguraram os meus, aguardando a minha pergunta. — Como você está? Como está indo em Colorado Springs?

— Bem — respondeu, abaixando a caneca para apoiá-la na coxa mais distante de mim. — Está me mantendo mais ocupado do que eu esperava. Estou feliz por não ter aceitado o cargo quando ficou disponível.

— Mais ocupado do que na nossa pequena área de floresta?

Ele inclinou a cabeça para o lado.

— Há mais fluxo de carros aqui, muito mais, mas ainda assim é menos. Menos pessoas. Menos merdas acontecendo.

— Alguma ideia de quanto tempo ainda vai ficar lá?

— Não. Nada foi finalizado ainda — falou antes de tomar outro gole. — Eles me disseram que mais duas semanas, mas não estou confiando nisso.

Movi minha perna até bater de leve na dele.

— Espero que passe rápido, mas estamos segurando as pontas. Amos está bem, pelo menos ele diz que sim. Ele jantou comigo algumas vezes quando o tio precisou se atrasar, e eu me certifico de que ele coma alguns legumes. Perguntei ao Johnny sobre Amos outro dia quando o buscou, e ele disse que estava bem.

— Eu acho que ele está se saindo bem — concordou. — Ele não parece muito desolado por ficar sozinho tanto tempo.

Sorri para ele, e sua boca se curvou daquela maneira familiar que eu gostava.

— E você? Você está bem?

Mal nos vimos naquela semana entre a Trilha do Inferno e a viagem dele, e não tivemos chance de falar sobre o que aconteceu naquela noite. Eu quase perdendo a cabeça. Sentada no colo dele enquanto ele me consolava. Rhodes acariciando minhas costas e me abraçando forte. Havia todos esses sinais... todas essas coisas que percebi dele e... eu não tinha certeza do que pensar. Eu sabia que um homem não agia assim do nada. Queria perguntar... mas fiquei com medo.

Disse a verdade para ele.

— Sim, estou bem. O negócio melhorou muito com tantos caçadores na cidade, então estamos bem ocupadas na loja.

Seus olhos lilás-acinzentados estavam focados em mim enquanto a lateral da sua perna cutucava a minha embaixo da mesa.

— E quando você não está na loja? — Rhodes perguntou devagar.

Ele estava me perguntando...? Mantive meu rosto neutro.

— Tem dias que vou para a casa da Clara e passamos um tempo juntas. Fui andar a cavalo com um cliente e a esposa dele na semana passada. Além disso...

Ele tomou mais um gole de sua bebida, a atenção toda em mim.

— Também só vou para casa depois do trabalho e passo um tempo com o seu garoto. A mesma rotina de sempre. Eu gosto da vida tranquila.

Ele apertou os lábios e assentiu lentamente.

— E você? — indaguei, ignorando a estranha sensação no estômago que era muito semelhante à que eu tinha experimentado ao ver a mulher conversando com Rhodes. — O que você faz quando não está trabalhando?

A perna ao meu lado se mexeu, esfregando contra a minha através das nossas calças.

— Eu durmo. Estou ficando em uma casa que é muito silenciosa, mas tem uma academia por perto que posso frequentar. Consegui ver meu irmão e a família dele algumas vezes. É só isso.

— Quanto tempo você vai ficar aqui?

— Tenho que ir embora hoje à noite — ele disse, assim que a música que eu estava ignorando mudou.

Uma música que eu conhecia muito bem começou a tocar. Deixei entrar por um ouvido e sair pelo outro, mantendo meu rosto o mais neutro possível.

— Um pouco de tempo é melhor do que nada — garanti, sentindo o esforço nas minhas bochechas antes de conseguir afastar a leve decepção.

— Mas ainda vou ficar por aqui umas sete, oito horas antes de pegar a estrada. — Sua coxa roçou a minha novamente, e sua expressão ficou pensativa. — Você não gosta dessa música? Não sei se já a ouvi.

Eu deveria contar a ele. Eu realmente deveria. Mas não queria. Ainda não.

— Eu gosto da música, mas não sou fã do cara que canta.

Ele fez uma careta engraçada.

— Então você só gosta de bandas pop dos anos 90? — Sua voz soou seca.

Pisquei.

— Por que você está dizendo isso?

— Você esquece que as janelas estão abertas e nós ouvimos você gritando letras das Spice Girls.

Meu mundo caiu.

— Como você sabe que são das Spice Girls?

O sorriso de Rhodes foi tão rápido que quase perdi.

— Nós procuramos as letras.

Não consegui me segurar e gargalhei, e em seguida soltei a primeira coisa que pensei:

— Sabe... Eu meio que senti a sua falta.

Eu não esperava dizer isso. Era verdade? Sim, mas me surpreendi com o quão vulnerável me senti ao dizer aquelas palavras em voz alta.

Mas essa sensação durou apenas por um segundo.

Porque ele também não esperava ouvir aquilo, pela forma lenta como suas sobrancelhas se levantaram demonstrando pura surpresa, enquanto sua expressão suavizou. E ele disse devagar, olhando direto para mim:

— Também meio que senti sua falta.

CAPÍTULO VINTE E QUATRO

— Ora, tem certeza de que não quer vir com a gente?

Tirei os olhos do inventário de jaquetas que estava fazendo e olhei para Clara, que estava do outro lado do balcão, com Jackie ao seu lado. Era véspera do Dia de Ação de Graças e, sinceramente, eu nem tinha percebido. Nunca fui muito fã desse feriado. Até me mudar para a casa dos meus tios, eu nunca tinha comemorado o dia.

— Não, está tudo bem — repeti pela segunda vez desde que Clara havia sugerido que eu viajasse com a família até Montrose para jantar com a tia dela.

Sinceramente, se tivessem decidido ficar em Pagosa, eu teria ido até a casa delas, mas não queria ser uma intrusa em uma reunião com toda a sua família.

Não estava triste com a ideia de ficar no meu apartamento tão agradável e quentinho. Eu tinha chocolate quente, marshmallows, filmes, salgadinhos, um quebra-cabeça novo e alguns livros. Talvez, se um dia eu tivesse a minha própria família, me esforçaria ao máximo e pediria perdão à minha mãe por comemorar um feriado que ela me criou para boicotar, mas... eu me preocuparia com isso outro dia.

Jackie se inclinou sobre o balcão.

— Você vai com o sr. Rhodes e Am para a casa da tia dele? — perguntou.

Eles iam para a casa da tia do Am? Não fazia ideia. Eu tinha visto os dois na noite anterior, quando jantamos juntos, e nenhum deles mencionou nada. Rhodes tinha voltado de Colorado Springs há uma semana, e eu tinha jantado todas as noites, exceto duas, na casa deles. As duas noites que não fui foram porque Rhodes trabalhou até tarde.

— Não, eles não me convidaram. — Fui sincera. — Mas estou bem. Eu nem gosto tanto de peru assim.

Jackie franziu a testa.

— Eles não te convidaram? Am disse que convidou.

Balancei a cabeça e depois olhei para baixo para ter certeza de que tinha concluído o cadastro das peças. Eu tinha. Era a minha quarta vez fazendo aquilo, e eu estava feliz por ter feito do jeito certo.

— Aurora, você quer passar o Dia de Ação de Graças na minha casa? — Walter, um cliente regular e um amigo, perguntou do outro lado da loja, onde ele estava olhando alguns materiais para fazer iscas que Clara havia colocado à venda naquela manhã. — Nós sempre fazemos muita comida e eu tenho um sobrinho que poderia muito bem conhecer uma mulher que o fizesse tomar jeito.

— Sua esposa não te deu um jeito e já se passaram quarenta anos — murmurei, sorrindo com astúcia.

Aquela conversa era um exemplo perfeito de parte da razão pela qual eu estava tão feliz nos últimos tempos. Eu tinha *amigos* de novo.

— Ouça aqui, criança... minha Betsy não tinha ideia do que o futuro reservava para ela. Eu sou um projeto de vida — Walter replicou.

Todo mundo riu.

Para ser sincera, não foi só o Dia de Ação de Graças que havia me pegado de surpresa; outubro e a maior parte de novembro também. Desde a superação da Trilha do Inferno, o tempo voara, especialmente nas últimas três semanas.

Clara, sua cunhada, Jackie e eu tínhamos acampado uma vez, mesmo com o frio congelante. Amos me acompanhava em programas aleatórios, como ir às compras, e fomos jogar minigolfe com Jackie uma vez, quando seu pai o liberou do castigo. Eu também tinha ido praticar snowboard de novo e só caí algumas vezes. Ainda não havia saído da pista para iniciantes, mas talvez da próxima vez eu conseguisse.

Todos os dias eram... bons.

— Vocês sabem que tenho zero experiência dirigindo na neve — eu os lembrei.

— Isso nem é tanta neve, Ora — Jackie argumentou. — São só uns três centímetros de altura cobrindo o chão.

Não foi a primeira vez que ouvira isso. Mas para mim, que só tinha visto neve através das janelas de um ônibus de turismo, meio centímetro já era neve. Kaden evitava fazer turnê durante o inverno. Geralmente íamos para a Flórida ou Califórnia assim que o tempo começava a esfriar. Algumas rajadas de neve tinham atingido a cidade nas últimas semanas, mas a nevasca maior acontecera nas montanhas, deixando-as lindas e cobertas.

— Eu sei, eu sei. De qualquer forma, sinto que estou colocando a vida das pessoas em risco só ao dirigir para casa. Mas, se eu mudar de ideia, te ligo para anotar o endereço, combinado? — disse a Walter bem quando a porta se abriu.

— Apenas vá. Eu quero que você conheça...

Olhei para a porta e vi uma figura familiar com um casaco escuro e grosso entrando, batendo os pés no tapete que eu sacudia a cada hora, se tivesse tempo.

E eu sorri.

Era Rhodes.

Ou como meu coração o reconheceu: uma das principais razões pelas quais estive tão feliz nos últimos dois meses, mesmo que eu só o tenha visto sete vezes, incluindo as duas visitas que ele fizera enquanto trabalhava em Colorado Springs.

— ... meu sobrinho. Ah, como vai, Rhodes? — Walter perguntou ao perceber nosso novo visitante.

Rhodes baixou seu lindo queixo, formando uma pequena ruga entre as sobrancelhas.

— Bem. Como você está, Walt? — cumprimentou.

Como ele conhecia as pessoas, já que nunca dizia mais de vinte palavras por dia, dependendo do seu humor, era algo que eu não entendia.

— Estou bem, tirando o fato de estar tentando convencer a Aurora a ir à minha casa para o Dia de Ação de Graças.

As mãos do meu locador foram para os quadris e eu tive quase certeza de que seus lábios se apertaram.

— Hum.

— Oi, Rhodes — saudei.

As coisas estavam indo bem entre nós. Desde que ele voltara, aquilo que eu achava que havia mudado antes, mudara ainda *mais*. Era como se ele tivesse voltado decidido a... alguma coisa.

Uma parte minha sabia que ele não teria feito tudo que fez por mim e comigo se fosse indiferente, sendo meu locador ou não. Amigo ou não. Achar alguém atraente era uma coisa. Mas gostar do que ia além disso, a personalidade, isso era totalmente diferente.

Não sabia o que estava acontecendo de verdade, parecia diferente de amizade. Uma prova disso tinha sido a maneira como nos abraçáramos na primeira vez que nos vimos depois que ele voltou de Colorado Springs. E a forma aleatória como vinha me tocando nos ombros e nas mãos. E principalmente na maneira como falava comigo. No peso daquele olhar lilás-acinzentado. Eu devorava cada palavra que saía da sua boca depois do jantar, quando ficávamos à mesa e ele me contava da sua vida.

Por que ele escolhera a Marinha — ele pensava que amava o oceano. Agora já não amava tanto; tinha visto mar o suficiente por uma vida inteira.

Que ele tinha aquele Bronco desde os dezessete anos e passou os últimos vinte e cinco anos trabalhando nele.

Que ele tinha morado na Itália, Washington, Havaí e por toda a Costa Leste.

Descobri que sua verdura favorita eram brotos de couve-de-bruxelas e que ele odiava batata-doce e berinjela.

Ele era generoso e bondoso. Limpava meu para-brisa de manhã se tivesse gelo. Ele tinha escolhido se tornar gestor de vida selvagem do distrito — seu título oficial — porque sempre amou animais e alguém tinha que protegê-los.

E aquele homem que amava filmes de terror me pareceu, naquele momento, tão, tão cansado.

Então eu não sabia o que significava a carranca que tomou conta do seu rosto com a possibilidade de eu ir à casa de Walter, especialmente se ele tivesse ouvido a parte sobre o sobrinho.

— Oi, linda — respondeu antes de cumprimentar Walter com um aceno de cabeça e começar a se aproximar de mim. Daria para ouvir alguém soltar um pum do banheiro dos funcionários depois daquilo.

Ele me chamou de linda.

Na frente de três pessoas.

Levei um segundo para engolir a pequena onda de emoção que percorreu meu peito, e tive que lutar para manter um sorriso normal em vez do gigantesco que surgiu porque provavelmente me faria parecer uma lunática.

— O que o traz aqui? — perguntei, ficando onde estava até ele parar a cerca de um passo de distância.

Tive que me esforçar para agir com naturalidade.

Ele parecia exausto. Já tinha saído de casa quando fui trabalhar de manhã, assim como na maioria dos dias. Ia embora antes de eu sair e só voltava quando eu já estava aconchegada na cama. Ele trabalhava incansável e incessantemente, sem reclamar. Essa era uma das muitas coisas que eu gostava nele.

— Vim para te acompanhar até em casa antes de ter que voltar para o trabalho — respondeu com calma, aquela seriedade em seus olhos.

Clara virou de costas e Jackie também, como se quisessem nos dar privacidade, mas eu sabia que elas estavam fingindo e na verdade estavam escutando. Já tínhamos terminado praticamente tudo o que precisava ser feito para tirarmos a folga do feriado. Íamos fechar em dez minutos.

Como não havia clientes por perto (Walter não contava porque estava se tornando meu amigo), dei um passo à frente e o abracei. Sua jaqueta estava gelada. Aquele peito grande subiu e desceu uma vez, e então ele me abraçou também.

Olha o quanto tínhamos avançado.

— Está começando a nevar — ele disse contra o meu cabelo.

Rhodes veio me acompanhar até em casa porque estava nevando. Se meu coração pudesse duplicar ou triplicar de tamanho, teria crescido naquele momento.

— Isso é muito gentil da sua parte, obrigada. — Me afastei um pouco depois de um momento, sem querer ser muito grudenta.

— Você precisa terminar de fazer alguma coisa antes de poder sair?

Neguei com a cabeça.

— Não, terminei o inventário agorinha. Agora só temos que esperar dar o horário.

Ele assentiu, lançando um olhar rápido para Walter antes de voltar sua atenção para mim.

— Você não me respondeu — ele disse.

— Me mandou mensagem?

Rhodes não havia me enviado nenhuma mensagem enquanto estivera fora, mas, desde que voltara, havia me enviado duas, e tinha sido nos dois dias em que chegaria tarde em casa. Segundo ele, além de não gostar de falar, ele também não gostava muito de mandar mensagens. Ele era tão adorável. Eu me perguntava se era porque seus dedos eram tão grandes.

— Ontem à noite — contou.

— Não recebi.

— Foi tarde. Perguntei ao Am se você tinha dado uma resposta sobre o Dia de Ação de Graças, e ele disse que tinha esquecido de te perguntar — Rhodes explicou.

Eu não queria me adiantar.

— O que tem o Dia de Ação de Graças?

— Você vem conosco. Ele sempre passa com a família do Billy, e os pais do Am chegaram hoje de manhã de surpresa.

Meus olhos se arregalaram.

— A mãe dele está aqui?

— E Billy também. Eles já o buscaram no caminho do aeroporto até a casa da família do Billy, e Am vai passar a semana com eles até a viagem de volta — Rhodes explicou, me observando com cuidado. — Am quer que você passe o feriado conosco e os conheça.

— Ele quer? — perguntei baixinho.

Um lado da sua boca se ergueu.

— Sim, ele quer. E eu também. Billy disse que não posso ir se você não for comigo. Eles já ouviram falar muito de você.

— Am que falou de mim?

Ele me deu um daqueles raros e pequenos sorrisos.

— E eu também.

Meus joelhos ficaram como geleia, e precisei de tudo em mim para permanecer de pé. Já foi um milagre conseguir sorrir para ele — tão largo que minhas bochechas doeram.

— Você... quer que eu vá? — perguntei. — Estava planejando ficar no apartamento e relaxar.

Aqueles olhos lilás-acinzentados passearam pelo meu rosto.

— Imaginamos isso, já que você não disse nada sobre ir para a Flórida ou ver seus amigos — Rhodes falou, soando enigmático e sem responder se queria que eu fosse ou não.

— Sim, eu realmente não ligo muito para o Dia de Ação de Graças. Minha mãe nunca fez questão. Ela dizia que os Peregrinos eram um bando de colonizadores desgraçados e que não deveríamos comemorar o início do genocídio de um povo. — Eu fiz uma pausa. — Tenho quase certeza de que foram essas as palavras exatas dela.

Rhodes piscou.

— Isso faz sentido, mas... o feriado existe de qualquer jeito, e por que não podemos aproveitar e tirar um momento para agradecer pelas bênçãos que temos? Pelas pessoas que estão conosco?

Sorri.

— Isso parece bom.

— Você vem, então?

— Se você quiser que eu vá.

— Esteja pronta ao meio dia. — Sua boca se contorceu naquele sorriso meio oficial, e sua voz soou áspera.

— Você está usando aquela voz mandona.

Ele suspirou e olhou para o teto.

— Por favor, venha para o Dia de Ação de Graças? — convidou com um tom de voz mais leve.

Me iluminei por dentro.

— Tem certeza?

Isso o fez erguer as sobrancelhas e baixar um pouco o rosto, de forma que sua respiração tocasse meus lábios. Meu coração cresceu dentro do peito.

— Mesmo que você não estivesse sorrindo desse jeito, eu tenho certeza.

Eu não queria pensar que estava nervosa, mas... no dia seguinte eu estava.

Um pouquinho.

Coloquei as mãos entre as coxas para tentar não as esfregar na legging que eu havia posto por baixo do vestido e limpar o suor que não parava de se acumular.

— Por que você está se mexendo tanto? — Rhodes perguntou do seu lugar atrás do volante enquanto nos guiava pela estrada, cada vez mais perto da casa da tia de Amos. Ela morava a duas horas de distância. Eu não me orgulhava de admitir que tivemos que parar duas vezes para eu fazer xixi.

— Estou nervosa — confessei.

Eu tinha passado um tempão me maquiando, aplicando bronzer e gel para sobrancelhas pela primeira vez em meses. Eu até tinha passado o vestido. Rhodes havia sorrido para mim quando me vira entrar em sua casa, perguntando se podia usar o ferro de passar, e não fizera nenhum comentário enquanto me observava lidando com o utensílio... mas depois ele refez o trabalho porque era melhor em passar roupa do que eu.

Muito melhor.

E, sinceramente, a imagem daquele homem passando minha roupa provavelmente ficaria gravada na minha mente pelo resto da minha vida. Aquilo... fez uma estranha sensação crescer no meu peito. Eu ia analisar aquilo mais tarde. Em particular.

— Qual é o motivo para ficar tão nervosa? — questionou, como se achasse que eu estava exagerando.

— Eu vou conhecer a mãe do Amos! Seus melhores amigos! Não sei, só estou nervosa. E se não gostarem de mim?

As narinas dele se alargaram um pouco, os olhos ainda grudados na estrada.

— Com que frequência você conhece pessoas que não gostam de você?

— Não é sempre, mas acontece. — Prendi a respiração. — Você não gostou de mim quando nos conhecemos.

Isso fez com que ele me olhasse.

— Achei que já tínhamos conversado sobre isso. Não gostei do que Amos tinha feito e descontei em você. — Ele pigarreou. — E teve a outra coisa também...

Ah, aquela história de que eu o fazia se lembrar da mãe dele. Não tínhamos falado mais sobre isso, e eu tinha a sensação de que levaria muito tempo até que falássemos de novo.

Olhei pela janela.

— Isso também, mas ainda assim você não queria gostar de mim.

— Verdade, eu não queria — concordou, lançando-me um olhar rápido com uma expressão que não era bem um sorriso, e sim o semblante mais carinhoso que eu poderia imaginar surgir em seu rosto. — Mas perdi essa batalha.

A sensação no meu peito voltou, e eu arrisquei abrir um sorriso para ele.

A expressão carinhosa se manteve lá, pronta para causar um curto-circuito no meu cérebro e coração.

Sequei as mãos novamente e engoli em seco.

— A mãe dele é tão talentosa, assim como o outro pai dele, e eu estou aqui... sem saber o que quero fazer da minha vida aos trinta e três anos.

Ele me lançou um olhar que estava muito perto daquela expressão de "será que este guaxinim está doente?".

— O quê? Acha que eles são melhores que você porque são médicos?

Resmunguei.

— Não!

A boca dele se contraiu um pouco.

— Pois é o que está parecendo, *Angel*.

— Não, eu gosto de trabalhar com a Clara. Eu gosto de trabalhar na loja. Mas continuo pensando que eu... não sei, que eu deveria tentar fazer algo mais? Mas não quero e nem sei o que gostaria de fazer. Sei que não é uma competição, e tenho certeza de que estou pensando demais nas coisas porque a mãe do meu ex me traumatizou. E, como eu disse, realmente gosto de trabalhar lá, bem mais do que jamais imaginaria. Eu consigo ajudar a maioria das pessoas agora sem incomodar a Clara. Dá para acreditar?

Ele assentiu, sua boca se contorcendo ainda mais.

— Claro que eu acredito. — Então, ele olhou para mim. — Você está feliz? — Rhodes perguntou, sério.

Não tive que pensar.

— Mais feliz do que... nunca, de verdade.

As linhas em sua testa voltaram.

— Está falando sério?

— Sim. Não me lembro da última vez que fiquei brava com algo que não fosse um cliente chato, e mesmo assim, eu esqueço cinco minutos depois. Não me lembro da última vez que me senti... menor. Ou me senti mal. Todos são tão legais. Algumas pessoas até me procuram. Isso significa muito para mim, você não faz ideia.

Ele ficou em silêncio antes de resmungar.

— Me irrita um pouco imaginar você se sentindo menor e se sentindo mal.

Estendi a mão e apertei o antebraço dele.

Sua boca fez aquele movimento de erguer nos cantos, enquanto Rhodes soltava uma mão do volante e cobria a minha. Sua palma estava quente.

— Chegamos — avisou.

Prendi a respiração enquanto ele entrava em uma garagem cheia de carros. Eu tinha observado vagamente a região quando entramos no bairro e ele parecia ser grande, com muito terreno ao redor de cada casa.

— Estou feliz que você se sente bem aqui — Rhodes disse baixinho logo após estacionar.

Minhas maçãs do rosto começaram a formigar.

Ele soltou o cinto de segurança e inclinou o corpo para me olhar sob a iluminação escura da garagem. Deixou as mãos no colo e me encarou com um olhar que quase tirou meu fôlego.

— Se isso importa, Am e eu somos felizes com você por perto. E você ajuda muito a Clara. — Sua garganta se moveu. — Estamos todos gratos por você estar em nossa vida.

Meu coração se apertou.

— Obrigada, Rhodes. — Minha voz saiu esquisita. — Eu também sou grata por todos vocês.

Então ele lançou uma de suas granadas verbais.

— Você merece ser feliz.

Tudo o que pude fazer foi sorrir.

A expressão de Rhodes ficou muito terna antes de ele soltar um suspiro.

— Então vamos entrar antes que... lá está ele. — Apontou para além do para-brisa.

Amos estava na entrada da casa de tijolinhos aparentes e acenava para nós todo animado. O garoto estava usando uma camisa de botões, o que me surpreendeu mais do que qualquer outra coisa. Acenei de volta, e ele começou a gesticular para nós dois entrarmos. Ao meu lado, Rhodes riu baixinho.

Trocamos sorrisos e saímos do carro. Rhodes foi para o meu lado, segurando meu cotovelo, enquanto a outra mão pegava uma sacola com as várias garrafas de vinho que ele tinha comprado para levar.

— Finalmente! — Am gritou de onde continuava parado na entrada, esperando. — Tio Johnny também está a caminho.

— Oi, Am — cumprimentei enquanto subíamos as escadas. — Feliz Dia de Ação de Graças.

— Feliz Dia de Ação de Graças. Oi, pai — disse ele. — Vamos, Ora, quero que você conheça minha mãe e meu pai. — Ele fez uma pausa e me encarou por um segundo. — Você está... — Parou e balançou a cabeça.

— Estou o quê? — perguntei enquanto limpava os pés no tapete antes de entrar na casa. Rhodes soltou meu braço, mas no segundo em que ele parou ao meu lado, sua mão pousou na parte de baixo das minhas costas.

— Nada, vamos, vamos — falou, mas percebi que ele ficara sem graça.

Enquanto passávamos pelo hall de entrada, reparei que a casa era enorme.

— Eu não sabia que eles estavam vindo para cá... minha mãe ligou quando o voo deles pousou, então não tive tempo de te dizer que eu ia ficar com eles, mas... Mãe! — gritou de repente quando o hall de entrada se abriu em uma cozinha à esquerda. Ouvi vozes, mas só vi três mulheres na cozinha. Uma tinha cabelos quase azuis de tão brancos e estava mexendo algo, alheia ao restante; a outra era uma mulher que talvez estivesse na casa dos cinquenta anos; e a última era uma mulher que parecia ser alguns anos mais jovem. Foi ela quem olhou para cima ao ouvir a palavra mãe.

Ela sorriu.

— O pai Rhodes chegou, e esta é a Ora — Am disse, olhando para mim e dando um tapinha no meu ombro.

Vindo dele, aquilo era basicamente um abraço, e eu teria chorado se a mãe de Amos não tivesse contornado a ilha e vindo direto até nós. Ela ignorou Rhodes, e no segundo em que estava perto o suficiente, estendeu a mão em minha direção.

Seus olhos brilharam.

Estendi a mão e segurei a dela.

Seu sorriso pareceu apertado, mas genuíno. E não imaginei a emoção em sua voz quando disse:

— É tão bom finalmente te conhecer, Ora. Já ouvi tantas coisas sobre você.

— Espero que apenas coisas boas. — Minha voz também estava carregada de emoção.

— Apenas coisas boas — garantiu, antes de parecer lutar contra um sorriso. — Eu até ouvi falar do morcego e da águia.

Soltei uma risadinha e olhei para o adolescente envergonhado que ainda estava ao meu lado.

— Claro que ouviu.

Um sorriso tomou conta do rosto da mulher ao mesmo tempo em que eu ri.

Ela balançou a cabeça.

— Quando ele quer, tem uma boca tão grande quanto a do pai.

Devo ter feito alguma cara de dúvida ao imaginar Rhodes com uma boca grande, porque ela sorriu ainda mais.

— Billy. Na maior parte do tempo, porém, ele se parece com Rhodes e suas respostas monossilábicas — explicou a mãe de Amos. — Quando não estão no clima, fazer com que eles conversem é como...

— Extrair os dentes do siso sem anestesia?

Rhodes resmungou de onde estava, e nós duas nos viramos para olhá-lo. Então, o olhar da mãe de Amos e o meu se encontraram de novo. Sim, nós duas sabíamos que era exatamente assim. Ela sorriu para mim, e eu sorri de volta.

— Vou te passar o número do meu telefone ou meu e-mail antes de irmos embora, e então te contarei a versão verdadeira da história — ofereci com uma piscadinha, sentindo uma sensação de tranquilidade me envolver.

Rhodes tinha razão sobre o Dia de Ação de Graças e os outros pais de Amos.

Eu não tinha com o que me preocupar.

CAPÍTULO VINTE E CINCO

Eu estava no apartamento, tentando terminar um quebra-cabeça filho da puta. Quantos tons de vermelho *existem*? Eu nunca tinha pensado que poderia ser tão ruim com cores, mas continuava juntando os tons errados de vermelho e as peças não encaixavam.

Aquele foi o castigo que ganhei por comprar um quebra-cabeça usado que deveria ter pelo menos vinte anos. Talvez ele tivesse desbotado ou amarelado com o tempo. De qualquer jeito, estava mais complicado do que parecia ser. E eu estava me xingando por causa daquele quebra-cabeça que eu não deveria ter comprado em uma liquidação *no brechó,* quando ouvi a porta da garagem fechando no andar de baixo.

Tinha acabado de pegar outra peça quando ouvi Amos gritar lá embaixo — não um grito de pavor, mas forte o suficiente para me deixar em alerta.

Então, ele gritou de novo.

— Am? — chamei, largando a peça do quebra-cabeça e descendo as escadas. Abri a porta da garagem e coloquei a cabeça para fora. — Am? Você está bem?

— Não! — o garoto deu um grito agudo. — Me ajuda!

Escancarei a porta. Amos estava parado no centro da garagem, com a cabeça inclinada para trás e olhando para o teto com puro desamparo.

— Olha! O que vamos fazer?

— Ai, caralho — murmurei, encarando o motivo de ele ter surtado.

Havia uma mancha enorme no teto. Manchas cinzentas por todo o gesso. Algumas gotas d'água pingaram no chão aos pés de Amos, perto de onde a maioria dos seus instrumentos estava.

Era um vazamento.

— Sabe onde fica o registro de água?

— O quê? — perguntou, ainda olhando para o teto como se tivesse o poder de evitar que o gesso desmoronasse e a água inundasse tudo.

— O lugar onde desliga a água — expliquei, já me virando para procurar o que eu sabia que precisaria. Quando o filho da Anticristo e eu encontramos a casa que ele comprou (e como a idiota que sou não me importei de não ter meu nome na escritura da propriedade para não dar chance de *alguém* consultar e começar a fazer perguntas), lembrei-me do corretor de imóveis apontando para algo ao longo da parede da garagem e mencionando que aquilo era o registro e que poderíamos desligar se vazasse. — É como uma alavanca que fica na parede. Acho.

Rhodes não ia deixar Am cobrir os instrumentos com colchões e colchonetes para protegê-los. Eu sabia disso. Avistei o que achei que poderia ser e corri para fechar, desligando a água do apartamento. Ao menos, estava quase certa. Mais uma espiada no teto e eu me concentrei.

— Vamos tirar suas coisas daqui antes que algo ruim aconteça — decidi, estalando os dedos quando Am voltou a si. — Vamos, Am, antes que suas coisas estraguem. Depois olhamos para ter certeza de que desliguei tudo.

Deu certo.

Carregamos os equipamentos mais pesados para o pequeno patamar inferior que dava para as escadas que levavam ao segundo andar. Encostamos a grande caixa para transportar instrumentos na porta, para que conseguíssemos espaço, desmontamos a bateria e nos revezamos para levá-la ao meu apartamento. Foram cerca de seis viagens cada um para levar tudo para cima; não podíamos deixar nada do lado de fora por causa da geada e do risco de neve. Estava muito frio àquela altura.

Quando terminamos de tirar as coisas mais valiosas da garagem —

embora tudo fosse valioso para Am —, fomos dar uma olhada no teto, que parecia em péssimo estado.

— O que você acha que aconteceu?

— Acho que pode ser um cano estourado, mas não tenho certeza — eu disse, analisando os danos. — Você ligou para o seu pai?

Ele negou balançando a cabeça, os olhos ainda grudados no desastre.

— Eu te chamei na hora que vi.

Assobiei.

— Ligue para ele. Veja o que ele quer fazer. Acho que devemos chamar um encanador, mas não sei. Melhor ligar para o seu pai primeiro.

Amos concordou, ainda incapaz de fazer qualquer coisa além de encarar horrorizado o teto.

Foi então que me dei conta do que significava o registro da água estar desligado: eu não teria como tomar banho e nem mesmo tomar água. Eu ia dar um jeito.

A luz do teto começou a tremular de repente, um pisca-pisca-pisca de acende e apaga antes de desligar por completo.

— A caixa dos disjuntores! — gritei para ele antes de correr para a moldura cinza na parede. *Aquilo* eu sabia exatamente onde estava. Abri e abaixei todos os interruptores.

— O que aconteceu ferrou com toda a eletricidade?

— Não sei. — Virei-me para ele com uma careta. Uma careta por ele. Pelo valor que custaria para consertar tudo. Porque até eu sabia que problemas elétricos e hidráulicos são um pesadelo. — Está tudo bem. Vamos ligar para o seu pai e contar.

Amos concordou e saiu pela porta principal da garagem, indo em direção à casa. Eu dei um tapinha no ombro dele.

— Está tudo bem. Nós tiramos todas as suas coisas a tempo, e nada estava na tomada. Não se preocupe.

O adolescente soltou um suspiro profundo, muito profundo, como se estivesse segurando o ar há horas.

— Meu pai vai ficar tão bravo.

— É, mas não com você — eu o tranquilizei.

O olhar que ele me lançou mostrou que Amos não estava convencido de que seria assim, mas eu sabia que seria.

E eu ia ser enxerida e escutar tudo escondida.

Entramos na casa. Fui até a mesa da cozinha e peguei uma revista de caça e pesca para dar uma olhada enquanto Amos usava o telefone fixo para ligar para o pai, apavorado. Eu fingi não olhar para o garoto enquanto ele segurava o fone e soltava um suspiro profundo. Ele fez uma careta e começou a falar.

— Ei, pai... ah, Ora e eu achamos que tem um vazamento no apartamento da garagem... O teto tem, tipo, manchas de água e está vazando... o quê? Eu não sei como... eu só entrei lá e vi... Ora desligou o registro. Depois, ela desligou a energia quando as luzes começaram a piscar... Espere aí. — O garoto estendeu o telefone. — Ele quer falar com você.

Eu peguei o telefone.

— Oi, Rhodes, como está sendo o seu dia? Quantas pessoas você multou por não terem licença? — Abri um sorriso para Amos, que de repente não pareceu tão mais desesperado.

Rhodes não disse nada por um instante.

— Meu dia está melhor agora. — Espera aí. Isso foi um *flerte*? — E apenas dois caçadores. E o seu?

Ele realmente estava perguntando sobre o meu dia. Quem era aquele homem e como eu poderia comprar um para mim?

— Muito bom. Um cliente me presenteou com um bolo Bundt. Dei metade para Clara quando ela me olhou feio. Vou dar metade da minha metade para o Am para vocês experimentarem também. É bom.

Amos estava me lançando o olhar mais engraçado, e eu pisquei para ele. Estávamos naquilo juntos.

— Obrigado, Buddy — ele disse, quase suavemente. — Você se importa de me contar o que está acontecendo?

Apoiei o quadril no balcão e observei Am se aproximar lentamente da geladeira, ainda me lançando aquele olhar engraçado antes de se abaixar para pegar alguma coisa. Ele pegou duas latas de refrigerante de morango e me ofereceu a bebida. Eu assenti, pegando a lata antes de responder.

— O que Am disse. Tem uma infiltração enorme no teto da garagem. Está pingando água. Nós movemos tudo o que pudemos para o apartamento. Desligamos a água e a eletricidade na caixa de disjuntores. — Escutei-o soltar um suspiro profundo, mas não trêmulo. — Sinto muito, Rhodes. Quer que eu chame um encanador?

— Não, eu conheço um. Vou ligar para ele. Parece que pode ser um cano estourado. Passei pela garagem esta manhã e não notei nada, então não acho que seja um vazamento.

— É, desculpe. Juro que não inundei nem fiz nada estranho. — Fiz uma pausa. — Vou deixar tudo desligado por enquanto.

— Coloque suas coisas na nossa geladeira. Vou dizer ao Am para dormir no sofá e você pode ficar no quarto dele. Não deve ficar abaixo de zero grau esta noite, então os canos devem aguentar um pouco, mas vai estar muito frio para você ficar no apartamento.

Pisquei. Ficar no quarto do Amos? Na casa deles?

Eu gostaria de ir para um hotel? Eu até *poderia* ir, claro que sim.

Mas ficar na mesma casa que Rhodes? Agora que ele se tornara o sr. Flertador McFlerteson?

Uma parte do meu corpo se animou, e eu não ia pensar duas vezes em que qual parte era.

— Tem certeza? — perguntei. — Sobre eu ficar com vocês dois?

Sua voz de repente ficou baixa.

— Você acha que eu te convidaria para ficar se eu não quisesse?

É, algumas partes do meu corpo tinham sido *acordadas*. E estavam fora de controle.

— Não.

— Então tudo bem.

— Mas eu durmo no sofá. Ou, sério, posso ficar em um hotel ou perguntar para Clara...

— Você não precisa ficar em um hotel, e Clara não têm muito espaço na casa dela.

— Então eu vou dormir no sofá.

— Falaremos disso mais tarde — ele disse. — Vou fiscalizar mais alguns lugares e depois vou para casa. Pegue suas coisas e tudo da sua geladeira para não estragar. Se tiver algo pesado, deixe que eu pego quando chegar em casa.

Engoli em seco.

— Tem certeza?

— Claro, *Angel*, certeza. Já vou para casa.

Desliguei o telefone, me sentindo... agitada? Ficar na casa não era grande coisa. Mas, ao mesmo tempo, meio que era.

Eu gostava demais do Rhodes. De maneiras pequenas e sutis que ficavam rastejando sob a minha pele. Eu gostava de como ele era um bom pai, do quanto amava o filho. E mesmo que eu já tivesse amado alguém que adorava um membro da família mais do que jamais se importaria comigo, no caso do Rhodes era um amor de razões e maneiras muito diferentes. Ele amava o filho o suficiente para ser duro, e ao mesmo tempo deixá-lo ser quem era.

Rhodes não era como a sra. Jones.

Eu gostava do Rhodes mesmo quando me lançava um olhar rabugento. E eu não tinha ideia de quais eram os planos dele. Os planos dele comigo. Eu sabia que não me importaria se ele tivesse algum, mas...

Aconteceu de eu olhar para o lado e encontrar Amos apoiado no balcão, parecendo muito introspectivo.

— O que foi? — perguntei, e ouvi o estalo da lata do meu refrigerante quando abri e dei um gole. O garoto balançou a cabeça. — Você pode me perguntar qualquer coisa, Mini Sting. Sei que tem algo se passando na sua cabecinha.

Isso pareceu ser suficiente para ele.

— Você está meio que flertando com o meu pai? — ele perguntou, direto. Eu quase cuspi o refrigerante.

— Não...?

Ele piscou.

— Não?

— Talvez? — indaguei.

Amos ergueu uma sobrancelha.

Foi a minha vez de piscar.

— Sim, verdade. Estou. Mas eu flerto com todo mundo. Homens e mulheres. Crianças. Você deveria me ver perto de animais de estimação. Eu tinha uma peixinha e também falava toda doce com ela. Seu nome era Gretchen Wiener. Sinto saudades. — Ela havia morrido alguns anos atrás, mas eu ainda pensava nela de vez em quando. Ela tinha sido uma ótima companheira de viagem. Nada exigente.

Isso fez as bochechas do adolescente subirem por um segundo.

Ele realmente gostava de mim. Eu sabia.

— Te incomoda se eu flertar com o seu pai? — Fiz uma pausa. — Te incomodaria se eu gostasse dele? — Essa não era a melhor palavra para descrever, mas era a mais simples.

Isso o fez soltar um bufo zombeteiro.

— Não! Eu tenho dezesseis anos, não cinco.

— Mas você ainda é o bebê dele, Am. E não vou ficar chateada se... — Que mentira, ficaria sim — ... se você não estiver confortável com isso. Você também é meu amigo. Assim como seu pai. Eu não quero deixar as coisas estranhas.

O garoto fez uma cara de nojo que me fez rir.

— Não me importo. Nós já conversamos sobre isso, de qualquer maneira.

— Conversaram?

Ele assentiu, mas não esclareceu sobre o que eles haviam conversado. Em vez disso, fez uma cara engraçada, e eu apostaria um dedo que aquela era sua versão de uma expressão protetora.

— Ele está sozinho há muito tempo. Tipo, *muito* tempo. Durante toda a minha vida, ele teve algumas namoradas, e nenhuma delas durou. Com meu pai Billy morando longe e meus tios em outras cidades, ele não tem muitos amigos, não como quando estava na Marinha; ele conhecia todo mundo naquela época.

Eu não tinha certeza de onde ele queria chegar, então fiquei quieta, sentindo que havia mais coisas em sua mente.

— Minha mãe pediu para eu te dizer que ele demora um tempo para confiar nas pessoas.

— Sua mãe falou isso?

— Sim, ela me pediu para te dizer.

— Por causa do seu pai... e eu?

Amos assentiu e deu outro gole no refrigerante.

— Não conte a ele que eu te disse, mas você o faz sorrir muito.

Lá se foi meu coração de novo.

— Você parece... sabe, assim como você é, e... tanto faz — continuou. — Eu não me importo se você gosta dele, e não me importo se ele gosta de você. Eu quero que ele... sabe... seja feliz. Não quero que meu pai se arrependa de estar aqui — ele disse de um jeito que me mostrou que realmente queria dizer aquilo, mas pareceu mais profundo que isso. Como se estivesse me dando sua bênção para seguir o que meu coração estava pedindo. Não que eu soubesse realmente o que era.

— Neste caso, obrigada, Am. Tenho certeza de que seu pai não se arrepende de nada relacionado a você. — A vontade de falar com ele sobre como seu pai me confundia estava bem ali, mas eu não faria isso. Não ia fazer isso, na verdade. — Mudando de assunto, acho que vou dormir aqui hoje e ficar com o sofá, já que tudo está desligado lá. Você pode me ajudar a trazer algumas coisas da minha geladeira, por favor? Eu posso fazer o jantar, e talvez possamos assistir a um filme ou você pode me deixar ouvir aquela música na qual está trabalhando...

— Não.

Eu ri.

— Pelo menos eu tentei.

Amos deu um sorrisinho e revirou os olhos, e isso só me fez rir mais.

Foi o aperto suave no meu tornozelo que me fez abrir uma das pálpebras.

O ambiente estava escuro, mas o teto alto me lembrou de onde eu estava, o lugar que eu tinha adormecido. O sofá da sala do Rhodes.

A última coisa que me lembrava era de estar assistindo a um filme com Amos. Abrindo o outro olho, bocejei e avistei uma silhueta grande e familiar curvada na outra extremidade do sofá. Amos estava se levantando lentamente, com a mão do pai no ombro.

— Vá para a cama.

O garoto bocejou, mal abrindo os olhos enquanto assentia, meio dormindo ainda, até se levantar totalmente. Aposto que ele não fazia ideia de onde estava ou até mesmo que estava no sofá comigo. Sentando-me também, estiquei os braços acima da cabeça e rouquejei:

— Noite, Am.

Meu amigo soltou um resmungo enquanto cambaleava para longe, e eu sorri para Rhodes, que voltara a ficar de pé. Ele ainda estava de uniforme, mas sem o cinto, e tinha uma expressão gentil no rosto.

— Oi — resmunguei, abaixando os braços. — Que horas são?

Rhodes parecia cansado, mas bem, pensei, bocejando de novo.

— Três da manhã. Dormiram assistindo TV?

— Uhum. — Assenti, murmurando e fechando um olho enquanto fazia isso. Ah, tudo o que eu precisava era de um cobertor e voltar a dormir. — Tudo bem?

— Alguns caçadores se perderam. Não consegui sinal para ligar e avisar vocês dois — explicou baixinho. — Venha comigo, você não vai dormir aqui embaixo.

Ah. Assenti de novo, com muito sono para ficar chateada por ele ter mudado de ideia.

— Você vai ficar de olho enquanto caminho de volta para o apartamento? Para os coiotes não me pegarem?

Rhodes de repente franziu a testa.

— Não.

— Mas você disse...

Ele se aproximou rapidamente, suas mãos indo para os meus cotovelos e me puxando para ficar de pé. Então sua mão deslizou pela minha, como se já tivesse feito isso um milhão de vezes, sua palma fria, áspera e grande, e ele começou a me puxar para segui-lo.

Para onde estávamos indo?

— Rhodes?

Ele me lançou um olhar por cima do ombro; sua barba cobria todo o seu maxilar e as bochechas. Eu me perguntei, não pela primeira vez, se era macia ou meio espinhosa. Aposto que fazia cócegas.

E, simples assim, percebi que ele estava me levando em direção às escadas. O segundo andar. Para o quarto dele. Alguém já tinha dado uma dica de onde ficava.

— Posso dormir aqui embaixo — sussurrei, sem sentir medo, mas... sentindo alguma coisa.

— Você quer dormir aqui embaixo com o morcego?

Parei de andar.

Sua risada foi tão suave que eu não sabia se isso me surpreendia mais do que o fato de ele estar me levando para cima... com ele.

— Foi o que pensei. Minha cama é grande o suficiente para nós dois. — Ele soltou um suspiro suave. — Ou posso ficar no chão.

Meus pés se moviam, mas o restante de mim não.

Ele acabara de dizer que a cama dele era grande o suficiente para nós dois?

E que havia um morcego na casa?

Ou que ele poderia dormir no chão do quarto dele?

— Calma, calma aí, amigo — sussurrei. — Eu nem sei seu nome do meio.

Sua mão ficou tensa na minha, e ele olhou por cima do ombro.

— John.

Ele não estava tentando... me levar lá em cima para a gente transar, estava? Eu não achava isso — *realmente* não achava, mas...

— Não que eu me importasse de transar com você... — falei e Rhodes fez um som terrível de engasgo com a garganta. — ... mas acabei de saber qual é o seu nome do meio, e ainda não sei o que você sonhava em ser quando era criança, e isso está indo rápido demais se você quiser fazer mais do que apenas dormir na mesma cama — continuei, apressada. Eu não fazia ideia de que merda eu estava dizendo.

Aparentemente, ele também não me entendeu, porque fez outro som de engasgo — não tão abrupto — e apenas me olhou por um longo segundo.

— Às vezes eu acho que sei exatamente o que você vai dizer... então você diz o oposto — sussurrou.

Ele estava rindo?

— Sem sexo, Buddy, apenas dormir. Estou cansado demais e eu sei o seu nome do meio, mas não sou muito fã de apressar as coisas, Valeria — disse, em um misto entre dar risada e tentar não rir. — Mas eu queria ser biólogo. Demorou um pouco, mas consegui me formar. Estou usando o diploma melhor agora do que eu sonhava naquela época. — Ele respirou fundo. — E o que você queria ser?

— Médica, mas não consegui nem dissecar um sapo no ensino médio sem vomitar — respondi.

Sua risada soou enferrujada. E eu gostei disso.

— Ok, então — concordei —, vamos apenas dormir.

Ele assentiu e, depois de um minuto, retomou a caminhada. Meus pés bateram nas escadas um após o outro, e mesmo que eu estivesse pensando em como seria *fazer* sexo com ele, ainda olhei para o teto para ter certeza de que não havia um morcego lá. Não havia.

Pelo menos, não ainda.

Nós realmente íamos dormir na mesma cama? Ou eu ia dizer a ele para dormir no chão? Ou ele iria para o chão, de qualquer jeito?

Eu estava exausta demais para pensar. Não ajudava o fato de que eu não fazia ideia do que acontecia nos encontros dos dias de hoje. Meus amigos não eram bons exemplos de encontros na vida real porque suas vidas eram muito complicadas.

Mas meus pensamentos voltavam sempre à mesma coisa: sexo com Rhodes. Quer dizer, eu ia querer em algum momento. Aquilo me assustava, e me deixava nervosa também. Eu o vira sem camisa. Ele era musculoso e grande, e eu apostaria que ele não era preguiçoso. Apostava que ele gostava de ficar por cima.

Nossa, nossa, nossa, eu não deveria pensar nisso.

— Rhodes — sussurrei.

— Hum?

— Na mesma cama?

— Prefiro não dormir no chão, *Angel*, mas faço isso se você não estiver se sentindo confortável.

Pisquei, meu coração batendo com força.

— E não acho bom você se oferecer para dormir no chão. Pode haver ratos correndo pela casa. Eles são noturnos.

Eu ainda estava alternando entre olhar para o teto e para o chão quando chegamos ao quarto dele. Ele não acendeu a luz, mas a lua através da janela estava enorme e brilhante, iluminando o suficiente para não me despertar mais do que falar sobre ratos e morcegos já tinham feito.

Porra. Fiquei aliviada quando ele fechou a porta e se dirigiu à cama, ainda segurando a minha mão. Ele puxou a colcha.

— Fique deste lado — murmurou.

Eu obedeci. Me sentei na beirada da cama e fiquei olhando-o desabotoar a camisa. Quando estava quase terminando, ele a arrancou de onde estava enfiada na calça, terminou de abrir os botões e a tirou. Bem na minha frente. Fiquei ali, parada. Minha boca ficou um pouco seca pela maneira como sua camiseta grudava nos músculos torneados do seu tórax.

— Você vai tomar banho? — perguntei, sem nem mesmo ter a intenção.

— Muito cansado — respondeu suavemente, dobrando a camisa e colocando-a em um cesto de roupa suja, que eu não tinha visto, no canto do quarto. Eu queria olhar em volta... mas ele estava se despindo.

Rhodes desabotoou a calça, depois o zíper, e puxando para baixo...

Foi quando olhei para cima e encontrei os olhos dele. Ele estava olhando diretamente para mim. Pega no flagra. Sorri assim que ele começou a deslizar a calça por suas pernas longas.

— Você encontrou os caçadores? — perguntei, desejando que a rouquidão da minha voz fosse por causa do sono e não por outro motivo.

Eu era fraca e voltei a olhar para baixo.

Ele era do tipo que usava cuecas boxer.

Parte de mim esperava que ele fosse do tipo que usa cuecas brancas e apertadas, mas não era.

A boxer era escura e curta. As coxas eram tudo o que eu esperava que fossem. Ele não faltava no dia de treinar as pernas. Nunca devia ter faltado.

Engoli em seco para ter certeza de que minha boca estava fechada.

— Sim. Os caras se afastaram demais do acampamento, mas os encontramos — respondeu.

Ele se abaixou e tirou as meias, e eu juro que ver seus pés descalços parecia mais íntimo do que se ele estivesse completamente nu.

Levantei as pernas e as enfiei debaixo do lençol e do edredom pesado, puxando-os para cima, enquanto ele tirava a outra meia, ainda me observando. Eu estava fazendo aquilo. Dormindo na cama dele. Ainda não tinha certeza do que significava ou para onde estávamos indo, mas... eu estava entrando na dança.

Me dei conta de que ele estava sendo tão legal comigo nos últimos tempos por um motivo simples. Antes, talvez ele ficasse distante porque eu o fazia se lembrar da sua mãe, e agora ele tinha concluído que eu era uma pessoa decente. Eu não fazia ideia do que o levara a esse instante, ao ponto de me levar para o quarto dele.

No entanto, isso não importava.

Minha mãe costumava dizer que, na maioria das vezes, quando você está em uma trilha, chega um momento em que se depara com outra trilha, que se ramifica a partir dela, e você precisa escolher por qual caminho deseja seguir. O que quer ver. E eu sabia, naquele momento, que tinha que tomar outra decisão.

Por um breve e minúsculo momento, me perguntei se aquilo estava sendo rápido demais. Eu tinha ficado com a mesma pessoa por catorze anos, e fazia quase um ano e meio que tinha me separado. Deveria me dar mais um tempo?

Mas, em outro breve e minúsculo momento, cheguei à minha decisão.

Quando perdemos muito, aprendemos a encontrar a felicidade onde podemos. Não esperamos que ela nos seja entregue de bandeja. Não esperamos que ela se anuncie com fogos de artifício. Aceitamos que a felicidade está nos pequenos instantes, e às vezes ela chega na forma de um homem de cerca de cem quilos e muito alto.

Eu queria entender o que estava acontecendo. Eu precisava.

No entanto, antes que eu pudesse pensar duas vezes sobre o que estava fazendo, no que estava me metendo, decidi perguntar:

— Rhodes?

— Sim?

— Por que você não me ligou ou mandou mensagem enquanto estava fora?

Quase ouvi meu coração batendo alto no silêncio que surgiu após a pergunta. Apenas aquele bater, bater, bater retumbando nas minhas orelhas enquanto Rhodes ficava ali, olhando na minha direção. Parte de mim não esperava que ele respondesse, até que por fim ele disse, surpreso:

— Por que você quer saber?

Talvez tivesse sido melhor eu ter guardado a pergunta para quando não fossem três da manhã, mas estávamos ali, e ele poderia muito bem responder.

— Sim. Por quê? Eu pensei... eu pensei que tinha algo acontecendo entre nós, mas então você não me ligou. — Espremi os lábios. — Agora estou na sua cama e estou confusa com o que está acontecendo. Se isso significa alguma coisa.

Ele não disse uma palavra.

Pigarreei, achando que era melhor continuar.

— Eu achei que talvez você gostasse de mim. Tipo, gostar mesmo de mim. Tudo bem se não gosta, se mudou de ideia. Talvez você só esteja sendo legal comigo porque é um bom homem, mas eu gostaria de saber se é esse o caso. De qualquer jeito, eu ainda gostaria de ser sua amiga. — Engoli em seco. — Só que... às vezes parecia que estávamos namorando, sabe? Sem as partes físicas... estou fodendo com tudo, não estou?

Ouvi-o inspirar.

— Não estamos namorando — ele falou, sério.

Eu queria que o chão me engolisse. Eu queria me levantar e ir embora, ou pelo menos dormir na sala e arriscar encontrar o morcego...

— Sou velho demais para ser o namorado de alguém — disse Rhodes naquela voz rouca e solene que carregava tanto peso. — Mas gosto de você mais do que deveria. Mais do que pode te deixar confortável.

Ele não se mexeu, e eu também não. Meu coração pareceu que ia pular para fora do peito por causa do que ele estava insinuando. Até a minha pele formigou.

— Eu queria ligar para você, mas estava tentando te dar espaço — adicionou.

— Por quê? — perguntei, como se ele tivesse acabado de dizer que gostava de comer maionese direto do pote.

— Porque... eu observei você amadurecer por meses. Eu não quero podá-la, ficar ao seu redor impedindo esse crescimento. Antes, você estava com alguém que te diminuía, certo? Eu prefiro que a gente vá com calma a atrapalhar o rumo que você está tomando, quem você está se tornando.

Ouvi as batidas do meu coração de novo.

— Eu sei como quero que você se sinta, mas não vou te apressar — prosseguiu. — Eu já sei o que sinto. Não mudei de ideia sobre nada, especialmente sobre você. Eu só quero que *você* tenha certeza do que quer.

Eu estava respirando alto pela boca.

— Não confunda o espaço que eu te dou com desinteresse — ele continuou. — Não é qualquer mulher que eu deixo deitar na minha cama, muito menos deixo entrar na minha vida, ainda mais na vida do Amos. Antes de você, não estive com ninguém. Então, só porque ainda não sei qual é o sabor da sua boca, não significa que eu não pense nisso. Não significa que eu não vou saber. Mas Sofie diz que tenho um coração grande e frágil, e acho que tenho mesmo, então preciso que você saiba o que quer, até pela minha própria proteção, Buddy. Assim ficou claro?

Eu estava tendo um ataque cardíaco. Talvez estivesse derretendo. Eu estava cansada, mas não tinha certeza de como ia conseguir dormir ao lado daquele homem a noite *toda*. Ele bem que poderia ter me prendido e lambido o meu corpo todo, porque eu nunca tinha ouvido nada mais erótico ou incrível na minha vida.

E tinha certeza de que ele sabia que algo estava acontecendo dentro de mim porque eu estava ofegante e tudo que consegui murmurar foi um "tudo bem", sem fôlego. Muito eloquente. Eu, que nunca conseguia ficar quieta, perdi a voz, e não consegui dizer outra coisa além disso.

Porque... eu também sabia como me sentia. E eu poderia estar mais do que um pouco apaixonada por ele, eu tinha quase certeza, mas... Rhodes estava certo. Ainda não parecia o momento. Algo assim. Talvez fosse apenas a parte física, mas talvez eu também precisasse ter certeza. Uma parte de mim precisava seguir com cautela. Eu não queria que meu coração ficasse aos pedaços de novo.

A verdade era que eu gostava ainda mais dele depois daquelas palavras. Por pensar tão profundamente. Eu gostava dele de tantas maneiras.

E se nós dois estivéssemos na mesma página, então isso era mais importante do que qualquer outra coisa.

Um dia eu saberia como eram os lábios dele, mas não precisava ser naquele exato momento, e *isso* me encheu de tanta alegria e animação que eu não pude evitar sorrir, por dentro e por fora. Isso renovou em mim a necessidade de conquistá-lo. De fazer dele mais do que um amigo.

Eu não tinha certeza se ele conseguia ver meu rosto ou não, mas mesmo assim ergui as sobrancelhas e disse a ele, com uma voz muito agitada para o nível de cansaço que eu estava — e de excitação.

— Olha, se você quiser dormir pelado, eu aceito.

A explosão da risada dele me surpreendeu, e não pude evitar rir também.

Aquilo parecia tão certo, não havia razão para apressar nada.

— Não, obrigado — ele disse depois que a risada diminuiu.

Eu fiz muitas pessoas rirem na minha vida, mas acho que nunca me sentira tão triunfante.

— Se você mudar de ideia, vá em frente — falei, bem séria. — Meu corpo está cansado demais, mas meus olhos não.

Ele riu um pouco mais, os sons lentos, sutis e roucos. Se eu pudesse engarrafá-lo, teria feito isso, porque tudo o que conseguia fazer quando ouvia aquela risada era sorrir.

— Eu também não durmo pelada, se você estiver se perguntando — avisei, querendo deixar o clima mais leve.

Ele riu de novo, mas foi totalmente diferente. Rouco. Intenso. Bom.

Vá com calma. Estávamos ambos cansados e íamos dormir. Certo.

Puxei os lençóis até o queixo e virei de lado, de frente para a porta, e Rhodes foi para o banheiro e acendeu a luz, mas deixou a porta aberta. A torneira abriu brevemente; depois o ouvi escovando os dentes. A água correndo de novo, alguns respingos, e quando comecei a ficar sonolenta de novo, aconcheguei o travesseiro sob o meu pescoço, me certificando de não estar muito para um lado ou para o outro.

A luz se apagou e eu não me preocupei em fingir que estava dormindo, mas tentei controlar a respiração, pensando em como minha regata e as calças largas de pijama com renas estampadas eram sexy.

A cama afundou e ouvi o barulho de algo pesado sendo colocado na mesa de cabeceira antes do familiar bip do telefone sendo conectado.

— Boa noite, Rhodes — eu disse.

A cama afundou um pouco mais enquanto as cobertas se movimentavam firmemente nas minhas costas, e depois de um momento, senti que ele se acomodou.

Ele se esticou. E suspirou tão profundamente que senti pena do quão cansado devia estar. Havia ficado no trabalho muito mais tempo do que provavelmente esperava.

— Boa noite, Aurora — murmurei para mim mesma quando ele não respondeu. Sua risada me fez sorrir.

— Boa noite — sussurrou de volta.

Eu me virei.

Ele estava deitado de frente para mim. Me esforcei para ver sua expressão. Seus olhos já estavam se fechando, mas havia um leve sorriso em sua boca incrível.

— Posso te fazer uma pergunta e você não vai ficar bravo?

Seu "sim" veio muito mais rápido do que eu esperava.

Mas me preparei de qualquer maneira.

— É meio pessoal — adicionei.

— Pergunte.

— Por que ninguém te chama de Tobias além do seu pai?

Ele soltou um suspiro suave e baixo.

— Minha mãe me chamava assim.

Eu poderia ter feito uma pergunta pior? Duvidava.

— Desculpe ter tocado no assunto. Só fiquei curiosa. É um nome bonito.

— Tudo bem — ele respondeu suavemente.

Eu tinha que consertar a situação.

— Só para você saber... eu realmente gosto de você. Mais do que deveria também.

Ele disse apenas uma coisa:

— Que bom.

Mordi o lábio inferior.

— Olha, posso te fazer só mais uma pergunta?

Fiquei quase certa de que não tinha estragado a noite quando ouvi um grunhido preguiçoso.

— Pode.

— Você falou sério sobre ter um morcego aqui ou...?

Sua risada sonolenta me fez sorrir.

— Boa noite, anjo lindo.

CAPÍTULO VINTE E SEIS

Acordei quente.

Muito, muito quente.

Principalmente porque eu estava toda aconchegada nas costas de Rhodes. Meus braços estavam cruzados no peito, minha testa, encostada entre suas omoplatas e meus dedos dos pés estavam escondidos sob suas panturrilhas. Rhodes, felizmente, estava alheio a isso.

A lembrança da nossa conversa na noite anterior me fez observar a pele lisa diante dos meus olhos. Senti vontade de acariciar aqueles músculos suaves. Mas mantive as mãos longe. Porque ele estava certo. Eu precisava de mais tempo. Apesar de todo o meu discurso ousado da noite passada, eu não queria apressar nada. Eu não estava indo a lugar nenhum e, pelo que Rhodes dissera, ele também não.

Não que eu me importasse em vê-lo nu. Porque eu me inscreveria se houvesse uma lista, num piscar de olhos.

Com cuidado para não o acordar, me afastei devagar e expirei fundo. Então rolei para fora da cama e observei Rhodes dormindo mais um pouco. Deitado de lado, sua pele macia aparecia onde o cobertor não alcançava, descansando abaixo das axilas. Ele respirava profundamente.

Sabe... eu tinha quase certeza de que estava apaixonada por ele.

E eu tinha quase certeza de que ele também estava um pouco apaixonado por mim.

Abri a porta o mais silenciosamente possível e saí do quarto, fechando-a atrás de mim com um clique suave. Descendo as escadas pé ante pé, parei bem no último degrau.

Amos estava de pijama, sentado à mesa comendo um prato de cereal. Ele me lançou um olhar sonolento. Ergui a mão e apontei com a cabeça para cima.

— Seu pai me disse para dormir lá em cima — resmunguei, enquanto caminhava para pegar um copo d'água.

O garoto me lançou um olhar preguiçoso, mas engraçado.

— Uhum — resmungou, bem quando meu telefone começou a vibrar. — Isso aconteceu umas três vezes nos últimos dez minutos. — Suspirou, parecendo contrariado.

Pegando o telefone de onde o deixara carregando no balcão na noite anterior, espiei o número desconhecido. Eram sete da manhã. Quem poderia estar me ligando? Apenas umas vinte pessoas tinham o meu número, e eu tinha todos os contatos salvos. O código de área era local.

— Alô? — atendi.

— Aurora? — a voz familiar respondeu.

Meu corpo inteiro estremeceu.

— Sra. Jones?

Anticristo continuou falando como sempre: sem consideração por ninguém além de si mesma e de seus filhos.

— Olha, você está sendo tão teimosa com tudo que...

— *O quê?* — Era cedo demais para aquela merda. Era muito cedo. O que ela estava fazendo me contatando? — Como conseguiu o meu número? Por que está ligando? — soltei, incrédula de que aquilo estava acontecendo.

A pausa dela foi muito curta.

— Eu realmente preciso falar com você, já que não quer responder ao Kaden.

Então, me lembrei. Naquele instante, me lembrei de que eu não precisava mais aguentar suas merdas. Desliguei na cara dela.

E sorri.

— Por que você está com essa cara? — Amos perguntou com a voz rouca.

— Tinha me esquecido do quanto gosto de desligar o telefone na cara das pessoas — respondi, me sentindo bastante satisfeita ao pensar no que tinha feito. Caramba, tinha sido bom.

Ele franziu a testa, como se achasse que eu era esquisita, e meu telefone começou a vibrar de novo. O mesmo número piscou na tela. Eu apertei ignorar.

— Quem é?

— Você sabia que o diabo é, na verdade, uma mulher? — perguntei.

Meu telefone começou a vibrar *de novo* e eu praguejei. Ela não ia desistir. Por que eu esperaria outra atitude de alguém que achava que as pessoas estavam no mundo para servi-la? A vontade de continuar aquele jogo, ignorando as ligações, pulsava no meu peito... mas a vontade de nunca mais passar por aquilo era ainda mais forte. Isso me surpreendeu bastante.

Eu não queria continuar aquele jogo. Com nenhum deles, na verdade. Nem queria perder meu tempo pensando neles.

Eu sabia muito bem que precisava acabar com aquilo de uma vez por todas e havia apenas uma maneira.

Atendi e fui direto ao assunto.

— Sra. Jones, são sete da manhã, e isso é...

— Estou em Pagosa, Aurora. Por favor, encontre-se comigo.

Então era *por isso* que o número era local. Filha da mãe. Eu ainda estava sonolenta e por isso não tinha somado dois mais dois. Tive sorte de não ter nada na boca, porque eu teria cuspido.

— Você está na cidade? Onde?

— Nesta... cidade. No resort das fontes termais — respondeu, parecendo incomodada, mesmo hospedada no melhor hotel. — Preciso falar com você. Esclarecer algumas coisas que acho que podem ter saído... do controle — falou com muito cuidado, comparado a como costumava lidar comigo.

Lancei um olhar para Amos e vi que estava encarando o próprio celular com muita preguiça nos olhos, mas eu sabia que o menino era astuto e estava ouvindo.

— Por favor — falou a mulher. — Pelos velhos tempos.

— Essa coisa de "velhos tempos" não vai funcionar comigo, senhora. — Fui honesta.

Sim, eu sabia que ela não ia aceitar isso muito bem. Era provável que estivesse me mostrando um dedo do meio mentalmente, porque achava que era elegante demais para de fato fazer isso. E, por mim, aquilo só piorava tudo.

— Por favor — insistiu. — Depois nunca mais entrarei em contato com você, se não quiser.

Mentirosa.

A vontade de desligar pulsava e martelava, dizendo-me para seguir em frente com a minha vida. Não havia nada que eu quisesse ouvir da boca da sra. Jones. Mas... havia coisas que eu queria dizer. Coisas específicas que precisavam ser ditas para que eu nunca mais passasse por aquelas situações. De ter que falar com eles, por exemplo. Porque, no final das contas, era isso que eu mais precisava agora. Seguir em frente, porra. E nunca mais ter os Jones pairando sobre a minha cabeça.

O que eu queria era minha vida atual. O homem na cama lá em cima. E eu não poderia ter isso por completo com aqueles malditos fantasmas me assombrando quando bem quisessem.

Pensei no que sabia sobre aquela mulher, que era praticamente tudo, e praguejei.

— Tudo bem. Tem um restaurante na rua principal, que fica a uma curta distância a pé. Te encontro lá em uma hora.

— Qual restaurante?

— Só tem um aberto a essa hora. Você pode se informar na recepção do hotel. — E geralmente este restaurante ficava movimentado com turistas e moradores aposentados, então achei que seria o melhor lugar para nos encontrarmos, para que ela não armasse um escândalo. Nunca tinha tomado café da manhã lá, mas passava na porta todas as manhãs e sabia que era movimentado. Seria perfeito.

— Nos encontraremos lá — ela disse depois de um momento, com a voz tensa, e eu sabia o quanto isso estava custando a ela.

Revirei os olhos tão bem que Amos ficaria orgulhoso. E o fato de ele ter rido me animou, mesmo que eu não estivesse olhando para ele. Am não precisava saber que eu sabia o que ele estava fazendo.

— Vejo você em uma hora — falei antes de desligar, sem me dar ao trabalho de esperar que ela fizesse outro comentário. Soltei um suspiro profundo para aliviar a tensão no meu estômago. *Vou resolver isso de uma vez por todas*, eu disse a mim mesma.

— Você está bem? — Amos perguntou.

— Sim — garanti. — Minha ex-sogra está na cidade e quer me encontrar.

Ele bocejou.

— Vou me arrumar no seu banheiro e depois sair — avisei a ele. — Precisa de alguma coisa? Por que você levantou tão cedo?

— Depois que o meu pai nos chamou, eu fiquei acordado e não voltei a dormir. — Ele fez uma pausa. — O que ela quer?

— A Anticristo? Não tenho certeza. Quer me convencer a voltar a trabalhar para eles ou... — Dei de ombros, sem querer dizer em voz alta, nem mesmo pensando no que eu acabara de admiti. Que eu tinha trabalhado para o meu ex. De todas as coisas que conversamos, nem o pai nem o filho perguntaram sobre o que eu costumava fazer da vida. Quando nos conhecemos, eu tinha dito a eles que havia trabalhado de assistente, mas eles nunca pediram mais informações.

Amos não se importava ou estava cansado demais para notar ou prestar atenção, porque tudo o que fez foi concordar com a cabeça, com o olhar embaçado.

Eu resmunguei baixinho por causa da merda que estava prestes a fazer.

— Não vou demorar muito no banheiro, Mini Eric Clapton. Se você adormecer antes de eu sair, te vejo mais tarde. Diga ao seu pai que volto logo.

Cheguei ao restaurante mais cedo. Era um lugar pequeno e charmoso, espremido entre uma loja de varejo que existia há mais de cem anos e uma imobiliária. Era o centro dos turistas, mesmo que os únicos visitantes naquela época do ano fossem principalmente caçadores do Texas e da Califórnia.

Mas eu sabia que tudo com a sra. Jones era uma disputa de poder, e isso incluía chegar ao restaurante antes do horário e escolher o lugar onde sentar.

Felizmente, consegui pegar uma mesa — acenando para um casal que reconheci e que frequentava a loja da Clara — e escolhi meu assento de frente para a porta. De fato, cinco minutos depois de me sentar e dez minutos antes da hora marcada, avistei-a na porta — magra, bronzeada e mais esbelta do que nunca. Então, notei como ela se agarrava à sua bolsa de trinta e cinco mil dólares como se encostar em algo no restaurante passasse germes.

Eu sabia que, no passado, ela havia trabalhado no Waffle House.

Deus, me ajude com essa família.

A melhor coisa que já me acontecera foi ter sido expulsa dela. E foi *esse entendimento* me fez endireitar a coluna. Eu estava feliz. Saudável. Tinha todo o futuro pela frente. Tinha amigos e pessoas que amava. Talvez eu ainda não soubesse o que iria fazer dali a um ano, muito menos em cinco ou dez, mas estava feliz. Mais feliz e segura do que estivera em muito, muito tempo.

E foi por isso que sorri ao me levantar e chamar a atenção da sra. Jones. Ela franziu a testa, chateada por ter sido pega, e veio até mim enquanto eu me sentava de novo. Logo que ela ocupou o assento à minha frente, estendi a mão para ela.

Eu queria ser a pessoa mais madura? Não. Ela ficaria irritada se eu fosse? Sim. E foi por isso que o fiz.

Ela olhou para minha mão, surpresa. Fungou enquanto a apertava, a mão fria e quase úmida. Alguém estava nervoso ou irritado. Eu esperava que ambos.

— Olá, Aurora — ela disse.

— Oi, sra. Jones. — Senti um pouco daquela persistente amargura escorregar.

Abri o cardápio, lamentando ter deixado a aveia já preparada na geladeira de Rhodes, ao invés de comê-la, para ter tempo de me arrumar.

Eu tinha pensado em não passar maquiagem nem pentear o cabelo, mas decidi o contrário. Eu queria que ela visse com os próprios olhos que eu estava arrebentando e arrasando. Tipo isso.

E tem isso. Eu *estava* arrasando. Estava bem. Melhor do que nunca, e essa era a mais pura verdade. Meu cabelo estava saudável, pois tinha crescido por completo depois de uma década tingindo-o de loiro. Eu estava bronzeada por todo o tempo que ainda conseguia passar ao ar livre, e estava melhor mental e fisicamente do que jamais estive em toda a minha vida.

E sentia que estava me cobrindo e me protegendo com um manto de paz sobre os ombros.

A vida não precisa ser perfeita para sermos felizes.

Porque o que é perfeição, afinal de contas?

— Como você está? — perguntei, ainda olhando para o cardápio.

Ah, french toast. Eu não comia isso há... meses, desde antes de chegar em Pagosa.

— Bem, mas estaria melhor se estivesse em casa, Aurora — a mulher resmungou.

Deixei entrar por um ouvido e sair pelo outro. Talvez eu só tomasse um café, na verdade, e voltasse para a casa de Rhodes e comesse com eles. Na verdade, aquela reunião não ia durar muito, pelo jeito que estava indo. E eu tinha dinheiro em espécie suficiente para pagar pelo café e deixar uma gorjeta, só para não ter que passar pelo constrangimento de esperar a garçonete passar o meu cartão de débito, se eu decidisse ir embora depressa.

Parecia um ótimo plano. Tomar café da manhã com pessoas que me faziam feliz ou com um demônio? Nem havia uma escolha a ser feita.

Com isso resolvido, fechei o cardápio e voltei a focar na mulher que nem sequer havia aberto o dela, confirmando que talvez a conversa não seria mesmo longa. Perfeito. Bem, isso ou a sra. Jones não se rebaixaria a comer em uma lanchonete. Meu Deus. *Não* tem ovos beneditinos? Um smoothie de manga? Deus nos livre. Sim, essas coisas eram deliciosas, mas a maneira como ela as exigia deixava tudo irritante.

Com um suspiro profundo, me recostei e a observei: sentadinha com sua linda bolsa verde no colo, os dedos com unhas bem-cuidadas repousando na alça.

— Você parece bem — falei honestamente.

— Você parece... bronzeada — foi a coisa mais agradável que ela conseguiu dizer. Eu ri e dei de ombros. Como se fosse um insulto. — O que você está fazendo aqui? — perguntou, apertando os lábios.

Eu não sabia o que fazer com as mãos, então coloquei-as em cima da mesa, batendo no cardápio coberto de plástico com as unhas.

— Eu moro aqui — respondi, esperando que tivesse saído um "dã" no tom da minha voz.

As narinas dela se alargaram um pouco.

— Demorou muito para eu te encontrar. Tivemos que contratar alguns detetives particulares.

Levantei um ombro.

— Eu não estava me escondendo, e Kaden sabe que nasci aqui. — Ele devia ter esquecido ou nunca prestado atenção, na verdade.

Que mega idiota ele era, agora que pensei sobre isso.

As narinas da sra. Jones se alargaram de novo, e eu pude ver que estava sendo difícil para ela não fazer um comentário sarcástico.

— Você sabe como ele é ocupado, ele sempre fica com a mente tão agitada.

Eu não ia inventar desculpas ou acreditar na história de sempre que eu havia me contado repetidas vezes durante o tempo do nosso relacionamento. Pobre Kaden. Tão ocupado. Tantas coisas para fazer.

Não, ele não fazia nada. A mãe que fazia tudo. *Eu tinha feito* tudo para ele. Ele tinha outras pessoas que faziam tudo para ele. Aposto que Kaden não tinha ideia de quanto pagava de impostos ou qual era o valor da sua hipoteca.

— É por isso que ele não está aqui? — perguntei a ela, mal conseguindo reprimir um sorriso sarcástico. — Por que ele está ocupado?

Não perdi a maneira como os cantos da sua boca ficaram brancos por causa da força com que apertou os lábios, antes de se recompor.

— É. — A sra. Jones pigarreou de leve, apenas um pouco. — Aurora...

— Olha, sra. Jones, tenho certeza de que a senhora tem coisas melhores para fazer do que ficar em Pagosa em uma lanchonete comigo, assim como eu tenho. O que você quer?

Ela arfou.

— Mas é muita falta de educação.

— Não é falta de educação. É a verdade. Eu realmente tenho meus compromissos. — Era meu dia de folga. Eu tinha um café da manhã para comer. Uma vida para continuar vivendo.

Ela bufou, fazendo a boca fina e rosada se apertar antes de ajustar os ombros daquele jeito que me lembrava de todas as vezes em que ela teve que ser a vilã pela honra do seu filho.

— Está bem. — Se endireitou mais do que antes, reunindo as palavras e se preparando. — Kaden cometeu um erro.

Talvez eles realmente merecessem ganhar aquela torta de merda.

— Ele cometeu muitos erros.

Coitada, ela tentou não fazer uma careta, mas eu a conhecia bem demais para cair nessa.

— Gostaria de saber quais são todos esses "muitos" erros a que você se refere — disparou, antes que pudesse se conter.

Mantive a boca fechada e dei a ela um olhar que eu aprendera com o melhor, o homem cuja cama eu havia deixado naquela manhã. Era nisso que eu preferia estar pensando. No que estava acontecendo *lá*. No que poderia acontecer lá. Isso me causava arrepios, uma emoção tão boa.

— Mas o que ele fez com você, Aurora. Estou falando do erro que ele cometeu... ao te deixar — acrescentou.

Bingo. Aposto que custou muito dizer isso.

— Ah, isso. Tudo bem. Só para esclarecer: a) Ele não *me deixou*. Vocês dois me expulsaram. b) Eu sabia que ele se arrependeria algum dia, então o que a senhora está dizendo não me surpreende. Mas o que isso tem a ver comigo?

Eu tinha que induzi-la a dizer o que eu já sabia.

Ela não podia achar que eu era tão idiota ao ponto de *não saber* o motivo daquilo tudo, certo?

Muito provável que pensava isso, na verdade.

Ela soltou um som exasperado, movendo os olhos castanho-escuros rapidamente pelo restaurante antes de voltarem para mim. Eu sabia o que ela via. Pessoas com suas camisas de flanela, macacões camuflados, jaquetas velhas e suéteres Columbia. Nada chique ou chamativo.

— Tem tudo a ver com você — sussurrou, enfatizando as palavras. — Ele não deveria ter terminado o relacionamento. Você sabe que ele estava sob muita pressão com as críticas que o álbum Trivium estava recebendo, e você não parava de fazer exigências.

Exigências. Apenas perguntei a ele quando nos casaríamos. Casar *de verdade*, porque era importante para mim. Quando poderíamos ter filhos, porque eu sempre quis tê-los, e ele sabia disso. O tempo estava passando e eu não estava ficando mais jovem.

Eu tinha sido sua amiga mais fiel por catorze anos, e meus desejos eram considerados *exigências*. Mantive os comentários para mim mesma e a expressão neutra. Deixei que ela continuasse.

— Ele estava em um momento ruim...

Em sua casa de dez milhões de dólares, viajando em um ônibus de turnê de dois milhões de dólares, voando em um jatinho particular que pertencia à gravadora.

Ele não estava em um "momento ruim". Eu conhecia Kaden melhor do que ninguém e sabia que, exceto em um momento após a morte de seu avô, ele nunca havia ficado devastado um único dia da sua vida. Ele ficou chateado e decepcionado depois que seu álbum Trivium foi massacrado pelos críticos, mas deu de ombros e disse que era um sortudo por ter conseguido gravar seis álbuns antes de um deles ser um fracasso. *Acontece com todo mundo*, insistiu. Por outro lado, sua mãe ficou furiosa... mas tinha sido ideia dela parar de usar minhas músicas, então...

Ele dormia bem tranquilo todas as noites, alimentado pelas inúmeras pessoas que ignoravam seu fracasso e continuavam elogiando-o com palavras doces e suaves, que entravam muito fácil pela sua bunda. Ele vivia em um mundo de fantasia de amor. Parte disso era minha culpa, mas não tudo.

— E vocês estavam juntos há tanto tempo, ele precisava colocar a cabeça no lugar. Ter certeza.

Ter certeza?

Quase engasguei, mas ela não merecia isso.

Ter certeza. Uau.

Eu quis rir também, mas me contive. Só... uau. Ela estava cavando um buraco cada vez mais fundo, e não fazia ideia. Era para eu estar me sentido insultada pela forma como ela presumira que eu seria burra e desesperada o suficiente para cair naquele papo.

Mas eu podia jogar. Era boa nisso. Tive catorze anos de aulas com ela. Até pratiquei com Randall Rhodes. Eu deveria tê-lo convidado para o café da manhã e o jogado nela.

— Ele tinha tantas opções. Você não prefere que Kaden tenha total certeza de que quer ficar com você ao invés de questionar tudo mais tarde? — perguntou.

Eu assenti, séria.

Ela mostrou os dentes em algo que tentou parecer um sorriso, mas na verdade era mais como se estivesse sendo torturada. Era provável que se sentisse assim mesmo.

— Ele sente sua falta, Aurora. Muita falta mesmo. Ele quer você *de volta.*

Ela enfatizou esse "de volta" como se fosse algum tipo de milagre de Natal — mais que um milagre de Natal, uma verdadeira concepção imaculada. Como se eu devesse me ajoelhar e ser *grata.*

Continuei assentindo, séria.

— Ele tentou ligar para todos que conhece para conseguir seu novo número. Ele implorou para Yuki e aquela irmã dela.

Eles podem ter se dado bem com aquelas pessoas enquanto estávamos juntos, mas *eu* que era amiga delas. Uma amiga de verdade que se importava, se preocupava e as amava sem motivo, além de serem ótimas pessoas. Não porque elas poderiam fazer algo por mim.

— Um dos detetives particulares que contratamos teve que ser criativo para conseguir seu número de telefone depois que te encontrou. Kaden tentou contato com você. Sei que ele enviou e-mails e você nem teve a decência de responder.

E foi aí que acordei.

Decência.

Decência era uma palavra forte que geralmente as pessoas mais distantes de serem decentes usavam. Porque pessoas *decentes* não usavam a palavra como uma arma. Pessoas decentes entendiam que havia motivos para tudo e que toda história tem dois lados.

E eu era uma pessoa decente. Que se fodessem, todos eles. Eu era uma *boa* pessoa. Aqueles filhos da puta nunca saberiam o real significado de "decência", mesmo se a própria decência virasse uma pessoa e desse um tapa em suas caras.

E eu não iria ser arrastada pela lama mais do que já tinha sido. Então foi aí que a interrompi.

Me inclinei para frente, estendi a mão em direção à mulher que eu nunca realmente amei, mas com quem me importei porque alguém que eu amava a adorava, e coloquei a mão sobre a dela, a mão que estava em cima da bolsa Hermès. E sorri, mesmo que nada em mim tivesse vontade.

Meu sorriso era a única arma de que eu precisava naquele momento.

— Não respondi mesmo. Mas não foi porque não sou uma pessoa decente, porque eu sou, e da próxima vez que você quiser fazer uma pessoa te ouvir, talvez seja melhor não a desrespeitar. Não há nada que eu queira do Kaden. Não queria há seis meses, não queria há um ano e com certeza não quero agora. Eu disse a ele, sra. Jones, quando ele apareceu em nossa casa depois de passar a noite na sua, que ele não estava sendo sincero consigo mesmo. Que se arrependeria de terminar o relacionamento. E eu estava certa.

Soltei o ar pelo nariz e tirei a mão de cima da dela, lançando outro daqueles sorrisos mortais, para que soubesse que a conversa chegara ao fim. E que, para mim, *ela* tinha chegado ao fim.

— Não dou a mínima se ele sente minha falta ou se sente falta do que fiz por ele e é por isso que me quer de volta. Eu sei que Kaden me amou, pelo menos amou de forma genuína por um tempo, e espero que ele saiba que o amei também. Mas essa é a questão, eu não amo mais, e não o amo faz tempo. Kaden matou cada centímetro do amor que eu sentia por ele. Inclusive *você* ajudou a matar cada centímetro do amor que eu sentia. — Encontrei o olhar dela. — É por isso que você está aqui, não é? — perguntei, da forma mais séria possível. — Porque ele se arrependeu de ter terminado comigo? Mas é mais provável que, antes de qualquer coisa, ele tenha se arrependido de ter deixado a senhora convencê-lo a fazer isso, certo? Ele está bravo com você? Você está aqui tentando consertar a bagunça toda porque Kaden te culpa por tudo o que aconteceu, ao invés de ser adulto e assumir a responsabilidade do que ele mesmo fez? Aposto que é isso. Isso já deveria ser o suficiente. Seu filho mimado não vai conseguir o que ele de repente decidiu querer de volta. Porque eu nunca, jamais, vou voltar para o Kaden.

"Vocês me desprezaram. Me envergonharam. Vocês viraram as pessoas contra mim. Claro que isso também é culpa delas, mas foram vocês dois que as colocaram nessa posição. Neste momento, eu não desejo que o pior aconteça com nenhum de vocês, mas se um dia precisarem de transfusão de sangue ou de um doador de órgãos, não me procurem. Eu segui em frente. Estou feliz e não vou deixar você, Kaden ou qualquer um dos seus capangas tirar isso de mim."

Fiquei feliz que a garçonete ainda não tinha vindo. Fiquei feliz por poder ir embora dali. Comecei a me levantar, observando a expressão furiosa, mas surpresa, que tomava conta de todo o rosto da mulher.

— Por favor, não me incomode mais — continuei. — E estou dizendo por favor apenas para ser educada, porque o que eu realmente quero é que você me deixe em paz. Você sempre me viu como um pedaço inútil de merda que deveria beijar os pés do seu filho, mas você se esquece de como era a carreira dele antes de eu aparecer. Antes de eu dar a Kaden todas as minhas melhores músicas. Antes de ele se aproveitar do quanto eu o amava. Eu nunca vou voltar. Não há dinheiro no mundo que você possa me pagar para me fazer voltar.

Ela abriu a boca para me dizer que eu era uma vadia inútil, coisa que ela já tinha feito certa vez, totalmente bêbada, depois de uma premiação à qual eu não tinha sido autorizada a ir. Eu já estava de pé e me preparando para sair.

— Até gostaria de dizer que espero que vocês dois encontrem paz e felicidade, mas não sou uma pessoa tão boa assim. O que quero é que vocês me deixem em paz. É isso que eu quero. Os dez milhões que vocês transferiram para a minha conta foram suficientes para me fazer calar a boca, e eu vou aproveitar. Vou colocar meus filhos na faculdade com esse dinheiro, filhos que terei com alguém que não é o seu filho e nunca será. Você não precisa se preocupar que eu corra atrás do Kaden implorando por migalhas, senhora. Encontre outra pessoa que não se importe em ficar em décimo primeiro lugar, porque com certeza essa pessoa não sou eu.

Havia mais duas coisinhas que precisavam ser ditas, e eu sabia que meu tempo estava acabando, então eu disse a ela as palavras com cuidado, olhando diretamente em seus olhos desalmados:

— Eu não consigo mais escrever. Não escrevo há mais de um ano. Talvez um dia as palavras voltem para mim, mas elas não estão mais comigo, e parte de mim espera que nunca retornem. Mas mesmo sem meus cadernos e sem minhas músicas, eu tenho muito valor. Valho mais do que todo aquele dinheiro que você me pagou. Então, por favor, me deixe em paz. Todos vocês. Se eu vir você ou Kaden de novo, vocês vão se arrepender. — Inclinei-me para frente para que ela não duvidasse de quão sério eu estava falando. — Se um de vocês entrar em contato comigo, e eu realmente quero dizer *qualquer um de vocês*, vou contar para todo mundo da mentira que participamos. Eu conheço algumas pessoas, e você sabe disso. Depois, vou gastar cada centavo desses milhões que a senhora me enviou para processar vocês, sra. Jones. Cada centavo. Não tenho nada melhor para fazer. Seria preferível gastar tudo com pessoas que me fazem feliz, mas não vou perder o sono se tiver que usar o dinheiro para isso. Então, eu quero que pense bastante se vale a pena saber onde eu moro, saber qual é o meu número de telefone, caso seu filhinho querido decida entrar em contato comigo de novo.

O pescoço dela começou a ficar cor-de-rosa, e vi seus dedos tremendo, mas antes que ela pudesse se recompor, inclinei a cabeça em direção a ela e disse o que esperava ser a última frase:

— Adeus, sra. Jones.

E saí de lá.

Senti uma dor de cabeça leve durante a viagem de volta para casa, um zumbido fraco da tensão de estar perto da Anticristo. Ela tinha esse efeito nas pessoas. Uma pequena parte de mim ainda não conseguia acreditar nas bobagens que ela tentara jogar para cima de mim.

Decência.

Ter certeza.

Aquela era a maneira que ela achava que conquistaria alguém.

É, claro.

Bufei e balancei a cabeça pelo menos dez vezes, rebobinando as palavras dela e depois passando tudo de novo. Eu queria ligar para a tia Carolina e contar. Eu queria ligar para Yuki. Ou Clara.

Mas, mais do que tudo, eu só queria voltar à vida que eu estava vivendo. A que me resgatara do lugar de mais indecisão, confusão e medo em que já estive. Para as pessoas que importavam.

Não tinha percebido as lágrimas que brotaram dos cantos dos meus olhos até fungar e perceber que o líquido não estava escorrendo do nariz.

Enxugando-as com as costas da mão, eu só queria um abraço. Estava exausta daquele passado. Tão exausta que parecia que um peso de cinquenta quilos tinha saído do meu peito.

No segundo em que entrei na garagem, me senti pronta.

Eu não sabia exatamente para o quê, mas para alguma coisa.

Mais do que nunca pronta para o futuro. Para tudo, talvez.

Um sopro de ar saiu dos meus pulmões quando virei o carro na entrada da garagem de Rhodes. A determinação se manteve firme em mim enquanto eu seguia em frente, pronta para estacionar, sair e continuar apreciando tudo que eu tinha. Por causa dos Jones, em parte. Mas, ainda assim, sempre e para sempre, principalmente, graças à minha mãe. Eu não fazia ideia de onde estaria ou como me sentiria se não tivesse esse lugar.

Mas, quando me aproximei do apartamento, avistei o próprio Rhodes saindo de casa, com uma expressão tensa que durou cerca de um segundo antes de se concentrar no meu carro. Foi então e somente então que parte da tensão aliviou em suas feições. Como um alívio. Ele estava aliviado?

Sua camisa de flanela estava abotoada até a metade, e a camiseta por baixo, como sempre, grudada em seu peito. Enquanto estacionava meu carro no lugar de sempre e eu saía, percebi que ele estava com as chaves do carro na mão.

Ele desceu as escadas da varanda enquanto eu contornava a frente. Aquele olhar lilás-acinzentado estava em mim.

— Você está bem? — perguntou, uma carranca aparecendo em sua boca.

Mas não ficou lá por muito tempo.

— Estou ótima — falei, me aproximando.

No momento em que estava perto o bastante, fiquei na ponta dos pés, envolvi a parte de trás do pescoço dele com os braços, fazendo meu peito se colar ao dele, e fui em frente.

Pressionei os lábios nos de Rhodes.

Por um segundo, seu corpo ficou rígido. Então relaxou, e Rhodes me envolveu com seus braços, passando um deles no meio das minhas costas, e acomodou o antebraço do outro logo acima da minha bunda. Rhodes me apertou contra ele, inclinando a cabeça para o lado, respondendo com um beijo caloroso.

E foi por um milagre que não tentei escalá-lo como uma parede e envolver as pernas em volta da sua cintura, porque sua boca estava quente; os lábios firmes e macios eram doces e gentis... tudo que eu sempre desejei e tão mais.

A respiração dele cobriu a minha boca quando se afastou, as sobrancelhas se unindo. Ele umedeceu os lábios e olhou direto nos meus olhos por um segundo, antes de se inclinar para me beijar de novo. Então, recuou e focou em mim com uma expressão intensa.

— E eu aqui, todo preocupado achando que você ia voltar para me dizer que ia se mudar.

Balancei a cabeça, observando as linhas finas ao redor dos olhos dele, assim como as que cruzavam sua testa, a cor enigmática daquele olhar e todo aquele incrível cabelo prateado.

— Você está bem? — murmurou, massageando meu quadril com a mão grande, ainda me encarando como se, ao desviar o olhar, eu fosse desaparecer.

— Sim — respondi. — Fui encontrar a mãe do meu ex.

— Am me contou. — Ele respirou fundo. — Eu estava indeciso, pensando se deveria ir ao seu encontro para te apoiar, ou te deixar lidar com tudo sozinha.

Não pude evitar o sorriso, absorvendo seu cuidado e guardando-o profundamente no coração.

— Estou bem — falei baixinho. — Ela só me deixou irritada, e tudo que eu queria era voltar para cá. — Engoli em seco. — Não quero mais fazer parte da vida deles. Nem um pouco.

— Espero que não — ele disse, me observando atentamente. — Tem certeza de que está bem?

— Sim, mas estou ainda melhor agora — admiti, porque era cem por cento a verdade. Então me dei conta do que havia feito. O que havia começado e onde estávamos. — Me desculpe por ter pulado em você assim. Eu sei que acabamos de falar sobre ir com calma e ter certeza, mas tudo em que eu conseguia pensar era o quão sortuda eu sou por ter vocês, e você é tão bonito, me faz sentir segura, sempre acredita em mim e...

Um sorriso lento e enorme começou a surgir na boca dele, enquanto as sobrancelhas se erguiam. Mas não foram palavras que me interromperam. Foi o doce toque dos lábios dele nos meus. Lento e carinhoso, seus lábios apenas demoraram nos meus por um instante, mas pode ter sido o melhor momento da minha vida.

Se eu gostava tanto de beijá-lo assim sem aprofundar as coisas, o quanto eu gostaria de provar a sua língua? Eu precisava me acalmar, era isso que eu precisava fazer.

Rhodes recuou, aquele sorriso suave e persistente ainda dominando sua boca.

— Quando você estiver pronta, vai me contar?

Assenti.

— Eu não beijo qualquer um — sussurrei.

— Que bom. — A maneira como ele disse isso ia ficar gravada na minha alma pelo resto da vida.

— Ora! — um grito veio da casa, surpreendendo a nós dois.

Espiei por cima do ombro de Rhodes e vi Amos parado na porta, ainda de pijama e parecendo ainda mais sonolento.

— Você está bem? — perguntou, confirmando exatamente o motivo pelo qual eu queria ficar ali.

Porque era o lugar onde um adolescente de dezesseis anos e um homem de quarenta e dois, que eu conhecia há apenas seis meses, se preocupavam mais comigo do que pessoas que eu conhecia há mais de uma década.

Era onde me sentia confortável. O lugar que minha mãe gostaria que eu estivesse. Um lugar que me elevasse e me mantivesse no alto, mesmo nos dias ruins.

— Estou bem! — gritei de volta. — E você?

— Traumatizado pelo resto da vida ao ver você segurar a bunda do meu pai desse jeito, mas vou superar. Obrigado por se preocupar! — gritou, sarcástico, antes de balançar a cabeça e fechar a porta.

Rhodes e eu congelamos. Nossos olhos se encontraram, e começamos a rir.

Sim, eu estava exatamente onde queria estar. Onde eu era feliz. *Obrigada, mãe.*

MARIANA ZAPATA

CAPÍTULO VINTE E SETE

Nas semanas seguintes, tudo passou como um borrão. Principalmente porque estávamos muito ocupadas com a loja. O verão havia sido agitado, o outono foi lento até a temporada de caça começar, mas tudo acelerou quando a neve chegou e as escolas começaram a fechar para os feriados de final de ano.

Ficamos sobrecarregadas com aluguéis e vendas. No dia em que aluguei o meu próprio equipamento, Clara me deu uma aula intensiva sobre como auxiliar os clientes na escolha de esquis e pranchas de snowboard. Compilei uma lista com tudo o que eu precisava saber — e as possíveis perguntas dos clientes — e questionei alguns moradores que havia conhecido desde que começara a trabalhar na loja. Para minha surpresa, Amos respondeu a muitas delas nas noites em que jantamos juntos. Por sorte, havia apenas um resort nas proximidades, então não havia muito o que poderiam perguntar, exceto para onde deveriam levar os trenós que alugavam para descer na neve.

Com o trabalho tão insano, fiquei grata por ter comprado todos os presentes de Natal com antecedência na hora do almoço, enviado a maioria deles para a minha tia e meu tio, e recebendo alguns na minha caixa postal. Se não fosse pelos presentes, eu teria me esquecido completamente da passagem aérea que tinha reservado em outubro para ir à Flórida no Natal.

Mesmo naquela época, eu não queria deixar Clara sozinha por muito tempo, então reservei minha passagem para sair logo cedo na véspera de Natal e voltar no dia 26.

Quando todos começaram a falar que havia a previsão de uma grande tempestade para o dia 24, não dei muita importância. A nevasca estava constante e diária. Já me sentia mais confiante dirigindo na neve, mas Rhodes, sempre que podia, me encontrava na loja e me seguia até em casa.

Só de pensar em Rhodes, uma sensação engraçada preenchia meu peito.

Não tinha certeza se era porque fui criada por pessoas que confiavam muito em mim e não me protegiam tanto, mas o jeitão protetor dele mexia comigo. E muito. Juro, me iluminava como se houvesse centenas de pisca-piscas dentro de mim.

Não tínhamos conseguido passar muito tempo juntos e sozinhos de novo, e não aconteceram mais beijos *de verdade* desde o dia em que praticamente me jogara em cima dele após a conversa com a sra. Jones. Rhodes estava trabalhando até tarde. Havia muitos problemas com que ele tinha que lidar, e eu nem fazia ideia do quanto. De problemas com praticantes de moto-neve, às questões de pesca no gelo e caça ilegal. Em uma das raras noites em que tinha conseguido chegar em casa na hora do jantar e levara uma pizza, ele me explicou que o inverno era a estação mais movimentada depois do verão.

Para ser justa, todas as vezes que ele chegava em casa cedo — com exceção de uma noite em que foi à casa do Johnny jogar pôquer —, Rhodes me convidava para ficarmos juntos.

E, claro, eu sempre ia.

Fiquei sentada o mais perto possível dele nas duas noites em que assistimos a um filme com Amos esparramado em uma poltrona reclinável. Sorrimos um para o outro do outro lado da mesa, quando, após o jantar, jogamos uma versão antiga de Scrabble, que ninguém sabia de onde tinha vindo. Mas a parte mais especial era como ele me levava de volta ao apartamento todas as noites que passávamos juntos e me dava um longo e demorado abraço. Uma vez, e apenas uma vez, ele me beijou na testa de um jeito que fez meus joelhos fraquejarem.

Eu não estava imaginando; a tensão sexual toda vez que meus seios eram pressionados contra seu peito era bem real.

Então, no geral, eu me sentia mais feliz do que nunca, e de tantas maneiras diferentes. A esperança que eu tinha vislumbrado nos últimos meses crescia cada vez mais no meu coração a cada dia que passava. Um sentimento de estar em família, de certeza, envolvia tudo em mim.

No dia 23 de dezembro, quando Clara e eu estávamos fechando a loja, ela se virou para mim.

— Acho que você não vai conseguir viajar amanhã — falou, séria.

Coberta por uma jaqueta de plumas que eu possuía há muito tempo e que não tinha enchimento suficiente para as temperaturas que estávamos enfrentando, tremi e ergui as sobrancelhas.

— Você acha?

Assentiu enquanto trancava a porta; já tínhamos ativado o alarme antes de sair.

— Eu vi a previsão do tempo. Vai ser uma grande tempestade. Acho que vão cancelar o seu voo.

Dei de ombros; não queria me preocupar. Tinha nevado bastante e os turistas ainda estavam chegando na cidade. Além do mais, não era um problema que eu pudesse resolver. Meus superpoderes não envolviam controlar o clima.

Ao puxar a grade de segurança que cobria a porta, Clara não estava olhando para mim.

— Esqueci de te contar... — falou, com uma voz estranha. — Alguém... alguma... instituição de caridade, eu acho... quitou as dívidas médicas do meu pai. — Seus olhos castanho-escuros encontraram os meus antes de ela voltar a focar na grade. — Não é um milagre de Natal? — perguntou, soando um pouco engraçada.

— Uau, é um milagre mesmo, Clara — respondi, tentando manter a voz neutra e firme. Normal. Totalmente normal. Até meu rosto estava sereno e inocente.

— Eu também achei — disse ela, me espiando de novo. — Queria poder agradecer.

Assenti.

— Mas talvez eles não precisem de gratidão, sabe?

— É — ela concordou. — Talvez não, mas ainda assim significou muito para mim. Para nós.

Assenti novamente, desviando os olhos até que ela me envolveu em um abraço e me desejou uma boa viagem e um Feliz Natal. Tínhamos trocado presentes no dia anterior. Também tinha enviado um presente para o sr. Nez e Jackie.

Naquela mesma noite, depois de dirigir devagar para casa, eu estava no apartamento, dobrando algumas roupas para não deixar o lugar uma bagunça que daria a Rhodes, o perfeccionista, uma enxaqueca. Então, ouvi uma batida lá embaixo, o som da porta sendo aberta e rangendo, e um...

— *Angel?*

Sorri.

— Oi, Rhodes.

O som dos seus passos subindo as escadas fez com que o sorriso se mantivesse no meu rosto, mas quando ele chegou ao topo e parou, meu sorriso ficou um pouco maior, o maior que eu podia dar.

O canto da boca de Rhodes subiu. Ele estava de uniforme, mas deve ter entrado em casa antes de ir me procurar, porque em vez da jaqueta de trabalho, ele estava usando um casaco azul-escuro com capuz de lã. Estava bem frio lá fora.

— Não conseguiu colocar o bolo de roupas amassadas na mala, então agora está dobrando?

Olhei para ele toda séria.

— Cheguei a me perguntar se Amos tinha herdado o sarcasmo da mãe, mas agora entendo de onde veio, e, *na verdade*, eu estava dobrando para você não ter um ataque cardíaco se subisse aqui enquanto eu estivesse fora, então...

Ele caminhou para perto de mim e parou ao lado da mesa, pousando a mão fria e descoberta na minha cabeça. Ele observou as pequenas pilhas de roupas — calcinhas em um monte, sutiãs em outro, meias descombinadas aqui e ali.

Levantei o queixo e ganhei um dos seus raros sorrisos. Eu podia jurar que ele estava sorrindo para mim com mais frequência, e não os distribuindo feito moedas valiosas, como um dia fizera.

— O quê? — perguntei.

— Você é especial, Buddy — falou.

Terminei de dobrar uma camiseta e soltei o ar.

— Posso te perguntar uma coisa?

— O que você acha?

Resmunguei.

— Por que você me chama de Buddy? Eu nunca ouvi você chamar ninguém assim.

— Achei que você saberia — respondeu todo enigmático e ainda sorrindo.

Balancei a cabeça.

— Não faço ideia. Eu até pensei que você me chamava de Angel porque achava que esse era o meu nome, mas agora eu sei que você simplesmente... sei lá.

Rhodes riu, colocando a mão em cima da mesa, as pontas dos dedos a milímetros da renda da minha calcinha verde. Aqueles olhos cinzentos ficaram presos nela por um momento, antes de voltar para mim, suas bochechas corando.

— Porque você *é* um anjo.

Minha boca se abriu e fiquei apenas olhando para ele, atônita.

Um lado da boca dele se ergueu um pouco mais.

— Por que está surpresa? — indagou. — Você tem o coração mais doce e gentil. Não importa sua aparência, ainda assim você seria o meu anjo.

O anjo dele?

Meu queixo estava tremendo?

Meu coração estava indo embora?

Rhodes acabou de dizer a coisa mais gentil que alguém já disse sobre mim?

A expressão dele era tão carinhosa, tão sincera, que tudo o que eu fiz foi encará-lo boquiaberta enquanto ele olhava para mim.

— E eu te chamo de Buddy, porque você me lembra dos ajudantes do Papai Noel. Sabe aquele filme, "Um duende em Nova York", que tem o elfo Buddy? Você está sempre sorrindo, como ele. Sempre tentando melhorar as coisas. Achei mesmo que você entenderia — explicou.

Meu queixo *estava* tremendo. E o sorriso mais suave percorreu seu rosto duro.

— Não chore — adicionou. — Temos que conversar. Você viu a previsão do tempo?

Pisquei e tentei me concentrar, guardando aquela explicação e colocando-a ao lado do meu coração, porque, caso contrário, eu ficaria nua ali mesmo.

— A previsão? — engasguei, tentando pensar. — Você quer dizer a previsão de tempestade?

Ele concordou, talvez e contendo qualquer outro elogio que pudesse fazer parecer como se talvez, talvez... ele me amasse.

Porque a verdade era que eu estava totalmente apaixonada por ele.

Só de olhar para Rhodes, eu me sentia feliz. Estar perto dele me deixava calma. Segura. Não havia nada naquele homem que fosse hesitante ou reservado. Ele era quieto, sim, mas isso não tinha nada a ver com ele esconder partes de si mesmo. Eu amava o jeito sério dele. A profundidade dos seus pensamentos e ações.

Ninguém em toda a minha vida, além da minha mãe, fez com que eu me sentisse assim. Como se eu pudesse confiar por inteiro. E foi quando eu aceitei isso — quando o vi por quem ele era — que entendi a imensidão dos meus sentimentos.

Eu estava apaixonada por ele.

— Sim — confirmei, mantendo o queixo no lugar, passando a mão embaixo dos olhos, mesmo com a certeza de que nenhuma lágrima havia realmente caído. Elas apenas ficaram ali, na borda. — Clara me disse e eu também vi quando cheguei em casa.

Ele baixou seu queixo com aquele furinho fofo no meio.

— Seu voo deve sair cedo, não é? — perguntou. Confirmei que sim, engolindo em seco uma vez para ter certeza de que estava me mantendo firme, sem choramingar, muito menos dizendo em voz alta que estava perdidamente apaixonada por ele. — A temperatura deve cair para menos dez graus, ou menos onze, durante a noite — ele continuou falando, de forma cuidadosa.

— O avião deve partir às seis da manhã.

Ele não disse nada, mas aqueles dedos duros e grossos foram para a minha mandíbula, tocando bem atrás da minha orelha até o centro do meu queixo, e voltando.

— Você acha que vai ser cancelado? — consegui perguntar, principalmente para distraí-lo, para que ele continuasse a tocar meu rosto. Ele não foi tímido ao tocar meus ombros ou meu pulso. Às vezes, ele tocava meus dedos e eu jurava que era melhor do que qualquer coisa que eu já fizera comigo mesma à noite, na cama.

Ele continuou a me tocar.

— Acho que você deve estar preparada para a possibilidade de que isso aconteça — respondeu baixinho, suas pálpebras pesadas sobre os olhos.

— Ah, isso seria péssimo, mas não posso fazer nada a respeito se acontecer. Eu tenho...

Aqueles olhos cinzentos encontraram os meus, e ele se agachou, trazendo aquele rosto bonito e cabelo lindo praticamente no mesmo nível dos meus olhos.

— Venha ficar em casa conosco.

— Esta noite? — praticamente gaguejei.

A mão que ficara no meu pescoço por uns trinta segundos pousou na minha coxa.

— Vou te levar de manhã se o voo não for cancelado. Você não vai precisar andar até a garagem — explicou, como se fosse uma caminhada de meio quilômetro do apartamento até a casa dele.

Minha boca se contraiu.

— Claro.

Rhodes se levantou e colocou a mão no meu ombro.

— Quer vir agora? Vou te ajudar a levar suas coisas.

— Vamos.

Sua expressão calorosa alimentou meu espírito. Eu estava completamente apaixonada por ele. Mas a parte mais incrível era que o conhecimento e a aceitação disso não deixavam meu coração apavorado. Nada. Nem um pouco de medo. Nem um sussurro de dúvida.

Esse conhecimento, esse sentimento, me lembravam do concreto, em sua resistência e força. Eu me disse centenas de vezes que não tinha medo do amor, que estava pronta para seguir em frente, mas o futuro era assustador.

Só que Rhodes conquistara cada centímetro do que eu sentia com sua atenção, com sua paciência, superproteção e apenas... com tudo o que ele era.

Me sentindo muito corajosa, inclinei-me para a frente e dei um beijo rápido na bochecha dele. Depois, comecei a juntar minhas coisas. Peguei outra muda de roupas e pijamas enquanto Rhodes tomava a iniciativa e *terminava de dobrar minhas roupas.* Quando acabamos, ele carregou minha mala grande escada abaixo, sem reclamar do peso, mesmo sendo uma viagem de apenas dois dias, assim como a sacola de supermercado na qual colocara roupas para usar naquela noite e no dia seguinte. Eu já tinha escondido os presentes deles dentro do armário do corredor que levava ao quarto do Amos, quando passei pela casa antes do trabalho. O plano era ligar para eles no dia de Natal e dizer onde procurá-los.

Estávamos atravessando a garagem quando Rhodes disse cuidadosamente:

— Essa tempestade vai ser grande, linda. Não fique muito decepcionada se seu voo for remarcado, está bem?

— Não vou — assegurei. Porque eu realmente não ficaria.

— Você está triste? — Amos perguntou na noite seguinte enquanto estávamos sentados ao redor da mesa. Rhodes tinha levado um conjunto de dominós uma hora antes, e eu tinha jogado uma partida contra ele antes de Am sair do quarto e concluir que estava entediado o suficiente para se juntar a nós.

— Eu? — indaguei, enquanto me espreguiçava, esticando os braços sobre a cabeça.

— Sim — questionou, antes de dar um gole rápido em seu refrigerante de morango. — Porque seu voo foi cancelado.

A notificação chegara no meio da noite. Acordei com o bip do aplicativo — eu estava dormindo na cama com Rhodes, porque ele me lembrara dos ratos e da possibilidade de morcegos —, avisando que meu voo havia sido remarcado, passando das seis da manhã para o meio-dia. Às nove da manhã foi remarcado para as três da tarde, e às dez e meia foi cancelado de vez.

Se eu tivesse me sentido um pouco desapontada, a forma como Rhodes massageou minha nuca quando dei a notícia teria compensado tudo.

Isso e pela forma como ele se despira na noite anterior, até ficar apenas de boxer na minha frente, antes de se enfiar na cama a poucos centímetros de mim, as pontas dos dedos tocando a minha nuca antes de adormecermos.

Eu não tinha certeza de quanto tempo mais poderíamos apenas dormir na mesma cama — mesmo que isso só tivesse acontecido duas vezes — porque eu queria mais.

E, pela forma como ele me olhava, eu podia dizer que Rhodes sentia o mesmo. Algo mais profundo do que aquela palavra de quatro letras pairava entre nós, mesmo que mal tivéssemos nos beijado.

Mas isso era algo para pensar mais tarde, quando Am não estivesse sentado conosco à mesa.

— Não, tudo bem. Contanto que não se importe que eu fique com vocês... — parei.

Ele fez uma careta por trás da lata.

— Não.

— Tem certeza? Porque não vou ficar chateada se você quiser ficar apenas com seu pai e a família da sua mãe.

— *Não* — ele insistiu. — Está tudo bem.

— Maravilha, então. — Dizer "está tudo bem" para o Amos era quase como dar uma benção. — E vocês? Estão tristes, já que o seu pai não pôde vir por causa da neve? — perguntei a Rhodes.

Pai e filho se entreolharam.

Eu não tinha ouvido muito sobre Randall Rhodes, mas sabia que ele tinha sido convidado para passar a véspera de Natal com eles, já que não fora convidado para a reunião do outro lado da família de Amos, que também talvez fosse cancelada, dependendo das condições das estradas. Eu já achava que era um pequeno passo o fato de o homem ter ligado e se desculpado por não poder comparecer. Mas eu tinha certeza de que era a única que tinha ficado impressionada.

Ele estava tentando. Eu achava que sim.

— Vou considerar isso como um não — resmunguei. — Talvez possamos assistir a um filme de terror.

Isso animou Am, e não perdi o leve resmungo do nariz de Rhodes com a ideia de assistir algo assustador na véspera de Natal. Olhei para ele e sorri. Seu pé coberto por meias cutucou o meu por baixo da mesa. Juro que aquilo era melhor do que a maioria dos beijos que eu tinha recebido na minha vida.

— É, eu acho — Amos falou, o que significava "com certeza" vindo dele.

— Você se importa? — perguntei a Rhodes com um olhar esperançoso, piscando de forma doce.

Ele me olhou de soslaio.

— Não venha ser fofa para cima de mim. O que acha?

Eu imaginei que ele não se importaria, e estava certa. Nos sentamos ao redor da televisão e assistimos a *Filho das trevas*, e eles me ignoraram quando fechei os olhos ou fingi ter algo realmente interessante para olhar embaixo das minhas unhas. Quando o filme acabou, já era meia-noite, e eu não conseguia mais esperar até a manhã seguinte. Nós sempre comemoramos o Natal à meia-noite — pelo menos era assim com a minha mãe. Essa tradição parecia ser a única que ela havia mantido de sua família venezuelana.

No sofá, ao lado de Rhodes, onde eu tinha assistido ao filme inteiro, me inclinei para frente.

— Posso dar os presentes de vocês agora?

— Tudo bem — Am disse.

— Você comprou presentes para nós? — Rhodes questionou quase ao mesmo tempo.

Encarei Rhodes.

— Você viu a quantidade de guirlandas que pendurei no apartamento. Não acredito que esteja surpreso.

Ele deu de ombros, e eu acreditei. Porque ele tinha ficado muito surpreso quando caixas de presentes de Natal, enviadas pelos seus irmãos, tinham chegado para ele e Amos. A única caixa que ele não ficou tão surpreso de ver foi a enviada pelos pais de Amos.

— Claro que comprei. Espere, espere, espere, vou pegar. Eu adoro dar presentes na véspera de Natal, desculpe se isso está atrapalhando os planos de vocês, mas fico tão animada. Eu amo o Natal.

— Sua mãe comemorava o Natal? — Rhodes perguntou enquanto eu me levantava.

Abri um sorriso.

— É provável que ela fosse odiar ver o quanto o feriado se tornou comercial, mas não odiava quando eu era criança, ou, se odiava, escondia isso de mim.

Eu tinha muitas lembranças agradáveis de Natais com minha mãe, e só de pensar neles eu já ficava cheia de saudade. Não era de um jeito ruim ou triste, mas cheio de gratidão por ter aqueles momentos para relembrar.

Porque o Natal nada mais era que um momento para passar com as pessoas que importavam, e mesmo que eu não estivesse com minha família da Flórida, estava com pessoas que eram especiais para mim.

E, para dizer a verdade, eu estava feliz por estar com Rhodes e Amos. Parecia certo.

Demorou um minuto para eu pegar a caixa enorme e colocá-la na entrada da sala de estar; depois tive que voltar e pegar as duas sacolas que eu tinha escondido atrás de todos os casacos velhos e do aspirador de pó. Eles me observaram enquanto eu movia as coisas para perto.

Fui direto para Am e coloquei o presente pesado no chão à sua frente.

— Espero que você goste, mas, se não gostar, vai ser uma pena. Já esgotou tudo nas lojas. — Ele me lançou um olhar estranho que me fez rir, e abriu o embrulho.

E arfou.

Eu sabia que Rhodes tinha comprado a guitarra porque eu o tinha ajudado a conseguir um desconto. E também ajudei a escolher a melhor madeira e a cor. Ele não fez perguntas de como eu tinha conseguido o desconto ou como sabia tanto sobre guitarras, e me perguntei, não pela primeira vez, se ele realmente não tinha ideia de quem era Yuki quando se encontraram. Amos tinha falado dela algumas vezes na presença de Rhodes, mas ele não tinha dado importância.

De qualquer forma, Am ainda não sabia que ganharia uma guitarra.

— Isso é *vintage*! — arfou, passando as mãos sobre o couro laranja desgastado ao redor do amplificador.

— Sim.

Ele me encarou, os olhos cinzentos arregalados.

— É para mim?

— Não, para o meu outro adolescente favorito. Não conte aos meus sobrinhos que eu disse isso.

Os ombros de Am relaxaram enquanto ele passava as mãos sobre o amplificador que eu tinha comprado on-line em uma pequena loja da Califórnia, o que tinha feito o transporte custar tão caro quanto o próprio amplificador.

— O seu está com um som estranho, e achei que seria legal ter as peças combinando — expliquei.

Ele concordou e engoliu em seco algumas vezes antes de olhar para mim novamente.

— Espere um minuto. — Ele se levantou, desaparecendo pelo corredor em direção ao seu quarto.

Encontrei o olhar de Rhodes e foi a minha vez de arregalar os olhos.

— Eu queria dar o presente dele antes de você dar você-sabe-o-quê e ele surtar, e esquecer o meu — sussurrei.

— Você o mima. Até a Sofie disse isso.

Sofie era a mãe dele e, como descobri no dia de Ação de Graças, era uma mulher maravilhosa que amava seu filho mais do que eu poderia imaginar. Ela sussurrou para mim, não menos que três vezes, que Amos havia sido concebido artificialmente, que ela amava muito o marido e que Rhodes era um homem incrível.

Eu dei de ombros.

— Ele é o meu amiguinho — falei e ele sorriu. — Desculpe atrapalhar a tradição de vocês... — deixei a frase no ar, e Rhodes negou com a cabeça.

— Billy e Sofie também comemoram o Natal na véspera. Passei poucos Natais com Am, mas ele me parece bem feliz hoje, considerando que sei que ele está sentindo falta dos pais. Ele só está tentando agir como se não sentisse saudade.

— Pelo menos ele tem um dos pais aqui.

Seu rosto ficou sombrio.

— Eu não quis te deixar triste.

Quase estraguei tudo.

— Você não está me deixando triste. Estou bem. — Parei de falar quando Amos voltou, segurando uma sacola de aniversário. Eu reconheci como a sacola que Jackie usara para lhe dar um presente, meses atrás.

Ele a estendeu para mim. Sem aviso, sem explicação, sem nada. Apenas: aqui está.

— Você pensou em mim — falei, embora no fundo da minha mente eu me perguntasse se ele tinha corrido para o quarto para pegar algo velho que não usava mais e o embrulhado como presente. Mas, sinceramente, não me importava. Eu tinha quase tudo, e se havia algo que eu queria, poderia comprar. Era raro gastar comigo mesma. Eu tinha trocado meu carro por necessidade e nem mesmo havia me permitido comprar as roupas ou sapatos de inverno "certos", apesar de Clara me dar uma bronca toda vez que eu reclamava que os dedos dos meus pés estavam congelando por causa das minhas botas muito finas.

Abri a sacola e tirei um caderno pesado de couro amarelo com a letra A na frente.

— Para você escrever suas novas músicas nele — Am explicou enquanto eu passava o dedo sobre a letra gravada.

Engoli em seco.

Meu peito doeu.

— Mas se você não gostou... — adicionou.

Olhei para ele, dizendo a mim mesma que eu não choraria. Já havia chorado o suficiente na vida, mas aquelas lágrimas não seriam de tristeza. Não lamentaria as palavras que havia perdido, aquelas que haviam circulado incessantemente na minha mente por anos... até que não circularam mais.

Amos não fazia ideia. Porque eu ainda não havia contado a ele. Eu tinha que fazer isso. E faria. Uma lágrima se formou no canto do meu olho, e eu a limpei com o nó do dedo.

— Não, eu amei, Am. Eu adorei. É muito gentil da sua parte. Obrigada.

— Obrigado pelo amplificador — respondeu, me observando atentamente, como se esperasse que eu estivesse mentindo ou algo assim.

— Posso ganhar um abraço?

Ele concordou e se levantou, me abraçando com mais força do que nunca. Beijei sua bochecha e ele me surpreendeu beijando a minha de volta. Amos deu um passo para trás, seu rosto mais do que um pouco envergonhado. Eu quase chorei, mas não queria envergonhá-lo.

Quando me recuperei um pouco, me abaixei e entreguei a Rhodes as duas sacolas com os presentes dele.

— Feliz Natal, Tobers.

— Você não precisava me dar nada — respondeu com a voz mandona, pegando os presentes com um levantar de sobrancelhas pelo apelido.

— Você não precisava fazer metade das coisas boas que fez por mim, mas fez, especialmente hoje. Está nevando, o jantar foi ótimo, jogamos dominó e acho que esta pode ser a melhor véspera de Natal que já tive. Mas não fique desapontado porque seu presente não é tão legal quanto o do Amos.

Aqueles olhos cinzentos encontraram os meus quando ele enfiou a mão na primeira sacola e tirou um porta-retratos.

— Espero que goste. Vocês dois são tão fofos. A outra foto peguei do seu Facebook — expliquei.

Seu pomo de adão subiu e desceu e ele assentiu. A primeira era aquela que tirei dele e do Amos na caminhada até as cachoeiras alguns meses atrás. Eles estavam de pé, lado a lado, e haviam concordado com relutância em me deixar tirar uma foto. Eram muito fechados para estarem abraçados, mas seus ombros estavam próximos. Era uma boa foto.

— Eu não sabia o que te dar, e vocês dois não têm nenhuma foto juntos enfeitando a casa — expliquei.

Ele colocou a mão de volta na sacola e tirou um segundo porta-retratos. Quanto àquele presente, eu não tinha certeza. Não queria ultrapassar os limites. Era uma fotografia do Amos criança ao lado de um cachorro.

Rhodes engoliu em seco e ficou olhando-a por um longo momento. Ele juntou os lábios e, em seguida, levantou-se e me puxou para um abraço tão rapidamente e com tanta força que mal consegui respirar.

— Tem um vale para compras na loja também. Quis ajudar a loja a se manter aberta — consegui murmurar contra o seu suéter e os músculos do seu peito.

Então fiquei quieta, e me aconcheguei no seu corpo incrível, que me fez de refém. Deixei minha bochecha encostada em seu peito, os braços espremidos contra meu corpo pelo seu abraço. Ele cheirava como o melhor sabão em pó do mundo e homem limpo.

Eu amava aquilo.

E *amava* aquele homem silencioso que cuidava das pessoas ao seu redor. De jeitos sutis. Com pequenas ações que significavam tudo. Ele tinha um coração maior do que eu jamais poderia imaginar. Não me surpreendia por amá-lo. Não foi um amor que me atingiu como uma pancada na cabeça. O que eu sentia por ele foi acontecendo pouco a pouco, e eu tinha visto acontecer.

— Obrigado — murmurou, fazendo um carinho da minha cabeça até as costas, parando bem na parte inferior delas. Seu peito encheu de ar e, em seguida, ele o soltou. Foi um suspiro de contentamento.

E eu amei isso também.

— Vou para o quarto. Que horas vamos sair amanhã? — Amos perguntou.

Ele estava se referindo ao almoço na casa da tia dele.

— Nós vamos *sair* às oito. Se quiser tomar café da manhã antes de irmos, é melhor acordar cedo, Am.

Ele não ia acordar, estávamos cientes disso, mas Rhodes não seria um pai se não o lembrasse.

— *Tá*. — O adolescente bufou. — Noite.

— Boa noite — Rhodes e eu respondemos, e eu decidi que era hora de me afastar um pouco. Só um pouco. Inclinando a cabeça para cima, sorri diante do seu rosto e da barba por fazer. — Obrigada por me deixar passar o Natal com vocês dois.

A mão dele fez aquela coisa de novo. Ele segurou a parte de trás da minha cabeça e desceu pela minha coluna, exceto que, dessa vez, acho que desceu um pouco mais, bem perto da minha bunda.

Eu não me importava. Eu não me importava mesmo.

— Sei que você queria ver seus tios, mas estou feliz que esteja aqui. Muito feliz — Rhodes admitiu naquela voz dura e tranquila. Seus olhos estavam nos meus, intensos e semicerrados. — Seu presente de Natal está lá em cima. Venha comigo.

Lá em cima, hein? O formigamento estava de volta ... só não apenas no meu peito.

Ia mesmo acontecer?

O único jeito de saber era subir com ele.

Assenti e o segui, observando-o desligar as luzes do térreo enquanto caminhávamos. Eles não haviam montado uma árvore de Natal, e Am e eu tínhamos ido até o meu apartamento para pegar uma árvore pequena que eu havia comprado e decorado com enfeites da loja de um dólar. Depois a colocamos em cima de alguns livros ao lado da TV. As luzes eram à bateria, e nenhum de nós se incomodou em apagá-las.

Rhodes continuou segurando minha mão enquanto entrávamos no seu quarto, mas fui eu quem fechou a porta. Ele me olhou com surpresa, e sorri para ele.

— Sente-se. Por favor — pediu, depois de um segundo, antes de ir até armário.

Eu me sentei na beirada da cama, colocando as mãos entre as coxas enquanto ele vasculhava e pegava duas caixas. Ele as tinha embrulhado em papel pardo, tudo arrumado e limpo como suas roupas passadas a ferro. Ele segurou a menor primeiro, parando para se ajoelhar na minha frente com a outra caixa na mão.

— Aqui — falou.

Eu sorri e rasguei o papel devagar, puxando a caixa de dentro e notando o nome impresso em cima. Minha boca formou um O.

— Já que você não comprou — explicou, enquanto eu abria a caixa, movia o papel de seda para o lado e tirava as botas de cano alto e zíper, com forro de pelúcia no topo do cano. — Agora, seus dedos dos pés não congelarão cada vez que você sair de casa.

Eu abracei as botas contra o peito.

— Amei. Obrigada.

— Vamos ver se servem — ele disse, já se abaixando para pegar meu pé e levantá-lo.

Eu não disse uma palavra quando lhe entreguei a bota e observei enquanto ele a colocava em mim, dando algumas sacudidas para passar pelo meu calcanhar. Suas íris se moveram para cima.

— Estão boas?

Assenti, meu coração começando a bater forte na garganta, e ele fez o mesmo com o outro pé. Enruguei os dedos dos pés para ter certeza de que tinham espaço suficiente, mesmo com dificuldade em prestar atenção em qualquer coisa além dele ajoelhado na minha frente.

— Servem direitinho. Muito obrigada. Eu amei. — Abri outro sorriso.

Ele estendeu a mão para o lado e me entregou a segunda caixa.

— Você realmente não precisava fazer isso — garanti.

— São coisas que você precisa — explicou.

Sorri para ele enquanto terminava de rasgar o papel e a fita que envolvia a caixa. Assim que abri, encontrei uma coisa na cor tangerina lá dentro. Era um casaco com enchimentos de plumas. Reconheci a marca como uma das mais caras que vendíamos na loja.

— Faz frio aqui por um terço do ano, e você está sempre tremendo quando entra em casa correndo, já que aquele seu casaco é muito fino — falou baixinho. — Podemos devolver, se preferir outra coisa.

Coloquei o casaco de lado.

E me joguei nele.

Literalmente.

Meus braços envolveram seu pescoço tão rápido que ele não teve tempo de se preparar, mas de alguma forma conseguiu e me segurou. Cheguei bem perto, a bochecha encostada à dele, minhas pernas envolvendo seu quadril de onde ele estava ajoelhado. E eu o abracei. Com a mesma intensidade com que ele me abraçara após abrir os porta-retratos.

O casaco não era uma pulseira de diamantes ou um colar de rubis. Não era uma bolsa cara escolhida só porque era cara. Não era um novo computador do qual eu não precisava, porque tinha ganhado outro há um ano.

Eram coisas que ele sabia que eu precisava. Coisas para me manter aquecida, porque isso importava para ele.

Foram dois dos presentes mais atenciosos que eu já havia recebido.

— Por que esse abraço apertado, hein? — perguntou contra minha bochecha enquanto seus braços envolviam o meio das minhas costas, me segurando firme em seu colo enquanto ele se recostava sobre os calcanhares, como se já tivéssemos estado naquela posição centenas de vezes antes. — Você ficou chateada?

Havia lágrimas nos meus olhos, lágrimas que se infiltraram em seu pescoço e na gola da sua blusa.

— Estou chorando porque você é tão legal. A culpa é sua.

Ele me abraçou um pouco mais apertado.

— Minha culpa?

— Sim. — Eu me afastei um pouco, observei as linhas da sua estrutura óssea, suas sobrancelhas, aquele queixo adorável, e o beijei.

Não como antes, quando eram beijinhos que alimentavam minha alma pela doçura, mas realmente o beijei.

Rhodes gemeu com o beijo — nosso primeiro beijo de verdade. Seus lábios eram tão macios e perfeitos quanto eu me lembrava, e duvidei que houvesse uma boca no mundo melhor que a dele. Inclinando a cabeça para o lado, Rhodes me beijou devagar, suavemente. Ainda tão docemente. Ele aproveitou o tempo, seus lábios quentes beliscando o meu inferior, sugando a ponta da minha língua e começando tudo de novo, as palmas das suas mãos subindo e descendo nas minhas costas, me segurando junto a ele e me tocando ao mesmo tempo.

Não havia constrangimento. Nenhuma hesitação. Suas mãos mapearam meu corpo como se já o conhecessem.

A gente se beijou e beijou, e aquela grande palma deslizou pelas minhas costas, dedos esticados, tocando tudo o que era possível. Então, eu fiz o mesmo, deslizando a mão pela lateral do seu corpo, sentindo o músculo sólido e a pele sobre as costelas, arrancando um gemido suave que eu engoli, porque com certeza não queria parar de beijá-lo tão cedo.

Ou nunca, se eu tivesse escolha.

Eu tinha certeza de que Rhodes se importava comigo, assim como eu tinha certeza de que o céu era azul, e uma parte de mim pensava que ele poderia estar pelo menos um pouquinho apaixonado também. Ele era afetuoso à sua maneira. Ele me ensinava a fazer coisas. Ele se esforçava para passar tempo comigo. Nunca escondeu que se importava comigo na frente dos outros. Ele me apoiava. Ele se preocupava.

Se não era amor, eu poderia me contentar com tudo o que isso era pelo resto da minha vida.

Mas, naquele momento, naquele quarto, acariciando sua pele quente, todos aqueles músculos duros... com dois dos presentes mais úteis e doces que eu poderia ter ganhado... eu não ia me preocupar em ter mais do que já tinha. Aquilo era mais do que eu já tivera em toda a minha vida.

Ele não era meu ex. Aquele homem não me iludiria nem usaria. Ele gostava de me ter por perto, porque ele gostava de *mim*.

E ele me fazia feliz. Os sorrisos sutis. Os toques. Até mesmo a voz mandona. Tudo aquilo significava o mundo para mim.

Ele me fazia feliz. E eu tinha decidido que estava pronta. Mais do que pronta.

Sussurrei essas palavras exatas para ele quando a mão calejada se infiltrou tão profundamente sob a minha blusa, que as pontas dos dedos tocaram bem no ponto sensível abaixo dos meus ombros.

Rhodes rosnou, me inclinando para trás em seu colo, apenas o suficiente para que ele pudesse olhar bem dentro dos meus olhos.

— Você não faz ideia — falou, com aquela expressão ferozmente séria da primeira noite em que entrei na sua vida.

Então me beijou de novo, lento, profundo e doce. Sem perguntar se eu tinha certeza. Sem hesitar. Mostrando-me de novo que confiava no que eu sentia e no que eu queria.

Eu não fazia ideia de que aquele beijo seria o último da leva de beijos doces.

— Posso olhar para você? — perguntou, todo rouco e pronto.

Deslizei minha mão tão longe quanto dava para alcançar, a pele dele era tão macia.

— Pode fazer mais do que isso.

Seu grunhido veio profundo da garganta, enquanto sua outra mão foi para a borda da minha blusa, até que ele a puxou sobre a minha cabeça. Seus lábios foram direto da minha boca para o pescoço, deixando beijos de língua e chupões que me fizeram instantaneamente esfregar os quadris contra os dele.

Contra o seu pau tão, tão duro.

Eu tinha sentido... vestígios dele antes, todo sonolento ou semi-sonolento, usando jeans e calça de moletom quando me dava um abraço, mas nunca... nunca daquele jeito. Preparado. Esperando por mim. Excitado e acordado.

Fazia tanto tempo. Nós tínhamos demorado. Construímos aquela tensão.

Porque ele com certeza não estava indiferente, gemendo daquele jeito e me pressionando contra ele, enquanto sua boca sugava forte um ponto entre meu pescoço e clavícula que me fez choramingar. Rhodes se afastou por um momento, o ponto alto do seu pescoço subindo e descendo, a respiração pesada, aquele olhar movendo-se do meu rosto para os meus seios, sustentados pelo sutiã meia-taça verde, que os empurrava para cima. O aro era péssimo, mas fiquei tão feliz por estar usando aquele sutiã.

— Jesus — sussurrou. — Tire. — O pomo de adão subiu e desceu. — Por favor.

— Claro — sussurrei de volta, tirando as mãos da sua pele macia para estendê-las para trás, desfazendo o fecho e balançando os ombros para deixar o sutiã cair entre nossos corpos.

Eu estava pronta, eu estava pronta pra caralho.

E tive certeza que ele gemeu "porra" baixinho uma fração de segundo antes de suas mãos me agarrarem pela cintura, me levantando um pouco do seu colo ao mesmo tempo em que sua boca mergulhou; aqueles lábios rosados e maravilhosos pegando um dos meus mamilos entre eles.

Eu gemi e arqueei as costas, empurrando meu seio mais fundo em sua boca antes que ele chupasse de novo e se movesse, sugando o outro mamilo também, forte e depois suave, duas sucções duras e depois uma leve. Não querendo quebrar o contato, mas querendo vê-lo também, agarrei a barra do seu suéter e o puxei sobre sua cabeça.

Ele era tão bonito quanto eu me lembrava das vezes que o espiara pela janela. Sua barriga era plana e dura com músculos definidos, sua pele firme coberta com pelos claros do peitoral até o umbigo. Eu queria lambê-lo bem ali, mas só corri as mãos sobre seu peito, sobre seus ombros, abaixando-me de volta em seu colo para que pudesse me acomodar em cima dele novamente. Em cima do seu pau.

Sua boca encontrou a minha ao mesmo tempo em que meus seios roçaram em seu peito, e eu juro que meus mamilos ficaram ainda mais duros quando se esfregaram nos pelos do seu tórax. Eu o toquei em todos os lugares e ele me tocou em todos os lugares. Em algum momento, minhas mãos foram para o fecho da sua calça jeans e o zíper, e ele se esgueirou abaixando minha legging e a calcinha, agarrando uma parte da minha bunda nua, apertando-a, puxando-me para ainda mais perto da sua ereção.

Deslizando a mão para baixo em sua boxer, meus dedos sentiram os pelos dali. A base larga e dura. A pele macia cobrindo tudo, e ele grunhiu, me dando uma risada inesperada e áspera.

— Não faça assim.

Beijei a linha da sua mandíbula, a ponta do seu queixo e o apertei de qualquer maneira.

Ele tirou uma das mãos que estava dentro da minha calcinha e segurou meu seio com ela, sustentando o peso.

— Como posso ser tão sortudo? — gemeu. — Como você pode estar tão pronta assim? — Ele beijou o meu pescoço bem de leve, me fazendo tremer.

— Estou pensando nisso há tanto tempo — disse a ele, acariciando suas costas com as duas mãos para cima e para baixo, mordiscando seu queixo de uma forma que fez seus quadris subirem ao meu encontro. — Você nem sabe quantas vezes eu me toquei e gozei pensando em você chupando os meus seios.

Ele gemeu, alto e forte.

— Ou apenas entrando em mim, cada vez mais fundo — segui. Ele ofegou enquanto rebolei meus quadris nos dele. — E imaginei cada centímetro seu me enchendo e você gozando dentro de mim — continuei.

Ele rosnou.

Suas mãos grandes foram parar na minha bunda, e então ficamos de pé até ele me jogar no meio da cama. Ele acabou de arrancar minha legging e a jogou por cima do ombro, antes de enfiar os dedos sob minha calcinha e tirá-la de vez também.

Sorri para ele, arqueando as costas e alcançando sua calça jeans quando ele rastejava sobre mim. Eu continuei sorrindo enquanto empurrava sua calça para baixo da sua bunda, apertando-a enquanto ele subia em mim, e então apertando de novo, mas desta vez sob sua cueca, acariciando sua pele uma vez, duas vezes.

Ele gemeu com o meu toque, então gemeu ainda mais profundamente quando envolvi seu pau com a mão.

Não saberia dizer quem ficou mais surpreso, ele ou eu.

Porque olhei para o que eu tinha em meus dedos. Eu só tinha tocado a base dele. Eu não tinha entendido… a coisa toda.

Sua risada foi rouca quando ele se abaixou e me beijou.

— Eu também pensei nisso todas as noites.

Arrisquei um olhar para o membro grosso que eu estava segurando e foi a minha vez de engolir em seco.

Ele era perfeito.

Dei-lhe um aperto, e ele respondeu com outro gemido, uma expressão sonhadora em seus olhos. Ele me beijou de novo, e eu o toquei com mais um sobe e desce que o fez rodar os quadris como se me pedisse para fazer de novo.

Então, eu fiz.

— Quero colocar minha boca… meus dedos… em alguns lugares. — Ele mergulhou os lábios em volta dos meus seios e chupou um mamilo suavemente, lentamente. — Vai ser tão bom para você…

Paciência nunca foi uma virtude minha.

Então, enquanto ele chupava e lambia meus seios, eu acariciava o seu membro grosso entre os nossos corpos, esfregando meu polegar na gota de pré-sêmen que se acumulara na glande rosada que eu queria chupar em algum momento, e o toquei devagar, enquanto beijava as partes que eu conseguia alcançar. O cabelo. A orelha. Minha outra mão acariciou suas costas enquanto ele continuava chupando os bicos dos meus seios, até descer e levar a sua mão para perto da minha, no centro do meu corpo.

As palavras saíram da minha boca antes que eu conseguisse impedi-las.

— É muito horrível da minha parte odiar saber que outras pessoas já viram você assim? Que estou com ciúmes pelo fato de não ser a única a saber o quão grande você é? Como é gostoso te sentir na minha mão?

O barulho que Rhodes fez no fundo da garganta foi selvagem. Sua respiração estava tão profunda, seus dedos acariciando os meus lábios para cima e para baixo.

— Não importa. Elas nunca mais vão me tocar. — Sua voz soou áspera e intensa. — Entendeu? — Rhodes se afastou e me encarou com um olhar tempestuoso e brilhante. — E você não é a única com ciúmes aqui.

— Não há motivo para ciúmes — prometi.

Isso deve ter sido a coisa perfeita para dizer, porque então estávamos nos beijando novamente, e eu umedeci com a língua a palma da minha mão antes de descer de novo, provocando-o devagar, quando um daqueles dedos grandes finalmente mergulhou para dentro de mim. Eu estava molhada desde o momento em que ele começara a me beijar, e gemi quando ele puxou o dedo para fora e o empurrou de volta, bombeando devagar, com firmeza.

— Estou tomando anticoncepcional — sussurrei. — Fui ao médico e estou bem — falei, querendo que ele soubesse.

Sua voz estava rouca quando ele respondeu:

— Eu vou todos os anos e não faço nada há muito tempo...

— Ótimo. — Mordi seu pescoço. — Então você pode gozar em mim o mais fundo que quiser.

Rhodes rosnou antes de deslizar outro dedo dentro de mim, seus movimentos de ir e vir constantes, até que ele começou a girá-los. E finalmente um terceiro dedo se juntou ao restante, e eu choraminguei com ele me preparando para recebê-lo, com a plenitude do entendimento de que era o que nós dois queríamos tanto.

Rhodes sussurrou no meu ouvido o que iria fazer comigo — me contando como ia chegar ao fundo, falando como seria bom, que ele me preencheria com mais do que o seu pau. Mas o que mais amei foi que ele disse o quanto me queria, como eu o estava deixando louco, sobre como o meu corpo ia se moldar ao dele. Tive aquele rosto barbeado entre minhas coxas, minha mão enterrada em seu cabelo macio, castanho e prateado, sua língua mergulhada tão fundo em mim quanto possível, lambendo e girando, seus lábios sugando e tão possessivos. Rhodes disse o quanto tinha amado o meu sabor, e como mal podia esperar para fazer tudo de novo.

Mas, em algum momento, seus quadris se afundaram entre minhas pernas, e eu o abracei com as coxas, com a mão envolvida em seus cabelos, guiando-o para o que nós dois queríamos, e ele pressionou todos aqueles centímetros para dentro mim.

Fui grata por aqueles três dedos, mas me senti mais grata ainda por ser tão sortuda, porque embora tenha demorado um minuto para me acostumar com aquela grossura e tamanho, senti-lo era... incrível.

Seu pau se contraiu no segundo em que suas estocadas lentas fizeram nossas pélvis se encontrarem, e ele gemeu contra o meu pescoço, seu corpo me cobrindo por inteiro, exceto onde minhas pernas o ancoravam em mim. Rhodes respirava com dificuldade quando puxou alguns centímetros para fora e empurrou de volta. O colchão rangeu de leve. Sua voz era tão selvagem quando ele rosnava e quando seus quadris alcançavam o fundo.

Minhas coxas o apertaram com força, coloquei os braços ao redor dos seus ombros e inclinei um pouco meus quadris. O colchão rangeu de novo e eu jurei que nunca tinha ouvido nada tão erótico na minha vida. Aquele suave *crack, crack, crack* queimou o meu cérebro, especialmente quando ele gemeu no meu ouvido, sua respiração quente e seu corpo ainda mais.

Arrastando minhas mãos para cima e para baixo de suas costas, eu amava tudo nele.

E foi isso que eu disse.

Seu pau se contraiu dentro de mim, e ele respirou pesado.

— Você quer acabar antes mesmo de começarmos?

— Com certeza parece que a gente já começou — ofeguei quando ele recuou e então empurrou de volta dando um tapa na minha bunda com suas bolas, fazendo o colchão ranger mais alto. E foi assim que ele se moveu, devagar, depois com força, me provocando com a glande na abertura, para depois se empurrar todo para dentro de mim e começar de novo.

Nos beijamos tanto. Mordi seu pescoço e ele chupou forte meu ombro, minha orelha. O cabelo em seu peito deslizou por meus mamilos, e eu adorei. Em algum instante, ele deslizou as mãos sob minha bunda e inclinou meus quadris ainda mais, seu osso pélvico me atingindo no ângulo certo. Estávamos suados e calados; eu abafei a minha boca contra seu ombro, e ele beijou seus próprios gemidos contra meus lábios.

— Você é incrível. Você é perfeita — sussurrou ele. — Te sinto tão gostoso.

Ele rosnou quando seus quadris ganharam velocidade, e eu comecei a sentir o calor subindo e subindo no centro do meu corpo.

Rhodes mexeu os quadris com força, me puxando da cama e me colocando em cima de suas coxas, e eu apertei minhas pernas ao redor dele enquanto ele me movia do jeito que eu o desejava. Gritei meu orgasmo perto da sua bochecha. Suas mãos agarraram minha bunda e seus quadris se tornaram erráticos assim que Rhodes gozou, pulsando e gemendo do fundo do seu peito, tão fundo que o senti contra mim.

Aquele corpo grande e suado caiu em cima de mim enquanto ele nos deitava na cama, ainda dentro de mim, entre minhas coxas. Rhodes colocou sua bochecha contra o topo da minha cabeça, seus pulmões lutando para respirar. Passei os braços ao redor dele, deslizando sobre suas costas lisas, respirando com dificuldade também.

— Nossa — ofeguei.

— Caramba — disse ele, beijando-me no ponto acima do meu peito.

— Feliz Natal para mim.

A risada repentina de Rhodes encheu meu coração, e eu juro que ele me abraçou, me trazendo para mais perto, erguendo minha cabeça para me beijar. Seu olhar achou o meu, e ele estava sorrindo, daquele jeito brilhante que fazia o meu coração voar, que fazia aquelas três pequenas palavras explodirem dentro de mim.

— Feliz Natal, Aurora — sussurrou com ternura.

— Feliz Natal, Tobers — repeti, e em alguma parte do meu coração, esperava que aquele fosse o primeiro de muitos. — Você é o melhor, sabia disso?

Senti a curva da sua boca, senti o sorriso que ele deu contra a minha pele.

Realmente o melhor Natal da minha vida.

CAPÍTULO VINTE E OITO

— Por favor, por tudo o que é mais sagrado, pare, Am — gemi no banco do carona, na noite seguinte.

Nosso aprendiz de direção, que estava no volante do meu carro, nem se incomodou em olhar para mim, enquanto balançava a cabeça, desanimado.

— Mas nós saímos há meia hora!

Ele estava certo. Tínhamos saído da casa da sua tia exatamente trinta minutos antes. Eu até fiz xixi um pouco antes de sairmos. Mas o que ele não sabia era que eu havia bebido uma xícara de café, para o caso de ter que dirigir até em casa, já que Rhodes tinha bebido algumas cervejas.

— Você sabe que tenho uma bexiga minúscula. Por favor, você não quer que eu tenha que pagar para lavar o carro porque fiz xixi nele, não é? — Do assento atrás do meu, Rhodes emitiu um som que deveria ser uma gargalhada. — Você não vai querer sentir cheiro de xixi pela próxima hora — adicionei. O adolescente finalmente me olhou com uma expressão alarmada. — Por favor, Am, por favor. Se você me ama, e eu sei que você ama, pare no próximo posto de gasolina. Ou no próximo acostamento. Eu não me importo de fazer xixi na beira da estrada e serei rápida — implorei.

Dessa vez, Rhodes definitivamente não abafou a risada e nem o que veio depois.

— Nada de fazer xixi na beira da estrada. Um policial rodoviário pode passar e não vou conseguir convencê-lo a não te dar uma multa por atentado ao pudor.

Gemi.

— Am, tem um posto de gasolina logo adiante, em uns cinco ou dez minutos. Ora, você consegue aguentar até lá? — Rhodes perguntou, inclinando-se para frente entre os bancos.

Apertei minhas coxas — percebendo mais uma vez como aquela área ali estava dolorida desde a noite anterior — e assenti, tensa, antes de pressionar as pernas ainda mais juntas.

A mão dele subiu e se acomodou no meu antebraço, o polegar esfregando ao longo da pele sensível. Sorri para ele, o que provavelmente deve ter sido um sorriso horrível devido ao fato de que estava me apertando toda para aliviar a vontade de fazer xixi.

Tinha sido um ótimo dia. Saímos pontualmente às oito da manhã, e mal ouvimos cinco palavras de Am até às onze, porque ele estava desmaiado no banco de trás. Rhodes e eu conversamos sobre o Colorado e algumas coisas que ele aprendera no treinamento. Ele me explicou que havia guardas florestais, ou gestores de vida selvagem — como ele gostava de se intitular quando queria ser pomposo —, que cuidavam das áreas mais próximas a Montrose, e os que cuidavam do sudoeste do estado, como ele fazia. Nós até ouvimos um pouco de música, mas, principalmente, ele conversou comigo e eu devorei cada palavra, e em especial cada sorriso malicioso que ele lançou na minha direção.

Ele não precisava me dizer, mas dava para perceber que ele estava pensando na noite anterior. Tinha esperança de que estivesse pensando em como poderíamos repetir a dose o mais rápido possível. Eu me contentaria só em deitar sobre o peito nu dele de novo, como fizemos depois.

A tia do Am tinha sido tão legal quanto eu me lembrava do Dia de Ação de Graças, e foi ótimo aproveitar a festa da família, conversando muito com Rhodes, um pouco com Am, que ficou mais com o tio Johnny e com o pai dele, e ajudei na cozinha o quanto pude. Eu saí por um tempo e enfrentei o frio para ligar para minha tia e meu tio e desejar Feliz Natal, e também conversei um pouco com meus primos.

Saímos logo depois das quatro da tarde, porque Rhodes tinha que trabalhar no dia seguinte. Ele perguntou se tudo bem deixarmos Amos dirigir, e eu concordei de imediato — pelo menos até ele começar com a história de não querer parar para o meu xixizinho. As estradas tinham passado por uma limpeza naquela manhã, e a temperatura tinha subido para confortáveis sete graus, mantendo as estradas livres de gelo, então não parecia um risco deixá-lo dirigir.

No entanto, eu já estava quase ofegante quando avistei a placa do posto de gasolina à distância, e fiquei calada, porque estava concentrando todos os meus esforços em não fazer xixi na calça.

— Até que enfim! — gemi quando ele virou à direita e seguiu em direção à bomba.

— Vamos abastecer — disse Rhodes enquanto seu filho estacionava.

— Tudo bem, te pago depois. Preciso ir — sibilei enquanto abria a porta rapidinho, já tirando o cinto de segurança enquanto ele fazia a curva, e saí correndo dali.

Ouvi os dois rirem, mas eu tinha coisas melhores a fazer.

Por sorte, eu já tinha estado em tantos postos de gasolina até aquele momento da minha vida, que havia um ímã interno que me atraía para onde os banheiros estavam, e os avistei de imediato, quase cambaleando em direção à placa, porque cada passo ficava cada vez mais difícil. Não era enorme, mas o posto tinha um tamanho surpreendente, com um banheiro normal com cabines. Fiz xixi por uns dois minutos seguidos, ou pelo menos metade do meu peso em líquido, e saí dali o mais rápido que deu. Atrás do balcão, a funcionária desviou o olhar de onde estava focada, o lado de fora, para se concentrar em mim. Ela assentiu e eu assenti de volta.

Foi então que notei o que ela estava olhando.

Havia um enorme ônibus classe A parado na área de desvio onde imaginei que os caminhões da região estacionavam.

A porta estava aberta, e as pessoas estavam saindo, bocejando e esfregando os rostos. Era um grupo grande demais para não ser um ônibus de excursão, percebi.

Rhodes ou Am haviam movido o carro para uma bomba logo adiante, e ambos estavam do lado de fora, Am olhando para a bomba e Rhodes encostado no carro, olhando na minha direção.

Eu acenei para ele.

Ele me lançou um daqueles sorrisos discretos e devastadores que me faziam querer abraçá-lo.

E foi aí que tudo deu errado.

— Ora? — uma voz desconhecida chamou.

Olhando para a minha esquerda, talvez a três metros dos dois homens que eu amava, estavam outros dois rostos que eu reconheci. Por que não os reconheceria? Estive na vida deles por dez anos. Achei que eram meus amigos. E com base nas expressões pálidas que tomaram conta dos seus rostos, eles também estavam surpresos ao me ver. Fiquei tão chocada que congelei e pisquei, certificando-me de não estar imaginando Simone e Arthur.

— É você! Ora! — Foi Simone quem chamou, puxando o casaco de Arthur.

Arthur não pareceu nem um pouco animado.

Eu não o culpava. Tenho certeza de que ele sabia que estava na minha lista do ódio para sempre. E mesmo achando que eu era uma pessoa decente, senti minha expressão facial ficar vazia. E acho que resolvi ignorá-los, porque até consegui dar mais dois passos que me aproximaram de Rhodes e Am, antes de a mão da Simone envolver a parte interna do meu braço.

— Ora, por favor — ela disse.

Eu não tirei o braço, mas olhei para os dedos dela antes de encontrar seus olhos castanho-escuros.

— Oi, Simone. Oi, Arthur — falei, calma. Com toda a porra da calma do mundo. — Bom saber que estão vivos. Tchau.

Ela não me soltou, e quando encontrei seu olhar, havia algo ali que pareceu desespero. Nem me dei ao trabalho de olhar para Arthur, porque o conheci um ano antes que Simone — *eu tinha ido à cerimônia* do seu primeiro casamento — e não deixaria que eles estragassem o que tinha sido um Natal maravilhoso.

— Eu sei que você está brava — continuou Simone rapidamente, mantendo a mão em mim. — Sinto muito, Ora. Nós dois sentimos, não é, Art?

O "sim" dele foi tão triste que talvez devesse ser acompanhado de uma trilha sonora, com um violino ao fundo. Eu diria esse sarcasmo em voz alta se estivesse de mau humor. Se fosse qualquer outro dia. Talvez se eu estivesse sozinha.

Um rápido olhar para cima me fez encontrar a carranca de Rhodes. Acho que Amos também estava observando, imaginando com quem eu estava conversando em um posto de gasolina aleatório no meio do nada. Foi quando percebi que tinha que contar a eles sobre Kaden. Que eu não podia continuar oferecendo, especialmente a Rhodes, apenas detalhes vagos sobre a minha vida. Eu sabia que tinha tido sorte até aquele momento, já que ele não tinha procurado saber dos enormes buracos do meu coração, considerando o quanto tínhamos conversado sobre quase todas as coisas dolorosas do nosso passado.

— Tudo bem, estou feliz que vocês estejam meio arrependidinhos, mas não há nada para conversarmos. Por favor, solte-me, Simone — pedi, olhando-a com um aviso.

Ela parecia cansada, e me perguntei com quem ela estava em turnê naquele momento, com quem *eles* estavam em turnê. Então, me lembrei que não importava.

— Não, por favor, me dê um segundo. Eu estava pensando em você, e é um milagre você estar aqui. Nos disseram que tinha se mudado para o Colorado, mas um encontro assim não pode ser coincidência — falou rapidamente, e eu apenas continuei encarando aquela ex-amiga, mas notei pelo canto do olho que Rhodes começara a se aproximar.

Levantei o braço e o tirei da sua mão.

— É coincidência. Tchau.

— Ora. — A voz de Arthur estava calma. — Sentimos muito.

Tenho certeza, pensei, com amargura, mas realmente não me importava mais. O que me importava era perder meu tempo falando com eles quando eu poderia estar com pessoas que não tinham virado as costas para mim. Pessoas que não começariam a ignorar minhas ligações porque meu relacionamento com seu chefe tinha acabado, embora eu tivesse sido, tecnicamente, chefe deles também. Mas eu sempre, *sempre* pensei que fôssemos amigos de verdade. Em algum momento ao longo dos anos, acabei passando mais tempo com a banda de Kaden do que com ele, porque sua mãe começou a reclamar de quão fraca era minha desculpa de ser sua assistente.

Aquelas pessoas, incluindo Arthur e Simone, haviam... eles tinham me ensinado a tocar instrumentos. Eles me diziam quando algo não funcionava na minha composição. Nós íamos ao cinema juntos, a festas de aniversário, ao boliche, ao teatro, saíamos para comer...

Mesmo quando não estávamos juntos em turnê, eles me mandavam mensagens.

Até que pararam completamente.

— Kaden apenas nos comunicou que vocês tinham terminado, e depois a sra. Jones enviou um e-mail dizendo que, se ela soubesse que tínhamos nos comunicado com você, seria nosso último dia trabalhando para ela — Arthur começou a dizer antes de eu lançar um olhar sério.

— Eu acredito em você, mas isso foi antes ou depois de eu ter tentado ligar com meu novo número, ter deixado mensagens na caixa postal e enviado mensagens que vocês nunca responderam? Vocês sabiam que eu nunca entregaria ninguém para ela.

Ele fechou a boca, mas aparentemente Simone achou que era uma boa ideia continuar falando.

— Nós lamentamos. Só descobrimos alguns meses atrás tudo o que aconteceu, e Kaden está péssimo. Ele perguntou a todos nós se tínhamos notícias suas, e ele cancelou a turnê, você soube? É por isso que estamos aqui com a Holland.

Ergui as sobrancelhas.

— Eu sei que a sra. Jones falou para todos que nosso relacionamento estava acabado antes mesmo de eu saber. Bruce me contou. — Era o cara da equipe que eu tinha encontrado em Utah. — Vocês poderiam ter me avisado, mas não fizeram isso. Ambos sabem que não sou dedo-duro. Se fosse com vocês, eu teria dito algo. Como eu te avisei, Simone, quando a sra. Jones estava pensando em te demitir quando você deu uma engordada, lembra? Eu não te avisei?

— Mas o Kaden... — Simone começou a dizer.

— Eu não me importo mais, essa é a verdade. Vocês também não precisam se importar. Pelo menos posso agradecer por não terem dado o número do meu celular para eles... embora eu ache que não disseram nada só para não arriscar serem demitidos, caso a sra. Jones achasse que estavam mentindo e falando comigo, não é? — Dei uma risada sarcástica. — Sabe de uma coisa? Boa sorte na turnê — finalizei o mais calma possível antes de me virar e dar de cara com o peito de Rhodes, que havia se aproximado sorrateiramente.

Ao lado dele estava Am.

E ambos estavam me encarando com olhos enormes e cautelosos que de imediato fizeram um certo pânico atravessar meu peito. Não muito, mas o suficiente. Mais do que suficiente.

Merda.

Eu não queria que eles descobrissem assim. Bem, eu não queria que descobrissem, ponto, mas planejava contar a eles em algum momento. Assumir a última peça do quebra-cabeça do meu ex.

E agora aqueles dois "amigos", que tinham parado de atender minhas ligações e de responder minhas mensagens, tinham tirado isso de mim.

Abri a boca para dizer que explicaria no carro, mesmo sentindo uma dor cruel da vergonha no peito, mas Rhodes foi mais rápido.

— O nome do seu ex é Kaden? — perguntou lentamente, bem devagar. — Kaden... Jones?

E antes que eu pudesse responder, a boca de Amos se contraiu tão apertada que seus lábios ficaram brancos e suas sobrancelhas caíram em uma expressão confusa e ferida ou zangada.

Porra. Aquilo era culpa minha, e sim, eu poderia culpar Simone e Arthur, mas ainda *era* minha culpa colocar Rhodes e Am naquela situação. Não havia nada a fazer a não ser contar a verdade.

— Sim, é — respondi, fraca, a onda de vergonha me inundando.

Apenas um dos maiores artistas de música country da década. Graças a mim, em parte.

— Seu ex é aquele cara de música country dos comerciais de seguro? Aquele que fez a música do Thursday Night Football? — Rhodes indagou com aquela voz ultrasséria que eu não ouvia há muito tempo.

— Você disse... — Am começou antes de balançar a cabeça, sua expressão pegando fogo.

Eu não sabia se ele estava zangado ou magoado, talvez os dois, e de repente me senti péssima. Pior, honestamente, do que um ano e meio atrás, quando a vida como eu conhecia tinha sido arrancada de mim. Apertando as mãos, tentei organizar a cabeça.

— Sim, é ele. Eu não queria contar porque...

— Você disse que era casada — Amos murmurou. — Eu sei que ele não é, porque Jackie costumava falar dele o tempo todo.

— Nós éramos, tecnicamente. Tipo união estável. Eu poderia ter levado metade das coisas dele, tenho as provas. Fui a um advogado. Eu poderia tentar ir à justiça, mas...

Rhodes abriu a boca e balançou a cabeça, o tendão em seu pescoço aparecendo do nada.

— Você mentiu para nós?

— Eu não menti para vocês! — sussurrei. — Eu só... não contei. O que eu deveria dizer? "Oi, pessoas, adivinhem? Desperdicei catorze anos da minha vida com uma das pessoas mais famosas do país? Eu escrevi todas as músicas dele e o deixei levar o crédito porque fui burra e ingênua? Ele me largou porque a mãe dele não achava que eu era boa o suficiente? Porque ele não me amava o bastante?" — Aquela vergonha familiar estava apertando meu peito. Pelo canto do olho, vi Simone e Arthur começarem a se afastar com um "desculpa", que eu não me importava o suficiente para reconhecer.

— Você escreveu as músicas dele também? — Am sussurrou, usando aquela mesma voz que eu não ouvia desde a primeira vez que nos conhecemos e seu pai o pegou no flagra. — E não me contou?

— Sim, Am, eu escrevi. Foi por isso que eles me pagaram. Eu contei a vocês dois que recebi dinheiro pelo fim do relacionamento. Só nunca contei o nome dele porque... eu estava com vergonha.

O adolescente cerrou o maxilar.

— Você não acha que merecíamos saber?

Olhei para Rhodes e senti meu coração bater no meu pescoço e rosto.

— Eu ia contar em algum momento, mas eu... eu queria que vocês gostassem de mim pelo que eu sou. Por quem eu sou.

Ele balançou a cabeça lentamente, as sobrancelhas se juntando.

— Você não achou importante contar que foi casada com um cara rico e famoso? Você fez a gente pensar que era uma mulher triste e divorciada que teve que começar tudo de novo.

Raiva e mágoa me atingiram bem no peito.

— Eu estava triste e, tecnicamente, eu sou divorciada. Ele me chamava de esposa só muito em particular. Perto de amigos muito próximos. Não nos casamos legalmente porque isso arruinaria a imagem dele. Porque homens solteiros vendiam mais álbuns do que os casados. E eu não tinha nada. O dinheiro não significa nada para mim. Além dos presentes de Natal e um pouco de dinheiro aqui e ali que gastei com coisas e pessoas, não gastei em mais nada. E tive que começar tudo de novo, como eu te disse. Ele chegou em casa, disse que o relacionamento tinha acabado e, no dia seguinte, o advogado dele me mandou um aviso de que era para eu sair da casa. Tudo estava no nome dele. Eu tive que me mudar para a casa da Yuki, e fiquei lá por um mês antes de ter forças para voltar para a Flórida — expliquei, balançando a cabeça. — Tudo o que eu levei foram as coisas que trouxe para cá.

Rhodes levantou a cabeça em direção ao céu e a balançou. Ele estava irritado. Tudo bem, se ele tivesse namorado... tipo, a Yuki, eu gostaria de saber. Mas eu não menti. Só estava tentando proteger o pouco de orgulho que me restava. Será que era tão errado?

— Você escreveu aquela música do futebol, não foi? — Amos perguntou com uma voz que parecia um chute no meu estômago.

Meu coração afundou, mas assenti para ele.

As narinas dele se alargaram.

— Você me disse que minhas músicas eram boas.

O quê?

— Porque elas são, Am!

Meu amigo adolescente olhou para baixo, e seus lábios se apertaram tanto que ficaram brancos.

— Eu não estou mentindo — insisti. — Elas são boas. Você sabia sobre a Yuki. Eu te disse que tinha escrito canções que outras pessoas gravaram. Eu tentei dar uma dica. Mas eu só não queria que você ficasse envergonhado, foi por isso que eu...

Sem olhar para mim ou para o pai dele, Amos se virou, caminhou em direção ao carro e entrou no banco do passageiro.

Meu coração afundou até os dedos dos pés, e me forcei a olhar para Rhodes.

— Me desculpe — comecei a dizer antes de ele encontrar meu olhar, aquele queixo teimoso apontando firmemente em seu rosto.

Ele piscou.

— Quanto dinheiro ele te deu?

— Dez milhões.

Rhodes estremeceu.

— Eu te disse que tinha dinheiro guardado — eu o lembrei, com a voz fraca.

Uma daquelas grandes mãos se ergueu, e ele esfregou a cabeça por cima do gorro de tricô que usava.

Ele não disse uma palavra.

— Rhodes...

Ele nem sequer olhou para mim enquanto se virava e entrava no carro.

Porra.

Engoli em seco. Não havia ninguém para culpar além de mim mesma, e eu sabia disso muito bem. Mas se eu pudesse apenas explicar. Eu não tinha dito o nome de Kaden nem sido específica sobre o quanto compus... pelo menos para quem compus. Eu tinha dado dicas. Mas nunca *menti*. Será que era tão errado não querer admitir que eu não escrevia nada novo há muito tempo? Eu nem mesmo me preocupava mais com isso. Eu não pensava em música.

Vamos precisar de um tempo. Quando a chateação deles passasse um pouco, eu poderia explicar tudo de novo. Desde o começo. Tudo.

Ficaria tudo bem.

Eles me amavam e eu os amava.

Mas, mesmo tendo um plano, não ajudou muito quando nenhum deles disse uma única palavra para mim ou um para o outro durante o caminho de volta a Pagosa.

MARIANA ZAPATA

CAPÍTULO VINTE E NOVE

Clara olhava para mim enquanto eu suspirava e esfregava os olhos.

— O que aconteceu? Você parece triste — ela disse enquanto eu reorganizava a vitrine de sapatos pela terceira vez. Ainda não parecia certo. Fazia mais sentido que as botas de inverno de canos longos ficassem no topo do que na parte de baixo, mas a coisa toda ainda parecia estranha.

— Nada — falei, ouvindo o cansaço no meu tom de voz e me lembrando de que eu era uma péssima mentirosa. Eu mal tinha dormido na noite anterior, pior do que nas noites em que os morcegos me aterrorizavam. Mas, em vez de tirar o dia de folga como eu havia pedido, decidi ir trabalhar e não a deixar na mão.

Ela deve ter ouvido a tristeza na minha voz pela expressão de preocupação que fez. Parte de mim esperava que ela deixasse para lá, mas ela não fez isso.

— Você sabe que pode me contar o que está te incomodando, certo? — perguntou, devagar e com cuidado, tentando não pisar nos meus calos, mas preocupada o suficiente para arriscar.

Foi por isso que larguei os sapatos, olhei para ela e então expirei tão profundamente, que não sei como ainda tinha tanto ar nos meus pulmões.

— Eu ferrei tudo, Clara.

Ela veio por trás do balcão, passando direto por Jackie, que alugava algumas boias para uma família, e se agachou ao meu lado, com a mão repousando nas minhas costas.

— Se você me contar, posso tentar ajudar. Ou posso apenas ouvir.

Amor e ternura preencheram a minha alma inteira, tanto que quase compensava a dor que eu estava sentindo desde a noite anterior, e eu me vi abraçando-a por um segundo antes de me afastar.

— Você é uma pessoa tão boa. Quero que saiba o quanto agradeço tudo o que fez por mim, mas ainda mais pela sua amizade.

Foi a vez dela de me abraçar de volta.

— Isso vale para os dois lados, sabe. Você é a melhor coisa que aconteceu na minha vida em muito tempo, e estamos todos muito felizes por ter você aqui.

Rhodes me disse algo semelhante certa vez.

Quando ele ainda falava comigo.

Quando não estava ignorando minhas mensagens de texto, como fizera naquela manhã. Tudo o que eu queria era falar com ele, explicar melhor. No entanto, ainda não havia recebido uma resposta.

Funguei, depois ela fungou, e contei a verdade.

— Eu não tinha contado para Rhodes ou Amos sobre Kaden, e eles descobriram ontem à noite. Eu me sinto péssima, e eles estão muito chateados comigo. — O que eu não disse foi que eles nem mesmo tentaram me impedir quando, ao chegar da casa da tia de Amos, eu entrei na casa para pegar minhas coisas e voltei para o apartamento.

Os olhos dela se arregalaram a cada palavra que saía da minha boca, mas, de alguma forma, voltaram ao normal, fazendo uma expressão pensativa e de preocupação ao mesmo tempo.

— Mas você não contou a eles sobre o Kaden porque estava envergonhada.

Eu não tinha certeza se ela sabia que eu havia escrito as músicas dele. Jackie sabia porque tinha ouvido os comentários que Yuki havia feito, mas Clara nunca mencionara nada sobre isso. Será que Jackie tinha contado para ela? Ela tinha somado dois mais dois? Eu não fazia ideia.

Então assenti e contei a ela o mais rápido possível, enfatizando que eu não havia escrito nada novo depois de quase dois anos e que eu não havia mencionado isso porque, dessa forma, não conseguiria ajudar Am com a música dele.

Ela inclinou a cabeça para o lado, e sua expressão não era triste, mas estava perto disso.

— Sabe, entendo por que eles ficariam chateados, mas, ao mesmo tempo, entendo por que você não quis contar também. Se eu estivesse no seu lugar, não sei se contaria. Em paralelo, eu sempre achei bem legal que vocês se conheciam, que ficaram juntos — ela falou e eu dei de ombros. — Mas você disse a eles sobre Kaden de modo geral, não foi?

— Sim, só nunca dei os detalhes. — Soltei um suspiro e balancei a cabeça. — Eles nem mesmo olharam para mim, Clara. Eu sei que meio que mereço isso, mas me machucou. Eles só descobriram porque paramos em um posto de gasolina e duas pessoas da banda do Kaden estavam descendo de um ônibus de turnê, me viram e tentaram se desculpar por terem me abandonado. Foi tão idiota, e eu me sinto péssima. A única razão pela qual esperei tanto tempo para contar a eles foi porque queria que gostassem de mim pelo que eu sou. E eles gostavam. E agora deu tudo errado.

— Claro que estão chateados. Ele é... Kaden Jones, Aurora. Eu o vi em um comercial ontem à noite. Acho que fiquei boba por um tempo quando ele alcançou o primeiro grande sucesso e percebi que vocês estavam juntos.

Eu resmunguei, sabendo exatamente qual música era.

— *O que o coração quer.* — Eu tinha escrito quando tinha dezesseis anos e ainda sentia muita falta da minha vida no Colorado.

Clara estendeu a mão e pegou a minha.

— Eles vão superar. Os dois te amam. Não acho que eles saibam como funciona a vida sem você. Dê a eles algum tempo. — Devo ter feito uma careta, porque ela riu. — Por que você não vem ficar com a gente hoje à noite? Papai ficou chateado por você não ter aparecido na véspera de Natal, embora ninguém tenha conseguido sair por causa da neve.

— Tem certeza? — perguntei, sem querer me imaginar sentada no apartamento sozinha por horas. Não com aquela sensação na alma.

— Sim, tenho certeza.

Assenti.

— Tudo bem. Vou buscar minhas coisas e depois irei. Você quer que eu leve algo?

— Apenas você — respondeu. — Não se culpe demais. Ninguém que te conhece acreditaria que você faria algo por maldade. — Clara fez uma pausa. — A menos que a pessoa realmente mereça.

Foi a primeira vez que sorri no dia.

Meu coração continuou pesado, apesar da garantia de Clara de que eu seria perdoada.

Eu sabia que era minha culpa. Meu orgulho tinha me ferrado, e essa era a parte mais frustrante, eu não podia jogar a culpa em mais ninguém.

E meu coração continuou doendo ainda mais quando cheguei na entrada da casa e vi as marcas na neve dos pneus largos. Porque eu sabia o que aquilo significava. Rhodes estava em casa.

Ou seja, ele literalmente tinha acabado de chegar também. Segundos antes de mim.

E eu sabia disso porque o vi saindo da caminhonete assim que estacionei na área que ele havia limpado na manhã de Natal, quando saímos na neve, já que não havia mais nevascas previstas.

Uma esperança relutante meio que brotou dentro de mim quando parei o carro e alcancei a bolsa. Mas tão rápido quanto suas raízes surgiram, elas murcharam. Ele não olhou para mim. Nem uma vez, enquanto batia a porta do carro e teimosamente mantinha sua atenção à frente, recusando-se a olhar para baixo... ou para mim. Eu esperei, observando e rezando para que ele se virasse e apenas... desse uma olhada.

Mas não aconteceu.

Engoli em seco.

Ele não precisava fazer nada que não quisesse.

Estava bravo comigo, e eu tinha que lidar com isso. Clara estava certa. Ele me perdoaria. Era o que eu desejava. Quanto a Amos, eu não tinha tanta certeza, mas... nós resolveríamos. Eu também tinha esperanças. Realmente devia a eles pelo menos algum tempo para aceitar e, espero, entenderem as coisas do meu ponto de vista... mesmo que fosse exatamente isso que eu quisesse evitar.

Subi as escadas.

Coloquei algumas coisas na minha mochila para a noite e algo para vestir no dia seguinte. Eu sabia que era um pouco imaturo, mas não estava vestida com o casaco que Rhodes havia me dado de presente, insistindo em usar o mais fino, e deixei-o em cima do colchão. E sim, eu também ainda não havia usado as botas e as deixei ao lado da cama.

Eles podiam ficar bravos, mas eu podia estar chateada também, certo? Eu estava cansada das pessoas... simplesmente pararem de falar comigo. Só me deixando ir embora. Era uma droga. Talvez eu tivesse superado muitas coisas no último ano e meio, mas a traição, não apenas dos Jones, mas também dos meus "amigos", doía mais.

Então sim, é provável que eu estivesse mais sensível, mas não havia muito que eu pudesse fazer a respeito. São muitas as emoções que podemos nos convencer a deixar de lado, mas a dor da traição não é uma delas.

Finalmente pronta para ir, peguei minhas chaves e fui em direção ao carro, jogando a bolsa no banco de trás. Aconteceu de eu olhar para a varanda e ver que Amos me observava através da janela. Acenei para ele e entrei no carro. Não esperei que ele retribuísse o cumprimento; eu não suportaria se Am me ignorasse descaradamente.

Então, fui embora.

MARIANA ZAPATA

CAPÍTULO TRINTA

Eu seria uma mentirosa filha da mãe se dissesse que algumas lágrimas não escaparam dos meus olhos a caminho da casa da Clara.

Enxugando o rosto quando uma delas tocou o canto da minha boca, ouvi a orientação do GPS me avisar sobre uma próxima curva à direita e ser imediatamente interrompida quando uma chamada entrou.

A tela mostrava TOBER RHODES LIGANDO.

Ele estava ligando para me dar más notícias? Para me dizer para eu ir embora? O medo envolveu meu estômago, mas me forcei a atender. Eu já tinha aprendido da pior maneira o que acontecia quando se tenta evitar coisas ruins.

Melhor encará-las e seguir em frente.

— Alô? — Até eu pude ouvir a insegurança na minha voz.

— Aonde você está? — soou a voz rouca.

— Oi, Rhodes — eu disse baixinho, mais baixo do que eu já tinha falado com ele antes. — Estou dirigindo.

— Eu sei que está dirigindo. — Não retribuiu o cumprimento; sua voz estava seca. — Para onde você está indo? — Aquela Voz da Marinha estava de volta, e eu não sabia o que significava.

— Por quê?

— *Por quê?*

Respirei fundo pelo nariz.

— É. Por que está perguntando? — Eu tinha que... encarar. Se ele quisesse me dizer para pegar minhas coisas e ir embora, mesmo que eu não achasse que isso era algo que ele gostaria de fazer, melhor descobrir naquele momento.

Aquele pensamento fez meu estômago se contrair dolorosamente.

Ele deu um suspiro tão alto e cansado que fiquei surpresa por não ter viajado através do Bluetooth.

— Aurora...

— Rhodes.

Ele murmurou algo inaudível e pareceu ter afastado o telefone da boca para dizer algo a quem eu só podia imaginar ser Amos, antes de voltar à linha e repetir a pergunta.

— Para onde você está indo?

— Para a casa da Clara — falei ainda baixinho.

Então decidi aproveitar a ligação, por que não?

— Olha, me desculpe por não ter contado a verdade, mas eu amo você e o Am e não queria que vocês pensassem que sou uma idiota, e espero que me perdoem. Não quero chorar enquanto dirijo, mas podemos conversar outra hora. Tudo bem, tchau.

Como a covarde que eu não sabia que era, desliguei. Talvez minha esperança fosse que ele me ligasse de volta, mas ele não ligou. E percebi, quando meu coração começou a doer de novo, que eu meio que achei que ele ia ligar. Eu tinha fodido com tudo.

Eu era tão idiota.

Mas acho que não suportaria ouvi-lo dizer algo que fosse me machucar. Talvez fosse melhor que não tivéssemos conversado ainda. Quanto mais tempo ele tivesse para se acalmar, menor a chance de eu me magoar ainda mais.

Porém, o pensamento não fez com que eu me sentisse melhor. Nem um pouco. Eu preferiria entrar em uma discussão a ser ignorada. De verdade. Eu teria preferido ouvi-lo dizer que estava magoado e decepcionado por eu ter escondido a verdade a ser desprezada.

Estacionando na garagem da Clara, saí do carro com o coração mais pesado do que antes. Vi a porta da frente se abrir e Clara acenou para que eu entrasse.

— Venha, entre — convidou, com um sorriso gentil e acolhedor.

— Tem certeza de que todo mundo aceitou que eu ficasse aqui? — perguntei, subindo os degraus.

O sorriso dela permaneceu exatamente o mesmo.

— *Sim*. Entre.

Abracei minha amiga e em seguida a Jackie, que estava atrás da Clara, espiando por cima do ombro com uma expressão ansiosa.

— Oi, Jackie.

— Oi, Ora.

Parei e praguejei.

— Esqueci a bolsa. Vou pegar no carro rapidinho.

— O jantar está pronto. Coma e depois você pega.

Assenti e as segui para dentro, abraçando também o sr. Nez. Ele já estava à mesa e apontou para a cadeira ao lado dele. Clara tinha razão, o jantar estava servido — eles seguiam o costume de comer taco às terças-feiras, e estava perfeito. Comemos, e o sr. Nez fez perguntas sobre a loja, e depois eles me contaram como tinha sido o Natal no dia anterior. Eles não saíram de casa, mas um dos irmãos de Clara tinha ido visitar, então não ficaram sozinhos.

Eu estava terminando meu segundo taco (se eu estivesse em um dia normal, provavelmente seria meu quarto), quando uma batida à porta da frente fez Jackie se levantar e desaparecer no corredor.

— Você soube que ela e Amos vão participar do show de talentos da escola? — perguntou o sr. Nez.

Coloquei o último pedaço do meu taco no prato.

— Am me contou. Eles vão se sair muito bem.

— Ela não nos disse até agora o que vão cantar ou o que vão fazer.

Não queria estragar a surpresa, então dei de ombros.

— Jurei manter segredo, mas todos nós temos que chegar cedo.

— Não acredito que Amos concordou com isso — comentou o sr. Nez entre mordidas. — Ele sempre me pareceu um jovem tão tímido.

— Ele é, mas é corajoso, e uma amiga minha tem dado conselhos a ele.

Queria tanto que ele me perdoasse.

— A tal amiga que Jackie não para de falar? Lady... qual é o nome dela? Lady Yoko? Yuko?

Eu ri.

— Yuki. Lady Yuki, e sim, é ela...

— Aurora! — um grito veio da porta da frente. — É para você!

— *Para mim?*

Clara deu de ombros enquanto eu me levantava. Indo em direção à porta da frente, Jackie evitou meu olhar de propósito enquanto passava por mim, voltando para a cozinha.

Eu sabia quem era. Não era como se houvesse uma longa lista de pessoas que iriam me procurar. Mas não havia ninguém na varanda quando cheguei à porta. O que vi mesmo foram duas pessoas perto do meu carro. Eu tinha adquirido o hábito de nunca trancar o carro, a menos que estivesse na loja. O porta-malas estava aberto, e eu não conseguia ver as cabeças deles, mas podia ver seus corpos.

— O que estão fazendo? — gritei, descendo os degraus, meu estômago se contorcendo enquanto eu pensava em todas as piores razões pelas quais estariam mexendo ali. E talvez um pouco surpresa também.

Foi Rhodes que se mexeu primeiro, as mãos indo direto para os quadris ao me olhar. Com os ombros largos e o peito estufado. Grande e imponente, parecendo mais um super-herói do que um homem comum. Ele ainda estava vestido com seu uniforme de trabalho. Sua jaqueta de inverno estava aberta, o gorro bem puxado na cabeça, e ele estava franzindo a testa.

— Pegando as suas coisas — respondeu.

Parei de andar.

Amos se posicionou ao lado do pai. Ele usava um moletom largo e cruzou os braços sobre o peito exatamente da mesma maneira que o homem ao seu lado.

— Você tem que voltar.

— Voltar? — repeti, como se nunca tivesse ouvido aquela palavra na vida.

— Para casa — disseram ao mesmo tempo.

"Casa". Aquela palavra parecia um soco do Super-Homem na minha alma, o que deve ter ficado evidente para eles, porque a expressão de Rhodes ficou mais severa, seu rosto ultrassério.

— Sim, para casa. — Ele fez uma pausa. — Com a gente.

Com eles.

Aquele peito largo, onde eu tinha encontrado conforto várias vezes, subiu com uma respiração, os ombros abaixando ao mesmo tempo, e ele assentiu — para si mesmo, para mim, eu não sabia para quem —, me observando com aqueles incríveis olhos acinzentados.

— Para onde você acha que está indo? — continuou Rhodes.

O quê?

— Indo? Eu estou aqui...?

Ele deu a impressão de que não ouvira minha resposta, porque sua carranca não desapareceu e as linhas em sua testa se aprofundaram.

— Você não vai embora — falou devagar, resoluto.

Eles acharam que eu estava *indo embora*?

Meu pobre cérebro não conseguia entender e era por isso que repetia as palavras, porque elas não faziam sentido. Nada daquilo — nada, até mesmo eles estarem ali — fazia sentido.

— Você está com sua mala — Amos entrou na conversa, olhando para o pai por um segundo antes de voltar a se concentrar em mim. Ele parecia estar lutando com algo, porque respirou fundo. — Nós... nós pensamos que você tinha mentido. Ficamos um pouco chateados, Ora. Mas não queremos que você vá embora.

Eles realmente acharam que eu estava indo embora? Para sempre? Eu só estava com a minha pequena mala de viagem.

E foi então que notei o que Rhodes tinha debaixo do braço. Algo laranja e brilhante.

Minha jaqueta.

Ele estava com a minha jaqueta.

De repente, minhas pernas ficaram fracas, e a única coisa que meu cérebro conseguiu processar era que eu precisava me sentar, e precisava me sentar naquele exato momento. Foi o que fiz. Desabei no chão e apenas olhei para eles, a neve molhando minha bunda na mesma hora.

As pálpebras de Rhodes se estreitaram.

— Você não pode fugir só porque tivemos uma discussão.

— *Fugir*? — consegui dizer, surpresa, e, para ser sincera, espantada.

— Eu deveria ter conversado com você ontem à noite, mas... — A mandíbula de Rhodes se movimentou, e vi sua garganta engolindo em seco, de onde ele estava, com as pernas bem afastadas. — Vou melhorar isso de agora em diante. Vou conversar com você mesmo se estiver bravo. Mas não pode ir embora. Não pode simplesmente partir.

— Não estou indo embora — sussurrei, atônita.

— Não, você não está — concordou, e jurei que minha vida inteira mudou.

Então me lembrei do que nos levara ao ponto em que estávamos e me concentrei.

— Eu te mandei uma mensagem e você não respondeu — acusei.

A expressão dele ficou estranha.

— Eu estava bravo. Da próxima vez, vou te responder, mesmo se estiver bravo.

Da próxima vez.

Ele acabou de dizer *da próxima vez*.

Eles tinham ido até ali. Por mim.

Eu tinha saído de casa há uma hora... e eles estavam ali. Irritados e magoados. Senti meu lábio inferior começar a tremer ao mesmo tempo que minha cavidade nasal começava a formigar. E tudo que consegui fazer foi olhar para eles. Minhas palavras estavam perdidas, enterradas sob a onda de amor que enchia meu coração naquele momento.

Talvez a falta de palavras impulsionou Rhodes a dar um passo à frente, as sobrancelhas ainda franzidas, sua voz autoritária mais rouca do que nunca.

— Aurora...

— Desculpa, Ora — Amos gaguejou, interrompendo o pai. — Eu fiquei bravo porque você estava me ajudando com as minhas músicas ruins...

— Suas músicas não são ruins — consegui dizer, fraca, principalmente porque toda a minha energia estava concentrada em não chorar.

Ele me lançou um olhar ferido.

— Você escreveu músicas que tocaram na TV! Aquele idiota ganhou prêmios com as *suas* músicas! Eu me senti um imbecil. Você me ensinou tantas coisas, e eu não levei a sério. — Ele levantou os braços e os deixou cair. — Eu sei que você jamais machucaria qualquer pessoa de propósito.

Assenti, tentando reunir as palavras de novo, mas meu adolescente quieto e favorito continuou falando.

— Desculpa por ter ficado tão bravo — falou, arrependido. — Só que... você sabe... desculpa. — Suspirou. — Não queremos que você vá embora. Queremos que fique, não é, pai? Com a gente.

Então isso era ter o coração partido por um bom motivo.

Foi pela sinceridade em seus olhos, e pelo amor que eu tinha por ele no meu coração, que consegui responder.

— Eu sei que você está arrependido, Amos, e obrigada por se desculpar. — Engoli em seco. — Sinto muito por não ter contado. Não queria que se sentissem estranhos perto de mim. Eu queria que fossem meus amigos por quem eu sou. Não queria decepcioná-los. Não consigo mais escrever — admiti. — Não consigo faz muito tempo, e não sei o que há de errado comigo, mas, na verdade, não me importo, e acho que eu estava com medo de vocês descobrirem e só me quererem por isso... e eu não consigo mais. Simplesmente não consigo. Só posso ajudar. A inspiração não surge mais para mim. Depois que eu ajudei a Yuki, acabou tudo.

"Tudo que me restam são alguns cadernos, mas Kaden pegou tudo o que escrevi de melhor. Foi o único motivo pelo qual ele e a família dele me mantiveram por perto por tanto tempo. Porque eu podia ajudá-los, e eu não suportaria passar por isso de novo."

Balancei a cabeça e continuei.

— Todas aquelas canções... eram sobre a minha mãe. Você ficaria surpreso ao saber como é fácil transformar qualquer coisa em uma música de amor. Eu escrevi todas quando mais sentia falta dela. Quando parecia que meu coração não aguentaria mais bater. As melhores coisas que escrevi foram enquanto eu estava sofrendo, e coisas legais surgiram enquanto eu estava feliz, mas agora tudo se foi. Tudo mesmo. Não sei se algum dia vai voltar. Como eu disse, já aceitei isso, mas não quero decepcionar mais ninguém. Em especial, não vocês dois.

Os olhos deles se arregalaram.

— E eu não estava indo embora de vez. Eu só pretendia passar a noite. Todas as minhas coisas ainda estão lá no apartamento, bobinhos — admiti, olhando para Rhodes também, que estava me encarando como se eu fosse desaparecer em um passe de mágica. — Pensei que tinha estragado tudo e que vocês dois não iam mais querer me ver por perto, ou pelo menos não por um tempo. Eu estava triste, mas sei que foi por minha própria culpa, só isso. — Apertei os lábios, sentindo as lágrimas se acumularem nos meus olhos, e dei de ombros. — Eu continuo perdendo as pessoas que considero minha família, e não quero perder vocês também. Me desculpe.

Rhodes baixou as mãos mais ou menos na metade do meu discurso. Assim que terminei, aqueles pés grandes e com botas o levaram para perto de mim, e, num piscar de olhos, ele estava agachado na minha frente, seu rosto bem ali, aqueles olhos intensos me perfurando. Antes que eu pudesse reagir, duas mãos que não vi chegando seguraram meu rosto.

— Você é minha — ele disse, na voz mais rouca que eu já tinha ouvido. — Tanto quanto o Am é meu. Tanto quanto ninguém jamais será.

Uma lágrima escorreu pelo meu rosto, e ele a enxugou, as sobrancelhas se abaixando.

— Você faz parte de nós — continuou, a voz rouca. — Eu já te disse isso antes, não disse? — Ele tocou o lóbulo de uma das minhas orelhas com os dedos. — Eu não sei como alguém deixaria você ir embora, e não vai ser eu. Não hoje. Nem amanhã. Nem nunca. Estamos entendidos?

Inclinei-me para a frente e deixei minha testa encostar no ombro dele, o peso das suas palavras se acomodando ao meu redor. A mão que ele tinha na minha orelha foi para as minhas costas. Ele as acariciou.

— Eu não sou um cara rico, *Angel*. Nunca serei... E não consigo imaginar pelo que você passou... — Sua respiração fez cócegas na minha orelha. — Não, não comece a balançar a cabeça, eu tive tempo para pensar em tudo, e agora entendo que nada disso importa para você... mas eu tenho muito mais para te oferecer do que aquele idiota jamais teve. Eu sei disso. Você também sabe. Não, não chore. Eu não suporto te ver chorar.

— Você está usando a sua voz mandona — murmurei contra o seu casaco, enquanto mais lágrimas desciam pelos meus olhos, e eu achei que algumas deslizaram pela minha garganta, mas estava tudo bem porque os braços de Rhodes se fecharam ao redor do meu corpo e me puxaram para o seu peito. Para ele.

A voz dele reduziu o tom.

— Me desculpe, eu fiquei com ciúmes. Eu não me importo com o seu dinheiro, os cadernos ou se nunca mais escrever uma única palavra.

Os braços de Rhodes se apertaram em volta de mim, e eu tive quase certeza de que todos os músculos do seu peito também se contraíram à medida que sua voz ficava ainda mais suave. A respiração leve dele fez cócegas na minha orelha conforme sussurrou:

— Nós te amamos, *eu* te amo, porque você é minha. Porque estar ao seu lado é como estar perto do sol. Porque te ver feliz me faz feliz, e te ver triste me faz querer fazer qualquer coisa para tirar a tristeza do seu rosto. Quero que você volte para casa. Eu não quero que pense em coisas que não são verdade; não é verdade que não queremos você por perto ou que queremos que você esteja conosco pelos motivos errados. Você é importante, *Angel*, e eu te quero com a gente. Você já decidiu, lembra? Não pode mais mudar de ideia. Eu não sou o seu ex, e você não pode ir embora. Vamos superar juntos, e não vamos desistir um do outro, ainda mais por algo assim. Não é verdade?

Assenti, com a cabeça ainda apoiada em seu peito. Engoli as lágrimas e deslizei os braços em volta do seu pescoço. Ele beijou minha testa e bochecha, a barba por fazer no seu queixo tocando meu rosto de um jeito que eu adorava.

— Estamos na mesma página de novo? — perguntou e eu funguei, concordando. — Você terminou de jantar? Pode voltar para casa? — questionou, a palma da mão deslizando para cima e para baixo na minha coluna.

Casa. Ele continuava falando daquele jeito, e minha alma estava absorvendo. Eu me afastei um pouco e concordei com a cabeça.

— Eu posso. Só vou... — Me virei e vi Clara e Jackie na porta, olhando para nós. Clara segurava minhas chaves com um sorriso doce.

Rhodes me ajudou a levantar, sua mão tocando rapidamente minhas costas antes de eu caminhar em direção à porta da frente, onde Jackie me entregou o casaco e Clara me deu as chaves. Seus olhos estavam brilhantes, e eu me senti tão mal.

Mas ela começou a balançar a cabeça no segundo em que abri a boca.

— Eu já tive algo especial assim na minha vida. Vá para casa. Acredite em mim. Faremos uma festa do pijama outro dia. O que vocês têm importa mais. Te vejo amanhã.

Eu a abracei apertado, e só tinha uma pequena ideia de como ela devia se sentir dizendo aquilo. Por ter perdido quem amava muito, muito mesmo. Mas ela estava certa.

O certo era ir para casa.

Sorrindo para Jackie, recuei e me virei para encontrar Rhodes parado no mesmo lugar. Um sorriso fraco e dolorido tomou conta da sua boca enquanto ele olhava para mim.

No segundo em que me aproximei, a mão dele deslizou pelo meu cabelo. Então, moveu-se sobre meu rosto, passando por baixo do meu olho enquanto franzia a testa.

— Não gosto de te ver chorar. — A ponta do polegar dele se moveu sobre minha sobrancelha antes de deslizar de volta para minha cabeça e, mais uma vez, curvar-se para baixo nas minhas costas.

— Eu iria com você, mas o Am...

— Só tem a permissão de dirigir acompanhado, eu sei.

O dedo dele passou sobre a minha sobrancelha novamente.

— Vou te seguindo até em casa — falou, com a voz grave.

Casa. Lá estava aquela palavra de novo.

Eu estremeci, e ele estendeu a jaqueta novinha em folha e me deixou deslizar um braço e depois o outro pelas mangas antes de fechá-la em mim. Sorri para ele quando terminou. Ele se inclinou e roçou os lábios nos meus. Recuando, encontrou meu olhar de novo, e então se inclinou mais uma vez, pressionando os lábios um pouco mais firmes nos meus. Então se afastou, o rosto tão vulnerável quanto eu jamais tinha visto.

Amos estava esperando ao lado do meu carro, e hesitei só um segundo antes de pegar minhas chaves do bolso e oferecer.

— Quer dirigir?

— Sério?

— Contanto que prometa não passar direto por nenhuma placa de pare.

Ele deu um pequeno sorriso, mas pegou as chaves e entramos no carro.

Ficamos em silêncio enquanto ele saía da garagem e seu pai manobrava para nos deixar passar primeiro. Amos só falou depois que chegamos na estrada.

— Meu pai te ama.

Afrouxei os dedos ao redor da bolsa e olhei para ele. Rhodes tinha dito tão rápido que eu não tinha absorvido o fato de que tinha falado exatamente isso.

— Você acha? — perguntei, mesmo assim.

— Tenho certeza.

Eu o vi soltar uma das mãos do volante.

— As duas mãos no volante, Am.

Ele a colocou de volta.

— Ele não é bom com palavras, sabe? A mãe dele costumava bater nele e fazer outras coisas, tipo dizer palavras cruéis, e eu nunca nem vi o vovô Randall abraçá-lo. Eu sei que ele me ama... ele só... não é muito de falar. Tipo, nunca. Não como o meu pai, Billy. Mas o pai Billy me disse há muito tempo que, mesmo que ele não diga com frequência, ele mostra fazendo outras coisas. — Amos olhou para mim. — Então, você sabe. É como se ele estivesse aprendendo agora. Como dizer isso.

— Eu entendo — falei seriamente.

Amos olhou para mim de novo e disse com determinação antes de olhar para a frente.

— Eu quero que você saiba, para que não pense que ele não te ama.

Ele estava tentando me consolar, me preparar ou até me aproximar mais do pai dele. Talvez todas as três coisas. E eu não poderia dizer que não estava amando aquilo, porque eu estava.

— Eu entendo — falei. — E não vou esquecer, prometo. Acho que não preciso ouvir isso o tempo todo. Você pode mostrar às pessoas que elas importam mais pelo que faz do que pelo que diz, pelo menos é o que eu acho.

O adolescente concordou, mantendo sua atenção à frente. As coisas ainda pareciam um pouco estranhas, como se ambos estivéssemos inseguros.

Aquela frustração ainda era nova e queríamos superá-la, mas não sabíamos como começar.

Então ele trouxe o assunto de volta.

— Eu não me importo que você não consegue mais escrever, sabe — revelou, sério. — Mas... você ainda vai me ajudar com as músicas?

Uma pressão se acumulou no meu peito.

— Eu tenho que fazer isso — disse. — Já fizemos tanto até agora. Quero ficar por perto e ver o que mais você pode fazer ao longo dos anos.

Ele lançou outro olhar para mim, sorrindo com timidez.

— Eu estava falando do show de talentos, quero apresentar outra música ao invés da que te falei.

Mordi a parte interna da minha bochecha e sorri.

— Tudo bem, me conte no que você está pensando.

Amos estacionou o meu carro na frente da casa, e não perto do apartamento, notei, mas mantive a boca fechada. Tudo o que eu queria era saborear aquele gesto. Seja lá o que significasse. Ser ainda mais aceita em sua casa e na vida deles?

Eles me queriam de volta.

Eles me queriam por perto.

E, para mim, isso era mais do que alguma coisa. Era tudo.

Saímos do carro, e eu vi a expressão de Rhodes enquanto ele esperava ao lado do capô da sua caminhonete, me observando atentamente. Eu ainda estava processando que eles tinham ido me buscar. Ninguém nunca tinha feito algo parecido comigo. Nem meu ex, quando ele tinha ferido meu coração e eu fui ficar com a Yuki, e nem depois que eu saí de casa, quando ele terminou tudo. Ele nunca sequer me mandara uma mensagem para ver se eu estava bem e não jogada em algum beco.

Assim que comecei a me irritar comigo mesma refletindo sobre tudo o que passei no meu relacionamento com Kaden e por quanto tempo deixei acontecer, me lembrei de que, se não fosse por ele e pelo fora que eu tinha tomado, talvez nunca tivesse voltado para Pagosa.

Por mais que meu coração tenha ficado aos pedaços e eu tenha desperdiçado algumas lágrimas, a felicidade que encontrei depois equilibrou isso. E talvez, com o tempo, compensasse ainda mais. Talvez um dia tudo o que eu tiver vai ofuscar completamente aquele passado.

Eu só podia esperar.

— Vamos entrar? — Amos perguntou ao dar a volta no capô do SUV. Eu acenei para ele e sorri. Mesmo assim, ele hesitou, deixando um semblante de preocupação se formar em seu rosto magro. — Eu realmente sinto muito, Ora.

— Eu também sinto muito. Estou desapontada comigo mesma por acreditar que o lance da música seria um obstáculo. Me dê um abraço e ficaremos quites.

Ele pareceu congelar por um segundo antes de revirar os olhos e se aproximar. Amos envolveu um braço frouxo em volta das minhas costas, que era equivalente ao abraço mais caloroso de todo o mundo, e deu dois tapinhas, deixando-me abraçá-lo também, antes de se afastar. Ele deu um sorriso leve, que para ele era o equivalente a um grande e radiante sorriso, antes de balançar a cabeça, desviar o olhar e subir as escadas até a varanda.

Rhodes ainda estava no mesmo lugar, olhando, esperando, enquanto seu filho desaparecia dentro da casa, fechando a porta atrás dele. Deixando-nos sozinhos.

— Tudo bem. Venha aqui — Rhodes disse naquela voz baixa e tranquila, estendendo a mão.

Eu a peguei. Deslizei os dedos sobre sua palma calejada e observei quando ele fechou a mão em volta da minha, me puxando em sua direção. Aqueles olhos lilás-acinzentados pareciam firmes.

— Agora, me explique de novo. Por que não contou para a gente quem era o seu ex? — perguntou, de maneira tão terna que eu teria contado qualquer coisa.

Respondi, buscando ser tão carinhosa quanto ele estava sendo.

— Tinha algumas razões. a) Eu não gosto de falar sobre ele. Quem quer contar tudo sobre o ex para alguém de quem gosta? Ninguém. b) Como eu disse, tinha vergonha. Não queria que você pensasse que havia algo de errado comigo e que foi por isso que nos separamos.

— Eu sei que não há nada de errado com você. Está brincando? Ele é um idiota.

Tive que lutar contra um sorriso.

— Por tanto tempo inúmeras pessoas fingiram que queriam me conhecer porque pensavam que eu trabalhava para ele. Quer dizer, eu não achava que você era fã dele nem que era esse o caso, mas me acostumei a não falar sobre ele, Rhodes. Era um hábito. Havia poucas pessoas com quem eu podia realmente falar sobre ele. E eu não queria trazê-lo à tona. Eu estava tentando seguir em frente.

— Você seguiu em frente.

Meu coração pulou, e eu concordei.

— Eu segui em frente. Você está certo.

Ele deu um passo mais para perto, seu corpo bem ali.

— Eu quero entender para saber o nível da burrice dele — falou e isso me fez sorrir. — Vocês tinham que fingir que vocês não estavam juntos? E foi por isso que não tiveram filhos?

— Sim. Apenas os membros da banda, as pessoas em turnê, amigos íntimos e familiares sabiam. Todo mundo teve que assinar um contrato de confidencialidade. Fingíamos que eu era a sua assistente para explicar por que eu estava sempre por perto. No começo estava tudo bem, mas com o tempo... começou a pesar. Eles eram tão paranoicos em relação a crianças, que a mãe dele contava minhas pílulas anticoncepcionais. Eu a ouvia perguntar a ele sobre preservativos o tempo todo. Agora que eu penso nisso, vejo o quão doloroso foi. E não quero falar sobre ele, Rhodes, porque ele é o passado e não o meu futuro, mas vou te contar tudo o que você quiser saber.

— Eu também não me importaria de saber tudo sobre ele algum dia.

— Mas tem muitos cantores que se casam e ainda são bem-sucedidos, não?

Eu assenti.

— Verdade. Mas foi o que eu disse, ele é um filhinho da mamãe e ela insistiu que as coisas nunca seriam as mesmas. Ele valorizava o relacionamento com a mãe mais do que o relacionamento comigo, e tudo bem. Na verdade não era tão tudo bem assim, mas tentei me conformar. Com o fato de eu ser a mentira. Ser um segredo. Com o fato de viver uma vida em que eu não me sentia boa o suficiente, porque talvez, se fosse, teria sido bom se todo mundo percebesse. Tudo que eu queria era ser importante para ele, eu acho. Então, eu aguentei.

"Em algum momento, a mãe o convenceu a fazer 'publicidade' e a ser visto saindo com outra cantora de música country, e eu disse a Kaden que, se fizesse isso, ele poderia ir se foder. Ele disse que tinha que fazer, que ia fazer porque havia rumores de que ele não gostava de mulheres, como se houvesse algo de errado nisso, porque ele não tinha uma namorada e nunca era visto acompanhado. E eu saí de casa. Fiquei fora um mês. Fiquei com a Yuki. Ele agiu dessa forma. Terminamos e ele beijou outra pessoa. Depois veio me procurar e pediu para que eu voltasse.

"As coisas nunca foram as mesmas depois disso. Cerca de um ano depois, ele e sua mãe decidiram que iriam tentar 'fazer algo diferente' com a música, então contrataram um produtor em vez de usar as minhas músicas... e esse foi o início do fim. Pensando nisso agora, acho que perceberam que eu estava escrevendo cada vez menos. Aposto que eles, ou pelo menos a mãe, estavam tentando me cortar. Um ano depois, tudo acabou. Ele saiu para algumas 'reuniões de negócios', que depois descobri serem na casa da mãe dele, voltou para casa e disse que as coisas entre nós dois já não estavam funcionando mais, me lembrou que a propriedade estava no nome dele, já que sua mãe não deixara que eu estivesse na escritura porque 'alguém poderia descobrir', e foi embora. No dia seguinte, ela cancelou a minha conta do celular. É meio estranho, mas acho que isso me incomodou mais do que o término."

— Uau! — Foi tudo o que ele disse.

Rhodes piscou para mim. Uma longa e lenta piscada.

Assenti.

— Se ainda não aconteceu, um dia ele vai acordar e pensar *esse foi o maior erro da minha vida* — falou, surpreso.

— Por muito tempo, esperei e rezei para que isso acontecesse, mas, você sabe, eu simplesmente não me importo mais. — Apertei sua mão. — Quando a mãe dele apareceu, foi isso que eu disse a ela. Só para você saber, ele tentou contato por e-mail. Meses atrás. Eu nunca respondi.

Sua expressão surpresa desapareceu, e seu semblante voltou a ficar sério quando assentiu.

— Obrigado por me contar.

— Também, para você saber, eu conversei sobre isso com a Yuki e com a minha tia, e todas nós concordamos que ele só está tentando retomar o contato porque os dois últimos álbuns que gravou sem mim não deram certo.

Os olhos de Rhodes percorreram meu rosto, e ele disse com carinho:

— Esse não é o único motivo, linda, acredite em mim.

Dei de ombros.

— Também não consigo escrever mais. E mesmo se eu conseguisse, jamais voltaria para aquele merda.

— Você sabe que isso não interfere em nada entre nós, certo? Você sabe que eu não me importo nem um pouco com isso?

Apertei os lábios e assenti.

Seu olhar encontrou o meu, as linhas aparentes em sua testa bem intensas.

— Quase sinto pena do idiota.

— Você não deveria.

A boca e as palavras de Rhodes suavizaram.

— Eu disse quase. — Sua mão apertou a minha. — Ele realmente te deu todo aquele dinheiro?

— Ele teve que fazer isso ou teria tomado um processo, e então tudo explodiria na cara dele — expliquei. — Não sou tão idiota. Depois do nosso relacionamento falso, pensei no que minha mãe diria, e ela teria me falado para cuidar de mim primeiro. Então, guardei provas, fotos e capturas de tela que seriam mais do que suficientes para ferrá-lo na justiça. Achei que eu merecia. Eu trabalhei. É meu.

Não era imaginação minha o brilho satisfeito e orgulhoso em seus olhos.

— Que bom.

— Isso não vai te incomodar, então? — perguntei, depois de um momento.

— O quê?

— O dinheiro.

— Vai me incomodar que você seja rica? — Ele olhou bem nos meus olhos. — Não. Sempre me perguntei como seria ter uma *sugar mama*.

Sorri e tinha mais uma coisa para dizer a ele antes de nunca mais falarmos de Kaden.

— Este é o momento mais feliz que tive desde que era criança, Tobers. Quero que você saiba disso. Aqui é onde eu quero estar, tudo bem? — indaguei.

Ele assentiu, com seriedade.

— Eu te amo, e amo Am. Eu apenas... quero ficar aqui. Com vocês dois.

A mão de Rhodes tocou o meu rosto, seu polegar sob o meu queixo.

— E é onde você vai ficar — garantiu. — Eu achava que nunca, nem em um milhão de anos, encontraria uma pessoa que fizesse eu me sentir como você faz. Como se eu pudesse fazer qualquer coisa, qualquer coisa mesmo, por você. Mal consigo olhar para você quando estou bravo, porque o sentimento passa na hora. — Ele baixou o rosto, para que seus lábios pairassem a centímetros dos meus. — Eu só tive algumas coisas na minha vida que eram realmente minhas, e não sou o tipo de homem que dá as coisas ou as joga fora. Estou falando sério, Aurora, não tem nada a ver com os seus cadernos, seu rosto ou qualquer outra coisa além desse coração que você tem no peito. Estamos entendidos?

Estávamos entendidos.

— Estamos muito entendidos — eu disse a ele, abraçando-o.

Nunca estivemos tão entendidos.

554 MARIANA ZAPATA

CAPÍTULO TRINTA E UM

— Uau, garoto! Isso foi incrível! — Aplaudi e gritei sentada na minha cadeira de acampamento favorita, cerca de uma ou duas semanas depois.

Uma ou duas *maravilhosas* semanas depois. Quem estava contando?

Am ficou envergonhado, segurando a última nota em seu violão, mas assim que o abaixou, bufou. As coisas entre nós estavam normais, felizmente. O constrangimento não tinha durado mais que dois dias, e tinha ido embora de vez.

— Acho que desafinei no começo.

Cruzando uma perna sobre a outra, inclinei a cabeça.

— Você estava um pouco desafinado, mas só um *pouquinho* mesmo. E foi só uma vez, quando entrou no refrão. Achei que fosse porque estava nervoso. Aliás, deu para perceber que você tem treinado seu vibrato.

Colocando o violão no suporte, ele assentiu, mas sua satisfação era visível.

— Estou, mas fiz o que a Yuki disse.

Ela havia me ligado por videochamada outro dia, enquanto eu estava com Amos no estacionamento do supermercado, e perguntou se ele estava muito nervoso.

"Normal" respondeu, tímido. Percebendo que Amos não estava falando a verdade, ela deu algumas sugestões. Eu não ia contar a ele que, horas depois, ela me mandou uma mensagem pedindo um vídeo da próxima apresentação dele para que ela assistisse.

— Fiquei dizendo para mim mesmo que era você ali na minha frente

— continuou. — Você me diria se eu fizesse algo errado.

Meu pequeno coração apertou, e eu concordei. Tínhamos percorrido um longo caminho e a confiança dele significava muito para mim.

— Sempre.

— Você acha que eu deveria caminhar mais no palco?

— Você tem uma voz tão linda, por enquanto acho que deveria se concentrar em cantar. Você vai ficar nervoso, então por que colocar mais pressão sobre si mesmo? Só existe uma Lady Yuki, de qualquer maneira.

Ele me lançou um olhar de lado.

— Você a ajudou a escrever aquela música *Lembre-se de mim?* — perguntou, de forma bem casual.

Eu sabia exatamente de qual música ele estava falando, e sorri.

— É uma música muito boa, não é?

O resmungo dele nem mesmo me insultou.

— *Você* a ajudou?

Não tive a chance de responder, porque fomos interrompidos pelo som de pneus contra o cascalho e nós dois nos viramos em direção à entrada. Imaginei que poderia ser uma caminhonete da UPS, porque eu havia encomendado alguns tapetes para o carro, pois os que vinham de fábrica não serviam para neve ou lama. Mas quando o carro de Rhodes parou no local habitual, franzi a testa. Ele tinha me mandado uma mensagem algumas horas antes dizendo que chegaria em casa por volta das seis. Eram apenas quatro da tarde.

— O que o papai está fazendo aqui? — até Amos perguntou.

— Não sei — respondi, enquanto ele estacionava e saía da caminhonete, aquele corpo alto e musculoso se movendo tão bem naquele uniforme que quase me deixava em transe. A lembrança da noite anterior no meu apartamento preencheu a minha mente. Eu perguntei que desculpa havia dado a Am, e ele riu e disse que eu ia mostrar umas fotos antigas. Aparentemente, pela expressão de nojo do adolescente, Am não acreditou, mas foi exatamente isso que aconteceu.

Pelo menos até tirarmos as roupas um do outro e eu terminar no colo dele, suada e tremendo.

Tinha sido ótimo.

Desde a noite em que eles tinham ido me procurar na casa da Clara, tivemos momentos agradáveis. Na primeira noite, em específico, Rhodes me encheu de perguntas sobre Kaden.

Como nos conhecemos — através de um amigo em comum no primeiro semestre da faculdade. Eu estava estudando para ser professora e ele estava estudando música. Rhodes disse que conseguia me ver como professora, e talvez eu pudesse ter sido, mas meu coração dizia que aquele não era o caminho certo.

Quais foram as condições exigidas quando recebi o dinheiro — que eu não os processaria por direitos autorais ou para que me dessem os créditos pelas composições, porque Deus me livre se houvesse algo por escrito sobre acordos de um divórcio de verdade.

Tínhamos tanto para conversar e eu não queria que desperdiçássemos nosso tempo com aquele assunto. Mas eu falaria do assunto com Rhodes se ele estivesse incomodado, apesar do meu desejo de que ele não estivesse.

O passado estava no passado, e eu queria, mais do que nunca, o futuro que via diante dos meus olhos.

— Oi! — gritei para Rhodes de onde ainda estava sentada.

Estava nove graus lá fora, mas sem vento, então a porta da garagem estava aberta. Minha tia achou insano quando falei que estava usando camiseta nos últimos dias. Era difícil entender como o clima podia ser ameno, mesmo com neve no chão. Isso é o que o clima de baixa umidade faz com você.

— Oi — me cumprimentou de volta.

Ele parecia estranho, ou eu estava enganada? O que não era imaginação minha era o seu andar rígido enquanto se aproximava, mãos fechando e abrindo ao lado do corpo. Sua cabeça estava um pouco mais baixa do que o normal.

Olhei para Amos e vi que ele também observava o pai sem entender o que estava acontecendo.

— Você está bem? — perguntei, assim que ele entrou na garagem.

— De certa forma, sim — disse com uma voz realmente estranha e tensa que me alarmou ainda mais.

Levantei.

— O que aconteceu?

Ele ergueu a cabeça. As linhas finas que se ramificavam dos cantos dos olhos estavam mais profundas que de costume.

— Aurora... preciso conversar com você.

Estava falando sério, já que disse o meu nome desse jeito.

— Você está me assustando, mas tudo bem — respondi devagar, olhando para Am. Ele nos olhava com cautela.

Os olhos cinzentos de Rhodes estavam em mim enquanto ele pegava minhas mãos, com muita, muita gentileza.

— Vamos entrar.

Assenti e deixei que me guiasse pelo quintal e pelas escadas até a varanda. Só percebi que Am estava nos seguindo quando entramos. Rhodes deve ter notado naquele momento também, porque parou.

— O que foi? Você está me assustando — explicou o garoto.

— Am, isso é particular — falou sério, com aquela expressão terrivelmente sóbria ainda.

— Ora, você não se importa, certo? — Am perguntou.

O que eu ia fazer? Dizer não? Dizer que eu não confiava nele?

— Pode ficar. — Engoli em seco antes de olhar para o homem que me convenceu a voltar ao quarto dele e dormir em sua cama na noite anterior. — Você não vai me magoar ou algo assim, né?

Rhodes inclinou a cabeça para o lado e vi o movimento da sua garganta, o que me deixou ainda mais assustada. Seu olhar, no entanto, parecia abatido.

— Se isso vale de alguma coisa, não quero te magoar.

Ele emudeceu e eu hesitei.

— Não é o que você pensa — completou, com aquela voz grave.

Me senti enjoada, e ele suspirou.

Rhodes esfregou a parte de trás do pescoço.

— Me desculpe, *Angel*. Já estou estragando tudo.

— Apenas me diga. O que há de errado? O que aconteceu? — perguntei. — Não estou brincando, você está me assustando. A nós dois.

— É, pai, fala logo — o garoto resmungou. — Você está estranho.

Rhodes balançou a cabeça e suspirou.

— Feche a porta, Am.

O garoto empurrou a porta e cruzou os braços sobre o peito. Minhas mãos começaram a tremer um pouco enquanto o medo crescia, tentando adivinhar o que poderia ser tão preocupante. Aquele homem tinha enfrentado um morcego. Ele tinha subido uns seis metros na escada sem problemas. Estava doente? Algo grave tinha acontecido com alguém conhecido?

Rhodes soltou um suspiro, olhou para o chão por um segundo e levantou a cabeça.

— Você se lembra de eu ter te comentado há algum tempo de uns restos mortais que um trilheiro encontrou?

Gelei.

— Não.

— No dia em que você pegou a águia, eu te contei — me lembrou com gentileza. — O jornal até publicou alguns artigos. O assunto rodou um pouco na cidade.

Eu não sabia de nada.

A verdade é que sempre que surgiam conversas sobre pessoas desaparecidas eu me desconectava. Qualquer esperança de ter um encerramento para a história da minha mãe, de ter *respostas*, tinha morrido há muito tempo. Talvez fosse egoísta, mas era mais fácil seguir em frente assim, sem me sobrecarregar pelos blocos de concreto da tristeza, evitando focar em acidentes semelhantes ao dela. Passei muito tempo mal conseguindo lidar com a minha própria dor, quanto mais aguentar a dor de outras pessoas.

Algumas pessoas saíam do trauma com cicatrizes enormes, mas curadas. Elas podiam lidar com qualquer coisa. Tinham passado pelo pior e podiam suportar qualquer tipo de golpe da vida, porque sabiam que conseguiriam sobreviver.

Por outro lado, havia as pessoas como eu, que sobreviveram, mas sentiam suas peles mais finas do que antes. Alguns de nós acabamos envoltos em um material mais delicado do que papel de seda, com corpos e espíritos sustentados apenas pela vontade de continuar. E mecanismos de defesa. E terapia.

— O caso é que um trilheiro encontrou alguns restos mortais. Por acaso, o cara é cirurgião de trauma e pensou ter reconhecido... alguns ossos como sendo humanos. Ele relatou o ocorrido, e as autoridades recolheram o que foi encontrado.

— Certo...

Rhodes umedeceu os lábios e apertou minhas mãos um pouco mais forte.

— Daí checaram o DNA.

Uma lembrança antiga, de cerca de três anos depois do desaparecimento da minha mãe, me veio à mente. Naquela época, foram encontrados restos mortais e pensou-se que poderiam ser ela. Ficamos decepcionados quando, depois de eu ter fornecido amostras de DNA, veio a resposta de que não era compatível. Alguns anos atrás, o mesmo aconteceu. Um grupo de busca tentando encontrar uma pessoa desaparecida achou uma mão e um crânio parcialmente enterrados, mas também não eram da minha mãe, mas de um homem que tinha desaparecido dois anos antes. Aquela tinha sido a última vez que tive alguma esperança de encontrá-la.

Mas eu sabia. Eu sabia antes de ele dizer qualquer coisa o que estava prestes a sair da sua boca. Minha pele se arrepiou por completo.

— Alguém do consultório do médico legista vai ligar para você em breve, mas achei que ia preferir saber por mim — falou com cuidado, com calma, ainda segurando minhas mãos. Eu estava tão distraída que nem tinha notado.

Apertei os lábios e assenti, minha boca dormente. Meu peito começou a formigar.

— Sim, eu prefiro — eu disse devagar, entendendo... entendendo...

Ele soltou um suspiro, o maxilar quadrado se movendo de um lado para o outro antes de dizer, com gentileza, as últimas palavras que eu esperaria e, ao mesmo tempo, a única coisa que eu poderia imaginar.

— São da sua mãe, linda.

Ele disse. Ele realmente disse.

Repeti suas palavras na minha cabeça, depois de novo e de novo.

Mordi o lábio inferior e me vi assentindo, rápido e por tempo demais. Também comecei a piscar, pois meus olhos lacrimejaram. E quase não ouvi o pequeno soluço sufocado e inesperado que saiu da minha garganta.

Da minha mãe.

Da minha mãe.

O rosto de Rhodes ficou lívido, e a próxima coisa que percebi foram seus braços ao meu redor, me puxando com força, pressionando minha bochecha contra os botões da sua camisa, enquanto outro soluço alcançava minha garganta. Tentei puxar o ar, mas meu corpo todo tremeu. Eu estava tremendo. Pior do que no dia da Trilha do Inferno.

Eles a encontraram.

Finalmente a encontraram.

Minha mãe, que tinha me amado de todo o coração, que não era perfeita, e que sempre deixara claro que ser perfeita era superestimado. A mulher que me ensinara que a alegria se manifestava de inúmeros jeitos, tamanhos e formas. A pessoa que lutou contra uma doença silenciosa da melhor maneira que pôde e por mais tempo do que eu jamais saberia.

Ela foi encontrada. Depois de tantos anos. Depois de tudo...

A lembrança daquele dia, vinte anos antes, quando percebi que ela não iria me buscar, me atingiu bem no meio de toda a minha existência. O quanto eu tinha chorado. Gritado. Eu tinha uivado do fundo da minha garganta e da minha alma tão imatura.

Mãe, mãe, mãe, por favor, por favor, por favor, volte.

— Agora você poderá fazer uma despedida para ela — sussurrou pouco antes de um grande e lamentoso choro ser abafado contra a sua camisa. — Eu sei, linda, eu sei.

Chorei. As lágrimas saíram do lugar mais profundo do meu corpo. Por tudo o que eu tinha perdido, por tudo o que ela perdera, mas também por que, de alguma forma, estava aliviada por ela não ficar mais sozinha. E talvez porque eu mesma não estava mais sozinha.

Horas depois, acordei no sofá da sala de estar. Meus olhos estavam inchados e remelentos, e doíam quando eu os apertava. Minha cabeça estava no colo de Rhodes. Ele estava reclinado no sofá, com a cabeça apoiada no encosto. Uma das suas mãos estava nas minhas costelas e a outra na parte de trás da minha cabeça.

Minha garganta também doía, percebi quando funguei. A televisão ainda estava ligada baixinho, passando algum comercial. Mas eu me concentrei na poltrona, no garoto dormindo. Ele não havia saído do meu lado desde que Rhodes dera a notícia. Se manteve perto quando recebi o telefonema do escritório do legista e as palavras da mulher entraram por um ouvido e saíram pelo outro porque minha cabeça zumbiu.

E aquilo encheu meus olhos de lágrimas.

Sempre sentira que havia perdido tanto. Eu sabia que ninguém passa pela vida sem perder algo, às vezes tudo. Mas esse conhecimento não me trouxera conforto.

Porque ela tinha morrido.

Eu nunca, nunca mais a veria.

Mas, agora, por fim eu sabia, tentei racionalizar comigo mesma. Pelo menos, agora eu sabia. Não tudo o que acontecera, mas mais do que eu jamais esperei saber. Grande parte de mim ainda não conseguia acreditar.

A perda dela agora parecia tão definitiva.

Quase tão recente e dolorosa quanto havia sido vinte anos antes. Meu corpo e alma estavam rachados, expondo todas as minhas cicatrizes e vulnerabilidades. Era como se eu a tivesse perdido de novo.

Encostei a bochecha na perna de Rhodes e segurei sua coxa. E chorei um pouco mais.

Eu queria acreditar que nos dias seguintes lidei com a notícia tão bem quanto possível, mas não foi bem assim.

Talvez fosse porque fazia anos desde a última vez que me permitira sentir um fio de esperança de encontrá-la. Talvez porque eu estivesse tão feliz ultimamente. Ou talvez, apenas talvez, porque eu sentia que todos os caminhos tinham me conduzido até onde eu estava agora. Para ter aquelas pessoas na minha vida. Para a esperança de ter uma família e felicidade, e embora eu desse qualquer coisa para ter minha mãe de volta, eu estava finalmente perto de algo parecido com a paz.

Mas não estava preparada para o quão difícil seria enfrentar os dias seguintes.

Nos primeiros dias após a confirmação de Rhodes, chorei mais do que quando ela desaparecera. Se alguém me pedisse para contar o que acontecera, eu só teria conseguido me lembrar de fragmentos, porque tudo foi nebuloso e desesperador.

O que eu sabia com certeza era que, depois do primeiro dia, acordei novamente na sala de estar de Rhodes com os olhos exaustos e inchados, me levantei e lavei o rosto. Quando saí, sentindo-me rígida e quase delirante, Rhodes estava na cozinha, bocejando, mas no segundo em que me viu, seus braços caíram ao lado do corpo e ele me lançou um olhar firme.

— O que precisa que eu faça por você?

Aquilo por si só já foi suficiente para me desestabilizar de novo. Tive que forçar uma respiração trêmula pelo nariz, um momento antes de mais lágrimas surgirem em meus olhos. Meus joelhos começaram a tremer, e abri um fraco sorriso.

— Um abraço seria bom — sussurrei, rouca e baixinho.

E foi exatamente isso que ele me deu. Me envolvendo naqueles braços grandes e fortes, segurando-me contra seu peito, me sustentando com o seu corpo e com algo a mais que eu estava triste e anestesiada demais para sentir. Passei aquele dia na casa dele, tomando banho no banheiro dele e vestindo suas roupas. Chorei no quarto dele, sentada na beira da cama, no chuveiro enquanto a água caía sobre mim, na cozinha, no sofá e também quando Rhodes me levou para tomar um ar nos degraus da varanda, enquanto aquele homem alto e sólido sentava-se ao meu lado por um longo tempo.

Rhodes não saía de perto de mim, e Amos me trazia copos d'água de forma aleatória ao longo do dia, ambos me observando com calma e paciência. Mesmo sem sentir vontade de comer, eles me davam em pequenas quantidades, me instigando com seus olhares acinzentados.

Sei que consegui ligar para o meu tio para dar a notícia, embora ele não fosse muito próximo da minha mãe. Minha tia ligou quase que imediatamente depois, e chorei mais um pouco com ela, lembrando que, quando aconteceu, minhas lágrimas em algum momento acabaram. Passei a noite na casa de Rhodes, dormindo no sofá com ele sendo o meu travesseiro, mas foi tudo o que consegui processar além da notícia que recebi.

Mas, no dia seguinte, quando Clara veio me encontrar, sentou-se ao meu lado no sofá e me contou o quanto sentia falta do marido. Como era difícil seguir em frente sem ele. Eu mal falei, mas ouvi cada palavra, absorvendo as lágrimas que umedeciam seus cílios e compartilhando a dor mútua pela perda de alguém que ela amava. Pediu que eu tirasse todo o tempo que fosse necessário, e eu mal respondi. Eu esperava que o abraço que compartilhamos fosse o suficiente.

Foi apenas naquela noite, quando eu estava sentada na varanda trocando mensagens com Yuki enquanto Rhodes tomava banho, que Amos saiu e se agachou no degrau ao meu lado. Eu não estava com vontade de conversar, e, de certa forma, nesse caso era bom que Rhodes e Amos não fossem muito faladores, então eles não me pressionaram e não me obrigaram a fazer nada que eu não quisesse além de comer e beber.

Tudo já era difícil o bastante.

Meu peito doía muito.

Mas eu olhei para Am e tentei esboçar um sorriso, dizendo a mim mesma, como havia feito milhares de vezes nos últimos dias, que não era como se eu não soubesse que ela tinha desaparecido. Que eu havia passado por isso antes e passaria de novo. Mas doía, e minha terapeuta havia dito que não havia uma maneira certa de lidar com o luto.

Eu ainda não conseguia acreditar.

Meu adolescente favorito não se preocupou em dizer nada enquanto se sentava ao meu lado. Ele apenas se inclinou, colocou o braço sobre meus ombros e me deu um abraço lateral que pareceu durar uma eternidade, sem dizer uma palavra. Apenas me dando seu amor e apoio, o que me fez querer chorar mais ainda.

Por fim, depois de alguns minutos, ele se levantou e foi para a garagem, deixando-me sozinha na varanda com minha jaqueta cor de tangerina sob uma lua que existia antes da minha mãe nascer e que continuaria ali muito tempo depois que eu me fosse.

E, de certa forma, isso me fez sentir um pouco melhor. Enquanto eu olhava para cima. Enquanto eu observava as mesmas estrelas que ela também tinha visto. Eu me lembrei da minha infância, quando me deitava ao seu lado em um cobertor ao ar livre e ela apontava constelações que, anos depois, descobri que estavam todas erradas. E me lembrar disso me fez sorrir um pouco.

Ninguém tinha certeza de que chegaria até o dia seguinte, ou mesmo aos próximos dez minutos, e eu tinha certeza de que ela sabia disso melhor do que ninguém.

Minha cabeça doía. Minha alma doía. E eu desejei, pela milionésima vez na minha vida, que ela estivesse comigo.

Queria que ela estivesse orgulhosa de mim.

Naquele momento, enquanto eu estava sentada lá com a cabeça inclinada para trás, ouvi os acordes de uma música que conhecia bem.

A voz de Amos começou a cantar a letra que eu sabia de cor.

O ar frio preencheu meu corpo, assim como a letra da música, acompanhada de lágrimas que eu não sabia que ainda conseguia derramar molhando meus cílios enquanto eu ouvia. Absorvi a mensagem que ele estava tentando compartilhar comigo, incorporando-a na minha própria essência. Uma memória que eu mesma compartilhei com todas as pessoas que já ouviram a versão de Yuki daquela canção.

Uma homenagem à minha mãe, como todas as músicas que escrevi e a maioria das coisas que fiz.

Amos implorava para não ser esquecido. Para ser lembrado por quem um dia ele havia sido, não pelos cacos que havia se tornado. E sua bela voz cantou em alto e bom som para que o ser amado se sentisse completo, e que um dia eles estariam juntos novamente.

Quase uma semana após a notícia, eu estava no meu apartamento dando uma olhada nos diários mais antigos da minha mãe, apesar de já os ter memorizado, quando ouvi batidinhas à minha porta. Antes que eu pudesse dizer uma palavra, a porta se abriu e passos pesados e familiares subiram, e então Rhodes estava lá. Expressão séria, mãos nos quadris. Ele me pareceu sombrio e maravilhoso daquele jeito, firme como uma montanha.

— Vamos fazer caminhada na neve com raquetes, *Angel*.

Eu o olhei como se ele estivesse fora de si, porque eu ainda estava de pijama e a última coisa que queria fazer era sair de casa, mesmo sabendo que eu deveria, que seria bom para mim, e que minha mãe teria adorado.

Minha garganta ardeu. Dei de ombros.

— Não vou ser uma boa companhia hoje. Me desculpe...

Era a verdade. Eu não estava sendo uma boa companhia ultimamente. Todas as palavras que saíam tão fáceis da minha boca tinham evaporado nos últimos dias, e, embora o silêncio entre nós não fosse constrangedor, era estranho.

Fazia tanto tempo que não me sentia assim que, mesmo sabendo que teria que enfrentar e que não ia simplesmente acordar um dia me sentindo bem de repente, ainda era como remar contra uma maré em constante mudança.

Eu não conseguia encontrar uma saída.

Era luto, e uma parte de mim reconhecia e lembrava que havia etapas. A que ninguém nunca conta era a última, quando a gente sente tudo de uma vez. Era a mais difícil.

E eu não queria ser um peso para Rhodes. Eu não queria ser um peso para ninguém. Todos me conheciam como uma mulher feliz na maior parte do tempo. Eu sabia que seria feliz de novo, assim que o pior passasse — porque ia passar, eu sabia disso e me lembraram disso —, mas eu ainda não chegara nesse ponto. E não chegaria enquanto a sensação de que tinha acabado de perder minha mãe persistisse.

Eu estava exausta por dentro, essa era a melhor forma de descrever.

Mas aquele homem que dormiu ao meu lado todas as noites na última semana, seja no sofá quando desmaiávamos em silêncio, ou que me convencia a ir para o quarto dele, inclinou a cabeça para o lado enquanto me observava.

— Tudo bem. Você não precisa conversar se não quiser.

Eu pisquei. Engoli em seco antes de soltar um resmungo, e até isso soou triste. Não foi isso o que eu dissera a ele meses atrás? Quando ele estava chateado com o pai dele?

Rhodes deve ter percebido o que eu estava pensando, porque sorriu com gentileza.

— O ar fresco pode te fazer bem.

É. Até minha antiga terapeuta, cujo número encontrei alguns dias atrás e fiquei pelo menos uma hora enrolando antes de ligar — ela se lembrava de mim, o que não foi uma surpresa, considerando que fui sua paciente por quatro anos —, me disse que seria bom sair um pouco. Mas ainda hesitei antes de olhar para baixo, de volta para o caderno em minhas mãos. Rhodes estava sendo incrível, mas eu estava com tantas emoções dentro de mim. Ele ficava ao meu lado o tempo todo; eu não queria forçar a barra também.

Ele inclinou a cabeça para o outro lado, me observando com atenção.

— Vamos lá, *Buddy*. Se fosse comigo, você diria o mesmo.

Ele estava certo.

E isso por si só foi o suficiente para que eu concordasse e fosse me vestir.

Antes de tudo acontecer, eu tinha dito a ele que queria experimentar passear pela neve com as raquetes. E parte dessa vontade sobrepôs o meu baixo astral, uma lembrança de como eu tinha sorte de tê-lo. De como eu tinha sorte por muitas coisas.

Eu tinha que continuar tentando.

Rhodes não foi embora; ele se sentou na cama enquanto eu trocava a calça bem ali na frente dele, com preguiça até de ir ao banheiro. Ele não disse uma palavra até fazer um gesto com a cabeça como se perguntasse se eu estava pronta. Assenti e saímos. Fiel à sua palavra, ele não deu um pio nem tentou me fazer falar também.

Rhodes dirigiu em direção à cidade, virou à esquerda na estrada de terra e estacionou em uma clareira com a qual eu estava familiarizada porque já havia passado por ela antes, quando fazia as trilhas. Do porta-malas do seu Bronco, ele tirou dois pares de raquetes de neve e me ajudou a colocá-las.

Foi então e somente então que ele segurou minha mão e começou a nos guiar adiante.

Caminhamos em silêncio e, em algum momento, ele me entregou um par de óculos escuros que devia estar no bolso da jaqueta, porque as únicas coisas que levara na mochila foram garrafas d'água e uma lona. Eu nem tinha percebido que estava franzindo a testa com o sol refletindo na neve, e os óculos escuros ajudaram. O ar estava fresco e parecia mais limpo do que nunca, e eu enchi meus pulmões com o máximo que pude, me acalmando. Seguimos em frente e, talvez se eu estivesse me sentindo melhor, teria aproveitado muito mais como as raquetes de neve funcionavam ou como o campo por onde estávamos passando era bonito.... mas eu estava me esforçando. E era tudo o que podia fazer. Eu estava ali, e uma parte do meu cérebro sabia que aquilo era importante.

Cerca de uma hora depois paramos no topo de uma colina. Ele estendeu a lona sobre a neve e fez um gesto para que eu me sentasse nela e, em seguida, ocupou o lugar ao meu lado.

— Você sabe que eu não estava presente nos primeiros anos do Amos — ele disse, com a voz rouca.

Cruzei as pernas e olhei para Rhodes. Ele estava sentado com suas pernas compridas esticadas à frente, as mãos espalmadas atrás de suas costas, mas, o mais importante, ele estava olhando para mim. A luz do sol refletia em seus belos cabelos grisalhos, e eu não conseguia pensar em um homem mais bonito do que ele.

Ele era realmente o melhor, e isso fez minha garganta doer, mas não de um jeito ruim.

— Eu não estava lá quando ele falou a primeira palavra ou quando deu os primeiros passos. No primeiro dia em que ele usou o banheiro sozinho ou na primeira noite em que não precisou usar fraldas para dormir.

Porque ele estava longe, vivendo em uma costa distante do Colorado.

— Am não se lembra, e mesmo que se lembrasse, não tenho certeza se ele se importaria, mas isso costumava me incomodar muito. Ainda me incomoda quando penso nisso. — As linhas em sua testa se aprofundaram. — Eu mandava algum dinheiro para eles, para Billy e Sofie. Para coisas de que ele pudesse precisar, mesmo que ambos dissessem que não precisava, mas ele também era o meu filho. E eu visitava sempre que conseguia. Em todas as férias, sempre que podia, mesmo que fosse apenas por um dia. Eles me diziam que eu fazia o suficiente, que eu não precisava me preocupar, e talvez isso devesse ter sido o bastante para mim, mas não foi.

"Demorou até ele quase completar quatro anos para começar a me chamar de pai. Sofie e Billy o corrigiam toda vez que ele me chamava de Rows. Am não conseguia pronunciar Rhodes, e era assim que ele me chamava. Mas demorou muito tempo para ele começar a me chamar de outra coisa. Eu ficava com ciúmes quando o ouvia chamar o Billy de pai. Eu sabia que era besteira. Billy estava com ele o tempo todo. Mas ainda assim doía um pouco. Eu enviava presentes quando via algo que ele poderia gostar. Mas perdi alguns aniversários. Perdi o primeiro dia na escola. Perdi tudo.

"Quando ele tinha nove anos, reclamou de irem me visitar durante o verão, ao invés de 'fazer algo divertido'. Isso também me machucou muito, mas principalmente fez eu me sentir culpado. Culpado por não estar por perto. Culpado por não me esforçar o suficiente. Eu queria o meu filho. Pensava nele o tempo todo. Mas não queria deixar a Marinha. Não queria voltar para cá. Eu gostava de ter alguma segurança na minha vida, e durante muito tempo, foi a minha carreira. E isso me fez sentir ainda mais culpado. Eu não queria desistir de um ou do outro, mesmo sabendo o que era mais importante, o que realmente importava, e era o meu filho, e sempre será ele. Eu pensei que saber disso já era o bastante."

Rhodes soltou um suspiro antes de olhar para mim, e um canto da sua boca se curvou um pouco naquele sorriso torto que eu conhecia tão bem.

— Parte de mim espera que eu esteja compensando. Que seja o suficiente eu estar aqui agora, mas não sei se um dia será. Não sei se ele vai olhar para trás e pensar que eu fiz corpo mole como pai. Que ele não era importante para mim. É por isso que estou tentando, para pelo menos saber que tentei. Fiz tudo o que podia para estar presente, mas como vou saber, certo? Talvez ele só entenda quando for adulto. Talvez não.

"Minha mãe nem mesmo tentou ser uma boa mãe. Eu não consigo pensar em uma única lembrança positiva dela. Meu irmão mais velho tem, eu acho, e talvez o irmão que veio logo depois dele também, mas é só. Eu nunca vou olhar para trás e pensar nela com carinho. Não sinto que perdi alguma coisa ao não ter uma boa relação com ela, e isso é péssimo. Sinto pena dela, pelo que deve ter passado, mas eu também não pedi pelo que sofri, e tive que passar por tudo mesmo assim. Mas o Amos, eu pedi. Eu o quis. Eu quero fazer melhor do que meus pais."

Fiquei de mãos dadas com ele, mas isso não pareceu suficiente, então cobri as costas da sua mão com a minha outra mão, envolvendo-a completamente. Ele apertou a minha mão, seus olhos cinzentos percorrendo meu rosto.

— Talvez essa seja a questão de ser pai ou mãe: a gente só pode desejar que o que fizermos será suficiente. Quando os pais se importam, claro. A gente espera que o amor que damos aos filhos, se realmente tentamos, permaneça com eles depois que crescerem. Que eles possam olhar para trás e ver o que o pai e a mãe fizeram e se sentirem satisfeitos. A esperança é que eles conheçam a felicidade. Mas não tem como saber, não é?

Aquele homem... eu não sei o que teria feito sem ele. Apertando os lábios, assenti, lágrimas enchendo meus olhos. Devagar, baixei a cabeça até que seu punho repousasse na minha bochecha.

— Ele te ama, Rhodes — eu disse com a voz embargada. — Não faz muito tempo, ele me disse que queria que você fosse feliz. Desde o momento em que conheci vocês dois percebi que você o amava mais do que qualquer coisa. Tenho certeza de que é por isso que Billy e Sofie não te pressionaram ou disseram que você precisava se preocupar. Se você não estivesse fazendo o suficiente... se não estivesse lá por ele o suficiente... tenho certeza de que eles teriam te avisado. — Tentei inspirar, mas o ar veio entrecortado. — Bons pais não precisam ser perfeitos. Assim como filhos não precisam ser perfeitos para serem amados.

O aperto que agarrou minha garganta foi repentino e severo, assim como o deslizar de várias lágrimas molhando minhas bochechas.

Eu solucei; então solucei de novo. E algo — a mão dele, tinha que ser a mão dele — acariciou a parte de trás da minha cabeça, seus dedos passando pelos meus cabelos soltos; eu não os havia penteado desde que tomara banho.

— Eu sei. — Suas palavras vieram suaves. — Eu sei que você sente falta dela. Assim como você pode perceber que eu amo o Am, eu posso perceber que você amava sua mãe.

— Eu realmente amava. Eu realmente amo — concordei, fungando, sentindo meu peito se partir de amor e tristeza. — É que agora parece... definitivo, e isso me deixa triste, e também me deixa com raiva.

Ele acariciou meus cabelos e minhas bochechas repetidas vezes, as lágrimas escorrendo entre seus dedos e sobre as costas de suas mãos enquanto ele tocava meu rosto.

Senti que podia liberar muitas das palavras que eu compartilhara com a terapeuta nos últimos dias e que estavam represadas.

Era diferente falar disso com ele.

— Estou tão furiosa, Rhodes. Com tudo. Com o mundo, com Deus, comigo mesma e às vezes até com ela. Por que ela teve que fazer aquela maldita trilha, para começo de conversa? Por que não foi fazer a trilha que havia planejado? Por que não esperou para eu ir com ela? Sabe? Eu odeio ficar com raiva, e odeio ficar triste, mas não consigo evitar. Eu não entendo. Me sinto tão confusa — falei, depressa, pegando uma de suas mãos e apertando-a com força. — Ao mesmo tempo, estou tão aliviada que ela foi encontrada, mas sinto falta dela e me sinto tão culpada de novo. Culpada pelas decisões que tomei, por coisas que sei que não deveria me sentir mal. Que nada do que aconteceu foi minha culpa, mas... dói. Ainda. E sempre vai doer. Eu sei disso. É para ser assim. Porque não tem como perder alguém que se ama e continuar sentindo que a vida está completa.

"Eu também me pergunto... será que ela sabia? Será que ela sabia que eu a amava? Será que ela sabe o quanto sinto falta dela? O quanto ainda desejo que ela estivesse aqui? Será que ela sabe que, no geral, eu fiquei bem? Que tive pessoas que me amaram e cuidaram de mim, ou será que ela se preocupou com o que ia acontecer? Espero que ela saiba que tudo acabou bem, porque não consigo suportar a ideia de ela ter se preocupado."

Minha voz falhou repetidas vezes, a maioria das minhas palavras saíram confusas e ininteligíveis, e minhas lágrimas encharcaram a mão que ainda tocava minhas bochechas.

Rhodes inclinou meu rosto para cima e me encarou com aqueles incríveis olhos cinzentos. Quando tentei baixar o queixo, ele me manteve ali. Tudo nele tão concentrado, tão focado, como se não me deixasse espaço para interpretá-lo de forma errada.

— Eu não sei responder essas perguntas, mas se você era como é agora quando era criança, ela devia saber o que você sentia. Tenho certeza de que ser amada por você deve ter iluminado a vida da sua mãe — sussurrou com cuidado, a voz grave.

Engoli em seco por um momento antes de me entregar, antes de me inclinar e apoiar a lateral do rosto no seu ombro. E Rhodes... o maravilhoso, maravilhoso Rhodes, deslizou seus braços sob mim e me puxou para seu colo, sem esforço, tão sem esforço, um braço se enlaçando na parte inferior das minhas costas, enquanto o outro me envolvia. Me aconcheguei ali, em cima dele.

— Tudo bem ficar triste. Tudo bem ficar com raiva também.

Encostei o nariz no pescoço dele. A pele macia.

— Meu ex ficava tão frustrado comigo quando eu tinha dias ruins. Ainda mais quando estava triste.

Uma de suas grandes mãos segurou meu quadril e senti as batidas constantes do seu coração contra o meu nariz.

— Pensei que já tínhamos chegado à conclusão de que o seu ex era um idiota — murmurou Rhodes. — Espero que, quando eu morrer, alguém me ame o suficiente para sentir minha falta pelo resto da vida.

Ele me matou. Ele realmente me matou. Resfoleguei um pouco em seu pescoço, afundando ainda mais contra seu corpo quente.

— Meu cachorro, Panqueca, morreu alguns anos atrás, e ainda fico emocionado quando penso nele — disse Rhodes. — Eu digo a mim mesmo que não posso ter outro cachorro porque nunca estou em casa, mas confesso a você que só de pensar em ter outro cão já me sinto desleal a ele. — Ele passou os lábios pela minha testa enquanto me abraçava ainda mais forte. — Você nunca precisa esconder a sua dor. Não de mim.

Algo doloroso e maravilhoso cutucou meu coração.

— Você também não precisa. Sinto muito pelo Panqueca. Era ele que estava na foto que te dei, não é? Tenho certeza de que ele era incrível. Talvez, se quiser, possa me mostrar mais fotos dele. Eu ia gostar de vê-las.

A voz de Rhodes ficou tensa.

— Ele era, e eu vou mostrar — prometeu.

Encostei meu rosto ainda mais perto do seu pescoço e demorei alguns minutos para organizar mais palavras.

— Minha mãe ia gostar que eu fosse feliz, eu sei disso. Ela diria que eu sabia que ela não queria me deixar. Ela me diria para não passar mais tempo chateada com isso e viver minha vida. Eu sei disso. Sei no meu coração que o que aconteceu foi um acidente e não há nada que eu possa fazer para mudar. E realmente estou feliz onde estou agora. Só é difícil...

— Ei — ele disse. — Tem dias que você pega águias como se fossem galinhas e em outros você se acaba de gritar por causa de um morcego inocente. Eu gosto dessas duas Auroras. Eu gosto de todas as suas versões.

Um soluço, que era uma mistura de dor e riso, explodiu de dentro de mim, e juro que seus braços ficaram ainda mais apertados ao meu redor. Eu o abracei com força também.

— Eu só... eu realmente só queria... que ela soubesse o quanto eu a amo. O quanto eu queria que ela estivesse aqui. Mas, também, se era para todas essas coisas ruins acontecerem... estou feliz que elas me trouxeram até aqui. — Meus dedos se enrolaram em seu antebraço. — Estou feliz que você esteja aqui, Rhodes. Estou tão feliz por você estar na minha vida. Obrigada por ser tão bom para mim.

Sua mão acariciou meu cabelo, e seu pulso bateu sob minha bochecha. Mal consegui ouvir quando ele disse:

— Sempre que precisar de mim, estarei aqui. Bem aqui.

Eu me agarrei a ele.

— Não conte a Yuki — falei bem baixinho —, mas você é meu melhor amigo agora.

Sua garganta se contraiu contra mim, e não foi imaginação minha o quão rouca sua voz saiu quando me respondeu.

— Você também é a minha melhor amiga, linda. — Ele engoliu em seco, áspero, sua voz ainda mais rouca, mas suas palavras foram a coisa mais suave e sincera que eu já ouvi. — Senti muita falta de te ouvir falar, sabia?

E foi então, com meu rosto contra seu pescoço, seu corpo quente sob e ao redor do meu, que contei a ele algumas das minhas lembranças mais queridas da minha mãe. Como ela era linda. Como era engraçada pra caramba. Como não tinha medo de nada, ou pelo menos parecia não ter.

Eu falei, falei e falei, e ele ouviu, ouviu e ouviu. E eu chorei um pouco mais, mas estava tudo bem.

Porque ele tinha que estar certo. O luto era a última maneira que tínhamos de dizer aos nossos entes queridos que eles impactaram nossa vida. Que sentíamos muita, muita falta deles. E não havia nada de errado em lamentar a morte da minha mãe pelo resto da vida, mesmo carregando seu amor e sua existência no meu coração. Eu tinha que viver, mas também podia me lembrar dela ao longo do caminho.

As pessoas que perdemos levam uma parte de nós com elas... mas também deixam uma parte de si mesmas conosco.

Nos dias que se seguiram, com o luto ainda envolvendo o meu coração, mas com o conhecimento e a força que eu havia tirado do fundo da minha alma, tentei ao máximo manter o queixo erguido. Mesmo que não fosse fácil. Toda vez que eu começava a sentir que algo me puxava para baixo, para um lugar em que já estivera antes, eu tentava me lembrar de que eu era filha da minha mãe.

Talvez fosse um pouco amaldiçoada, mas poderia ser pior. De certa forma, eu tinha muita sorte. E tentava não me esquecer disso.

As pessoas com que eu me importava e amava também não me deixavam esquecer, e eu tinha quase certeza de que era isso que mais me ajudava.

Quando chegou a hora, mandei cremar os restos mortais da minha mãe e passei muito tempo pensando no que fazer. Eu queria algo que realmente honrasse seu espírito.

Surgiram duas ideias.

A primeira tinha sido ideia do Amos: transformar suas cinzas em uma árvore. Um dia ele se aproximou de mim, deixou um folheto de uma urna biodegradável sobre a mesa e voltou ao seu quarto tão silenciosamente quanto havia saído. Parecia certo. Minha mãe teria adorado ser uma árvore, e quando comentei sobre isso com Rhodes, ele concordou que poderíamos encontrar algum lugar para plantá-la. Fizemos planos para, no verão, escolher um lugar e fazer isso.

A segunda ideia foi da Yuki. Ela encontrou uma empresa que enviava as cinzas de um ente querido para o espaço. E eu sabia, sem dúvida, que minha destemida mãe adoraria. Pensei que meu dinheiro não poderia ser gasto com algo melhor. Eu até poderia assistir ao lançamento.

Meu coração e minha alma doíam, mas não poderia haver maneiras mais perfeitas de me despedir do corpo físico da minha mãe.

Então foi uma surpresa chegar em casa do trabalho um dia e encontrar um monte de carros estacionados na frente da casa principal. Pelo menos sete, e além do de Rhodes, eu só reconheci o de Clara e o de Johnny. Ela tinha saído mais cedo naquele dia e pedido para que eu fechasse a loja, alegando que tinha que fazer algo com o pai. Eu tinha tirado quase duas semanas de folga do trabalho depois que soube dos restos mortais da minha mãe. Clara teve que administrar a loja sozinha todos os dias, e me sentia culpada por deixá-la com esse peso nas costas. Então não tinha pensado duas vezes.

Mas ao ver o carro dela, o de Johnny e mais cinco diferentes, fiquei confusa.

Rhodes não era o tipo de homem que recebia visitas, além de Johnny, e mesmo assim não era com frequência. Sua caminhonete de trabalho e o Bronco também estavam lá, horas antes do que deveriam. Naquela manhã ele me dissera, enquanto se preparava para sair para o trabalho, que ficaria por perto e estaria em casa por volta das seis.

Estacionei o carro mais próximo do apartamento, onde eu mal tinha passado algum tempo ultimamente, peguei a bolsa e caminhei até a casa principal, ainda confusa. A porta da frente estava destrancada, e eu entrei. O som de várias vozes conversando me surpreendeu ainda mais.

Porque eu as reconheci. Todas elas.

E mesmo que eu tivesse chorado menos nos últimos dias, as lágrimas se acumularam nos meus olhos enquanto eu atravessava o saguão e entrava na área principal da casa. Era lá que todos estavam. Na cozinha e ao redor da mesa. Na sala de estar.

A TV estava ligada, e nela vi a imagem de uma foto da minha mãe, de quando ela tinha uns vinte anos, escalando uma formação rochosa que teria me feito fazer xixi nas calças. A imagem mudou para uma foto de nós duas. Era uma sequência de slides, percebi, e mais lágrimas transbordaram, escorrendo pelo meu rosto em absoluta surpresa.

Aquilo me emocionou.

Porque na sala de estar de Rhodes, na casa dele, estavam minha tia e meu tio. Todos os meus primos, suas esposas e alguns de seus filhos. Yuki e seu segurança, a irmã dela, Nori, e sua mãe. Walter e sua esposa, Clara, o sr. Nez e Jackie. E bem ao lado de Johnny estava Amos.

Então, Rhodes veio em minha direção, e não sei se ele me puxou para um abraço ou se me joguei, como sempre, mas lá estávamos nós um segundo depois. Emocionada, senti uma alegria agridoce, bem no abraço dele.

Depois de mais lágrimas e mais abraços do que eu me lembrava de ter recebido de uma só vez, pude celebrar a vida da minha mãe com as pessoas que eu mais amava no mundo.

Eu realmente tinha muita sorte e não me esqueceria disso. Nem mesmo nos dias ruins. Prometi isso a mim mesma.

E tudo por causa da minha mãe.

MARIANA ZAPATA

CAPÍTULO TRINTA E DOIS

— Boa sorte, Am! Vai dar tudo certo! Você pode fazer qualquer coisa! — gritei para fora do carro, em direção ao menino que se afastava. Tínhamos acabado de deixá-lo na lateral do auditório da escola.

Ele acenou, mas não olhou por cima do ombro. Atrás do volante, Rhodes riu, quase distraído.

— Ele está nervoso.

— Eu sei que está, e não o culpo — disse antes de fechar a janela assim que Am passou pelas portas duplas. — Estou nervosa por ele.

Quase sentia como se estivesse me apresentando também. Talvez eu até estivesse mais enjoada que o Am.

Mas aceitei todo aquele frio na barriga que estava sentindo por causa do Amos, porque a causa era boa.

O último mês e meio não havia sido fácil, mas eu estava sobrevivendo. Mais do que sobrevivendo, na verdade. Eu estava muito bem na maior parte do tempo. Eu tive dias bons e dias em que o novo sentimento de luto pela minha mãe tornava difícil respirar, mas eu tinha pessoas com quem conversar, e aquela esperança que eu tinha no coração para o futuro voltou a florescer, devagar e sem hesitações.

No dia em que celebramos a vida da minha mãe, o sr. Nez me disse algo que permaneceu na minha cabeça. Ele disse que a melhor maneira de eu honrar a vida da minha mãe era vivendo a minha, sendo o mais feliz possível.

Meu coração não estava pronto para aceitar isso naquele momento, mas minha mente sim. Aos poucos, a verdade daquelas palavras foi se espalhando pelo restante do meu corpo. Era um pequeno curativo para uma ferida muito grande, mas estava me ajudando.

— Eu também — concordou Rhodes, antes de virar o volante e seguir para o estacionamento onde deveríamos parar. Notei que ele estava olhando pelo retrovisor continuamente com uma carranca no rosto.

Eu amava todas as expressões dele, mesmo que aquela em específico eu não estivesse entendendo.

Estávamos uma hora adiantados para o início do show de talentos, mas não fazia sentido voltar para casa e termos que sair novamente quinze minutos depois. Seu telefone apitou, e ele o tirou do bolso e me entregou enquanto continuava dirigindo.

— É o seu pai. Ele disse que está a caminho e chegará em quinze minutos — falei, enquanto digitava uma resposta.

Rhodes ia me estrangular por prometer guardar um lugar para o pai dele no show, mas Randall estava tentando e eu valorizava sua atitude. Rhodes ainda não estava convencido a se esforçar também. Mas eu tinha a sensação de que ele acabaria cedendo, pelo bem do Am. Para que ele tivesse outro avô. Ainda assim, não se pode apagar anos de um relacionamento conturbado com apenas algumas atitudes esforçadas.

Fiquei torcendo para que Rhodes não descobrisse que eu contara a Randall sobre o show de talentos, quando nos encontramos no Home Depot em Durango, mas valeu o risco. Não acho que ele realmente ficaria bravo comigo se soubesse. Ao menos, não por isso.

Rhodes resmungou enquanto estacionava e depois demorou um longo tempo olhando para mim, com uma ruga entre as sobrancelhas. Aqueles olhos cinzentos percorreram meu rosto como faziam com frequência, como se estivesse tentando me decifrar. Ele era bem discreto, mas se percebesse que eu estava me sentindo para baixo, tentava me animar como podia. Isso incluiu me ensinar a cortar lenha quando ele encomendara algumas toras. Ou me levar para caminhar nas cavernas de gelo, como acontecera uma outra vez. Mas meu jeito favorito era quando ele usava aquele corpo incrível para liberar minhas endorfinas. Era conforto e conexão de uma só vez.

Eu o amava tanto que nem mesmo minha tristeza conseguia silenciar o que eu sentia por ele.

E eu sabia, sem sombra de dúvida, que minha mãe ficaria muito feliz por eu ter encontrado alguém como Rhodes.

— Como você está se sentindo? — perguntou.

Eu nem precisei pensar.

— Estou bem.

Aqueles olhos cinzentos percorreram meu rosto.

— Só queria ter certeza. — Ele pegou minha mão. — Vi você meio desolada, olhando pela janela da cozinha, antes de sairmos.

Eu tinha ficado assim, desolada e com o olhar perdido com alguma frequência nos primeiros dias, mas tinha diminuído nas últimas semanas. Meu corpo e minha mente precisavam de algum tempo para lidar com tudo. A visita surpresa de parentes e amigos ajudara muito. Foi um lembrete de que eu recebia mais amor do que algumas pessoas jamais conheceriam.

— Não, estou bem, juro. Eu estava pensando em como às vezes as coisas são engraçadas. Por exemplo, talvez, se eu tivesse esperado para reservar o apartamento da sua garagem, outra pessoa poderia ter feito, e nós nunca nos conheceríamos.

— E eu coloquei o Am de castigo por seis meses, e essa foi uma das duas melhores coisas que já me aconteceram.

A outra coisa era o Amos, eu sabia. E sorri. Havia muito pelo que sorrir.

— Você me assustou demais naquele dia, a propósito.

A boca dele se retorceu.

— Você também me assustou. Eu pensei que estavam invadindo a casa.

— Você me deixou bem mais assustada. Se desse mais dois passos, teria te atingido com um spray de pimenta — contei a ele.

A boca de Rhodes se abriu em um lindo sorriso.

— Não tanto quanto você me assustou daquela vez em que estava gritando no meio da madrugada por causa de um pequeno e inocente morcego.

— *Inocente*? Você pirou?

A risada dele fez meu coração acelerar.

Inclinei-me e o beijei, e aquela boca deslumbrante de lábios tão cheios se abriu e ele me beijou profundamente. Nos afastamos e sorri, enquanto ele me olhava com ternura, mas em seguida seus olhos se voltaram para o espelho retrovisor.

— Está tudo bem? — perguntei.

A boca de Rhodes se fechou.

— Acho que alguém está nos seguindo.

Virei-me no banco para olhar pela janela traseira, mas não vi nada.

— Você acha? Por quê?

— Sim. É um SUV preto. Notei assim que saímos da garagem. Eles estavam vindo em nossa direção e fizeram uma meia-volta quase que de imediato. Estão nos seguindo desde então — explicou. — Pode ser uma coincidência, mas não parece.

Toquei sua mão.

— Eu não tenho nenhum perseguidor. E você?

Isso fez um canto da sua boca se erguer ao mesmo tempo em que seus dedos pousaram sobre os meus.

— Nenhum que eu saiba. Mas fique perto, está bem?

Concordei, e saímos do carro. O tempo havia melhorado por alguns dias, mas eu ainda usava minha jaqueta — a tangerina que ele me dera no Natal e me disse que fazia eu parecer um raio de sol ambulante. Rhodes contornou o capô e foi me encontrar no meio do estacionamento, onde eu estava esperando por ele. Ele passou o braço sobre meu ombro e me manteve bem ali, ao lado daquele corpo longo que me fazia pensar em segurança, lar e amor.

E principalmente no futuro.

Para um homem tão reservado e discreto, ele não economizava no afeto. Parte de mim achava que ele sabia o quanto eu precisava disso e era por isso que fazia. Eu até peguei Am com um olhar engraçado nas vezes que Rhodes colocara um braço ao redor do ombro do filho e dissera como estava orgulhoso dele por pequenas coisas.

Eu o amava tanto.

E estava totalmente ciente de que ele estava, aos poucos, fazendo uma mudança das minhas coisas para a casa dele. Não tinha certeza se ele estava tentando ser sorrateiro ou apenas me dando espaço para me acostumar com a ideia, mas fiquei emocionada quando notei pequenos itens aparecendo por lá, coisas que eu não tinha levado. Ele raramente usava a palavra amor, mas não precisava. Eu sabia o que ele sentia com a mesma certeza de que sabia o meu próprio nome. E era exatamente nisso que eu estava pensando quando ouvi a última coisa que eu esperaria ouvir.

— Roro!

Meu cérebro reconheceu de imediato a voz, mas demorou um segundo para meu corpo e sistema nervoso entenderem. *Aceitarem.*

Mas não congelei.

Meu coração não começou a bater acelerado.

Não comecei a suar de repente ou ficar nervosa.

Rhodes foi quem diminuiu o passo primeiro. Assim que passamos pelo meio-fio e pela calçada que contornava a escola, ele parou e devagar nos virou. Como soube que o "Roro" era comigo, eu não fazia ideia, mas ele sabia.

E nós dois avistamos uma figura correndo pelo estacionamento com um homem enorme atrás dele.

Foram meus olhos que demoraram mais para processar quem havia chamado meu nome.

Kaden. Kaden se aproximava correndo e seu guarda-costas, Maurice, vinha atrás dele. Eu não conhecia bem Maurice, ele tinha sido contratado pouco antes de eu ir embora, mas ainda assim o reconheci.

Usando um casaco volumoso e jeans que provavelmente custaram mais de mil dólares, o homem com quem desperdicei catorze anos da minha vida veio correndo na nossa direção.

Como ele me reconhecera, agora que eu deixara meu cabelo na cor natural, eu não fazia ideia. Talvez a mãe dele tenha contado. Ou Arthur e Simone.

Ele parecia o mesmo de sempre. Bem-arrumado. Bem-vestido. Elegante e rico.

Porém, quando chegou mais perto, notei as olheiras sob seus olhos. Não eram olheiras normais como as que em geral as pessoas têm, mas, para ele, eram alguma coisa. Algo em sua expressão também pareceu ansiosa. O SUV preto que Rhodes havia avistado. Era dele. Eu soube na hora.

— Me desculpe, Rhodes — sussurrei, me inclinando um pouco em direção a ele, tentando mostrar que era *ele* que eu queria, por quem eu estava ali.

Eu tinha certeza de que Rhodes sabia quem ele era para mim.

— Não há nada pelo que você precise se desculpar, *Angel* — respondeu enquanto Kaden ofegava e diminuía a velocidade. Ele me observou com os olhos castanho-claros bem arregalados, e quase sem ar.

— Roro — repetiu, como se eu não o tivesse ouvido na primeira vez.

O braço ao redor dos meus ombros não saiu do lugar enquanto eu me dirigia a ele como se fosse um cliente que tínhamos banido da loja:

— O que você está fazendo aqui?

Kaden piscou lento, surpreso, ou... quer saber de uma coisa? Eu não me importava.

— Eu vim... Preciso falar com você. — Ele inspirou. Seu guarda-costas parou a apenas alguns passos atrás dele. — Como você está? — ofegou. Ele tentou me comer com os olhos, mas eu não estava mais disponível. — Nossa. Eu esqueci como você é linda com a cor natural do seu cabelo.

Definitivamente, eu não iria me envolver com aquele comentário hipócrita. Ele nunca havia me defendido uma vez sequer quando as raízes escuras começavam a aparecer e sua mãe me enchia o saco para marcar um horário no salão. Se eu me importasse o suficiente para relembrar aqueles tempos, perceberia que ele nunca havia me defendido dela, ponto final.

Eu não tinha mais espaço no meu coração para amargura ou raiva, nem mesmo maldade. Apenas não me importava mais.

— Estou ótima.

Vê-lo era... estranho. Uma espécie de *déjà vu*, eu acho. Como se eu tivesse vivido outra vida e soubesse que deveria sentir alguma coisa, mas não sentia. Não havia nada no meu coração enquanto eu observava aquele rosto bem-cuidado e o cabelo arrumado. E com certeza não senti nada enquanto ele fazia o mesmo comigo.

Mas eu não queria estar ali. Eu não queria falar com ele. Nem um pouco. Eu precisava cortar o mal pela raiz o quanto antes.

— Por que você está aqui, Kaden? Deixei bem claro para sua mãe o que aconteceria se eu visse qualquer um de vocês de novo — tentei manter o diálogo simples, mesmo que ainda fosse inacreditável vê-lo ali.

Mas ele deu um passo à frente, e seu olhar *finalmente* foi para Rhodes. Sua garganta se movimentou. Depois de novo enquanto observava o braço dele descansando sobre meus ombros. Notando a maneira como eu estava virada para o homem ao meu lado, me apoiando nele. Kaden inspirou de forma rápida e cortante.

— Ela não sabe que estou aqui. Podemos conversar? — perguntou, decidindo ignorar o que eu havia dito.

Pisquei. E minha piscada deve ter dito *não*, eu não quero falar com você, porque ele deu um passo à frente.

— Eu vim te ver — falou, sem fôlego.

E para isso precisou de quase dois anos, pensei e quase ri.

Dois anos depois e ele tinha ido me procurar. Em Pagosa! Meu Deus! Que "sorte" a minha!

Eu sabia melhor agora do que há seis meses que a vida era curta demais para aquela merda.

Me esforcei para não fazer uma careta; eu queria acabar logo com aquilo.

— Sua mãe veio conversar comigo e eu disse a ela que não tenho nenhum interesse em ver ou falar com vocês dois. Eu falei sério. Falei sério naquela época, estou falando sério agora e vou continuar falando sério no futuro. Não somos amigos. Não te devo nada. A única coisa que quero fazer é entrar naquela escola — expliquei da forma mais calma possível.

A cabeça de Kaden recuou, parecendo genuinamente ferido. Eu tive que me segurar para não revirar os olhos.

— Não somos amigos?

Eu não sabia o que isso dizia sobre mim, mas quase ri do quão ridícula era aquela conversa. Eu tinha passado por tanta coisa e aquilo... era idiota demais.

— Vou dizer isso sem intenção de te magoar, apesar de eu não estar nem aí se vou te machucar ou não, mas *sim*, não somos amigos. Deixamos de ser amigos há muito tempo. Nunca mais seremos amigos e, sendo sincera, não sei por que você veio me procurar depois de tanto tempo. Como eu disse à sua mãe, não tem nada que eu queira ouvir de *nenhum* de vocês.

— Mas eu...

Eu o interrompi.

— Não.

— Mas...

— Não — repeti. — Escute. Eu quero viver a minha vida em paz. Estou feliz. Vá ser feliz, ou não, você decide sua vida. Não é mais da minha conta. Eu não me importo. Me. Deixe. Em. Paz.

Kaden Jones, o cantor que ganhou há uma década o prêmio Estrela da Música Country duas vezes seguidas, franziu a testa de um jeito que me lembrou um garotinho, enquanto suas feições formavam uma expressão atônita.

— *Hein?*

Como ele conseguia agir com surpresa? O que ele esperava? Justamente quando eu pensava que nada mais poderia me chocar, aconteceu.

Aquele dia estava sendo um dia muito bom depois de uma série de dias muito ruins, e eu não ia deixar as coisas irem por água abaixo.

— Você me ouviu, Kaden. Volte para casa. Volte para a turnê. Volte a fazer o que quer que estava fazendo antes de vir para cá. Eu não quero falar com você. Nada disso é importante para mim. Não tem nada que você diga ou faça para me fazer mudar de ideia. É sério, vocês precisam *me deixar em paz*. Vou processar você, sua mãe e todos que você conhece se não me deixarem em paz para viver a minha vida.

Foi como se ele se lembrasse de que seu segurança estava assistindo, ou talvez ele se importasse que Rhodes estivesse vendo aquilo acontecer, mas o rosto pálido de Kaden ficou ruborizado de raiva e constrangimento. Ele deu mais um passo para perto, os olhos arregalados, parecendo desesperado pela primeira vez na vida.

— Roro, você não pode estar falando sério. Eu te procurei por meses.

Por meses. Fazia *meses* desde que ele tinha me enviado a última mensagem. Meses desde que descobriram onde eu estava, e apenas agora ele estava se dando ao trabalho de me procurar? Isso não dizia mais do que qualquer uma de suas palavras jamais diria?

Rhodes esfregou meu braço. Olhei para ele e sua expressão estava extremamente vazia.

— Eu tentei! E muito — Kaden continuou falando enquanto a boca de Rhodes se torcia para baixo, olhando para mim. — Eu fodi com tudo. Eu sei que sim. Foi o maior erro da minha vida. Seria o maior erro da vida de qualquer pessoa te deixar.

Um canto da boca de Rhodes se ergueu um pouco.

Ele não tinha usado exatamente essas palavras?

— Eu sinto falta de você. Eu sinto muito. *Eu sinto muito mesmo.* Vou passar o resto da minha vida compensando você — Kaden implorou, soando sincero de verdade.

Mas as palavras dele entraram por um ouvido e saíram pelo outro, principalmente porque Rhodes estava me olhando daquele jeito.

— *Por favor*. Por favor, fale comigo. Você não pode jogar *catorze anos* fora. Não pode. Eu vou te perdoar. Nada disso vai importar. Podemos deixar tudo no passado e esquecer. Eu posso esquecer o fato de você estar com outra pessoa.

Foi aí que o pequeno sorriso de Rhodes desapareceu. No mesmo instante, ele ergueu a cabeça e pousou seu olhar no meu ex.

Rhodes estava vestido com suas Levi's antigas, um belíssimo suéter marrom-escuro de lã com zíper que a tia de Amos tinha dado para ele de presente de Natal e botas de um tom cinza-escuro. Ele nem mesmo tinha se preocupado em colocar uma jaqueta, mas havia uma no carro. E ele era o homem mais bonito que eu já tinha visto enquanto se erguia à sua altura total, segurando-me com tanta firmeza como sempre.

— Ela vai mesmo esquecer alguém, e não vai ser eu — disse, naquela voz dele.

O rubor no rosto de Kaden se aprofundou e, para ser justa, ele parecia bem determinado.

— Você *sabe* quanto tempo ficamos juntos?

Uma risada baixa e superficial saiu do peito de Rhodes, e a mão que ele vinha esfregando o meu braço se aquietou, deixando apenas seu pulso descansar sobre o meu ombro. Mas eu conhecia aquela expressão, e não havia nada casual nela.

— E isso lá importa? — perguntou, frio e sério. — Porque, ao meu ver, não quer dizer nada. Você é passado. E não vou ter problema nenhum em garantir que você seja apenas um carinha qualquer que partiu o coração dela. Eu apareci na vida dela, me comprometi e coloquei o coração dela ao lado do meu, para mantê-la segura.

Para alguém que não estava acostumado a ser tão amoroso, ele realmente dizia as coisas mais doces. E se em algum momento eu tivesse duvidado de que o amava, o que não tinha acontecido, soube que tinha feito a escolha certa. Escolhido *o melhor*. Não tinha errado nem por um segundo.

Nunca.

Olhei para Rhodes e vi que seu rosto estava com uma de suas expressões mais sérias.

— Eu *amo* essa mulher. E vou dar a ela todas as coisas que você foi burro demais ao não oferecer. Você nem segurava a mão dela em público, certo? Ou a beijava? — provocou. — Não me importo de não ser o primeiro homem que ela já amou, porque sei que serei o último.

Kaden olhou para mim como se estivesse atônito. Ele pedira por aquilo. E, sendo sincera, eu estava ficando excitada pelas coisas que Rhodes estava dizendo, e muito.

— Essa é a diferença entre caras como você e eu. Se ela precisasse de algo, você daria a ela uma nota de cem dólares da sua carteira, mesmo que tivesse mais, e acharia que isso seria o suficiente. Eu daria a ela tudo o que estivesse dentro da minha. — Sua voz ficou dura. — A única pessoa que você pode culpar é você mesmo, idiota.

Meu coração se elevou. Talvez tenha ido direto para a lua. Porque Rhodes estava certo.

Se Kaden tivesse um bolo de dinheiro na carteira, ele tiraria uma de cem para mim. E Rhodes me daria cinco dólares se fosse tudo o que ele tivesse. Ele me daria tudo a qualquer custo. E Kaden... não importava. E nunca mais importaria. Ele tinha matado tudo que eu já sentira por ele, e não havia mais nada em mim. Nem um vestígio. Nunca mais haveria.

E agora era minha vez de dizer a ele o mesmo para que não houvesse mal-entendidos.

Para alguns, o amor tem a ver com dinheiro. Com certeza ele deixa as coisas mais fáceis. Mas o melhor tipo de amor vai além. Tem a ver com dar *tudo* à pessoa amada. As coisas fáceis e sem esforço, mas também as coisas intangíveis e difíceis, o desconfortável. É dizer à pessoa que você a ama dando tudo o que tem e tudo o que não tem, porque ela é mais importante do que qualquer coisa material pode ser.

Olhei bem para Kaden e avisei com toda a seriedade possível:

— Eu disse à sua mãe, e agora vou te dizer também. Não há dinheiro no mundo que me faça voltar. Mesmo que pudéssemos ser amigos, o que não vai acontecer. — Rhodes resmungou ao meu lado. — Eu não trabalharia para você ou te ajudaria de novo. Você precisa entender isso. Nunca vou mudar de ideia.

Dor, clara e brilhante, atravessou o belo rosto que me encarava.

— Mas não tem nada a ver com você escrever para mim, Roro. *Eu te amo.*

O braço sobre meus ombros se retesou.

— Não o suficiente. — A voz de Rhodes soou baixa, resmungona.

Foquei no homem que eu conhecera tão bem e fiz uma expressão para que ele soubesse que não estava exagerando e que eu estava falando sério.

— Adeus, Kaden. Não quero ver nenhum de vocês de novo. Eu falo sério. Ou você vai se arrepender do dia em que me conheceu.

E era isso.

Rhodes me lançou um olhar e foquei nele. Sem nem dar uma última olhada para o meu passado, nos viramos e nos afastamos, deixando-o para trás. Para ficar ali, para ir embora; eu não sabia e não me importava nem um pouco. Nem um pouco mesmo.

E cerca de um minuto depois, eu parei de repente. Rhodes também parou, e eu joguei os braços em volta do seu pescoço. Ele se inclinou para baixo e colocou os braços em volta da minha cintura, me puxando para perto daquele corpo e me aconchegando.

— Você é o melhor — falei, séria.

Sua mão se infiltrou sob minha jaqueta e camisa e segurou minha cintura.

— Eu te amo, você sabe disso — sussurrou.

Puxei-o para baixo, de modo que ficasse ao nível da minha boca.

— Eu sei — sussurrei, com arrepios na pele e um calor que poderia ter iniciado um incêndio.

A respiração de Rhodes foi um sopro quente no meu pescoço, e o senti inspirar profundamente um instante depois. Ele se mexeu e sua bochecha roçou a minha. Depois de um momento, com o rosto formigando pelo atrito da sua barba, ele se afastou e mirou aquele olhar lilás-acinzentado em mim.

— Pronta? — perguntou.

Peguei a mão dele e assenti.

— Vamos pegar alguns lugares na primeira fila para ver nossa futura estrela ganhar.

O homem que eu amava apertou minha mão e nós entramos.

MARIANA ZAPATA

EPÍLOGO

— Você parece uma princesa, Yuki.

Yuki deu de ombros enquanto se olhava no espelho, uma peça que havia sido colocada em seu quarto pelo estilista que emprestara o vestido da festa, ignorando o grito de desaprovação do *stylist,* que havia organizado tudo com antecedência. O meu vestido. O vestido dela. A equipe de maquiagem e cabelo que havia sido contratada para transformá-la, segundo palavras dela, "de uma nota sete para onze".

Ela era ridícula, mas, de verdade, merecia uma nota onze.

A mulher que o mundo conhecia como uma estrela do pop, mas que para mim era uma grande amiga, se ajeitou enquanto se virava.

— Estou com oito camadas de maquiagem, não vou conseguir respirar pelas próximas seis horas e vou precisar de ajuda para fazer xixi, mas muito obrigada, meu amor.

Eu ri.

— De nada, e será uma honra segurar o seu vestido enquanto você faz xixi. Se você precisar fazer cocô, estou fora.

Foi a vez dela de rir.

— Sem cocô, mas nós já fizemos xixi na frente uma da outra várias vezes nessa vida, não é? — perguntou, com uma expressão quase sonhadora.

Eu sabia exatamente no que ela estava pensando: todas as incríveis trilhas que fizemos juntas, inclusive as dezenas de vezes que tivemos que ficar de olho se algum outro trilheiro se aproximasse. Nós nos divertimos muito, e era uma felicidade imensa para mim o fato de ela ter gostado das nossas aventuras em Pagosa.

Minha amiga deu de ombros e me avaliou demoradamente de cima a baixo.

— E você, meu anjo radiante, está nota quinze. — Ela mexeu as sobrancelhas e ignorou o barulho que seu maquiador fez com o movimento. — Eu te perdoo por trapacear.

Revirei os olhos.

— Trapacear. Sei.

— São os hormônios. Você está com um brilho natural que esses montes de iluminador e bronzer jamais vão conseguir reproduzir. — Ela assobiou, e eu fiz uma reverência até onde deu, o que não foi muito, considerando o quão justo era o vestido. — Aposto que Kaden vai se borrar todo quando te vir.

Aquela menção me surpreendeu por um segundo. Eu não ouvia o nome dele há... talvez um ano? Certa vez, uma de suas músicas tocara enquanto eu estava no carro com Jackie e Amos, e os dois começaram a vaiá-la no mesmo instante e em seguida mudaram de estação. Aquela também tinha sido a última vez que pensara nele, ainda que muito rapidamente.

— Se ele se borrar todo, espero que alguém filme — brinquei, arrumando a alça do vestido que tinha sido ajustado para mim dois meses antes, quando Yuki me convidara.

Ela gargalhou, e batemos na mão uma da outra. Não foi a primeira vez que agradeci à minha mãe por me dar uma amiga tão boa — amigos tão bons, em geral. E, com mais algumas pessoas, Yuki ocupava o topo da lista.

Tínhamos nos encontrado muito nos últimos quatro anos. Ela viera para passar o Dia de Ação de Graças conosco uma vez e se juntara a nós para o Ano-Novo duas vezes — mesmo sabendo que a programação seria irmos para algumas cidades vizinhas para ver os fogos de artifício se não fosse um ano de seca — e, de forma aleatória, ela nos visitava sempre que dava. No segundo verão em que eu já morava em Pagosa Springs, nos encontramos na Grécia, onde passamos uma das melhores semanas da nossa vida passeando em um iate que ela alugara. Até a irmã dela, Nori, se juntara a nós.

No ano seguinte, ela nos convidara para fazer o mesmo na Itália, mas... eu não tinha mais permissão médica para voar. Claro que não fiquei chateada. Nem Rhodes. Am achou ruim, mas acabou me fazendo companhia durante a semana inteira que seria da viagem, e até mesmo massageara meus pés uma vez.

Ele não reclamou quando eu disse que teríamos que ir de carro para Los Angeles para a cerimônia de premiação. Pegou uma carona com um amigo da faculdade e se ofereceu para fazer a viagem com a gente para "ajudar". Aham. Eu sentia muita saudade dele, já que agora ele ficava na universidade a maior parte do ano, e aceitaria qualquer desculpa que ele arrumasse para nos visitar.

Amos ainda compunha e até se apresentava de vez em quando em pequenos comércios perto da universidade. Quando Rhodes não estava ocupado, viajávamos para assisti-lo. Am ainda me atualizava sobre as canções em que estava trabalhado, mas a faculdade, em geral, ocupava a maior parte do seu tempo, mesmo que ele planejasse se especializar em música.

— Obrigada pelo convite — eu disse a Yuki pela décima vez, fazendo um carinho na minha barriga.

Ela inclinou a cabeça para o lado.

— Nós escrevemos o álbum inteiro juntas, Ora. E você é a companhia mais linda que eu poderia ter.

— Você fez a maior parte do trabalho; eu só ajudei um pouco — falei.

A inspiração para compor, as letras, as músicas, não tinham voltado. Uma ou duas vezes eu sentia a sombra de uma palavra ou duas flutuar na ponta da minha língua... mas desapareciam depressa. Eu não pensava ou me preocupava com isso, no entanto. Ninguém dava a mínima, e isso era muito bom.

Por outro lado, eu tinha permitido que Amos olhasse meus cadernos há um tempo.

— Isso é o que você chama de música ruim? — indagara, com os olhos arregalados, como se não pudesse acreditar em mim. Então talvez o que estava neles não fosse tão ruim. Os únicos cadernos que de vez em quando ainda abria sozinha eram os diários da minha mãe, para podermos fazer suas trilhas favoritas. Fazíamos isso com bastante frequência nos dias em que meu coração doía e eu sentia mais falta dela.

Yuki, porém, me deu um olhar que me lembrou das inúmeras vezes que a tinha encontrado descansando no sofá que Rhodes colocara no apartamento da garagem para os hóspedes. E ela era uma dessas visitas. Minha família da Flórida, a irmã de Yuki e os irmãos de Rhodes também nos visitavam bastante.

Uma batida à porta fez com que a empresária de Yuki se levantasse do sofá. A mulher abriu a porta, disse algumas palavras e recuou, fazendo um gesto para a pessoa do outro lado entrar.

Era o meu homem favorito no mundo inteiro.

Parte do meu coração batendo em outro corpo.

Sorri e fui imediatamente em direção ao homem de cabelos grisalhos. Tinham se passado apenas duas horas desde que eu os deixara na suíte que Yuki tinha reservado para nós — ela me ignorou quando insisti que poderia pagar —, mas parecia um dia inteiro. Era diferente quando não estávamos separados por causa do trabalho. No nosso dia a dia, ele aparecia em casa no horário do almoço se estivesse por perto, ou voltava mais cedo para casa depois de proteger a vida selvagem do Colorado.

Os olhos cinzentos de Rhodes se moveram por todo o meu corpo enquanto ele também se aproximava. Sua expressão era de espanto.

— Uau — sussurrou.

— Tem maquiagem demais, não é?

Ele balançou a cabeça e levou as mãos para os meus ombros pelo que deveria ser a milésima vez.

— Verdade, e você é mais bonita sem a maquiagem do que com ela. — Suas mãos me apertaram. — E este vestido é lindo, *Angel*.

— É "emprestado", e não sei como vou conseguir fazer xixi se der vontade.

— Faça no vestido para não ter que rasgá-lo — falou, o rosto sério.

Eu ri e me aproximei para envolver os braços em volta da sua cintura. Eu ainda não tinha me acostumado a ter acesso ilimitado a ele. Ao seu corpo sólido como uma rocha, que eu ainda observava todas as noites e todas as manhãs, mesmo se estivesse meio adormecida pelo horário que ele chegava ou saía de casa.

Ele me dissera uma vez que se preocupava que eu ficasse irritada por ele trabalhar tanto, e precisei explicar que aquela era a última coisa com que ele deveria se preocupar. De certa forma, eu tinha esperado a vida toda por ele. Podia esperar algumas horas. Ele não ficava fora porque gostava de estar longe. Isso era o que significava confiar no relacionamento. Eu nunca duvidei dele, nem por um segundo.

— Não sabia se podia te abraçar — ele disse, me abraçando também.

— Você sempre pode me abraçar.

Sua boca se aproximou do meu cabelo, e eu sabia que ele estava tentando não beijar meu rosto por causa da quantidade insana de maquiagem.

— O pai da Yuki nos convidou para jantar. Ele quer falar sobre pesca — ele disse baixinho.

— Am vai?

Ele assentiu, seu olhar percorrendo meu corpo de novo.

Yuki pigarreou alto demais do outro lado do cômodo.

— Ora, chegou a hora. Rhodes, você quer descer com a gente?

Com a mão descansando em minhas costas, ele concordou com a cabeça.

Sorrimos um para o outro antes de sairmos, seguidos pelo segurança e a empresária de Yuki. A segurança do hotel pareceu bem rígida enquanto passávamos pelo lobby, seguindo atrás de Yuki, que cochichava com a sua empresária o tempo todo. Era uma experiência meio surreal, e eu não sentia falta de nada daquilo.

Rhodes se aproximou, sua voz praticamente um murmúrio.

— Você está bem? Não está muito cansada?

Neguei com a cabeça.

— Ainda não, e estou torcendo para não dormir no meio de tudo, porque seria muito embaraçoso.

O sr. Superprotetor me deu um olhar de lado.

Tínhamos ido ao meu obstetra antes de planejar a viagem, mas eu sabia que ele ainda estava apreensivo, mesmo que tivéssemos viajado de carro. Por causa da minha idade, eu estava em alto risco, mas felizmente estava saudável de todas as outras maneiras, e ainda era cedo. Eu não planejava ir a lugar algum por um tempo depois daquela viagem. Meus tios estavam planejando nos visitar. Eles visitavam todos os anos.

Paramos diante de um carrão que eu tinha certeza de já ter entrado antes, e ele fez uma pequena massageada nas minhas costas.

— Divirta-se.

— Pode deixar. Eu quero fazer isso só mais esta vez e depois nunca mais. Provavelmente minha cara vai ficar com resquícios dessa maquiagem pelos próximos dez anos.

Seu sorriso iluminou meu mundo como sempre fazia.

— Você merece, *Angel*. — Ele se inclinou e roçou os lábios nos meus. — Te amo.

E assim como aconteceu nas primeiras vezes em que ele dissera aquelas palavras, meu corpo reagiu da mesma maneira: como se sua declaração verbal de amor fosse algum tipo de droga viciante de que eu precisava para sobreviver. A verdade é que eu não saberia como continuar sem ele. Para um homem que não usava a palavra "amor" com muita frequência no passado, ele não era mais mesquinho com ela. Eu ouvia que ele me amava todas as manhãs e todas as noites. Eu o ouvia dizer isso para Azalia em sussurros baixinhos. Ele dizia para Amos ao telefone. E o meu eu te amo favorito era quando ele o murmurava colado à minha barriga.

Então, foi natural puxá-lo e dizer que o amava também. Porque um homem que conseguia espalhar tanto amor não apenas com ações, mas também com palavras, precisava ouvir isso de volta. E aquele era um trabalho que eu fazia de bom grado.

Um assobio alto nos afastou. Era Yuki, que balançava a cabeça.

— Aff, vocês dois me deixam enjoada com tanta felicidade.

Eu ri e fiquei na ponta dos pés para beijá-lo novamente.

Rhodes sorriu.

— Me mande uma mensagem quando estiver voltando.

— Mandarei. — Sorri para ele e entrei no carro, segurando minha bolsa, enquanto Yuki deslizava para dentro logo depois de mim, não sem antes dar um abraço em Rhodes.

Ela sorriu ao se acomodar, sua empresária entrando também.

— Adoro te ver tão feliz, Ora.

Minha respiração ficou irregular pela alegria que surgiu no meu peito.

— Eu gosto de me sentir tão feliz.

Os últimos anos tinham sido os mais felizes da minha vida. Por causa de Rhodes, Amos e Azalia, é claro, mas também pela cidade. Minha vida em geral. Eu tinha me assentado. Encontrado o meu lar. Eu tinha família e amigos. E eu os via o tempo todo quando vinham visitar a loja.

Eu ainda trabalhava lá.

Na verdade, agora eu era a dona.

O sr. Nez adoecera ainda mais cerca de dois anos antes, e Clara admitira que precisava de dinheiro para o tratamento dele. Quando abri a boca para oferecer ajuda financeira, ela me lançou um olhar severo, então a fechei imediatamente. Mas Clara também confessara que seu coração não estava mais na loja e ela estava pensando em vendê-la. Ela queria voltar a ser enfermeira. Eu amava trabalhar ali e pensei, por que não?

Então foi assim que comprei a loja. Jackie fazia faculdade em Durango e me ajudava. Amos também ajudava quando estava em casa. E contratei mais algumas pessoas que tinham se mudado para a cidade.

Comprar a loja foi uma decisão fantástica.

Assim como aumentar a casa tinha sido.

Aliás, praticamente todas as decisões que tomei desde aquela noite em Moab, quando decidi ir e possivelmente me estabelecer em Pagosa, foram ótimas.

— Sua cara quando você ganhou foi impagável — o pai de Yuki disse, às gargalhadas, horas depois.

Sua filha riu, afastando a cadeira.

— Estávamos as duas quase dormindo quando anunciaram a categoria, e eu não tinha ideia do que estava acontecendo até ver a tela com meu nome — admitiu.

Era verdade.

Tínhamos acabado de chegar no bar onde meu marido e o pai dela tinham se reunido para assistir à cerimônia de premiação. Achei que ela gostaria de ir a uma das festas pós-evento, especialmente depois de ganhar o prêmio de melhor álbum do ano, mas ela me dispensou com um olhar de horror.

— Estou morrendo de fome e prefiro ver o meu pai — ela respondeu.

E eu preferia ver minha família, então fomos direto para o bar e restaurante com nossos vestidos absurdamente caros. Yuki disse que pagaria por eles quando mostrei preocupação de sujá-los. Me diverti na cerimônia, mas nada se comparou a entrar no bar e ver o sr. Young, com os braços cruzados sobre o peito, rindo de algo que Rhodes havia dito. Meu perfeito Rhodes, que estava no sofá estilo *booth* do restaurante, com Azalia de pé e pulando em seu colo, enquanto Am olhava fixamente para uma mesa do outro lado do salão. Uma rápida olhadela me fez reconhecer a garota que ele estava encarando. Ela também estava na cerimônia e havia ganhado um prêmio uns quinze minutos antes de Yuki.

Fui até eles e dei beijos e abraços em todos, peguei Azalia e brinquei de morder sua bochecha antes da minha menina mimada estender os braços para o seu irmão mais velho, que a pegou sem hesitar.

Azalia era um milagre que revelara sua minúscula presença pouco mais de um ano depois do nosso casamento. Meus olhos se encheram de lágrimas, os dele também, e se eu achava que ele tinha sido protetor antes, depois disso a proteção se multiplicou. Eu também me fortalecera.

Enquanto a criança de dois anos dormia nos braços de Am, eu ainda não conseguia acreditar que Yuki havia ganhado. Na verdade, conseguia, mas ainda era surpreendente e incrível. Ela me agradecera duas vezes em um ímpeto nervoso de gratidão no palco, e eu comemorei tão alto quanto pude, incomodando as pessoas ao meu redor.

Ela prometeu que me enviaria uma placa, e eu tinha a parede perfeita para colocá-la. No meu quarto e de Rhodes. Ao lado da última que ela me deu por aquele fatídico álbum que escrevemos juntas quando estávamos em um péssimo momento da nossa vida. No entanto, chegamos até ali melhores do que nunca.

Era tarde quando nos levantamos para ir embora. Yuki passou o braço pelo do seu pai enquanto saíamos do restaurante e começávamos a caminhar o trajeto de um quarteirão até o hotel. O segurança ia atrás dos dois, e nós os seguíamos.

A noite estava agradável, e havia muito mais pessoas na rua do que eu imaginaria ver, já que era quase meia-noite de um domingo. Todos que passaram por nós deram uma segunda olhada para Yuki, obviamente a reconhecendo.

Rhodes apertou minha mão.

— Acho que te vi quando estavam mostrando os indicados e deram um close na Yuki — ele disse.

— Você nos viu com um olhar meio perdido?

— Com certeza.

Eu ri.

— Não era para esse tipo de coisa ser divertida? — perguntou ele.

— Mas não é. É muito chato. Nós jogamos pedra, papel e tesoura e jogo da velha no celular dela. — Apertei a mão dele. — Eu levei duas barras de cereal e ela tinha dois pacotes de ursinhos de goma. Nós revezamos, nos abaixando para comê-los, para que as câmeras não nos pegassem.

Ele riu alto antes de soltar minha mão e passá-la sobre meus ombros, me puxando para junto dele. Minha posição favorita.

— Tivemos que ajudar uma à outra a ir ao banheiro — admiti também.

Ele me apertou ainda mais forte.

— Isso não parece divertido mesmo.

— Com certeza, vou ficar bem se nunca mais tiver que ir — eu disse, espiando por cima do ombro para ver Amos segurando sua irmãzinha sonolenta atrás de nós. Ele levantou o queixo exatamente como Rhodes fazia.

Ele amadurecera muito nos últimos anos; ainda não era tão alto quanto seu pai, mas eu achava que chegaria perto. Para mim, se parecia muito mais com a mãe, mas quando dava um sorrisinho maroto ou revirava os olhos, eu jurava que era a imagem espelhada do pai. Pelo menos, do pai Rhodes. Eu descobri que ele havia herdado a atitude descontraída do pai Billy.

Assim que abri a boca para perguntar a eles o que queriam fazer no dia seguinte, avistei, pelo canto do olho, duas figuras familiares entrando pelo outro conjunto de portas automáticas do hotel.

Uma delas era Kaden.

Em um smoking preto, assim como o que eu o vira vestir centenas de vezes antes, quando ele me deixava sozinha no hotel. A camisa branca e a gravata-borboleta ainda estavam no lugar. Ao lado dele estava sua mãe, com um deslumbrante vestido dourado.

Ela parecia irritada. Era engraçado ver que algumas coisas não haviam mudado. Uau.

Kaden conseguira se manter "relevante" o suficiente para ainda ser convidado para premiações. E eles as ganhava, às vezes, graças a quem quer que tivesse contratado. Ele havia sido indicado para uma coisa ou outra na premiação daquela noite, mas não ganhara. Eu não o tinha visto pessoalmente, apenas a imagem dele que apareceu na enorme tela do palco.

Uma paz que eu não sentia há muito tempo preencheu meu coração e, sinceramente, meu corpo inteiro. Não havia raiva em mim. Nada de dor ou ressentimento. Apenas... indiferença.

Como se pudesse sentir meu olhar sobre ele, os olhos de Kaden se voltaram para nós, e percebi o momento em que pousaram na minha barriga. Eu estava grávida de quatro meses, e o vestido pouco escondia o segundo bebê que estávamos esperando. Outra menininha. Ainda não tínhamos decidido o nome, mas, como Azalia recebeu o nome da minha mãe, estávamos pensando em dar à segunda filha o nome do meio de Yuki: Rose.

Rhodes e eu estávamos tão empolgados. Muito, muito empolgados. Am também estava. Ele colocara uma das fotos do ultrassom em seu quarto da faculdade. Ao lado dela, tinha uma foto de Azalia no dia em que ela nascera. Afinal, foi ele quem me levou ao hospital e ficou comigo no quarto, parecendo enjoado e deixando-me apertar sua mão até que Rhodes aparecera literalmente dois minutos antes de eu dar à luz. Amos tinha sido a terceira pessoa a segurar a irmãzinha no colo, e eu apostava que isso explicava perfeitamente a proximidade deles.

Tínhamos ligado para ele do carro, logo após sairmos do consultório médico, e ele fez um barulho que nos fez rir.

— Puta merda. Vamos ficar rodeados de meninas, pai.

Rhodes, ainda segurando minha mão, sorriu com os olhos brilhantes e disse a melhor coisa que poderia ter dito:

— Não tenho do que reclamar.

E ele realmente quis dizer cada palavra.

Deus sabe que eu jamais esqueceria como o corpo inteiro de Rhodes tremeu depois que o médico confirmou que eu estava grávida. Como seus olhos se encheram de lágrimas, como sua boca pressionou minhas bochechas, testa, meu nariz e até meu queixo depois que dei à luz a Azalia. Eu não poderia ter pedido um parceiro, pai ou homem melhor do que ele para passar o resto da minha vida. Ele me animava, acreditava em mim e preenchia a minha vida com mais amor do que eu jamais poderia ter pedido.

— Você está bem, *Angel*? — Rhodes perguntou, passando a palma da mão no meu braço, aquecendo-me e salvando o dia como sempre.

Desviando o olhar daquelas pessoas que eu costumava conhecer — tive a sensação de que seria a última vez que as veria —, assenti para Rhodes. Para o meu marido. A pessoa que, se eu estivesse perdida, atravessaria o céu e o inferno para me encontrar. O homem que me dava tudo o que eu sempre quis e mais.

Aquela premiação tinha sido suficiente. Eu não estava perdendo nada, nem um pouco. Estava pronta para ir para casa. Pronta para continuar vivendo minha vida com aquelas pessoas que eu amava com toda a minha alma.

Enquanto caminhávamos em direção aos elevadores, Am deu uma risadinha.

— Sabe no que acabei de pensar, Ora?

Olhei para ele.

— Não, me conte.

— Escuta essa. O que teria acontecido se eu não tivesse alugado o apartamento da garagem para você? Na época, eu quase desisti. Será que o papai teria te conhecido? Será que eu estaria estudando música? Será que você seria dona da loja? — ele indagou com uma expressão pensativa. — Você já se perguntou?

Eu não precisava pensar sobre aquilo, então disse a verdade.

Eu disse a ele que já tinha me feito aquelas perguntas antes, há muito tempo.

Que eu estava exatamente onde deveria estar, o lugar em que todas as decisões tomadas no passado, por outras pessoas e por mim, tinham me levado.

Eu tenho mesmo muita sorte, pensei, e um lampejo de inspiração passou pela minha cabeça; tão fácil, que roubou meu fôlego. Agarrei o braço de Rhodes em choque, e ele olhou para mim, curioso e com tanto amor que foi mais uma coisa para tirar o meu ar.

E o pensamento, a música, veio em um relance.

Encontrei um lugar ao qual pertenço,
Um lugar cheio de amor e
que me faz sentir novamente em casa.

FIM

MARIANA ZAPATA

AGRADECIMENTOS

Antes de tudo, este livro não existiria sem vocês — muito obrigada às pessoas incríveis que me leem, pelo amor e apoio contínuo.

Um enorme agradecimento à melhor designer do mundo, Letitia, da RBA Designs.

Às minhas maravilhosas agentes, Jane Dystel e Lauren Abramo, e a todos da Dystel, Goderich & Bourret. Judy, não posso agradecer o suficiente por sempre responder a todas as minhas mensagens de áudio e por ser tão maravilhosa.

Obrigada a Virginia e Kim, da Hot Tree Editing, e a Ellie, da My Brother's Editor, pelos talentos editoriais. Kilian, obrigada por toda a ajuda.

Como sempre, Eva, eu não sei o que faria sem você e a sua boa memória. E sem as suas sugestões. E sem os seus GIFs.

Aos amigos que me ajudaram de alguma forma (e sei que estou esquecendo alguém): obrigada por tudo.

Para os Zapata, Navarro e Letchford: vocês são as melhores famílias que uma garota poderia pedir.

Para Chris, Kai e meu eterno editor e anjo no céu, Dorian: amo muito vocês.

Editora
Charme

Entre em nosso site e viaje no nosso mundo literário.
Lá você vai encontrar todos os nossos
títulos, autores, lançamentos e novidades.
Acesse www.editoracharme.com.br

Você pode adquirir os nossos livros na loja virtual:
loja.editoracharme.com.br

Além do site, você pode nos encontrar em nossas redes sociais.

 https://www.facebook.com/editoracharme

 https://twitter.com/editoracharme

 http://instagram.com/editoracharme

 @editoracharme